BETH KERY

Hot Temptation

BETH KERY

Hot Temptation

Roman

Übersetzt von Jörn Pinnow

blanvalet

Die amerikanische Originalausgabe erschien 2013 unter dem Titel
»Because we belong« bei Berkley Books, Penguin Group USA, New York.

FSC
www.fsc.org
MIX
Papier aus verantwortungsvollen Quellen
FSC® C014496

Verlagsgruppe Random House FSC® N001967
Das für dieses Buch verwendete
FSC®-zertifizierte Papier *Super Snowbright*
liefert Hellefoss AS, Hokksund, Norwegen.

2. Auflage
Deutsche Erstveröffentlichung 2014 bei Blanvalet, einem Unternehmen
der Verlagsgruppe Random House GmbH, München.

This edition is published by arrangement with The Berkley Publishing Group,
a member of Penguin Group (USA) Inc.
Umschlaggestaltung: © Johannes Wiebel, punchdesign, München
Redaktion: Sabine Wiermann
BL · Herstellung: sam
Satz: Uhl + Massopust, Aalen
Druck und Einband: GGP Media GmbH, Pößneck
Printed in Germany
ISBN: 978-3-442-38395-5

www.blanvalet.de

PROLOG

Francesca hielt eine Bluse, Jeans und Unterwäsche in den Händen, als sie aus dem Ankleidezimmer kam. Sie hielt inne, als sie Ian die Suite betreten sah. Der Blick ihres Verlobten verriet nichts, er schloss einfach die Tür hinter sich. Ein Lächeln huschte über ihre Lippen.

»Ich wollte gerade duschen gehen«, sagte sie.

Seine Augenbrauen hoben sich, der gelangweilte Gesichtsausdruck machte einem ironischen Unglauben Platz. Sie konnte förmlich sehen, wie er dachte *Das wirst du ganz sicher nicht tun*. Francesca lächelte leise in sich hinein. Sie wusste genau, was er immer dann vorhatte, wenn er diese Tür verriegelte. Wie immer würde es sie zum Strahlen bringen – ganz zu schweigen davon, dass ihr Herz zu rasen beginnen würde –, doch heute machte es sie ganz besonders glücklich. Der Gesundheitszustand seiner Mutter hatte ihn in letzter Zeit sehr beschäftigt und ihm Sorgen bereitet. Er quälte sich mit dem Gedanken, sich bei der Medikation oder der Pflege falsch entschieden zu haben, und war überzeugt, dass es noch etwas gab, was er *hätte tun sollen*, aber nicht getan hatte. Die Sorgen um seine Mutter und der Wunsch, sie beschützen zu können, hatten sich schon in seiner Kindheit tief in ihn eingebrannt, als er im Grunde noch viel zu klein war, um sich über solche Dinge Gedanken machen zu können. Jetzt, als Erwachsener, konnte er dieser Verantwortung nicht entrinnen. Leider ließ Helen Nobles Zustand aber wenig bis gar keine Verbesserung erkennen. Ian war deswegen häufig bei ihr in London gewesen, was seinen ohnehin schon vollgepackten Terminkalender noch zusätzlich belastete.

»Lucien und Elise kommen zum Abendessen. Wir haben gar keine Zeit«, erinnerte ihn Francesca.

Er trat zu ihr. Sie fragte sich, wie lange es ihn noch geben würde – diesen Schauer der Erwartung, der sie gerade durchlief – und den sie jedes Mal verspürte, wenn sie diesen hungrigen Glanz in seinen blauen Augen sah und er sich wie ein Raubtier anschlich. Sie waren nun ein gutes halbes Jahr zusammen, und ihre Erregung hatte in dieser Zeit noch zugenommen. Seine derzeitigen Sorgen ließen das Bedürfnis, sich mit ihm zu verbinden, nur noch größer und fordernder werden.

»Ich habe Lucien angerufen und ihn gebeten, eine Stunde später zu kommen«, sagte er ruhig, während er ihr die Kleidungsstücke aus der Hand nahm und sie auf einen gepolsterten Stuhl legte.

»Und Mrs. Hanson? Sie bereitet das Roastbeef und den Yorkshire Pudding vor.«

»Sie hat die Temperatur im Ofen heruntergestellt. Ich habe ihr gesagt, dass ich ein Nickerchen brauche.«

Sie betrachtete ihn genauer, während er zu ihr hinüberkam. Seine »Lüge« Mrs. Hanson, der Haushälterin, gegenüber, war eigentlich keine. Er sah so atemberaubend gut aus wie immer, trug ein blau-weißgestreiftes Hemd mit offenem Kragen und dunkelblaue Hosen – für Ians Verhältnis war das leger –, aber die monatelangen Sorgen um Helen Noble hatten ihren Tribut gefordert. Seine Gesichtsmuskulatur war angespannt, unter seinen Augen zeichneten sich Schatten ab. Er schwor, er habe kein Gewicht verloren, und seine Kleider saßen unverändert beeindruckend, doch Mrs. Hanson und Francesca waren sich einig, dass er dünner wirkte. Er bemühte sich, die Seelenqualen durch seine ohnehin schon strengen Trainingsroutinen zu mindern, womit er zu einem noch schlankeren, härteren… noch unglaublich intensiveren Mann wurde. Sie legte ihre Hand auf seine Wange, als er seinen Arm um ihre Hüfte schlang.

»Vielleicht solltest du dich wirklich ausruhen. Das würde dir guttun«, schlug sie vor, während er sie an sich drückte. Ein Stoß der Erregung ging durch ihren Körper, als sie seine männlichen Konturen spürte, die sich so wunderbar an ihre eigenen schmiegten.

»Es würde mir noch sehr, sehr viel besser tun, dein hübsches Gesicht anzuschauen, während du hilflos bist«, sagte er leise, lehnte sich über sie und küsste sie.

Sie öffnete einen Moment später ihre schweren Augenlider, betäubt von seinem mächtigen Kuss und dem Gefühl seines sich versteifenden Körpers.

»Hilflos wobei?«, murmelte sie in seine zupfenden Lippen.

»Hilflos, mir zu widerstehen.«

»Aber ich… will… dir… doch gar nicht… widerstehen. Das… weißt… du«, konnte sie zwischen den Küssen herauspressen. Ihr Körper schmolz dahin, während er sich über sie beugte, was jedes Quäntchen verfügbarer Aufmerksamkeit von ihr verlangte. Er hob den Kopf, und seine Hand glitt an ihrem Arm hinab. Er ergriff ihre Hand und führte sie zum Bett.

»Die Fesseln sollen mir das nur bestätigen«, antwortete er.

»Fesseln?«, fragte Francesca verwirrt. Er hatte Handschellen benutzt, um sie während des Vorspiels und beim Sex zu fixieren, auch schon gepolsterte Haltevorrichtungen und anderes, womit er in der Hitze des Augenblicks improvisiert hatte, einschließlich seiner Hände. Aber *Fesseln*?

»Mach dir keine Sorgen«, beruhigte er sie, als er sie schließlich zum Bettende gebracht und dort abgesetzt hatte. Er lehnte sich über sie und knabberte nur flüchtig an ihren Lippen… und Francesca entschied, ihm zu glauben. »Die Fesseln sind aus

Seide. Glaubst du ernsthaft, ich würde irgendetwas auch nur in die Nähe deiner wunderschönen Haut bringen, was sie verletzen könnte?«, fragte er nur einen Augenblick später mit seiner tiefen, rauen Stimme direkt an ihrem Ohr. Ihr Nacken überzog sich mit einer Gänsehaut.

Sie starrte zu ihm hinauf, entzückt von seinem kleinen Ian-Lächeln.

Weniger als zehn Minuten später lag sie völlig nackt am Fußende des großen, luxuriösen Himmelbetts, ihre Hüfte in der Ecke und ihr Oberkörper entlang der unteren Kante. Sie hatte mit Erstaunen und zunehmender Erregung zugesehen, wie Ian akribisch – und mit wissender Hand – ihre Handgelenke mit schwarzen Seidenbändern und mit einem ausgeklügelten, präzisen Muster aus Schleifen und Knoten an ihre Waden fesselte. Sie lag auf dem Rücken, ihre Knie in Richtung der Brust gehoben, ihre Oberschenkel weit geöffnet. Anfangs hatte er sie angewiesen, ihre Waden selbst festzuhalten, wobei der Druck ihrer zupackenden Hände die angewinkelten Beine an ihren Körper presste. Dann hatte er begonnen, sie zu fesseln, die Unterarme an die Waden, dann die Waden an die Oberschenkel.

Sie war gut und fest verschnürt, dabei fühlte es sich aber nicht unangenehm an. Nur das unstete Schlagen ihres Herzens und der wachsende Wunsch nach einer Berührung ihres offenliegenden, nackten Geschlechts konnten als unangenehm gelten.

Unruhig blickte sie Ian an, der aus dem Zimmer auf der rechten Seite der Suite trat, ihrem Privatreich – dem Raum, der normalerweise verschlossen war und alle Arten von Instrumenten für das Fesseln, Bestrafen und das Vergnügen enthielt.

»Was hast du denn aus deinem Zimmer mitgebracht, um mich zu quälen?«, fragte sie aufreizend. Sie hob den Kopf, um zu sehen, was er in seinen Händen hielt. Sie konnte dennoch nur wenig erkennen, denn er verdeckte mit seinem Körper das, was er auf einem Schreibtisch abstellte. Er drehte sich zu ihr, noch immer vollständig angezogen. Ihre Brustwarzen kribbelten unter dem starren, scharfen Blick, mit dem er sie bedachte. Wie gewöhnlich war sein Blick kühl, abschätzend und zugleich besitzergreifend.

»Aus *meinem* Zimmer?«, wiederholte er und kam näher. Ihre Klitoris wurde in freudiger Erwartung feucht, als sie den kleinen Cremetopf in seinen Händen sah. Darin war die stimulierende Klitoriscreme, mit der er sie immer einrieb, wenn er etwas Neues mit ihr vorhatte… etwas Herausforderndes. Francesca hatte sie »Zaubercreme« getauft, denn sie sorgte dafür, dass in ihr Begierden auftauchten, die sie niemals zuvor gekannt hatte. Sie sorgte dafür, dass sie ihn anflehte.

»Ja. Wessen Zimmer sollte es sonst sein?«, fragte sie abgelenkt.

»Deines natürlich auch«, entgegnete er und schraubte, ohne den Blick von ihr zu lassen, den Cremetopf auf. Sie beobachtete jede seiner Bewegungen mit höchster Konzentration, während er zwei Finger in das Döschen tauchte. Sogleich kündigte sich ein dumpfes Ziehen in ihrem Bauch an.

»Nur du hast einen Schlüssel«, stellte sie fest. Ian zog die Finger heraus, die nun mit einem Klacks weißer Creme versehen waren. Er kniete sich auf den Rand des Bettes und beugte sich über ihren auf dem Rücken liegenden, gefesselten Körper. »Deshalb ist es deines.«

»Ich kontrolliere den Raum, richtig«, sagte er und griff nach ihr. Sie hob den Kopf von der Matratze und hielt den Atem an, als er sich ihrer offen daliegenden Vagina näherte.

Ihr Mund wurde feucht, ihre Brustwarzen stellten sich hart auf, so hart, dass es fast wehtat. Ihr Körper war so wunderbar von ihm abhängig.

»Aber das Zimmer dient doch deinem Vergnügen«, fuhr er

fort. Sie schnappte nach Luft und ließ den Kopf fallen, als er die kühle Creme zwischen ihre Schamlippen und auf ihre Klitoris massierte. »Da wäre es doch nur gerecht zu sagen, es gehört uns beiden, oder nicht?«, brummte er leise, während er sie einrieb.

»Ohh … *ja*«, stöhnte sie. Schon erwärmte sich die Creme unter der harten, kreisenden Spitze seines Zeigefingers. Bald, sehr bald würde sie die Nerven zum Prickeln und Brennen bringen. Dann würde sie zu fast allem bereit sein, um den Höhepunkt zu erreichen. Doch neben der wachsenden Erregung war ihr nicht entgangen, was Ian gerade gesagt hatte.

Bevor sie sich kennengelernt hatten, war es ganz allein Ians Zimmer gewesen, und das Vergnügen, das er anderen Frauen bereitet hatte, war nur ein Nebenprodukt seiner persönlichen Lustgefühle. Er war noch immer der Herr über dieses Zimmer, doch zu sagen, dass der Raum ihr *gemeinsamer* war, war etwas Besonderes, das sie berührte.

Er streckte sich und stand auf, schraubte den Deckel auf den Cremetopf und schaute sie mit einem undurchdringlichen Blick an. Sein Ausdruck war erregt, zugleich aber auch frustriert.

»Warum schaust du mich so an?«, flüsterte Francesca.

Seine Nasenflügel weiteten sich ein wenig, er drehte sich um.

»Ich habe gerade gedacht, dass es nichts Schöneres auf dieser Erde gibt als dich«, antwortete er, ihr immer noch mit dem Rücken zugewandt. »Und dass …«

»Was?«, fragte sie nach, als er verstummte und einen Gegenstand vom Schreibtisch aufnahm.

Er drehte sich um und ging auf sie zu. In diesem Moment war sie von seiner Intensität und dem, was er ihr sagte, so gefangen, dass sie gar nicht gleich zu erkennen versuchte, was er da in Händen hielt oder was er mit ihr vorhatte, wie sie es sonst getan hätte.

»Ian?«

»Ich wünschte, ich könnte …« Er hielt inne, sein Blick wanderte erneut von ihrem Gesicht über die gefesselten Beine und Arme hinweg. »Dich immer bei mir behalten«, fuhr er nach einem Augenblick fort. Er kam zu ihr.

»Ich bin immer bei dir«, sagte sie. Obwohl sie seine düstere Stimmung spürte, versuchte sie den Moment aufzuhellen. »Versuch nur einmal, mich loszuwerden, und du wirst sehen, wie schwer es ist, mir zu entkommen.«

Er schenkte ihr ein flüchtiges Lächeln.

»Es wäre mir schlicht unmöglich, dir zu entkommen.« Sie wollte gerade etwas entgegnen – sie spürte, wie wichtig es war, etwas zu sagen –, doch er lenkte sie durch die Dinge ab, die er auf dem Bett ablegte. Er griff zwischen ihre Oberschenkel und rieb ihre Klitoris mit einer schnellen, gekonnten Berührung. Sie keuchte. Sie staunte immer wieder über die Tatsache, dass er besser wusste, wie er sie berühren musste, als sie selbst. Es schien, als wäre er in ihrem Kopf und könnte spüren, was sie spürte.

»Wirkt die Creme schon?«, raunte er.

»Du weißt genau, dass sie schon wirkt«, gab sie mit zusammengebissenen Zähnen zurück. Er sah sie an, und sie spürte sein Lächeln bis ganz tief hinab in ihren Bauch. O Gott, sie liebte ihn so sehr. Sie fürchtete manchmal, ihm wäre gar nicht klar, wie sehr …

»Ich schiebe jetzt etwas in deinen Arsch«, sagte er ruhig und ohne damit aufzuhören, ihre Klitoris zu reiben.

»Okay.« Sie wusste um die Anzüglichkeit dieses Satzes, aber nicht, was er bedeutete. Zwar brachte er Analplugs nicht ständig mit zu ihr ins Bett, aber sie waren ganz sicher ein Teil des Sexspiels, mit dem sie vertraut war. Er musste ihre Verwunderung bemerkt haben, denn er zog die Hand zurück – was sie mit einem jammernden Protest quittierte – und griff zu einem Gegenstand auf dem Bett.

»Den hier.« Er hielt einen zehn Zentimeter großen Plug hoch, der auf einem Fuß befestigt war. Er unterschied sich nicht sehr von denen, die er schon bei ihr eingeführt hatte. Mit einem Unterschied. Der Fuß und der Plug waren vollständig durchsichtig.

»Bist du einverstanden?«, wollte er wissen.

»Ja«, antwortete sie, ohne zu zögern, dabei errötete sie.

Irgendetwas leuchtete in seinen blauen Augen auf... etwas, das sie liebte. Schnell rieb er den transparenten Plug mit Gleitmittel ein. Er blickte sie an, während er ihn vorsichtig einführte. Sie stöhnte leise auf und biss sich auf die Lippe. Die Stimulation ihrer Rosette schien die Klitoriscreme zu ihrer vollen Entfaltung zu bringen. Sie kribbelte und brannte. Er schob ihn weiter, bis der Fuß des Plugs ihre Haut berührte. Auf ihrer Oberlippe spürte sie eine Kette aus Schweißperlen.

Sie zuckte zusammen, als Ian sich plötzlich über sie beugte. Seine Zungenspitze tanzte über ihre Lippen und kostete den Schweiß, bevor er sie mit kaum gezügelter Leidenschaft küsste.

»Ich habe nie irgendjemanden oder irgendetwas so geliebt wie dich«, sagte er grob, als sich ihre Münder trennten.

»Ich liebe dich auch«, flüsterte sie gefühlvoll. Ein wohliger Schauer durchlief sie, als seine Fingerspitzen ihren Weg um das gefesselte Knie gefunden hatten und er vorsichtig ihre Brustwarzen ergriff. Er legte seine Hand auf ihr Schienbein, schob ihr Knie sanft über das andere und legte damit ihre Brust frei. Sein dunkler Schopf wanderte nach unten. Sie sah zum eleganten Kristallleuchter über dem Bett hinauf, ohne ihn wirklich zu sehen. Derweil küsste er ihre Knospen mit warmen, festen Lippen, um sie dann in seinen Mund zu nehmen und an ihnen zu saugen, erst liebevoll... dann weniger liebevoll. Ihre Anusmuskeln zogen sich immer wieder um den Plug zusammen, und ihre eingeengte Klitoris bereitete ihr wohlige Schmerzen. Ihre geröteten, harten Nippel standen aufrecht, nachdem er von ihnen gelassen hatte. Er gab der linken Brustwarze einen letzten zarten Kniff. Sie wimmerte in ansteigender Erregung, er gab sie frei.

»Habe ich dir jemals gesagt, dass du die schönsten aller Brüste hast?«

»Ungefähr zehntausendmal«, antwortete sie.

»Sie haben noch viel mehr Lob verdient.«

Die Luft zwischen ihren Schenkeln schien von der dort versammelten Feuchtigkeit schon gesättigt. Ihr Atem ging stoßweise, als sie ihm zusah, wie er sich aufrichtete. Er begann, seinen Gürtel zu öffnen, was ihr Herz vor Freude taumeln ließ. Nachdem er den Reißverschluss geöffnet hatte, griff er in seine weißen Boxershorts, holte seinen Schwanz hervor und ließ den langen, dicken, geäderten Schaft so frei, dass er vom Bund seiner Shorts getragen wurde. Sein Penis schaukelte noch kurz, der schwere, geschwollene Kopf zog ihn ein wenig abwärts. Ihr Mund wurde instinktiv feucht. Ihre Muschi lief sogar noch voller.

Der Anblick seines Schwanzes hatte sie früher sowohl beschämt als auch erregt. Nach den Monaten des Liebesspiels mit Ian war davon nur noch die Erregung übrig geblieben.

Als wüsste er genau, welche Reaktion er bei ihr hervorrufen würde, trat er näher an ihr Gesicht heran und drückte seine Oberschenkel gegen das Bett. Sie drehte ihre Wange gegen das Ende der Matratze und öffnete ihre Lippen. Er lehnte sich an sie und vergrub seine Hände in ihren Haaren. Sie brauchte ihn nun nicht mehr, damit er sie an seine Bedürfnisse heranführte. Nicht in diesem Fall.

Sie reckte ihren Kopf und benetzte seinen warmen, steifen Schwanz mit ihrer Zunge. Er verstärkte den Griff in ihren Haaren, und sie nahm die fleischige, kräftige Krone in ihren

Mund, spannte ihre Lippen darum, presste ihn. Sie gab dem Schlitz eine kräftige Politur mit ihrer Zunge, woraufhin er ihr Haar noch fester packte, bevor sie den Schaft ganz in ihren Mund nahm und daran sog.

»Himmel, das ist gut«, hörte sie ihn mühsam von oben herab sagen, als sie seinen Schwanz immer wieder aus ihrem Mund hinein- und herausfahren ließ. »Du bist immer so hungrig auf ihn … so hungrig auf mich, wie ich es auf dich bin.«

Ihr immer größer werdender Eifer war die Bestätigung dafür, dass er recht hatte. Einen Moment später schloss sie die Augen und überließ ihm, dem sie absolut vertraute, die Kontrolle. Ihre Aufmerksamkeit galt nur noch einer einzigen Richtung, noch die kleinste Wahrnehmung richtete sich auf ihn – seinen vertrauten, köstlichen Geschmack und Geruch, die erregende Beschaffenheit seines Schwanzes, wie sein Fleisch mit jedem Stoß und Zug ihres gespannten Mundes sogar noch fester und geschwollener wurde. Sie liebte die Art und Weise, wie er sie an ihren Haaren packte, seine unausgesprochenen Befehle nicht unbedingt grob, sondern, wie immer, bestimmt und ohne Entschuldigung. Ian genoss das Vergnügen, und sie liebte es, ihm dieses ohne Wenn und Aber zu verschaffen.

Inzwischen wirkte die Creme intensiv auf ihre Klitoris, ihre Nerven knisterten und brannten. Der Druck des Plugs in ihrem Arsch fügte dem eine primitive, dunkle Seite der Erregung bei. Sie war gefesselt und konnte den ansteigenden Kitzel selbst nicht lindern, was ihre Bemühungen um Ians Vergnügen nur noch verzweifelter und wilder werden ließen. Er war in den letzten Monaten ein Teil von ihr geworden, sein Vergnügen war auch ihres.

Ihre Erregung wuchs, als seine Stöße in ihren Mund schneller und sein Schwanz dicker wurden. Es gelang ihr, ihn noch tiefer aufzunehmen, was er mit einem rauen, leicht benommenen Stöhnen belohnte.

»Nein«, protestierte sie, ihre Stimme von seinem Schwanz noch ganz aufgeraut, als er seine Hüfte zurückzog und sein Schwanz mit einem feuchten, saugenden Geräusch aus ihrem Mund rutschte. Sein Schwanz war wie eine Droge; ihm Vergnügen zu bereiten machte sie süchtig. Er verringerte den Griff in ihren Haaren, seine Fingerspitzen massierten ihren Schädel, bevor er sie losließ.

»Doch«, entgegnete er schlicht, und sie beließ es dabei. Sie war nicht überrascht. Gelegentlich verausgabte er sich einmal rasch und nahm sie in gieriger Eile. Das liebte sie sehr, kam doch hier die tiefe Begierde eines Mannes zum Vorschein, dessen Selbstkontrolle ansonsten legendär war. Doch meist zögerte er die Dinge hinaus, tauchte sie kurz in Vergnügen und Erregung, ließ ihre Anspannung langsam in fast unerträgliche Höhen ansteigen, baute das Feuer so auf, dass der Höhepunkt, wenn er kam, explosionsartig war. An diesem Abend konnte sie seinen Wunsch, sie so lange wie er nur konnte hinzuhalten, ihre Wesen miteinander zu vermischen und die unglaubliche Intimität zu verlängern, geradezu spüren.

Sie schluckte schwer, als sie ihn einen roten Gummivibrator vom Bett aufnehmen sah. Es war ein neuer, einer, den er zuvor noch nie eingesetzt hatte. An der Spitze war das Gummi zu einem ovalen Bogen geformt, dessen Umfang etwa so groß wie eine Münze war. Sie sah, wie er den Daumen bewegte, und sofort begann das Gerät fast geräuschlos zu vibrieren. Er hielt ihrem Blick stand, als er den steifen, pulsierenden Ring auf ihren Mund drückte, wo er das sensible Fleisch gleichzeitig beruhigte und erregte. Sie öffnete ihn bereitwillig, als er den Vibrator bewegte. Seine Handlungen kamen ihr viel intimer und aufreizender vor, als sie es erwartet hatte. Sanft stöhnte sie auf, als er den Vibrator tiefer drückte und ihn durch das feuchte Fleisch in ihren Mund rutschen ließ. Ihre Vagina zog sich zusammen, wie sie ihn in hilfloser Erregung so anblickte, und sie gewährte ihm volles, unbeschränktes Recht über ihren Körper.

»So schön«, raunte er, und sie wusste, dass er ihre Unterwerfung ebenso deutlich vor sich gesehen hatte wie ihr Gesicht. »Wenn du dich mir so hingibst, könnte ich dich ewig ansehen.«

Er zog den Vibrator zwischen ihren feuchten Lippen heraus und streichelte ihr zärtlich über die Wange. Sie drehte ihr Gesicht zu seiner Handfläche und küsste ihn dort in die Mitte. Aus seiner Kehle drang ein rohes Geräusch, und er zog seine Hand zurück. Noch einmal drückte er eines ihrer Knie gegen das andere, legte damit ihren nackten Busen offen und stimulierte mit dem Vibrator ihr kurviges Fleisch. Sie biss sich auf die Lippe und schluckte ihren sanften Aufschrei hinunter, als er den vibrierenden Ring über einen prallen Nippel schob und sanft zudrückte.

»Fühlt sich das gut an?«, raunte er und blickte sie wieder an.

»Ja«, flüsterte sie.

Und das tat es. Ihre Brustwarze war von dem vibrierenden Ring umschlossen. Die seltsame Verbindung, die ihre Brustwarze mit ihrer Klitoris verband, erwachte zum Leben. Sie warf ihren Kopf auf der Matratze hin und her und stöhnte, ihre Geilheit wurde scharf und unerträglich.

»*Psst.*« Ian beruhigte sie sanft.

Sie schrie auf, als er ihre Schamlippen dann tatsächlich spreizte und ihren Kitzler mit dem vibrierenden Ring umschloss. Ihr Schrei ging in ein ekstatisches Stöhnen des Jammers über, als er den Vibrator ausschaltete. Sie schloss die Augen und zitterte nach der intensiven, präzisen Stimulation, ihre Hüfte lag verdreht auf dem Bett. Er packte die Fessel an ihrer Wade und zog sie zurück in Position. Sie hatte keine andere Wahl, als diese Vergnügen in kleiner Dosis so zu akzeptieren.

»Komm«, sagte Ian einen Augenblick später.

Sie folgte seiner Aufforderung aufs Wort, sodass ihr Körper sich im Ansturm der Erlösung schüttelte. Nachdem die ersten, heftigsten Wellen des Höhepunkts abgeklungen waren, legte er den Vibrator zur Seite. Sie hob ihren Kopf vom Bett und verbiss sich einen Schrei, als er seinen Schwanz gegen ihre Muschi presste, ihre Oberschenkel packte und sie mit einem Stoß aufspießte.

»Mein Gott ... *Ian*«, stöhnte sie, als sie mit seinem Penis weitere Höhepunkte erlebte. Das plötzliche Eindringen überwältigte sie. Es fühlte sich vor allem wunderbar an, doch schmerzte es auch ein wenig, so erfüllt war sie plötzlich mit Ians großem Schwanz in ihrer Muschi und dem Plug im Arsch.

»So ist es gut«, rief er mit einer Reibeisenstimme und begann sie zu stoßen, sein schönes Gesicht vor unterdrücktem Vergnügen ganz starr. »Das ist es, was ich spüren wollte. Diese Hitze. Diese Nässe«, krächzte er, während er sie fickte. Ihre Vagina hielt ihn fest, sie kam wieder.

»Nein«, stotterte sie verzweifelt, als er sich ihr eine Minute später entzog. Sie hob ihren Kopf, starrte auf den erotischen Anblick seines schweren, schimmernden Schwanzes, der aus dem geöffneten Reißverschluss und den hinuntergezogenen Shorts hervorschaute. Meist zog er sich seine Hosen nicht ganz aus, wenn er mit ihr und den Fesseln spielte. Ihr verzögertes Verlangen machte sie verrückt. Sie gewann etwas Abstand davon, als sie, gefesselt und hilflos wie sie nun einmal war, zusehen musste, wie er sich mit der Hand über den feuchten, festen Schaft fuhr. Ihre Vagina und die Anusmuskeln zogen sich eng zusammen. Er ließ ein herbes Stöhnen hören.

Sie bemerkte, dass er starr zwischen ihre gespreizten Schenkel auf ihre offen daliegende Muschi und den eingeführten Plug schaute. Ihre Wangen färbten sich rot. Sie verspürte das überwältigende Bedürfnis, sich selbst zu bedecken. Noch nie hatte sie sich ihm so ausgeliefert gefühlt wie in diesem Moment. War sie denn verrückt geworden, sich einem anderen Menschen dermaßen zu offenbaren … sich zu erlauben, derart verletzlich zu werden?

Sein Gesicht verkrampfte sich ein wenig, sein Ausdruck verriet etwas von dem intensiven Begehren, das ihm Schmerzen bereitete. All ihre Zweifel über ihre Verletzlichkeit schmolzen dahin. Auf vielerlei Art entblößte sich Ian während des Liebesspiels genauso vor ihr wie sie vor ihm.

»Ian«, raunte sie leise. Er blickte auf, ihre Blicke trafen sich, und sie wusste, dass er in ihr Herz sehen konnte.

»Du solltest mich nicht so ansehen. Du weißt, was das mit mir macht.«

»Es tut mir leid«, antwortete sie.

»Nein, das tut es nicht«, sagte er grimmig, trat an ihren Kopf heran und knöpfte dabei rasch sein Hemd auf. Er streifte es über seine Schultern ab. Ihr Blick glitt über gewölbte, straffe Muskeln. Sie hatte in den letzten Monaten gelernt, dass sie, wenn sie gefesselt war, zu einem genaueren Beobachter wurde und die Augen die Rolle ihrer gierigen Finger eingenommen hatten. Da Ian ihr ebenfalls gelegentlich die Augen verband, waren auch ihre Nerven ausgesprochen empfänglich für jede seiner Bewegungen und Berührungen geworden.

»Und mir, ehrlich gesagt, auch nicht«, fuhr er fort. »Wenn ich mir diesen Blick deiner Augen aufbewahren könnte, würde ich es tun.«

Sie befand sich in solch einem mächtigen, merkwürdig kombinierten Zustand aus zugleich Sättigung und aufrechterhaltener Erregung, dass sie einen Moment brauchte, um seinen festen und doch auch irgendwie zögernden Ausdruck wahrzunehmen, der aufgetaucht war, während er ihren Nacken, die

Seiten ihrer Brüste und Rippen streichelte, was sie vor Vergnügen erzittern ließ.

»Was ist los?«, wollte sie, verwirrt durch seinen Stimmungswechsel, leise wissen.

Zunächst antwortete er nicht und verwöhnte sie nur weiter mit seiner großen, warmen Hand.

»Ich würde dich gerne filmen, wenn wir weitermachen. Nur dein Gesicht«, fügte er schnell hinzu, als sie nicht gleich weitersprach.

»Warum?«, fragte sie, glaubte aber die Antwort bereits zu kennen.

Der Ausdruck auf seinem Gesicht verriet ihr nichts, aber sie spürte seine Unruhe.

»Du weißt, ich würde deine Süße gerne aufbewahren, wenn ich es könnte«, gab er zu. »Dich überall mit hinnehmen.«

Ihr Herz schwoll auf die doppelte Größe an, so kam es ihr vor. Er hatte so viel Leid in seinem Leben erfahren … hatte so viel Angst vor abrupter Zurückweisung, war geprägt durch unerwartet schreckliche, ja sogar gewalttätige Ausbrüche einer schizophrenen Mutter.

»Alles, was ich bin, ist immer für dich da, Ian«, sagte sie sanft. »Aber du darfst mich natürlich filmen, wenn du denkst, dass es hilft … irgendwie.«

Sein abgewandter Blick kehrte zu ihr zurück, konzentrierte sich auf sie.

»Bist du sicher? Natürlich würde ich nur für mich filmen. Ich werde die Aufnahme wie meinen Augapfel hüten.«

Sie lächelte.

»Das weiß ich. Hätte ich es dir denn sonst erlaubt?«

Seine Nasenflügel weiteten sich ein wenig, als er sie betrachtete.

»Du hältst es für eine seltsame Bitte, oder?«

»Nein. Ich verspüre diesen Wunsch nicht so wie du, Ian, aber ich verstehe ihn. Wirklich«, fügte sie hinzu.

Er beugte sich zu ihr und küsste die Diamanten an ihrer gefesselten Hand – den Verlobungsring, den er ihr vor einigen Wochen geschenkt hatte.

»Danke«, sagte er.

Sein feierliches Benehmen ließ ihr Tränen in die Augen steigen. Sie war froh, als er sich von ihr abwandte. Als sie ihn wieder sehen konnte, hatte er eine kleine Videokamera in der Hand. Er stellte sie auf dem Schreibtisch ab und richtete den Sucher rasch auf ihren Kopf.

»Sie zielt auf dein Gesicht«, erklärte er, als er gleich darauf näher zu ihr kam. Ihr fiel auf, dass seine Erektion während seiner kurzen Abwesenheit von ihr keineswegs kleiner geworden war. Sie wirkte, im Gegenteil, noch genauso stark, schwer und schamlos. Dass es ihn erregte, sie beim Sex zu filmen, konnte sie durch ihre Liebe und ihr Vertrauen in ihn genießen. Es war nur eine weitere Stufe der Intimität, die sie entdeckten. Sie fühlte sich von seiner Bitte nicht abgestoßen.

»Du weißt, wie ich es liebe zuzusehen, wenn du dich mir hingibst«, sagte er und streichelte ihre Hüfte, dann ihren Bauch, schließlich wanderten seine langen Finger in Richtung ihres Venushügels und der geöffneten Muschi. »Auf diese Art kann ich diesen Anblick immer wieder haben.«

»Würdest du nicht lieber mir selbst zuschauen?«, wollte sie wissen. Ihre Wangen röteten sich durch das neckende Streicheln seiner langen, talentierten Finger, die ihre Haut nur Zentimeter neben jener Stelle kitzelten, die eben noch so gebrannt hatte. Sie stöhnte, als er ihr zärtlich über die feuchte Innenseite ihrer Schenkel strich.

»Ich würde dich selbst unendlich viel lieber in echt sehen«, versicherte er ihr, wobei sich sein Mund zu einem kleinen Lächeln verzog. »Wer würde nicht gerne …«, er machte eine kurze Pause, schob dann seinen dicken, langen Finger in ihre Spalte, was bei ihr zu einem scharfen Luftholen führte, und fuhr dann fort »… dieses exquisite Fleisch besitzen?«

In ihr war ein Feuer entfacht, sie konnte hören, wie er den Finger in ihrer feuchten Muschi bewegte, wie er sie mit dem Finger fickte. Er zog den benetzten Finger zurück und legte ihn sofort auf ihre Klitoris und rieb dort so sorgfältig, dass sie die Augen verdrehte und die Lider fest schloss. Sein angeborenes Talent und die stimulierende Creme in Kombination waren fast unerträglich mächtig und präzise.

»Nein, Engel. Mach die Augen auf. Schau mich an.«

Sie bemühte sich, seinem Verlangen nachzukommen und richtete ihren Blick auf das geliebte Gesicht. Er stimulierte ihren Kitzler weiter genau in der Mitte. Ihre Lippen bebten. Er war kurz davor, ganz kurz davor, sie zum Höhepunkt zu führen.

»Was gefällt dir mehr?«, fragte er, ohne zu lächeln. »Der Vibrator oder meine Hand?«

Ohne zu zögern sagte sie: »Deine Hand.« Sie hob ihre Hüfte, um diesen göttlichen Druck zu erhöhen. »Immer deine Hand. Deine Berührung«, fügte sie noch zittrig hinzu.

»Der Film wird genau das für mich sein. Ich erlaube dir ja auch, in meiner Abwesenheit einen Vibrator zu verwenden, oder?«

»Ja«, kam es lautlos aus ihrem Mund, denn sie war viel zu überwältigt, um hörbar sprechen zu können.

»Und doch magst du es mit mir lieber?«, fragte er, und sie konnte trotz seiner sonst offensichtlichen Selbstsicherheit einen kleinen Anflug von Unsicherheit … von nacktem Bedürfnis in seiner Stimme hören.

»*Unendlich* viel lieber«, wiederholte sie bruchstückhaft seine Worte und schaute ihm in die Augen. Die Gefühle überwältigten sie. Sie schloss ihre Augen, eine Träne lief ihr über die Wange, und sie kam in seiner Hand.

Sie reiste aus dem Reich der Glückseligkeit zurück, als sie spürte, wie der Plug aus ihrem Po gezogen wurde. Er war fast augenblicklich dort – ein voller, stoßender Ersatz. Er wich ihrem Blick nicht aus, während er in sie eindrang, und seine Augen bildeten einen wunderbaren Kontrast zu seinen harten Gesichtszügen. Die rohe Intensität des Moments erschütterte sie. Es gab auch nicht den kleinsten Punkt in ihrem Körper, den sie ihm nicht überlassen hätte.

»Schau nicht weg«, befahl er, als er seinen Hoden gegen ihre Pobacken drückte. Sie schnappte nach Luft, die jedoch kaum ihre Lunge zu füllen vermochte. Er musste gespürt haben, wie kraftvoll dieser Augenblick für sie war. Er legte seine Hand auf ihre Hüfte und begann sie zu ficken, sein Penis schlug rhythmisch gegen ihren Arsch. »Schau niemals weg, Francesca.«

Er klang beinahe verärgert, doch sie wusste, dass dem nicht so war. Die Intensität des Moments ließ seine Stimme rau klingen. Sie schüttelte kaum merklich den Kopf, so überflutet war sie von dem Gefühl seines Schwanzes, der sich an einem so intimen Platz bewegte, so ausgefüllt war sie von der Liebe und dem Wunsch, sich ihm hinzugeben. Das Zusammenspiel der Klitoriscreme und Ians urwüchsiger Inbesitznahme ließ sie wieder brennen. Sogar ihre Fußsohlen wurden heiß und prickelten. Er legte die Hand auf ihren Unterbauch und ließ seinen Schwanz wieder und wieder in sie hineinfahren. Sie schrie auf, ihr Rücken wölbte sich ein wenig vom Bett hoch, als er seinen Daumen zwischen ihre Schamlippen schob und ihre Klitoris rieb.

»O nein«, stöhnte sie, ohne sich dessen wirklich bewusst zu sein.

»Doch«, verbesserte er sie mit zusammengebissenen Zähnen. »Mach die Augen auf.«

Sie tat, was von ihr verlangt worden war – sie hatte nicht gemerkt, dass sie sie in Erwartung des Höhepunkts geschlossen hatte. Das Geräusch der aufeinanderklatschenden Körper kam immer schneller und schneller und ging in ihren Ohren in das Geräusch ihrer schlagenden Herzen über. Mit seinem kreisenden Daumen erzeugte er einen köstlichen Schauder. Sie war kurz davor, sich zu entzünden wie der Kopf eines Streichholzes. Sie gab sich Mühe, ihn anzuschauen und unterdrückte ein Stöhnen. Schweiß lief über sein Gesicht, die Brust und den angespannten Bauch.

»Sag mir, dass du mich liebst«, raunte er.

»Ich liebe dich so sehr.«

»Immer.«

»*Ja*. Immer.« Ihre Lippen zitterten, als sie den Höhepunkt erreichte. Sie spürte, wie er in ihr anschwoll, doch dieser leichte Schmerz goss nur noch mehr Öl ins Feuer ihres Verlangens, das damit nun an seinem Ziel angekommen war. Ihr Aufschrei wurde durch Ians Stöhnen übertönt.

Einen Augenblick später fiel er zwischen ihre gefesselten Beine und stützte sich mit den Armen auf der Matratze über ihr ab. Beide zitterten und keuchten im Nachklang dieses ungeheuren Sturmes des Höhepunkts. Ein Schweißtropfen fiel in ihr Auge. Es brannte, und dennoch blinzelte sie nicht, zu schön war sein Anblick.

»Ich rufe Lucien und Elise an und sage ihnen für heute Abend ab«, sagte Ian, dessen Blick über ihr Gesicht huschte.

»Dafür ist es schon zu spät, sie werden schon unterwegs sein. Außerdem würde dir ein Abend mit Freunden guttun. Du wirkst immer so entspannt und scheinst es zu genießen, wenn Lucien in deiner Nähe ist. Er hat einen guten Einfluss auf dich.«

Sein Mund zuckte.

»Ich genieße es noch viel mehr, wenn du in meiner Nähe bist. Und du kannst dir nicht vorstellen, wie entspannt ich jetzt gerade bin.«

»Ich weiß, worauf du anspielst. In letzter Zeit hattest du viel Stress, gerade wegen der Krankheit deiner Mutter.« Ihr Lächeln verschwand. Nach einem kurzen Augenblick, in dem sie ihn betrachtet hatte, fragte sie nach: »Möchtest du wirklich absagen?«

Er streckte sich und stand langsam auf, wobei er das Gesicht verzog.

»Ja«, war seine ehrliche Antwort, während er sie losband. »Ich würde den Abend lieber hier mit dir verbringen«, fuhr er kurz darauf fort. Er warf ihr einen düster-amüsierten Blick zu und löste die Fesseln um ihre Gliedmaßen mit genau derselben methodischen Präzision, die er auch schon beim Anlegen der Bänder gezeigt hatte. »Doch vermutlich sollte ich nicht so selbstsüchtig sein. Ein paar Stunden, die man zusammen mit Freunden verbringt, ändern im Großen und Ganzen nicht viel. Ich werde schnell genug wieder mit dir im Bett liegen, habe ich recht?«

»Absolut.«

Ein unerklärliches Frösteln huschte wie ein unsichtbarer Schatten über ihr erhitztes Fleisch und war sofort auch schon wieder verschwunden. Sie atmete erleichtert auf, als sie ihren befreiten Körper wieder dehnen und sich wie eine zufriedene Katze strecken konnte.

Erst viel später dachte sie über ihre Antwort nach, die sie automatisch und voller Sicherheit gegeben hatte. Natürlich würden sie und Ian später wieder hier liegen.

Sie würden im Arm des anderen liegen, dort, wo sie hingehörten.

KAPITEL 1

Sechs Monate später

»Nichts ist sicher, oder? Gar nichts.« Francesca klang düster, als sie den Wirtschafts- und Finanzteil der Zeitung weglegte, deren Titelzeilen vom Schwanken der japanischen Wirtschaft berichteten. Ihr Blick blieb an der Überschrift *Japanischer Großkonzern beauftragt Investmentbank mit dem Verkauf* hängen. Nervös kaute sie auf ihren Lippen und zuckte zusammen, als ihr Mitbewohner, Davie Feinstein, sie an der Schulter berührte.

»Doch, manche Dinge sind sicher«, entgegnete Davie und schickte seinem Satz einen bedeutungsvollen Blick hinterher, den sie zu ignorieren versuchte. Sie nahm die dampfend heiße Tasse Tee, die er ihr anbot, und lächelte ihn an, als er sich gesetzt hatte. Er teilte heiße Eierpfannkuchen auf ihre Teller aus.

»So was wie Steuern und deine Frühstücke am Wochenende. Wie unsere Freundschaft?« Francesca bemühte sich, ihrer Stimme bei dieser Frage einen lockeren Ton zu geben, schließlich rührte sie hier an ein sensibles Thema, das sie an diesem sonnigen Dezembermorgen eigentlich nicht vertiefen wollte. *Dieses* sensible Thema: Wie Ian sie nach dem Tod seiner Mutter verlassen hatte. Doch nicht nur wegen des unerwarteten Todes seiner Mutter, sondern auch weil ihm eine vergiftende Wahrheit über seinen leiblichen Vater mitgeteilt worden war … eine Erkenntnis, die ihm Lucien Lenault genau an jenem Sommerabend eröffnet hatte, an dem Francesca und Ian dieses so intime Liebesspiel erlebt hatten. In einem Augenblick sah ihre gemeinsame Zukunft noch rosig und sicher aus. Dem hatte im nächsten Augenblick die schneidende Schärfe der Wahrheit ein Ende bereitet.

Und der Zweifel.

Sie wusste, dass Ian sein ganzes Leben über schon Angst gehabt hatte, sein ihm unbekannter Vater hätte seine psychisch kranke Mutter ausgenutzt oder sogar, im schlimmsten Fall, vergewaltigt. Wer sein leiblicher Vater war, blieb für ihn dennoch immer ein Rätsel, bis eben zu jenem Abend vor sechs Monaten. Bis zu dieser schicksalsschweren Nacht, in der Lucien und Elise zum Dinner gekommen waren und Lucien sie mit der Nachricht schockierte, er und Ian seien Halbbrüder. Doch das war noch nicht das Schlimmste. Denn er ließ ihn auch wissen, dass ihr gemeinsamer Vater, Trevor Gaines, ein Vergewaltiger und Reproduktionist gewesen sei – ein Mann, dessen Trachten darauf gerichtet war, möglichst viele Frauen zu schwängern. Die Folgen dieser Erkenntnis, zusammen mit der plötzlichen Verschlechterung des Gesundheitszustandes seiner Mutter und deren Tod, schwächten Ian.

Francesca mochte gar nicht darüber nachdenken, dass es noch ein Thema gab, welches Ians Psyche womöglich einen weiteren Knacks versetzt hatte. Nämlich den bizarren Zufall, dass Ian sie genau an jenem Abend gebeten hatte, sie beim Sex filmen zu dürfen, an dem er erfuhr, dass sein krimineller Vater Gefallen daran hatte, seine Eroberungen und Opfer ebenfalls aufzunehmen. Sie vermutete, dass Ian daraufhin mit sich selbst hart ins Gericht gegangen war. Doch er hatte ihr nie die Gelegenheit gegeben, ihm zu versichern, dass er weit, sehr weit davon entfernt war, Trevor Gaines zu ähneln.

Nichts wollte sie lieber, als ihn beruhigen und ihn von seinen Sorgen erlösen, doch er war gegangen … verschwunden, ohne sie zu informieren oder ihr eine Nachricht zu hinterlassen. Weg. Der Mann, den sie heiraten wollte, den sie mehr geliebt hatte als sich selbst.

Es war also zur Gewohnheit zwischen ihr und Davie geworden, dass sie das Thema einfach vermieden. Sie sprachen nicht darüber, dass jener Mann, dem sie sich so nah gefühlt hatte wie keinem anderen, jetzt vom Angesicht der Erde verschwunden war und sich erfolgreich dagegen wehrte, wieder aufgefunden zu werden.

»Steuern und Freundschaften sind ohne Zweifel sicher. Und was die Frühstücke am Wochenende angeht, so werde ich die zumindest so lange machen, wie jemand zum Essen kommt«, sagte Davie und reichte ihr den Ahornsirup.

»Am meisten vermisse ich Caden und Justin bei diesen Gelegenheiten.«

»Ach ja, übrigens hat Justin gerade ausgerichtet, dass er heute Morgen versucht, nach dem Sport hier noch vorbeizukommen.«

»Wirklich?«, fragte Francesca hoffnungsvoll, und Davie nickte.

Warum musste sich auch alles ändern? Davie, Justin, Caden und sie waren jahrelang enge Freunde und Mitbewohner gewesen. Doch dann hatte sie Ian getroffen, und ihr Leben hatte eine Wendung genommen, die sie nie zuvor für möglich gehalten hätte. Sie hatte mehr und mehr Zeit in Ians luxuriösem Apartment in der Innenstadt verbracht und wollte dort nach ihrer Hochzeit ganz einziehen. Als einer der wohlhabendsten, einflussreichsten Männer der Welt hatte Ian sie zu Orten geführt, von denen sie bis dahin nur geträumt hatte, sie mit wichtigen Impulsgebern nicht nur in der Kunstwelt – *ihrer* Welt – bekannt gemacht, sondern auch mit Akteuren aus allen Bereichen des Lebens, der Wirtschaft, der Politik und Prominenz. Er hatte sie mit einer herausfordernden Art des Liebesspiels vertraut gemacht, ihr die Kraft der Unterwerfung beigebracht … und ihren Körper zu einem feingeschliffenen Instrument im Erleben konzentrierten Vergnügens geformt. Er hatte aus ihr eine selbstsicherere Frau gemacht, die sich großartig in ihrem Körper fühlte, einer Frau, die ihre Fähigkeiten und ihre Sexualität angenommen hatte und mit Stolz ausfüllte.

Doch dann kam es zu dieser Tragödie. Ian war absichtlich untergetaucht. Justin und Caden hatten beide vielversprechende Jobs gefunden und waren in eigene Wohnungen gezogen. Als sie in Davies Stadthaus am Wicker Park zurückgekehrt war, hatte sich viel geändert. Sie selbst war eine andere; die freigeistige, linke junge Frau war verschwunden, an ihrer Stelle war eine ernüchterte, zurückhaltende, traurige und bitter gewordene Frau eingezogen. Nur Davie war immer da gewesen, eine feste, verlässliche Stütze ihres Lebens. Er war da gewesen, um ihre Wunden zu versorgen, um sie zu unterstützen, all ihre Energie in das Beenden ihres Masters und die Malerei zu legen. Dank Ians Ruf und Mäzenatentum war ihr Name in der Kunstszene bekannter geworden. Aufträge hatte sie genug, sogar so viele, dass sie einige gut bezahlte ablehnen musste.

Dennoch, es schien ihr, als sei ihr Leben mit quietschenden Bremsen angehalten worden. Sie war noch immer ohne Orientierung, ihr Kopf schwankte noch von dem unerwarteten Einschlag ihres abrupten Verlusts.

Sie goss sich den Sirup über die Pfannkuchen, doch ihre Aufmerksamkeit war wieder zu der Zeitung und der Nachricht über Tyake Inc. zurückgekehrt, die wegen der japanischen Finanzkrise verkaufen mussten. Davie fiel ihre gedankliche Abwesenheit auf, als sie ihre Pfannkuchen beinahe ertränkt hatte. Er berührte ihre Hand. Sie blinzelte und drehte die Sirupflasche um.

»Steht in der Zeitung etwas über Nobel Enterprises?« Davie fragte vorsichtig nach Ians milliardenschwerer Firma.

»Nein, nicht soweit ich weiß«, antwortete Francesca gleichmütig, stellte die Flasche ab und griff nach ihrer Gabel. Ihr war wieder sehr deutlich, dass sie kurz davor waren, das Thema Ian anzusprechen. Schließlich war er das Synonym für diese höchst erfolgreiche Firma. Zumindest war er es gewesen, bevor er seine Stelle an deren Spitze aufgegeben hatte.

Es klopfte an der Tür, und Francesca, froh über diese Ablenkung, legte ihre Gabel zurück.

»Warum klopft Justin denn?«, fragte sie überrascht, als sie aufgestanden war. Justin, Caden, Davie und sie waren doch eigentlich immer noch eine Familie.

»Ich habe die Tür heute Morgen noch nicht aufgeschlossen, glaube ich«, hörte sie Davie sagen, während sie die Küche verließ und durch den Flur ging. Francesca entriegelte das Schloss und schwang die Tür auf.

»Du kommst gerade rechtzeitig …« Sie hielt inne. Mitten im Satz fiel ihr auf, dass es nicht ihr Freund Justin war, der auf den Stufen vor dem Eingang stand.

»Lucien.« Der Schock, dass sie Ians Halbbruder dort stehen sah, ließ ihre Stimme erzittern. Allein der Blick in dieses klassisch schöne Gesicht und auf das dunkle, zerzauste Haar rief die Erinnerungen an diese furchtbare Nacht in ihr wach. Sie sah Luciens unbewegte, besorgte Gesichtszüge vor sich und hörte Ians hohle Stimme, als er auf das Foto seines leiblichen Vaters sah.

Meine Mutter. Deshalb kam es mir manchmal so vor, als hätte sie Angst vor mir – mein ganzes Leben schreckte sie vor mir zurück und zuckte zusammen, wenn sie mich sah … denn ich sehe so aus wie er.

Denn ich habe das Gesicht jenes Mannes, der sie ausgenutzt hat. Ich sehe aus wie ihr Vergewaltiger.

Sie zwang sich, diese quälend schmerzvolle Erinnerung an Ians Worte aus ihrem Kopf zu vertreiben und sich stattdessen Lucien zuzuwenden. Sie war ihm aus dem Weg gegangen, so wie sie versucht hatte, allem aus dem Weg zu gehen, was irgendwie mit Ian in Verbindung gebracht werden konnte. Sie hatte nichts gegen Lucien oder dessen neue Frau, Elise. Im Gegenteil, sie mochte das Paar gerne. Der Überlebensinstinkt hatte sie dazu gebracht. Erinnerungen an Ian schnitten so tief in ihr Fleisch.

Luciens Nasenflügel bebten leicht, während er sie trübsinnig anschaute. Sein abschätzender Blick aus grauen Augen erinnerte sie unangenehm an einen ähnlichen, aus blauen Augen.

»Es tut mir leid, dass ich in deine Privatsphäre eindringe«, entschuldigte er sich mit seiner weichen, französisch klingenden Stimme. »Aber ich möchte etwas Wichtiges mit dir besprechen.«

Ihr Herz machte einen Satz. »Geht es um Ian? Geht es ihm gut?«, fragte sie, und ein grausiges Frösteln zog über ihre Haut.

»Ich habe noch immer nichts von ihm gehört. Was ich über seine unregelmäßigen Kontakte zu Lin gehört habe, so scheint es ihm gut zu gehen. Zumindest lebt und funktioniert er noch«, fügte Lucien flüsternd hinzu und spielte damit auf Lin Soong, Ians begabte Assistentin, an. Sein Mund zog sich zusammen, woraus Francesca schloss, dass er besorgt war … oder verärgert? Sie wusste, dass Lucien mit dem freiwilligen Exil seines Halbbruders nicht einverstanden war. Lucien selbst sagte, er habe genauso wenig eine Ahnung, wo Ian sich aufhalten könnte, wie Francesca oder Ians Großeltern. Auch Lin schwor, sie habe keine Idee, wo Ian sei, aber es würde Francesca nicht überraschen, wenn sie auf Ians Aufforderung hin lügen würde. Lin war absolut loyal ihm gegenüber.

Sie bemerkte, dass Davie näher gekommen war und schon neben ihr stand.

»David«, sagte Lucien und grüßte ihn mit einem nüchternen Nicken.

»Lucien, komm doch rein. Draußen ist es so kalt.« Mit diesen Worten bat Davie den anderen Mann in den Flur. Francesca machte Platz, peinlich berührt von der Erkenntnis, dass sie Lucien in der Kälte hatte stehen lassen. »Was gibt's?«, wollte Davie wissen und schloss die Tür.

Lucien wandte sich an Francesca. »Es geht um Noble Enterprises. Wir brauchen dich, Francesca. Du kennst die Absprachen, die Ian getroffen hat. Nun ist eine besondere Situation entstanden, und wir müssen einige wichtige Entscheidungen treffen.«

Sie spürte, wie das Blut aus ihrem Kopf wich. Ein leichter Schwindel ergriff sie. Ihr wurde unangenehm bewusst, dass Davie völlig überrascht in ihre Richtung blickte.

»Wovon redet er?«, wollte Davie wissen.

Francesca schluckte mühsam und vermied es, den Männern ins Gesicht zu schauen.

»Du und die anderen, ihr könnt alle Entscheidungen alleine treffen«, sagte sie kurz, knapp und im Flüsterton zu Lucien, als dächte sie, sie könne die Wahrheit vor Davie geheim halten. Und vor sich selbst.

»Du musst diese Entscheidungen treffen. So hat es Ian vor seinem Untertauchen bestimmt. Von all den Mitgliedern dieses Ad-hoc-Führungsgremiums hast allein du die Mehrheitsrechte, um das Anlagevermögen zu veräußern und große Neuerwerbungen zu tätigen. Noble Enterprises braucht dich jetzt. Ian braucht dich.«

»Geht es um Tyake?«, wollte Francesca wissen und warf Lucien dabei einen zögerlichen Blick zu.

»Du wusstest, dass Ian diese Firma schon seit langer Zeit kaufen wollte?«, fragte er.

Francesca nickte. Normalerweise versuchten Davie und sie, Ians Namen zu vermeiden. Ihn nicht nur einmal, sondern gleich mehrere Male an diesem Morgen gehört zu haben, fühlte sich an, als bohrten sich viele kleine Messerchen in ihren Körper.

»Worüber redet ihr da? Francesca?«, hakte Davie nach.

Francescas Verzweiflung nahm noch zu, als sie Davies Fassungslosigkeit erkannte. »Es tut mir leid. Ich habe dir nichts davon erzählt, weil … weil es mir lächerlich vorgekommen ist. Ian hat mich sitzengelassen. Er hat mir …«

»Er hat dir den Zugang zu einem immensen Vermögen, das Nutzungsrecht all seiner Immobilien und eine einflussreiche Stellung innerhalb des Übergangs-Direktoriums hinterlassen, den er zur Leitung der Firma während seiner Abwesenheit bestimmt hat. Ich kann verstehen, dass du dich geweigert hast, all diese Dinge anzuerkennen. Das kann ich wirklich verstehen«, fügte Lucien weicher hinzu. Sein mitfühlender Gesichtsausdruck schmerzte sie mehr, als es ein ungeduldiger oder verächtlicher getan hätte. »Aber verschließ dich nicht der Realität. Der Lebensunterhalt von Tausenden von Menschen hängt von der Stabilität und dem Wohlergehen von Noble Enterprises ab. Ähnliches könnte man auch von Tyake sagen. Ian und du, ihr seid nicht zusammen, aber du verstehst vermutlich mehr als jeder andere, welche persönlichen Gefühle und Ziele er für seine Firma hatte. Ich denke, deshalb hat er auch dich mit diesen besonderen Rechten eines Bevollmächtigten ausgestattet und nicht uns. Ians Großeltern und sein Cousin Gerard Sinoit sind hier in Chicago. Der einzige Mensch, den wir noch nicht bei der Sitzung dabeihaben, bist du, und ohne dich sind wir handlungsunfähig. Ich kann nachvollziehen, dass du dich für diese Dinge unvorbereitet fühlst, wie du sagst, aber Gerard, James, Anne und ich können dir mit unserem Wirtschaftswissen zur Seite stehen. Wir werden dich führen. Ians Vizepräsidenten und Geschäftsführer haben das Alltagsgeschäft gemanagt, ab und zu mit unseren Hinweisen und Instruktionen. Doch von den fünf Mitgliedern des Direktoriums zählt deine Stimme am meisten, wenn es um größere Zukäufe und Liquidierungen geht. Wir können in diesem Augenblick ohne deine Mitarbeit nicht weitermachen.«

»Aber wenn ich doch keinen Platz in Ians Leben habe, wie kann ich dann in seiner bescheuerten Firma eine Rolle übernehmen?« Als Francescas Ärger durch ihre spröde Rüstung brach, fing sie an zu fauchen. Luciens Gesicht blieb ungerührt, sein rätselhafter Blick weiter auf sie gerichtet. Er sprach es nicht aus, dass er sie für selbstsüchtig hielt, wenn sie sich an diese Kränkung klammerte, aber Francesca konnte sich vorstellen, dass er genau das dachte. Lucien hatte ja eigentlich seine Ehefrau und ein eigenes Geschäft, um die er sich kümmern musste, und fand trotzdem noch Zeit in seinem vollgepackten Terminkalender, um sich mit den Angelegenheiten von Ians Firma zu beschäftigen.

Sie warf Davie einen wilden Blick zu, dabei wusste sie doch sehr genau, dass ihr guter Freund ihr in diesem Fall gar nicht helfen konnte. *Verdammt, Ian.* Wie konnte er sie einfach verlassen, wo er sich doch zugleich in jeder Pore ihres Daseins festgesetzt hatte, wo er doch Schweiß und Blut in seine Firma investiert hatte, in die er sogar sein eigenes Wesen eingebracht hatte?

Noch nie war sie so in eine Ecke gedrängt worden.

Ach, du kannst mich mal. Er hatte sie beide im Stich gelassen – seine Firma und sie. Die beiden Dinge, von denen er sagte, sie seien ihm in der Welt am wichtigsten. Sie war ein Wrack, das er hinter sich gelassen hatte. Sollte seine Firma doch der zweite Schrotthaufen werden, ihr war das egal. Es hatte sich einmal so angefühlt, als würde sie bei lebendigem Leib brennen, als sie von seinem Leiden erfahren hatte, doch dann hatte er ihr die Möglichkeit genommen, ihm Trost zu spenden. Seine Abwesenheit verursachte ihr solchen Gram und unermessliche Trauer, ihre Sorge um seine Gesundheit war so groß, dass sie sich wie ausgehöhlt vorkam. Sie hatte ganz sicher nichts übrig, was sie abgeben konnte.

In all diese Gedanken schlich sich doch eine ergreifende Erinnerung an das letzte Mal, als Ian und sie sich geliebt hatten.

Sag mir, dass du mich liebst.

Ich liebe dich so sehr.

Immer.

Ja. Immer.

»Wie schon gesagt, ich kann verstehen, warum du dich nur so ungern damit beschäftigen möchtest«, fuhr Lucien fort und brachte sie damit wieder zurück in den angespannten Moment der Gegenwart. »Der Mensch neigt dazu, sich in schmerzhaften Momenten zurückzuziehen, um seine Wunden zu lecken. Das ist ganz natürlich … ein Instinkt der Heilung. Und trotzdem bitte ich dich, das zu tun, Francesca. Und zwar nicht für mich.«

Sie konnte den Schluchzer kaum kontrollieren. Sie zuckte zusammen und wich Davies starrem Blick aus. Er sprach von ihrem Schmerz und ihrer Reaktion darauf, natürlich, aber er spielte damit auch auf Ian an. War es nicht genau das, was er tat? Sich verkriechen und sich um seine Wunden kümmern?

»Ich werde mich mit euch treffen und mir anhören, was ihr zu sagen habt. Aber ich verspreche gar nichts«, war ihre steife Antwort.

Er nickte einmal.

»Das ist auch alles, worum ich dich bitten wollte.«

Der erste Schlag traf sie, als sie Ians großzügiges Büro betrat, einen Raum mit jenem maskulinen, strengen Luxus und dem Blick auf den Fluss und die Skyline, der ihr so vertraut war. Noch mehr beschleunigte sich ihr Herzschlag, als sie die eifrigen, besorgten Mienen von Ians Großeltern, Anne und James Noble, erblickte.

Sie mochte die beiden. Konfrontiert mit der harten Realität, dass sie nun nicht länger auserkoren war, ein Teil dieser Familie zu sein, ließ ihr das Atmen, ganz zu schweigen vom Sprechen, für eine ganze Weile zu einer großen Herausforderung werden. So nickte sie einfach höflich, als Lucien sie Ians Cousin Gerard Sinoit vorstellte.

Der einzige noch freie Stuhl an dem großen, glänzenden Konferenztisch aus Kirschholz war am Kopfende. Francesca war gezwungen, dort Platz zu nehmen. »Danke«, sagte sie leise, als sie sich gesetzt hatte und sie Lin Soongs Blick traf, die ein Glas Mineralwasser mit Zitrone vor ihr abstellte. Ians Assistentin griff zu ihr hinüber und drückte ihre Hand. Ihre natürliche Empathie und Wärme standen wie immer in erstaunlichem Kontrast zu der kühlen Schönheit und aufpolierten professionellen Eleganz. Francesca drehte ihre Hand, um den Druck zu erwidern, sie war dankbar für dieses kleine Zeichen der Unterstützung unter diesen schwierigen Umständen.

»Lin, Sie sind uns gerne willkommen, wenn Sie dieser Sitzung beiwohnen möchten. Abgesehen von Ian weiß schließlich niemand mehr über Noble Enterprises als Sie«, sprach Gerard sie freundlich an.

»Darüber muss das Direktorium entscheiden«, entgegnete Lin. »Ich warte nebenan, falls Sie mich brauchen.«

In der Stille, die entstand, nachdem Lin die Tür geschlossen hatte, wandte sich Gerard an Francesca.

»Wir alle wissen, dass es sehr schwer für Sie sein muss ...«

Francesca schüttelte den Kopf, und Gerard hielt inne. Sie entschuldigte sich mit einem schwachen Lächeln bei ihm für diese abrupte Geste.

»Können wir bitte direkt auf diese Sache zu sprechen kommen? Was ist mit Tyake?«

Gerard räusperte sich und blickte von James zu Lucien. Lucien hob seine Augenbrauen erwartungsvoll, und Gerard begann zu beschreiben, welches Angebot Noble Enterprise für den Spiele- und Technologiemischkonzern hatte. Francesca hörte aufmerksam zu und machte sich dabei ein Bild von Ians Cousin.

Gerards Präsentation war eloquent, selbstsicher und von großem Wissen geprägt. Sie hatte ihn nie zuvor getroffen, wusste aber, dass Ian ihn als Kind »Onkel« genannte hatte, dabei war Gerard nur acht Jahre älter. Ian war erst knapp zehn Jahre alt gewesen, als seine Großeltern ihn und seine Mutter in Nordfrankreich wiedergefunden hatten. Nach Ians Rückkehr nach Großbritannien hatte Gerard Anne und James geholfen, den zurückgezogenen und argwöhnischen Jungen aus sich herauszulocken und ihm zum ersten Mal in seinem Leben so etwas wie Sicherheit ermöglicht.

Gerard sah jünger aus als die neununddreißig, die er war, das weiße Hemd, das er zu dem Blazer mit Fischgrätenmuster trug, betonte seinen trainierten, muskulösen Körper. Er hatte kastanienbraunes Haar, das gut zu seiner Augenfarbe passte, und doch konnte sie leichte Anflüge einer Familienähnlichkeit ausmachen. Ein wenig Ärger blitzte ihn ihr auf, als ihr dieser Gedanke beim Anblick von Gerards Gesicht ganz automatisch in den Kopf kam.

Würde es jemals wieder einen Tag geben, an dem sie einen Mann nicht mit Ian vergleichen würde?

Gerard war Anwalt, das wusste sie, dennoch hatte er seine Gesetzeskenntnisse nur eingesetzt, um seine beträchtlichen Investments zu steuern und sein Vermögen zu verwalten. Ihm gehörte eine außergewöhnlich erfolgreiche Elektronikfirma, die sich rühmen konnte, eine große Anzahl lukrativer Kunden aus dem privaten und öffentlichen Sektor zu haben. Sinoit Electronics, so viel wusste sie, war ein Zulieferer für Noble Enterprises, so wie Ian umgekehrt Sinoit mit einer gewissen patentierten Computertechnologie ausstattete. Ian hatte ihr einmal erzählt, dass Gerard ein genialer Geschäftsmann sei, der das Erbe seiner Eltern, das er schon im Alter von achtzehn Jahren antrat, bei deren Tod vervierfacht hatte. Gerard war zudem der Erbe von James Nobles Titel als Earl of Stratham, wohingegen Ian die Besitztümer und das Vermögen seines Großvaters zufallen würden. Da er ein illegitimes Kind war, war es gesetzlich ausgeschlossen, dass Ian den Titel übernehmen konnte. Und so ging der Titel an den Sohn von James' deutlich jüngerer Schwester Simone, eben Gerard, der der nächste männliche, legitime Nachfahre von James war. Francesca erinnerte sich auch, dass Gerard geschieden und kinderlos war, er war reich und sah recht gut aus. Das alles zusammen hatte ihn zu einem der begehrtesten Junggesellen in Großbritannien gemacht. Ian ließ dann und wann eine Bemerkung fallen, die mit ironischem Unterton darauf anspielte, dass Gerard ein Meister sei, der unglaublich geschickt dem gefräßigen Zugriff der Mehrheit der Frauen ausweichen konnte, dagegen aber versagte, wenn es darum ging, eine aus der Minderheit jener Frauen zu verführen, die ihm gefielen. Zum ersten Mal konnte Francesca nun aus eigener Anschauung verstehen, was er damit meinte.

»Wie also alle sehen können«, kam Gerard nun zu seiner Zusammenfassung, »sind wir darauf vorbereitet, den entscheidenden Schritt zu tun, um Tyake zu kaufen. Wir müssen uns allerdings beeilen. Angesichts der japanischen Finanzkrise will der Eigentümer unbedingt verkaufen. In dieser Hinsicht ist ihm eine schnelle Bezahlung wichtiger als ein großer Gewinn. So wie ich Lucien verstanden habe, ist Ihnen bewusst, wie viel Ian daran gelegen war, Tyake zu übernehmen?«, fragte er, wobei sich seine braunen Augen auf Francesca richteten.

Sie nickte.

»Er hat mehrere Anläufe dazu unternommen, die jedoch jedes Mal gescheitert sind. Er war immer neidisch auf ihr Programmiertalent. Er hat immer gesagt, dass Tyake bereits die begabtesten Männer und Frauen auf diesem Planeten unter Vertrag hatte, bevor die Wirtschaft im Westen überhaupt den Markt verstanden hat. Ich vermute, dass die Arbeitsverträge bei diesem Geschäft auf Noble Enterprises übertragen werden?«

»Völlig richtig«, bestätigte Lucien, beugte sich vor und stützte seine Ellenbogen auf den Tisch. »Das war ein entscheidender Punkt bei dem vorgeschlagenen Deal.«

Sie wandte ihre Aufmerksamkeit ihm zu. Lucien hatte von dem Wissen aus dem Hotel- und Entertainment-Geschäft seines Adoptivvaters profitiert, und es war ihm gelungen, der Gaststätten- und Restaurant-Industrie seinen eigenen Stempel aufzudrücken.

»Was hältst du davon, Lucien?«, fragte sie.

»Ich denke, wir sollten unser Möglichstes tun, um Tyake zu übernehmen. Ian hätte das so gewollt. Aber ich rate davon ab, das Kapital für diesen Kauf über eine Investmentgesellschaft zu besorgen. Deren Verträge sind häufig noch tückischer als die einer Bank, und sollte Noble bei der kleinsten Kleinigkeit seinen Verpflichtungen nicht nachkommen, ergibt sich das Risiko eines …«

»Noble Enterprises erfreut sich einer blendenden finanziellen Gesundheit«, unterbrach ihn Gerard. »Es gibt nicht den geringsten Hinweis darauf, dass wir mit irgendeiner Verpflichtung in Verzug kommen werden.« Dann wandte er sich wieder Francesca zu. »Wir müssen vor allem schnell sein. Es könnte Wochen, sogar Monate dauern, bis wir über die Liquidierung von Vermögen die benötigte Summe beisammenhätten. Und diese Investmentgesellschaft wäre bereit, uns das Kapital zum Kauf von Tyake sofort zur Verfügung zu stellen. Das heißt natürlich, vorausgesetzt, Sie sind einverstanden, Francesca«, fügte Gerard mit einem freundlichen Nicken und warmen Lächeln hinzu. Sie gab sich Mühe zurückzulächeln, doch ihre Lippen fühlten sich fest und kalt an.

»Und ich vermute, niemand hier in der Runde wird zugeben wollen, in Kontakt mit Ian zu stehen?«, fragte sie, wobei ihre Stimme viel härter klang, als sie es bei der Erwähnung von Ians Namen von sich erwartet hätte. Sie studierte jedes Gesicht am Tisch. »Denn das wäre ja die einfachste Lösung: sich einfach vergewissern, was Ian von uns erwartet.«

»Francesca …«, hob Anne Noble an, mit einer bemitleidenswerten Miene auf ihrem faltigen, aber noch immer hübschen Gesicht.

»Wir lügen nicht, wenn wir sagen, dass wir keine Ahnung haben, wo sich Ian befindet«, beendete James den Satz für sie. Er legte seine Hand auf die seiner Frau, um sie zu trösten. »Wir haben nichts von ihm gehört. Gerard und Lucien tappen genauso im Dunkeln wie wir. Wir – alle, die wir hier sitzen – wissen weder wo er ist, noch wie es ihm geht. Und das macht uns krank vor Sorge.«

Sie spürte, dass er die Wahrheit sagte, und erkannte intuitiv auch das Leid der beiden. Wie ein scharfer Schmerz wurde ihr plötzlich bewusst, dass es nun schon das zweite Mal im Leben des Paares war, dass eine geliebte Person verschwand. Helen, Ians Mutter, blieb über zehn Jahre lang unauffindbar, bis sie sie schließlich in einem schwachen, psychotischen Zustand wiederfanden, mit einem Kind an ihrer Seite, das sich wie ein Erwachsener um sie kümmerte, ein Kind, das schon viel zu früh gezwungen war, seine Kindheit aufzugeben.

»Entschuldigung«, sagte Francesca, denn sie hatte erkannt, dass sie bei ihrem wilden Rundumschlag die Falschen getroffen hatte. Vielleicht hätte sie sogar Hoffnung geschöpft, hätte jemand zugegeben, mit Ian gesprochen zu haben. Sie konnte Anne nicht länger in die Augen schauen, der Schmerz, den sie dort sah, erinnerte sie zu sehr an ihren eigenen. »Was denkt ihr beide denn über diese Kaufoption?«, fragte sie. Sie zählte dabei nicht nur auf James' lebenslange Erfahrung als Manager seiner Holdings, sondern auch auf Annes scharfsinnigen Wirtschaftssachverstand, den sie bei der umsichtigen Leitung eines der größten Stiftungsvermögen der Welt erworben hatte.

»Ich weiß, dass Ian Tyake unbedingt haben wollte, und ich denke auch, dass in diesem Fall Zeit Geld ist«, sagte James.

»Mir geht es genauso«, unterstützte ihn Anne.

»Und du bist doch auch unserer Meinung, dass wir jetzt schnell handeln müssen, oder nicht, Lucien?«, wollte James wissen.

»Ja, aber wir müssen auch vorsichtig handeln«, gab Lucien ruhig zu bedenken.

»Wir haben bereits mit dieser Investmentgesellschaft zusammengearbeitet, als es darum ging, in unserem eigenen Unternehmen schnelle Übernahmen zu finanzieren«, berichtete Anne Francesca. »Wir konnten uns immer auf die Leute verlassen. Und in den letzten vier Tagen hat Gerard nichts anderes getan, als rund um die Uhr an diesem Vertrag zu arbeiten.«

»Vielen Dank für all Ihre Mühen«, wandte sich Francesca an Gerard.

»Gerne geschehen. Ich war mehr als froh, dass ich dies für Ian tun konnte.«

James deutete ein Lächeln an und warf seinem Neffen einen Blick zu.

»Gerard war schon immer bereit, Ian seine kostbare Zeit zu widmen. Erinnerst du dich noch an das Motorrad, das wir drei zusammengebaut haben, als Ian, noch ein kleiner Junge, zum ersten Mal zu uns gekommen ist? Du hattest recht damals. Es hat wirklich geholfen, uns näher zueinanderzubringen … er hat sich dann etwas wohler gefühlt in diesem merkwürdigen Land mit all den merkwürdigen Leuten«, grübelte James laut. Er schien dabei weit weg und auch ein wenig traurig zu sein.

Gerard lächelte.

»Wenn wir nur wieder so etwas Leichtes tun könnten, um uns näher zueinanderzubringen. Er braucht seine Familie heute mehr denn je«, sagte er und sah dabei auch in Luciens Richtung, um ihn damit einzubeziehen. Francesca fühlte sich in ihrer Vermutung bestätigt, dass Gerard wusste, dass Lucien und Ian Halbbrüder waren. Was er sonst noch über ihren Vater, Trevor Gaines, und dessen abstoßende Lebensgeschichte wusste, konnte sie nicht sagen. Anne und James kannten die ganze Wahrheit, aber sie war sich nicht sicher, ob die beiden so weit gehen würden und Gerard alles erzählten.

Bei Gerards Worten rutschte Lucien in seinem Stuhl hin und her. Ging es ihm wie Francesca, war ihm dieses Gerede über Ians Familie auch so unangenehm? Sie war hier die größte Außenseiterin, aber Lucien kam gleich dahinter. Es stimmte, die Nobles hatten die schmerzliche Verbindung, die zwischen Ian und Lucien als Verwandten bestand, akzeptiert, doch weder sie noch Lucien konnten sich auf die intimen Familienbande berufen, die erst durch Jahre der Erfahrung und Liebe entstanden.

»Du fühlst dich bei alldem nicht ganz wohl, oder, Lucien?«, wandte Francesca sich freundlich an ihn.

»Ich würde gerne noch einmal all unsere Möglichkeiten betrachten. Wie schon gesagt, Verträge mit Investmentgesellschaften können extrem kompliziert und verworren sein. Ian hat es daher vermieden, mit ihnen zusammenzuarbeiten, nur unter den außergewöhnlichsten Umständen hat er eine Ausnahme gemacht.«

»Ian hat auf sie zurückgegriffen, wenn er kurzfristig ein Geschäft abschließen wollte«, erwiderte Gerard. »Ich habe es mir vorhin von Lin bestätigen lassen, dass es mindestens zwei Gelegenheiten gegeben hat, bei denen es schnell gehen musste und bei denen er auf Investmentgesellschaften zuging.«

»Dafür hat er sich bei Dutzenden anderen Gelegenheiten gegen sie entschieden und sich jede Mühe gegeben, sie so oft wie möglich zu vermeiden«, gab Lucien zu bedenken.

»Und welche anderen Möglichkeiten haben wir noch?«, wollte Francesca wissen. »Wir könnten doch einige Vermögenswerte für den Kauf zu Geld machen?«

»Nein«, verbesserte sie Lucien und wandte seinen Blick von Gerard ab und sah Francesca an. »*Du* kannst das, Francesca. Ian hat die Vollmacht für solche umfangreichen Liquidierungen und Käufe nur dir erteilt.«

Francesca nickte in der Hoffnung, das überwältigende Gefühl, das sie nun beim Blick in die vier anderen Gesichter der Runde verspürte, angemessen versteckt zu haben. Sie versuchte sich vorzustellen, was Ian gewollt hätte. Eine Stimme in ihrem Kopf rief sie zur Vorsicht.

Ihr gefiel gar nicht, dass die Stimme Ian bis ins Detail glich.

»Ich denke, Lucien hat recht«, sagte sie schließlich. »Wenigstens hätte ich gerne die Möglichkeit, den Vertrag einmal zu lesen, bevor ich mich entscheide. Natürlich bin ich dabei auf Unterstützung angewiesen. Wie alle wissen, bin ich Künstlerin und keine Geschäftsfrau.«

»Wir helfen Ihnen jederzeit gerne, wenn es Fragen gibt«, versicherte ihr Gerard. Er tauschte mit James einen wissenden Blick aus. »Übrigens hat Ian James einmal erzählt, dass er Sie regelmäßig in geschäftlichen Dingen unterrichtet hat und dass Sie dabei die Komplexität finanzieller Angelegenheiten intuitiv besser verstanden hätten als einige seiner Geschäftsführer.«

Womöglich hatte Gerard gehofft, ihr mit diesem Kompliment von Ian zu schmeicheln, denn sein Lächeln geriet ins Stocken, als er ihre Reaktion sah. Sie stand abrupt auf.

»Kann ich mir den Entwurf des Vertrags einmal mitnehmen?«

»Natürlich, Lin hat das bereits vorbereitet«, antwortete Gerard, der nun ebenfalls aufgestanden war. Er war fast ebenso groß wie Ian. »Aber wir – das heißt James, Anne und ich – wollten Ihnen vorschlagen, die nächsten Tage bei uns zu verbringen. So könnten Sie uns leichter erreichen, als wenn Sie bei jeder Frage versuchen müssten, uns ans Telefon zu bekommen. Wir könnten ein paar Nachtschichten einlegen und uns gemeinsam durch den Vertrag ackern.«

»Könntest du dir denn ein paar Tage von der Malerei freinehmen?«, wollte Anne wissen. Francesca zögerte, als sie in die kobaltblauen Augen der älteren Dame blickte. Ian hatte die Augen seiner Großmutter. »Wir würden so gerne ein bisschen Zeit mit dir verbringen. James und ich, wir vermissen dich.«

»Ich vermisse euch auch«, erwiderte Francesca ehrlich, noch bevor sie sich selbst stoppen konnte. Sie bewunderte die polierte Holzmaserung des Tisches, während sie darauf wartete, ihre Fassung wiederzuerlangen.

»Ich glaube, ich kann es für ein paar Tage einrichten«, sagte sie kurz darauf. »Ich habe gerade ein Bild beendet, das der Käufer seiner Frau zu Weihnachten schenken möchte. Ich hatte ohnehin vor, bis Neujahr ein paar Tage freizumachen.«

»Du musst uns alles über deine Arbeit erzählen und wie dein letztes Schulprojekt lief. Ich freue mich schon darauf, von allem in deinem Leben zu erfahren. Wir müssen über so vieles sprechen, ganz abgesehen von dem Geschäftlichen«, sagte Anne mit einem warmen Ton in der Stimme, kam zu ihr herüber und ergriff ihre Hand. Aus einem Impuls heraus umarmte Francesca sie und freute sich über den vertrauten Duft von Annes Parfum.

»Das würde mich freuen«, sagte sie.

»Schön. Das hätten wir dann also verabredet. Warum lassen wir uns die Unterlagen jetzt nicht von Lin geben und gehen dann ins Penthouse? Wir könnten zusammen essen«, schlug Gerard vor.

»Ins Penthouse?« Francesca war wie betäubt.

»Da wohnen wir alle während unseres Aufenthaltes in Chicago. Ich hoffe, das ist in Ordnung?«, ergänzte James versöhnlich. »Ich weiß, dass Ian dir die Benutzung seiner Immobilien vermacht hat, aber wir haben erfahren, dass du hier gar nicht wohnst. Und Anne meinte … also … nun, dass sie dich nicht erreichen konnte, um mit dir unsere Pläne abzustimmen«, fuhr er unbeholfen fort. Francesca spürte, wie ihr die Wärme in die Wangen stieg, als sie diese freundliche Umschreibung der Tatsache vernahm, dass sie Telefonanrufe ignoriert und E-Mails von Ians Großeltern gelöscht hatte. »Eleanor hat uns gebeten, hier zu wohnen, statt in einem Hotel«, ergänzte er noch und bezog sich damit auf Mrs. Hanson, die schon seit Langem eine Stütze der Familie und loyale

Freundin der Nobles war. »Die Arme. Sie streift wohl ziemlich alleine hier durch die großen Räumlichkeiten. Ihr fehlt die Familie. Du fehlst ihr.«

Francesca fühlte sich unbehaglich. Es war furchtbar von ihr gewesen, Mrs. Hanson nicht besucht, ja nicht einmal angerufen zu haben. Sie wusste, wie sehr die Haushälterin an Ian hing. Sie war sicherlich schrecklich einsam.

»Ich freue mich darauf, sie wiederzusehen«, antwortete Francesca, deren Herz raste. Als ihr Blick auf Lucien fiel, wurde ihr klar, dass er ihre Beklemmung gespürt hatte.

»Kommst du auch mit, Lucien?«, wollte sie hoffnungsvoll wissen.

»Leider nicht. Elise kommt heute Nachmittag von einem Besuch bei ihren Eltern in Paris zurück.«

»Bitte grüße sie von mir«, sagte Francesca bedauernd, auch weil sie an die vielen besorgt klingenden E-Mails von Luciens lebhafter, wunderschöner Frau dachte, die sie gelöscht hatte. Francescas Freundin. Als hätte sich ein Schleusentor geöffnet, strömte mit einem Mal ein Schmerz durch sie hindurch. Sie war noch nicht einmal bei der Hochzeit von Elise und Lucien gewesen.

»Das werde ich.« Luciens Stirn war in Falten gelegt. Er konnte ihr plötzliches Elend erkennen, kam zu ihr und nahm ihre Hand.

»Lucien, es tut mir leid …«, hob sie mit zerbrechlicher Stimme an, als er sie zur Seite genommen hatte.

»Das muss es nicht. Ich kann dich verstehen. Wir alle können das«, unterbrach er sie ruhig. Er schaute zu den anderen hinüber, die sich in einiger Entfernung leise unterhielten. Es gelang ihr, den unvermittelt über sie hereingebrochenen Schub von Emotionen zu ignorieren.

»Es ist mir nur plötzlich aufgefallen, dass ich dich nie nach deiner Mutter gefragt habe«, sagte sie mit fester Stimme und suchte seinen Blick. Als Lucien die umstürzenden Nachrichten, dass er und Ian Halbbrüder seien, überbracht hatte, hatte das zum einen zu Ians Abtauchen geführt. Zum anderen aber auch die erfreulichere Folge gehabt, dass Helen Noble, die eine Zeitlang die Chefin von Luciens Mutter gewesen war, ihm den Namen von Luciens leiblicher Mutter und den Namen der marokkanischen Stadt nennen konnte, aus der seine Familie kam. »Hast du sie gefunden, Lucien?«

Sein plötzliches Lächeln war ein ihr sehr vertrautes Strahlen, das in ihrer Brust schmerzte, sie zugleich aber auch ermutigte.

»Ja. Elise und ich haben sie letzten Sommer aufgespürt. Und nicht nur sie. Meine Großmutter, meinen Großvater, eine Tante und einen Onkel, die alle große Familien haben. Meine Mutter hat nie geheiratet, ich habe also keine Brüder oder Schwestern in Marokko. Dafür habe ich mehr Cousins, als ich zählen kann. Meiner Mutter geht es gut. Es war ein ... ganz besonderer Augenblick, als ich sie zum ersten Mal getroffen habe. Sie hat mich und Elise bereits zweimal besucht, und wir waren mehrmals dort.«

Sie inhalierte seinen jubelnden Gesichtsausdruck wie wichtige Medizin. Ja, sie hatte sich durch ihren Rückzug Schmerzen durch jene erspart, die ihr wichtig waren, dafür hatte sie aber auch einige wunderbare Neuigkeiten verpasst.

»Ich freue mich so für dich«, sagte sie mitfühlend. »Eine ganze Familie – auf einen Streich.«

»Das ist ganz schön verrückt«, stimmte er ihr zu.

»Das hast du verdient, Lucien.«

Er kam noch näher heran. »Hör mir zu, Francesca«, fuhr er in gepresstem Ton fort.

»Bei allem, was diesen Deal angeht, stehe ich dir zur Verfügung. Bei allem«, betonte er mit hochgezogenen Augenbrauen.

»Du musst mich nur anrufen, und ich komme oder mache das, was du brauchst, damit du dich mit der getroffenen Entscheidung wohl fühlst.«

»Danke. Ich werde dich ganz sicher anrufen, nachdem ich den Vorschlag und den Vertragsentwurf gelesen habe. Dann möchte ich auch von den Risiken hören, von denen du gesprochen hast«, sagte sie dankbar, stellte sich auf ihre Zehenspitzen und küsste ihn auf die Wange. Lucien legte seine Hand auf ihre Schulter.

»Willst du wirklich in Ians Penthouse wohnen?«, murmelte er so leise, dass nur sie es hören konnte.

»Nein«, sagte sie. »Aber wenn ich immer nur vor meiner Vergangenheit davonlaufe, werde ich niemals eine Zukunft haben.«

Lucien antwortete nicht, aber mit seinen grauen Augen blickte er sie besorgt aus seinem sonst düsteren Gesicht an.

Mit einem Lächeln nahm Francesca die Tasse Tee von Mrs. Hanson entgegen und schob einen Stapel Papier zur Seite.

»Kamille. Das wird Ihnen beim Einschlafen helfen. Sie sehen aus, als könnten Sie das brauchen. Ich habe Sie noch nie so dünn gesehen, Sie wirken erschöpft«, sagte Mrs. Hanson, als ihr Blick sorgenvoll über Francescas Gesicht glitt.

»Danke. Sie kümmern sich so gut um mich«, erwiderte Francesca und nippte an dem heißen, beruhigenden Getränk, in der Hoffnung, Mrs. Hansons mütterliche Sorge damit besänftigen zu können.

Alle vier – Gerard, James, Anne und sie selbst – waren nach dem Essen in Ians großem Bibliotheksbüro zusammengekommen, um sich an die Arbeit zu machen. In der Nähe des Kamins saß Anne und las, ein modische Brille auf der Nase und einen afghanische Decke auf den Knien, Ausschnitte aus dem

Vertragsentwurf. James und Gerard saßen mit Francesca an dem ovalen Tisch und gingen verschiedene Abschnitte des Vertrages durch, unterbrochen nur von Francescas Nachfragen. Nicht ein einziges Mal wurden sie ungeduldig bei denen, wie ihr schien, Anfängerfragen. Die freundliche Unterstützung der beiden Männer ließ sie bescheiden werden.

»Wir haben jetzt lange genug gesessen«, stellte Gerard fest und lehnte seinen langen Körper im Stuhl zurück, griff nach der Tasse Tee, die im Mrs. Hanson anbot, und bedankte sich freundlich bei ihr. Er blickte auf die Uhr. »Es ist jetzt zwei Uhr nachts. Sie sehen aus wie eine wandelnde Leiche, Francesca. Sie sollten jetzt schlafen gehen. Wir können es morgen früh weiter auseinandernehmen.«

»Ich bin wirklich etwas müde«. Francesca rieb sich ihre Augen und spürte die Erschöpfung. Zögernd blickte Mrs. Hanson zu ihr.

»Meine ursprüngliche Idee war, Sie im blauen Raum unterzubringen«, sagte die Haushälterin und meinte damit ein Gästezimmer, das Francesca gut kannte, »aber Gerard war der Meinung …«

»Sie sind die Herrin des Hauses, also sollten Sie auch im großen Schlafzimmer übernachten«, unterbrach sie Gerard. »Ich hatte darin geschlafen, aber alle meine Sachen sind schon wieder eingepackt. Mrs. Hanson hat alles für Sie vorbereitet.«

Annes Kopf wirbelte herum.

»Das wusste ich gar nicht«, rief sie durch den Raum und klang dabei durchaus alarmiert. »Gerard, ich halte das für keine gute Idee.«

»Nein?«, fragte Gerard überrascht. Er blickte Francesca an, dann dämmerte es ihm. »Es dauert ja nur einen Moment, alles wieder zu ändern. Ich hatte nur an Ihre Bequemlichkeit gedacht. Dort liegen noch viele Ihrer Sachen …« Beim Sprechen wurde er immer leiser.

»Ich weiß, dass Sie es gut mit mir gemeint haben. Vielen Dank.« Francesca schenkte Gerard und Anne ein beruhigendes Lächeln. »Ich bin nicht so zerbrechlich. Aber ich bin müde. Gute Nacht.« Sie stand auf, ging zu Anne und küsste sie auf die Wange.

Dass sie so ruhig aus dem Zimmer gehen konnte, machte sie stolz auf sich selbst.

Sie blieb vor der mit eleganten Schnitzereien versehenen Holztür zu Ians Suite kurz stehen, denn Erinnerungen überfluteten sie. Sie konnte Ians atemberaubendes Gesicht vor sich sehen, wie er zu ihr hinuntersah, Verlangen leuchtete aus seinen Augen, seine Stimme war gedämpft.

So etwas hast du noch nie getan, oder?, wollte er wissen.

Nein, hatte sie geantwortet, gleichermaßen nervös wie erregt. *Ist das für dich in Ordnung?*

Sein Mund hatte sich zu jener Miene verzogen, die sie seitdem als Irritation über etwas verstand, das er als persönliche Schwäche ansah. *Zuerst war es das nicht. Aber ich begehre dich so, dass ich deine Unschuld akzeptieren kann.*

In dieser Nacht war sie über die Schwelle in eine Welt voll ungekannter, emotionaler Herausforderungen und Sinnesfreuden getreten … in ein Reich der unbeschreiblichen Liebe. Ihr Leben hatte sich für immer verändert.

Und nun stand sie wieder hier, genauso leer und öde wie die Räume, in denen Ian einst lebte und atmete und liebte.

Er *hat* sie geliebt. Oder hatte er nicht?

Da sie diese Frage unerträglich fand, holte sie tief Luft, vertraute auf ihren Mut und drehte den Knauf. Die Tür öffnete sich.

Das Zimmer sah aus, wie es immer ausgesehen hatte: die luxuriöse Sitzecke vor dem Kamin, die kostbaren Gemälde, das dekadente Himmelbett, das üppige Blumengesteck hinter der Couch, das dieses Mal aus weißen Hortensien und purpurnen Lilien bestand. Es wollte ihr nicht in den Kopf, wie hier alles so vertraut und unverändert aussehen konnte, wo sie sich doch so anders fühlte.

Fünf Minuten später kam sie aus dem Badezimmer und blieb zögernd vor einem glänzenden, antiken Schreibtisch stehen. Mit einer schnellen Bewegung, so als wüsste sie, dass sie den Schmerz aushalten musste, aber schnell über ihn hinwegkommen wollte, öffnete sie eine schmale Schublade. Sie zog ein rechteckig gefaltetes, schwarzes Seidentuch hervor. Der Atem stockte in ihrer Lunge, als sie den exquisiten Platin- und Diamantring sah. Sie konnte sich noch genau erinnern, wie kühl sich das Metall angefühlt hatte, als Ian ihr den Ring über den Finger gestreift hatte und dabei mit seiner tiefen, rauen Stimme jene kostbaren Worte sprach, die für immer in ihr Gedächtnis eingebrannt sein würden.

Ja, hatte sie nur geantwortet und Ian hinter einem Vorhang aus Tränen verschwommen angesehen.

Es tut mir leid, dass ich so selbstsüchtig bin, hatte er schroff gesagt.

Sie hatte geblinzelt und sein Gesicht war deutlicher geworden. *Zu lieben ist niemals selbstsüchtig. Du gehst ein Risiko ein. Denke nicht, dass ich das nicht wüsste. Ich glaube, es ist sogar die am wenigsten selbstsüchtige Sache, die du jemals getan hast*, hatte sie geflüstert und sein markantes Kinn so gestreichelt, als könnte sie es damit weicher machen … als könnte sie ihn ein bisschen weicher sich selbst gegenüber machen.

Die Schublade flog wieder zu.

Nur mit dem Tanktop, das sie unter ihrer Bluse getragen

hatte, und einem Slip bekleidet, saß sie auf der Bettkante. Im Ankleidezimmer waren noch Nachthemden, doch sie fühlte sich zu schwach, um diese Nacht eines anzuziehen, zu zerbrechlich, um Ians Geruch um sich zu haben. Der Geruch, der dort in der Luft lag, war jener, den sie am meisten mit ihm verband – sein herbes, einzigartiges Parfum, der Duft frisch gewaschener Wäsche in seinen Hemden, der Ledergeruch, der aus den Schuhregalen aufstieg, und der Geruch nach Zedern, nach dem die Kleiderbügel und Schuhständer rochen.

Morgen würde sie sich an den Kleiderschrank trauen. Doch in dieser Nacht würde sie erst einmal all ihre Kräfte brauchen, nur um in dem Bett zu bleiben, in dem sie einander in den Armen gelegen, sich Zärtlichkeiten zugeflüstert und unzählige Male Liebe gemacht hatten.

Es war sehr schmerzhaft, doch aus irgendeinem Grund sehnte sie sich jetzt nach diesem Schmerz.

Sie löschte das Licht der Nachttischlampe und huschte unter die Bettdecke, bevor sie es sich noch einmal anders überlegen konnte. Das war *gut* für sie, redete sie sich selbst ein. Ihre Erinnerungen frontal angehen, das war ihre Therapie. Vielleicht würde sie, wenn sie noch ein, zwei weitere Nächte hier geschlafen und in der Zwischenzeit die Details der Tyake-Übernahme besprochen hätte, einen neuen Blick auf die Dinge gewinnen … und etwas Freiheit für sich selbst. Das hier ähnelte doch einem Besuch an einem Grab, oder nicht? Sie musste die Leere dieser Suite, dieses Bettes akzeptieren lernen.

Sie musste Ian ziehen lassen, ein für alle Mal.

Anders als sonst war der Raum in dieser Nacht nach dem Ausschalten der Lampe nicht völlig ins Dunkel getaucht, ein gedämpftes Licht blieb. Es kam von einer Lampe bei der Sitzecke, die, wie ihr auffiel, gedimmt war. Erst wollte sie aufstehen und sie ausschalten, doch die Erschöpfung hielt sie im Bett. Es war schwer genug gewesen, sich überhaupt hineinzulegen, ein zweites Mal würde sie es vielleicht gar nicht mehr tun.

Sie schloss ihre Lider und gab sich alle Mühe, sich nicht von Erinnerungen daran fortspülen zu lassen, wie sie hier mit Ian gelegen hatte, wie er sie berührt und mit seiner ruhigen Stimme geführt ... wie er über ihren Körper geherrscht hatte. Die sinnlichen Erinnerungen ließen ihre Haut prickeln. Obwohl sie sicher war, dass sie in frischer Bettwäsche schlief, glaubte sie doch seinen Duft zu spüren, wenn sie ihre Nase in das Kopfkissen drückte. Sie atmete tief ein und musste dann fast ein wenig würgen. Und zwar nicht, weil sie den Geruch abstoßend fand.

Sondern weil sie es nicht aushielt, ohne ihn leben zu müssen.

Er vernahm das entfernte Geräusch eines verzweifelten Stöhnens und konnte die Bewegungen unter der Bettdecke erkennen. Angespannt beobachtete er sie und spürte den unbändigen Wunsch, sie möge die Bettdecke wegschieben. Das tat sie mit einem erstickten, frustrierten Schrei.

Sein Blick wanderte hungrig über die schlanken, weichen, glänzenden Formen, die Brüste, die sich gegen die weiße Baumwolle pressten, die blassen, sich verzweifelt bewegenden Hände. Dunkelgoldenes, leicht rötliches Haar lag satt und üppig über das weiße Kissen verteilt. Wohlgeformte Schenkel zeichneten sich ab. Sein Körper spannte sich an, und ein Kitzel breitete sich in ihm aus, als ihre Finger in ihren Slip glitten und zu streicheln anfingen. Er konnte es nicht hören, doch er stellte sich ihr leichtes Stöhnen vor, das aus ihren dunklen, lockenden Lippen kam: der leise Ruf einer Sirene. Sie erschien ihm schaurig konzentriert, ja fast wild entschlossen, Erlösung zu erreichen, fast atemlos. Sie hatte es bereits wieder und wieder versucht, das spürte er, ohne dass ihr Wunsch in Erfüllung gegangen wäre.

Diese bemitleidenswerte, atemberaubende Frau.

Die Hand, die nicht zwischen ihren Beinen tätig war, wanderte fiebrig suchend über ihren Körper, griff nach der Hüfte, den Rippen, der Brust. Fast verärgert schob sie alle Textilien zur Seite. Leise verfluchte er das gedimmte Licht, wünschte er sich doch, das weiße, feste Fleisch und die großen, appetitlich rosafarbenen Hügel besser erkennen zu können, er wollte ihre weiche Haut unter seinen Lippen spüren und sehnte sich danach, sie so lange unter sich zu haben, bis ihre Schreie in seinen Ohren schmerzten.

Nun bewegte sich auch seine Hand genauso eifrig wie die ihre zwischen den Beinen. War es nur Einbildung, oder hatte sich die Färbung ihrer Wangen verstärkt, war deren Farbe nun ein leises Echo ihrer üppigen Lippen und der prallen Nippel? Und war das die Feuchtigkeit von Tränen, die er auf der glatten Oberfläche glitzern sah? Es war mit den unangemessenen Mitteln der Technik nur schwer zu erkennen.

So wild. So verzweifelt. So schön.

Ungeduldig riss sie ihr Höschen weg. Seine Hand, die er um die Mitte seines geschwollenen Schwanzes gelegt hatte, hielt inne.

O Gott, was für eine Muschi. Die Farbe ihrer Haare zwischen den Beinen war nur ein wenig dunkler als die auf ihrem Kopf. Sie spreizte die Beine, sein Atmen zischte. Er zoomte die Kamera näher an ihre feinen, erröteten Hautfalten, und seine Erregung steigerte sich. Ihre Finger spielten mit den Schamlippen. Dann öffnete sie ihre Hüften noch weiter und ließ rosa, feuchtes Fleisch sehen. Er stöhnte auf, während sie immer wieder in ihre Nippel kniff, ihre zusammengebissenen, weißen Zähne leuchteten im dämmrigen Licht auf, wenn sie ihren

Kopf auf dem Kissen hin und her warf. Sie schrie auf, und dieses Mal hörte er den Namen.

Er kam und stieß dabei einen mörderischen Fluch aus.

Sie hasste sich selbst für das, was sie tat, konnte aber doch nicht aufhören. Sie brauchte es – die scharfe Spitze der Erregung –, obwohl sie wusste, wie leer sie sich am Ende des Vergnügens fühlen würde, obwohl sie wusste, dass sie dann das unvermeidliche Gefühl der Einsamkeit würde aushalten müssen.

»Ian«, rief sie aus und konnte vor ihrem inneren Auge ganz deutlich sein schönes Gesicht erkennen, starr vor Lust, wie er auf sie hinabblickte, sie, die sich unter den Bewegungen seiner Hand hin und her wälzte. Er befriedigte sie aus Freude am Vergnügen und zwang sie, die Stimulation in voller, unverdünnter Form zu nehmen, ohne die Möglichkeit, sich dem zu entziehen. Erbarmungslos trieb er sie zur Seligkeit und sah immer so hungrig aus, wenn sie seiner Hand, seinem Mund und seinem Schwanz nachgab. Er schien sich an ihrem Glück satt zu trinken, als hinge von ihrem Vergnügen seine eigene Existenz ab.

Francesca erschrak, dämpfte dann aber ihren Schrei, als ein unerwartetes Klopfen sie aus ihrer wohligen Erregung riss. Ohne nachzudenken warf sie die Decke über den verführerischen Anblick, den sie im Bett bot. Hatte sie die Tür abgeschlossen?

»Francesca?«, rief jemand.

Von der Unterbrechung völlig irritiert – sie hatte nicht gedacht, dass sie in Ians Bett so leicht von der Begierde übermannt werden konnte –, hastete sie aus den Federn und eilte wie eine auf frischer Tat Ertappte durch den Raum.

»Einen Moment noch!«, rief sie.

Sie erhaschte ein verworrenes Bild von sich im Spiegel, als sie sich schnell die Hände wusch und ein Kleid überzog – ihr rotgoldenes Haar war strubbelig und ihr Gesicht errötet, ob vor Verlegenheit oder Erregung vermochte sie nicht zu sagen. Sie versuchte noch, die langen, zerzausten Strähnen zu glätten, bevor sie aus dem Bad eilte.

Gerard sah sehr groß aus, wie er da so im nur schwach erleuchteten Flur stand, als sie die Tür geöffnet hatte. Er trug Nachtwäsche – Baumwollhosen, Lederschlappen und einen luxuriös wirkenden, dunkelblauen Morgenmantel. Durch den offenen V-Ausschnitt konnte sie seine dunkelbraun behaarte Brust erkennen.

»Es tut mir leid, dass ich Sie störe«, sagte er ernsthaft, seine Augenbrauen besorgt gerunzelt.

»Macht nichts«, erwiderte sie atemlos. »Ist etwas passiert?«

»Nein … Das heißt, ich hoffe nicht.« Er bemerkte, dass sie unruhig wurde. »Ich wollte gerade ins Bett gehen, aber mein Fehler, dass ich Mrs. Hanson gebeten hatte, diesen Raum für Sie vorzubereiten, ließ mir keine Ruhe. Ich wollte nicht taktlos sein«, erklärte er entschuldigend, wobei sein Mund merkwürdig verdreht war, »bin es aber leider doch immer wieder. Zumindest hat das Joanna immer behauptet, meine Ex. Ich bin zu sehr aufs Praktische konzentriert. Das hier ist das luxuriöseste Zimmer, außerdem sind hier noch viele Ihrer persönlichen Dinge, und ich habe mich wie ein Eindringling hier gefühlt, wenn ich daran gedacht habe, dass Sie hier ebenfalls wohnen würden. Ich habe den subtilen Unterton dabei einfach überhört. Anne war ziemlich irritiert durch mich. Es tut mir leid.«

»Bitte, machen Sie sich darüber keine Gedanken. Es ist in Ordnung für mich hier«, versicherte sie ihm. Sie passte sich von selbst seiner gedämpften Tonlage an.

»Sind Sie sicher?« Seine offensichtliche Besorgnis berührte sie. »Ich habe noch nicht im Bett gelegen, wir könnten immer noch tauschen.«

Sie schüttelte den Kopf und versuchte ein Lächeln. Sie fühlte sich durch diese außergewöhnlichen Umstände völlig schutzlos seinem sorgenvollen Blick ausgeliefert.

»Nein, wirklich nicht. Mir geht es gut.«

Er nickte kurz.

»Wenn Sie sich sicher sind. Dann lasse ich Sie jetzt in Ruhe.« Sie hob die Augenbrauen, als er kurz zögerte. »Aber Sie würden es mir doch sagen? Wenn es irgendetwas, wirklich irgendetwas gäbe, was ich für Sie tun könnte?«

Hitze stieg in ihre Wangen. Sie hatte geglaubt, ihre Vorstellung sei glaubhaft gewesen, aber Gerard hatte sie offensichtlich durchschaut.

»Natürlich. Wie gesagt, mir geht es gut.«

»Ian hat immer gesagt, Sie seien stark«, erklärte er, während sein Blick über ihre Gesichtszüge streifte.

»Er hat immer gesagt, Sie seien für ihn da gewesen«, entgegnete sie. »Ich weiß jetzt, was er damit gemeint hat.«

Er hatte ein hübsches Lächeln – so leicht und überhaupt nicht affektiert … anziehend.

»Ich wünschte, ich hätte Sie unter angenehmeren Umständen kennengelernt. Aber dass ich Sie nun endlich getroffen habe, freut mich sehr. Sie sind genau so, wie Ian immer von Ihnen geschwärmt hat. Gute Nacht.«

»Gute Nacht«, sagte sie leise und schloss, als Gerard sich zurückgezogen hatte, die Tür.

Er studierte jedes Detail ihres Gesichtes in dem Moment, als sie dem Höhepunkt erlag, hingerissen von dem Ausdruck erstarrter Ekstase, bis aufs Äußerste erregt durch ihr Wimmern und die kurzen Schreie. Er zoomte auf ihre Augen und legte dann die andere Hand auf seinen schmerzenden, geschwollenen Schwanz. Seine Faust bearbeitete den Schaft ununterbrochen, der feste Druck, als er die Hand nach vorne schob, ließ ihn erschaudern und rau aufstöhnen. Er versuchte nicht zu blinzeln, als er kam, sein Samen schoss achtlos über seine Finger, sein Handgelenk und den Bauch.

Er wollte auch nicht den kleinsten Moment von Francescas Hingabe verpassen.

Sie fiel erschlafft auf das Bett, zog die Knie an, sodass sie wie ein Fötus zusammengerollt war, ihre feuchten Finger krallten sich in das Laken. Es kam wie ein Sturm über sie, so wie sie es geahnt hatte. Das war immer so, wenn sie sich selbst zum Höhepunkt gebracht hatte, jetzt, wo Ian fort war. Doch in dieser Nacht war die Abscheu über ihre Schwäche noch stärker als sonst. Sie lag in seinem Bett und versuchte, die Erinnerungen wachzurufen, die sie eigentlich loslassen sollte. Ihr Unglück würgte sie, schien ihr Herz in Stücke zu reißen und jeden einzelnen ihrer Knochen zu zertrümmern.

Wie kann er mir das nur antun? Sie hasste ihn dafür.

Er hatte ihre Sinne, ihr Fleisch, ihre Seele erweckt, dafür gesorgt, dass sie sich lebendiger fühlte als je zuvor, nur um sie dann zu verlassen. Eine menschliche Feuersbrunst wütete ununterbrochen in ihr, ohne Ziel… und ohne jede Hoffnung auf Frieden.

KAPITEL 2

Ian schob einen Dielenschrank beiseite, was dazu führte, dass dem alten Möbelstück ein Bein abbrach. Es stand nun in einem merkwürdig schrägen Winkel auf dem Boden, so schräg, dass gleich darauf das Rückenteil herausbrach und Ian husten musste, da der kleine Schrank beim Aufschlag auf den Boden eine Staubwolke auslöste.

Dieser bescheuerte Dachboden war eine Zumutung, dachte er verärgert und versuchte, durch Blinzeln den Staub aus den Augen zu wischen. *Alle* Dachböden hier waren bescheuert. Es gab sechs davon hier im schrecklichen Herrenhaus, Manoir Aurore, wenn er richtig gezählt hatte, jeweils einen auf den verschiedenen Türmen und Gebäudeteilen. Dieses Haus war ein veritables Gewirr aus Verstecken, Staub und vergessenen Dingen, eine mit Gaines' Kuriositäten und patentierten Erfindungen bis zum Rand vollgestopfte Werkstatt… gefüllt vor allem mit den Perversitäten, die Zeugnis von Gaines' Verderbtheit ablegten.

Ein Haus voller Geheimnisse. Trevor Gaines' Schlupfwinkel. Gaines: der wohlhabende Aristokrat, brillante Erfinder schrulliger Maschinen und Uhren, der verurteilte Vergewaltiger und Reproduktionist. Ein kranker Perverser, der nie genug Sex haben konnte und Vergnügen beim Schwängern von so vielen Frauen empfand, wie er nur kriegen konnte, egal ob er durch manipulative Verführung oder Gewalt sein Ziel erreichte.

Trevor Gaines, Ians Vater.

Durch seine Nachforschungen wusste er, dass die Polizei

alle relevanten Beweisstücke gesichert und weggeschafft hatte, nachdem Gaines vor etwa zwanzig Jahren für die Vergewaltigung einer Frau namens Charity Holland gesucht und verhaftet worden war. Dabei waren auch Filmaufnahmen aufgetaucht, die Gaines heimlich bei der Vergewaltigung zweier Frauen gemacht hatte, eine davon war Holland gewesen. Doch die Polizei hatte nicht alle belastenden Beweisstücke mitgenommen. Ian war überzeugt, dass sie nur an der Oberfläche von Gaines' Verbrechen gekratzt hatte. Andere Beweisstücke waren besser vor unachtsameren Augen als den seinen versteckt worden. So wie beispielsweise der Beweis, den er gestern gefunden hatte.

In einem Geheimfach von Gaines' uraltem Schreibtisch hatte Ian akribisch geführte Tagebücher entdeckt. In einem ledergebundenen Notizbuch hatte Gaines in seiner gestochen scharfen Handschrift methodisch eine Liste von Frauen geführt und Daten notiert, die von seinem sechzehnten Lebensjahr bis zu seinem fünfunddreißigsten reichten, dem letzten Eintrag. Über die Jahrzehnte waren Hunderte von Frauennamen zusammengekommen. Je älter Gaines wurde, umso präziser und detaillierter wurden die Einträge. Zunächst war Ian davon ausgegangen, dass es sich dabei um Hinweise handelte, wann er diese Frauen getroffen oder mit ihnen Sex gehabt hatte. Doch nach einer Weile bemerkte er, dass manche Namen mit einem X oder einem Kreis gekennzeichnet waren. Schließlich fiel ihm der allen gemeinsame Rhythmus auf, und er kam zu der erschreckenden Erkenntnis, dass Gaines einen Menstruationskalender der Frauen entworfen hatte. Ian hatte Gaines' Anleitung zur optimalen Befruchtung gefunden.

Nach dieser erschütternden Erkenntnis konnte Ian den Rest des Tages nichts mehr zu sich nehmen.

Was treibt einen Mann zu solchen Dingen? Ian war von dieser Frage besessen.

Der Dachboden, auf dem er heute stand, hatte ihm in dieser Beziehung kaum weitergeholfen. Seine wichtigste Entdeckung waren vermutlich die Briefe, die Louisa Aurore geschrieben hatte, als er acht, neun und sechzehn Jahre alt gewesen war – Briefe, die an Trevor Gaines gerichtet waren.

Er war nur auf diese drei Briefe gestoßen – die Gesamtsumme der Schreiben, die Trevor Gaines entweder in Erinnerung an seine Mutter aufbewahrt oder aller Briefe, die sie ihm je geschrieben hatte. Letzteres erschien Ian wahrscheinlicher. Nach dem, was ihm bei seiner obsessiven Suche bislang über seine Großmutter väterlicherseits klar geworden war, musste sie ein kaltes, herzloses Flittchen gewesen sein. Sie hatte Trevor im Alter von sieben Jahren in ein Internat gesteckt und einen neuen Mann geheiratet. Aus einer Reihe von Briefen, die Gaines an Freunde geschrieben hatte, bekam Ian den Eindruck, dass Trevor nicht unglücklich darüber gewesen war, fortgehen zu müssen. Er hasste seinen neuen Stiefvater, Alfred Aurore, und nahm es ihm offensichtlich übel, dass er alle Aufmerksamkeit seiner Mutter auf sich zu lenken wusste. Soweit Ian es beurteilen konnte, schickte Louisa ihr einziges Kind fort und vergaß es umgehend für zehn Jahre. Sollte Trevor jemals Schmerz darüber empfunden haben, dass ihn seine Mutter verlassen hatte, so kompensierte er ihn wohl durch sein Studium. Er machte sich als begabter Mathematik-, Physik- und Ingenieursstudent einen Namen. Er zeigte eine besondere Neigung für computergesteuerte, mechanische Objekte und ließ sich bereits im Alter von achtzehn seine erste Erfindung patentieren – ein Bauteil für eine Uhr. Es vergrößerte Ians Bitterkeit nur noch, als er sich eingestehen musste, dass wohl der Großteil seines eigenen Talents für das Programmieren und seine technisch-mechanische Begabung von seinem verfluchten Vater stammte.

Er hätte liebend gerne all seine Talente dafür geopfert, einen halbwegs normalen Vater zu haben. Er hätte alles dafür aufgegeben, nur um vollständig von Trevor Gaines gereinigt zu werden.

Nachdem Louisas zweiter Mann im Alter von neunundvierzig Jahren an einem Herzinfarkt gestorben war, erbte Louisa dessen gesamtes Vermögen. Sie war da bereits die Erbin von Ians Großvater väterlicherseits, einem Mann mit Namen Elijah Gaines. Der Tod ihres zweiten Ehemannes war der Anlass für jenen letzten, den dritten Brief an den zu der Zeit sechzehnjährigen Trevor. *Solltest du nichts Besseres vorhaben, so steht es dir frei, Weihnachten in Aurore zu verbringen. Wir sind hier natürlich in tiefer Trauer, aber das wird darauf keinen großen Einfluss haben. Wie du weißt, habe ich mir nie viel aus diesem Fest gemacht. Du wärst also ohne Zweifel glücklicher, würdest du Weihnachten wie üblich verbringen, bei der Familie deines Schulleiters und mit dem Herumspielen an deinen blödsinnigen Zahnrädern und Maschinen.*

Eine reizende, knuddelige Frau, dachte Ian und blickte finster drein. Er trat gegen die zerfallenden Reste des umgestürzten Dielenschranks. Nicht, dass ihm Gaines leidtäte. Nicht um alles in der Welt. Gaines' Mutter mochte teilweise die Verantwortung dafür tragen, dass sie einen kranken Psychopathen aus ihm gemacht hatte, der offensichtlich Frauen so sehr hasste, dass er von ihnen besessen war. Aber Gaines' Verbrechen gingen weit über das hinaus, was man mit der schwachen Erklärung einer egoistischen Mutter entschuldigen konnte.

Er blickte sich um und sah, dass das eingestürzte Möbelstück eine Bodendiele zerbrochen hatte. Er kniete sich nieder und schob mit deutlichem Missfallen Schutt beiseite, von dem nicht wenig unter seinem groben Griff zerbröselte.

Er packte die gerissene Diele und riss sie ganz auf, wobei das

Geräusch des zerbrechenden Holzes wie ein Schuss durch die Stille des Dachbodens hallte. Im dämmrigen Abendlicht, das durch die staubigen Fenster fiel, erkannte er etwas Helles. Mit den Fingern ertastete er ein elastisches Material. Aus dem Fach unter dem Boden zog er schließlich einen löchrigen Büstenhalter und eine Handvoll mottenzerfressener Frauenschlüpfer. Vor seinen Augen kroch eine Kakerlake aus einem der Löcher. Er warf die verrotteten Kleidungsstücke mit einem Laut der Verachtung auf den Haufen Abfall.

Ein lautes, scharfes Lachen überraschte ihn in diesem Moment. Ian stand schnell auf und nahm, ganz automatisch, eine Verteidigungshaltung ein.

»Er hat sich immer ein Stück von ihnen mitgenommen – von allen seinen Frauen«, stichelte der bärtige, ungeschlachte Mann.

»Hau ab, du Penner. Wie oft muss ich dich noch rausschmeißen? Ich habe dieses Haus gekauft. Es ist jetzt meins. Du kannst jetzt nicht mehr wie früher einfach kommen und gehen«, rief Ian aufgebracht und trat über die knackenden Holzdielen auf den Mann zu. Er hätte in diesem Moment nichts lieber getan, als zuzuschlagen. Das wäre ein wesentlich besseres Ventil für all seine Wut und Depression, als sich durch den Schmutz zu wühlen, den Trevor Gaines von seinem nutzlosen Leben übrig gelassen hatte. Er packte den Mann am Kragen seines dreckigen Hemdes und drückte seinen großen, soliden Körper an die Wand neben dem Treppenhaus.

Luft kam zischend aus dessen Lunge. Ian presste seinen Unterarm gegen die Kehle des Obdachlosen, der Blutrausch ließ sein Herz bis in seine Ohren schlagen. Trotz dieser groben Behandlung gelang Reardon sein raues Lachen. Ians Wut wurde durch dieses wilde Heiterkeit nur noch ärger.

»Vielleicht, vielleicht«, Reardons Augen blickten mitten in Ians verzerrtes Gesicht, »möglicherweise *ist* das ja dein Haus. Möglicherweise gehörst du ja *wirklich* hierher. Ich weiß, wer du bist.«

In Ians Wut mischte sich Überraschung. Sie sprachen nicht Französisch miteinander, was hier angebracht gewesen wäre, sondern Englisch. Und obwohl seine Stimme rau war, so waren seine Sätze doch eher kultiviert. Die Einwohner in der Umgebung waren Ian gegenüber eher misstrauisch, doch ein paar neu Hinzugezogene nannten ihm den Namen des örtlichen Obdachlosen, der illegal irgendwo in den Wäldern auf dem Gutsgrundstück lebte. Ian hatte Kam Reardon bereits zweimal aus dem Landhaus geworfen. Zunächst hatte er vermutet, der Obdachlose würde sich an seinen Lebensmittelvorräten bedienen. Doch schnell merkte er, dass da nichts fehlte. Dann kam ihm der Verdacht, Reardon würde elektronische Ausrüstung und Material aus Trevor Gaines' Werkstatt mitgehen lassen. Und bis dahin hatte Ian nicht gedacht, dass Reardon mehr als nur zwei Flüche und einen Grunzlaut aneinanderreihen könnte.

»Ich weiß auch, wer du bist«, knirschte Ian und hob seinen Unterarm so, dass er dem anderen Mann die Luft abdrückte und sein Kopf mit einem dunklen Schlag gegen die Wand knallte. »Du bist ein Dieb, ein Wilderer und überhaupt Platzverschwendung auf dieser Welt.«

»Sind wir das nicht alle? Sind wir nicht alle nur seine hässlichen Überbleibsel, auch nicht besser als diese vergammelten Schlüpfer, die du da eben gefunden hast? Überleg doch mal«, fügte Reardon mit erstickter Stimme hinzu, während seine Augen in hämischer Belustigung funkelten, »manche dieser hübschen kleinen Dinger könnten auch deiner Mutter gehört haben.«

Die Bemerkung reizte Ian bis zur Weißglut. Er hob seine

Faust und wollte zuschlagen, als sein Blick zufällig den des Landstreichers traf. Stechende, hellgraue Augen blitzten aus einem leicht grimmigen, dick mit einem Bart bewachsenen Gesicht. Luciens Augen …

Es war, als hätte man ihm einen Kübel Eiswasser ins Gesicht gekippt.

Während er den Blick erwiderte, erfasste ihn der Horror.

»Hau ab«, krächzte er. »*Jetzt*, bevor ich dich mit all dem anderen Müll hier begrabe und dann den ganzen Haufen abfackele.«

Reardons Zähne blitzen erstaunlich weiß und gerade aus seiner sonst dunklen Erscheinung.

»Das würde dir so passen, oder? Bruder.«

Ian zuckte zusammen, als er einsah, dass nun die Wahrheit offenlag, die er gerade in einem Anfall von akutem Ekel erkannt hatte. Reardon streckte sich und rückte sein Jackett gerade, so hoheitsvoll und sorgsam, als sei er ein Prinz, der seine edelste Weste trug und soeben beleidigt worden war, und nicht ein Obdachloser, der etwas anhatte, das aussah, als hätte er es im Abfall gefunden. Mit verkniffenem Mund und stechendem Blick beugte er sich vor.

»Du solltest besser aufpassen«, sagte Reardon leise. »Du siehst ihm unglaublich ähnlich. Wenn du hier weiter durch das Haus stromerst, werden die Leute noch schwören, dass der Geist des alten Daddy in dieser Müllhalde umgeht.«

Ian schloss seine Augen und hörte, wie Reardons schwere Stiefel die Treppe hinunterstampften. Er schluckte den bitteren Geschmack in seinem Mund hinunter.

Später am Abend schob er sein Dosenessen, das er gar nicht angerührt hatte, von sich fort. Er stand auf, um die Mahlzeit aus dem Raum wegzubringen, in dem er schlief, als er seine

Gestalt in einem Spiegel bemerkte. Er verharrte einen Moment angespannt, dann stellte er seinen Teller und das Glas auf einen staubigen Tisch, er hatte vergessen, was er gerade noch vorgehabt hatte. Stattdessen betrachtete er sich genau im Spiegel.

Wann war eigentlich sein Zwei- und dann Dreitagebart in diesen Vollbart übergegangen? Seit wann hatte er diesen barbarischen Blick? Seit wann ähnelte der denn Kam Reardon?

Ähnelte etwas, das *schlimmer* war als Kam Reardon?

Du siehst ihm ähnlich. Wenn du hier weiter durch das Haus stromerst, werden die Leute noch schwören, dass der Geist des alten Daddy in dieser Müllhalde umgeht.

Er fauchte, schlug mit der Faust auf den Tisch und schickte damit einen Porzellanteller zu Boden, der auf dem Holz scheppernd zerbrach.

So ein Scheiß. Ian war niemand, der Trevor Gaines ähnelte. Der einzige Grund, weshalb er dieses verdammte Haus gekauft hatte und nun jeden der rattenverseuchten Räume absuchte, bestand doch darin, dass er diesen Kriminellen aus seinem Geist und Körper vertreiben wollte. Es ging um eine Reinigung, um Geisteraustreibung.

Er steckt in deinem Blut, erinnerte ihn eine widerliche Stimme. *Du wirst diesen Makel niemals loswerden.*

Sein anderes Leben – das methodische, organisierte, sterile, das zuletzt durch Francesca mit Licht und Lachen und Liebe erfüllt worden war – erschien ihm schon wie ein Traum, wie eine trügerische Erinnerung, die er mit seinen sonst so geschickten Fingern nicht greifen konnte. Seine Welt wurde zu einem verwässerten Albtraum – nicht unbedingt furchteinflößend, aber dreckig und grau, vage und zwecklos. Seine persönliche Version der Hölle.

»Nein«, sagte er laut und roh, und sein Gesicht sah im Spiegel nun entschlossen aus. Er hatte einen Grund … ein Ziel. Sobald er verstanden hatte, wer Trevor Gaines war, sobald er durchschaute, warum sein leiblicher Vater so verderbt gewesen war, konnte er sich leichter von diesem Mann trennen. Hinter seinem Wahnsinn steckte Methode.

Pass nur auf, dass dich der Wahnsinn nicht packt, bevor die Methode zu funktionieren beginnt.

Er knurrte bei dem Ton dieser sarkastischen, höhnenden Stimme – *seiner* Stimme, in der seine Zweifel an seiner Aufgabe an die Oberfläche kamen. Er wandte sich von dem Anblick des verstörenden Bildes im Spiegel ab.

Nur noch ein bisschen.

Er würde nur noch ein bisschen suchen. Sicher gab es etwas in dieser Ruine, das ihm helfen würde, Gaines einzuordnen, ihn wie eine klar bezeichnete, forensische Spezies zu kategorisieren; etwas, das es seinem Gehirn erlauben würde, das Rätsel dieses Mannes zu lösen, dieses Mannes, der zu einem Stachel in seinem Fleisch geworden war – doch da das Ende des Stachels abgebrochen war, fand er keinen Griff, um ihn herauszuziehen und es der Wunde damit zu ermöglichen, sauber zu verheilen.

Mit einem Fluch auf den Lippen warf er sich auf das staubige, durchgelegene Himmelbett und starrte an die Decke. Diese Wut war zu seinem ständigen Begleiter geworden. Sie war das Einzige, was seine Gefühllosigkeit durchbrechen konnte, die ihn in erschreckenden, wilden Wellen überrollte.

Nein. Es gab doch noch etwas anderes, das seine Gefühllosigkeit durchbrach, hier in dieser grauen Ödnis: der scharfe Schmerz des Begehrens. Gegen seinen Willen kam ihm Francescas wunderschönes, schmerzgeplagtes Gesicht in den Sinn, so, wie er sie am Abend zuvor auf seinem Computer gesehen hatte. Das Bild folterte ihn regelrecht. Er kniff seine Augen fest zusammen, um diesen bewegenden, packenden Eindruck zu vertreiben … und scheiterte.

Wie üblich.

Er tat dies nur für sie, rief er sich in Erinnerung. Würde er diesen Dämon nicht austreiben, wie könnte er dann ehrenvoll um sie werben? Wie könnte er sich ihr mit einem beschmutzten Geist anbieten? Sie, die doch Licht und Wärme war. Jeder beiläufige Blick, den sie ihm schenkte, enthielt mehr Liebe, als er je zuvor erfahren hatte, sogar mehr als er sich jemals vorstellen konnte, bevor sie in sein Leben getreten war.

Nein … er würde sich nicht von Kam Reardon aus dem Gleichgewicht bringen lassen, einem weiteren *Überbleibsel* von Trevor Gaines. Er ließ sich nicht von seinem Halbbruder von seinem Weg abbringen.

Wenn du nicht so bist wie dein perverser Vater, wie kommt es dann, dass du genau das tun willst, was dir gerade in diesem Augenblick durch den Kopf geht?

Bei dieser tonlosen, sarkastischen Frage verzog er das Gesicht. Er sollte aufstehen und vielleicht noch eine Runde durch die Nacht laufen. Er könnte sich in seine Forschung über Trevor Gaines vertiefen und versuchen, die unzusammenhängenden Informationshäppchen, die er gesammelt hatte, zu einem sinnvollen Großen und Ganzen zu verbinden … er könnte *irgendetwas* tun, um seine Gedanken von dem Computer abzulenken, der dort auf dem Tisch stand.

Noch eine weitere Minute lang lag er steif und unbewegt auf dem Bett, während in seinem Inneren eine Schlacht tobte. Er mühte sich so, dass ihm der Schweiß auf die Stirn trat.

Und dennoch konnten auch all die Argumente und die stillen Rufe nach Selbstkontrolle ihn nicht davon abhalten, aufzustehen und sich den Computer zu nehmen. Er war, was er war, und zumindest das konnte er nicht kontrollieren oder sich aus dem Kopf schlagen. Mit einem Ausdruck grimmiger Unausweichlichkeit – zu der sich wilder Hunger und eine große Portion Selbstverachtung gesellten – setzte er sich auf das Bett und klickte auf das Video.

Es war, als würde er sich masochistisch selbst prügeln, aber er tat es dennoch, weil er aus Erfahrung wusste, dass es ihm unmöglich war, dem Verlangen zu widerstehen. Möglicherweise hatte Reardon doch recht. Möglicherweise war er wie sein Vater.

Nur Augenblicke später starrte er, völlig angefixt, auf Francescas edles Gesicht, wie sie die Ekstase erlebte.

Er schaute den Film noch weiter, nachdem er gekommen war. Das Masturbieren verschaffte ihm keine wirkliche Befriedigung, aber er fühlte sich gut. Es war, als würde er sich in die eigene Haut schneiden, eines der wenigen Dinge, die seine Gefühllosigkeit durchstoßen konnten.

Er wurde erst aufgescheucht, als sein Erguss auf seinem Bauch erkaltet war und ihn ein undeutliches Unbehagen erfüllte. Er blickte in sein Bild im Badezimmerspiegel, als er sich wusch, und dachte noch einmal an Kam Reardons irre Andeutung.

Noch einmal über Kam Reardon nachdenken, dann ist Schluss.

Natürlich.

Reardon war ein weiteres von Gaines' leiblichen Kindern. Vielleicht lebte seine Mutter nicht weit von hier. Ganz sicher war nur, dass die Dorfbewohner vermuteten, dass Kam schon eine ganze Weile illegal auf dem Grundstück von Aurore lebte. Reardon war von allen illegitimen Kindern sicher das, das wohl noch am meisten von Gaines' Geheimnissen und Gedanken wusste. Er musste Ian einfach ein paar Fragen beantworten.

Ian warf das Handtuch weg und verließ den Raum mit neu gewonnener Entschlossenheit.

Am nächsten Morgen lief Francesca eilig den Flur Richtung Eingang entlang, um ihren Besucher zu begrüßen.

»Vielen Dank, dass du gekommen bist«, sagte sie, kaum dass sich die Aufzugstür geöffnet und noch bevor sie Lucien richtig erblickt hatte. »Eigentlich wollte ich dich ja gar nicht stören, jetzt, wo Elise gerade nach Hause gekommen ist.«

»Ich dachte mir schon, dass du das sagen würdest, also habe ich sie mitgebracht«, antwortete Lucien, als er, zusammen mit einer bezaubernden Frau mit blonden Haaren und großen Augen wie Saphire, aus dem Lift gestiegen war.

»Elise«, murmelte Francesca, hin und her gerissen zwischen dem Unbehagen, dass sie sich nach dem tiefen Riss in ihrer Freundschaft so unvermittelt wieder gegenüberstanden, und der tiefempfundenen Freude, sie wiederzusehen. Elises warmes, schelmenhaftes Grinsen stand wie üblich in erstaunlichem Kontrast zu ihrer eleganten Schönheit. Außerdem trug es noch dazu bei, Francesca über ihre Verlegenheit hinwegzuhelfen.

»Sei ihm nicht böse. Er konnte mich einfach nicht abschütteln«, sagte Elise und blickte mit strahlenden Augen auf Lucien. »Ich habe mich an ihn gekettet und ihn einfach nicht wieder losgelassen.«

»Es freut mich, dass du das nicht getan hast.« Francescas Lachen war breit und frei. Die beiden Frauen fielen sich in die Arme. Francesca musste mehrfach blinzeln, als sie ihre Umarmung lösten und sie in Elises strahlendes Gesicht sah. »Ich habe gehört, dass du bei deinen Eltern warst? Du bist sicher völlig … erschöpft?«

Elises Lippen zitterten vor Freude. Sie hatte Francesca früher schon Geschichten erzählt über ihre … *bunten*, bemühten

Eltern. Es waren nicht zuletzt Louis und Madeline Martin, die Elise zu ihrer Flucht nach Chicago getrieben hatten, als sie nach einer Möglichkeit suchte, ihr Leben erstrebenswert zu gestalten. Für eine bildschöne Erbin, der alles auf einem Silbertablett gereicht worden war, war es nicht immer einfach, dem Leben einen Sinn zu geben, hatte Francesca erfahren. Doch dank Luciens leitender Hand und Liebe im Zusammenspiel mit Elises Ehrgeiz und Talent hatten sie schließlich genau das doch noch erreicht.

»Erschöpft passt ganz gut. Louis und Madeline verlangen ganz schön viel von mir. Aber wie geht es dir?«, fragte Elise unverblümt und runzelte ihre Augenbrauen beim Blick auf Francesca.

»Gut. Mir geht es gut«, versicherte Francesca. »Aber … ich bin sehr froh, euch zu sehen. Euch beide«, fügte sie hinzu und schloss Lucien durch ihren Blick mit ein. Dann senkte sie zögernd ihre Augen, als sie bemerkte, wie ihre Freunde sie mitfühlend ansahen. »Es tut mir so leid … du weißt schon … dass ich deine Anrufe nie beantwortet habe. Das hatte nichts mit dir zu tun. Das war ein Fehler. Das ist mir klar, jetzt, wo ihr beide hier vor mir steht …«

»Sag so etwas nicht«, korrigierte Elise sie sanft und ergriff ihre Hand. Diese natürliche und elegante Geste ließ Francesca noch demütiger werden. »Wir sind doch Freunde. Lucien und ich, wir wissen beide, wie schmerzvoll das alles für dich gewesen ist.«

»Vielen Dank«, erwiderte Francesca ernsthaft und hoffte, Elise würde die tiefe Bedeutung hinter diesen zwei so kleinen Wörtern verstehen. »Kommt rein, und setzt euch. Ich hole uns etwas zu trinken.«

Eine halbe Stunde später saßen die drei zusammen im Wohnzimmer. Francesca hatte in einem Ohrensessel Platz genommen, Lucien und Elise saßen ihr gegenüber auf einem Sofa, die Hände locker ineinander verschränkt. Diese Geste der Wertschätzung und Vertrautheit drückte ihre Verbindung so stark aus, dass sie fast greifbar wurde. Sie freute sich, die beiden so glücklich zu sehen, und dennoch … schmerzte ihre Brust dumpf beim Anblick ihrer unerschütterlichen, ergreifenden Liebe.

Als Lucien geendet hatte, stellte sie ihr Mineralwasser mit Zitrone ab, an dem sie während seiner Erklärungen genippt hatte. Mit einem Seufzer lehnte sie sich zurück.

»Okay. Jetzt verstehe ich, was du gestern mit dem Hinweis meintest, wir sollten vorsichtig sein. Sollte Noble bei der kleinsten Sache mit seinen Verpflichtungen gegenüber der Investmentgesellschaft in Verzug geraten, würden Ians private Firmenanteile in die Hände Fremder übergehen.« Sie ballte ihre Fäuste bei diesem Gedanken. »Lucien, du hast recht«, fuhr sie kurz darauf fort, »Ian war immer eifrig darauf bedacht, hundert Prozent der Anteile seiner Firma selbst zu kontrollieren. Er wäre dieses Risiko nicht eingegangen, würde es sich irgendwie vermeiden lassen.«

»Aber denke daran, dass die Wahrscheinlichkeit eines solchen Verzugs minimal ist«, gab Lucien fairerweise zu bedenken. »Doch anders als bei einem Bankkredit könnte die Investmentgesellschaft laut Vertrag Anteile von Noble Enterprises als alternative Bezahlung einfordern. Das wäre nicht das erste Mal, dass so etwas passiert … es hat auch schon feindliche Übernahmen auf diesem Wege gegeben. Damit möchte ich aber nicht sagen, dass in dieser Situation hier irgendjemand etwas Hinterhältiges oder Böswilliges im Sinne hat …«

»Natürlich nicht«, murmelte Francesca. »Die Methode wird ja, wie du schon gesagt hast, regelmäßig genutzt, um schnell an verfügbare Mittel zu kommen. Sie könnte ein brauchbarer

Weg sein, um die Tyake-Übernahme durchzuführen. Aber es war Ian nun einmal so wichtig, Noble Enterprises unbedingt privat zu halten.«

»Andere Firmen würden dieses Risiko möglicherweise eingehen. Die potenziellen Folgen sind fast vernachlässigbar.«

»Aber nicht im Fall von Noble Enterprises«, schloss Francesca und erwiderte Luciens Blick. »Nicht in Ians Fall.«

Luciens angedeutetes Nicken bestätigte ihr, dass sie es ganz in seinem Sinne richtig verstanden hatte.

»Dann sollten wir uns nach einer anderen Möglichkeit umsehen, um an das Geld zu kommen. Es gibt keinen Grund, noch länger damit zu warten.« Francesca beugte sich vor, denn sie verspürte plötzlich Tatendrang. »Begleitest du mich zu Gerard, James und Anne? Ich höre mir selbstverständlich ihre Argumente an, aber ich denke, dass ich meine Meinung, jetzt, wo ich deine Bedenken verstanden habe, wohl kaum noch einmal ändern werde. Das wird ihnen vermutlich nicht gefallen, nach all der Arbeit, die Gerard schon hineingesteckt hat. Anne und James schwärmen für ihn fast so sehr wie für Ian. Ich habe den Eindruck, als könne er in ihren Augen eigentlich nichts falsch machen.«

»Natürlich«, versprach Lucien und half Elise beim Aufstehen, »lasse ich dich dabei nicht allein.«

Sie hatte recht. Gerard, James und Anne waren von Francescas Zweifeln an dem ausgearbeiteten Plan überrascht und versuchten zunächst noch, sie wortgewandt umzustimmen. Luciens Unterstützung und Francescas Erzählungen von Gesprächen, die sie früher mit Ian geführt hatte und in denen er immer seinen Wunsch nach exklusiver Kontrolle über die Firma geäußert hatte, egal was es koste, konnten die drei dann aber überzeugen. Sogar Gerard, der in letzter Zeit eine Unmenge an Zeit und

Arbeit in den Vertragsentwurf gesteckt hatte, gab schließlich zu verstehen, dass sie entscheiden müsse und er sie in jedem Fall unterstützen werde. Systematisch zählte er eine Reihe von anderen Möglichkeiten auf, wie man an Geld kommen könne. Das ganze Direktorium sammelte dann weitere Ideen, wobei Gerards Freundlichkeit ihn in Francescas Augen noch sympathischer werden ließ.

»Eine Menge Arbeit liegt vor uns, und die Zeit drängt«, warf Anne in einer Gesprächspause ein. Besorgt blickte sie zu James. »Dabei stehen Weihnachten und der Geburtstagsball vor der Tür.«

»Der Geburtstagsball?«, fragte Francesca neugierig.

»Ja, James und ich werden am Boxing Day, dem zweiten Weihnachtsfeiertag, fünfundfünfzig.« Anne strahlte zunächst Francesca, dann James an, und ihre leuchtenden Augen ließen Francesca an eine viel jüngere Frau denken. »In der Nacht nach Weihnachten haben wir eine ganze Menge vor. Schon seit Jahren hat es in Belford Hall keine Party mehr wie diese gegeben. Normalerweise waren wir in den vergangenen Jahren während der Feiertage immer in London«, fügte Anne hinzu und gab Francesca auf diese Art zu verstehen, dass sie Weihnachten dort mit ihrer Tochter Helen verbracht hatten.

»Wie schön. Das wusste ich nicht. Meinen Glückwunsch!«, sagte Francesca.

In Anne schien etwas vorzugehen.

»Aber du wirst doch dabei sein! Natürlich! Ich möchte, dass du mitkommst, fort von allen diesen Geschäftsdingen, du und ...« Sie verstummte, als ihr klar wurde, was sie gerade sagen wollte. Dann besann sie sich. »Du musst gerade jetzt unbedingt dabei sein. Wir fünf sollten während dieser Suche nach Kapital zusammenbleiben. Lucien eingeschlossen. Eine andere Umgebung wird dir guttun, Francesca. Belford Hall ist in dieser

Jahreszeit ein unvergesslicher Anblick. Wir werden ein ruhiges Weihnachtsfest verbringen, nur mit der Familie.« Ihre Augen weiteten sich, als hätte sie soeben einen Stromstoß verpasst bekommen. »Das ist es! Der perfekte Plan.«

James warf Francesca einen amüsierten Blick zu. Offensichtlich war er an Annes gelegentlich geniale Inspiration gewöhnt und versuchte schon seit Jahren nicht mehr, sie zu stoppen, wenn sie so in Schwung gekommen war.

»Du hast doch gesagt, dass du gerade ein Gemälde beendet und noch keinen Auftrag fürs neue Jahr hättest. Dein nächster Auftrag ist für Belford Hall«, sagte sie, als sei das ganz selbstverständlich. »Schon seit unserem fünfzigsten hatten James und ich vor, jemanden für ein Gemälde zu suchen. Doch wir sind nie so weit gekommen. Es war wohl Schicksal, dass wir bis jetzt damit gewartet haben. Kein anderer Künstler, den James und ich kennen, verbindet diese kreative Tiefe mit dem Verständnis für Architektur so wie du, Francesca. Das ist die perfekte Lösung!«

James' amüsierte Miene wandelte sich in eine nachdenkliche. »Sie hat recht, Francesca. Das ist eine sehr gute Idee. Du wärst ideal für das Gemälde von Belford.«

»Das Bild soll die Schönheit von Belford Hall im Frühling zeigen ... die Wälder, die Gärten. Es soll nicht so groß wie das sein, das du für Ian in den Noble Towers gemalt hast; ein viel intimeres für einen unserer Lieblingsräume, wo wir es Abend für Abend bewundern können.« Ein zärtlicher Blick traf James. »Du könntest bei deinem Besuch jetzt die ersten Skizzen anfertigen und dann zurückkommen, wenn alles erblüht ist«, fuhr Anne fort, die offenbar während des Sprechens ihre Pläne entwarf.

»Nun ... vielleicht. Darüber muss ich nachdenken«, sagte Francesca verwirrt und von dem Themenwechsel aus dem

Konzept gebracht. Sie musste zugeben, eine Ortsveränderung konnte genau das sein, was sie jetzt brauchte. Sie war noch nie in Belford gewesen, dabei hatte sie schon mehrfach im Haus von Ians Großeltern in London übernachtet, als sie Helen Noble im Krankenhaus besucht hatten. »Wir haben Belford Hall im Studium durchgenommen. Es wäre toll, es einmal leibhaftig zu sehen, geschweige denn, es zu malen.«

Anne ergriff eine ihrer Hände.

»Ich freue mich jetzt schon darauf, dir mein Haus zu zeigen.«

Francesca lächelte über Annes absolute Gewissheit und fand es herzerwärmend, sich so plötzlich der Anne gegenüberzusehen, die sie bislang immer nur in kleinen Ausschnitten erlebt hatte: eine scharfsinnige, unaufhaltsame, warme, charmante Frau, die die reichsten – und manchmal auch geizigsten – Menschen der Welt dazu bekam, ihre Scheckbücher für einen guten Zweck zu zücken.

»Und Lucien, du kommst auch mit«, ergänzte sie noch bestimmt. »Nicht nur wegen des Noble Enterprises-Deals, sondern weil James und ich Ians Bruder wirklich gerne näher kennenlernen möchten. Du bist ein Teil unserer Familie.«

»Vielen Dank«, sagte Lucien, der offensichtlich von Annes ehrlichem Anliegen gerührt war. »Aber dies ist das erste gemeinsame Weihnachtsfest von Elise und mir. Ich fürchte, sie wird damit nicht einverstanden sein«, fügte er hinzu und sprach damit für Elise, die während dieser Sitzung mit Mrs. Hanson in der Küche war. Elise war Köchin und beobachtete die erfahrene Haushälterin gerne, um noch etwas von ihr zu lernen.

»Dann kommt sie eben mit. Ich denke, wir dürften uns glücklich schätzen, ein solch angenehmes, lebendiges Mädchen unter uns zu haben. Ich habe sie früher schon einmal getroffen, wie ihr vielleicht wisst«, sagte Anne mit einem Blick zu Lucien und Francesca und einem neckischen Funkeln in den Augen. »Louis Martins Tochter bringt in jede staubige Veranstaltung einen Hauch frische Luft. Das wird mit ihr garantiert eine tolle Party.«

»Wenn du mit dem Hauch frischer Luft auch den Sturm von Tratsch und Klatsch meinst, hast du meine Frau perfekt beschrieben«, ergänzte Lucien mit einem großen, befreiten Lächeln im Gesicht.

Francesca nahm Gerards amüsierte Miene wahr und brach in lautes Lachen aus. Zum ersten Mal seit einer Ewigkeit.

Am Nachmittag gingen alle hinüber zu Noble Enterprises, um sich mit anderen Vorstandsmitgliedern und Verantwortlichen des Fusions- und Übernahmeteams zu besprechen. Sie unterbrachen diese Sitzung nur kurz für ein sehr vergnügliches Abendessen im Catch 35, bei dem Gerard alle mit Familiengeschichten unterhielt. Offensichtlich war Gerards Vater Cedric schon seit der Studentenzeit in Cambridge mit James eng befreundet, und es war wohl James, der ihm seine jüngere Schwester Simone vorgestellt hatte. Gerard spielte den Anekdotenerzähler und amüsierte alle mit Geschichten über James und seinen Vater als junge Männer. Er zeichnete das Bild von Cedric Sinoit als eine Art aufgeweckter Clown mit ansteckend guter Laune, der aber regelmäßig bei dem Versuch scheiterte, James zu übertreffen. Wieder lachte Francesca ausgelassen mit ihnen, und ihre Trauer wich für ein paar lebhafte Momente der Freude.

Die Komplexität der Übernahme blieb eine Herausforderung für Francesca, die Schwierigkeiten hatte, Dinge zu verstehen, die für Lucien oder Gerard schon zu einer zweiten Haut geworden waren. Wieder arbeiteten sie bis spät in die Nacht, um den Umriss eines Plans zu entwerfen, der sogar dann umgesetzt werden konnte, wenn die Mitglieder des Direktoriums nicht vor Ort in Chicago waren.

Es war schon lange nach Mitternacht, als sie ziemlich erledigt Ians Suite betrat. Nachdem sie sich gezwungen hatte, in Ians Umkleidezimmer zu gehen, sich schnell ein Nachthemd zu greifen und frische Unterwäsche aus einer Schublade zu nehmen, wurde ihr klar, dass es am besten war, erschöpft zu sein. Je müder sie war, umso geringer war die Wahrscheinlichkeit, dass sie alles zu nahe an sich heranließ.

Nach einer Dusche und dem Zähneputzen schlurfte sie schlaff und barfuß zum Bett. Sie genoss ihre Erschöpfung, und dennoch jagten der Anblick von Ians Bett und das Aufschlagen der luxuriösen Decke einen unwillkommenen Stoß Adrenalin durch ihren Körper.

Francesca griff nach einem Buch in ihrer Tasche, damit sie dem Nachdenken über den geschäftlichen Teil des Tages entgehen konnte, ganz zu schweigen von den bewegenden Erinnerungen, die sie in Ians Bett überfielen.

Viermal las sie den Abschnitt und konnte den Worten dennoch keinerlei Bedeutung abgewinnen. Das Laken war kühl, ein angenehmes Gefühl auf ihrer vom Duschen erhitzten Haut. Sie konnte sich lebhaft daran erinnern, wie göttlich es sich angefühlt hatte, jedes Mal wenn Ian sie aus ihrem Privatzimmer nach einem weiteren, herausfordernden, intensiven Liebesspiel herübergetragen hatte. Ihr Blick fiel auf die verschlossene, getäfelte Tür auf der linken Seite des Raumes. Gerard hatte hier in der Suite geschlafen. Ob er versucht hatte, in dieses Refugium einzudringen, fragte sie sich unruhig. Ob er vermutete, was sich auf der anderen Seite befand?

Früher – etwa vor einem Jahr – hätte sie solche Gedanken als lächerlich abgetan. Warum sollte ein Mann an solch intime, sexuelle Dinge denken, wenn er auf eine verschlossene Tür stieß? Ian hatte ihren Horizont allerdings erweitert.

Ihr fiel ein Abend im letzten März ein, als Ian ihr diese Dinge zu erklären versucht hatte.

Sie waren mit Lin und dem Mann, mit dem sie sich damals gerade regelmäßig traf, zum Abendessen in Luciens trendigem Restaurant Fusion verabredet. Doch zuvor hatte Ian sie in diesen privaten Raum geführt. Mit dem vertrauten Gefühl einer sich steigernden Erregung, die durch ein klein wenig Ängstlichkeit noch zusätzlich befeuert worden war, folgte sie ihm. Er befahl ihr, sich auszuziehen, dann fesselte er ihre Handgelenke mit den Bändern, die an Haken in der Wand befestigt waren.

In nervöser Anspannung wartete sie ab, bis er sie positioniert hatte. Schließlich stand sie da, mit dem leicht vornübergebeugten Oberkörper, die Knie durchgedrückt, die Wirbelsäule leicht gebogen, die Füße etwa einen halben Meter auseinander, ihren Po nach hinten gestreckt, die Handgelenksfesseln straff gespannt. Er nahm einen Flogger, eine schwarze, weiche Lederpeitsche, und schlug sie damit – nicht um ihr wehzutun – doch so, dass die Lederbänder die Nerven an ihrem Arsch, ihrer Hüfte und ihren Schenkeln in Brand steckten. Seine Dominanz über sie war kontrolliert und freiwillig, sie sollte erregt, nicht verletzt werden. Dass er sie gelegentlich sanft ermahnte, ihre eher schwierige Lage mit den nach vorne gedrückten Brüsten und dem für seine Schläge mit der Peitsche empfänglich gemachten Arsch nicht zu verändern, erregte sie noch mehr.

Wie üblich hielt er immer wieder inne, um ihre prickelnde, stechende Haut mit seiner Handfläche vorsichtig zu reiben. Manchmal hielt er einen Fingervibrator an ihre Klitoris oder massierte den dünnen Nervenpunkt ganz direkt mit dem Finger, während er einen anderen in ihre Muschi steckte. Wenn sie jetzt ihre Augen schloss, konnte sie noch immer seine tiefe, raue Stimme durch ihr Gewimmer und ihre Schreie hindurch hören, wie er ihr sagte, wie schön sie sei … wie begehrenswert.

Es stimmt. Du siehst niemals schöner aus als in dem Moment, wenn du mir vertraust und dich fallen lässt. Komm noch einmal, mein Engel. Komm gegen meine Hand.

Am Ende, wenn er es ihr erlaubt hatte, mehrere Höhepunkte zu erleben, wies er sie an, sich völlig aufzurichten. Er war neben sie getreten, und sie konnte zum ersten Mal einen Blick auf seinen Schwanz werfen, der aus seiner offenen Hose ragte. Sie ließ ihn nicht aus den Augen, als er seine schwere, geschwollene Erektion in die Hand nahm und mit der Peitsche vorsichtig über ihre Brüste strich. Sie konnte hören, wie kratzig seine Stimme geworden war, als er sie stimulierte, die blassen Brüste einen rosa Ton annehmen ließ und nur dann und wann eine Pause einlegte, um die Nippel zu streicheln und sie zu kneifen, bis sie fast schmerzhaft erregt und sensibel waren. Wenn sie sich nicht länger zurückhalten konnte und durch diese perfekte Stimulation ihres Busens gekommen war, hatte ihn sein Verlangen überkommen. Er hatte sie von hinten genommen und die glühend heiße, mächtige Art und Weise, wie er Besitz von ihr genommen hatte, erregte sie.

Sie liebte es, wenn er schließlich die Kontrolle verlor.

Danach hatte er sie ins Bett getragen. Sie fühlte noch genau, wie kühl die Laken auf ihrer überhitzten, sensiblen Haut gewesen waren, wie sie sich so köstlich gegen die heiße, prickelnde Haut an ihrem Po, den Hüften und Brüsten geschmiegt hatten. Es fühlte sich wunderbar an, in der Matratze zu versinken, zumal als er sich dann auf der anderen Seite neben sie legte und sie umarmte.

Mit der Fingerspitze berührte er ihre erhitzten Wangen.

»Du solltest dich ein wenig abkühlen, bevor wir uns fertig

machen«, sagte er mit einem Lächeln. »Man sieht dir deine Leidenschaft noch an.«

»Wenn ich geduscht habe und angezogen bin ist das verschwunden«, raunte sie und streichelte seinen festen, schweren Bizeps.

»Das ist nicht so leicht, wie du vielleicht denkst. Eine Frau trägt immer verräterische Zeichen nach gutem Sex. Bei dir ist es sogar ziemlich offensichtlich. Du strahlst wie ein Honigkuchenpferd. Ich möchte nicht, dass Fremde dich so sehen«, sagte er nachdenklich und ohne das Streicheln ihrer Wange und Augenbrauen zu unterbrechen. »Mir und nur mir allein gehört dein Anblick nach dem Sex.«

Sie lachte vorsichtig, denn sie hatte ihn nicht ganz verstanden.

»Mach dich nicht lächerlich. Die Menschen können doch keine Gedanken lesen. Sie können doch nicht wissen, was du getan hast, bevor du rausgegangen bist.«

Eine kohlrabenschwarze Augenbraue hob sich.

»Da irrst du dich. Männer können das sehen. Viele zumindest.«

Sie wollte gerade etwas erwidern, doch dann spürte sie, dass er nicht in seiner typischen Art mit ihr sprach, wenn er sie aufziehen wollte.

»Wie?«, hatte sie gefragt, durch das Streicheln auf ihrem Gesicht und seine dunkle Miene hypnotisiert. »*Wie* können Männer das sehen?«

»Durch die Rötung hier und hier und hier«, sagte er leise und strich dabei über ihr Dekolleté, die Wangen und Lippen. »Sogar wenn sie ein wenig zurückgegangen ist, bleibt ein verräterischer Schimmer. Und durch deine Muskeln, das allumfassende Gefühl der Entspannung, deine offensichtliche Zufriedenheit mit dem Leben. Durch das unerklärliche Gefühl des Wohlbehagens in deinem Körper, die Art deines Ganges und deiner Bewegungen ... das sinnliche Bewusstsein, könnte man es vielleicht nennen. Bei dir sieht man es am ehesten hier«, sagte er heiser und wischte sanft mit der Fingerspitze über ihr Augenlid. »Deine Augen erlegen mich jedes Mal aufs Neue«, hatte er hinzugefügt, ein verdrehtes Lächeln des Amüsements über seine poetische Formulierung auf den Lippen. »Aber beim und nach dem Liebesspiel scheint deine Seele durch sie hindurch«, endete er, und auch sein kleines Lächeln verschwand.

Vor Rührung über seine ruppige, unvorbereitete Lobeshymne hatte sie schlucken müssen.

»Ich kann gar nicht glauben, dass Männer diese Feinheiten wirklich erkennen können. Bist du sicher, dass nicht nur du das kannst?«

Sein abruptes Lachen durchzuckte ihren Körper.

»Nein. Die meisten Männer können eine sexuell befriedigte Frau auf Anhieb erkennen, egal ob sie es in konkrete, bewusst formulierte Worte packen können oder nicht. Wir sind viel praktischer veranlagt als Frauen. Uns fehlt es insgesamt an Finesse, aber was die entscheidenden Dinge angeht, so mussten wir schon früh die Bedeutung der subtilen Zeichen bei der Jagd kennenlernen.«

»Die Jagd nach sexueller Beute, meinst du«, sagte sie augenrollend.

Sein Mund verzog sich.

»Die Ziele der Männer sind, was den Sex angeht, ziemlich eindeutig und offensichtlich, auch wenn es die Wege, diese zu erreichen, nicht immer sind. Frauen dagegen«, er dachte sorgfältig nach, während er sie streichelte, »sind sich ihrer Ziele dagegen gar nicht immer so bewusst. Sie sind sich selbst ein Rätsel, also gibt es für die Männer nur wenig Hoffnung, dass sie dieses Rätsel lösen könnten. Du bist sehr nach innen gewandt. Verschlossen. Eine echte Kopfnuss.«

Sie biss sich auf die Lippen, um ein Stöhnen zu unterdrücken, als er seine Hand zwischen ihre Beine legte und zwischen den feuchten Schamlippen auf Erkundungstour ging.

»Wir sind unseren Geschlechtsteilen ziemlich ähnlich, findest du nicht?«, fragte er und studierte ihr Gesicht, während er ihre glatte, dankbare Klitoris rieb. »Du bist fein und zurückgezogen. Tief und weich«, murmelte er und schob einen dicken Finger in ihre Muschi. »Du bist ein Rätsel – gibst deine Geheimnisse nur den Würdigen preis.«

Ihr Mund zitterte vor Freude und erneutem Begehren.

»Dann ist es ja kein Wunder, dass ich vor dir kein Geheimnis bewahren kann.«

Er hatte mit seinem Lächeln das ihre berührt und seine Leiste gegen ihre Oberschenkel gedrückt. Obwohl er vor kurzem noch einen explosionsartigen Orgasmus erlebt hatte, wuchs sein Schwanz schon wieder.

»Wir Männer leben dafür viel mehr an der Oberfläche.« Er rieb seine Hüfte an ihr, sein wachsendes Verlangen war nun nicht mehr zu übersehen. »Wir haben keine Chance, *das* zu verstecken. Warum es also überhaupt versuchen? Wir können unsere einseitige, rohe Absicht nicht verbergen.« Sie hörte das Lächeln in seiner Stimme, obwohl sie es nicht sehen konnte, schließlich küsste er gerade verführerisch ihr Ohr, was ihr einen Schauer die Wirbelsäule entlangjagte.

»Mmmh, trotz aller Mühe kannst du dieses Monster kaum vor mir verbergen«, hatte sie atemlos gehaucht, um ihn zu necken, als er ihre Wangen und Schläfen mit zunehmendem Eifer küsste. Sie wand sich unter seiner Hand, und wie immer hielt er ihre Hüfte in seinem Griff, bemüht sie still zu halten. Er ließ einen weiteren Finger in sie gleiten. Sie stöhnte auf und erschauderte, als er ihren Mund mit einem erobernden Kuss überfiel.

»Du sorgst dafür, dass Verstecken zu einem komplett sinnlosen Unterfangen wird, Francesca«, sagte er wenig später fast in ihre Lippen hinein. Er rollte sie auf den Rücken und spießte sie mit seinem Schwanz in einer Bewegung auf, die gleichermaßen anmutig und in jedem Detail zugleich grausam war, genau wie er es angedeutet hatte.

Als sie sich aus dieser erschütternden, erotischen Erinnerung wachrüttelte, lag das Buch unbeachtet und verknickt auf der Matratze, ihr Nachthemd war über den Busen hochgeschoben, und ihre Hand lag in ihrem Slip. Sie ließ einen kurzen Laut der Ungeduld hören und streifte den Slip ab.

Das war nicht gut. Sie brannte, doch ihre Berührung half nicht. Sie würde zwar kommen, aber das war nicht genug.

Es war niemals genug.

Sie war so frustriert, dass sie gar nicht bei der Sache war. Schließlich verließ sie das zerwühlte Bett und huschte hinüber zum Ankleideraum, ihre Wangen noch heiß, ihre Nippel aufgerichtet, ihr Becken sogar von der weichen Seide ihres Nachthemds aufgescheuert. Tief in einer der Schubladen, die Ian ihr zugewiesen hatte, fand sie, wonach sie suchte: einen kleinen, kräftigen Vibrator. Sie hatte ihn zwischen ihrer Wäsche versteckt, bevor sie Ians Wohnung verließ.

Es dauerte nur Sekunden, bis sie wieder im Bett lag, die Hüften weit gespreizt, der Vibrator summend auf ihrer Klitoris.

Genau dieses Spielzeug hatte Ian sehr oft an ihr eingesetzt. Etwa, während er sie übers Knie gelegt und den Schmerz der Bestrafung mit dem Vergnügen des Vibrators vereint hatte. O Gott, wie hatte sie es geliebt, wenn er ihre Handgelenke fesselte und ihr befahl, sich über seine Knie zu legen, wenn er sie in seiner Macht hatte, ihre nackte Haut streichelte und zugleich ihren Arsch versohlte, bis er brannte. Dabei fühlte sie jede Nuance der Anspannung seiner starken Oberschenkel und erfuhr in dieser Haltung seine Erregungen ganz unmittelbar – wenn sich sein Schwanz bei jedem Hieb auf die Rundungen ihres Pos anhob, wenn er gierig ihren rosa Arsch knetete und dabei seine Erektion gegen sie drückte.

Und was er dann getan hatte, nachdem ihre Bestrafung beendet war und sie von den Wellen und Wellen der Orgasmen erschöpft dalag…

Dann hatte er ihr klargemacht, dass sie ihren Teil des Vergnügens nun gehabt hatte und nun er an der Reihe sei. Er hatte sie ganz in Besitz genommen, sie durchgefickt, bis sie sich nicht mehr dagegen wehren konnte und wieder mitten in seiner weißglühenden Raserei explodierte.

Diese brutale, präzise Erinnerung war zu viel für sie, sie musste sich ihr ergeben, so wie sie sich auch ihm immer ergeben hatte. Sie stellte den Vibrator schneller ein und spürte, wie die Luft von ihrer nassen Muschi aufgesogen wurde. Ihre Hüften kreisten und wanden sich gierig um das exakt arbeitende Instrument. Sie führte einen Finger in ihre Vagina ein und stöhnte bei dieser unbefriedigenden Penetration auf, denn sie brauchte mehr, brauchte einen dicken, pochenden Schwanz in ihr, der ihre erregten Nervenbahnen bearbeitete und sich ihr weiches Fleisch unterwarf…

Sie brauchte Ian.

Verdammter Idiot.

Sie schob einen weiteren Finger in den engen Tunnel. Zu lange. Es war schon zu lange her, dass sie gedehnt, gefüllt und besessen worden war. Sie war so nahe dran… so nahe an der Befreiung. Sie zog ihre Finger bis zu den Spitzen wieder zurück und führte sie dann wieder in den warmen, gespannten Gang ein, rhythmisch, mit den Gedanken bei jemandem, der ihr Befriedigung verschaffte.

Und jetzt komm für mich, Liebling.

So selbstsicher. So bestimmt. Sie hatte keine Wahl, sie musste gehorchen.

Das Klopfen an der Tür ließ all ihre Gedanken zusammenstürzen.

Sie erstarrte, schnappte nach Luft. Ihre Muschi brannte und pochte in Erwartung des Höhepunkts. Wieder klopfte jemand nachdrücklich an die Tür der Suite. Sie erhob sich rasch aus dem Bett, doch ihre Beine wankten.

Sie versteckte den Vibrator, der von ihren Säften noch glitzerte, unter dem Laken und lief Richtung Tür.

»Wer ist denn da?«, wollte sie wissen und gab sich alle Mühe, ihre Atemlosigkeit zu verbergen. Sie drückte ihre Hand durch ihr Nachthemd hindurch auf ihre Muschi und jammerte. Sie hatte kurz vor dem Orgasmus gestanden. Sie sehnte sich nach der Erlösung.

»Ich bin's, Gerard. Entschuldigung, dass ich Sie schon wieder störe. Könnte ich für einen Moment reinkommen? Ich verspreche, es dauert nicht lange.«

Erschrocken schaute sie an sich herab.

»Es tut mir leid, Gerard, ich kann jetzt nicht. Ich wollte gerade schlafen gehen, ich bin nicht angezogen.«

»Ich warte hier gerne ein bisschen, bis Sie sich etwas übergezogen haben«, rief er durch die Tür. »Bitte, Francesca, es ist wichtig.«

Sie wollte gerade etwas erwidern, doch ihr fiel kein Grund ein, weshalb sie es ihm ausschlagen konnte. Er hatte die einzige Ausrede, auf die ihr Lust gesteuerter Kopf gerade kommen konnte, damit weggewischt.

»In Ordnung«, sagte sie unruhig, »einen Augenblick noch.«

Wenig später öffnete sie die Tür und versuchte ein schwaches Lächeln.

»Kommen Sie rein«, murmelte sie und wies auf die Sitzecke, die sich fast über die Hälfte des großen Wohnzimmers der Suite erstreckte.

»Danke«, erwiderte Gerard, warf ihr einen entschuldigenden Blick zu und trat durch die Tür. Francesca schloss sie hinter ihm und zog ihren Morgenrock noch fester zu. Sie hatte sich mit Seife und sehr kaltem Wasser gewaschen und darauf gewartet, dass ihre Nerven sich ein wenig beruhigten, doch ihre Haut fühlte sich noch immer kitzelig an, ihre Wangen waren warm. Würde Gerard es sich jetzt zur Gewohnheit machen, sie beim Masturbieren zu stören?

Das ist nicht sein Fehler. Es ist deiner. Du bist so dumm, dich deinen Erinnerungen … deinen Bedürfnissen so schnell hinzugeben.

Sie räusperte sich, verbannte diesen Gedanken aus ihrem Kopf und ging Gerard zu dem Sofa nach. Sie setzte sich in einen Sessel ihm gegenüber. Er trug in etwa das, was er auch am Abend zuvor angehabt hatte, nur waren die Knöpfe seines Pyjamas dieses Mal schwarz und der Stoff dunkelrot. Er strich sich die dicken Haare aus der Stirn, was besorgt wirkte, und schaute sie genauer an.

»Worum geht es, Gerard? Stimmt etwas nicht?«

»Mir geht es gut. Und Ihnen?«, wollte er aufmerksam wissen.

»Sehr gut, danke«, sagte sie und lachte über seinen angespannten, formellen Ausdruck.

Er lächelte.

»Den Umständen entsprechend, vermute ich.«

»Ja. Ich dachte schon, dass Sie das meinten«, gab sie zu. Ihr freundlicher, fokussierter Blick machte ihm klar, dass sie nun bereit war, dem zuzuhören, was ihn hergeführt hatte.

»Entschuldigen Sie bitte nochmals, dass ich hier so eingedrungen bin. Es ist nur so, dass es nicht so leicht ist, mit Ihnen zu reden, wenn die anderen immer dabei sind.« Seine Augen wanderten über ihr Gesicht und streiften für den Bruchteil eines Augenblicks den Ausschnitt bloßer Haut, der auf ihrem Dekolleté über dem Morgenmantel zu sehen war.

Männer wissen es. Die meisten zumindest wissen es.

Sie rutschte unruhig hin und her, als ihr Ians Worte wieder einfielen, und sie daran dachte, womit sie vor Gerards Ankunft gerade beschäftigt gewesen war.

»Warum wollten Sie mich denn alleine sprechen?«

»Es geht um den Vorschlag, nach Belford Hall zu fahren, und den Auftrag für das Bild – haben Sie Anne denn schon eine definitive Antwort gegeben, ob Sie einverstanden sind?«

»Nein, eigentlich noch nicht. Obwohl sie so tut…«

»Als wäre es schon entschieden«, fuhr Gerard mit einem trockenen Lächeln fort. »So ist Anne. Sie verhält sich so, als wären ihre Wünsche bereits Wirklichkeit geworden. Das funktioniert bei ihr erstaunlich gut. Meistens.« Sie sah, dass ihm eine Locke seines gewellten Haares elegant in die Stirn fiel, als er mit den Fingern über seinen Kopf fuhr. Sie gab sich Mühe, sein Lächeln zu erwidern.

»Was hat diese Reise mit dem zu tun, worüber Sie mit mir sprechen wollten?«

Er beugte sich vor, ein wenig breitbeinig, die Ellenbogen auf den Knien. Seine Ärmel rutschen herab und gaben zwei kräftige, mit dunklen Härchen versehene Unterarme frei.

»Weil… nun, glauben Sie wirklich, dass es eine gute Idee ist? In Ians Elternhaus zu fahren, bei dem Verhältnis, das zwischen Ihnen beiden gerade herrscht?«

Ihr Lächeln verschwand. Sie blinzelte vor Schreck bei diesen Worten.

»Ehrlich gesagt, habe ich darüber noch gar nicht nachgedacht. Ich hielt es nur für eine gute Idee, einmal rauszukommen … die Umgebung zu wechseln. Aber Sie haben natürlich recht. Belford Hall war sein Zuhause. Und wird es eines Tages auch wieder sein.«

»Francesca«, begann Gerard zögernd. Sein Gesicht war plötzlich angespannt vor Frustration, und in seinem zischenden Atmen steckte etwas, das sie nicht eindeutig erkennen konnte. »Wie *ist* denn jetzt genau Ihr Verhältnis?«, fragte er schnell und gepresst.

»Das Verhältnis?«, fragte sie voller Unverständnis.

»Zwischen Ian und Ihnen«, erklärte er. Sie starrte ihn nur an. »Haben Sie die Verlobung offiziell gelöst?«

»Wie hätte ich das denn tun sollen, wenn ich ihn seit über sechs Monaten nicht gesprochen habe?«

Er verstand plötzlich und hob seinen Kopf.

»Also ist es nicht offiziell aus. *Er* hat also … nichts gesagt?«

»Bevor er verschwunden ist?« Sie bemerkte die Schärfe in ihrer Stimme und holte tief Luft, um sich selbst zu beruhigen. Aus irgendeinem Grund fühlte sie sich dünnhäutig, bloßgestellt und verletzlich. Gerard hatte ihre Wut nicht verdient. Er hatte nur die Frage gestellt, auf deren Antwort Anne, James und er selbst schon dringend warteten. »Nein«, antwortete sie dann ruhiger. »Es gab einen Tag, an dem Ian und ich uns auf unsere Hochzeit gefreut hatten. Einen Tag später war Ians Mutter gestorben, und alles hatte sich verändert.«

Gerard nickte bedächtig.

»Es lag nicht allein an Helens Tod, oder etwa nicht? Es war doch vor allem die Nachricht, die Lucien ihm überbracht hatte, dass sie beide Brüder sind«, sagte er mit vor Konzentration gerunzelter Stirn.

Sie nickte nur. Es war ihr unangenehm, dass ihr nicht klar gewesen war, wie viel Anne und James Gerard über Ian erzählt hatten. Dass die beiden im Dunkeln stocherten, um mehr herauszufinden, verstand sie erst jetzt.

»Lucien ist doch offensichtlich ein kluger, netter Kerl«, sagte Gerard. »Deshalb wundert es mich ein bisschen, dass es Ian so aufgebracht hat, als er erfahren hat, dass er sein Halbbruder ist. Ich habe das Gefühl, dass ich das nicht alles verstehe. Geht es dabei noch um ihren Vater?«

Francesca blickte ihn an, ohne eine Miene zu verziehen. Also hatten Anne und James Gerard die vergiftete Wahrheit über Trevor Gaines doch noch *nicht* verraten.

»Da gibt es tatsächlich noch etwas. Aber das müsste Ian erzählen. Ich hoffe, Sie verstehen, dass ich darüber nicht reden möchte. Es tut mir leid, Gerard.«

»Sie können es sich sicher denken, dass ich es schon gewohnt bin, das fünfte Rad am Wagen zu sein, wenn es um meine Familie geht«, stellte er drollig fest, bemerkte dann aber ihre Verwunderung. »Anne und James haben mir in Bezug auf Ian so ziemlich dasselbe gesagt wie Sie eben. Ich kann das verstehen, glücklicher werde ich dadurch aber nicht. Ich mag es nicht, im Dunkeln gelassen zu werden. Ian ist nicht nur mein Cousin. Mein Haus ist nur knapp zwanzig Kilometer von Belford entfernt. Als ich ein junger Mann und er ein Kind war, haben Ian und ich viel Zeit miteinander verbracht. Und wir standen beide etwa zur gleichen Zeit plötzlich ohne Eltern da. Ich fühle mich wie sein älterer Bruder.« Er runzelte die Stirn. »Nun, Sie warten also noch immer auf Ian? Und bewahren unter diesen Umständen seine Geheimnisse?«

Sie versteifte sich, ihr Mitgefühl für ihn schwand.

»Das ist eine ganz normale Sache, Gerard.«

Er machte eine versöhnliche Geste mit seiner Hand, zugleich aber, das konnte sie erkennen, war er schon mit einem neuen Thema beschäftigt.

»Wir alle fragen uns, wie es ihm geistig geht. Ich bin sicher, Sie auch. Ich mache mir natürlich Sorgen um Ian, aber ich mache mir ebenso große Sorgen um Anne und James. Es scheint, als müssten sie den Albtraum, als Helen verloren ging, noch einmal von vorne erleben.«

»Wollen Sie damit sagen, dass Ian wie Helen ist?«, fragte Francesca skeptisch. »Gerard, Helen war schizophren. Das ist nicht dasselbe wie …«

»Das weiß ich. Aber wenn er nicht … ganz ausgeglichen ist«, fuhr Gerard vorsichtig fort, »dann möchten wir ihn gerne unterstützen, ihm die Hilfe geben, die er braucht. Sie haben wirklich nicht die geringste Ahnung, wo er sein könnte? Keinen Hinweis oder auch nur eine Vermutung?«

»Nein, nichts. Wir wissen beide, dass Ian sich auf jedem Quadratzentimeter dieser Erde zurechtfinden kann. Er kann überall sein«, sagte sie schroff. *Ich bin die Katze, die frei umherstreift, und ich bin überall zu Hause.* Ihr Herz zog sich zusammen bei der Erinnerung an diese ergreifende Zeile aus einer Kipling-Geschichte, die sie immer mit Ian verband, sogar schon bevor sie sich kennenlernten. Würde Ian jemals seinen Panzer ablegen können, den er trug, um sein selbstbestimmtes Alleinsein zu beschützen? Sie hatte gedacht er könnte. Früher einmal. Jetzt zweifelte sie daran, dass er sich jemals von seiner Vergangenheit würde befreien können.

»Als ich mit ihm für ein paar Tage nach London gefahren bin, konnten wir kein tiefgehendes Gespräch führen«, fuhr sie nach einigen Augenblicken der Stille fort. »Der Gesundheitszustand seiner Mutter hat fast unsere gesamte Aufmerksamkeit beansprucht. Und nachdem sie gestorben war ist Ian einfach von der Bildfläche verschwunden. Zunächst habe ich die

Nachbarn seiner anderen Wohnungen in verschiedenen Ländern angesprochen. Lin hatte mir die Telefonnummern vermittelt. Aber niemand wollte zugeben, ihn gesehen zu haben.«

Über Gerards Gesicht wanderte ein Schatten.

»Ja, wir haben bei der Suche nach ihm so ziemlich das Gleiche getan. James hat mich gebeten, bei einigen seiner Immobilien und in Hotels nachzuschauen, wo er sich sonst regelmäßig aufgehalten hat... ohne Erfolg.«

Sie antwortete nicht. Selbstverständlich hatten sie nach Ian gesucht. Sie seufzte enttäuscht, dass die anderen dabei auch nicht weitergekommen waren als sie selbst.

»Und um Ihre Frage von eben zu beantworten, ob wir noch verlobt sind – hier lautet die Antwort: nein.« Sie sprach es ruhiger aus, als es sich anfühlte. Sie hielt Gerards festem Blick Stand. »Ich habe Ians Ring abgelegt, als ich hier vor Monaten ausgezogen bin. Ich bin nicht mehr mit ihm verlobt. Ian muss das gar nicht verkünden. Seine Taten sind noch viel deutlicher als Worte.«

Eine angespannte, sorgenvolle Miene ergriff von Gerard Besitz. Er stand auf, griff überraschend nach ihrer Hand und zog sie hoch.

»Es tut mir leid. Mehr leid, als Sie sich vorstellen können. Ich wollte Ihnen nicht noch mehr Schmerzen bereiten, indem ich all das hier angesprochen habe.«

»Es ist schon in Ordnung. Ich verstehe das. Ich weiß, dass Sie und die anderen hier wie auf rohen Eiern gehen.«

»Ian hat einen Fehler begangen, indem er Sie so behandelt hat. Vielmehr ist er ein Dummkopf, dass er Sie verlassen hat. Sie sind nicht nur ungemein begabt, sympathisch und erfrischend, Sie sind auch so ...«, er hielt inne. Sein Mund erstarrte beim Blick auf sie, der kurz über ihre bedeckten Brüste streifte und die ohnehin schon sensiblen Hügel vor Aufregung prickeln ließ. Seine Hände waren groß und warm und umschlossen ihre. Sein Körper berührte den ihren nicht, doch auch über diese Zentimeter Abstand hinweg konnte sie plötzlich seine männliche Stärke spüren. Sie verstummte, als er nach einer Strähne ihres Haares griff.

»Wunderschön«, beendete er seinen Satz mit vorgerecktem Kinn.

Sie sog seinen Geruch ein. Sie trat zurück, löste seinen Griff um ihre Hände und blickte auf den Kamin. Die Wendung der Ereignisse irritierte sie. Sie war noch nicht so weit, sich wieder auf einen anderen Mann einzulassen, schon gar nicht einen von Ians Verwandten. Wenn sie darüber nachdachte, erschien es ihr falsch, aber dennoch war da etwas viel Elementareres, das sie eben zu dem Rückzug gebracht hatte.

Gerard fühlte sich falsch an. Er *roch* falsch.

Sie blickte starr auf die weiße Marmorverkleidung des Kamins. Ihre Gedanken und Gefühle waren ein einziges, großes Durcheinander.

»Ich bin müde, Gerard. Sie sollten jetzt gehen«, konnte sie noch sagen, mit dem Rücken zu ihm. Sie erstarrte, als sie seine Hand auf der Schulter spürte.

»Francesca.«

Sie wandte sich ihm zu und erwiderte nur widerwillig seinen Blick.

»Es ist nichts Falsches daran, jemanden zu brauchen«, sagte er ruhig, nur seine Nasenflügel bebten leicht. »Es ist nichts Falsches daran, Bedürfnisse zu haben. Wirklich nicht.«

Das Feuer in ihrem Körper hatte die ganze Zeit über gebrannt, doch in diesem Moment wusste sie, dass es idiotisch war zu glauben, es könnte wirklich durch ihre eigene Hand gelöscht werden… durch die Hand von irgendjemandem, mit Ausnahme einer Person.

»Das weiß ich. Aber manchmal ist der Augenblick der falsche.«

Irgendetwas geschah mit seinen Gesichtszügen. Er nickte kurz und nahm seine Hand zurück.

»Ich verstehe«, sagte er. Sie atmete erleichtert auf, als er sich abwandte. »Ich wollte Ihnen heute wirklich nur meine Bedenken mitteilen, was Ihre Fahrt nach Belford Hall angeht. Ich glaube nicht, dass Sie für so etwas schon bereit sind.«

»Bereit? Aber Sie haben gedacht, dass ich für so etwas schon bereit bin?«, fragte sie und blickte bedeutungsvoll auf den Raum zwischen ihnen.

»Nein, aber ich hatte gehofft, Sie könnten Trost annehmen.«

Ihr Lächeln war eine Mischung aus Belustigung und Fassungslosigkeit.

»Ist es *das*, was Sie mir anbieten wollten, als Sie heute Nacht herkamen?«

Seine Miene verhärtete sich. Urplötzlich konnte sie ganz direkt jene Schärfe sehen, wie die Schneide eines Rasiermessers, die ihn zu diesem herausragenden Geschäftsmann machte.

»Ja. Fürs Erste«, sagte er.

Sie blieb unbeweglich vor dem Kamin stehen. Ihr ungläubiges Lächeln war bereits Vergangenheit, als sie ihn das Zimmer verlassen sah.

KAPITEL 3

Am nächsten Abend bestiegen Gerard und Francesca zusammen mit Anne und James im Gebäude von Noble Enterprises den Fahrstuhl. Sie waren gut gelaunt, schließlich hatten sie am Nachmittag eine erfolgreiche Sitzung mit dem Fusions- und Übernahmeteam hinter sich gebracht. Die ersten Liquidierungen von Vermögen und Gespräche über die Übernahme waren leichter und schneller vonstattengegangen, als alle gedacht oder erhofft hatten. Natürlich konnten immer noch Hindernisse auftauchen, und doch war es recht wahrscheinlich, dass Noble Enterprises Tyake schon bald im neuen Jahr übernommen haben würde. Francesca hatte solches Interesse und Engagement dabei entwickelt, dass ihr gar nicht mehr immer bewusst war, dass sie all dies für Ian tat.

Als einige Mitglieder des Fusions- und Übernahmeteams diskret anmerkten, sie würden jetzt gerne hinunter ins Restaurant Fusion zur jährlichen Noble Enterprises Weihnachtsparty gehen, beendete Anne kurzerhand die ganze Sitzung und scheuchte alle Angestellten nach unten.

»Das war mir gar nicht klar. Lucien sollte sich schämen, dass er uns nichts erzählt hat«, schimpfte Anne, als der Fahrstuhl sich Richtung Lobby in Bewegung gesetzt hatte, und meinte damit die Tatsache, dass Lucien, nachdem er fast den ganzen Tag mit ihnen zusammengearbeitet hatte, am frühen Abend mit dem Hinweis aufgebrochen war, er hätte noch Geschäftliches zu erledigen. Dieses »Geschäftliche« war, wie sich nun herausstellte, die Vorbereitung der großen Firmenfeier im Fusion. Der Fahrstuhl hielt in der Lobby des Noble Towers, und sie stiegen aus. Ein helles Licht flammte auf und blendete Francesca.

»Hau ab hier, verdammt noch mal!«, brüllte Gerard. Der Mann, der sie gerade fotografiert hatte, hastete durch die Lobby und die Drehtür hinaus auf die Straße. Verärgert blickte Gerard sich um. »Diese blöden Fotografen. Die Nachricht von der Tyake-Übernahme ist wohl irgendwie durchgesickert.«

»Meinen Sie nicht, die Presse geht der Spur nach, dass Ian verschwunden ist?«, fragte Francesca nervös. Die Tatsache, dass Ian Noble Enterprises derzeit nicht selbst leitete, war seit seinem Untertauchen geheim gehalten worden. Ian war schließlich als brillanter Kopf der Firma bekannt. Würde publik, dass er nicht anwesend war, könnte das Vertrauen in die Noble-Produkte darunter leiden.

Gerard schüttelte den Kopf.

»Nein, darum geht es nicht. Hier geht es nur darum, dass die Zeitungen sich gut verkaufen. Und jeder war neugierig auf Ians wunderschöne Verlobte«, erklärte er und schenkte ihr ein kleines Lächeln. »Aber Ian hat Sie immer unter Verschluss gehalten. Ich vermute, die erhoffen sich hier die Chance, Ihr Gesicht für die Zeitungsseiten zu bekommen.«

»Wunderbar«, befand Francesca und hoffte, das Thema bald hinter sich zu haben. Sie *war gar nicht mehr* Ians Verlobte. Sie durchquerte die Lobby, die anderen folgten.

»Und schaut euch das an – hier sitzt niemand von der Sicherheitsabteilung, der Fotograf hatte also leichtes Spiel. Ich vermute, alle sind bei der Party. Kaum zu glauben, dass heute schon der zwanzigste Dezember ist«, murmelte Anne gedankenverloren beim Anblick der Glastüren des Fusion. »Ian hat diese Party immer am Freitag vor Weihnachten ausgerichtet.

Und wir haben die armen Leute den ganzen Tag über arbeiten lassen.«

»Ich bin sicher, das macht ihnen nichts aus«, erwiderte Francesca, deren Absätze auf dem Granitboden klackerten. Sie hatte zögernd auf die Kleidung zurückgegriffen, die ihr Ian während ihrer gemeinsamen Zeit gekauft hatte. Schließlich wollte sie zu den Geschäftsterminen nicht in ihrem üblichen Künstler-Look mit Jeans und farbverschmiertem T-Shirt erscheinen. »Es wäre eine Erleichterung für alle, diesen Brocken noch vor den Ferien bewältigt zu haben, darauf wette ich.« Sie warf einen Blick durch die Glastüren des Restaurants. Der große Barbereich war schon gedrängt voll mit Feiernden. Sie hielt inne, als ihr etwas durch den Kopf ging.

»Würde es euch etwas ausmachen, wenn wir uns im Everest treffen?«, wollte Francesca wissen. Sie hatten in dem Restaurant einen Tisch reserviert. Die Nobles hatten darauf bestanden, sie zum Essen auszuführen, um ihre letzte Nacht im Penthouse zu zelebrieren. Nachdem nun der Großteil der aufwendigen Arbeiten an dem Tyake-Deal erledigt war, hatte Francesca angekündigt, wieder nach Hause ziehen zu wollen. In Ians Bett zu schlafen hatte bis dahin ihre Wunden nur noch weiter aufgerissen. »Ich hatte Lin gebeten, uns vor ihrer Abreise in den Urlaub einige Dokumente zu schicken, die wir möglicherweise als Referenzen brauchen könnten. Aber ich habe ihr nicht gesagt, dass sie sie nach Belford Hall schicken soll.«

Unvermittelt hielt Anne inne, ihr Gesicht strahlte vor Freude.

»Also kommst du *doch* über Weihnachten mit nach Belford Hall? Wirst du für uns malen?«

Sie konnte nicht anders, sie musste über Annes so unerschütterliche Zuversicht, dass ihre Pläne Wirklichkeit werden würden, laut lachen. Erst diesen Morgen hatte Francesca sich endgültig für Belford Hall entschieden. Davie wollte in diesen Tagen die Familie eines Cousins in Michigan besuchen. Und obwohl er versucht hatte, sie zum Mitkommen zu überreden, wusste sie doch, dass sie dort nur das fünfte Rad am Wagen gewesen wäre. Francesca hatte ihm gesagt, dass sie Annes Angebot annehmen werde. Ursprünglich hatte sie den Earl und die Countess als Ians Großeltern betrachtet, doch inzwischen fing sie an, sie als Freunde zu sehen. Ihre eigenen Eltern machten über die Feiertage eine Kreuzfahrt, also hatte sie auch in dieser Hinsicht keine Verpflichtungen. Außerdem würde ihr eine Luftveränderung guttun, ganz abgesehen davon, dass sie sich bei Anne und James unvergleichlich viel wohler fühlte als bei ihren eigenen Großeltern. Sogar Gerard hatte keine Mühen gescheut, ihr das Gefühl zu geben, sie gehöre dazu. Alle hatten das getan, obwohl ihre Verbindung mit Ian zerbrochen war, weshalb sie die Bemühungen umso mehr schätzte. Allerdings hatte sie ein leichtes Unbehagen bei dem Gedanken, dass auch Gerard in Belford sein werde. Aber war nicht gerade er es gewesen, der sie vor der Fahrt in Ians Elternhaus gewarnt hatte? Er konnte ja wohl kaum einen ausgeklügelten Plan für eine Verführung auf dem englischen Adelssitz vorbereitet haben, wenn er ihr gleichzeitig davon abriet, überhaupt dorthin zu reisen, oder? Außerdem war sie überzeugt, mit seinem unerwarteten, vermutlich vorübergehenden Interesse an ihr umgehen zu können. Ian hatte ihr schließlich zu verstehen gegeben, dass er nicht der Mann war, der völlig niedergeschlagen war, wenn er einmal einen Korb erhalten hatte. Es gab sicher eine Menge leicht zu fangender Fische in Gerards Teich.

»Ich habe einen Flug für Heiligabend gebucht. Warum wirkst du so erstaunt?«, neckte Francesca Anne. »Du hast doch so getan, als wäre unser Deal schon seit deiner ersten Bemerkung fest verabredet gewesen.«

»Das schon, aber es ist immer schön, auch die todsichersten Pläne noch einmal bestätigt zu bekommen«, sagte Gerard trocken. Über Annes verschmitzten Blick mussten alle lachen.

»Eleanor wird begeistert sein, dass sie noch jemanden zum Verwöhnen hat«, ließ Anne James wissen.

»Mrs. Hanson kommt auch?«, hakte Francesca nach.

»Aber ja. Wie schon gesagt, wir haben schon seit Langem nicht mehr einen so großen Geburtstagsball veranstaltet. Und als wir solche Feste noch regelmäßiger hatten, war Eleanor unverzichtbar. Jetzt haben wir in Belford nur noch das allernötigste Personal, wir mussten also für die Feiertage noch weitere Helfer engagieren. Die muss Eleanor koordinieren. Lucien und Elise werden auch da sein. Sie kommen am zweiten Feiertag ganz früh und wollen auch in Belford wohnen.«

»Das klingt ja wunderbar«, ließ sich Francesca von Annes Begeisterung anstecken. »Aber um eines muss ich euch noch bitten: Wenn ich bei meinem Aufenthalt dort die ersten Entwürfe für das Bild machen soll, dann brauche ich alle meine Materialien, sobald ich angekommen bin.«

»Überhaupt kein Problem«, beruhigte sie James. Francesca vertraute auf die Fähigkeiten der Nobles, all das zu besorgen, was sie für das Projekt benötigte. Beide waren Mäzene von Kunstmuseen und begeisterte Kunstsammler.

»Aber ich möchte auch, dass du dich ein wenig ausruhst, bevor du mit der Arbeit beginnst«, ergänzte Anne belehrend. »Es ist völlig ausreichend, wenn du Neujahr anfängst.«

»Und wir müssen ja auch feiern«, wandte Gerard lächelnd ein. Er legte seine Hand locker auf Francescas Schulter. »Ich begleite dich zu Lin. Wir treffen euch in zehn Minuten im Everest«, sagte er zu Anne und James.

Francesca war froh, dass ihr das Lachen nicht verrutscht war, als sie Gerards Vorschlag vernommen hatte. Er war den ganzen

Tag über ausgesprochen höflich zu ihr gewesen, so bemüht, ja sogar übertrieben zuvorkommend und hatte sich in jedem Moment ihr gegenüber korrekt verhalten. Er gehörte zu Ians Familie – zu jener Einheit, in die sie lange Zeit aufgenommen werden wollte. Beinahe hatte sie ihr Unbehagen darüber, dass er in der vergangenen Nacht versucht hatte, sie zu verführen, wieder vergessen.

Oder vielleicht will *ich es auch nur, dass ich es vergesse*, fragte sie sich, als er sie, mit seiner Hand auf ihrem Rücken, zum Fusion führte.

Ihre gute Laune begann schon wieder dahinzuschmelzen, als Gerard die Glastüren zum Fusion öffnete. Obwohl sie es doch selbst angeregt hatte, mit Lin zu sprechen, zögerte sie jetzt. Sie war seit Ians Verschwinden nie wieder im Fusion gewesen. Sie hatte hier nicht nur häufig mit Ian gegessen, sie hatten sich hier sogar kennengelernt. Bei dem Empfang zu Francescas Ehren, als sie den hoch dotierten Auftrag erhalten hatte, das zentrale Wandgemälde für die Noble Towers zu gestalten. Im Bruchteil einer Sekunde kam all das wieder in ihr hoch – sie, so linkisch in ihren Klamotten aus dem Secondhandshop und mit dem festen Vorsatz, ihre Unbeholfenheit zu kaschieren; Ian, so fesselnd und intensiv, als er sie mit seinen dunklen Engelsaugen festhielt und ihr erklärte, dass er, und nur er, den Ort bestimmen würde, an dem das Bild hängen solle.

»Ich schlage vor, Sie sehen sich die fragliche Stelle erst einmal an, bevor Sie beleidigt sind, Miss Arno.«

»Francesca«, gab sie zurück. Sie war durch all die Raffinesse und Förmlichkeit des Empfangs zu ihren Ehren damals ein wenig eingeschüchtert gewesen, ganz zu schweigen von seinen arroganten Unterstellungen.

Sie registrierte ein Flackern in seinen blauen Augen. Für den Bruchteil einer Sekunde bereute sie die Sprödigkeit ihres Tonfalls, doch dann nickte sie.

»Francesca«, bestätigte er leise. »Gern. Aber nur, wenn Sie mich Ian nennen.«

Gerards Berührung an ihrer Schulter riss sie aus dieser lebhaften Erinnerung. Er wies hinüber zur Bar. Dort sah sie Lin, elegant und glamourös wie immer, mit einer großen Frau sprechen. Sie nickte. Er ergriff ihre Hand und führte sie durch die laute, gut gelaunte Menge von Feiernden auf der Noble-Party. Ein beeindruckender Weihnachtsbaum erstrahlte hinter den vorbeieilenden Kellnern und sich unterhaltenden Gästen. Ein Jazz-Trio war zur Untermalung der Feier engagiert worden, mehrere Pärchen tanzten zu der Musik. Sie konnte einen Blick auf Elise erhaschen, die weit entfernt in der offenen Küche arbeitete. Ihr schönes Gesicht war vor lauter Konzentration ganz ausdruckslos; sie rührte in einem Topf und gab noch weitere Zutaten dazu. Schon bald hätte sie ihre Fortbildung hier im Fusion abgeschlossen und wäre als Küchenchefin bereit für ihr eigenes Restaurant. Der Anblick ihrer Freundin ermutigte Francesca und sorgte für ein warmes Gefühl in ihrer Brust, wo sie bei den Gedanken an Ian gerade noch gefröstelt hatte.

Lin begrüßte die beiden herzlich und nickte, während Francesca ihre Bitte vortrug.

»Natürlich schicke ich die Unterlagen nach Belford Hall. Soll ich einen Flug für dich buchen?«

»Nein, bitte nicht«, sagte sie mit erröteten Wangen. Lin war Ians persönliche Assistentin, nicht eine seiner Sekretärinnen. Und sogar wenn sie Sekretärin gewesen wäre, würde sie bei der Vorstellung erschaudern, Lin würde Aufträge für sie übernehmen, nur wegen ihrer gemeinsamen Vergangenheit mit Ian. All das war aus und vorbei. Ian hatte das unmissverständlich deutlich gemacht. »Ich habe alles schon vorbereitet, trotzdem vielen Dank. Ich fliege ganz früh am vierundzwanzigsten.«

Lin nickte. Ihr Blick streifte flüchtig zwischen Gerard und

ihr hin und her. Francesca bemerkte erst jetzt, dass Gerard noch immer ihre Hand hielt. Sie befreite sich vorsichtig aus seinem Griff und gab sich alle Mühe, ihr Unbehagen zu verbergen.

»Und Sie, Gerard? Wo verbringen Sie Weihnachten?«, wollte Lin nebenbei wissen.

»Mit Francesca in Belford«, antwortete Gerard mit einem Lächeln Richtung Francesca. »Ich würde für nichts in der Welt den Geburtstagsball bei James und Anne verpassen wollen.«

Francesca versuchte, die plötzliche Beklemmung loszuwerden, als sie Lins skeptischen, besorgten Blick spürte, den sie nur ganz kurz zeigte, bevor sie wieder ihr übliches, warmes Lächeln hatte und den beiden »schöne Weihnachten« zusammen wünschte.

Als sie mit dem Joggen begonnen hatten, war die kühle Dezemberluft doch ein wenig zu frostig gewesen. Jetzt fühlte sie sich auf ihrer erhitzten Haut wunderbar an.

»Du hattest recht«, sagte Davie, der neben ihr die North Avenue entlanglief. Die sonst belebte Durchgangsstraße war jetzt, drei Tage vor Weihnachten, mit Feiertagsverkehr völlig verstopft. »Dieses Wetter ist ideal zum Laufen.«

»Zudem hat man ein gutes Gefühl, zu Fuß unterwegs zu sein, wenn man sich den Verkehr hier anschaut«, sagte Francesca lächelnd.

Davie blickte zu ihr hinüber und warf gleich noch einen zweiten Blick hinterher. Er lächelte, als Francesca ihn fragend ansah.

»Ich war nur überrascht. Es ist schön, dich wieder lachen zu sehen.«

»Danke. Ich freue mich auf Weihnachten, was mich selbst erstaunt. Vor zwei Wochen hätte ich das ganz sicher nicht gesagt.«

Davie nickte und schaute sie wieder von der Seite an.

»Denkst du, du bist über Ian hinweg?«, fragte er leise.

Ihr Lächeln verschwand. Die Leere in ihrem Brustraum schmerzte, wenn sie daran dachte. Sie sagte eine Weile lang nichts, während sie eine Straße überquerten, und erwiderte auch Davies Blick nicht.

»Ich weiß nicht, ob ich jemals über Ian ›hinwegkommen‹ werde. Ich glaube, ich werde nie wieder … du weißt. So für jemanden *fühlen* können, wie ich es für ihn tat«, sagte sie und vermied dabei absichtlich jenes so aufgeladene Wort.

Lieben.

»Na ja, die Zeit wird es richten. Man weiß nie, was einen in Zukunft noch erwartet«, sagte Davie lebhaft. »Also … wie ist es denn nun, für jemanden wie Gerard zu ar…«

Das Quietschen von bremsenden Reifen unterbrach Davie. Beide wurden langsamer und kamen ein ganzes Stück vor der Straße zum Stehen. Sie wunderten sich, warum ein Auto vor einer grünen Ampel so stark bremste. Ihre Verwirrung wuchs noch, als sich die hintere Tür des Autos öffnete und ein Mann mit sandblondem Haar, einem schroffen Gesicht und breiten Schultern heraussprang.

»Was soll das?«, raunte Davie.

Irgendetwas in dem Gesichtsausdruck des Mannes, der Francesca anstarrte, löste Alarm in ihr aus. Er kam mit einer derartigen Zielstrebigkeit auf sie zu, dass sie völlig verblüfft war – er war wie eine lebende Welle. Instinktiv riss Davie seine Hand hoch und schob Francesca zurück.

»*Los … lauf*«, rief er.

Doch der Mann hatte sie schon erreicht. Brutal griff er nach ihrem Arm und versuchte, sie zur Straße zu ziehen. Der Schock des Schmerzes, den sie plötzlich verspürte, riss sie aus ihrer Verwunderung über die Ereignisse. Zorn und Panik kamen in ihr auf. Sie riss ihren Arm zurück, doch der Griff des Mannes war aus Stahl.

»Lassen Sie sie los!«, brüllte Davie und warf sein ganzes Gewicht auf den Arm des Mannes, in der Hoffnung, sie damit trennen zu können. Doch der Angreifer knurrte nur kurz und schlug ihn mit seinem kräftigen Unterarm und seiner Hand zur Seite, als verscheuche er eine Fliege. Davie ging zu Boden. Der Mann legte nun beiden Arme um Francesca wie in einem Schraubstock. Er drehte sie grob, als wolle er sie in seinen Armen von hinten beschützen. Francesca ergriff ihre Chance, solange sie ihm noch frontal gegenüberstand, und wagte einen nicht genau gezielten Stoß mit dem Knie in seine Genitalien. Sie traf glücklicherweise voll ins Schwarze. Der Angreifer stöhnte, seine braungrünen Augen traten hervor.

Große Angst ergriff sie, als sie sah, wie sich sein Gesicht voller Hass verzerrte. Er ballte eine seiner massigen Hände zur Faust. Sie wand sich in seinem Griff und wollte dem schmerzhaften Schlag, den sie erwartete, entkommen. Doch in diesem Moment mischte Davie sich wieder in die Auseinandersetzung ein und schlug dem Mann seitlich in den Bauch. Er grunzte, und Davie konnte ihm, der gerade geschwächt war, Francesca entreißen. Der Angreifer stieß Francesca daraufhin in die entgegengesetzte Richtung. Sie fiel auf den Bürgersteig und kratzte sich die Hände bei dem Versuch auf, ihren Sturz abzufangen. Doch das bemerkte sie kaum, all ihre Aufmerksamkeit war auf die beiden Männer gerichtet.

»Nein, Davie! *Stopp!*«, rief sie voller Panik, als sie sah, wie Davie den Schläger verfolgte, der zu dem wartenden Auto lief. Davie war gut in Form, doch im Vergleich zu ihm war der andere ein Monster. Ihr Freund war ihm dicht auf den Fersen, als der Mann auf den Rücksitz sprang und die Tür zuknallte. Der Fahrer gab Gas. Das Fahrzeug schleuderte, Reifen quietschten.

Davie trat von der Straße zurück und wäre in seiner Eile beinahe noch gestolpert.

Das Auto raste in die andere Richtung die North Avenue entlang und verschwand im Verkehr.

Davie wandte sich um und starrte sie an, sein weißes Gesicht und die aufgerissenen Augen zeugten von seinem Schock:

»Was um Himmels willen war *das* denn?«

Francesca schüttelte nur den Kopf. Sie war von dem plötzlichen und unerwarteten Gewaltausbruch viel zu überwältigt, um noch sprechen zu können.

Ian betrat das schäbige Zimmer, das er im Manoir Aurore bewohnte, und zog sich sofort sein T-Shirt aus. Er hatte sein Fitnessprogramm mit einer Suche auf den zahlreichen Wegen, Wiesen und Wäldern des Grundstücks verbunden, aber Kam Reardons Unterschlupf blieb ihm weiter verborgen.

»Du kannst dich nicht für immer verstecken, *Bruder*«, schimpfte er sarkastisch und kam langsam wieder zu Atem, als er sich den glänzenden Schweiß von den Rippen und der Bauchdecke wischte. Als er zum Duschen in das Badezimmer ging, überlegte er bereits, wo er am Nachmittag suchen sollte. Er gab den Gedanken auf, als er das rote Licht an seinem Anrufbeantworter blinken sah. Der Apparat war sicher zwanzig Jahre alt. Ian hatte ihn an das Festnetz des Hauses angeschlossen und die Nummer nur einem einzigen Menschen gegeben.

Er drückte einen Knopf, und eine plötzliche Vorahnung bescherte ihm eine Gänsehaut.

»Ian, ich bin's. Ich weiß, dass dir momentan nicht der Sinn danach steht, Anrufe zu tätigen, und ich weiß auch, dass du gesagt hast, ich soll dich unter dieser Nummer nur in Notfällen anrufen. Aber es ist etwas geschehen … etwas von dem ich denke, du solltest es gleich erfahren …«

Er hörte zu, sein Rückgrat versteifte sich. Als der Piepston das Ende der Nachricht verkündet hatte, hörte er sie sich ein zweites Mal an.

Dann ging er ins Badezimmer und griff in seiner Kulturtasche nach einem Rasiermesser. Entschlossen führte er es an seine Wange und begann seinen Bart abzurasieren.

Sie hielten an der Sicherheitsschleuse kurz an, doch der diensthabende Wachmann winkte sie einfach durch. Francesca setzte sich aufrechter hin und schaute aus dem Fenster, als der Fahrer sie eine lange Straße entlang durch einen Wald fuhr.

»Sie werden Belford Park sehen können, sobald wir durch diese Kurve hindurch sind«, erklärte ihr der Fahrer der Nobles – sein Name war Peter –, der im Rückspiegel ihr lebhaftes Interesse daran wahrgenommen hatte. Ihn hatte sie bereits kennengelernt, als sie mit den Nobles in London gewesen war.

»Ich bin ganz aufgeregt. Wir haben das Gebäude kurz durchgenommen, als ich noch Architektur studiert habe«, sagte sie atemlos.

Sie fuhren durch die Kurve. Bei dem Anblick, der sich ihr bot, riss Francesca vor Erstaunen die Augen auf. Peter war das nicht entgangen.

»Eine tolle Aussicht, oder?«, fragte er leise, mit Stolz in der Stimme.

»Unglaublich«, erwiderte Francesca. Ein merkwürdiges Gefühl überkam sie, als die schwarze Limousine auf das riesige, imposante Herrenhaus, erbaut in einer Mischung aus jakobinischer und Tudor-Architektur, zuglitt. Sie fuhren durch aufwendige Gärten und Wälder, die im Frühjahr und Sommer in voller Farbenpracht erstrahlen würden. Sie hatte in ihrer Studienzeit schon eine ganze Reihe prächtiger Häuser gesehen … aber *das hier*.

Aus irgendeinem Grund kam ihr dieses ganze Erlebnis surreal vor. Das letzte Jahr, alles, was seit dem Augenblick geschehen war, seit sie im Fusion Ian zum ersten Mal gesehen hatte, schien in einer unbedeutenden Minute in sich zusammenzufallen. Plötzlich war sie wieder das ungeschickte, eher zurückgezogen lebende Mädchen, das einen großen Teil ihres Lebens übergewichtig gewesen und von ihren Schulkameraden schikaniert worden war.

Was um alles in der Welt tat sie *hier*?

Sie hatte gewusst, natürlich, dass Ians Großeltern adlig und vermögend waren. Sie hatte gewusst, dass Ian einen Gutteil seines jungen Lebens unter glänzenden Umständen gelebt hatte. Doch wie ihr jetzt schnell klar wurde, hatte sie es doch nicht *richtig* verstanden. Nicht im Sinne von nicht kapiert. Könnte ein US-Amerikaner jemals wirklich die Eleganz, reiche Vergangenheit und Traditionen eines britischen Adligen verstehen? Die Erkenntnis, dass noch vor einem halben Jahr dieses Märchenschloss hier eines der Häuser von ihr und Ian hätte sein können, traf sie jetzt zum ersten Mal, überfiel sie wie ein Windstoß aus unbekannter Richtung.

Nervös blickte sie an sich hinunter, als sie sich dem Eingang näherten, vor den jetzt einige Leute getreten waren. Gott sei Dank hatte sie einige Kleidungsstücke aus dem Ankleidezimmer im Penthouse mitgenommen, bevor sie wieder zu Davie gezogen war. Nie war sie glücklicher darüber gewesen, dass Ian zu Beginn ihrer Beziehung gegen ihren Willen für sie eingekauft hatte. Nie war sie glücklicher gewesen, dass *er* die Sachen ausgewählt hatte, die sie tragen sollte. Es war beinahe so gewesen, als hätte er sie beim Packen beraten. Wie in allen Bereichen so war auch in der Mode sein Geschmack exquisit, er verband den Sinn für unangestrengten Geschmack mit subtiler Klasse. Der schwarze Rock, die Seidenbluse, die Lederschuhe und der Kaschmirmantel, die sie trug, waren ganz und gar nicht protzig, aber von höchster Qualität. Zumindest musste sie sich bei diesem Thema nicht schämen. Sie schickte ein Stoßgebet mit Bitte um Hilfe zum Himmel, dass sie sich auf anderen Gebieten in Belford nicht blamierte.

James hatte ihr schon die Tür geöffnet, bevor Peter um den Wagen herum war. Er und Anne konnten es kaum abwarten, sie zu begrüßen. Die liebevollen Umarmungen halfen Francesca, ihre Unruhe zu dämpfen. James' Gesicht drückte seine Besorgnis aus, als er sie nach der Begrüßung genauer betrachtete.

»Wir haben von Lin gehört, was geschehen ist. Gerard hat seinen Ohren nicht getraut, als ich es ihm erzählt habe; er war wütend. Er ist übrigens schon in Belford angekommen, ist aber gerade nach Chatham geeilt – seinem eigenen Haus, einen Steinwurf die Straße hinunter –, um sich ein paar Geschäften zu widmen«, fügte er als Ergänzung hinzu. »Er hat uns gebeten auszurichten, dass er vor dem Dinner heute Abend zurück sei.«

»Hat man die Täter geschnappt?«, fragte Anne und bezog sich damit auf den erschütternden Überfall auf sie und Davie, der sich erst vor ein paar Tagen in Chicago zugetragen hatte.

»Nein, nicht soweit ich weiß. Wir haben der Polizei die Täter natürlich beschrieben, obwohl wir beide den Fahrer nicht gut sehen konnten. Aber ich habe auch nicht erwartet, dass sie gleich jemanden festnehmen würden, die ganze Sache schien so zufällig. Davie hatte versucht, noch einen Blick auf das Nummernschild zu werfen, aber das war überklebt. War wohl zu erwarten.«

»Du hast ihnen aber von der Verbindung mit Ian erzählt, oder nicht?«, wollte James es genauer wissen.

Francesca erstarrte. *Es gibt keine Verbindung zwischen Ian und mir*, hätte sie am liebsten geschrien. Doch als sie James' gerunzeltes, besorgtes Gesicht sah, riss sie sich zusammen. Er meinte es doch nur gut, und sie verstand sehr wohl, worauf er hinauswollte. Ian und sie hatten zwar nur in der Vergangenheit eine Verbindung gehabt, aber das war trotz allem eine Verbindung.

»Das ist nie so richtig zur Sprache gekommen, James. Ich befürchte, die ganze Geschichte war für die Chicagoer Polizei ein typischer, banaler Vorfall.« Sie versteifte sich bei einer Brise, die ihr eine entwischte Haarsträhne gegen die Wange drückte.

»Kommt, lasst uns ins Warme gehen«, drängelte Anne.

»Willkommen in Belford«, sagte James, als er sie durch die mächtigen Eichentüren nach drinnen führte. Peter kam mit dem Gepäck nach. Wieder vernahm sie diesen stolzen Ton, der in James' Stimme noch ausgeprägter war als bei Peter. Warum auch sollte James auf das Haus seiner Vorfahren nicht stolz sein, überlegte sich Francesca und bestaunte mit offenem Mund die Eingangshalle: die reich vertäfelten Eichenpaneelen an den Wänden, die große, mit immergrünen Girlanden geschmückte Treppe, die großartigen Gemälde der Ahnen, den sechs Meter hohen Weihnachtsbaum und die beeindruckende, bunte Glaskuppel an der Decke.

Hier also ist Ian aufgewachsen?

Irgendwie passte in ihrem Kopf die Vorstellung eines lebhaften, tollpatschigen Zehnjährigen nicht zu dieser Erhabenheit, fiel ihr benommen auf, als ihre Schuhe über das präzise Muster der Marmorfliesen schritten. Doch im Grunde war Ian ja nie ein sorgloses Kind gewesen. Insofern passte diese Umgebung *doch* perfekt zu seiner kühlen Unabhängigkeit, seinem vollkommenen Vertrauen in jede Entscheidung, die er getroffen hatte.

Mitten in der Halle hielt sie inne und drehte sich einmal um die eigene Achse. Sie versuchte, alles dies in sich aufzunehmen. Dann fiel ihr Blick auf James' funkelnde, dunkle Augen.

»Was denkst du?«, wollte er lächelnd wissen.

»Ich bin natürlich überwältigt. Es ist herrlich. Ich fühle mich wie eine unbeholfene Amerikanerin«, flüsterte sie.

»Dabei wollen wir doch nur«, erwiderte Anne und ergriff ihre Hand mit einem bedeutungsvollen Blick, »dass du dich wie zu Hause fühlst.«

Anne führte sie zu dem für sie vorbereiteten Zimmer im zweiten Stock. Während sich die beiden über die Planungen für die nächsten Tage unterhielten, klopfte eine Frau höflich und wollte wissen, ob sie den Koffer auspacken solle. Francesca zeigte sich zunächst von dieser Frage irritiert. Die Frau war jung und hübsch – in den Zwanzigern, etwa so alt wie Francesca. Auch trug sie nicht diese stereotype Kleidung eines Dienstmädchens, vielmehr hatte sie ein schickes, dunkelblaues Kleid an mit einem Gürtel um die Hüfte, dazu einen geschmackvollen Seidenschal und modische flache Schuhe. Sie wirkte wie eine leitende Angestellte, nicht wie ein Dienstmädchen.

»Warum kommst du dafür nicht wieder, wenn Francesca in der Dusche ist, Clarisse?«, schlug Anne freundlich vor.

»Selbstverständlich, Mylady«, sagte Clarisse und ließ die beiden allein.

Nachdem Francesca geduscht hatte und wieder in ihr Zimmer kam, traf sie dort auf Clarisse, die den ausgepackten Koffer soeben in den riesigen, begehbaren Wandschrank stellte.

»Ich habe Ihnen ein Glas Mineralwasser mit Zitrone bereitgestellt. Ihre Ladyschaft hat uns informiert, dass dies Ihr Lieblingsgetränk sei. Ich habe dieses Kleid für Sie aufgehängt, damit Sie es heute Abend bei dem Weihnachtsdinner tragen können. Ich dachte, es wäre womöglich das, das sie dafür vorgesehen hatten. Ansonsten lassen Sie es mich bitte wissen«, sagte Clarisse höflich und wies auf das dunkelrote, schulterfreie

Kleid, das auf einem Bügel direkt vor dem Kleiderschrank hing. Francesca musste schlucken. Das war das hübscheste Kleid, das sie eingepackt hatte. Sie hatte es eigentlich für den Ball eingepackt und nicht für das Weihnachtsessen.

»Ich… ja, natürlich. Das war sehr freundlich von Ihnen«, sagte sie zögernd und wollte sich dabei ihre Unkenntnis nicht anmerken lassen.

»Gern geschehen«, antwortete Clarisse strahlend. »Wird Ihr Kleid für den Ball noch geliefert? Ich frage nur, denn dann könnte ich nach dem Paket Ausschau halten und es für Sie lüften und vorbereiten.«

»Ähm, das ist alles noch nicht ganz entschieden. Ich sage Ihnen dann Bescheid«, erklärte sie errötend. *O nein.* Das Geburtstagsfest würde vermutlich wohl doch deutlich formeller, als sie erwartet hatte… oder sie es aus Erfahrung hätte wissen können. Und der »ruhige Heiligabend und die Weihnachtsfeier nur mit der Familie« würden es wohl auch, so schwante es Francesca nun immer deutlicher.

Dies war ihr so unangenehm, dass sie vor einer Fremden ihre Unwissenheit nicht zugeben wollte. Sie musste einfach Anne an diesem Abend ihre Unerfahrenheit und fehlende Vorbereitung gestehen. Vielleicht gab es in der Nähe ja die Gelegenheit, noch ein angemessenes Kleid zu kaufen? Schon als sie darüber nachdachte, spürte sie das peinliche Gefühl, dazu verurteilt zu sein, am Ballabend wie ein rotgesichtiger Trottel am Rand stehen zu müssen. Es war für sie selbst schon schlimm genug, aber sie hasste sich für die Vorstellung, Anne und James an ihrem besonderen Abend so in Verlegenheit zu bringen.

Sie lehnte Clarisses Angebot ab, ihr für das Dinner die Haare zu machen, woraufhin das Dienstmädchen den Raum verließ. Francesca wandte ihre Aufmerksamkeit wieder dem dunklen, purpurnen Kleid zu, und die Angst davor, dass sie ihre

Tölpelhaftigkeit wieder einmal zur Schau stellen würde, ergriff von ihr Besitz. Komisch, sie hatte gedacht, sie hätte diese Unsicherheiten überwunden. Doch wenn sie es sich genauer überlegte, verdankte sie ihr Selbstvertrauen bei wichtigen Geschäftsterminen oder formellen Dinners nur Ians Anwesenheit, weil er seine unangestrengte, absolute Selbstsicherheit auf sie übertrug … sie immer stärker werden ließ.

Allerdings hatte sie ihn nun nicht als Stütze. Sie hatte sich selbst etwas vorgemacht, als sie gedacht hatte, sie könne sich in einer solchen Umgebung behaupten.

Zumindest harmonierte ihr Kleid hervorragend mit ihrem Teint. Zu diesem Schluss kam sie, als sie sich später nervös im Ganzkörperspiegel von vorne und hinten betrachtete. Ihre Haut an den Schultern und dem Rücken schimmerte. Ian hatte ihr immer wieder gesagt, dass ihre Schultern und ihr Rücken zu ihren besonders schönen Partien gehörten und hatte immer wieder Kleider gekauft, die diese Körperregionen besonders betonten.

Hör auf daran zu denken, was Ian dachte, rief sie sich selbst zur Räson und griff zu dem Paar schwarzer Slingpumps. Ihre Haare hatte sie hochgesteckt und mit der Perlenkette befestigt, die Ian ihr geschenkt hatte, dazu trug sie passende Ohrringe.

Sie hatte ihr Bestes getan, entschied sie grimmig, als sie vom Spiegel zu der goldenen Uhr auf dem Sofatisch blickte. Anne hatte angekündigt, sie würden sich im Salon – wo immer der war – für einen Drink vor dem Essen treffen.

Francesca konnte nicht sagen, ob es wirklich Zufall war, dass Clarisse gerade vorbeikam, als sie die Treppe hinabging, oder ob ihre Anwesenheit dort geplant gewesen war. Alles im Haushalt der Nobles schien so selbstverständlich vor sich zu gehen, als wäre alles von einem Gott der graziösen Etikette so choreographiert worden.

»Danke sehr.« Clarisse hatte Francesca zu einer weiß und dunkelrot getäfelten Tür gebracht und sie für sie geöffnet. Womöglich bemerkte das Dienstmädchen Francescas Nervosität, denn sie schenkte ihr ein herzerwärmendes Lächeln.

Das erste Gesicht, das sie beim Eintreten in den warmen, behaglichen Raum erblickte, was Gerards.

»Was für eine Erscheinung«, rief er aus und ließ seinen Blick mit eindeutig männlichem Wohlgefallen über sie gleiten. Er sah sehr gut und selbstsicher aus in seinem Smoking mit schwarzer Fliege. Sein Arm lag auf dem Kaminsims, ein Highball-Glas in der Hand. Anne und James waren ebenfalls da und begrüßten sie, nachdem sie sich aus zwei eleganten, schokoladenbraunen Sofas erhoben hatten, die einander gegenüber vor dem knisternden Feuer standen.

»Ich muss wenigstens ein paar Mal im Jahr all die Farbe abwaschen und mich in einem angemessenen Outfit präsentieren«, sagte sie atemlos zu Gerard, nachdem sie alle begrüßt hatte. Sie hatte ihren Kopf weggedreht, als Gerard sich zu einem Kuss zu ihr hinübergebeugt hatte, sodass seine warmen Lippen nur ihre Wange gestreift hatten. Sie blickte sich um und bemerkte, dass sie sich in einem recht großen Raum mit mehreren bequemen Sitzgelegenheiten befand. »Was für ein beeindruckendes Zimmer, Anne. Was für ein wunderschöner *Baum*«, rief sie aus, als sie an Gerard vorbei zu einer zweieinhalb Meter hohen Kiefer lief und deren feine, kleine Lichter und den handgeschnitzten deutschen Baumschmuck, von dem mancher eindeutig recht alt war, bewunderte. Ihre Augen blieben an einem bemalten Miniatur-Motorrad hängen. Der Weihnachtsbaum in der Eingangshalle war viel erhabener, dies hier war ohne Zweifel ein privater Baum für ein familiäres Zusammenkommen. »Habt ihr hier mit … Hat die Familie hier gewöhnlich Weihnachten gefeiert?«, wollte sie von Anne wissen, die nun neben ihr stand. In ihrem schneeweißen Kleid mit Diamanten sah sie sehr schön aus.

»Ja, sehr oft«, bestätigte Anne und gab ihr ein Kristallglas mit einer dampfenden Flüssigkeit. Francesca stieg ein Hauch des köstlichen Getränks in die Nase.

»Ist das Mrs. Hansons Weihnachtspunsch?«, fragte sie, erfreut und überrascht. Anne nickte. Der Geschmack des gewürzten Apfelweins mit Rum erfreute sie wie ein familiäres Lächeln. Das heißt, nur so lange, bis ihr wieder einfiel, dass sie damit vergangenes Weihnachten mit Ian in seinem Penthouse angestoßen hatte.

Nein. War es wirklich erst ein Jahr her, dass sie so unerschütterlich fest an ihre Liebe geglaubt hatte?

»Dies war Helens Lieblingszimmer«, erklärte James von seinem Platz auf dem eleganten, dunkelbraunen Sofa vor dem Kamin aus. *Und Ians.* Dieser Gedanke tauchte wie von selbst in ihrem Kopf auf, als ihr Blick vom kleinen Holzmotorrad am Weihnachtsbaum über die Kunstwerke an den Wänden bis hin zu den unzähligen Büchern in den eingebauten Bücherschränken wanderte. Sie kannte seinen Geschmack so gut.

»Und Ians, natürlich«, ergänzte James verspätet, wie um Francescas Vermutung zu bestätigen. Er runzelte seine Augenbrauen und nahm einen Schluck seines Drinks, als Anne ihm einen subtilen, aber dennoch deutlichen Blick zuwarf. Gerard wechselte elegant das Thema.

»Und hier wollen Anne und James auch Ihr Bild aufhängen«, erläuterte Gerard und wies auf den Bereich oberhalb des großen Kamins, wo derzeit eine bemerkenswerte Dame im blauen Kleid der Edwardischen Epoche, gemalt von John Singer Sargent, hing. Zu hören, dass sie vorhatten, dieses Meisterwerk durch eines ihrer Bilder zu ersetzen, verblüffte sie.

»Da wir hier so viel Zeit verbringen«, sagte James, »dachten wir, es wäre der ideale Platz, um sich an ihm zu erfreuen.«

»Und uns an dich zu erinnern«, fügte Anne hinzu und nahm ihre Hand, woraufhin fast augenblicklich Francescas Ängstlichkeit verflog.

Ihre Sorgen, sie könne sich hier blamieren, waren fast vollständig grundlos, bemerkte Francesca. Dabei war es keineswegs so, dass sie urplötzlich Selbstvertrauen gewonnen hätte, wie sie sich inmitten solcher Stilsicherheit und Pracht zu verhalten habe. Es waren die Freundlichkeit und Lockerheit von James, Anne und Gerard – und sogar die des Personals. Dank Mrs. Hanson war sie es schon aus Chicago irgendwie gewohnt, ihr Dinner serviert zu bekommen. Ians Haushälterin hatte darauf bestanden, die Tradition ab und an zu ihrem Recht kommen zu lassen, und Ian war zu erschöpft – oder weise – gewesen, um jedes Mal mit ihr darüber zu streiten, wenn sie wieder damit anfing. Als sich das Essen dem Ende neigte, war Francesca zum ersten Mal seit ihrer Landung in London wirklich entspannt. Als Nachspeise reichte ein Kellner dann noch Obst und Käse. Auch in dem beeindruckend formellen Speisesaal und beim Auftragen des hervorragenden, festlichen Dinners war es James' und Annes warme Herzlichkeit, die für eine entspannte Atmosphäre sorgte. Auch Gerard gab sich große Mühe, ihr zu gefallen, und seine dunklen Augen strahlten jedes Mal vor Vergnügen, wenn er ein Lachen aus ihr herausgekitzelt hatte.

Francesca wiederum hoffte, dass die Herren sich nach dem Essen für ein Männergespräch zurückziehen würden und sie Anne für sich allein haben könnte – lief es so nicht immer in Büchern wie *Wiedersehen mit Brideshead* ab? Sie musste unbedingt mit Anne über das Problem mit dem Kleid für den Ball sprechen. Aber zu ihrer großen Enttäuschung zogen sie sich alle zusammen für einen Kaffee in den Salon zurück.

»Ich war schockiert, dass das alles so öffentlich war – mitten auf einer belebten Straße in der Innenstadt.« Gerard sprach über den versuchten Überfall auf Francesca und Davie, nachdem sie es sich am flackernden Feuer gemütlich gemacht hatten. »Erlebt Chicago denn gerade eine neue Welle der Kriminalität?«

»Keine andere Welle als bisher auch schon«, erklärte Francesca lächelnd. Gerard hatte sich neben sie auf das Sofa gesetzt und wirkte in seinem Smoking so entspannt, wie andere Männer in Jeans und T-Shirt. Er sah wirklich unglaublich gut aus, musste sie sich offen und ehrlich gestehen.

»Es muss beängstigend gewesen sein«, sagte Anne, die mit James ihnen gegenübersaß. »Das war sicher ein mutiger Täter.«

»Vor allem war er wohl ein ziemlich dummer«, ergänzte Francesca mit einem kleinen Lachen. »Jogger haben doch normalerweise keine großen Wertsachen bei sich.«

»Wenn es ihnen denn um Diebstahl ging«, fügte Gerard düster hinzu.

»Wie kannst du so etwas sagen, Gerard«, schalt ihn Anne und erschauderte. »Lasst uns über etwas anderes reden. Es ist Heiligabend. Hast du alles, was du für den Ball brauchst, Francesca? Wir könnten am zweiten Weihnachtsfeiertag ins Dorf fahren, wenn du noch etwas besorgen möchtest. Ich wollte ohnehin einmal nach den Spendenboxen in der Kirche schauen.«

Francesca blickte unsicher von James zu Gerard. Sie hatte wohl keine andere Wahl, sie musste ihren jämmerlichen Zustand in ihrer Gegenwart offenbaren.

»Ja, ich würde gerne mit dir einkaufen gehen. Ich glaube nämlich, dass ich ein Problem habe. Clarisse hat gefragt, wo mein Ballkleid sei. Ich hatte dieses hier eigentlich dafür mitgenommen«, sagte sie, wies auf den purpurnen Samt und spürte sogleich, wie ihr die Röte ins Gesicht stieg. »Es tut mir leid. Ich war noch nie bei einer so … speziellen Einladung wie hier. Es tut mir leid, ich bin überhaupt nicht vorbereitet.«

»Nun, dann *werden* wir dich eben vorbereiten«, stellte Anne mit unerschütterlicher Zuversicht fest. »Darüber musst du dir keine Sorgen machen. Es ist doch nur eine Party und nur ein Kleid.«

»Zieh dies doch noch einmal an«, schlug James vor und wies mit dem Kopf auf ihr Samtkleid. »Sehr schön. Mir gefällt es.«

»Hört, hört«, rief Gerard.

»Pass auf«, fuhr Anne in einem Ton fort, der keine Widerrede erlaubte. »Am zweiten Feiertag haben die Geschäfte geöffnet, und in Stratham gibt es zwei nette Boutiquen. Und falls wir da nichts finden, wird Clarisse das hier für den Ball herausputzen.«

»Entschuldigt, dass ich euch solche Umstände mache.«

»Bitte, mach dir keine Gedanken«, beharrte Anne. »Dass du hier bist, das ist wichtig. Nicht das törichte Kleid. Entspann dich. Wir machen uns nur selten so schick hier in Belford, aber wie du weißt haben wir für das Fest und die Feiertage zusätzliches Personal gebucht. Denke bitte nicht, dass wir bieder oder überheblich sind, du erlebst uns nur ausgerechnet zu einem Zeitpunkt, an dem wir uns für die Feierlichkeiten außergewöhnlich herausgeputzt haben. Und jetzt lasst uns ein Spiel spielen oder irgendetwas Lustiges zusammen machen. Habt ihr Lust?«

Sie verbrachten gemeinsam einen angenehmen, entspannten Heiligabend. Die ganze Zeit über aber spürte Francesca einen leichten Schmerz in ihrem Herzen, genau an der schon so verwundeten Stelle.

Es war schwerer als gedacht, an solch einem besonderen Feiertag von Ians Verwandten umgeben in Ians Lieblingsraum zu sitzen … ohne dass Ian dabei war.

Die Einsamkeit in ihrer Brust schien sich noch zu steigern, als Gerard sie am Ende des Abends die Treppe hinaufbegleitete. Er ergriff ihre Hand und stützte sie, als sie auf den letzten Stufen schwankte.

»Zu viel von Mrs. Hansons Punsch?«, fragte er lächelnd.

»Nein, das nicht. Ich bin es einfach nicht mehr gewohnt, Schuhe mit Absätzen zu tragen.«

»Für eine Künstlerin wohl nicht die Alltagskleidung, vermute ich.«

»Nein, wohl kaum«, bestätigte sie. Sie war sich der Tatsache höchst bewusst, dass Gerard ihre Hand noch immer festhielt. Der Gang mit seiner hohen Kuppeldecke lag im Schatten. Ihr Herz schlug unangenehm schnell, als sie sich ihrem Zimmer näherten.

»Hier wohne ich«, sie nickte mit dem Kopf zur Tür. Noch immer hielt er sie fest. Er trat an sie heran. Ihr Blick ruhte fest auf seinem frischen, weißen Hemd.

»Francesca?«

»Ja?«

»Mitternacht ist vorbei. Fröhliche Weihnachten.«

Sie blickte auf, um seinen Gruß zu erwidern. Da drückte er seinen Mund auf ihren, umspielte ihre Lippen, um Platz für seine Zunge zu finden. Für einen Moment ließ sie es zu. Vielleicht, weil sie neugierig war. Womöglich, weil sie eine traurige, einsame Frau war, die sich verzweifelt wünschte, sich noch einmal auf diese einmalige Art, in der sie mit Ian verbunden gewesen war, einem anderen Wesen zu nähern.

Seine Arme umfassten sie, sein Kuss wurde intensiver.

Ein Schauer erfasste sie, als sie sich ihn wie eine Art Sexspielzeug vorstellte. Er war ein menschliches Wesen, kein leicht verfügbares Objekt, mit dem man auf ein unersättliches, unstillbares Verlangen reagierte.

Sie unterbrach den Kuss und schob ihn an der Brust nach hinten. Er ließ sie nicht gleich los.

»Was ist?«, hauchte er. Sein Mund lag an ihrem Nacken, seine Hände hatten ihre Hüften umfasst.

»Gerard, lass mich. Das ist nicht richtig. Ich will nicht«, sagte sie ruhig.

Er hob seinen Kopf und schaute sie im dämmrigen Licht an.

»Francesca – ich weiß, das muss sich komisch anfühlen, schließlich bin ich Ians Cousin. Ich habe mir das auch schon überlegt.«

»Ja, hast du?«, fragte sie verunsichert.

»Natürlich. Ian ist wie ein Bruder für mich. Hast du Angst, er wäre böse auf uns? Würde er sich betrogen fühlen?«

»Warum sollte er sich betrogen fühlen?« Francesca war irritiert und nervös. »Er war es doch, der mich verlassen hat.«

»Das denke ich auch.«

Sie blinzelte, als sie seine feste Antwort hörte und war wieder von seinem Blick wie gebannt. Ihre Wangen erröteten. »Es wäre einfach falsch.«

Für einen unangenehm langen Moment betrachtete er sie. Es schien, als würde er in ihr lesen. Langsam ließ er los.

»Das denke ich nicht«, sagte er dann schroff. »Ich denke, es wäre fantastisch. Ich werde nicht um den heißen Brei herumreden, ich will dich. Mit einer anderen Frau würde ich in dieser Situation vielleicht … bei einer Frau mit einer geringeren Anziehungskraft, aber nicht bei dir. Neulich Nacht hast du gesagt, der Zeitpunkt wäre nicht der richtige. Ich will, dass du weißt: Ich werde da sein, wenn der Zeitpunkt *richtig* ist.«

Beim Atmen spürte sie diesen leicht schmerzenden Punkt in ihrem Herzen wieder.

»Es wird niemals einen richtigen Zeitpunkt geben. Um ganz ehrlich zu sein, schäme ich mich, dass ich dir diesen Kuss eben nur erlaubt habe, weil du mich ein wenig an ihn erinnerst. Du gehörst zu seiner Familie.« Sie zuckte hilflos mit den Schultern. »Vielleicht wollte ich nur das Gefühl spüren, auch hierher zu gehören.«

»Aber du *gehörst* doch hierher. Jeder hätte das sehen können, wenn man uns vier heute Abend hier beobachtet hätte. Ian wird nicht für immer zwischen uns stehen«, fuhr Gerard bestimmt fort, als sie nichts erwiderte. »Er hat dich verlassen, Francesca.« Er strich mit besitzergreifenden Fingern über ihre Wange.

»Denkst du, ich wüsste das nicht?«, fragte sie bitter, hob ihr Kinn und wich seiner Hand aus.

»Ich merke schon, dass er dich noch ganz schön im Griff hat«, sagte er und ließ seine Fingerspitzen nun über ihre Kehle und dann über die Perlen der Kette gleiten, die Ian ihr geschenkt hatte. »Aber ich bin hartnäckig. Ich werde ihn lösen.«

»Gute Nacht, Gerard«, murmelte sie mit ersterbender Stimme, drehte sich um und öffnete die Tür. Sie weigerte sich, sie abzuschließen, wusste aber doch, dass er noch immer davorstand und seinen Blick in die Tür bohrte.

Er sah zu, wie sie völlig nackt ins Bett stieg. Ihre weißen Schenkel schimmerten im goldenen Schein der Lampe, ihre vollen Brüste erbebten, dabei waren auf ihren Wangen keine Tränen zu sehen. Sie war ganz offensichtlich verärgert und versuchte, nicht zu weinen und ihre Qual zu besänftigen. Ihr Körper war zweifelsohne für das Vergnügen bereit. Sie kämpfte darum, darauf verzichten zu können, bemerkte er, als sie nach ihrer Muschi griff, und er erkannte, dass all ihre fast aggressiven Handlungen nur der Erregung geschuldet waren … oder dass sie vielleicht gerade *wegen* ihrer unbändigen Wut masturbierte. Sie hasste diesen Zwang, diese absolute Notwendigkeit zu spüren.

Umso besser für ihn.

Er konnte ihr Verlangen nach einem Schwanz schon daran erkennen, dass sie fast augenblicklich die Finger in die Muschi einführte. Sie verzehrte sich, doch wann würde sie ihrem Hunger nachgeben? Die Augen starr auf den Computermonitor gerichtet, knöpfte er seine Hose auf und griff nach seinem Schwanz.

Er hatte seine pochende Erektion mit der ganzen Hand umfasst, hielt aber inne, als sie sich verzweifelt mit den Fingern selbst fickte und mit dem Daumen scharf ihre Klitoris massierte. Zugleich legte sie eine Hand über ihren Kopf und drückte sie aufs Kissen. Ihr Rücken krümmte sich. Beim Anblick ihrer fülligen, runden Brüste blieb ihm die Spucke weg. Ihr Gesicht verkrampfte sich in dem ergreifenden Gefühl von verzögertem Verlangen und tiefster Frustration.

O Gott. Sein Atem ging stoßweise, während er seinen Schwanz immer fester rieb. Sie tat so, als wäre sie gefesselt. Er war völlig auf sie konzentriert, sein Arm lief wie ein Kolben, und er stellte sich vor, wie er sie auf das Bett drückte und mit seinem Schwanz diese lauschige, rosa Muschi bearbeiten würde.

Er kam noch vor ihr, sein Orgasmus war heftig und süß. Sie wand sich noch immer und stand kurz vor dem Höhepunkt, als er den Videokanal abschaltete. Er war nicht mehr interessiert.

Die Dinge gingen gut voran, sprach er sich selbst Mut zu, während er den Laptop zur Seite stellte und den getrockneten Erguss auf seinem Bauch wegwischte. Er hatte die Sache ins Rollen gebracht. Man konnte verwundetes Wild nicht gut jagen, wenn es einem verborgen blieb. Er würde sich jetzt sicherlich in offenes Gelände wagen, bei der Bedrohung, die er ihm ausgemalt hatte … bei dem Köder.

Alles was Gerard tun musste, war nun abwarten und dem bedauernswerten Schicksal seinen Lauf lassen.

Der erste Feiertag verlief sehr angenehm. Anne führte sie durch Belford Hall, dann trafen sich alle zu einem köstlichen Brunch. Anschließend überreichten sie sich Geschenke, und Francesca war erleichtert zu sehen, dass die, die sie von Anne und James bekam, kleine, symbolische Dinge in der Art waren, die auch sie ihnen überreicht hatte. Die beiden hatten wohl erkannt, dass sie sich bei teuren Überraschungen unwohl gefühlt hätte. Anders dagegen Gerard, der sie in der Eingangshalle neben dem großen, strahlenden Weihnachtsbaum anhielt, als sie gerade auf dem Weg war, sich für das Dinner umzuziehen.

»Was ist das?«, fragte sie beim Anblick der dunkelroten, rechteckigen Schachtel, die er ihr reichte.

»Mein Geschenk für dich, natürlich. Frohe Weihnachten.«

Unangenehm berührt schaute sich Francesca zunächst um, aber sie waren alleine in der Halle. Sie öffnete die Schmuckbox und erschrak, als sie das atemberaubende Diamant- und Platinhalsband sah, das dort in schwarzen Samt gebettet lag.

»Gerard, das kann ich nicht annehmen.«

»Gefällt es dir nicht?«

»Doch, natürlich, es ist umwerfend«, versicherte sie. Sein besorgter Blick tat ihr leid.

»Dann muss es auch dir gehören, denn du bist das perfekte Beispiel für etwas, das umwerfend ist«, sagte er und berührte mit den Fingerspitzen sanft ihre Wange.

»Nein … das kann ich nicht«, wiederholte sie und hielt ihm die Box hin, doch er nahm sie nicht. Er blickte sie nur schief an und ging. Sie blieb zurück, und während sie zusah, wie er die Treppe hochging, wuchsen in ihr Frustration und Zweifel.

Am nächsten Morgen war sie gerade dabei, sich für die Einkaufstour mit Anne vorzubereiten, als es an der Tür klopfte. Clarisse fegte mit einem Kleidersack herein, ihr Gesicht glänzte vor Aufregung.

»Es ist da«, sagte sie mit zitternder Stimme. Ihr Enthusiasmus war derart groß, dass Francesca sich zum ersten Mal ihrer Jugend bewusst wurde.

»Was ist da?«, hakte sie verstört nach.

»Ihr Kleid!« Clarisse schüttelte den Kopf und strahlte sie an. »Es ist fantastisch. Sie haben ja gar nichts verraten … nicht einmal eine Andeutung … er entwirft ja auch für die königliche Familie und so!«, sprudelte es aus ihr heraus.

Völlig verwirrt begann Francesca zu lachen.

»Wovon reden Sie denn da …«

Doch Clarisse war schon viel zu beschäftigt, den Kleidersack aufzuhängen und ihn zu öffnen, um ihr richtig zuzuhören. Francesca stand einfach daneben und bestaunte mit offenem Mund das eleganteste Abendkleid in Weiß und blassem Silber, das sie je zu Gesicht bekommen hatte. Es wurde am Kragen zusammengehalten und war damit sowohl schulter- wie auch rückenfrei. Das Muster auf dem eng anliegenden Mieder bestand aus weiß umfassten, feinen, silbernen Blättern. Obwohl der Stoff rein weiß war, strahlte das Kleid Bescheidenheit aus. Der Rock war eher schlicht, der blütenweiße Stoff fiel über einen silbrigen Unterrock und vermittelte so den Eindruck von fließendem, schimmerndem Wasser.

»Sie müssen mich heute Ihre Haare machen lassen«, drängte Clarisse aufgeregt. »Ich kenne die perfekte Frisur für dieses

Ballkleid. Sie werden wunderschön aussehen. Oh… hier ist noch eine Nachricht für Sie dabei.«

Francesca nahm den kleinen, weißen Umschlag wie betäubt an und vergewisserte sich, dass auch wirklich ihr Name darauf stand. Die Nachricht war auf leinenes Pergament getippt.

Francesca,
entschuldige, dass ich so nachlässig war und dich so unvorbereitet allein gelassen habe.

Sie blickte mit angehaltenem Atem eine ganze Weile auf die Nachricht. Ein seltsames, kribbelndes Gefühl entstand zwischen ihren Schenkeln. Nein… konnte es wirklich sein?

Entschuldige, dass ich so nachlässig war. Moment… hatte Gerard das nicht vor kurzem zu ihr gesagt? Und er wusste auch, dass sie kein Ballkleid hatte.

Enttäuschung durchströmte sie.

»Freuen Sie sich schon auf heute Abend? Der Ballsaal wird toll aussehen. Hat ihre Ladyschaft Ihnen schon erzählt, dass alles in Silber und Weiß dekoriert sein wird? Mit diesem Kleid werden Sie allen wie eine Märchenprinzessin erscheinen«, schwärmte Clarisse und ließ ihre Hand über den Rock gleiten, sodass der elegante Stoff über ihren Unterarm floss.

»Nein, hat sie nicht. Ist wohl nur Zufall, denke ich«, vermutete Francesca zweifelnd.

»Mein Kleid ist im Vergleich zu diesem hier nichts, aber ich kann es trotzdem kaum noch erwarten«, sagte Clarisse.

»Das heißt, Sie kommen auch zu dem Ball?«

Clarisse nickte mit strahlenden Augen.

»Die Herrschaften haben das festangestellte Personal ebenfalls eingeladen. Damit erweisen sie dem Dienstbotenball Referenz, den es vor Jahren hier immer am zweiten Weihnachtstag gegeben hat. Und da es eben auch ihr Geburtstag ist, dachte Lady Stratham, es sei eine gute Idee, beide Anlässe mit einem großen Ball zu feiern. Wir sind alle ganz aufgeregt. Sie nicht?«

»Oh, doch«, bestätigte Francesca. Sie steckte die Nachricht in ihre Tasche und schämte sich für den kleinen Hoffnungsanfall, der sie für den Bruchteil einer Sekunde überfallen hatte, als sie die gedruckten Worte gelesen hatte.

Es stellte sich heraus, dass sie und Anne kein Glück hatten bei der Einkaufstour in der Stadt. Natürlich war sie auch für jedes andere Kleid verdorben. Keines konnte mit der exquisiten Kreation mithalten, die ihr geliefert worden war. Es schmerzte sie ein wenig, denn ihr war klar, dass Gerard erkannt hatte, wie sehr es ihr gefallen würde.

Später am Nachmittag hielt sie das ausgebürstete und ausgelüftete rote Kleid neben das silberweiße. Ihr Herz gab nach. Natürlich würde sie das gelieferte Kleid tragen. Ihr fiel auf, wie gut der diamantene Halsreif dazupassen würde. Hatte Gerard ihn deshalb ausgewählt?

Aber nein. Sie würde diesen Halsreif Gerard zurückgeben. Es war zu viel. Viel zu viel. Ihre Perlenkette passte genauso gut zu dem Kleid, vor allem zusammen mit den diamantenen Haarnadeln, die sie von Ian bekommen hatte. Sie versuchte sich selbst davon zu überzeugen, dass die Entscheidung, das Halsband zurückzugeben, nichts mit Gerards Bemerkung am Heiligabend zu tun hatte, dass Ian sie noch immer fest im Griff halte. Nein, indem er ihr dieses Diamant-Halsband schenkte, hatte er nichts anderes im Sinn gehabt, als Ians Perlen zu ersetzen. Es war ohnedies lächerlich. Ian hatte ganz sicher keinen Zugriff irgendeiner Art mehr auf sie.

»*Exquis*«, hatte Elise am späten Nachmittag mit weit aufgerissenen Augen ausgerufen, als Francesca ihr das Kleid zeigte. Sie und Lucien waren kurz vor dem besonders aufwendigen Nachmittagstee eingetroffen – Anne erklärte, dass es beim Ball am Abend kein traditionelles Dinner geben werde, da er offiziell erst um neun Uhr beginne, man deshalb aber auf Horsd'œuvres und ein Mitternachtsbuffet zurückgreife. Nach dem ausgiebigen Genuss von Tee, Sandwiches, Obst und Nachtisch hatte Elise Francesca aufs Zimmer begleitet, um sich vor dem Ankleiden noch ein wenig mit ihr zu unterhalten. Elise schien ihre Verwirrung bei diesem Ausruf zu bemerken. Francesca sprach nicht gut Französisch.

»Das Kleid fetzt«, übersetzte Elise kurz und bündig. »Und du sagst, Gerard hat es dir geschickt?«

Francesca nickte, konnte dabei aber ihre Unruhe nicht verbergen.

»Er sieht *wirklich* gut aus«, gestand sich Elise skeptisch ein und ließ sich auf das Sofa fallen. »Und scheint auch nett zu sein. Natürlich aber ist er nicht Ian.«

»Ist das nicht auch gut so?«, stellte Francesca trocken fest und hängte das Kleid an seinen Platz zurück.

»Ich vermute, das hängt vor allem davon ab, was du denkst, Francesca«, fügte Elise hinzu, als Francesca sich nicht gleich wieder umdrehte, sondern sich mit dem Glattstreichen des Ballkleides beschäftigte. »Und, was denkst *du* denn jetzt?«

Francesca war froh, als Clarisse just in diesem Moment an die Tür klopfte, um zu fragen, ob sie jetzt das Bad zur Vorbereitung auf das Fest einlassen solle. Es war der richtige Augenblick, um das Thema zu wechseln.

Ihr Herz trommelte unangenehm, als sie sich an diesem Abend um Viertel vor neun vor Lucien und Elise in die offizielle Schlange einreihte, um dem Earl und der Countess ihre Glückwünsche zu überbringen. Elise und Lucien sahen traumhaft aus – Elise in einem dunkellila Kleid, das die seltene Farbe ihrer Augen optimal unterstrich, dazu eine schicke Platinhalskette mit Saphiren und ihren Pavé-Diamant- und Saphir-Ehering; Lucien unglaublich gut aussehend in seinem strengen Smoking mit weißer Fliege. Die Eingangshalle sah atemberaubend aus und war mit Kerzenkronleuchtern, schönen Silberkandelabern und frischen, duftenden Girlanden geschmückt. Der Weihnachtsbaum war hell erleuchtet.

Sie war sich nicht ganz sicher, ob es an der nervösen Vorfreude lag, dass ihr Herz so schnell schlug, aber womöglich lag es auch an all den vornehmen Menschen, die die Halle füllten: Die Reichen, die Adligen und die Berühmten mischten sich mit dem Personal und einigen Bewohnern des Dorfes. Sie alle streiften umher, nippten an dem von Kellnern gereichten Champagner und warteten darauf, dass sich die Türen zum Ballsaal öffneten. Ein Streichquartett spielte, die zarte Musik trug zur allgemein guten Stimmung der freudigen Erwartung bei. Dass Lucien und Elise hinter ihr in der Schlange standen, gab ihr etwas von der Sicherheit, die sie so sehr benötigte. Sie erblickte in einiger Entfernung Clarisse, die in ihrem mattgoldenen Kleid sehr hübsch aussah. Das Hausmädchen winkte, und Francesca erwiderte den Gruß und das aufgeregte Lächeln.

Sie sah den Rücken eines großen, breitschultrigen Mannes im Smoking etwas weiter vor sich in der Schlange stehen, und ihr wurde klar, dass sie sich gleich bei Gerard für das Kleid würde bedanken können. Er hatte sich ihre Dankbarkeit verdient. Noch nie hatte sie sich so schön gefühlt. Das Kleid schmiegte sich perfekt an sie, als wäre es für sie gemacht. Clarisse hatte ihre Haare in einer zierlichen Welle hochgesteckt und sie dann gekonnt mithilfe der Diamantnadeln zu einer Art rotgoldenen, lockeren Krone geformt, die Francesca als zugleich unprätentiös und äußerst elegant beeindruckte.

Endlich hatten sie das Geburtstagspaar erreicht.

»Francesca, meine Liebe«, rief Anne mit unnatürlich hoher Stimme aus, als Francesca ihre Glückwünsche überbrachte und sich zu einem Kuss auf die Wange zu ihr beugte. Warum sah Anne so aufgelöst aus – merkwürdig strahlend und besorgt zugleich, fragte sich Francesca im Stillen, nachdem sie sich wieder aufgerichtet und den Gesichtsausdruck der Countess bemerkt hatte.

»Das Kleid steht dir ausgezeichnet. Ich wusste es.«

Ein elektrischer Impuls schien sich genau im Zentrum von Francescas Kopf zu lösen, um dann an ihrer Wirbelsäule entlangzulaufen und mit einer Kettenreaktion jeden Nerv in ihrem Körper zu entzünden. Sie stand da wie angewachsen. Es war nicht Gerard gewesen, den sie in der Schlange der Gratulanten bei Anne und James gesehen hatte.

»Ich hatte noch keine Zeit, es dir zu erzählen«, hörte sie entfernt Anne entschuldigend flüstern.

»Er kam herunter, gerade als die ersten Gäste eintrafen«, erklärte James.

Ians Gesicht sah aus, als wäre es aus Alabaster gehauen, doch seine Augen schienen durch sie hindurchzusehen und sie zu verbrennen.

»Nun«, sagte er ruhig. Seine so vertraute tiefe, leicht ruppige Stimme mit dem britischen Akzent schürfte über ihre kribbelnde Haut. »Möchtest du nichts sagen?«

Sie holte zum ersten Mal, seit sie Annes gequälten Blick gesehen hatte, vollständig Luft.

»Doch«, antwortete sie. »Entschuldigt mich.«

Sie drehte sich um und tauchte in die Menschenmenge ein. Die glänzenden Kleider, die flackernden Lichter und das abrupte Lachen kamen ihrem fassungslosen Verstand wie Angriffe vor. Die einzige Sache, derer sie sich sicher sein konnte, weil sie sich so entsetzlich echt anfühlte, war das unsichtbare Band, das sie und Ian schon immer so fest aneinandergebunden hatte. Als sie floh, riss es so schmerzlich und scharf in ihrer Brust, dass es etwas Lebensnotwendiges zu zerfetzen drohte.

KAPITEL 4

Das Klopfen an der Tür ihres Zimmer klang weich und vorsichtig … irgendwie weiblich. Sie blickte noch einmal kurz in den Badezimmerspiegel und ging dann zur Tür, um sie zu öffnen. Ihre Beine fühlten sich noch immer schockstarr an.

Ian ist hier.

Ihr Kopf wiederholte diesen Satz wie ein unablässiges Mantra, als würde sich ihr Verstand hartnäckig wehren, die Wahrheit anzunehmen und sie sie deshalb mit Gewalt in ihr Bewusstsein hämmern musste. Obwohl sie schon vermutet hatte, dass das Klopfen von einer Frau gekommen war, atmete sie erleichtert aus, als sie Elise vor sich stehen sah. Sie trat beiseite, ließ sie herein und schloss die Tür wieder.

»Setz dich«, wies Elise sie an. »Du bist bleich wie ein Stück Papier.« Einen Moment später reichte sie Francesca ein Glas Wasser aus dem Badezimmer.

»Ich kann es nicht glauben«, murmelte sie mehr vor sich hin, als an Elise gewandt.

»Ja, es war für uns alle ein Schreck. Bevor ich dir nachgegangen bin, hat er Lucien noch erzählt, dass er nur eine halbe Stunde vor dem Empfang hier angekommen sei. Er hat sich so schnell nach oben geschlichen, um sich umzuziehen, dass ihn keiner hat kommen sehen.«

Sie gab sich Mühe, direkt in Elises besorgtes Gesicht zu schauen.

»Hat er auch gesagt, warum er gekommen ist?«

Elise schüttelte hilflos den Kopf. In den saphirblauen Augen ihrer Freundin erkannte sie Hunderte Fragen, doch Elise sprach keine davon aus. Sie wusste wohl, dass Francesca ebenfalls keine Antworten hatte.

»Ich muss wieder nach unten«, sagte Francesca und stellte das Glas auf den Sofatisch. »Ich kann mich hier nicht wie ein launischer Teeny verkriechen. Es wäre wirklich unhöflich, schließlich haben Anne und James mich für diesen Abend eingeladen.«

»Sie würden das verstehen, da bin ich sicher. Bei den Umständen«, sagte Elise. »Ihre Ladyschaft hat mich ja gebeten, nach dir zu sehen. Das heißt, nachdem sie versucht hat, Ian davon abzuhalten, dir zu folgen.«

Sie blickte rasch Elise an.

»Versucht hat?«

Elise nickte zögernd.

»Er steht jetzt draußen im Flur. Niemand konnte ihn aufhalten. Er wollte mir kaum erlauben, zuerst zu dir zu gehen.«

Ein mächtiges Angstgefühl und heiße Vorfreude durchliefen sie.

»Schick ihn rein«, sagte sie und war über den unaufgeregten Ton in ihrer Stimme überrascht. Offensichtlich war sie zu betäubt, um Emotionen zeigen zu können.

Elise biss sich auf die Lippe.

»Bist du sicher?«

Francesca nickte, stand auf und richtete sich auf.

»Ich wäre ihm ohnehin irgendwann einmal begegnet. Dann kann es genauso gut auch jetzt sein.«

Elises zweifelnder Gesichtsausdruck verließ sie nicht, als sie die Tür öffnete.

Er kam herein und schloss rasch die Tür hinter sich. Keine Sekunde ließ er sie dabei aus den Augen. Sie hob ihr Kinn, und ihr Rückgrat versteifte sich, als er durch den Raum auf sie zukam. Dann blieb er plötzlich stehen und schien ihre Körpersprache zu deuten. Sein Gesicht wirkte schmaler als früher. Dies und seine funkelnden Augen verliehen ihm ein kämpferisches Aussehen, als hätte er eine Art unsichtbares Feuer, das in ihm brannte, das ihn antrieb … ihn vielleicht auch zerstörte. Sein kurzes, dunkles Haar bildete schon immer einen auffälligen Kontrast zu seiner Haut, doch nun schien er noch blasser als sonst, als hätte er sich in letzter Zeit vor der Sonne versteckt.

»Wo bist du gewesen?«, fragte sie ohne Einleitung. Sie konnte die Frage, die nun seit einem halben Jahr in ihr loderte, nicht länger zurückhalten.

Er schwieg einen Moment. Sie fühlte sich von seinem Blick aufgespießt, wie üblich. Sie standen sich in drei Meter Entfernung gegenüber, und Francesca konnte sich nicht entscheiden, ob dieser Abstand viel zu gering war oder sich wie eine gähnende, kilometertiefe Schlucht anfühlte.

»In Frankreich«, sagte er mit seiner typisch heiseren Stimme. Sie versuchte, sich gegen den so vertrauten Klang zu wehren.

»Warum?«

Ihre Frage, die nur aus einem einzigen Wort bestand, hing in der Luft zwischen ihnen, und ihre verschiedenen Bedeutungen schwebten wie eine giftige Wolke hin und her. Zum ersten Mal sah sie Unsicherheit über seine ansonsten stoischen Züge gleiten, doch er hatte sich schnell wieder im Griff.

»Es gab da ein paar Dinge, um die ich mich kümmern musste … denen ich nachgehen musste.«

Sie wartete. Die Spannung zwischen ihnen stieg, doch er fügte seinem Satz nichts hinzu.

»Das war's?«, fragte sie mit einem plötzlichen Ausbruch ungläubigen Lachens. »Mehr willst du nicht dazu sagen, um mir zu erklären, warum du spurlos für ein halbes Jahr verschwunden bist?«

Sein Mund wurde schmal.

»Wäre es denn wirklich entscheidend, was ich sage?«

»Nein«, antwortete sie sofort. »Das wäre es nicht.«

Seine Miene änderte sich kaum, doch da sie ihn gut kannte, spürte sie den Ärger, der ihn bei ihrer Antwort ergriffen hatte. Oder war es Frustration?

»Also möchtest du gar keine Erklärung«, stellte er klar.

»Ich sage nur, dass es keine gibt, die ausreichen würde. Du brauchst dir also keine Mühe zu geben.«

Seine Nasenflügel bebten leicht.

»Du trägst den Ring nicht mehr«, sagte er kurz darauf, nachdem sein Blick auf ihre linke Hand gefallen war, die an ihr herunterhing.

»Überrascht dich das?«

Er schaute ihr wieder in die Augen. Plötzlich verspürte sie den Wunsch, er möge verschwinden oder sie sei woanders. Genau in diesem Augenblick erhaschte sie einen Blick auf seinen Schmerz, und es schien, als würde dieser Funke auf sie überspringen. Die Qual in ihr erwachte, heiß und lodernd, raubte ihr fast den Atem. Sie konnte kaum ihre Fassung waren.

»Nein. Nicht sonderlich«, antwortete er ruhig.

Sie atmete mühsam ein. Okay, das war es. Er hatte also gewusst, dass er ihre Beziehung beenden würde, als er tat, was er getan hatte. Und er war dennoch gegangen. Sie nickte und schaute weg.

»Nun, das war's dann wohl«, sagte sie abschließend. Als es dann noch einmal an ihre Tür klopfte, fuhr sie, erleichtert über die Ablenkung, fort: »Herein.« Sie konnte sich kaum noch beherrschen, und das Letzte, was sie wollte, war, dass Ian sah, wie sie ihre Gelassenheit verlor.

Gerard kam herein. Sein besorgter Blick streifte von Francesca zu Ian und zu Francesca zurück.

»Ian. Das ist ja eine Überraschung.« Die beiden Männer gaben sich die Hände und umarmten sich andeutungsweise. »Wir sind alle sehr erleichtert, dich wiederzusehen.«

»Gerard«, begrüßte Ian ihn feierlich.

Gerard sah Francesca an.

»Ist bei dir alles in Ordnung?«, fragte Gerard, und es war deutlich, dass er sie angesprochen hatte, nicht seinen Cousin.

Sie nickte.

»Ja. Ich komme gleich wieder nach unten.«

Gerard wirkte verunsichert, als sich weder Francesca noch Ian rührten. Er musste die Spannung, die greifbar in der Luft lag, ebenfalls gespürt haben.

»Wir haben eine Menge zu bereden«, kündigte Gerard Ian an. »Wir waren alle krank vor Sorge.«

Ians Augen funkelten, während er von seinem Cousin zu Francesca blickte, doch er entgegnete nichts.

»Ich warte auf dich im Flur, Francesca«, sagte Gerard.

»Danke.«

Als Gerard den Raum verlassen, dabei aber die Tür offen gelassen hatte, stellte sich wieder diese einschneidende Stille ein.

»Entschuldige mich«, stammelte Francesca, als ihr klar geworden war, dass es nichts mehr zu sagen gab. Es war dumm von ihr gewesen, auf irgendetwas zu warten. Er rührte sich nicht, als sie an ihm vorbeiging.

»Francesca.«

Sie blieb stehen, noch bevor sie die Tür erreicht hatte. Sie drehte ihm den Rücken zu, ihr Atem brannte in ihren Lungen.

»Du trägst vielleicht den Ring nicht mehr, aber du bist hier im Hause meiner Großeltern. Und du trägst das Kleid, das ich dir geschickt habe.«

Sie drehte sich verblüfft um.

»Wieso glaubst du, ich wüsste, wer es mir geschickt hat?«, wollte sie wissen. Ihre Wangen röteten sich vor Wut. Oder vor Beschämung?

»Du wusstest es. Oder du wusstest es zumindest, bevor du dich dann anschließend selbst dafür kritisiert hast. Du weißt, dass ich es nie mochte, dich unvorbereitet zu einer Veranstaltung zu schicken, auf der du dann vielleicht Fragen beantworten musst.«

Erschaudernd keuchte sie. Das war nicht großspurig von ihm dahingesagt. Er stellte einfach eine Tatsache fest. Verflucht. Er konnte sie schon immer wie ein Buch lesen. Natürlich hatte er recht mit dem, was er sagte. Sie hatte seinen Geschmack in dem Kleid erkannt. Ihre Gedanken waren sofort bei ihm gewesen, als sie die Nachricht gelesen hatte. Ein Teil von ihr hatte in diesem vollendeten Geschenk die intime Kenntnis ihres Körpers … ihres Wesens erkannt. Doch da war noch mehr. Die Erkenntnis, dass sie sich in den vergangenen Wochen keineswegs wie jemand verhalten hatte, der seinen Liebhaber aufgegeben hatte, traf sie wie ein Schlag. Sie *war* ja in das Haus seiner Großeltern und seiner Kindheit gekommen, sie *hatte* ja eine nicht unbeträchtliche Menge an Zeit und Energie in etwas gesteckt, was sie für seine Wünsche für Noble Enterprises hielt. Hatte sie nicht gierig alle Hinweise auf seine Jugend aufgesogen, als sie durch Belford Hall geführt worden war? Hatte sie sich ihn nicht als Kind, als diesen misstrauischen, zurückgezogenen Jungen vorgestellt, der langsam aus seinem Schneckenhaus gekrochen war? Hatte sie sich nicht ausgemalt, wie er als Mann sogar die größten Räume des Hauses mit seiner Präsenz füllte?

Und wenn die Tatsache, dass sie sogar in seinem Bett im Penthouse geschlafen hatte, dies nicht noch zusätzlich belegte, wusste sie auch nicht, welches Argument noch stärker sein könnte. Sie hatte die Hoffnung noch nicht gänzlich aufgegeben.

O Gott, was für eine Idiotin sie war.

Sie wollte – und konnte – den leidenschaftlichen Schmerz in seinen Augen nicht mehr ertragen, wandte sich ab und floh aus dem Zimmer.

Sie war überzeugt, noch nie so viel gelacht, und ganz sicher noch nie so unnatürlich gelacht zu haben, wie in dem Moment, als sie mit Gerard nach unten zum Geburtstagsball ging. Es schien ihr persönlicher Auftrag zu sein, allen zu zeigen, dass sie auch unter diesen Umständen die Fassung wahren konnte.

Die Feier war bereits in vollem Gange, als Gerard sie die Treppe hinabbegleitete. Ein kleines Orchester füllte das Haus mit Musik. Trotz ihres Schocks und ihrer Unruhe war Francesca nicht blind für die Schönheit des umgebauten Ballsaals. James und Anne wussten offenbar genau, wie man »vollen Einsatz« zeigte, wie Anne es genannt hatte. Der an sich schon schöne, weiß getäfelte Raum mit seinem riesigen Kamin war in einen Eispalast verwandelt worden. Runde Tische für jeweils acht Gäste standen um die große Tanzfläche herum, auf jedem brannte ein fantastischer »Eis«-Kerzenhalter, jeder ein Einzelstück und ausgesucht schön. Eine ausgeklügelte, mit Kerzen beleuchtete Kristall-Bar befand sich am einen Ende des Raumes, ihr gegenüber waren Tische vorbereitet, auf denen in ein paar Stunden das mitternächtliche Buffet stehen sollte. Gerade als sie an Gerards Arm den Saal betrat, beendeten James und Anne ihren Solo-Geburtstagstanz, mit dem sie das Fest eingeläutet hatten. Andere Paare taten es ihnen gleich und strömten auf die Tanzfläche.

»Sollen wir?«, fragte Gerard mit Blick auf die Tanzenden.

»Sehr gerne«, erwiderte sie eine Spur zu fröhlich. An seinen gerunzelten Augenbrauen konnte sie erkennen, dass sie ihn durch ihre aufgesetzte Lebhaftigkeit irritierte. Als er mitten im Tanz das Gespräch auf Ians Rückkehr lenkte, unterbrach sie ihn unvermittelt mit einer abrupten Bemerkung über die Schönheit des Saales. Offenbar hatte er den Hinweis verstanden, denn die verbleibende Zeit des Tanzes sprach er nur über Unverfängliches.

Sie fragte sich, ob Ian wohl genau wusste, was er tat, als er ihr dieses rückenfreie Kleid geschickt hatte. Sie spürte seinen Blick auf ihrer nackten Haut, als sie sich mit Gerard über die Tanzfläche drehte. Sie ignorierte dieses Gefühl und führte das Gespräch mit Gerard mit einer derartig entschiedenen Entschlossenheit weiter, wie es gar nicht zu dem belanglosen Thema passte.

Sie erblickte Lucien und Elise an einem Tisch, als Gerard sie von der Tanzfläche führte. Erleichtert erkannte sie, dass Ian nicht bei ihnen saß, also ging sie zu ihnen. Gerard machte sich auf die Suche nach etwas zu trinken. Sie schwor, dass sie in dem vollen Ballsaal nicht nach ihm Ausschau gehalten hatte, aber fast augenblicklich erkannte sie Ians einzigartige Silhouette auf der Tanzfläche. Er hatte seine Großmutter im Arm.

»Niemand kann Anne so zum Strahlen bringen wie Ian«, bemerkte Gerard mit einem Lächeln, als er an den Tisch zurückkam, zwei Kellner im Schlepptau. Der eine trug einen Sektkühler, eine Flasche Champagner und vier Gläser, der zweite eine Platte mit Horsd'œuvres und eisgekühltem Kaviar. Sie runzelte die Stirn. War da eben nicht ein bitterer Ton von Eifersucht in seiner Stimme gewesen? Ganz überrascht war sie nicht. Nur Ian konnte so rücksichtslos sein, seine Großeltern ein halbes Jahr lang in Angst und Sorge zu versetzen und sie dann in ekstatische Freude stürzen, sobald sie ihn wiederhatten. Außerdem hatte Gerard nicht ganz unrecht, wie Francesca bei einem widerwilligen Blick auf Ians beeindruckendes Profil zugeben musste. Die Countess sah neben seinem großen Körper besonders zierlich aus, als sich beide anmutig über die Tanzfläche bewegten. Sie hatte Anne noch nie so glücklich, so erleichtert gesehen. Sie sah unentwegt zu ihrem Enkel hinauf, feierlich, wenn sie sich unterhielten, gelöst, wenn sie lächelte oder lachte. Nein, sie konnte Annes Erleichterung gut verstehen und mitfühlen. Anne hatte ihre einzige Tochter in diesem Jahr verloren. Sie war vermutlich schwindelig vor Glück, dass ihr einziger Enkel gesund und munter war.

Du bist mindestens ebenso erleichtert. Ein Teil von dir ist sogar euphorisch angesichts der Tatsache, dass es ihm gut geht.

Sie stürzte sich in Gespräche mit den anderen. Lucien schaute irritiert, als sie Gerard zum zweiten Mal erlaubte, Champagner nachzuschenken, doch sie schenkte diesen Bedenken keine Beachtung. Sie selbst wusste ja gar nicht so genau, wie sie sich fühlte, wie konnte dann ein anderer ihre Stimmung korrekt interpretieren?

Jemand legte die Hand auf ihre Schulter. Sie drehte den Kopf und sah James vor sich, aufrecht und gut aussehend in seinem Smoking.

»Darf ich um diesen Tanz bitten?«, fragte er.

»Mit Vergnügen«, erwiderte Francesca und erhob sich.

»Hältst du durch?«, wollte James leise wissen, als sie sich schon eine Weile auf dem Parkett drehten.

»Den Umständen entsprechend geht es mir wohl recht gut.« Sie erwiderte seinen freundlichen Blick und lächelte. »Ich bin vorhin gar nicht mehr dazu gekommen, dir zu gratulieren. Die Zuneigung zwischen dir und Anne ist wunderbar anzuschauen.«

Seine grauen Augenbrauen hoben sich.

»Ich vernehme da eine versteckte Botschaft.«

Sie lachte, wandte aber den Blick ab. »Ja? Etwa die, dass ohne wahre Zuneigung zu dem Partner kein Vertrauen entstehen kann? Keine gemeinsame Zukunft?«

»Das stimmt«, bestätigte James. »Aber Menschen zeigen ihre Zuneigung auf unterschiedliche Art und Weise. Die Zuneigung zwischen Anne und mir hat nicht immer so ausgesehen, wie sie heute erscheinen mag. Ich bin sicher, dass sie meine Zuneigung hinterfragt hat, als ich zwischen zwanzig und dreißig war. Ich bin viel umhergereist, habe mich um das Geschäft gekümmert. Ich bin sicher, es hat in Annes Leben eine Zeit gegeben, in der es ihr schwergefallen ist, das als meine Art des Einsatzes für unsere Ehe anzuerkennen. Dabei habe ich es immer so gesehen.«

»So, jetzt vernehme ich da eine versteckte Botschaft«, bemerkte sie ironisch.

James lächelte.

»Hast du dir angehört, was Ian erzählt hat? Hat er dir verraten, wo er gewesen ist?«

»Nein. Und ich möchte dir auch nicht zu nahetreten, James. Ich weiß, er ist dein Enkel, und du bist verpflichtet, anders über ihn zu denken als seine sitzengelassene Verlobte. Nein«, sie unterbrach sofort, als James etwas einwenden wollte. »Das ist genau das, was ich bin. Es gibt keinen Grund, das schönzureden.« Sie hielt kurz inne, weil die Musik so laut war, dass ein Gespräch unmöglich wurde. »Es geht mir darum«, fuhr sie fort, als es wieder ruhiger geworden war, »dass ich nicht sicher bin, ob ich überhaupt wissen möchte, was er für so wichtig hält, dass er nicht einmal zum Hörer greifen und dich von deinen Sorgen erlösen konnte. Annes. Meine. Das war unglaublich egoistisch von ihm.«

»Ich will ja auch gar nicht versuchen, deine Ansicht über die Situation zu ändern, Francesca. Sondern …«

»Sie nur ein wenig erweitern?«, beendete sie den Satz für ihn und schenkte ihm ein dünnes Lächeln.

»Dass ich das versuche, kannst du einem alten Mann nicht vorhalten«, sagte er, als die Musik zu Ende war.

»Ich halte dir gar nichts vor, außer dass du deinen Enkel liebst«, gab sie ehrlich zurück. James gab ihr am Ende des Tanzes einen Kuss auf die Wange. Als er ihre Hand losließ, ergriff jemand anderes sie. Sie blickte über ihre Schulter und sah Ian vor sich, der noch immer einen Arm um Annes Hüfte geschlungen hielt.

»Darf ich?«, fragte er ruhig.

Der Sekundenbruchteil, den sie für die Entscheidung brauchte, schien sich unendlich auszudehnen. Ohne ihm mit Worten etwas zu erwidern, ergriff sie, ganz steif, seinen Arm. Ihr Herz schlug so laut, sie konnte das Orchester kaum hören. Einige Augenblicke schwiegen sie beide, und sie nahm sich vor, sich nicht von dem Gefühl, in seinen Armen zu liegen, überwältigen zu lassen. Und doch tat sie nichts anderes.

»Wie lang wirst du bleiben?« Sie blickte ihn nicht an und wollte auch nicht atmen, um seinem Duft zu entgehen.

»Das weiß ich noch nicht.«

Sie wagte es, ihn anzuschauen. Seine blauen Augen zogen sie magnetisch an.

»Wirst du dorthin zurückgehen, woher du gekommen bist?«

»Irgendwann ja. Es gibt doch noch Dinge, die ich zu regeln habe.«

Ganz schwach strich seine Hand über ihre Hüfte und streichelte ihre nackte Haut auf dem Rücken.

»Du siehst unglaublich schön aus«, stellte er fest.

»Wenn du noch Dinge zu regeln hast«, antwortete sie

knapp und überhörte sein Kompliment – oder tat zumindest so –, »dann wundert es mich, dass du überhaupt gekommen bist.«

»Ein Notfall hat mich hergerufen.«

Ihr Puls schlug nun bis in ihren Hals, als sie ausdruckslos auf seine Brust blickte. Hatte er sie gerade näher an sich herangezogen, oder war sie näher an ihn herangetreten? Sein Körper berührte den ihren nur leicht, aber es gelang ihr dennoch kaum, dieses Gefühl zu unterdrücken. Besonders, da ihre Brustwarzen von seinem Revers gekitzelt wurden. Wie schaffte er es nur, so ohne jede Anstrengung jeden Nerv in ihrem Körper in helle Aufregung zu versetzen?

»Du hältst die Geburtstagsfeier deiner Großeltern für einen Notfall?«

»Ich bin nicht extra wegen des Geburtstags hergekommen, obwohl es mich natürlich sehr freut, heute hier zu sein. Der Notfall warst du.«

Ihr Mund begann zu zittern, als sie seine unerschütterliche Antwort vernommen hatte, und verriet sie dadurch. Sie blickte über seine Schulter und sah Gerard, wie er gerade die ekstatisch strahlende Clarisse hin und her wirbelte, doch sehr viel mehr als das Gefühl in Ians Armen zu sein, kam nicht bei ihr an.

»Es war nicht einfach, als du alles zwischen uns beendet hast, Ian. Aber du kannst mich kaum als Notfall bezeichnen. Mir geht es gut.«

»Das weiß ich. Und ich habe nicht alles zwischen uns beendet.«

»Du bist für ein halbes Jahr untergetaucht und hast nicht einmal eine SMS geschickt«, sagte sie mit triefendem Sarkasmus.

»Ich dachte, es wäre so am besten. Ein klarer Schnitt. Während ich versucht habe, die Dinge zu klären.«

»Gut, das hat funktioniert«, bestätigte sie ihm mit gespielter Nonchalance. »Der klare Schnitt«, verdeutlichte sie noch. Ihre immer stärker werdende Wut verleitete sie dazu, Augenkontakt zu suchen. Das war ein Fehler. Sein Blick brannte sich in ihr Gesicht, die Emotionen in seinen Augen waren greifbar und zugleich doch nicht zu entschlüsseln. Es war, als würde man versuchen, Gefühle in einem rasenden Inferno zu erkennen.

»Ich wollte dich nicht verletzen. Das war nicht meine Absicht«, erklärte er.

»Ob absichtlich oder nicht, du hast mich verletzt.«

Er kniff den Mund zusammen, seine Nasenflügel bebten. Warum entschuldigte er sich nicht wenigstens? Das war er ihr doch schuldig, oder etwa nicht? Kein anderer Mann, den sie kannte, konnte sie so zur Weißglut treiben. Seine Hand schob sich weiter, sodass nun seine ganze Handfläche auf ihrer nackten Haut lag. Seine Hitze strömte in sie hinein. Er drückte, als wolle er jede Einzelheit ihrer Wirbelsäule untersuchen. Für einen Moment vergaß sie völlig, worüber sie sich hier unterhielten, als ihr Bauch seine Hüfte streifte. Ihr Innerstes zog sich zusammen, und der plötzliche Schmerz überraschte sie.

»Francesca, ich dachte, du könntest in Gefahr sein.«

Sie blinzelte, so desorientiert war sie von dem, was hier gerade geschah. Es war, als hätte ihr Körper seine eigenen Absichten und zog sie zu ihm hin, als sehnte er sich gegen ihren Willen nach ihm.

»Was?«, fragte sie. Sie war sicher, sich gerade verhört zu haben.

»Jemand hat in Chicago versucht, dich zu entführen.«

Sie ließ ein skeptisches Geräusch hören.

»Entführen? Wovon redest du da? Du meinst den Mann, der mich und Davie ausrauben wollte?«

»Ich habe den Polizeibericht gelesen«, sagte er kühl. »Das

war kein versuchter Raubüberfall. Warum jeder das Offensichtliche übersehen möchte, weiß ich nicht.«

»Du hast den Polizeibericht …« Sie beendete den Satz nicht, sondern beschimpfte sich selbst für ihre anfängliche Überraschung. Ian hatte sie immer wieder mit seiner Fähigkeit überrascht, so ziemlich jede Information, die er bekommen wollte, auch zu bekommen. Sogar streng vertrauliche. Dies war ein weiteres Beispiel für seine Macht, um es nicht als etwas zu bezeichnen, das an Paranoia grenzte.

»Hast du mir nachspioniert?«, fragte sie vorwurfsvoll.

»Nein. Aber ich habe dich beobachtet. Nur um sicherzugehen, dass es dir gut geht.«

»Nun, dann waren deine Sorgen unberechtigt«, antwortete sie scharf. »Sowohl was diesen versuchten Überfall als auch meinen Allgemeinzustand angeht.« Sie trat einen Schritt zurück, als die Musik zu Ende war. Er ließ seine Arme langsam sinken. »Mir ging es ohne dich auch ganz gut, Ian.«

»Du lügst«, hörte sie ihn leise sagen.

»Warum sollte ich das?«, fragte sie atemlos, während fröhlich plappernde Menschen um sie herum die Tanzfläche verließen.

»Du bist meine zweite Hälfte. Es hat sich angefühlt, als sei etwas aus meiner Brust herausgerissen worden, als ich nicht mit dir zusammen war. Ich denke, es ist dir genauso ergangen.«

Ihr Mund klappte auf angesichts seiner ruhig vorgebrachten Dreistigkeit. Ihre Augen brannten bei seiner kühlen Erklärung seiner Schmerzen.

»Dann hättest du vielleicht nicht derjenige sein sollen, der es herausgerissen hat«, zischte sie und wusste, dass in diesem Moment ihr Herz völlig bloß vor ihm lag. Doch das war ihr gleichgültig.

Sie drehte sich um und lief auf den Ausgang zu.

Er saß alleine im Salon, hingefläzt auf die Samtcouch. Sein Kragen war offen, die Fliege hing lose um seinen Hals. Das Feuer flackerte in den letzten Zügen. Ungefähr fünf Uhr am Morgen musste es jetzt sein. Das riesige Haus wirkte völlig still, zumal nach dem rauschenden Ball. Es kam ihm vor, als befände er sich im Bauch eines schlafenden Ungeheuers. Er wusste, dass er nicht würde schlafen können, also hatte er sich auch erst gar nicht ins Bett gelegt.

Francesca war zweifellos sicher hier… im Haus seiner Großeltern. Er wusste, wie sorgfältig sein Großvater das Haus sicherte, mit all den darin versammelten antiken und unbezahlbaren Schätzen. Er war dankbar, dass sie hier und nicht in Chicago war, gerade weil er erlebt hatte, dass sie sich weigerte, in seinem ebenfalls sehr sicheren Penthouse zu wohnen.

Dann hättest du vielleicht nicht derjenige sein sollen, der es herausgerissen hat.

Seine Augenlider schlossen sich bei dem Gedanken daran, wie sie vor ihm stand und ihn mit äußerst erschütterter Miene angeblickt hatte. Er hatte es getan; sie zu den schmerzvollen Gefühlen getrieben, die sie zu fühlen gezwungen war. Aber was hätte er sonst tun können, als diesen anderen Weg zu beschreiten und zu beten, dass ihre Pfade sich schließlich wieder kreuzen würden? Er hätte doch nicht einfach bei ihr bleiben und so tun können, als hätte er keine Zweifel über seinen Platz an ihrer Seite.

Er konnte es noch immer nicht. Er konnte aber auch nicht länger fortbleiben. Nicht unter diesen Umständen. Nicht so lange, bis wenigstens er verstanden hatte, woher diese Bedrohung kam.

Er dachte daran, wie er sie heute Abend zum ersten Mal gesehen hatte, an ihre Schönheit, die ihn gleichermaßen wie ein wohliges Feuer wärmte, ihn aber auch wie ein Blitzschlag in sein Herz traf. Verlangen durchströmte ihn, scharf und präzise, denn er wusste ja, dass Francesca nur wenige Meter von ihm entfernt weich und sanft schlief. Er zuckte zusammen und legte seine Hand durch die Hose auf seinen Schwanz, ein schon instinktiver Griff, um seinen Schmerz zu lindern. Als ihm dies keine Linderung verschaffte, nahm er einen großen Schluck des Brandys, den er in der Hand hielt.

Ihn hatte es immer vor der Vorstellung gegraust, sie zu verletzen, aber er hatte doch erwartet, dass es irgendwann so weit sein würde. Nicht absichtlich, nein, das niemals. Allein durch das, wer er war.

Wer er nicht war.

Aber jetzt an Dingen zu verzweifeln, die er nicht kontrollieren konnte, war dumm. Er machte sich Sorgen über den Zwischenfall in Chicago. Es war ihm unverständlich, warum niemand sonst alarmiert war. Offensichtlich kümmerte sich keiner darum, zwischen den Zeilen dessen zu lesen, was da am helllichten Tag auf der belebten Straße Chicagos geschehen war.

Ein Gefühl der Übelkeit überkam ihn. Was, wenn er sie dadurch zum Ziel gemacht hatte, dass er ihr so viel Macht über die Firma übertragen hatte? Er hätte sich klarmachen sollen, dass er sie womöglich angreifbar gemacht hatte. Er selbst hatte im Laufe der Jahre schon einige Angriffe erlebt, sowohl auf seine Firma als auch auf seine Person. In den meisten Fällen waren es nur Spinner gewesen, die die Klappe aufrissen. Und doch hatte es ein paar Gelegenheiten gegeben, bei denen er es nur seiner Sicherheitsabteilung zu verdanken hatte, dass er nicht in größere Schwierigkeiten geraten war. Francesca hatte er von diesen Vorfällen nichts erzählt, damit sie sich keine Sorgen machte. Folglich war es auch nicht verwunderlich, dass sie nicht recht an eine potenzielle Bedrohung glauben wollte.

Die Sorge über den Überfall ließ in ihm den Wunsch aufkommen, sofort wieder alle Kontrolle über Noble Enterprises zu übernehmen. Aber würde dies die Bedrohung, der Francesca ausgeliefert war, mindern? Oder vielleicht nur verschleiern?

Wieder stieg ihr Bild in ihm auf, wie um ihn zu verhöhnen. Das unvergessliche Gefühl, ihren schlanken Körper beim Tanz umfasst zu haben, und das seidige Gefühl ihrer Haut waren Qualen, die er begierig aufnahm. Sie sah noch schöner aus als jemals zuvor, aber er wollte sich nicht belügen, auch das Leiden konnte man ihr ansehen. Beim Tanzen waren ihre Muskeln unter seinen Händen vor Anspannung versteift. Ihr Gesicht sah gezeichnet aus, und unter ihren Augen saßen blasslila Schatten. Sie hatte nicht viel geschlafen. Das überraschte ihn nicht, aber ihren Schmerz so direkt wahrzunehmen, verschlimmerte seine eigenen Wunden.

Ein dumpfes Geräusch drang an sein Ohr, er öffnete die Augen.

Francesca kam auf ihn zu, ihr offenes, langes, rotgoldenes Haar glomm wie verglühende Kohlen über dem elfenbeinfarbenen Nachthemd. War sein Verlangen so stark, dass er sie zu sich gerufen hatte? Für den verzauberten Moment, in dem sie näher kam, wusste er nicht, ob er schlief oder träumte. War er betrunkener, als er angenommen hatte? Sie blieb vor seinen angewinkelten Knien stehen, ihr Gesicht auf feine Art schön, ihre Miene unergründlich. Er rührte sich nicht vor Angst, er könnte den Zauber zerstören. Ihn erreichte ein Hauch ihres Duftes, ihrer Haare. Ihres Körpers. *Nein, sie ist kein Traum.*

»Du konntest also auch nicht schlafen«, sagte sie.

»Ich habe es nicht einmal versucht.«

Seine Finger öffneten sich, als sie nach dem Glas griff. Sie stellte es auf den Tisch.

»Ich mache das nicht, weil ich dir vergeben hätte«, erklärte sie. Ihre Rehaugen schimmerten im Licht des Feuers, ihre rauchige Stimme berührte seine überempfindlichen Nerven wie eine Zärtlichkeit.

»Ich habe niemals Vergebung erwartet.«

»Vielleicht hast du dich auch deshalb niemals entschuldigt.«

Er sah verzaubert zu, wie sie mit den Schultern ihr Nachthemd abwarf und es achtlos auf den Boden fallen ließ. Sie war nackt, ihre Haut sah in diesem Licht wie pures Gold aus. Einen Augenblick lang stand sie einfach nur da und beobachtete sein Gesicht, während er ihre Schönheit bewunderte.

»Hattest du andere Frauen? Seit du mich verlassen hast?«

Bei dieser Frage blickte er auf, hielt ihrem Blick stand und antwortete, ohne zu zögern.

»Nein.«

Kurz huschte ihr Blick über sein Gesicht. Dann spreizte sie seine Beine und setzte sich, wobei ihr Gewicht auf seinem Schoß ihn aufstöhnen ließ. Er holte tief Luft und merkte erst in diesem Moment, dass er schon eine ganze Weile den Atem angehalten hatte. Sofort bestimmte ihr Geruch seine ganze Aufmerksamkeit: der schmerzhaft vertraute Duft ihres Parfums, ihrer Haut … ihrer Erregung.

Er schloss seine Augen, als sie ihre Arme um seinen Nacken schlang, ihr Gesicht gegen seinen Nacken und seine Schulter drückte, ihn dort küsste und ihre Muschi an seinem Schwanz rieb. All ihre Handlungen waren zielstrebig … elektrisiert. Entbehrung packte ihn, sein Schmerz wurde unkontrollierbar. Seine Hände konnten gar nicht genug bekommen von ihrer weichen Haut. Für einen Sekunde saß er starr, angespannt einfach nur da, ein Tier, das still – aber wütend – an den ausgefransten Fesseln riss. Dann bewegte sie sich. Verlangen brach sich Bahn und drängte explodierend an die Oberfläche. Seine Finger gruben Furchen in ihre Nackenhaare. Er packte sie fest und zog, zwang damit ihren Kopf nach hinten.

Sie bot ihm ihre weiße Kehle und die üppigen, geöffneten Lippen dar.

Er küsste sie. Es war wie in höchstens fünf Sekunden von brutaler Verarmung zu unanständigem Reichtum zu gelangen.

Für unbestimmte Zeit hielt er sie so gepackt, er konnte nicht genug von ihrem einzigartigen Geschmack und ihrem sanften Stöhnen bekommen. Er wurde fiebrig durch das Feuer, das er an die Oberfläche ihrer Haut steigen spürte und das sie beide von ihrer Muschi bis zu seinem Schwanz durchdrang. Er spürte mit den Händen den Kurven ihrer Hüften nach, deren ihm einstmals so vertraute, erotische Formen ihn in den Wahnsinn trieben. Er hielt sie fest im Griff, um sie weiter auf seinen Schoß zu zwingen, ihr gemeinsames, herbes Stöhnen vermischte sich in den verbundenen Mündern.

»Nein«, sagte sie barsch, als er sie von seinem Schoß heben und auf das Sofa legen wollte. Er war besessen von der Idee, sie zu nehmen, mit ihr zu verschmelzen und vielleicht sogar etwas besorgt, diesen so unwahrscheinlichen Moment verlieren zu können, falls er zu lange wartete. Er erkannte ein entschlossenes Funkeln in ihren feurigen, feuchten Augen. »Ich bleibe oben.«

Einen Moment lang bewegte er sich nicht, um aufzunehmen, was sie da eben gesagt hatte. Seine Nasenflügel bebten in einem Anflug von … nicht Ärger, um genau zu sein, sondern Frustration, die ihn durchlief. Sie hatten unzählige Male Liebe gemacht, doch noch nie hatte Francesca dabei die Kontrolle gehabt. Und doch … er konnte ihr Anliegen verstehen.

Er hatte ihr Vertrauen verloren. Sie würde sich dagegen wehren, die Kontrolle wieder an ihn abzugeben. Er musste sie vorsichtig behandeln, oder sie würde ihn fliehen.

»In Ordnung«, sagte er ruhig.

Ein Anflug von Trotz fand sich in ihrer Miene, als sie seinem Blick standhielt und sich wieder auf seinen Schoß fallen ließ. Beide öffneten seine Hose, wobei ihre Bewegungen immer wilder wurden. Ian wurde sogar noch hastiger, als sie ihm das Ausziehen überließ und dafür ihre Hand durch den Stoff seiner Unterhose hinweg auf seinen Schwanz legte. Schon begann sie mit reibenden Bewegungen an dem Schaft.

Er stöhnte auf, als er einen Moment später spürte, wie ihre Hand seine nackte Haut packte. Sie stieg auf ihn. Das Gefühl ihrer feuchten, klebrigen Haut, die die Spitze seines Schwanzes umfasste, war göttlich, das Gefühl, in ihren warmen, engen Körper einzudringen, heilig. Als sie auf ihm saß und er bemüht war, sich wieder an das Nirvana in ihr zu sein zu gewöhnen, hob sie seinen Kopf mit ihren Händen und streichelte in mit den Daumen.

»Du willst mich noch immer.«

Er blinzelte, als der Schreck dieser plötzlichen Worte seine Lust durchkreuzte.

»Glaubst du, ich hätte je damit aufgehört?«, fragte er durch die zusammengepressten Kiefer. »Glaubst du, ich *könnte* es überhaupt?«

Sie schüttelte den Kopf, und er sah eine Träne auf ihrer Wange glitzern.

»Ich weiß nicht, was ich denke. Nur, dass ich dich dafür hasse, dass ich das hier tue.« Er spürte den Schauder, der ihren Körper bis zu der Stelle durchlief, an der er eingeklemmt war. »Ich hasse dich dafür, dass du mich so abhängig von dir gemacht hast, dass ich mich hierzu erniedrige.«

»Du hast dich noch nie erniedrigt«, sagte er mit einer Reibeisenstimme. Er packte sie an den Hüften, drückte seine Finger in ihr festes Fleisch und stemmte sie auf und ab. Sie rang nach Luft und presste die Augenlider zusammen. »Schau mich an«, befahl er ihr. Sie öffnete widerwillig die Augen. »Du hast mich nur erhöht. Ich weiß, dass ich dich nicht verdient habe, aber das heißt nicht, dass ich nicht für dich brenne. Dass ich nicht für dich gebrannt habe. Jede Minute an jedem einzelnen Tag.«

Sie stöhnte und legte die Hände auf seine Schultern. Sie blickte ihn einen Moment fest an, dann schloss sie die Augen wieder und ritt ihn. Er stöhnte bei den engen, fließenden Bewegungen ihrer Hüfte auf. Sie bewegte sich auf und ab, ihr Busen hüpfte und zeigte, dass auch sie sich nach dieser wilden Vereinigung gesehnt hatte. Ihre Körper schlugen schneller und schneller aufeinander. Er betrachtete im Schein des Feuers ihr Gesicht und spürte ihr unbezähmbares Verlangen.

Er verstärkte den Griff auf ihre Hüfte und hielt sie in seinem Schoß fest. Rasch öffneten sich ihre Augenlider. Er hielt ihrem Blick stand, während er seine Hand zwischen ihre Schenkel legte.

»Nein«, flüsterte sie, obwohl sie doch ihre Hüfte schon so weit nach vorne gebeugt hatte, dass ihre dampfenden Schamlippen seine Knöchel berührten und er den Finger in ihr vergraben konnte.

»Ich sehe es nicht gerne, wenn du leidest«, raunte er. »Du musst jetzt kommen. Du brauchst Erlösung.«

Er legte eine Hand auf das Ende ihrer Wirbelsäule, die andere blieb zwischen ihren feuchten Schenkeln. Er drehte die Hand und rieb ihre Klitoris mit der Fingerspitze, dabei schob er ihren Körper leicht von hinten, um ihr Vergnügen noch zu vergrößern. Konzentriert sah er, wie sich jeder Muskel in ihrem geschmeidigen Körper anspannte. Er konnte erkennen, wie sich ihr Dekolleté und ihre Wangen röteten und fühlte den leichten Schauer, als sie sich dem Höhepunkt näherte.

Der Schrei, den sie beim Erreichen des Gipfels ausstieß, ergriff ihn. Machte ihn traurig. Es war so schön, dass es schmerzte. Er kümmerte sich um sie, indem er ihr einen Orgasmus verschaffte, sein Schwanz pochte noch immer in ihrer sich zusammenziehenden Muschi. Es war zu viel, und doch zwang er sich, dieses lodernde Feuer auszuhalten, denn dieser Augenblick sollte nie enden.

Aber er konnte es nicht ewig hinauszögern. Kein Mann konnte das. Er lehnte sich in dem Moment nach vorne, in dem er sie nach hinten drückte. Ihr Oberkörper lag leicht erhöht nach hinten gebeugt auf seinen gespreizten Beinen, ihr Kopf hing hinten über, ihr Gewicht lag auf seinen Händen unter ihrem Rücken. Er fickte sie in dieser Haltung, seine pumpenden Arme erlaubten ihm die Kontrolle über die Bewegung. Sein Blick wanderte hungrig über den schweißnassen, nackten Torso, ihre Brüste zitterten bei jedem seiner Stöße, ein kleiner Schrei kam über ihre Lippen, wenn sie zusammenstießen.

Er ließ eine Hand zu ihrer Schulter gleiten. So konnte er sie besser stützen und seine Stöße in ihre Muschi besser kontrollieren. Sein Ächzen verdoppelte sich durch den gedämpften, klagenden Laut, den sie hören ließ. Die Spannung war groß. Optimal. Sein angespannter Bizeps fühlte sich an, als würde er gleich aus der Haut platzen, so überanstrengte er ihn, ließ er doch keine Sekunde nach, doch er kümmerte sich nicht darum. Das Vergnügen war so viel größer als das Unbehagen.

Das Verlangen fühlte sich an wie Peitschenhiebe, und doch verzog er das Gesicht, als er sah, dass sie ihre Augen wieder schloss, ihn wieder von sich fernhielt. Zu spät wurde ihm klar, dass der Instinkt sich durchgesetzt hatte. Er kontrollierte ihren Sex, er fickte sie rücksichtslos.

»Soll ich aufhören?«, fragte er. Die Leidenschaft hatte ihn so fest gepackt, dass seine Stimme wie erstickt klang. Er *würde* aber aufhören, wenn sie es wollte.

Er würde, wenn sie es wünschte. »Willst du, dass ich aufhöre?«, wiederholte er, während er sie weiter hin und her über seinen gefräßigen Schwanz schob.

Sie kniff die Augen noch fester zu und schüttelte den Kopf. Einen Augenblick später spürte er eine Hitzewelle um sich. Sie kam. Er schob sie weiter auf sich, öffnete seine Schenkel weiter und schob seinen Schwanz bis zum Heft in sie hinein.

Dann ließ er den Himmel über sich kommen. Er stürzte mit aller Macht auf ihn nieder, es fühlte sich so unglaublich gut an, dass es schmerzte.

Er drückte sie an sich, während er in ihr kam, hielt sie verzweifelt in seinen Armen und atmete den Duft ihrer Erlösung ein. In einem erhabenen Tanz bewegte er ihren süßen Körper über sich und fürchtete sich vor dem Ende.

Sie hielt die Augen geschlossen, während sie an seinen Hals gelehnt nach Luft schnappte und seinen Geruch in sich aufnahm. Betäubt fragte sie sich, ob sie sich damit selbst seinen Anblick ersparen oder vor sich selbst in einem kindischen Versuch ihren Verrat an sich verstecken wollte. Seine Hände streichelten über ihre Seiten und den Rücken, was sie gleichzeitig besänftigte, aber auch ihr Unglück vergrößerte. Als die Verwirrung und Scham ihre Kehle erreicht hatten, musste sie ein Stöhnen hinunterschlucken. Sie stand auf und fuhr bei der abrupten Trennung seines noch angespannten, warmen Fleisches von ihrem Körper zusammen.

Ihr war nicht klar, ob sie nun ängstlich oder zufrieden sein sollte, dass er nicht sprach, während sie sich wieder anzog.

»Ich habe versprochen, für James und Anne Belford Hall zu malen«, sagte sie mit einem Kloß im Hals, als sie ihr Nachthemd eilig zugebunden hatte.

»Ja. Großmutter hat es mir erzählt.«

Sie blickte ihn an. Dabei öffnete sich der eilig geschlossene

Knoten, und sie musste ihr Nachthemd noch einmal schließen. Er hatte sich noch nicht bewegt, seit sie aufgestanden war, wurde ihr bewusst. Er saß einfach da und sah umwerfend schön aus, mit seinem zerzausten, dunklen Haar, der heruntergezogenen Smokinghose und dem glänzenden Penis, der sich schief an das blendend weiße Hemd lehnte. Ihre Finger zitterten, als sie sich weiter mit ihrem Nachthemd beschäftigte.

»Ich habe vor, während meines Aufenthaltes hier erste Zeichnungen dafür zu machen. Falls du doch vorhast, länger zu bleiben, werde ich ein anderes Mal wiederkommen«, ließ sie ihn mit entschlossenem Blick wissen. Seine blauen Augen leuchteten im schwachen Licht des verlöschenden Feuers.

»Du wirst Belford nicht verlassen«, stellte er trocken fest. »Nicht jetzt.«

»Nun, aber einer von uns wird gehen müssen.« Ärger stieg in ihr auf, als sie seinen so endgültig klingenden Ton hörte. Sie war dieses Mal aber nicht über ihn verärgert. Sondern über sich selbst. Sie konnte nicht glauben, was sie gerade getan hatte. Sie fühlte sich in ihrer eigenen Haut fremd.

Nein, das hast du deinem unersättlichen Verlangen zu verdanken.

»Ich möchte nicht, dass du meinetwegen deine Pläne änderst. Ich werde nicht lange bleiben«, sagte er.

Sie trat unentschlossen von einem Fuß auf den anderen.

»Möchtest du etwas sagen?«, wollte er ruhig wissen.

»Ja«, bestätigte sie und hob ihr Kinn ein wenig. »Das hier …«, sie blickte auf seinen wunderschönen, gesättigten Schwanz, und dann unruhig wieder weg, »hat nie stattgefunden.«

Zum ersten Mal seit seiner Rückkehr sah sie, wie ein leichtes Lächeln seinen Mund öffnete. Sie machte einen Schritt zurück. Mit dieser mächtigen Waffe hatte sie nicht gerechnet.

»Es hat aber stattgefunden«, stellte er unzweideutig fest.

»Aber du meinst, dir wäre es lieber, wenn wir nicht jedem in Belford unter die Nase reiben würden, dass es passiert ist.«

Sie nickte, schaute ihn aber nicht an, denn sie war sich nicht sicher, ob sie ganz genau verstanden hatte, was er da vorschlug.

»Gut.« Damit zog er seine Unterhose und Hose über die Schenkel und Hüften. Dann setzte er sich wieder, ließ seine Hose aber offen. »Wenn es das ist, was du möchtest, bin ich damit einverstanden. Das lässt uns außerdem ein wenig Zeit herauszufinden, was es zu bedeuten hat.«

»Was *was* bedeutet?«, hakte sie mit ungutem Gefühl nach.

»Alles. Was wir bedeuten.«

Sie schüttelte ungeduldig den Kopf. »Es gibt kein ›Wir‹. Ich gehe jetzt schlafen.«

»Ich vermute, du warst, bevor du mich hier gefunden hast, erst in meinem Zimmer?«, fragte er, als sie sich umgedreht hatte.

Sie hielt inne und blickte vorsichtig über die Schulter. »Ja«, bestätigte sie, denn lügen wäre sinnlos gewesen. »Deine Großmutter hat mir bei der Führung durchs Haus gezeigt, wo deine Räume sind. Und als du nicht dort warst, bin ich hierhergekommen. Anne sagte, das wäre dein Lieblingszimmer.«

Er hielt ihrem Blick stand.

»Geh jetzt in deine Suite, und ruh dich aus. Du wirst jetzt schlafen können, vermute ich. Aber heute Abend – da werde ich dich in meinem Schlafzimmer erwarten, wenn alle ins Bett gegangen sind.«

Sie öffnete den Mund, um ihm zu widersprechen – verdammt, wie hasste sie seine nonchalante Arroganz. Er sprach aber schon weiter, noch bevor sie eine beleidigende Antwort gefunden hatte.

»Ich sage das nicht meinetwegen – oder zumindest nicht nur meinetwegen. Du brennst von innen heraus, mein Schatz«, sagte er mit hohler Stimme. »Es ist mein Fehler, ich weiß, aber ich sehe, wie erschöpft du bist. Ich möchte dich nicht leiden lassen, solange ich hier bin. Ich möchte nicht, dass du krank wirst. Du kommst heute Abend. Du wirst jeden Abend kommen und sei es auch nur, weil wir keine andere Wahl haben. Nicht solange wir zusammen in diesem Haus sind. Vielleicht fällt es dir dann leichter, Schlaf zu finden … und mir wird es für einige kostbare Tage ebenso gehen.«

Hitze überfiel ihre Wangen. Sie dachte kurz daran, ihm zu widersprechen, aber wollte nicht auch noch eine Lüge auf die Liste jener Sünden setzen, die sie seit Ians Rückkehr begangen hatte. Sie erwiderte nichts, drehte sich um und verließ den Raum. Im Stillen bat sie um die Kraft, seine arroganten Unterstellungen als falsch darstellen zu können.

Ian sah ihr hinterher und zwang seine Muskeln, die ihn aufspringen lassen und ihr nachlaufen wollten, zur Ruhe. Als sich die Tür geschlossen hatte, blickte er sich im immer dunkler werdenden Raum um. Das Feuer war nun so gut wie aus. Kurz vor der Dämmerung war es immer am schwärzesten.

Er ließ seinen Kopf sinken. Ihr Geruch, der noch immer in der Luft hing, stieg ihm in die Nase. Er sog ihn auf, stärkte sich an dem Parfum und erhob sich.

Auf dem Weg zu seinen Räumen hörte er ein Klicken und ein feines, huschendes Geräusch über den Eichenfußboden im Flur. Er schaute sich um und sah, wie das Dienstmädchen, Clarisse, vor Gerards verschlossener Tür stand. Sie blickte nach unten, wo sie gerade den Reißverschluss ihres Morgenmantels zugezogen hatte. Als sie aufsah, konnte sie ihn dort stehen sehen. Sie erschrak. Die Schatten im Flur waren so dunkel, dass er ihre erschrockene Betretenheit eher erspüren denn erblicken konnte.

Keiner von beiden sprach. Clarisse wandte sich um und floh in die entgegengesetzte Richtung.

So gut hatte sie lange nicht mehr geschlafen, erst um halb eins erwachte sie. Sie blieb noch einen Moment im Bett und rief sich die stürmischen Ereignisse des vorigen Abends in Erinnerung.

Nachdem sie Ian auf der Tanzfläche stehen gelassen hatte, war sie in verzweifelter Suche nach der Küche durch das Labyrinth in Belford gelaufen. Zwanzig Minuten und zwei Auskünfte von Kellnern später hatte sie gefunden, wonach sie suchte: Mrs. Hanson stand in den Küchenräumen im Untergeschoss und legte am üppigen Mitternachtsbuffet letzte Hand an.

»Francesca!« In einer Mischung aus Schock und freudiger Überraschung rief Mrs. Hanson ihren Namen, als sie auftauchte. Doch schnell tat die gute, ältere Dame so, als wäre es die natürlichste Sache der Welt, dass sie in ihrer schicken Garderobe in die Küche taumelte.

Mrs. Hanson machte ihr eine Tasse Tee, die Francesca am zentralen Küchenblock trank, so wie sie es aus Ians Penthouse schon gewohnt war. Francesca berichtete nicht, warum sie sie in solch ungewöhnlichen Umständen aufgesucht hatte, aber Mrs. Hanson schien es auch ohne Erklärung zu verstehen. Die Gerüchte über Ians Rückkehr waren wohl auch schon bei ihr angekommen. Sie beantwortete Francescas unzusammenhängende Fragen zu banalen Dingen wie dem Fest, nur durch gelegentliche Befehle unterbrochen, die sie den Kellnern zurief.

Schließlich war Francesca wieder nach oben gegangen und blieb bis nach ein Uhr auf dem Ball. Sie tat, als würde sie sich amüsieren und als wäre Ian nicht ebenfalls im Saal. Ihn zu ignorieren kostete sie das letzte bisschen an Kraft, das noch in ihr geblieben war.

Zu versuchen, ihn zu ignorieren, denn es war ihr überhaupt nicht gelungen.

Als sie aber im Bett gelegen hatte, musste sie überrascht feststellen, dass sie bei aller Erschöpfung keinen Schlaf finden konnte. Es gab niemanden mehr, dem sie noch etwas vormachen konnte, sie lag ganz allein im Dunkeln. Ians Ankunft hatte ihren bröckeligen Selbstbetrug zum Einsturz gebracht. Schlaf war zu einer Unmöglichkeit geworden.

Bis sie schließlich verzweifelt aufgestanden war und ihn aufgesucht hatte.

Es war richtig gewesen.

Ein merkwürdiges Gefühl, sich an diesem hellen Dezembermorgen so wach zu fühlen. Ihre sensiblen Nerven prickelten … sie fühlte sich so *gut* und zugleich so niedergeschlagen. Ihr Verlangen zu befriedigen war genau das gewesen, was sie zur Entspannung gebraucht hatte, und er hatte das gewusst. Ein Teil von ihr wohl auch.

Vor dem Badezimmerspiegel stehend, schloss sie die Augen und ließ sich von dem mächtigen, paradoxen Gefühl der Beklemmung und zugleich Erregung überwältigen, das bei dem Gedanken an die Nacht im Salon bei ihr aufkam. Nie, niemals zuvor hätte sie je von sich gedacht, sie könnte so kühn sein … so verzweifelt. Im Rückblick auf das, was sie im Halbdunkel der vergangenen Nacht getan hatte, kam es ihr vor, als seien dies Erinnerungen eines anderen Menschen, die in ihren Kopf verpflanzt worden waren. Die Details waren alle quälend lebhaft, zugleich aber auch irgendwie fremd.

Er hatte sie verlassen. Er hatte keine Erklärung dafür angeboten (sie hatte es ihm auch gar nicht erlaubt), und fast augenblicklich in dem Moment, in dem er wiederauftauchte, hatte sie ihn besucht und sich von ihrer Muschi leiten lassen.

Nein. Du hast dich von seinem Schwanz leiten lassen.

Das war ein weiterer Grund, weshalb es ihr so schwerfiel, sich selbst im Spiegel anzuschauen. Scham, Wut und Sehnsucht waren ein unerträgliches Gebräu.

Sie duschte, zog sich Jeans, Stiefel und einen warmen Sweater an und band ihre Haare zu einem Pferdeschwanz zusammen. Kurz darauf verließ sie ihr Zimmer, unter dem Arm ihren Skizzenblock, Stifte, ihren Mantel, eine Mütze und Handschuhe.

Sie saßen schon alle dort, als sie hereinkam – Lucien, Elise, Anne, James, Gerard …

Ian.

Die Stimmung im gemütlichen Salon war locker und sehr gelöst. Alle schienen nach der bis weit in die Nacht hin andauernden Feier angenehm entspannt. Elise war gerade dabei, lebhaft eine lustige Szene aus einer momentan sehr angesagten Comedy-Serie nachzuspielen. Ihre Freundin kauerte in einer Ecke des Sofas, ihre Knie lagen wie beiläufig an Luciens Hüften. Francesca war neidisch darauf, wie ungezwungen sich Elise in solch einer eleganten Umgebung verhalten konnte. Das war wohl eine natürliche Folge ihrer Erziehung. Francesca würde ein derartiges, angeborenes Selbstvertrauen wohl niemals erreichen können.

»Guten Morgen«, begrüßte Francesca alle. »Entschuldigt bitte, dass ich erst jetzt aufgestanden bin.«

»Kein Wort darüber, wir haben alle lange geschlafen«, versicherte Anne ihr. »Aber du siehst rosig aus heute Morgen. Du scheinst gut geschlafen zu haben. Das freut mich.«

Sie nahm sich vor, bei Annes sie aufwühlenden Worten Ian nicht anzuschauen, obwohl sie seinen Blick auf ihren erröteten Wangen spürte. Aus den Augenwinkeln heraus fiel ihr auf, dass er ganz ähnlich angezogen war wie sie. Ihr Herz hatte früher immer schnell zu klopfen begonnen, wenn sie ihn einmal in

Jeans gesehen hatte, was selten genug vorgekommen war. Denn das war ein Zeichen dafür, dass er vermutlich zu einem Motorradausflug mit ihr aufbrechen wollte. Auf offener Straße wurde er wirklich zu einem anderen Mann. Sie liebte den Anblick seiner vom Wind durchpflügten Haare, seiner spürbaren Entspannung, wo er ansonsten doch ein streng kontrollierter Typ war, seines breiten Lachens … den Anblick des vorbehaltlosen Lachens. Und trotz ihrer Ermahnung an sich selbst, nicht hinzuschauen, konnte sie es sich nicht verkneifen, unauffällig nach seinen langen, muskulösen, durch die Jeans verhüllten Oberschenkeln und schlanken Hüften zu schauen, als James ihr einen Stuhl heranschob und Anne ihr eine Tasse Kaffee eingoss.

»Du wolltest doch nicht heute mit dem Bild anfangen, oder etwa doch?« Anne hatte den Zeichenblock und den Mantel bemerkt, den sie neben sich auf den Boden gelegt hatte. »Ich hatte doch gehofft, dass du ein paar Tage entspannen, ein bisschen Urlaub machen wolltest. Warum fängst du nicht im neuen Jahr an? Deine Leinwände und die anderen Materialien werden am dreißigsten geliefert. Nach der letzten Nacht wollten wir alle heute faul sein. Wir hatten überlegt, in der Stadt ins Kino zu gehen«, erklärte Anne und reichte ihr eine Porzellantasse mit Kaffee und Sahne. Francesca nippte an dem heißen Getränk.

Aus irgendeinem Grund wuchs in ihr langsam die Irritation darüber, dass alle hier so zwanglos zusammensaßen und zu akzeptieren schienen, dass Ian so unerwartet zurückgekehrt war …

… nach seiner langen, unerklärten Abwesenheit.

Er hätte morden können, und seine Freunde und Familie hätte nichts Eiligeres zu tun, als es ihm wieder so angenehm wie möglich zu machen.

Du warst gestern Nacht auch sehr eifrig darum bemüht, es ihm so angenehm wie möglich zu machen, du Heuchlerin.

»Urlaub?«, wiederholte sie. Ihr lockerer Ton überspielte nicht nur ihre verwirrten Gedanken, sondern auch ihre Wut. »Heißt das, dass wir jetzt alle aus der Verantwortung gelassen sind?«

»Aus der Verantwortung gelassen?«, fragte Anne, als sie wieder neben James Platz genommen hatte.

»Hat Ian uns alle aus der Verantwortung gelassen?«, erläuterte sie. Ihre Wut erlaubte es ihr, Ian direkt anzublicken, während sie noch einen Schluck Kaffee trank. »Hast du vor, Noble Enterprises wieder allein zu leiten, jetzt, da du zurück bist?«

Die verblüffte Stille verriet ihr, dass bislang niemand gewagt hatte, diese Frage zu stellen. Ian hielt ihrem Blick gelassen stand, bevor er antwortete.

»Das habe ich noch nicht entschieden. Lin hat mich im Großen und Ganzen über das unterrichtet, was vorgefallen ist, und Lucien und Gerard haben mir gestern Nacht alle Einzelheiten zu dem Tyake-Deal erläutert.«

»Ich hoffe, du bist mit unseren Bemühungen zufrieden.«

Er reagierte nicht auf Francescas leisen Sarkasmus.

»Das bin ich. Ihr habt die Dinge fast ganz genau so vorbereitet, wie ich es getan hätte. Alles ist so arrangiert, dass es im neuen Jahr weitergehen kann. Ich wollte eigentlich auf einen etwas offizielleren Moment warten, um euch allen zu danken, aber Francesca hat recht. Ich schulde euch allen meine Dankbarkeit … und meine Entschuldigung dafür, dass ich euch so unerwartet verlassen habe. Ich kann euch gar nicht genug danken für all das, was ihr für die Tyake-Übernahme geleistet habt.« Bei diesen Worten blickte er reihum alle an. Seine entspannte Ernsthaftigkeit sorgte bei ihr für nur noch mehr Erregung.

»Dafür ist Familie ja da«, erwiderte James im Namen aller.

Sie stand auf und ging mit ihrer Tasse zum Buffet. Sie hatte nicht vorgehabt, diese Dinge zu sagen; sie musste sich besser beherrschen. Niemand hatte ihre Verbitterung verdient, nur Ian. Nur sie selbst.

»Ich hoffe, ihr habt Spaß im Kino«, sagte sie lächelnd, hob ihren Mantel, die Mütze und die fingerlosen Handschuhe auf, die sie im Winter fürs Zeichnen im Freien verwendete. »Ich werde mit ein paar groben Skizzen anfangen, bevor die Leinwände eintreffen. Ein wenig Arbeit wird mir guttun.«

»Sie hat recht«, bestätigte Gerard. Er stand auf und nahm ihren Skizzenblock und die Stifte, während sie sich die Handschuhe überzog. »Arbeit bringt einen wieder auf vernünftige Gedanken, wie ich immer sage. Und da ich nicht ins Kino gehe, bringe ich Francesca zum Gärtnerhäuschen. Ihr beide wolltet doch, dass sie sich während des Malens dort einrichtet, oder?«, fragte er in Richtung von James und Anne.

»Das Gärtnerhäuschen?« Francesca hörte zum ersten Mal davon.

»Nun ja, eigentlich ist es ja kein richtiges Gärtnerhäuschen mehr«, erklärte James. »Es wohnt ja auch gar niemand dort, nur ab und an waren in den letzten zwanzig Jahren dort einmal Gäste untergebracht. Aber für dein Vorhaben ist es gut geeignet. Es liegt genau am Waldrand und hat durch ein Panoramafenster einen unverbauten Blick auf Belford. Für die Detailzeichnungen ist es natürlich nicht ausreichend, aber wir dachten, da es draußen so kalt ist, würde das Häuschen dir ein paar Tage Kälte ersparen, solange du die Umrissskizzen anfertigst. Ich habe Mr. Sayers gestern erst gebeten, im Häuschen den Ofen anzumachen, es müsste jetzt also warm genug sein. Denkst du, das könnte dir helfen?«

»Das hilft mir ganz sicher«, versicherte Francesca. »Vielen Dank, dass ihr daran gedacht habt. So muss ich zumindest in den nächsten Tagen meine Finger nicht immer wieder auftauen lassen.«

»Ich bringe sie hin.« Mit diesen Worten stand Ian auf. Gerard und Francesca zeigten sich beide verblüfft.

»Ich habe doch gesagt, dass ich es ihr zeige. Du solltest die anderen begleiten und dich entspannen.«

»Dann gehen wir eben beide mit ihr«, schlug Ian gelassen vor, doch seine Augen schleuderten einen gefährlichen Blick in Gerards Richtung. Er trank noch einen Schluck Kaffee.

»Du musst aber wirklich nicht mitkommen«, versuchte Gerard die Sache noch zu drehen, als Ian seine Tasse und Untertasse auf dem Tablett auf der Anrichte abstellte.

»Doch, ich muss«, gab Ian zurück. Unruhig rückte James auf dem Stuhl hin und her, als er den harten Ton in Ians Antwort vernahm. Ians fester Blick in Richtung Gerard kam Francesca wie eine stumme, brodelnde Herausforderung vor. In ihren Ärger mischte sich Besorgnis. Sein kühles Äußeres war viel brüchiger, als sie es je zuvor erlebt hatte. »Da der Gärtner heute nicht hier ist, bin ich der Einzige, der einen Schlüssel für das Häuschen hat.«

Gerard errötete. Offensichtlich hatte Ian geahnt, was er vorhaben könnte, und sich im Vorhinein die Schlüssel von seinem Großvater geben lassen. Etwas Subtiles, aber dennoch ganz deutlich Besitzergreifendes lag in Ians Feststellung, als wolle er Gerard daran erinnern, wer zukünftig der Herr in Belford sein werde. Oder wer der Herr über *Francesca* sei. Verbitterung machte sich in ihrer Brust breit. Sie bemerkte, wie in der nun folgenden angespannten Stille Elise Lucien unbehaglich ansah, auch Anne und James tauschten einen solchen Blick aus. Ian verhielt sich wie ein Urmensch. Es war alles sehr unangenehm. Sie durchbohrte Ian mit ihren Blicken, was dieser aber nicht bemerkte. Er behielt seinen Cousin im Blick.

»Nun komm, Gerard«, sagte sie mit gespielter Gelassenheit. »Ich würde mich freuen, wenn du mitkommst.«

Gerard wirkte verärgert, sogar ein wenig verlegen, was bei ihr die Irritation über Ian noch verstärkte. Zunächst glaubte sie, Gerard würde nun ablehnen, doch dann lächelte er sie an und nickte in Richtung Tür, als sagte er: Na dann mal los. In der unangenehmen Stille und unter den Augen aller blieb ihr nichts anderes übrig, als Ian zu folgen, als er den Raum verließ. Gerard kam ihr nach.

KAPITEL 5

Die Stiefel knirschten auf dem zugefrorenen Weg durch den Garten, als sie, Ian und Gerard zu dem Häuschen am Waldrand marschierten. Die kalte Winterluft schien weder ihre Verwunderung über Ians Verhalten abzukühlen noch die aufgeladene Spannung zwischen ihnen drei zu entladen.

Dass das Häuschen selbst recht hübsch war, bemerkte sie, als Ian die Tür aufgeschlossen und sie es betreten hatten. Trotz der laufenden Heizung war es kühl im Innern. Im Vergleich zum luxuriösen Belford war das Häuschen bescheiden. Es war vermutlich seit mehreren Jahrzehnten nicht mehr neu eingerichtet worden, doch sie empfand diese schäbige Eleganz als lauschig.

»Bleibt hier. Alle beide«, ordnete Ian an, nachdem er die Eingangstür geschlossen hatte. Sie warf Gerard einen fragenden Blick zu, dieser schaute seinen Cousin ebenso irritiert an.

»Was ist denn mit *ihm* los?«, murmelte Gerard so leise, dass nur Francesca es hören konnte.

Sie hob nur die Schultern. Für eine Antwort war sie viel zu perplex.

Sie blieben neben der kalten Feuerstelle des Kamins stehen, und Ian sah sich in der Küche um. Anschließend schlich er den Flur entlang, sein dunkler Kopf immer nur wenige Zentimeter von der niedrigen Decke entfernt.

Im ersten Moment hatte sie gedacht, Ian inspiziere die Räume wie jemand eine selten genutzte Immobilie untersucht, indem er nach Löchern im Dach oder Beschädigungen Ausschau hält. Doch als er in das kleine Wohnzimmer zu ihr zurückgekehrt war, hatte sie schon einen neuen Verdacht.

»Ian, du durchsuchst das Häuschen hier doch nicht nach …, wie soll ich sagen, *bösen Jungs* oder so?«

»Wovon redest du?«, mischte sich Gerard, amüsiert und irritiert, ein.

»Ich will nur sichergehen, dass alles für deine Arbeit hier und heute in Ordnung ist«, antwortete Ian, dessen Blick aus seinen blauen Augen sie beim Näherkommen regelrecht festnagelte. Seine Größe, seine *Präsenz* trafen sie urplötzlich wie ein Schlag. Er war wirklich viel zu groß für diese beengten Räumlichkeiten. Sie trat instinktiv einen Schritt zurück und kam sich im nächsten Moment wie eine Idiotin vor, als er sich nur niederkniete, um ein Feuer vorzubereiten.

»Gab es denn noch weitere, ungewöhnliche Ereignisse, bevor oder nachdem dieser Mann in Chicago versucht hat, dich mitzunehmen?«, wollte Ian ohne weitere Einleitung von ihr wissen, während er Holzscheite und Anmachholz stapelte.

»Niemand hat versucht, mich *mitzunehmen*«, beharrte sie. Gerards verblüffte Miene fiel ihr auf. Aus irgendeinem Grund erinnerte sie sich auf einmal sehr genau an den brutalen Griff des Angreifers, sie spürte ihn sogar körperlich. Sie strich über ihren Oberarm, als wolle sie diesen unerfreulichen Gedanken auslöschen. Wie wahrscheinlich war es denn, dass Ian mit seiner Vermutung recht hatte? »Aber um deine Frage zu beantworten: Nein. Davon abgesehen ist nichts Außergewöhnliches passiert.«

»Gerard? Ist dir bei deinem Aufenthalt in Chicago etwas Seltsames aufgefallen?«

»Wenn man von der Tatsache absieht, dass mir die Kellner meinen Teller immer schon in der Sekunde weggerissen haben, in der ich gerade noch den letzten Bissen in den Mund geschoben habe, war alles stinklangweilig normal«, erklärte Gerard trocken.

Schweigend fuhr Ian fort, das Feuer vorzubereiten. Empört schüttelte sie den Kopf, schließlich kannte sie Ian gut genug, um zu wissen, dass er sich jetzt nicht streiten würde, aber auch nicht im Geringsten seine Meinung geändert hatte. Sie ließ Gerard stehen und sah sich in dem kleinen Haus um und machte sich mit der Lage des Badezimmers vertraut, das sich im Flur auf halber Strecke zwischen Wohn- und Schlafzimmer befand. Im kleinen, ordentlichen Schlafzimmer standen ein gemachtes Doppelbett, ein gepolsterter Stuhl, ein Tisch und ein Schreibtisch. Hier zu arbeiten würde sehr angenehm werden, entschied sie. In einem Küchenschrank fand sie ein paar Teebeutel, deshalb füllte sie den Wasserkessel auf dem Herd.

Als sie mit einer Tasse Tee ins Wohnzimmer zurückkam, hatte Ian das Feuer entzündet. Es war ihr nun schon warm genug, um den Mantel auszuziehen.

»Ich habe Wasser heiß gemacht, wenn ihr möchtet«, ließ sie die anderen freundlich wissen, als sie den Mantel aufhängte. Im Grunde hoffte sie, beide Männer würden nun so schnell wie möglich verschwinden. Sie würde sich nie auf die Arbeit konzentrieren können, solange Ian in den engen Räumen des Häuschens bleiben und ihre brodelnden, aufgewühlten Emotionen endgültig zum Kochen bringen würde.

»Das hört sich gut an.« Gerard machte sich auf den Weg zur Küche.

»Ich werde mich draußen ein bisschen umsehen, vielleicht auch einen Blick in die Ställe werfen«, bemerkte Ian spitz zu Gerard, der sofort stehen blieb. »Warum kommst du nicht mit? Es gibt da ein paar Dinge, die wir besprechen müssen.«

Francesca schwieg und führte, den Blick abwechselnd auf Ian und Gerard gerichtet, nur ihre Teetasse zum Mund. Sicher hatte Ian nicht vor, Gerard anzugreifen. *Sicher* hatte er nicht vor, mit Gerard über *sie* zu sprechen. Dieser Gedanke empörte sie – welches Recht hatte er, Gerard Vorschriften zu machen, wenn es um sie ging? Doch zugleich musste sie zugeben, dass sie auch ein wenig Erleichterung verspürt hatte. Sie hatte zwar bereits entschieden, dass sie nicht an Gerards Avancen interessiert war. Doch seit Ian wieder da war, schien Gerards Anziehungskraft auf sie alles nur noch nebulöser zu machen. Dabei sehnte sie sich nach einer klaren Sicht auf die Dinge.

»Francesca möchte gerne allein sein, wenn sie arbeitet«, erklärte Ian, als Gerard gerade zu sprechen anhob – um zu protestieren, hätte Francesca vermutet. »Sie kann sich sonst nur schlecht konzentrieren.«

Um den Schmerz zu verbergen, der sie durchzog, als Ian das laut aussprach, was sie ihm einmal in einem intimen Moment gestanden hatte, führte sie die Tasse erneut zum Mund. Es fühlte sich sehr seltsam an, gleichzeitig verbunden zu sein mit ihm und durch seine Taten deutlich auf Abstand gehalten zu werden. Das war plötzlich kaum mehr auszuhalten. Es schnürte ihr die Luft ab. Sie wollte nur noch alleine sein.

»Es stimmt«, erklärte sie Gerard entschuldigend. »Wenn Menschen um mich herum sind, werde ich ganz steif.«

»Dann gehen wir eben.« Gerard zuckte mit den Schultern. »Ich habe auch eine ganze Reihe Fragen an dich, Ian.«

»Großvater hat bei Higsby's letzten Monat auf ein altes Motorrad mit Boxer-Motor aus dem Zweiten Weltkrieg geboten. Wollen wir uns das mal anschauen?«, hörte sie Ian Gerard vorschlagen, als sie zur Tür gingen.

»Fährt es denn noch?« Francesca war froh, in Gerards Stimme einen interessierten Unterton zu hören. Ian gab sich zumindest Mühe. Wahrscheinlich fühlte er sich wegen der Strenge seinem Cousin gegenüber schlecht. Ian hatte ihr immer erzählt, dass Gerard und er sich nahestanden. Wenn sie nicht miteinander auskamen, lag das wahrscheinlich an Ians unangebrachter Eifersucht.

»Nach ein paar kleineren Arbeiten.« Ian öffnete die Tür, und Kälte zog herein. »Ich kann das Häuschen im Auge behalten, aber schließe die Tür trotzdem ab, wenn wir fort sind«, rief er Francesca noch zu.

Francesca verdrehte die Augen.

»Francesca?«, forderte er sie in seiner rauen, überwältigenden Stimme auf. Sie hielt seinem Blick widerstrebend stand. »Den Schlüssel *zwei Mal* rumdrehen. Bitte.«

»In Ordnung.« Sie murmelte ihr Einverständnis und hätte alles zugesagt, was ihn schneller aus der Tür hinausgebracht hätte. Es schien ihr, als hätte sie seit ihrem Auftauchen im Salon heute Mittag noch nicht ein einziges Mal ihre Lungen vollständig mit frischer Luft versorgt. Nachdem sie hinter den beiden Männern die Tür zugeschlagen und sie zugeschlossen hatte, holte sie dies nach.

Länger konnte sie es nicht aushalten. Sollte Ian nicht in Kürze aus Belford abreisen, wäre sie diejenige, die gehen würde. Es war schlicht eine Frage des Überlebens.

Aber könnte sie das wirklich? Könnte sie nach so vielen Monaten der Sorge, nach so vielen unerträglichen Nächten, in denen seine Abwesenheit ein Loch in ihre Seele gebohrt hatte, wirklich von ihm fortgehen?

Wenn er es kann, kannst du es auch.

Irgendwie half dieser trotzige Gedanke ihr kein Stück weiter.

Ian und Gerard kamen von ihrer Erkundung der Außenanlagen zurück, doch glücklicherweise verlieh ihr die Konzentration auf die Zeichnung ein gewisses Maß an Verteidigungsbereitschaft.

Zumindest glaubte sie das.

Jemand klopfte leise an die Tür, schloss dann aber gleich mit dem Schlüssel auf. Ian. Er wusste, sie würde in ihre eigene, kleine Welt versunken sein. Sie saß auf einem Stuhl vor dem Panoramafenster und blickte sich abgelenkt um. Er ging zum Kamin. Wild sah er aus und attraktiv, mit dem Arm voller Holzscheite und seinem kurzen, vom Wind zerzausten Haar. Er schaute ihr in die Augen, sagte aber nichts, sondern entfachte mit dem Holz das Feuer neu. Sie wandte sich wieder dem Skizzenblock zu, der in ihrem Schoß lag und auf dem sie ihre Hand abgelegt hatte, und nahm halbbewusst Gerard wahr. Er stand für einen Augenblick auf der Türschwelle und beobachtete sie, bevor er wieder hinausging und die Tür hinter sich schloss.

Der Gedanke, dass Ian und sie nun allein in dem Gartenhäuschen waren, beanspruchte ihre ganze Aufmerksamkeit. Unbehaglich schluckte sie. Ihre Konzentration war von der Aussicht vor ihr und dem sich entwickelnden Bild auf dem Papier zu den von Ian verursachten Geräuschen hinter ihr gewandert. Worüber hatten Gerard und er gesprochen? Würde er mit ihr reden wollen, jetzt, wo sie alleine waren?

Sie hörte das scharrende Geräusch seiner Stiefel auf dem Marmorboden an der Feuerstelle. Er hängte das Schüreisen zurück auf den Halter, mit dem dumpfen Klang von Metall auf Metall. In der gespannten Stille, die dann folgte, versuchte sie ihn in dem Raum akustisch zu orten.

Ihre Zeichenhand verharrte eine Sekunde später, als sie seine Berührung an dem Haaransatz auf ihrem Nacken spürte. Seine Fingerspitzen waren kühl … ein wenig rau. Ein Schauer lief ihre Wirbelsäule entlang.

Heute Abend erwarte ich dich in meinem Schlafzimmer.

Ihr Herz schien in ihre Kehle zu springen. Er hatte diese

Worte, die er am frühen Morgen im Salon geäußert hatte, jetzt nicht noch einmal wiederholt, und dennoch hatte sie sie eindeutig in ihrem Kopf gehört. Sie blickte aus dem großen Fenster, unbeweglich, jede Zelle ihres Körpers nur auf den Mann hinter sich konzentriert. Seine Finger bewegten sich nur leicht, streichelten sie, verursachten erneut ein Prickeln, das ihr in Wellen den Rücken hinunterlief… und ihre Brustwarzen hart werden ließ.

»Ich schließe von außen wieder ab. Komm zurück nach Belford, bevor es dunkel wird. Falls nicht, komme ich und hole dich.«

Vielleicht spielte er auf die Tatsache an, dass sie häufig völlig die Zeit aus den Augen verlor, wenn sie malte, und dass man sie zum Essen in Belford erwartete. Vielleicht bezog er sich auch auf ihre Reizbarkeit, was seine Gegenwart anging, und er teilte ihr hier unumwunden mit, dass sie, blieb sie zu lange, ihn würde erdulden müssen.

Was auch immer an Feinheiten hier mitschwang, er machte ihr unzweideutig klar, dass er sie nach Lust und Laune in Anspruch nehmen würde.

Bei diesem Gedanken schwoll der Ärger in ihrer Brust neu an. Doch im Vergleich zu jenen anderen Teilen ihres Körpers, die seine Berührung in Aufregung versetzt hatte, war das gar nichts.

Diese Teile prickelten noch lange, nachdem er wieder fort war.

Am Abend, nachdem sie aus dem warmen, entspannenden Bad gestiegen war, fand sie Clarisse vor, wie sie ihr ein dunkelgrünes Kleid bereitlegte.

»Ich habe Ihnen Mineralwasser eingeschenkt.« Clarisse wies mit dem Kopf auf ein Tablett auf dem Sofatisch. »Ihre Ladyschaft bat mich, Ihnen auszurichten, dass sie sich mit Freunden getroffen haben, die über die Feiertage in der Stadt sind. Mr. Gravish und seine Frau sind zum Dinner heute Abend eingeladen. Ihre Ladyschaft ist mit Mr. Gravishs Mutter befreundet, und seine Ehefrau war eine Schulfreundin von Mr. Noble.«

»Sie meinen Ian?«

Clarisse nickt.

»Ja. Sie hat ihn kennengelernt, da war Mr. Noble noch ein Kind, in der Schule hier am Ort. Damals, als er nach Belford gekommen ist, glaube ich. Eines der älteren Dienstmädchen hat mir erzählt, er wäre nie richtig zur Schule gegangen, bevor er hier nach England gekommen ist. Also hat ihre Ladyschaft ihn hier für ein Jahr in der Schule angemeldet und einen Nachhilfelehrer für ihn gesucht, der ihn auf Kurs bringen sollte. Auch wenn er sonst noch ein wenig ungeschliffen gewesen sein soll, so war sein Verstand doch messerscharf. Es hat nur dieses eine Jahr gedauert, dann war er reif für die Privatschule. Und zu diesem Zeitpunkt hat er Mrs. Gravish getroffen – wobei sie damals natürlich noch nicht Mrs. Gravish hieß, Sie verstehen.« Clarisse bemerkte, dass sie sich etwas vergaloppiert hatte und warf Francesca einen unsicheren Blick zu. »Auf jeden Fall, ich wollte sagen, dass sich alle um sieben Uhr im Salon treffen.« Sie hielt ein Paar braune Velourslederpumps in die Höhe. »Diese hier zu dem Kleid?«

»Ja«, antwortete Francesca abgelenkt, da sie über das nachdachte, was Clarisse gerade über Ian erzählt hatte, während sie noch ihr Handtuch um den Kopf trug und der jungen Frau beim Aufräumen zugesehen hatte. »Hat Ihnen der Ball gestern Abend gefallen, Clarisse?«

»Oh ja. Es war wunderbar.« Sie schien sehr erfreut, doch dann schien ihr irgendetwas einzufallen, und sie zögerte.

»Was ist?« Francesca trocknete ihr Haar mit dem Handtuch.

»Es ist nur …« Sie biss sich auf die Lippe, als sie die Seidenunterwäsche aus der Schublade nahm. »Dass Mr. Noble aufgetaucht ist … muss Sie sicher überrascht haben.« Sie hantierte ungeschickt herum und schaute Francesca besorgt an. »Ich denke nur … wir haben gehört, dass Sie und der Enkel Seiner Lordschaft zur Heirat versprochen waren … vorher«, beendete sie ihren Satz mühsam.

»Waren wir. Früher einmal. Aber jetzt nicht mehr«, erklärte Francesca und griff nach einem Kamm von der Frisierkommode.

»Aber Sie fühlen doch sicher noch etwas für ihn«, platzte es aus Clarisse heraus.

Etwas für ihn fühlen. Ohne dass sie es wollte, spürte Francesca seine Finger über die prickelnde Haut in ihrem Nacken reiben. Sie erschauderte, und allein durch die Erinnerung zog sich ihre Muschi zusammen.

»Ich meine … Mr. Noble ist der bestaussehende Mann, den ich je gesehen habe«, fügte Clarisse vorsichtig noch hinzu.

»Gut aussehend ist er auf jeden Fall«, sagte Francesca mit einem kleinen Lächeln. »Ich trockne mir jetzt meine Haare. Oh … und Clarisse?«

»Ja?« Clarisse blickte über ihre Schulter, während sie ein Paar durchsichtiger Strümpfe in der Hand hielt.

»Ich möchte Ihnen nicht zu nahetreten, aber ich suche mir meine Unterwäsche lieber selbst aus. Schieben Sie es darauf, dass ich Amerikanerin bin.«

Clarisses blaue Augen gingen weit auf, bevor sie Francescas Lachen sah.

Lächelnd räumte sie die Unterwäsche, die sie bereitgelegt hatte, wieder zurück in die Schublade und schloss diese.

Francesca föhnte ihre Haare und formte sie dann mithilfe eines Lockenstabs zu einer locker fallenden Welle. Beim Verlassen des Badezimmers fiel ihr Blick auf das konservative Wollkleid, das Clarisse ihr für das Abendessen ausgesucht hatte. Sie dachte über Ians arrogante Behauptung nach, sie würde ihn in der Nacht in seinem Schlafzimmer aufsuchen.

Womöglich würde sie. Womöglich auch nicht.

Wie immer sie sich entscheiden würde, sie würde sich schlecht fühlen. Die Frage war nur, wann sie sich so fühlen würde. Nur er war verantwortlich für all diese widersprüchlichen Gefühle, für all diese unerträgliche Spannung, die sie innerlich zerrieb. Ihre Aufregung erweckte einen normalerweise begrabenen, aber dennoch sehr bekannten, rebellischen Zug in ihr zum Leben.

Sie hängte das grüne Kleid zurück in den Schrank und griff nach einem langärmeligen Etuikleid, das kobaltblau glänzte. Fünf Minuten später betrachtete sie sich im Ganzkörperspiegel. Ihr langes Haar fiel ihr auf die Schultern, die rötlich goldene Farbe ergab einen umwerfenden Kontrast zu dem glänzenden Ton des Kleides. Sie trug tropfenförmige Perlenohrringe, aber keine Kette. Das Kleid war tief ausgeschnitten, der rechteckige Ausschnitt ließ den Blick frei auf ihren Hals, das Dekolleté und den Busenansatz. Es lag eng an, doch der Schnitt des Kleides ließ alles etwas bescheidener wirken. Insgesamt vermittelte das Kleid den Eindruck einer anspruchsvollen, selbstsicheren Sexualität.

Das Letzte, was sie wollte, war, alle Welt wissen zu lassen, wie es in ihr aussah. Dieses Kleid würde praktischerweise all das verbergen.

Zumindest war das ihr Plan gewesen. Sie dachte, dass er funktionieren könne, bis sie wenige Minuten später in das nur leicht erhellte Zimmer trat, das Kinn nach oben gereckt, wo sie dann feststellen musste, dass niemand da war. Ernüchtert hielt sie kurz hinter der Tür inne und sah auf die Uhr, die in einem der Bücherregale stand. Nein … es war genau sieben Uhr. Hatte Clarisse sie in das falsche Zimmer geschickt?

Eine plötzliche Vorahnung überkam sie, und sie wandte sich nach rechts. Ian stand am anderen Ende des Raumes. In seinem Smoking mit der schwarzen Fliege und dem Buch in der Hand sah er umwerfend aus, seine Augen leuchteten aus dem Schatten heraus, während er sie anblickte.

Sie schwankte einen Moment lang ungeschickt auf ihren Absätzen. Erst dann erinnerte sie sich an die selbstsichere, unbesorgte Figur, die sie an dem Abend spielen wollte. *Scheiße*, dachte sie, als Ian in aller Ruhe das Buch zurückstellte, das er durchgeblättert hatte, und auf sie zukam. Sie wäre niemals eine gute Schauspielerin geworden.

»Wo sind all die anderen?«, fragte sie.

»Ich wollte dich gerade eben genau dasselbe fragen.« Sein Blick lief über sie, hielt sich aber länger an ihrer nackten Haut am Dekolleté und auf dem Busen auf. Ihre Brustwarzen schmerzten. Sie biss die Zähne zusammen. »Das ist ein schönes Kleid.«

»Du hast es mir gekauft«, sagte sie obenhin, als wäre es eine belanglose, vernachlässigbare Tatsache. Sie blickte sich im leeren Raum um, sah dann aber zweimal hin, als sie sein feines Lächeln erkannte.

»Und *trägst* du es für mich?« Seine tiefe Stimme ließ ihre Nackenhaare sich erwartungsvoll aufstellen.

»Ich habe genau vier Kleider mit nach Belford gebracht. Du wirst mich vermutlich alle tragen sehen. So wie ich dich kenne, wirst du bei jedem denken, dass ich es für dich tragen würde. Ich kann nicht kontrollieren, was du denkst«, sagte sie kalt.

»Nein«, sagte er, dabei schweifte sein Blick erneut über sie. Heiß. Besitzergreifend. Seine Nasenflügel erzitterten leicht.

»Es ist schon schwierig genug, seine eigenen Gedanken zu kontrollieren. Oder nicht?« Ihr fiel auf, dass sie begierig seine Brust und breiten Schultern betrachtet hatte. Er sah unanständig gut aus in seinem Smoking.

Sie holte schnell Luft und sah sich im Raum um. »Sollen wir nach den anderen suchen?«

»Nein. Jemand hat das Feuer entzündet, und vorhin war ein Mann hier, der die Getränke in der Bar aufgefüllt hat. Wir treffen uns sicher hier. Möchtest du etwas trinken?«

»Ein Glas Weißwein, bitte.« Sie sehnte sich nach einer Ausrede, um etwas Abstand zwischen sie beide zu bekommen. Sie blieb am Rand des Zimmers stehen, wo sie war, wo sie sich bequem in die Schatten zurückziehen konnte. Dennoch tauchte er rasch wieder auf, ein Glas Chardonnay in der einen, ein Highball-Glas mit Bourbon und Wasser in der anderen Hand. Sie nahm ihm das Weinglas schnell ab, als er es ihr anbot.

»Wer hat dir denn gesagt, dass wir uns hier heute Abend treffen?«, fragte sie, immer noch auf der Suche nach einer Antwort, warum sie hier allein standen und nicht vom schützenden Geplauder von Freunden und der Familie umgeben waren.

»Gerard hat es erwähnt, wenn ich mich recht erinnere. Er muss sich in der Zeit geirrt haben.«

»Vielleicht wollte er dir das von vorhin heimzahlen.« Sie nahm einen Schluck des kühlen, trockenen Weins.

»Mir heimzahlen?«, fragte er in höflicher Verwirrung, seine schwarzen Augenbrauen nach oben gezogen.

Sie rollte mit den Augen. Manchmal war er derart *britisch* in dem, was er wahrnehmen wollte, und dem, was er vorzog zu ignorieren.

»Heute Mittag. Hier im Salon. Die Schlüssel zum Gärtnerhaus?«, bedrängte sie ihn, als er immer noch ungerührt dastand.

»Worum ging es eigentlich zwischen euch?« Sie hatte ein Ventil für alle ihre unausgesprochenen, unberechenbaren Fragen gefunden.

»Um nichts«, sagte er achselzuckend. Sie bedachte ihn mit einem sarkastischen Blick. Er runzelte die Stirn, nippte an seinem Drink und schien sich die Sache noch einmal zu überlegen. »Gerard und ich, wir sind manchmal wie Brüder. Wie du sicher weißt, nachdem du mit ihm an der Tyake-Übernahme gearbeitet hast, würde er so ziemlich alles für mich tun, und ich auch für ihn, wenn er in einer Klemme wäre. Doch auf der anderen Seite gehört dazu auch eine kleine …«

»Brüderliche Rivalität?«, schlug sie trocken vor. »Du hast mir nie von diesem Teil eurer Beziehung erzählt.«

»Ich halte ihn nicht für wichtig«, antwortete Ian und hinterließ bei ihr den Eindruck, dass, wenn dies ein Thema sei, es von Gerard angepackt werden müsse. »Vielleicht ist es unvermeidlich. Seine Mutter und mein Großvater standen sich außergewöhnlich nahe, und das obwohl meine Tante Simone fast eine Generation jünger war als Großvater. Gerard stand wegen dieser Verbindung meinem Großvater ebenfalls sehr nahe, und diese Beziehung wurde nur noch inniger, als Gerards Vater und Mutter vor Jahren gestorben sind. Gerard war erst achtzehn, als die beiden bei einem Autounfall ums Leben kamen. Er ist alleine in Chatham wohnen geblieben, von diesem Tag an wurde er zu einem starken Einzelkämpfer. Dennoch hat er Großvater weiterhin besucht. Er hat ihn gebraucht, denke ich. Sich nach einem starken Arm gesehnt, trotz seines Unabhängigkeitsdranges. Meine Großeltern waren für Gerard und mich wie Eltern. Da ist es nur natürlich, wenn es ab und an ein paar Reibereien gibt.«

»Und dann ist da noch das ganze Thema mit dem Titel und dem Erbe, das zwischen euch beiden geteilt wird«, fügte

Francesca hinzu. »Wie geht es Gerard damit?« Aus persönlicher Erfahrung wusste sie, dass Ian ziemlich unbekümmert war, was die Tatsache anging, dass der Adelstitel seines Großvaters an dessen Neffen und nicht an seinen direkten Nachfahren ging – an Ian.

Er blickte sie kurz an, seine Augen reflektierten den Schein des Feuers.

»Du scheinst dich sehr für Gerard zu interessieren.«

»Er war sehr nett zu mir, als die geschäftlichen Dinge mit Tyake anfingen«, sagte sie steif.

»Das kann ich mir lebhaft vorstellen«, brummte er und nahm einen Schluck seines Drinks.

Er war für mich verdammt noch mal wesentlich mehr da als du.

Seine Augen weiteten sich leicht. Sie fühlte sich bei diesem Anblick ertappt. Sie hatte diesen aufgebrachten Gedanken doch nicht laut ausgesprochen, oder etwa doch? Vielleicht war es ganz egal. Ian konnte ihre Gedanken ohnehin lesen. Sie riss ihren Blick von ihm fort und senkte den Kopf. Ihre Unruhe stieg sogar noch, als sie sich in dem leeren Raum umsah … die intime Beleuchtung.

Seine Gegenwart und Nähe schien jede Zelle ihres Wesens in akute Alarmbereitschaft zu versetzen. Könnte sie doch nur diese enorme Anziehung, die sie zu ihm zog, unterbrechen … diese zwanghafte *Verbindung*. Ian hatte die Kraft gefunden, die er benötigt hatte, um diese Verbindung zu unterbrechen, als er sie verließ. Warum war es für ihren Körper und Geist so schwer, diese Kluft zu akzeptieren?

Sie zögerte, wollte nichts sehnlicher, als diese vertraut klingende Frage hinunterschlucken, doch dann brannte sie doch zu stark in ihrem Hals und auf ihrer Zunge.

»Was ist?«, fragte er ruhig, denn offenbar hatte er ihren inneren Kampf wahrgenommen.

»Geht es dir gut?«

Sie schloss die Augen, so gedemütigt fühlte sie sich durch ihre heikel … *nackt* klingende, einfache Frage, die durch den still daliegenden Raum hallte. »Gesundheitlich, meine ich«, beeilte sie sich hinzuzufügen. Er antwortete nicht gleich, also blickte sie ihm in die Augen. Sie rang mit sich, es zu erklären. Wie konnte sie ihm unter diesen Umständen verständlich machen, dass sie die Hölle durchlebt hatte, als sie sich fragte, ob er wohl all diese Monate leidend oder krank … alleine verbracht hatte. »Nur weil … du abgenommen hast«, fügte sie noch kraftlos hinzu.

»Gesundheitlich ist alles in Ordnung. Man kann sich kaum als krank bezeichnen, nur weil man unglücklich ist.«

»Ich bin überzeugt, dass es viele Psychologen gibt, die dir da widersprechen würden.«

»Denkst du, ich bräuchte eine Therapie?«, fragte er ausdruckslos, nur seine Augen funkelten.

»Was, wenn ja?«, verteidigte sie sich. »Den meisten Menschen würde nach dem, was du durchmachen musstest, eine Therapie sehr guttun.«

»Mach dir keine Sorgen, Francesca. Bitte.«

Die flehentliche Bitte in seinem Ton, die Art und Weise, wie er ihren Namen mit der weichen Zärtlichkeit seiner rauen Stimme aussprach, sorgten dafür, dass plötzlich und unerwartet die Emotionen in ihr die Überhand bekamen.

»Warst du mit mir unglücklich? Wollte ich die Zeichen einfach nicht erkennen?«, hatte sie schon gefragt, bevor sie sich selbst stoppen konnte. Sie war über ihre eigene Kühnheit entsetzt. Oder war es ihre Schwäche gewesen, die sie verleitet hatte, das zu fragen? Würde die eine Frage, die es geschafft hatte, aus ihr auszubrechen, nun eine Massenflucht an wilder, beschämender Neugier auslösen?

Sie hatte sich selbst noch nie so verachtet. Und dennoch wartete sie auf seine Antwort, als säße sie lauernd auf einem Felsvorsprung. Die Frage schien in vollständiger Stille zwischen ihnen zu hängen. Sie hatte einen Kloß im Hals, als er so nahe kam, dass sie die winzigen, blauen Punkte in seinen Augen erkennen konnte. Er berührte sie mit der Fingerspitze genau unter ihrem Kinn und streichelte zärtlich ihre Kehle. Sie erzitterte bei dieser Liebkosung.

»Ich bin in meinem Leben niemals glücklicher gewesen als an deiner Seite. Bis du gekommen bist, wusste ich nicht, was Glück bedeutet«, stieß er aus.

»Aber dann *warum*? Warum bist du fortgegangen?«, fragte sie, ohne ihr Elend verbergen zu können. Die Worte schienen sie zu schneiden, als sie in ihr aufstiegen, so scharf und rein waren sie in der langen Zeit geworden, die sie in ihr hatten warten müssen. Ihr Herz setzte kurz aus, als er mit der Rückseite seiner Hand über ihren Mundwinkel und ihre Wange strich. Es fühlte sich so gut an, doch sie wandte verletzt und verstört ihren Kopf ab. Er stellte mit einer ungeduldigen Geste seinen Drink in einem Buchregal neben ihm ab und kam noch näher. Mit beiden Händen griff er ihr Gesicht, eine Handfläche an jeder Seite. Er senkte den Kopf, bis sein Mund nur Zentimeter von ihrem entfernt war.

»Weil nach dem Tod meiner Mutter, nachdem ich herausgefunden hatte, wer Trevor Gaines war, ich mir so schwarz wie nie zuvor neben deiner leuchtenden Helligkeit, mir so hohl neben deiner Fülle vorkam«, sagte er mit ruhiger, gepresster Stimme. »Mein Verschwinden hatte nichts mit dir zu tun, Francesca. Nichts. Es ging um mich, ich wollte herausfinden, wer verdammt noch mal ich bin. *Was* ich verdammt noch mal bin. Ich weiß es immer noch nicht … und ich verdiene dich nicht, bis ich es weiß.«

»Du bist Ian Noble. Du bist nicht anders als vor dem Moment, in dem du von diesem widerlichen Typen erfahren hast.« Ihre Augen brannten, doch sie wollte nicht blinzeln, denn sonst kämen die Tränen. »Und das ist keine Antwort, was du mir gerade angeboten hast.«

Aus der Eingangshalle hörte sie entfernt das Geräusch von klappernden Absätzen und die Stimme einer Frau, die offensichtlich Anweisungen erteilte.

»Es tut mir leid, das ist die einzige Antwort, die ich habe«, sagte er, bevor er niedergeschlagen seine Hand fallen ließ, nach seinem Drink griff und zum Kamin ging. Er stellte sein Glas auf dem Sims ab und schaute genau in dem Moment zur Tür, als Anne und ein Dienstmädchen den Raum betraten.

»Ian«, sagte Anne überrascht. »Du bist ja schon früh hier.«

»Wir waren uns unsicher wegen der Zeit«, antwortete er, während Anne näher gekommen war und er sich bückte, um sie zur Begrüßung auf die Wange zu küssen.

»Wir?«, fragte Anne und sah sich um.

Francesca trat aus dem dunklen Ende des Raumes. Annes Augen strahlten vor angenehmer Überraschung, als Francesca sie begrüßte.

Im Stillen schalt sie das Dienstmädchen, als sie sich genau in diesem Moment entschied, eine Lampe anzuzünden. Annes lebhafter Gesichtsausdruck fiel in sich zusammen, als sie Francescas angestrengtes Lächeln und ihre feuchte Augen erkannte.

Lisle Gravish war ein schicker, aber kleinlicher Mann von etwa fünfunddreißig Jahren, der Francescas bereits beanspruchte Nerven mit einem affektierten Akzent und anmaßenden Witzen zusätzlich reizte. Seine Frau Amy trotzte mit dem perfekten Lächeln einer Schönheitskönigin, dem exotischen, gekringelten kohlrabenschwarzem Haar und der Figur einer italienischen Filmdiva jedem englischen Klischee. Es sah aus, als wäre auf ihr eine Cartier-Vitrine explodiert, so leuchtete sie vor Diamanten. All diesen Glamour und diese Schönheit vereinte sie mit Talent, sie war offenbar eine begabte Opernsängerin. Während sie beim Dinner Amys unverschämte Flirtversuche mit Ian beobachtete, fragte sie sich gereizt, ob ihr wohl schon zu Schulzeiten diese enormen Brüste gewachsen waren. Ian ging nicht wirklich auf diesen Flirt ein, aber er lachte doch gelegentlich. Ein volles Lachen aus Ians Mund war so selten, und so strahlend, dass es für Francesca gleichbedeutend mit dem heißen, geflüsterten, unanständigen Vorschlag eines anderen Mannes war.

Womöglich war es dieser Extraspritzer Eifersucht, der zu ihrem ohnehin schon chaotischen Gefühlsmix nun noch dazu kam, der sie bei dem Gespräch mit Gerard unachtsam werden ließ. Ihr war gar nicht bewusst, wie unaufmerksam sie gewesen war, bei ihrem leisen Gespräch mit ihrem Tischnachbarn hatte sie die Warnhinweise völlig übersehen. Ihre Unachtsamkeit wurde ihr in dem Moment sehr bewusst, als Gerard, während sie alle darauf warteten, dass der Hauptgang abgeräumt wurde, sich zu ihr hinüberlehnte und ihr ins Ohr flüsterte.

»Du solltest aber das Halsband tragen, das ich dir geschenkt habe.«

»Ich tue es nicht, weil ich es dir zurückgeben werde. Ich habe dir schon gesagt, dass das zu viel ist«, murmelte sie, hielt ihr Gesicht dabei aber nach vorne, denn Gerards Lippen waren höchstens ein paar Zentimeter neben ihrem Gesicht.

»Behalte es noch ein wenig. Du könntest deine Meinung ändern«, sagte er samtweich. Sein Atem brachte ihr Haar in Bewegung und kitzelte sie im Ohr. »Aber ich beschwere mich gar nicht, dass du es heute Abend nicht trägst. Eine kluge Frau weiß, wenn sie keine Dekoration benötigt, um absolute Perfektion zu erreichen.«

Sie blickte über den Tisch und sah Elises weit aufgerissene Augen und ihren drolligen Blick. Angesichts von Elises amüsiertem Aussehen vermutete sie, dass Gerard gerade ihre Brüste studierte. Sie griff nach dem Wasserglas, ihr ausgefahrener Ellenbogen zwang Gerard zurück in seinen Stuhl. Elise unterdrückte ein Lachen und spülte es mit einem Schluck Wein hinunter. Dass ihre Vermutung über Gerards glotzenden Blick zutreffend war, bestätigte ihr Ians eiskalter Blick.

Als sie den Speisesaal verließen, ergriff Gerard ihre Hand.

»Darf ich kurz unter vier Augen mit dir sprechen? Es wird auch nicht lange dauern.« Womöglich bemerkte Gerard ihr Zögern. »Es geht um Ian.«

Sie schaute nervös nach hinten, aber niemand folgte ihnen unmittelbar aus dem Speisesaal. Anne, James und Lisle waren schon vorausgegangen, während der Rest noch etwas sitzen blieb. Sie waren momentan alleine in der Eingangshalle. Zögernd nickte sie einmal, worauf Gerard sie in eine Mauernische direkt hinter der massiven Haupttreppe zog.

»Worum geht es?«, fragte sie gehetzt, zumal ihr nach den vorigen Flirtversuchen seine Geheimniskrämerei Unbehagen verursachte. Zudem stand er sehr nahe bei ihr und beugte sich auch noch zu ihr hinüber. Sie verstand, dass er bemüht war, leise zu sein, deshalb widerstand sie dem Wunsch, von ihm abzurücken.

»Hast du schon mit Ian gesprochen? Darüber, wo er gewesen ist? Darüber, was er gemacht hat? Ich weiß von Anne und James, dass sie sehr neugierig sind«, flüsterte Gerard.

»Nein«, erwiderte sie. Ians allgemeiner Hinweis auf »Frankreich« zählte für sie kaum als ernstzunehmende Antwort. »Aber er scheint entschlossen, wieder dorthin zurückzugehen. Er hat davon gesprochen, dass er dort noch Geschäftliches zu erledigen habe …« Bei dem Geräusch einer sich öffnenden Tür und eines Gesprächs verstummte sie. Sie hörte Absätze klappern und erkannte Luciens und Elises Stimmen, dann auch das Lachen von Amy Gravish.

»Im Salon, stimmt doch, Ian?«, fragte Lucien.

»Ja«, antwortete Ians tiefe, ruhige Stimme.

»Noch zu erledigende Geschäfte? Fährt er bald?«, fragte Gerard, sobald sich die Tür zum Salon wieder geschlossen hatte und die Halle wieder still geworden war.

»Ich bin mir nicht sicher«, flüsterte sie. »Du meinst, er hat dir oder seinen Großeltern von alldem nichts verraten?«

Gerard schüttelte den Kopf.

»Francesca«, begann er unruhig. »Könnte es sein, dass Ian vielleicht … krank ist? Vielleicht im Krankenhaus war?«

Das Blut sackte aus ihrem Kopf weg.

»Warum sagst du so etwas?«, wollte sie alarmiert wissen.

Gerard zuckte mit den Schultern.

»Das wäre eine passende Erklärung dafür, warum er für so lange Zeit vom Erdboden verschwunden war.«

»Nein, er hat mir gesagt, dass er nicht krank war, und ich glaube ihm. Ich dachte, er hätte dir vielleicht etwas erzählt, als ihr vorhin zusammen spazieren gegangen seid.«

»Nein, darüber wollte er nicht mit mir reden«, erklärte er mit grimmiger, nachdenklicher Miene. »Ich habe die Vermutung, dass er mit Lucien darüber gesprochen haben könnte, was los ist. Die beiden waren ganz plötzlich sehr verschlossen, als ich ihnen heute Nachmittag im Billardsalon begegnet bin.«

Ein unangenehmes Gefühl überkam sie. Sie kannte die intime Wahrheit, die er mit Lucien teilte. Sie hatten über ihren leiblichen Vater, über Trevor Gaines gesprochen. Was hatte Ian in all diesen Monaten in Bezug auf Gaines unternommen? Und wie um alles in der Welt stellte er sich vor, dass ihm das helfen würde zu erkennen, wer er war? Sie hatte nie jemanden oder etwas so gehasst wie diesen Kriminellen. Er war tot, doch er sorgte noch immer dafür, dass er Ians Leben zur Hölle machte.

Und ihr eigenes.

Sie blinzelte, als Gerard mit seiner Hand ihren Oberarm packte und sie näher an sich heranzog.

»Hast du ihn *gefragt*, warum er fortgegangen ist?«, bedrängte er sie in gepresstem Flüsterton.

»Nein«, sagte sie. Immer mehr fühlte sie sich durch sein Drängen bedroht.

»Glaubst du nicht, das wäre die einfachste Lösung?«, wollte Gerard wissen.

»Entschuldigt mich.«

Francesca zuckte beim Klang der lauten Stimme zusammen. Ian stand vor ihnen, die Hände auf dem Rücken, mit kaltem Blick. Francesca ging einen Schritt von Gerard fort, wobei ihr zu spät einfiel, dass diese Bewegung sie schuldig wirken ließ. Sie hob ihr Kinn und blickte Ian gereizt an. Sie spürte, wie ihr Puls bis zum Hals schlug. Gerard ließ seine Arme seitlich herabfallen und sah Ian schnell an, als erwarte er einen Schlag.

»Ja?«, fragte Gerard kaltblütig.

»Großvater sucht dich.« Ians auf Gerard gerichtete Augen waren wie zwei Nägel aus Eis.

Gerard zögerte einen Augenblick, dann nickte er schnell.

»Francesca?«, sagte er und hielt ihr seine Hand hin. Sie hielt inne, widerwillig, griff dann aber zu, als sei dies die letzte Rettungsmöglichkeit vor der in Ians Augen angedeuteten Explosion. Ian unterbrach ihre Bewegung, indem er ihre Hand in seine nahm, noch bevor sie Gerard erreichen konnte.

»Ich muss mit Francesca reden«, erklärte Ian Gerard in einem Tonfall, der keine Widerrede duldete.

Gerards Kiefer spannte sich an.

»Sehr gut«, gab er gelassen zurück, als Francesca nicht protestierte. Er drehte sich um und ging. Ian schaute sie nicht an, sondern starrte nur in die Eingangshalle. Es dauerte eine Weile, bis sie verstand, dass er darauf wartete, dass Gerards Fußtritte verhallten. Sie konnte kaum feststellen, wann sie nicht mehr zu hören waren, so laut schlug ihr Herz in ihren Ohren.

Sie wusste, was für gewöhnlich geschah, wenn Ians Augen zugleich Feuer und Eis wurden. Er verstärkte den Griff um ihre Hand und zog sie hinter sich in Richtung Halle. Sie hätte sich weigern können, mit ihm zu gehen.

Sie hätte, aber sie tat es nicht.

KAPITEL 6

Sie bemühte sich, ihm zu folgen, was mit ihren Absätzen und bei seinen langen Beinen nicht einfach war. Er öffnete eine getäfelte Tür, die zum Empfangssalon führte. So hatte Anne bei ihrer Führung den für offizielle Anlässe hergerichteten Raum genannt, der aber kaum noch genutzt wurde. Francesca ging kurz davon aus, dass sie hier anhalten würden, doch Ian lief zielstrebig quer durch das Zimmer zu einer weiteren Tür.

»Ian«, rief sie ihm zu, ihr Atem ging unregelmäßig. Doch er drehte sich nicht um, öffnete vielmehr die zweite Tür und zog sie hinter sich her. Sie gingen durch einen kurzen, dunklen Korridor. Sie blieb hinter ihm, erst als er die nächste Tür öffnete und Licht anschaltete, trieb er Francesca dazu an, vor ihm den Raum zu betreten. Dieses Zimmer hatte Anne ihr nicht gezeigt, wurde Francesca bewusst. Sie stand in einer länglichen, schmalen Umkleidekammer mit verschlossenen Gewehrschränken an der Wand, einem Dutzend Jacken an Haken, einer großen chinesischen Vase, die als Schirmständer diente, sowie einer überdimensionierten Waschmaschine und einem Trockner. Zwei abgenutzte Polsterstühle, die einstmals wohl einen eleganten Raum geschmückt haben dürften, standen sich gegenüber. Francesca vermutete, dass man es sich hier bequem machen konnte, wenn man sich die Stiefel an- oder auszog, um sich auf einen Spaziergang oder die Jagd zu begeben.

Sie wirbelte herum, als sie hörte, wie Ian die Tür zuschlug.

Bei dem Geräusch eines zuschnappenden Schlosses rauschte Blut in ihren Ohren.

»Was machst du da?«, fragte sie, als er näher kam.

»Du hast mich heute Morgen gefragt, ob ich seit unserer Trennung mit einer anderen Frau zusammen gewesen bin, und ich habe nein gesagt. Kannst du mir das Gleiche sagen?«, wollte er kühl wissen.

»Ich schulde dir keinerlei Rechtfertigung für mein Verhalten in den letzten sechs Monaten, Ian«, fuhr sie ihn an, wütend durch sein Auftreten, zugleich aber auch unerklärlich aufgereizt.

»Schläfst du mit meinem Cousin?«, schleuderte er ihr entgegen und kam noch näher. Sie ging rückwärts, bis ihr Po an die Waschmaschine stieß.

»Nein. Aber selbst wenn ich es würde, ginge es dich nichts an.«

»Möchtest du ihn denn *ficken*?«, fragte er grob. »Denn er möchte das offensichtlich. Es geht das Gerücht, er sei ein guter Liebhaber. Stellst du dir vor, dass er es dir besorgt?«

Sie schlug ihm auf die Wange. Noch nie hatte sie jemanden geschlagen. Es fühlte sich *fantastisch* an … und doch hasste sie ihren Kontrollverlust in diesem Augenblick. Ihr Gewaltausbruch schien Ians Bewusstsein aber kaum zu erreichen.

Er legte seine geöffnete Hand an ihr Kinn und hob ihren Kopf. »Francesca?« Seine Stimme war weicher dieses Mal, und doch war es noch immer ein Befehl an sie zu antworten. Er bedrängte sie noch weiter, bis ihre Körper sich trafen. Ihr Busen drückte sich gegen das Hemd, unter dem sie seine Rippen spürte, die Enge hinter seinem Hosenschlitz machte sich an ihrem Bauch immer deutlicher bemerkbar. Es fühlte sich so gut, so grundsätzlich richtig an, dass sie einen Moment lang vergaß, was er sie gefragt hatte.

»*Antworte mir.*«

»Nein, ich möchte Gerard nicht *ficken*, verdammt noch mal«, spuckte sie aus, so verärgert, dass es wahr war. Sie war aufgebracht, dass es ihr nicht gelang, die pulsierende Verbindung zu Ian zu durchtrennen. Er musterte hungrig ihr Gesicht. Angespannt starrte sie ihn an, mit zusammengebissenen Zähnen.

Ihre Gefühle waren in diesem flüchtigen Moment derart verwirrt, dass sie nicht ernsthaft sagen konnte, ob sie ihn küssen oder wie ein Tier beißen und sein Blut aussaugen wollte. Seine Augen wurden zu Schlitzen. Ein wenig machte er ihr Angst. Sie war offenbar nicht die Einzige, die kurz davor war, die Kontrolle zu verlieren.

»Los, weiter«, sagte er.

Nach seiner spöttischen Bemerkung blinzelte sie nur kurz. Seine Erektion drückte sich weiter an sie, sie konnte ihr Herz rasen hören.

»Versuch's, Francesca.«

Er hatte ihren Namen kaum ausgesprochen, da legte sie ihre Hand auf seinen Hinterkopf und zog ihn zu sich herunter. Ihr Mund schloss seinen fest ein, ihre Zähne rieben über seine Unterlippe, sie sog an dem gefangen genommenen Fleisch, ihre Zunge leckte und tauchte und suchte. Sie verzehrte ihn eher verärgert, als dass sie ihn küsste. Er ließ es nur einen kurzen Augenblick über sich ergehen. Nur Sekunden später beugte er sich über sie und zwang sie, den Rücken nach hinten zu wölben. Ihre Kleider fühlten sich in der sich vermischenden Hitze der aneinandergepressten Körper unwirklich und zugleich aufdringlich an. Himmel, sie musste seine nackte Haut auf ihrer nackten Haut spüren, musste von ihm ausgefüllt werden … er musste ihr beweisen, dass er jetzt und hier in der denkbar primitivsten Art und Weise mit ihr zusammen war.

Sie verlor jegliches Zeit- und Raumgefühl, als er sie mit

einem Hunger küsste, der dem ihren entsprach. Seine Hand schloss sich fester um ihr Kinn, und er zog seinen Mund ein paar Zentimeter zurück, als sie sich ihm entgegenreckte. Sie begegnete seinem brennenden Blick.

»Willst du, dass ich dich erst um Erlaubnis frage, bevor ich dich nach unten drücke und durchficke, oder soll ich es einfach machen?«, fragte er mit einer Reibeisenstimme. Sie wimmerte, als sie bemerkte, wie er eine Hand in ihren Ausschnitt gleiten ließ, eine Brust aus dem beengenden Halbschalen-BH befreite und hervorholte. Sein Schwanz drückte gegen ihren Bauch, während er ihre nackte Haut und die empfindliche, zarte Brustwarze betrachtete. Noch ehe sie einmal tief Luft holen konnte, hatte er sich bereits gebückt und den Nippel zwischen seine Lippen genommen. Sie quiekte bei dem plötzlichen, köstlichen Gefühl des gierigen Saugens. Ihre Hüften schlugen gegen seinen Körper, rieben sich an seiner Erektion. Als ihre Brustwarze aus seinem saugenden, heißen Mund ploppte, war sie hart, genarbt, gerötet.

»Ich habe dich etwas gefragt.« Seine weißen Zähne blitzten kurz auf, bevor er in ihren Mund biss und an ihm knabberte. Ihr Inneres zerfloss in dieser Hitze. Sie gab sich alle Mühe, sich daran zu erinnern, was er gefragt hatte. »Sag mir, ob du es mir erlauben willst oder ob ich es einfach tun soll«, sprach er fast in ihren Mund hinein, als hätte er verstanden, dass sie eine kleine Erinnerungsstütze gut gebrauchen könnte.

Gekränkt schloss sie die Augen, und er spürte weiter den Formen ihrer Lippen mit den seinen nach. Er hatte nie zuvor um Erlaubnis gefragt. Wenn er bereit war, sie zu nehmen, würde er es einfach tun, weil er genau wusste, dass sie auf sein Verlangen vorbereitet war. So wollte sie es … so brauchte sie es.

»Lass mich nicht drum bitten«, stotterte sie, wobei ihre Augen fest verschlossen blieben.

»Gut. Dann ficke ich dich jetzt.« Seine Nasenflügel bebten. Seine Hände hoben ihr Kleid. Er fand sie zielsicher und drängte seine langen Finger in ihren Slip.

»Ah, so ist es gut. So süß, nass, bereit«, zischte er neben ihren geschwollenen Lippen. Sie bebte, als er ihre feuchte Klitoris mit der Fingerspitze rieb, nicht zu sanft, nicht zu grob, einfach wie Ian eben. Perfekt. Sie biss die Zähne zusammen und schob ihre Hüfte vor. Er grunzte. Das Nächste, was sie spürte, war, wie er sie umdrehte, ihr Kleid über den Po und die Hüfte hob und den Stoff in seiner Faust bündelte. Er verstärkte den Druck auf ihr Kreuz, sie folgte ihm instinktiv und lehnte ihren Oberkörper gegen die Waschmaschine. Er stand neben ihr und schob ihren Schlüpfer nach unten, drückte sein Becken gegen ihre Hüfte, sodass sie seine Erektion voll und ungemein erregend auf ihrer Haut spürte. Er beugte sich ein wenig vor, um ihre Unterwäsche über ihre Schenkel nach unten zu drücken. Dann öffnete sie ihre Augen in schmerzlicher Erwartung, als er, noch immer seinen Ständer gegen ihre Hüfte und Po gepresst, ihr mit der Hand über den nackten Arsch fuhr. Flüssige Hitze fuhr durch sie hindurch und ließ sie noch feuchter werden, ein hilfloses Geräusch drang aus ihrer Kehle.

Dann stand er hinter ihr. Sie kniff die Augenlider zusammen, wieder in unerträglicher Anspannung, als sie das Geräusch seines Reißverschlusses hörte. Er griff mit einer Hand innen an ihren Schenkel, sie öffnete sich ihm weiter, in ihrer Lunge brannte der Atem. Sie biss sich auf die Lippe, denn der Stau der Erregung drohte sie umzuwerfen, als er ihre Spalte mit dem Finger öffnete. Sie stellte sich vor, wie er, mit seinem Schwanz in der Hand und einem entschlossenen, strengen Ausdruck im Gesicht beim Blick auf sie hinter ihr stand. Er schob den fleischigen, sich verjüngenden Kopf seines Schwanzes in sie. Luft entwich aus ihren Lungen.

»Bleib stehen«, sagte er angespannt.

Er verstärkte seinen Griff an ihren Hüften und seine Stöße. Sie verkniff sich einen Schrei. Er dehnte sie, sein Schwanz pulsierte schnell und hart in ihr. Es brannte wunderbar.

»Versuch, leise zu bleiben. Ich bin mit dir so weit weg wie möglich gegangen, aber es könnten trotzdem Leute hier unten sein«, hörte sie ihn durch das Dröhnen in ihren Ohren sagen. Dann stieß er lang und kräftig in sie, sein Becken knallte in einem regelmäßigen, treibenden Takt auf ihren Arsch. Ohne wirklich hinzusehen starrte sie auf die Einstellräder der Waschmaschine, ihr Mund stand offen, sie war von Gefühlen überschwemmt – nein, überflutet. Ihre Hüften drängten sich ihm instinktiv entgegen, die Muskeln in ihren Armen wurden hart, als sie sich gegen sein mächtiges Anrennen abstützte. Sie wusste, sie sollte all das nicht zulassen, doch gegen einen Hurrikan oder ein Erdbeben gab es keine Argumente. Was er mit ihr tat – was Ian *war* –, das war eine Naturkraft. Alles, was sie tun konnte, war die Zähne zusammenbeißen und es genießen.

Er stöhnte aus immer tieferer Kehle, sein Tempo schwankte nicht, wurde nur noch stärker… schneller. Sie wehrte sich nicht, als er seinen Arm um ihre Hüfte schlang, um sie zu stabilisieren. Er hob eines ihrer Beine an und drückte das Knie auf die Kante der Waschmaschine, damit öffnete er sie noch weiter für sich. Er fuhr in sie hinein, ihre Körper schlugen aufeinander, und dieses Mal konnte sie einen kurzen Schrei nicht unterdrücken. Er hielt inne. Schweiß tropfte auf ihre Oberlippe, sie spürte ihn in sich, während sie in dieser verletzlichen Position war, sperrangelweit offen.

»Brauchst du etwas, um deine Schreie zu dämpfen?«

Sie nickte keuchend. Sie war auf dem Weg zum Höhepunkt, er stieß tief in sie, seine Eier waren fest gegen ihre nasse, übersensible Muschi gepresst, was ihre Klitoris indirekt drückte.

Ein Handtuch fiel vor ihr nieder, und sie verstand, dass er über sie in ein Regal gegriffen hatte. Sofort fing er wieder an, sie zu ficken, stöhnend, wenn er zustieß. Ihre Augen öffneten sich weit. Nie zuvor war jemand so tief in sie eingedrungen, und er machte schonungslos weiter. Die Waschmaschine geriet in Bewegung und knallte gegen die Wand, wenn er in sie eintauchte. Er verfluchte erregt den Lärm, wurde aber nicht langsamer. Sie hielt seinem Ansturm kaum noch stand. Dann griff er nach einer Pobacke, schob sie zur Seite und entblößte sie noch weiter für seinen räubernden Schwanz und rabiaten Blick.

Sie presste das Handtuch auf ihren Mund, um ihren Schrei zu dämpfen, als der Orgasmus sie zerriss.

»So ist es prima. O Gott, ist das gut«, hörte sie seine raue Stimme wie durch einen langen Tunnel. Er fickte sie ohne Unterlass weiter, während sie sich in Erlösung schüttelte. Gerade als ihre Zuckungen nachzulassen begannen, spürte sie, wie er seinen Schwanz zurückzog. Er stöhnte laut auf, und ihr war klar, dass dies für ihn genauso unangenehm war wie für sie. Sie drehte den Kopf.

»Ian?«, fragte sie orientierungslos.

»Gib mir das Handtuch.«

Sie blinzelte, als sie seinen knappen Befehl vernahm. Sie nahm ihr Knie von der Waschmaschine und drehte sich, noch immer schwerfällig und benommen, herum. Ihre gesättigte Verworrenheit verschwand augenblicklich. Sein Anblick, wie er so dastand, seine Hosen und Unterhosen auf seine kräftigen Schenkeln gezogen und seine furchterregende, glänzende Erregung reibend, traf sie.

»Das Handtuch«, verlangte er mit zusammengebissenen Zähnen. Sein Gesicht wurde erschüttert, sein Körper erzitterte. Sie griff schnell nach dem Handtuch, doch es war zu spät. Er kam. Klebrige, weiße Ströme spritzen aus seinem Schwanz und klatschten auf den gefliesten Boden. Er sah in diesem Moment so schön, so stark und im Griff des Verlangens zugleich so hilflos aus, dass es ihr Herz zusammendrückte. Sie eilte zu ihm, legte das Handtuch schützend von unten um ihn herum und faltete es oben so zusammen, dass der Stoff seinen Samen aufnahm. Sie machte beruhigende Geräusche, während sie ihn mit ihrer Handtuch umhüllten Hand massierte und die Finger der anderen Hand nutzte, um den festen, warmen, pulsierenden Schaft von oben zu streicheln. Sein Stöhnen, als er ihre Schultern packte, verriet ihr, dass es sich wunderbar anfühlte. Und in diesem gestohlenen Moment war das alles, was sie wissen musste.

Der Griff an ihren Schultern lockerte sich, seine Zuckungen wurden schwächer. Langsam blickte sie auf, um ihn anzusehen. Die Farbe seiner Wangen ließ das Blau seiner Augen noch tiefer als gewöhnlich wirken.

»Ich wusste, wir würden zu den anderen zurückgehen müssen«, sagte er verdrießlich und mit noch immer stoßweise gehendem Atem. »Ich wollte nicht, dass das«, dabei blickte er auf den Samen in dem Handtuch, das sie noch immer zwischen ihnen in der Hand hielt, »bei dir für Unbehagen sorgt.«

Ihr wurde heiß bei dem Gedanken, wie sein Saft sie ausgefüllt hätte, während sie mit den anderen plauderte, sein Erguss ihr Höschen und die Schenkel befeuchtet hätte … So erregend diese Vorstellung in der Theorie auch sein konnte, sie wusste, dass er recht hatte. Es wäre ihr unangenehm geworden, ja es hätte sogar peinlich enden können.

»Danke«, murmelte sie. Sie rieb ihn so gut sie konnte mit dem Handtuch trocken, bevor sie es auf die Waschmaschine legte. Sie bückte sich nach ihrem Slip, zog ihn über die langen Strümpfe hoch und dann zurecht. Diese banalen Abläufe nach dem ekstatischen Liebesakt ließen ihr deutlich werden, was eben passiert war. Sie rollte das Kleid nach unten. Aus einem Impuls heraus schnappte sie sich das kränkende Handtuch, warf es in die Waschmaschine, stellte sie auf die höchste Temperatur und schaltete sie ein. Es war dumm und unreif, das war ihr klar – als würde sie wirklich glauben, sie könne wegwaschen, was gerade geschehen war.

Sie ließ ihren Kopf weiter hängen und wich seinem Blick aus.

»Müssen wir wirklich zu den anderen zurück?«, fragte sie mit dünner Stimme. Wie lang waren sie fort gewesen? Es konnten nicht wesentlich mehr als fünfzehn Minuten gewesen sein, so konzentriert und komprimiert wie der Taumel der Raserei und des Verlangens gewesen war, der sie beide ergriffen hatte.

Er zog sich gerade die Hose an, hielt aber kurz inne.

»Francesca.«

Sie schaute langsam zu ihm hin.

»Ich bringe dich gleich in mein Bett, wenn es das ist, was du möchtest. Ich habe nicht um meinetwillen, sondern um deinetwillen vorgeschlagen, dass wir zu den anderen gehen.«

In einem dahinsausenden Moment wurde ihr alles wieder klar. Es war egal, wie zärtlich sie ihm in dem Moment zugetan war, als er beim Höhepunkt erzitterte. Es war egal, dass sie sich ihm immer und immer wieder hingeben wollte. Er hatte sie verlassen. Er konnte ihr keine Zukunft mehr versprechen.

Er *würde es nicht.*

Wohin musstest du gehen, welcher Ort war so wichtig, dass du mich dafür ohne ein Wort des Abschieds verlassen hast?

Es fühlte sich an, als würde diese Frage ihr schon die Kehle hinaufsteigen, doch sie stellte sie nicht. Er brannte ganz offensichtlich nicht darauf, sie ihr zu beantworten … sich bei ihr zu entschuldigen. Und ihr Stolz hinderte sie daran nachzufragen, zumal er gar keine Erklärung geben wollte.

»Ich möchte zu den anderen zurück. Anne würde sich Sorgen machen, falls wir nicht kämen«, sagte sie, wobei ihre Stimme hohl klang.

Zweifelnd hoben sich seine Augenbrauen, während er hastig seine Hose zuknöpfte.

»Sie wird sich ohnehin Sorgen machen. Aber es ist deine Entscheidung.«

Sie strich ihr Kleid glatt und fuhr sich durch die Haare.

»Ich gehe als Erstes nach oben zu den anderen. Ich sage, dass du kurz zur Toilette bist. Dann kannst du dich ein bisschen frisch machen, bevor du zu uns kommst.« Er ließ seine Hände sinken und sah augenblicklich so tadellos und blendend aus wie immer. Wahrscheinlich sogar noch besser, denn das bisschen Farbe im Gesicht stand ihm gut.

»In Ordnung.« Sie hatte einen Kloß im Hals. Es war schwer zu sagen, wie es ihr wirklich ging, angesichts ihrer Impulsivität. Ihres fanatischen Hungers.

»Francesca?« Sie blickte ihn nur ungern an. »Du *wirst* heute Nacht zu mir kommen. Ich weiß, was du brauchst, und das war es nicht. Nicht ganz. Das hier war für mich. Ich musste einfach wissen, dass du niemand anderem gehörst.«

»Ich gehöre mir selbst, Ian«, sagte sie schroff, ging zur Tür und schloss auf.

Doch was für ein Trost war das denn wirklich, da sie sich ja selbst nicht trauen konnte? Und steckte nicht ein Funken Wahrheit in dem, was er eben sagte? Wer sonst, außer Ian, wusste, was sie brauchte?

Und sie *brauchte* etwas. Sie sehnte sich sogar. Nicht nur nach Ian, sondern nach der schönen, rauen, manchmal schockierenden Intimität, die sie geteilt hatten. Die sie *gerade eben* geteilt hatten.

Wie war es möglich, dass sie diese Verbindung zu ihm herbeisehnte und sie doch im selben Atemzug verachtete?

Ihr Puls begann aufs Neue in ihrem Hals zu trommeln, als sie ihn hinter sich spürte, wie er ihr durch den dunklen Gang folgte.

Lucien und er standen in der Ecke des großen Raumes an der Bar, ein ganzes Stück voneinander und vom Rest der sich unterhaltenden Gruppe entfernt. Anne hatte einen Sampler mit klassischen Jazzsongs aufgelegt, was ihr Gespräch noch zusätzlich dämpfte.

»Erzähl mir nicht, du würdest nicht auch gerne mehr über Gaines herausfinden«, sagte Ian und schaute sich um. Francesca war noch nicht wieder zurück.

»Du weißt genau, dass ich das will. Aber vor allem interessieren mich unsere anderen Geschwister. Die, die schon Bescheid wissen über ihren leiblichen Vater. So wie dieser Kam Reardon, von dem du mir erzählt hast.«

»Sie haben das Recht es zu erfahren. Alle. Wenn es ihnen noch niemand gesagt hat, dann sollten wir es tun.«

Er spürte, wie Lucien ihn von der Seite ansah.

»Entschuldige, wenn ich das so sage, Ian, aber das Wissen um diese Dinge scheint dir gar nicht zu bekommen. Wenn du also ein Beispiel dafür bist, was geschehen könnte, dann halte ich es für keine gute Idee, Unschuldige mit dieser Wahrheit zu überfallen.« Ian sah seinen Halbbruder verärgert an, doch Lucien schreckte nicht zurück. »Lass es dir von jemandem gesagt sein, der es weiß. Einem Menschen zu erzählen, dass es Trevor Gaines Krankheit ist, der er seine Existenz hier auf Erden zu verdanken hat, ist kein Spaß. Wenn ich mir anschaue, wie du darauf reagiert hast, kommt in mir der Gedanke auf, dass es am besten wäre, wir vergraben den Namen zusammen mit seinem nutzlosen Körper und erwähnen seinesgleichen nie mehr.«

»Das denkst du nicht wirklich«, krächzte Ian. »Du bist neugierig. Du hast ganz genau zugehört, als ich dir von den Dingen berichtet habe, die ich bislang herausgefunden habe. Und es gibt noch mehr zu erforschen. Ich bin sicher, Reardon hat ein paar Antworten für uns. Nur konnte ich diesen Idioten noch nicht wiederfinden, bevor ich herkommen musste.« Ian nahm sich einen Drink. Dann trat Francesca in das Zimmer. Er bedauerte das verräterische Leuchten auf ihren Wangen und ihr zögerndes Lachen, als sie zu den anderen trat, und doch würde er nichts daran ändern wollen. Er *freute* sich über ihre geröteten Wangen und die leichte Beschämung, dass jeder nun ihre Abwesenheit bemerkt hatte.

Grausam wie er war.

Und doch ... im Grunde hatte er kein Recht, sie als die seine zu markieren, dachte er und knirschte frustriert mit den Zähnen.

»Hast du vor, Francesca davon zu erzählen, was du in Frankreich tust?«, hörte er Luciens leise Frage und wusste, dass er Francescas Ankunft ebenfalls bemerkt hatte.

»Nein. Und erzähl du es ihr bitte auch nicht.« Ian klang schärfer, als er es eigentlich vorgehabt hatte. Er sah Lucien an. »Sie würde sich alle Mühe geben, es mir auszureden.«

»Genau wie Elise, wenn ich an deiner Stelle wäre. Weißt du, warum du Francesca nicht erzählst, was du mir erzählt hast?«

Er zuckte mit den Schultern.

»Du verstehst das, was sie nicht verstehen kann.«

»Ich verstehe es *tatsächlich*. Ich muss zugeben ... ich bin neugierig auf Gaines. Wie sollte es anders sein? Und ich möchte dabei sein, wenn es darum geht, alle unsere Geschwister zu kontaktieren, die an einer solchen Verbindung Interesse zeigen. Vielleicht gibt es ja wirklich die Chance für uns, in all dieser Sinnlosigkeit etwas Gesegnetes zu finden. Ich bezweifle es, aber wer weiß?«

»Wir sind Freunde geworden«, erinnerte Ian, dessen Blick noch immer auf Francesca ruhte.

»Das stimmt. Man kann immer etwas Gutes finden. Worum es mir aber eigentlich geht: Der Grund, weshalb du Francesca nicht sagst, was du machst, ist nicht, dass sie es nicht verstehen würde. Ich denke, du weißt ganz genau, dass sie es sehr gut verstehen würde und trotzdem versuchen könnte, es dir auszureden. Nein, der Grund, weshalb du ihr nichts sagst, ist vielmehr der, dass sie die Einzige ist, die so viel Macht über dich hat, dass sie deine Meinung ändern könnte.

Und das weißt du. Du verschweigst es ihr dickköpfig, damit du weiter deiner Obsession folgen kannst.«

»*Obsession?*« Ian spie das Wort förmlich aus.

Dann blinzelte er und bemerkte, dass Lucien peinlich berührt war. War er beunruhigt? Er schaute zu den anderen hinüber und sah, dass Anne, Elise und James ihn besorgt anblickten, Francesca wirkte erschrocken. Er hatte gebrüllt, wo er es gar nicht beabsichtigt hatte. Was in Gottes Namen war falsch an ihm? Er holte Luft und gab sich Mühe, die Kontrolle wiederzuerlangen. Er schloss den Mund und wartete, bis ihn niemand mehr beobachtete.

»Hast du Elise erzählt, was wir besprochen haben?«, wollte er nach dieser kurzen Pause von Lucien in einem nun gelasseneren, ruhigeren Ton wissen. »Hast du ihr von deinem Vorhaben erzählt, mit mir später einmal Gaines' Besitztümer zu besuchen?«

»Nein«, gestand Lucien. »Der einzige Grund, der mich daran gehindert hat, ist, dass sie es vermutlich umgehend Francesca erzählen würde, solange wir hier in Belford sind. Obwohl du mir bist jetzt gar nicht gesagt hast, dass du es absolut nicht möchtest, dass Francesca es erfährt, habe ich mir so etwas schon gedacht. Ich werde es Elise vermutlich im Flugzeug auf dem Rückweg nach Chicago erzählen.«

Ian blickte finster drein.

»Aus genau diesem Grund habe ich auch meinen Großeltern nichts erzählt. Sie würden es ihr vermutlich berichten … und sie bitten, mich zu retten oder irgendetwas ähnlich Albernes.«

Einen Moment lang sagte keiner der beiden etwas, sie sahen den anderen bei der Unterhaltung vor dem lodernden Feuer zu. Ians Körper versteifte sich, als Gerard sich Francesca näherte. Doch dann blickte sie auf und sah Ian direkt an. Ihre dunklen, glänzenden Augen trafen ihn mitten ins Herz, so wie immer. Sie wandte sich ab, als Elise sie ansprach.

»Bist du sicher, dass du weißt, was du tust?«, fragte Lucien mit leiser Stimme in seinem Rücken. Er wusste, sein Halbbruder hatte Francescas aufgeladenen Blick quer durch den Raum wahrgenommen. Oder wollte Lucien tatsächlich wissen, ob er noch die Kontrolle über sich selbst hatte – ob er noch bei klarem Verstand war? Ian entschloss sich Ersteres zu glauben. Die zweite Frage wäre zu verstörend gewesen, um sie genauer zu betrachten.

»Nein«, erwiderte Ian mit rauer Stimme. »Aber ich kann mich nicht von ihr fernhalten.«

»Ich glaube, du solltest dich entscheiden, wer den größeren Einfluss auf dein Wesen hat. Ich zumindest hoffe, dass es Francesca ist, und nicht Gaines«, sagte Lucien spitz, nahm seinen Drink und ging zu seiner Frau.

Ian zog eine Grimasse angesichts dieser Ermahnung. Als wäre es nur einfach eine Frage der *Wahl* zwischen Francesca und einem ekelhaften Perversen. Er hatte gedacht, Lucien hätte ihn verstanden – doch der Fairness halber musste er zugeben, dass er ihn vielleicht tatsächlich verstand. Zumindest besser als die meisten anderen. Lucien spürte Gaines' Makel ebenfalls. Doch in Luciens Lebenssystem war Gaines nicht so giftig wie in Ians … bei ihm war er etwas, was ausgetrieben werden musste, koste es, was es wolle. Er musste sich selbst von dem Dreck reinigen, bevor er Frieden fordern durfte.

Bevor er jemals hoffen durfte, Francesca zu fordern.

Es kostete ihn eine Menge Anstrengung, sich in diesen Tagen auf seine Aufgaben zu konzentrieren. Das, was ihm sonst so leichtfiel wie atmen, war nun mühsam. Besonders in dieser Nacht.

Würde sie kommen?

Er saß am Schreibtisch in seiner Suite, noch immer mit der Smokinghose und dem Hemd bekleidet, die Fliege gelockert, und sah verschiedene Unterlagen durch, die Lin ihm zur Prüfung geschickt hatte. Sein Interesse an Noble Enterprises war seit seiner Rückkehr nach England stetig gestiegen und dennoch nur ein blasser Schatten des Engagements, das er früher gezeigt hatte. Vielleicht, weil er, als er Lin mit Fragen zu Francescas letzten Aktivitäten in Chicago überschüttet hatte, mitten in die Details der Angelegenheit geworfen worden war und anschließend mit allen Einzelheiten zur Tyake-Übernahme konfrontiert wurde.

Er ließ den Gedanken fallen und öffnete ein Dokument, das ihm Lin per E-Mail geschickt hatte mit dem Betreff: *Die Übernahmepläne von Tyake durch Noble Enterprises werden bekannt.* Er hatte die Mail bislang noch nicht gelesen, denn er war sich schon im Klaren darüber, dass sich die Geschichte verbreitet hatte. Jetzt öffnete er das Dokument, um die Zeit zu überbrücken. Augenblicklich tauchte ein Foto auf seinem Monitor auf, das Francesca beim Verlassen eines Fahrstuhls im Noble Tower zeigte, sein Großvater war am Rand der Aufnahme noch zu erkennen. Die Überschrift des Zeitungsartikels erwähnte, dass sich die Noble-Familie zur Übernahme von Tyake versammele, obwohl im ersten Abschnitt des Textes dann darauf hingewiesen wurde, dass Ian selbst erstaunlicherweise abwesend sei. Er sah auf das Erscheinungsdatum der Zeitung und schickte eine kurze Nachfrage an Lin.

Wenn Francesca nicht käme, müsste er dann wieder auf ihr Bild auf dem Computermonitor ausweichen? Lucien hatte ihm vorhin vorgeworfen, von Trevor Gaines und dessen ekliger Geschichte besessen zu sein. Doch eigentlich hielt sich Ian vielmehr für besessen von dem Blick auf Francescas Gesicht, während sie sich der Ekstase hingab … voller Vertrauen sich selbst hingab. Er sehnte sich ganz besonders jetzt nach diesem Anblick, denn nun verschloss sie sich ihm, obwohl sie doch so verzweifelt nach Erlösung von dem Feuer suchte, das sie von innen zu verbrennen drohte. Er kannte diese ganz besondere Art von Feuer gut. Denn es loderte jeden Tag in ihm, seit er sie verlassen hatte. Er würde nicht zusehen, wie sie übermäßig litt, wenn er doch über einen Weg verfügte, ihr zu helfen.

Das Bewusstsein, dass er es gewesen war, der sie vom absoluten Vertrauen und der Liebe weg und hin zu Ärger und Zweifel geführt hatte, machte ihren Anblick auf dem Monitor, auf dem noch ihr früherer Glaube an ihn zu sehen war, unendlich viel schlimmer. Doch auch umso verlockender, um nicht zu sagen trauriger.

Sein Kopf zuckte bei dem verstohlenen Klopfen an der Tür herum. Schnell fuhr er den Computer herunter. Sie schwieg, als er öffnete und sie hereinkam. Sie hatte sich umgezogen. Doch anstatt eines Nachthemds trug sie Jeans und ein eng anliegendes T-Shirt, ihr langes, rotgoldenes Haar fiel ihr offen und locker auf den Rücken. Diese Kleidung war für ihn typisch Francesca – das Erscheinungsbild eines freigeistigen Künstlers. Seit seiner Rückkehr hatte er sie so nicht mehr gesehen, und nun verursachte ihr Anblick nur noch mehr von diesem dumpfen, vertrauten Schmerz in seiner Brusthöhle. Sie wirkte blass, als sie sich zu ihm herumdrehte, ihr Blick war grimmig. Er erkannte in ihr den Trotz einer Frau, die zwar verwundet, aber nicht erobert worden war.

Er schloss die Tür leise und drehte den Schlüssel um. Noch immer sagte sie nichts, sie blickten sich nur in unheimlicher Stille an.

»Nun, hier bin ich«, sagte sie steif. »Ich hätte es fast lieber gehabt, wenn du dich wie ein Sieger verhalten hättest und nicht so tust, als wäre es unvermeidlich, dass ich komme.«

Seine Augenbrauen hoben sich.

»Es würde dich trösten, mich eingebildet zu nennen?«

»Es würde mich trösten, dich nicht ausstehen zu können.«

»Also verachtest du mich nicht?« Seine Hand ließ den Türknauf los, und er ging auf sie zu.

Behutsam wanderten ihre großen Augen über ihn. Ihre Lippen zitterten.

»Du hast mich verlassen«, sagte sie mit rauer Stimme. »Welche Frau würde ihren Liebhaber dafür nicht hassen? Vor allem, wenn sie danach wieder bettelnd vor seiner Tür steht.«

»Du bettelst nicht«, stellte er bestimmt fest. »Ich habe dir angeboten, dir das zu geben, was du brauchst.«

»Und nichts sonst.« Sie lächelte bitter. »Und was ist es, von dem du annimmst, dass ich es brauche? Bestraft zu werden dafür, dass ich hier aufgetaucht bin? Ich bin fast deiner Meinung, dass es das ist, was ich verdiene.«

»Nein.« Er hasste es, sie so zu sehen. Francesca war keine Zynikerin. Er legte seine offene Hand auf ihr Kinn und streichelte mit seinem Daumen über ihre bleichen, weichen Wangen, als könne er damit ihre Traurigkeit … ihre Verzweiflung wegwischen. »Du zerreißt dich selbst, befleckst deine Seele. Du denkst, dass du das Band zerschneiden möchtest, das dich sicher hält. Dabei solltest du in Wirklichkeit noch fester gehalten werden.«

Unter seinem streichelnden Daumen wölbte sich ein angespannter Muskel. Mit einer wilden, verärgerten Sehnsucht in den Augen blickte sie ihn an.

»Warum sollte ich es dir erlauben, mich noch stärker an dich zu binden, wenn du doch bald wieder abfährst und ich wieder allein sein werde? Und dann gegen diese Verbindung ankämpfen muss … und wieder bluten werde?«

»Weil ich alles unternehmen werde, was ich kann, um zurückzukommen.«

»Versprich mir das.«

Er blinzelte, als er ihre strenge Aufforderung hörte.

»Das kann ich nicht.«

Sie ließ einen gedämpften Laut des Kummers hören, was ihn traf. Er legte seine Stirn auf ihre.

»Ich möchte mehr als alles andere mit dir zusammen sein, Francesca. Aber das kann ich erst, wenn ich mich … ganz fühle. Bitte versteh das.«

Er nahm sie in die Arme, zog sie fest an sich heran und sog den Duft ihrer Haare auf. »Es gibt für mich keine andere Frau. Wenn ich nicht das Gefühl habe, dich zu verdienen, werde ich nie eine andere Frau haben. Wenn ich keinen Platz an deiner Seite finden kann, heißt das für mich, allein durchs Leben zu gehen. Bitte versteh das. Es ging nicht darum, dich zu verlassen. Ich bin derjenige, der sich fühlt, als wäre er auf einer einsamen Insel gestrandet, während der Rest der Welt davonsegelt.«

Er spürte ihr Schluchzen. Sie schüttelte den Kopf, ihr Gesicht rieb sich an seiner Brust. Sie umfasste seine Hüfte.

»Aber ich bin hier. Ich bin doch *genau* hier.«

»Ich weiß«, antwortete er und griff mit den Händen nach ihrem Gesicht. Sie blickte ihn mit glänzenden Augen an. Er fuhr mit seinen Lippen vorsichtig über die ihren und nahm die kleinen Schauer in sich auf… kümmerte sich um sie, während sie ihren Körper durchliefen. »Und du leidest. Lass mich dich erlösen.«

Sie drückte sich fester an ihn. Durch ihre dünnen Kleider hindurch konnte er ihren festen, weiblichen Körper, ihre Anspannung… ihre Hitze spüren. Ihre Augenlider schlossen sich.

»Ja«, gab sie zu. »Ich brauche Hilfe. Ich kann mich gar nicht…« Mit einem Kuss unterbrach er sie, denn er ertrug es nicht, ihre Qualen mit ansehen zu müssen. Es schmerzte wie eine glühend heiße Peitsche, die ihn von innen traf, schließlich war er es gewesen, der ihr dies angetan hatte – wegen seines Verlangens hatte er sie auf seine Berührungen geschult, ihr beigebracht, auf seine Wünsche einzugehen, seine Begierden zu übertreffen. Er hatte ihr einmal gesagt, dass es wohl kaum eine Handvoll Männer auf der Welt gab, die sie sexuell dominieren könnten, und davon war er wirklich überzeugt. Sie hatte einen solch starken, leidenschaftlichen Geist, sie würde – sie *könnte* – sich nur einem wirklichen Seelenverwandten unterwerfen. Ihm war schon früher aufgefallen, dass er das unglaubliche Glück hatte, zu diesen wenigen Männern zu gehören, denen sie sich unterwerfen konnte, aber nun, in diesem Moment, erkannte er zum ersten Mal, wie gesegnet er war…

…und wie verflucht.

Er küsste sie bedächtig und fing dabei an, sie auszuziehen. Er besänftigte sie, als sie immer rasender wurde und sich an ihn drückte, zähmte sie, als ihr Hunger wuchs und sie ihn biss, um ihn in Versuchung zu führen. Sie protestierte mit einem rauen Laut, als er ihren Kuss unterbrach, um ihr das T-Shirt über den Kopf zu ziehen. Gleich darauf lag sein Mund wieder auf ihrem und trank ihre Süße. Er öffnete ihren BH, massierte ihren Busen, seine Finger ließen ihre Brustwarzen zu harten, köstlichen

Kronen werden, bei deren Anblick ihm das Wasser im Mund zusammenlief.

Dann hob er seinen Kopf und begann, sich die Fliege abzunehmen.

»Zieh dich weiter aus, und komm dann zu mir«, sagte er von der Bettkante aus.

Er betrachtete sie in der Zwischenzeit. Sein Blick wanderte über ihre erröteten Wangen und Lippen und die blassen Kugeln ihrer nackten Brüste, die sich bei ihrem Keuchen hoben und senkten. Einen Augenblick lang war er unsicher, ob sie sich seinem festen Befehl widersetzen würde, doch sie leistete erstaunlich schnell Folge. Sie war schwer gekränkt. Beide wälzten sie sich in einem Meer der quälenden Entbehrung.

Er musste schlucken, als er sah, wie sie ihre Schuhe auszog und dann ruckartig ihre Jeans und den Slip über ihre Hüften und den Po nach unten schob. Ihm war nicht mehr klar gewesen, wie schön sie war. Er erinnerte sich an das erste Mal, bei dem er sie nackt gesehen hatte – die gertenschlanke Taille, die kurvigen Hüften, der bleiche, weiche, erotische Zufluchtsort ihres Bauches, das weiche, rotgoldene Haar zwischen ihren festen, weißen Schenkeln. Er sehnte sich danach, jetzt gleich sein Gesicht auf ihren Bauch zu drücken, ihre weiche Haut und ihre Wärme aufzunehmen und das feine Parfum ihres Geschlechts zu inhalieren. Sie hatte ihn einmal gefragt, ob sie sich so wie er auch zwischen den Beinen rasieren solle, doch das hatte er strikt abgelehnt. Etwas Perfektes sollte man nicht ändern.

»Komm her, und dreh dich um«, forderte er sie auf.

Sie folgte seinen Anweisungen und kam auf ihn zu, nackt. Die Spitzen ihre Haare flogen um sie herum, als sie sich umdrehte. Ihr Po war fest und doch sehr feminin, wunderbar geformt. Seine Hände brannten darauf, ihre prallen Pobacken zu berühren, ihnen einen leichten Klaps zu verpassen … und dann einen nicht mehr ganz so leichten. Er streichelte sie von der Taille bis zum Po, wieder einmal berauscht von ihrer weichen Haut. Liebevoll drückte er eine stramme Backe.

»Dreh dich um«, wies er sie an, denn ihm war klar, dass er auf das köstliche Gefühl fixiert war, ihr Fleisch mit seiner Hand zu berühren. Sie folgte seinem Befehl, und er hob die Hand, die seine Fliege gehalten hatte. Sein schon pochender Schwanz drückte gegen seine Hose, als sie ohne jeden weiteren Hinweis ihre Handgelenke aneinanderlegte, um sie sich vor ihrem Schamhügel mit der Fliege zusammenbinden zu lassen.

O Gott. Sie war so vorzüglich. So außergewöhnlich. So viel mehr, als er verdiente.

Er fesselte ihre Handgelenke und suchte dann in ihrem Gesicht genauer nach Anzeichen für ihre Stimmung, nach Hinweisen darauf, was sie brauchte. Sie hielt ihr Kinn hoch, und doch konnte er die Wildheit in ihren Augen erkennen. Sie erinnerte ihn an ein zartes Geschöpf, das verwildert war … ein tollwütiges Weibchen.

Er stand auf und betrat den begehbaren Kleiderschrank. Als er zurückkehrte, hielt er einen Ledergürtel in seiner Hand.

Francesca gab sich Mühe, unbeeindruckt zu schauen, als sie sah, dass Ian einen schwarzen Ledergürtel um seine Hand geschlungen hatte. Er kam auf sie zu, spießte sie mit seinem Blick auf und begann, seine Ärmel hochzukrempeln. Ihr Geschlecht zog sich eng zusammen, und ihre Nippel richteten sich bei dem Anblick seiner starken, geäderten, mit schwarzen Härchen gesprenkelten Unterarme auf. Er krempelte immer seine Ärmel hoch, bevor er sie bestrafte. Sie war schon konditioniert, bei diesem Bild erregt zu werden, doch in dieser Nacht mischte sich unter ihre Lust noch die plötzliche Furcht.

»Ich habe noch nie einen Gürtel benutzt.«

»Du hast immer gesagt, er wäre zu brutal.«

»Ich habe hier aber nicht viel anderes zur Verfügung.« Sie wusste, dass er damit sagen wollte, dass er hier nicht auf sein mit Sexspielzeug vollgestopftes Zimmer zurückgreifen konnte. Er legte seine Hand in ihren Nacken und streichelte ihre Kehle, als wolle er ihr mit dieser beruhigenden Geste seines Daumens zu verstehen geben, dass er über ihre Mühen im Bilde sei, vor Verlangen und Angst, die sich in ihrer Brust bekämpften, noch Luft zu bekommen. »Du kannst mir vertrauen, Francesca, ich werde ihn abschwächen. Du weißt, dass ich dir niemals wehtun könnte.« Ihr Herz schlug höher. Er schloss kurz seine Augen, und sie spürte sein Bedauern. »Zumindest nicht so. Niemals. Glaubst du mir das?«

»Ja«, sagte sie und hielt seinem Blick stand. So weit glaubte sie ihm.

Langsam nickte er und studierte dabei weiterhin ihr Gesicht. Sie fragte sich, was er darin wohl las. Er hatte einmal gesagt, dass Frauen sogar für sich selber ein Geheimnis wären. In diesem Moment konnte sie ihm nur zustimmen. Sie wusste auch, dass er die Gabe hatte, sie dennoch zu entschlüsseln … und deshalb stand sie hier, nackt und gefesselt vor einem Mann, der sie alleingelassen hatte.

»Dann komm hierher«, befahl er ihr und wies auf den hinteren Pfosten des Himmelbetts. Die vier, mit Schnitzereien versehen Bettpfosten waren zwei Meter hoch. »Nimm deine Hände über den Kopf, und lege sie an den Pfosten. Nein, bücke dich nicht so weit nach vorn«, wies er sie an und führte sie mithilfe seiner Hand in die gewünschte Position. Sie stand dann fast aufrecht und nur ein wenig in der Taille gebeugt da, das Gewicht abgestützt auf den gefesselten Händen. Er führte den aufgerollten Gürtel zwischen ihren Schenkeln durch und schnalzte kurz mit dem Handgelenk. Sie spreizte nach diesem stummen Befehl sofort ihre Beine weiter und bemerkte, wie flüssige Hitze in ihr Geschlecht stieg.

»So ist es gut«, meinte er schroff. Er legte ihr Haar um die von ihm abgewandte Schulter Francescas und hatte nun ihren Rücken ganz nackt vor sich. Ihre Klitoris klopfte dumpf, als er sie vom Schenkel bis zur Hüfte streichelte, nur kurz durch einen Griff an ihre Pobacken unterbrochen. Dann wiederholte er dies mit dem aufgerollten Gürtel. Er ließ das Leder über ihre Wirbelsäule gleiten, verwöhnte ihren Arsch und die Rückseiten ihrer Oberschenkel. Sie stöhnte leise.

»Ich werde dich mit meiner Hand vorbereiten«, hörte sie ihn sagen. Sie biss sich auf die Lippe, als er ihren Po schlug. Der schnelle, gezielte Schlag kam ihr schmerzlich bekannt vor. Er versohlte sie wieder. Es stach, doch es erregte sie zugleich fast unerträglich. Das blitzende Gefühl, als ihre Sinne geweckt wurden, das erotische Geräusch, wenn Haut auf Haut traf, das scharfe Bewusstsein dafür, dass sie ihm dies erlaubte … dass sie es *wollte*. Weiter belebte er ihr Fleisch, er schlug sie mit der Hand und schraubte ihre Erregung höher. Dann drehte sie sich zu ihm um, hungrig nach dem Anblick, wie er dastand, mit glühenden, besitzergreifenden Augen und sich dabei zusah, wie er ihren Arsch hochkonzentriert versohlte. Er blickte auf und ließ einen rauen Laut aus seiner Kehle aufsteigen.

Francesca wandte den Kopf ab und schloss die Augen, so überwältigt war sie von dieser machtvollen Mischung aus Scham und Verlangen.

KAPITEL 7

Er ließ seine Hand sinken. Ihr Po stach und prickelte, aber nicht unangenehm, ihre Muschi war heiß und feucht. Sie hielt ihre Augen fest geschlossen, und ihre Ohren suchten nach Hinweisen darauf, was er in der Stille gerade tat. Dann berührte der aufgerollte Gürtel ihren Arsch. Er zog ihn in Kreisen über ihr schmerzendes Fleisch. Erwartungsvoll presste sich ihre Klitoris zusammen, sie biss sich auf die Zähne.

Es würde wehtun. Sie fürchtete sich davor. Sie wollte es.

»Beweg dich nicht.« Ian hob das Leder und schlug sie ein paar Mal vorsichtig. Da dies nicht ihr erstes Mal war, wusste sie schon, dass er nur testete, er sich an das Instrument gewöhnte, das er in seinen Händen hielt. Er hob den Gürtel. Ihre Muskeln spannten sich an. Dann kam er, der schnelle Schmerz, der sie wie ein greller Blitz durchzuckte. Er war viel konzentrierter als das, was sie von dem Paddle oder dem Flogger kannte. Sie stöhnte. Ihre Hüfte bewegte sich, aber nicht, um dem nächsten Schlag zu entkommen. Sondern vor Erregung.

»*Schschsch*«, zischte er und legte seine Hand auf die getroffene Stelle, beruhigte die Haut, streichelte ihren Po. »Okay?«, fragte er nach einigen Momenten.

»Ja«, antwortete sie durch die aufeinandergepressten Zähne. Sie wartete, ihre Vorfreude so scharf, dass sie sich daran schnitt. *Wuschsch*. Er ließ den Gürtel wieder hinabsausen, und sie keuchte. Sofort war seine Hand wieder da, nahm ihr den Schmerz, steigerte ihr Verlangen, bis alles, was sie wollte, nur noch der nächste Schlag mit dem Gürtel war. Es war unerträglich. Es war außerordentlich … und genau das, was sie brauchte.

»Stell dich hin.« Ians Stimme klang angestrengt. Sie drückte sich vom Pfosten ab. »Leg deine Hände hinter den Kopf, Ellenbogen zur Seite, und schau mich an.«

Sie tat mit stockendem Atem, was er von ihr verlangte. Als sie sich umdrehte und ihn anblickte, ging etwas in ihr auf. Schützend schloss sie ihre Augen. Er sah unerträglich gut aus in seiner Smoking-Hose, dem am Kragen offenen Hemd und den nach oben gekrempelten Ärmeln, die seine starken Arme und die männliche Hand mit dem Gürtel entblößten. Er trat auf sie zu und ließ das aufgerollte Leder über ihre Taille, Rippen und die Außenseiten einer Brust wandern.

»Mach deine Augen auf«, befahl er leise.

»Nein«, beharrte sie zittrig. Sie war entschlossen, einen kleinen Teil ihrer selbst unangetastet zu lassen. Sicher. Sie hatte sich ihm schon einmal völlig hingegeben und musste dann die Konsequenzen in jeder weiteren Sekunde ihres Lebens tragen. Das streichelnde Leder fuhr ihr beruhigend über ihre Brust und verschwand dann. Sie spürte, wie er an ihr vorbeiging. Er legte seine Hand auf ihre Schulter.

»Beug dich nach vorne, und spreiz die Beine. Zeig mir deinen Po. Halte die Hände hinter dem Kopf«, sagte er scharf, als sie sie beim Beugen schon wegnehmen wollte. »Ich stütze dich mit meiner Hand.«

Der Gürtel traf ihren Arsch. Sie wimmerte. Ihre Hüften erbebten. Sie fühlte sich in dieser Haltung sehr entblößt und verletzlich.

»Es ist alles okay«, hörte sie Ian mit rauem Ton sagen, während er ihren brennenden Arsch rieb. »Noch zwei dieser Schläge, und du wirst die Erlösung spüren.« Seine Hand rutschte tiefer zwischen ihre Schenkel. Sie schrie vor unerwartetem Vergnügen auf, als er einen dicken Finger zwischen ihre Schamlippen stieß und ihren Kitzler stimulierte. Der brennende Schmerz verlosch nicht langsam, er war auf einmal wie weggepustet, als sie seinen steifen Finger spürte. Bei dieser plötzlichen, intensiven Berührung taumelte sie nach vorne, doch er hielt sie an der Schulter fest.

»Das ist gut«, sagte er, als er ihre Klitoris rieb, und in seiner Stimme lag wieder dieser vertraute, paradox grob-sanfte Ton. »Du wirst jetzt für mich kommen und alles loslassen. Gib mir alle Verantwortung.«

»Ohh«, stöhnte sie unkontrolliert auf. Das Brennen ihres Arsches vergrößerte auf geheimnisvolle Art und Weise das Zucken ihres Kitzlers. Es war köstlich. Nicht auszuhalten. Dann war seine Hand von ihrem Geschlecht verschwunden, und der Gürtel traf wieder ihren Arsch. Sie schrie auf bei dem schmerzhaften Hieb, dem Kitzel des sich steigernden Vergnügens. Er nahm die Hand von ihrer Schulter und schob damit ihre brennenden Pobacken auseinander, sie stand nun noch offener vor ihm. Sie zitterte, als er das Leder über ihre feuchten Schamlippen und dann durch die Spalte zwischen ihren Pobacken zog, ihre Rosette kitzelte. Die Anspannung brachte sie fast um.

Noch einmal griff er nach ihrer Schulter. Sie hörte, wie das Leder durch die Luft sauste. Der Gürtel traf ihren Arsch, der Knall hörte sich für sie wie ein Pistolenschuss an. Sie jammerte unkontrolliert, ganz kurz vor dem Orgasmus stehend. Sie spürte, wie das Leder an der Rückseite ihrer Schenkel entlang zu Boden fiel und wie er sie dann an sich presste. Durch die Hose hindurch konnte sie seine enorme Erektion gegen ihre Hüfte und den Po spüren, wie er sie rieb und gleichzeitig seine Hand zwischen ihre Schenkel getaucht hatte.

»Komm … und komm immer wieder.«

Sie entbrannte bei seiner Berührung und explodierte in einem Orgasmus. Seine barschen Worte waren ein fernes Echo in ihren Ohren, als der Schock des Vergnügens sie in Wellen durchströmte. *Komm und komm immer wieder.* Seine Hand bewegte sich zwischen ihren Beinen, und die Anspannung sprang immer wieder zurück in ihre Muskeln, nachdem sie sich schon erschaudernd entspannt hatte. Warum hörte es nicht auf? Mein Gott, es hatte sich noch nie so gut angefühlt. So entsetzlich. So göttlich.

Als ihr Orgasmus sich endlich langsam abschwächte, hielt er sie noch immer fest an sich gedrückt. Er musste sie weiter an der Schulter stützen, damit sie nicht auf den Boden fiel. Ihre Beine waren weich; ihr ganzer Körper nur noch zuckender Brei. Sie schnappte nach Luft, als er ihr beim Aufrichten half, dann hob er sie hoch. Die Vorderseite ihres Körpers war an ihn gedrückt, ihr Bauch hob und senkte sich gegen seinen Unterleib, ihre Muschi pulsierte gegen seine Erektion. Er legte die offene Hand auf ihr Gesicht und umfasste ihre Wange und das Kinn.

»Es tut mir leid. Das war nötig. Aber trotzdem tut es mir leid.«

Sie blinzelte und konzentrierte sich auf sein hübsches Gesicht. Es war steif vor Begierde.

»Mir nicht. Deshalb bin ich gekommen«, krächzte sie, denn sie konnte Zunge und Lippen nur mit größter Mühe bewegen.

Sein Kiefer spannte sich an, sein Blick wurde wild.

»Komm her«, sagte er, obwohl er sie doch trug und sie nun wirklich keine andere Wahl hatte, als ihm dahin zu folgen, wo er sie haben wollte.

Er setzte sie vor einem gepolsterten und gefederten Stuhl ab und holte sogleich noch den gepflegten, wulstigen Stuhl, der vor dem Schreibtisch gestanden hatte. Diesen stellte er hinter ihr ab, sodass sie nun zwischen den zwei Stühlen stand. Sie schnaufte, und ihr war von dem intensiven Orgasmus noch immer ein wenig schwindelig. Das Nächste, was sie mitbekam, war Ian, der sich auf den gefederten Stuhl gesetzt hatte, seine langen Beine abgewinkelt und die Hüften leicht gespreizt. Er griff nach ihr, drehte sie um und setzte sie dann so in seinen Schoß, dass er ihren Po sehen konnte.

»Leg deine Knie auf das Polster neben meine Beine und die Hände auf den Schreibtischstuhl vor dir.« Seine Stimme klang rau. »Ich kann keine Sekunde länger warten. Ich muss dich schmecken.«

Sein knapper Befehl durchdrang ihre Orientierungslosigkeit. Sie nahm die Position ein, die er ihr beschrieben hatte, gelenkt durch seine Berührung. Dann saß sie auf Händen und Knien da, ihr Hinterteil auf Ians gepolstertem Stuhl, die Hände abgestützt auf dem Holzstuhl. Er legte die Hände auf ihren Arsch, der nur Zentimeter von seinem Gesicht entfernt war. Sie spürte sein Verlangen, als er sofort ihre Pobacken auseinanderschob und sich ihr zerflossenes Geschlecht öffnete.

»Heb dein Steißbein.« Sein Befehl klang barsch, während er ihren Po drückte.

Sie stöhnte, als frische Erregung sie durchfuhr, bog ihren Rücken durch und hob ihren Arsch, damit er leichter an ihre Muschi käme. Sie schrie auf, als er mit seiner Zunge ihre Schamlippen teilte und ihren Kitzler umspielte. Er umrundete sie von der Spitze ihrer Klitoris bis zu ihrem Spalt. Sie schüttelte sich, als er seine Zunge in ihre Muschi schob und sie damit für einen elektrisierenden Moment fickte. Er massierte ihren Hintern, während er ihre Säfte aufsog und vor Genuss schwer aufstöhnte.

Als er genug davon hatte, schob er seine Zunge wieder zwischen ihre Schamlippen, um ihren Kitzler zu reizen, bis er ihren unterdrückten Schrei hörte. Es war einzigartig. So intensiv, es war kaum auszuhalten. Sie wimmerte und jammerte immer wieder. Seine Finger kniffen in ihren wunden Po und hielten ihn für seine marodierende Zunge fest. Er beugte sich vor, schob sich näher heran und drückte seine untere Gesichtshälfte in ihr nasses, erregtes Geschlecht. Sein Griff war absolut … unentrinnbar. Sie musste jedes bisschen des massiven Vergnügens aufnehmen, das er auf sie übertrug, während er sich an ihr sättigte. Er lutschte an ihr, bewegte den Kopf dabei vor und zurück und schlug dabei ihren Kitzler so mit seiner Zunge, dass sie ein Orgasmus überkam. Die Lust war so stark, dass ihre Ellenbogen nachgaben und sie mit dem Kopf auf das harte Holz des Stuhls schlug, noch bevor sie sich auffangen konnte. Er reagierte und umfasste ihre Taille und Rippen fest und lehnte sich dann, mit ihr im Arm, zurück. Sie glitt auf seine Oberschenkel, sodass ihre Brüste auf seinen Knien lagen und ihr Kopf über deren Enden hinaushing. Die ganze Zeit hatte er nicht aufgehört, sie zu lecken und drückte seinen Mund fest auf ihre explodierende Muschi. Dabei schob er ihre Arschbacken auseinander und schlug sie auch gelegentlich, was ihren Orgasmus nur neu entfachte.

Seine peitschende Zunge wurde zusammen mit ihren Zuckungen langsamer, doch er hörte nie ganz auf, sie zu lecken und ihre Säfte gierig zu trinken, sogar als sie gesättigt und halb bewusstlos in seinen Schoß sank.

»Keine schmeckt so wie du. Keine kommt so wie du.«

Ihre Augenlider öffneten sich für ein Blinzeln, als sie seine heisere Stimme hörte. Er küsste ihre feuchten, übersensiblen Schamlippen noch einmal und hob dann seinen Kopf.

»Kannst du aufstehen?« Er streichelte über ihre empfindsamen Körperseiten.

»Ja«, antwortete sie schwerfällig. Als sie sich erhoben hatte, stand er auf und nahm sie in die Arme. Sie stöhnte sanft, als sie sah, wie glitschig sein Kinn von ihren Säften war. Sie schmeckte sie mit ihrem Kuss und schloss die Augen in stillem Glück über ihre sich vermischenden Geschmäcker.

Er trug sie zum Bett, wie er wohl auch ein Baby getragen hätte. Sie war glücklich. Ob ihre Beine sie getragen hätten, konnte sie nicht sagen. Am Rand der Matratze ließ er sie herunter, setzte sich neben sie und schaute ihr einen Moment lang einfach beim Atemholen zu. Dann streichelte er ihr über den Rücken und die Hüften und die Oberschenkel, um sie zu beruhigen. Als sie sich ein wenig erholt hatte, waren seine Berührungen nicht mehr besänftigend, sondern fordernd.

Er nahm ihre Brust in die Hand und formte sie. Ihre Augen öffneten sich, und sie blickten sich an.

»Besser?«, fragte er lautlos und massierte ihre Brüste weiter.

Sie nickte.

»Dann steh auf.«

Er half ihr, schließlich waren ihre Handgelenke noch gefesselt. Als sie stand, schob er sie zwischen seine Beine und klemmte ihre Hüften mit seinen starken Schenkeln ein. Er begann gleich wieder mit ihren Brüsten zu spielen, auf bedächtige Weise, doch sein lodernder Blick ließ sie in hilfloser Erregung wimmern. Sie war gefesselt und konnte ihm nicht entkommen, nichts tun, sie war einfach das Ziel seiner Bedürfnisse. Ians Verlangen war immer enorm zielgerichtet und präzise, es schien sogar während ihrer Trennung exponentiell gewachsen zu sein. Er drückte ihre Brüste vorsichtig, sodass ihre Nippel zwischen seinem Daumen und dem Zeigefinger hervorstanden.

»Ich kann dir gar nicht sagen, wie sehr ich deinen wunderschönen Busen vermisst habe«, sagte er und zupfte an ihren schmerzenden Brustwarzen, wodurch sie nur noch härter wurden. Er hob die Brüste mit beiden Händen und ließ sie wieder fallen, schlug dann leicht gegen ihre Seite und fand offenbar Gefallen an dem Zittern des festen Fleisches. Erregung machte sich in ihrer Klitoris breit – ja, obwohl sie noch halb besinnungslos von ihrem vorhergehenden Orgasmus war. Sie hatte ein beinahe unbezähmbares Verlangen, sich die Hände zwischen die Schenkel zu schieben, um diese kneifende Lust zu besänftigen. Sie spürte, wie sein Hunger stieg und erkannte den gierigen Glanz in seinen blauen Augen. Er nahm beide Brüste in die Hand und schob sie aneinander.

Sie schrie erschrocken auf, als er sich nach vorne beugte und beide Nippel auf einmal mit der Zunge berührte. Mit zusammengekniffenen Augen blickte sie ihn an und nahm den Anblick seiner roten Zunge, wie sie über das mit Perlen bestückte Fleisch lief und dabei ihre Nerven stimulierte und reizte, tief in sich auf. Lust zerriss sie, als er eine ihrer Brustwarzen zwischen die Lippen nahm und so fest daran sog, dass seinen Wangen davon ganz hohl wurden.

»Ohh … Ian«, stöhnte sie zittrig, nachdem er wohl eine Minute lang an ihr gesaugt hatte und ihre Muskeln unter der erneuten Erregung wieder angespannt waren. Zwar zog er an ihrer Brustwarze, doch die Spannung fühlte sie im Unterleib. Er massierte weiter ihre Brüste mit seinen großen Händen, hielt ihr Fleisch gefangen, während er sie genoss und erst am einen, dann am anderen Nippel sog, bis ihre Knospen unerträglich empfindlich, rosa und glänzend waren. Wieder schrie Francesca in großer Erregung laut auf.

Er hob seinen Kopf und blickte in ihr Gesicht, seine Nasenflügel bebten, die Wangen waren gerötet. Er legte eine Hand an die Innenseite ihres Schenkels. Sie erschauderte und schloss die Augen. Sie war so feucht geworden, dass ihre Säfte bereits ihre Schenkel befeuchteten. Dieser dezente Beweis ihres ungezügelten Verlangens beschämte und erregte sie zugleich. Diese vermischten Gefühle erzeugten eine scharfe Spannung in ihr.

»Mach deine Augen auf«, verlangte er. Seine Finger bewegten sich noch immer über ihre feucht-glatte Haut, was das Feuer in ihrer Klitoris noch verstärkte.

»Nein«, flüsterte sie.

»Es gibt nichts, wofür du dich schämen müsstest, Liebling.«

Sie drehte den Kopf weg und ließ die Augen fest verschlossen. Sie war nicht seiner Meinung.

Seine Finger pausierten, sie unterdrückte ein Stöhnen.

»Gut«, hörte sie ihn sagen und erkannte in seiner rauen Stimme Begierde und Frustration. »Ich merke, dass du es hinter dich bringen willst. Komm aufs Bett. Ich werde mich an dir vergnügen und uns beide von unserem Elend erlösen.«

Lust durchfuhr sie bei diesen Worten, aber auch eine neue Welle der Scham. Verfluchter Ian. Kein anderer Mann könnte etwas derart Selbstsüchtiges sagen und sie damit so erregen. Er wusste, dass sie es liebte, wenn er sie schließlich freiließ und zielgerichtet Glückseligkeit durch ihren Körper suchte. Er kannte die Worte, die sie erregen würden.

Er entließ sie aus der Umklammerung seiner Beine und stand auf. Sie gab nach und hob vorsichtig die Augenlider.

»Leg dich aufs Bett, auf den Bauch, die Hände über deinen Kopf. In dieser Position musst du mich nicht anschauen«, bedeutete er ihr schmallippig.

»Gut«, antwortete sie, ebenfalls von Wut und Erregung gereizt. Warum sollte sie auch widersprechen? Es stimmte doch. Sie wollte seine wilde Schönheit nicht bestaunen, während er es sich besorgte. Es war doch ohnehin alles eine Illusion, oder etwa nicht? Er sorgte ja auch nicht für sie. Jedenfalls nicht richtig.

Er half ihr aufs Bett. Sie lag bäuchlings, die gefesselten Hände über ihrem Kopf. Vorsichtig zog er die Kissen unter ihren Armen weg. Sie biss sich auf die Zunge, um das Stöhnen zu unterdrücken, als er die Kissen unter ihre Hüften schob und damit ihr Hinterteil anhob. Er spreizte ihre Beine. Sie spürte, wie die Luft ihr feuchtes Geschlecht und die Schenkel verwöhnte.

Als er nicht gleich zu ihr aufs Bett kam, drehte sie den Kopf und schaute verstohlen zu ihm hin. Hätte sie das nur gelassen. Er zog sich aus. Vollständig. Abgesehen von der Tatsache, dass sie für ein halbes Jahr getrennt gewesen waren, war der Anblick seines nackten Körpers immer unwiderstehlich für sie. Er machte süchtig. Ian zog normalerweise seine Kleider nur für den intimsten Moment des Liebesspiels aus. Sie fragte sich oft, ob er das tat, um ihre Sehnsucht nach dem Anblick seiner nackten, männlichen Pracht nur noch zu erhöhen.

Falls das seine Absicht gewesen war, funktionierte es. In höchstem Maße.

Sie konnte ihre Augen nicht von ihm abwenden, als er sein weißes Smokinghemd aufknöpfte und mit einer raschen Bewegung der festen Muskeln über die Schulter auszog. Sie lag völlig still. Es stimmte, er hatte in dem letzten halben Jahr an Gewicht verloren, doch er hatte nie kräftiger ausgesehen als jetzt. Er musste weiterhin sein strenges Trainingsprogramm absolviert haben. Seine schlanke Figur betonte seinen Körperbau zusätzlich. Unter seiner muskulösen Brust lag sein leicht konkaver Bauch, doch dessen Muskeln wirkten wie eine gezahnte, stabile Mauer. Seine Smokinghose hing locker auf seinen schmalen Hüften. Er knöpfte sie rasch auf, während er seine Schuhe abstreifte. Er beugte sich vor, um die Socken auszuziehen, als er bemerkte, wie sie ihn durch den Vorhang ihrer Haare anstarrte. Er hielt inne.

Hätte sie irgendeinen Stolz gehabt, hätte sie, angesichts ihres Protestes eben, wegschauen müssen. Jetzt konnte sie nicht mehr blinzeln oder gar den Kopf wegdrehen.

Er erwiderte ihren Blick, während er die Hose und Unterhose über seine festen, starken Schenkel hinunterschob. Sie erhaschte einen kurzen, lüsternen Blick auf seinen Schwanz, der vor Erregung schwer und schamlos steif war, am sich verjüngenden Ende groß, weich, fleischig… köstlich. Dann stieg er hinter ihr aufs Bett, und sie konnte ihn nicht mehr sehen. Sie presste ihr Gesicht auf die Matratze, um ihr Gewimmer zu dämpfen.

Er sagte nichts. Es gab auch keine Einleitung. Er drückte einfach ihre Pobacken mit seinen Händen auseinander und rammte seinen Schwanz in ihre Muschi.

Für einen Augenblick bekamen ihre Lungen keine Luft. Er begann sie kräftig zu stoßen. Sie keuchte, doch es war, als würden ihre Lungen sich nicht füllen wollen… als wäre in ihr drin nicht genug Raum für ihn und Luft. Sein Schwanz zerstampfte sie, die Spannung, die er erzeugte, war enorm. Ein paar dichte, atemlose Momente wollte sie, dass er aufhörte. Es tat weh. Nein, es tat nicht weh, es fühlte sich wunderbar an.

Sie wusste nicht, wie es sich anfühlte. Sie wusste nur, dass sie hilflos war, es zu beenden. Er tat, was er angekündigt hatte zu tun, er besorgte sich sein Vergnügen an ihr. Sein Becken stieß wieder und wieder auf ihren Arsch, sein Schwanz schlug auf sie ein. Er fickte sie einfach, und doch tat er noch etwas anderes dabei. Er erweichte sie durch das erotische Hämmern in ihr Fleisch, er zerrieb ihre Verteidigung, zwang sie nachzugeben, bestand darauf, ihn zu akzeptieren. Sie zog sich enger um ihn zusammen, jeder Muskel ihres Körpers leistete gleichermaßen Widerstand, wenn seine Hüfte auf sie stieß, wenn sie wie zwei Sturmfronten aufeinanderprallten.

Er lehnte sich über sie, stützte seine Fäuste neben ihrem Kopf auf der Matratze ab und drang ohne Pause wieder und wieder in sie ein. Morgen würde sie wund sein, aber jetzt, jetzt fühlte es sich gut an… schlecht.

»Francesca«, knirschte er einen Moment später. »Mach deine Augen auf.«

Als sie nicht antwortete und ihr Gesicht weiter in die Matratze drückte, ihr ganzer Körper eine fest gespannte Feder, warf er einen Großteil ihrer langen Haare auf eine Seite ihres Kopfes und die Schulter und nahm ihr damit den einzigen Schutz, der ihr noch verblieben war. Sie fauchte ihn an, als er seine Hand unter ihr Kinn legte und es vorsichtig so drehte, dass ihre Wange auf der Matratze lag. Im selben Moment stieß er kräftig zu. Ein Schrei entwich ihren Lungen, und ihre Augenlider öffneten sich bei der tiefen Liebkosung.

»Lass mich«, sagte sie in wilder, verzweifelter Erregung, denn sie wusste, dass er ihre Verteidigung überrennen würde.

»Wenn das doch nur ginge.« Er knurrte roh, doch sie konnte nicht erkennen, ob aus Lust oder Frustration, als sie den Kopf wieder drehte und die Stirn auf das weiche Laken presste. Er drückte seine Fäuste von der Matratze ab. Sie spürte hinter sich, wie er seinen Oberkörper aufrichtete. Er drückte lüstern und nur an einer einzigen Sache interessiert ihre Pobacken mit seinen Handflächen zusammen, um den Druck auf seinen pumpenden Schwanz zu erhöhen. Die grobe Behandlung ihres noch empfindlichen Fleisches verstärkte den Brand in ihrer Klitoris und erregte sie. Dann hob er ihren Arsch von den Kissen. Sie willigte unkontrolliert ein, als er seinen Schwanz schnell und fest mit ihrer Muschi bediente, das rasende Geräusch der aufeinanderschlagenden Körper vermengte sich mit dem Herzschlag, den sie in den Ohren spürte.

Ihre Augen gingen weit auf. Es war zu viel. Sie würde kommen …

Sie protestierte mit einem Schrei, als er plötzlich innehielt, tief und hart und pulsierend in ihr, und dann ihr Becken wieder auf den Kissen ablegte. Er drehte sie mithilfe einer Hand auf die Seite, eine ihrer Hüften noch immer auf der Matratze. Er fiel schwer hinter sie. Das Nächste, was ihre lustgesteuerte Aufmerksamkeit mitbekam, war, dass er sie fest an sich drückte, ihr Rücken an seinem Oberkörper, seine Arme eng um ihre Taille, sein Gesicht an ihrem Nacken. Ihr verfluchtes Haar war überallhin gewuselt – sicherlich auch in seinen Mund –, doch ihm schien das nichts auszumachen, falls er es überhaupt bemerkte. Die Oberseiten seiner starken, mit Härchen versehenen Schenkel drückten gegen die Unterseite ihrer Beine und zwangen sie, sich abzuwinkeln, sich nach seinem Willen zu formen. Dann stieß er wieder in sie hinein, stöhnte dabei tief und rau, sodass sie seinen heißen Atem auf ihrer Haut spürte.

Es war verwirrend, von einer doch eher unpersönlichen Stellung zu einer mit solch hoher Intimität zu wechseln. Sie hatte das Gefühl, ganz von ihm umgeben zu sein. Es gab für sie keine Gelegenheit, sich rechtzeitig gegen die Kraft seiner Umarmung zu wappnen. Er griff mit der Hand über ihre Hüfte nach dem oben liegenden Schenkel und packte ihn ein wenig höher, damit er leichter an ihre Muschi herankäme. Ihr ging fast der Atem aus, als er wieder um ihre Taille griff und sie fest umarmte. Er war eine stabile Mauer aus Muskeln in ihrem Rücken, deren Hitze sich auf ihre Haut übertrug. Instinktiv zog sie ihre Schamlippen um seinen Schwanz fester zusammen. Sie senkte die gefesselten Hände, bis sie ihn an seinem Griff um ihre Hüfte berühren konnte. Sie dachte, so könne sie ihn in sich aufnehmen und wollte … *musste* ihm zeigen, dass er sie nie verlasse durfte.

»*Verdammt*«, brummte er an ihrem Nacken. Die vier Hände bewegten sich gemeinsam auf und ab, als er seine Umarmung nutzte, um ihren Po vor und zurück über seinen Schwanz zu pumpen und sie schonungslos fickte. Sie stöhnte in fiebrig-gequälter Entzückung. Sie brauchte ihn so sehr.

Er würde sie verlassen.

»Sag es mir«, verlangte er abrupt.

Ihr leidendes Stöhnen ging unregelmäßig, unterbrochen von dem strengen Staccato seiner Stöße. Sein Schwanz schwoll beeindruckend an. Er war kurz davor. Sie auch. Er nahm eine ihrer Brüste in die Hand, seine Finger lagen in der Nähe ihres Herzens. Sie spürte, dass sie auf den Höhepunkt zulief. Sein Kopf schaukelte hin und her, seine Zähne bohrten sich in die zarte Haut ihres Nackens. Sie wusste, dass es kein Entkommen gab.

Und hatte es überhaupt je eine Falle gegeben?

Immer.

»Ich liebe dich«, sagte sie laut. Denn wenn man die Wahrheit schon aussprach, warum sollte man es dann flüsternd tun?

Er stöhnte tief in seinem Innersten und kam. Sie waren so verschlungen, dass sie es spüren konnte: das Zucken seines Penis', die Wärme des Samens, der sich in sie ergoss, die Anspannung seiner Gesichtsmuskeln an ihrem Nacken. Seine Hand rieb zwischen ihren Schenkeln, sie erbebte, und ihr scharfer Schrei vermischte sich mit seinem rohen Stöhnen.

Sie folgte ihm auf den Höhepunkt. Und in diesem Moment fühlte es sich weder richtig noch falsch an, nur unausweichlich.

Minuten später rollte er sie auf den Rücken. Sie sah ihn an, während er ihre Haare aus ihrem Gesicht, von den Armen und der Brust strich. Sie strahlte eine erhabene Schönheit aus, das Gesicht feucht von Schweiß und trocknenden Tränen, die Wut in ihren Augen war verloschen, die Anspannung aus ihren Zügen verschwunden. Die Ruhe nach dem Sturm, dachte er … und vielleicht die vor dem nächsten. Das entmutigte ihn nicht. Nichts hätte ihn in diesem Moment erschreckt. Sie hatte die Worte ausgesprochen, nach denen er sich verzehrt hatte, ihm damit den Balsam verabreicht, den er zur Besänftigung seiner verletzten Seele gebraucht hatte. Sie hob helfend die Hüfte, als er die Kissen unter ihr wegzog. Er spürte ihren Blick auf sich, als er die Fesseln an ihren Händen löste und die Fliege fortwarf.

Er nahm ihre Handgelenke und breitete ihre Arme weit aus, legte sie dann auf der Matratze ab und bestaunte ihre offen daliegende Schönheit.

»*Diese Arme*«, murmelte er knapp und küsste ihre weiche Haut auf der Innenseite der Ellenbogen. Wie konnte es sein, dass ausgerechnet ihre *Arme* ihm so unerklärlich schön vorkamen? Doch das taten sie. Er betete jeden Quadratzentimeter an ihr an. Wie sehr, das konnte er ihr nie mitteilen. Die runden Hügel ihrer Brüste hoben und senkten sich, als er seinen Kopf wandte und sein Gesicht auf ihren weichen, blassen Bauch legte. Dann küsste er sie, fuhr mit der Zunge durch ihren Bauchnabel und sah zu ihr.

»Ich bete dich an.«

Er küsste noch mal ihren Bauch. Seine Augen begannen zu brennen, als er spürte, wie ein Schauer der Gefühle ihren Bauch an seinen Lippen zittern ließ.

Francesca hob die Arme, wiegte seinen Kopf, als er ihren Bauch küsste, schob ihre Finger in sein dichtes Haar und genoss den heiligen, vollkommenen Moment. Er hob seinen Kopf, und sie streckte die Arme aus. Ihre Brust schmerzte, als sie sah, wie er zu ihr kam. Er genoss ihre Umarmung und schlang selbst seine Arme um sie. Sie schienen miteinander zu verschmelzen. Als wäre es das Gefühl gewesen, auf das ihr Körper gewartet hatte, durchlief sie eine Welle der Wärme und des Glücks. Sie fiel fast augenblicklich in einen tiefen Schlaf der Erschöpfung.

Sie erwachte durch das Geräusch eines forschen Klopfens an der Tür. Sie öffnete die Augen und wurde durch das helle Licht der Sonne, das auf die weißen Laken schien, geblendet.

»Jetzt nicht.« Ians laute Stimme drang durch ihre verschlafene Orientierungslosigkeit. Sie fuhr mit dem Kopf herum. Was sie sah, ließ ihre Augen noch weiter aufgehen. Ian lag neben ihr auf der Seite, sein Ellenbogen stützte den Oberkörper. Sein kurzes, fast schwarzes Haar war feucht. Bartstoppeln verdunkelten sein Kinn. Dass er nackt war, wurde nicht allein dadurch deutlich, dass nur ein blendend weißes Laken über seinen Hüften lag, sondern auch durch die Tatsache, dass ihr Po gemütlich gegen seinen Penis gedrückt war. Sie fragte sich, welchen Gesichtsausdruck sie gerade hatte, denn sein Mund öffnete sich zu einem göttlich-sexy Lachen.

»Was ist denn?«, fragte er mit einer noch vom Schlaf rauen Stimme. Herrlich. »Da war nur jemand, der uns Kaffee bringen wollte. Ich habe ihn weggeschickt.«

Sie rieb sich matt die Augen und gab sich alle Mühe, zur Besinnung zu kommen.

»Ich hätte ihn gebrauchen können. Ich fühle mich, als hätte ich eine Woche lang geschlafen.«

Er schob ihr eine Haarsträhne aus dem Nacken, seine Fingerspitzen streichelten sie noch ein wenig. Sein Körper rührte sich an ihr. Sie hielt in plötzlicher Achtsamkeit inne.

»Ich weiß. Du warst schon ganz fest eingeschlafen, als ich dir ein Kissen unter den Kopf geschoben habe. Ich bin froh, dass du so gut geschlafen hast«, raunte er. »Du hast diese Erholung gebraucht. Ich habe mir Sorgen um dich gemacht.«

Bilder und Gefühle aus der vergangenen Nacht schoben sich in ihr Bewusstsein, Erinnerungen an ihre Unterwerfung unter seine Bestrafung, ihre mehrfachen Orgasmen, als er sie mit süßer, rücksichtsloser Präzision geliebt hatte, seine totale Inbesitznahme … an ihr Einverständnis. Der tiefe, befriedigende Schlaf hatte alle Unsicherheit bedeckt, doch nun kam sie schleichend wieder an die Oberfläche.

Ihr Oberkörper war noch immer verdreht, sie blickte vorsichtig in sein Gesicht. Das Licht des frühen Morgens, das durch die weißen Vorhänge drang, ließ seine kobaltblauen Augen leuchten. Sie nahm diesen Anblick in ihr Bewusstsein auf. Sie blinzelte.

»Ich weiß nicht, wie du das früher ausgehalten hast. Mit all diesem Personal aufzuwachsen. Hast du das nicht aufdringlich gefunden?«, fragte sie, darum bemüht, von dem Thema abzulenken, das ihr gerade durch den Kopf ging, seinem sprunghaften, intimen Liebesspiel, das nicht nur all ihren Widerstand gebrochen hatte, sondern sie auch wie ein Baby in seinen Armen schlafen ließ.

»Als ich hierhergekommen bin, habe ich es tatsächlich furchtbar aufdringlich gefunden. Damals hat es auch noch mehr Personal als heute gegeben. Die meisten, die du jetzt hier siehst, sind nur kurzzeitig angestellt, über die Feiertage und für den Besuch«, erklärte er gemächlich und ließ seine Hand auf ihre, unter der Decke versteckte Hüfte gleiten. Er zog sie nicht dichter an sich heran, aber irgendetwas an der besitzergreifenden Lage seiner Hand machte sie übersensibel für seinen Schwanz, der an ihren Po stieß. Wahrscheinlich war sie deshalb zunehmend konzentriert darauf, da er sich mit jedem Augenblick mehr aufrichtete. Es fühlte sich dekadent erregend an, in diesem bequemen, zerwühlten, sonnengewärmten Bett neben Ians anschwellendem Penis zu liegen. Es kostete sie erhebliche Mühe, sich erst auf ihren Rücken und dann auf ihre andere Seite zu drehen. Nun lag sie ihm zugewandt, zwischen ihren Körpern kaum ein paar Zentimeter. Sie zog die Decke hoch, um ihren Busen zu bedecken.

»Das kann ich mir vorstellen.« Sie übersah sein Stirnrunzeln über ihre plötzliche Bewegung. »Als kleiner Junge hast du ganz unabhängig gelebt, solange du dich um deine Mutter kümmern musstest. Es war sicher komisch, urplötzlich von so vielen Menschen umgeben zu sein, die einem jeden Handgriff abnehmen wollen. Jetzt, wo ich ein paar Tage hier in Belford bin, kann ich nachvollziehen, was für ein verblüffender Wechsel das für dich gewesen sein muss.«

Sein finsterer Blick verschwand, nachdem sie es sich mit einem weichen Kissen zwischen Arm und Nacken bequem gemacht hatte. Er hatte wohl vermutet, sie wolle aufstehen und fliehen. Eine Sekunde lang hatte sie tatsächlich darüber nachgedacht, doch dann war, wie immer, seine Anziehungskraft zu groß gewesen. Sie hatte diese Augenblicke mit ihm im Bett immer sehr geschätzt, wenn er sich ihr öffnete und ihr sein Innerstes offenbarte.

»Ich hatte überlegt, einfach abzuhauen«, bekannte er ganz offen. Er stützte den Kopf auf seine Hand, den Ellenbogen noch immer auf der Matratze.

»Wohin wolltest du gehen?«

Seine Miene wurde ausdruckslos.

»Ich habe mir vorgestellt, das Grab meiner Mutter zu suchen. Weiter konnte ich nicht denken.«

Ihre Gedanken waren jetzt ganz bei ihm. Sie wusste, dass Anne und James ihm erzählt hatten, seine Mutter sei gestorben, als er noch ein Kind war. Sie hofften, seiner ohnehin vernarbten Seele Helens weiteren Abstieg in die Geisteskrankheit ersparen zu können. Als Ian als junger Mann dann erfuhr, dass seine Mutter noch lebte, sprach er ein Jahr lang kein Wort mehr mit seinen Großeltern.

»Ich kann verstehen, dass du schließlich eingesehen … dass du gelernt hast, Belford zu lieben. Trotz aller Erhabenheit ist es ein wunderschönes Zuhause. Deine Großeltern haben es dazu gemacht.«

»Gerard hat geholfen.« Ian wies mit dem Kopf auf den Nachttisch hinter ihr. Sie drehte den Kopf. Auf dem runden Tisch mit der Lampe stand eine ganze Reihe Fotos in silbernen Rahmen. Sie fand eines, auf dem ein dunkelhaariger, ernster Junge neben einem hübschen jungen Mann stand, der ein wenig lächelte. Ian und Gerard. Es sah aus, als stünden sie in einer Werkstatt vor einem alten Sportwagen. Auf einem anderen posierten die beiden neben einem Motorrad – sicher das erste, das sie gemeinsam repariert hatten –, und auf diesem war Ians Lachen genauso groß und stolz wie das von Gerard.

Sie spürte, wie er sie betrachtete, als sie sich ihm wieder zuwandte.

»*Hat* Gerard sich an dich herangemacht?«, wollte er wissen.

Sie blinzelte, überrascht von seiner unverblümten Frage. Im Bruchteil einer Sekunde kam ihr eine ganze Liste möglicher Antworten in den Kopf. Sie wusste, dass, sollte sie Ian die Wahrheit sagen, sie damit womöglich eine Beziehung dauerhaft beschädigte, die nach allen Aussagen für ihn doch so wichtig war. Das Letzte, was er in diesem Moment seines Lebens brauchen konnte, war ein neuer Grund für Sorgen.

»Ich habe dir schon gesagt, dass Gerard sehr freundlich zu mir war. Er hat sich um mich gekümmert. Ehrlich gesagt, haben Anne, James und er mich so behandelt, als würde ich mich von einer bösen Krankheit erholen«, sagte sie mit einem leichten Lächeln auf den Lippen. Sie hielt seinen Blick ruhig aus, als er sie betrachtete. Ian machte ein düsteres Gesicht, und sie hatte das deutliche Gefühl, er hatte bemerkt, wie sie seiner Frage ausgewichen war.

»Es wäre nicht das erste Mal, dass wir uns für dieselbe Frau interessieren würden.«

»Ach so?«

Er zuckte gleichgültig mit den Schultern.

»Diese Frauen haben mir aber nie wirklich etwas bedeutet, also war es mir bisher egal.« Gegen ihren Willen wurde ihr bei diesen Worten warm. Er hatte gerade gestanden, dass er eifersüchtig war, weil es um *sie* ging. »Gerard war auch ein Waisenkind«, fuhr Ian wenig später ruhig fort. Sie unterdrückte ein erleichtertes Aufatmen, da Ian nicht weiter nachbohrte, welches Interesse Gerard an ihr hatte. »Er hat Vater und Mutter verloren, da war er kaum erwachsen. Offiziell hat Gerard beschlossen, unabhängig zu werden und das Haus seiner Eltern zu übernehmen. Damals war er meistens in der Schule, doch wenn er ›nach Hause‹ gekommen ist, hat er normalerweise hier in Belford und nicht in Chatham gelebt. Vermutlich könnte man sagen, dass wir gemeinsam gelernt haben, was es heißt, eine Waise zu sein.«

»Und dank der Liebe und Unterstützung durch Anne und James habt ihr beide das Trauma überwunden«, sagte sie, wieder mit dem Gesicht zu ihm.

Seine dunklen Augenbrauen schnellten nach oben, wie um ihre Vermutung zu bestätigen, und doch wirkte er abgelenkt.

»Was ist denn?«, fragte Francesca.

»Nichts. Ich habe nur … ich habe nachgedacht. Gab es denn noch mehr Vorfälle mit Fotografen?«

Sie blickte ihn verständnislos an.

»In Chicago. Lin hat mir ein Foto geschickt, das im Wirtschaftsteil der *Chicago Tribune* abgedruckt war. Darauf bist du zu sehen, wie du im Nobel Tower den Aufzug verlässt.«

»Ahh«, nun war es ihr klar. »Nein, das war das einzige Mal. Die Sicherheitsleute waren wegen …«

»Der Weihnachtsfeier ein wenig zu lax«, beendete er ihren Satz.

»Genau. Weshalb fragst du?«

Er kniff seine Augen zusammen.

»Ich habe gerade überlegt, ob dieses Foto etwas mit dem Überfall auf dich zu tun haben könnte.«

Überrascht hob sie die Augenbrauen.

»Vielleicht hat irgendein Perverser dich da gesehen und konnte dich nicht mehr vergessen. Oder es war für jemand der Hinweis, dass du jetzt die Führung von Noble übernommen hast, und sie haben deshalb die Entführung geplant. Ich denke, eher Letzteres war der Fall, schließlich haben dich zwei Männer attackiert – der Angreifer und der Fahrer. Man teilt sich eher selten eine solche Obsession, aber wenn es ums Geld geht, findet man schnell Gleichgesinnte.«

Sie erhob sich langsam und stützte sich auf ihren Ellenbogen.

»Du denkst wirklich viel darüber nach, oder?«

»Über fast nichts anderes«, gestand er grimmig.

»Also ist das der Grund, weshalb du zurückgekommen bist. Der wahre Grund. Du hast gedacht, ich sei in Gefahr.«

Er erkannte den Unterton in ihrer Stimme. Sein Gesichtsausdruck wurde nichtssagend.

»Ich bin zurückgekommen, weil ich mir Sorgen um dich gemacht habe, ja.«

Sie starrte ihn an, und ihr Herzschlag begann in ihren Ohren zu trommeln.

»Das Einzige, was deine Qual wegen Trevor Gaines durchbrechen konnte, war die Vorstellung, ich könnte in Gefahr sein?« Es klang eher nach einer Feststellung denn nach einer Frage.

Er antwortete nicht, aber sie sah einen Blitz in seinen Augen – einen, der immer auf ein am Horizont aufziehendes Gewitter hinwies.

»Was genau hast du gemacht, seit du weggefahren bist, Ian?«

Da. Sie hatte es ausgesprochen. Sie konnte ihn jetzt nicht mehr zurücknehmen, weder den ganzen Satz noch all das, was in dieser Frage noch mitschwang. *Was ist so viel wichtiger, als ich es bin? Als wir beide es sind?*

»Ian? Was hast du in Frankreich gemacht?«, wiederholte sie, als er nicht antwortete, sondern sie nur mit seinen dunklen Engelsaugen ansah.

»Ich habe es dir schon gesagt. Ich musste dort Geschäftliches erledigen.«

Ein kalter Lufthauch wirbelte durch ihr Herz, doch leider konnte er den schmerzhaften Stich, den sie spürte, nicht lindern.

»Ich verstehe«, sagte sie ruhig.

»Du traust mir also nicht genug – oder ich bin dir nicht wichtig genug –, um es genauer zu erklären.«

»Francesca, das habe ich nicht gemeint …«, sagte er scharf, doch sie unterbrach ihn, indem sie die Bettdecke zurückwarf.

»Entschuldige mich«, murmelte sie, verließ das Bett und eilte ins Badezimmer. Dabei kam sie an ihren, über dem Boden verteilten Kleidungsstücken vorbei. Sie musste nun ein Handtuch finden, um ihre Nacktheit zu bedecken, bevor sie sie einsammeln konnte. Das Letzte, was sie jetzt wollte, war, sich vor Ian noch mehr zu entblößen, als sie es schon getan hatte.

KAPITEL 8

Der Morgen war kühl, frisch und windstill. Nach einem kleinen Frühstück machte Francesca mit Anne und Elise einen Spaziergang durch die Anlagen. Sie gab sich alle Mühe, konzentriert zu wirken und an den Gesprächen teilzunehmen, während sie durch Felder, Gärten und Wälder gingen, aber die besorgten Blicke der anderen Frauen verrieten ihr, dass ihnen ihr abgelenkter, verschlossener Blick nicht verborgen geblieben war. Auf dem Rückweg zum Haus wollte Elise gerne die hochmodernen Ställe anschauen.

»Du bist heute Morgen sehr still«, sagte Anne zu ihr, als sie kurz unter sich waren, da Elise in einiger Entfernung eine rostbraune Stute streichelte.

Francesca blinzelte, als sie aus ihrem Grübeln erwachte. Sie schenkte Anne ein Lächeln.

»Ich habe viel über das Gemälde nachgedacht.«

»Du hast viel über Ian nachgedacht.«

Sie erschrak und blickte in Annes trauriges, wissendes Lachen.

»Hat er es eingesehen?«, wollte die ältere Dame hoffnungsfroh wissen.

Francesca biss bei dieser Frage die Zähne zusammen.

»Nein. Er bleibt dabei. Er hat sich fest vorgenommen, unglücklich zu bleiben.«

Anne seufzte.

»Nach meiner Erfahrung nehmen Menschen es sich nur selten vor, alleine und traurig zu bleiben. Vermutlich haben sie vielmehr das Gefühl, dem nicht ausweichen zu können.«

Francesca spürte ein Bedauern.

»Ich weiß«, versicherte sie, mit Frust in der Stimme. »Aber warum besteht er darauf, dass Trevor Gaines so wichtig für ihn sei? Ian hat ihn doch nie kennengelernt! Er ist tot, Gott sei Dank«, flüsterte sie.

Anne legte die Hand auf Francescas Arm.

»Ich weiß, dass es sehr schwierig ist, das zu verstehen. Gerade wegen eurer Situation.«

»Du hast recht«, brach es in aller Ehrlichkeit aus Francesca heraus. »Ich ärgere mich, dass er so halsstarrig ist. Aber meinst du es ehrlich, kannst du ihn *wirklich* verstehen?«

»Ja. Ich bin nicht seiner Meinung und sehr besorgt über seinen Zustand, aber ich kann ihn tatsächlich verstehen.« Anne schüttelte den Kopf. »Ian hatte eine kaputte Kindheit. Er hat sich wie ein Erwachsener um Helen gekümmert und sich Tag und Nacht Gedanken darüber gemacht, dass er wohl in ein Heim käme, würden die Dorfbewohner bemerken, wie verrückt sie wirklich war. Und er hat sich vor den Momenten gefürchtet, wenn seine Mutter sich aus Angst vor ihm verkrochen hat. Ich bin überzeugt, dass der Augenblick, in dem Lucien ihm das Foto von Gaines gezeigt hat, auf dem er Ian so ähnlich sieht, wohl die schlimmste, aber auch die beste Minute in Ians Leben war.«

»Die *beste*?«, wiederholte Francesca perplex.

»Na ja, vielleicht nicht die *beste*, aber wohl … bedeutendste. Er hat immer versucht, sich eine Vorstellung von seiner Vergangenheit zu machen. Er hat sich Mühe gegeben, doch es war, als würde Helens gestörter Geist, ihre Krankheit, ihn daran hindern, sich ein genaues Bild zu machen. Als Kind hat er uns immer wieder die gleichen Fragen gestellt: Warum wird ein

Mensch verrückt? Würde er wie seine Mutter werden? Wenn sein Vater nicht schizophren war, war es dann möglich, dass er es auch nicht würde? Wer war sein Vater? Warum hatte er sich nicht um Helen gekümmert?« Bei diesen Erinnerungen verzog Anne das Gesicht. »Die Vorstellung, dass ein Erwachsener sich um ihn kümmern könnte, war ihm so fremd, dass er nie auf die Frage kam, warum sich sein Vater nicht um *ihn* gekümmert hatte.«

Francesca schloss die Augen, um sich gegen den Schmerz dieser Vorstellung zu wappnen.

»Er hat immer vermutet, sein Vater hätte Helens Verwundbarkeit ausgenutzt«, fuhr Francesca wenig später fort. »Er hatte Angst, sie sei vergewaltigt worden. Ich verstehe nicht, wie die Erkenntnis, dass all seine Vermutungen stimmten – ja, dass es sogar *schlimmer* war, als er befürchtet hatte – auch nur andeutungsweise etwas *Gutes* für ihn sein könnte.«

»Weil es für ihn ungemein wichtig ist, Dinge zu durchschauen, wie du weißt. Ian ist wohl einer der konzentriertesten, methodischsten Menschen, die ich je kennengelernt habe. Dinge zu verstehen schätzt er sehr hoch. Das hängt zum Teil, denke ich, damit zusammen, dass er als junger Mensch gezwungen war, mit der fehlenden Orientierung und dem irrationalen Verhalten seiner Mutter umzugehen. Ist dir klar, wie schwer es für ihn gewesen sein muss, alles Wissen über seine Herkunft nur von einer geisteskranken Frau bekommen zu können? Er kompensierte dies, indem er ihre gemeinsame Welt so ordentlich, kontrolliert und vorhersehbar gemacht hat, wie es ihm irgend möglich war. Und trotzdem waren noch so viele Fragen offen. Sein früheres Leben – seine eigene Identität – blieb verschwommen für ihn.«

»Es war dann also gut, etwas über Trevor Gaines herauszufinden, weil es ihm Fragen beantwortete. Es hat ihm geholfen …«

»Das Verschwommene etwas klarer zu bekommen, genau«, vollendete Anne den Satz.

Francesca sah Elise nach, die gerade in die Box eines rotbraunen Hengstes trat und ihm beruhigende Worte auf Französisch zumurmelte.

»Du denkst also, dass es ihm in jedem Fall lieber ist, die Wahrheit zu kennen, ganz egal wie schmerzhaft oder hässlich diese Wahrheit ist?«, sagte Francesca langsam. Der Zorn, den sie in ihrer Brust fühlte, schien sich immer mehr zu verfestigen, bis sich ihr Herz wie ein eiskalter Stein anfühlte.

»Ja, das wollte ich damit sagen.«

»Das wird ihm nicht helfen«, erwiderte Francesca schonungslos. »Es gibt in einem Mann wie Trevor Gaines nichts, was man verstehen könnte.«

Anne seufzte und stellte sich neben sie, um ebenfalls Elise nachzuschauen.

»Es geht nicht darum, dass er die Wahrheit über Trevor Gaines herausfinden möchte, nicht grundsätzlich jedenfalls«, antwortete Anne niedergeschlagen. »Er versucht verzweifelt, sich selbst zu verstehen.«

Nach diesem Gespräch war Francesca aufgewühlt, sie wäre am liebsten aus der Haut gefahren. Sie entschuldigte sich und gab vor, ein paar bildhauerische Details an der Fassade von Belford Hall genauer studieren zu wollen, um Anne und Elise zurücklassen zu können. Obwohl Anne ein wenig besorgt schaute, gab sie ihr auch um Elises willen nach. Doch als sie Minuten später Belford erreicht und mit der Schlüsselkarte und dem Code die Eingangstür geöffnet hatte, ging es ihr noch nicht besser. Im Gegenteil, ihre Nervosität stieg, als sie Ian erblickte, der sich in der Eingangshalle leise mit Gerard unterhielt. Sie hatte den sicheren Eindruck, als habe er auf ihre Rückkehr gewartet. Er hatte inzwischen geduscht und seine gut geschnittene, frische Garderobe, eine schwarze Hose, ein weißes Hemd und ein hellgraues Jackett, bildete einen attraktiven Kontrast zu der Tatsache, dass er sich nicht rasiert und folglich eine leichten Stoppelbart hatte. Die Schatten in seinem Gesicht betonten die blauen – und wild schauenden – Augen noch zusätzlich, mit denen er sie durchdringend ansah.

Er flüsterte Gerard etwas zu und kam zu ihr, um sie zu begrüßen. Nach einem Gespräch mit ihm stand ihr jetzt wahrlich nicht der Sinn. Die vergangene Nacht und das Gespräch mit Anne hatten sie verwirrt, sie wusste nicht mehr, was sie fühlte. Ihre Nerven waren gespannt und lagen blank.

Sie wollte an ihm vorbeigehen, ihre Augen starr auf den Fluchtweg gerichtet, die Treppe, als er auf sie zutrat.

»Francesca, warte.«

Sie hielt an und schaute sich misstrauisch nach ihm um.

»Kann ich mich kurz mit dir unterhalten?« Ian wies dabei mit dem Kopf in Richtung Salon.

»Nicht jetzt«, platzte es aus ihr heraus. Etwas entfernt, irgendwo hinter Ian, der für ein paar atemlose Sekunden ihre ganze Welt zu sein schien, hörte sie ein Türklappen. Anne und Elise waren angekommen.

Seine Nasenflügel bebten leicht, und sie konnte seine nur mühsam beherrschten, hochgekochten Emotionen spüren. Er kam näher.

»Es dauert nur einen Augenblick.«

»*Nein*«, sagte sie und fühlte sich dabei schwankend … unsicher. Wenn sie ihn ansah war sie nicht mehr *wütend*, und sie wusste nicht, was sie davon halten sollte. Sie wandte sich ab, doch Ian griff nach ihrem Arm und hielt sie fest. In diesem Sekundenbruchteil ging das Temperament mit ihr durch. Sie riss den Arm zurück und befreite sich aus seinem Griff.

»Lass mich in Ruhe«, rief sie verzweifelt aus. Sie drehte sich um und ging.

»Francesca«, brachte er mit spürbarer Frustration heraus. Es versetzte sie in Alarmbereitschaft, solch einen Ton in der Stimme eines Mannes zu hören, der ansonsten so kontrolliert war.

Es schmerzte sie.

Sie lief weiter auf die nächstgelegene Tür zu, blind eine Fluchtmöglichkeit suchend, und nur mit Mühe gelang es ihr, die Gefühlslawine in ihr abzubremsen. Wahllos ging sie auf eine Tür zu, die sich gerade öffnete, kurz bevor Francesca sie erreicht hatte. Clarisse kam heraus, deren Lächeln beim Anblick von Francescas Miene erstarb. Francesca stürmte, ohne ein Wort zu sagen, an ihr vorbei in das Esszimmer und schlug die Tür hinter sich zu.

Ian wollte ihr gerade nachsetzen, hielt dann aber inne, als er Annes leise Warnung bemerkte.

»Nein, Ian. Lass sie jetzt.«

Mit einem lauten, frustrierten Stöhnen blieb er abrupt stehen, als er das Knallen der Esszimmertür hörte. Clarisse sah ihn an und ließ erschreckt einen kleinen Alarmschrei hören. Am Rande seines Wahrnehmungsfeldes bekam er mit, wie blass das Dienstmädchen aussah, während es ihn mit großen Augen anstierte. Was sah sie in ihm in diesem Moment? Er *ängstigte* Clarisse.

Gerard kam näher. Ian biss sich auf die Zähne. Er musste unbedingt einen Weg finden, um mit dem Zorn umzugehen, den er gegenüber Gerard verspürte. Er war von Eifersucht getrieben.

Oder nicht?

»Erinnere mich bitte daran, dass ich mich niemals mit Francesca anlege«, versuchte Gerard die Situation aufzuheitern.

»Sei doch still, Gerard«, fuhr ihn Ian aggressiv an. In den Augen seines Cousins sah er die Verärgerung aufblitzen, aber er war zu verwirrt, um sich zu entschuldigen. Er schritt durch die Eingangshalle und öffnete die Tür zum Salon. Die Art und Weise, wie er sie heftig wieder schloss, machte allen klar, dass er jetzt allein bleiben wollte.

»Wie viel Zeit hast du?«, raunte Gerard später, als er Clarisse in sein Zimmer gezogen und die Tür geschlossen hatte.

»Nur etwa eine Stunde. Mina ist krank, also muss ich beim Mittagessen helfen.«

»Das reicht.« Gerard legte seine Hand an ihren Hals und küsste sie. Sofort darauf begann er, sie auszuziehen, er war nicht in der Laune für ein langes Vorspiel. Ein Vorspiel war auch gar nicht erforderlich. Clarisse war jung und fügsam und sehr gerne bereit, das Bett mit dem zukünftigen Earl of Stratham zu teilen. Sie lehnte sich gegen ihn, während er den Reißverschluss ihres Kleides öffnete, drückte ihre Brüste gegen seine Rippen und ließ ihre Hände über seinen Körper gleiten, um ihm zu Diensten zu sein.

Sehr zu Diensten zu sein.

Er zog ihr das Dienstmädchenkleid aus und legte es über seine Armbeuge. Sie schob sich noch dichter an ihn heran, und ihre blauen Augen öffneten sich weit, als sie die Hand zwischen ihre Körper schob und seine Erektion berührte. Er war steinhart. Er wurde seine offenkundige Erektion nach vergangener Nacht einfach nicht los, egal wie oft er masturbierte. Deshalb hatte er Clarisse vorhin in der Eingangshalle heimlich ein Zeichen gegeben, sie solle für ein außerplanmäßiges Stelldichein in sein Zimmer kommen. Seine Erregung war derart groß, seine Hand allein reichte nicht aus.

Er musste sich von seiner latenten sexuellen Spannung befreien. Schließlich musste er sich konzentrieren, wollte er noch den letzten Teil der Aufnahme mit Ian an seinem Computer verfolgen. Zumindest *diese* Kamera hatte er an dem absolut richtigen Platz in Ians Zimmer installiert.

»Wenn ich mir *das* anschaue«, Clarisse blickte vielsagend auf seinen Schwanz, »wollen Sie meinen Bericht über Francesca vermutlich erst später hören? Ich habe nämlich interessante Neuigkeiten für Sie.«

»Zum Beispiel, dass sie die vergangene Nacht nicht in ihrem Zimmer verbracht hat?«

Sie war überrascht. Gerard schaute verbissen fröhlich.

»Ich habe auch noch andere Möglichkeiten, um an Informationen zu kommen. Ich mache mir Sorgen. Zwischen Ian und ihr werden die Sachen immer unsicherer. Du hast selbst gesehen, wie sie vorhin in der Eingangshalle zueinander waren.«

»Ja. Mr. Noble sah … furchteinflößend aus. Aber denken Sie wirklich, er ist gefährlich?«

»Er ist nicht stabil. Ich fürchte, er könnte mehr nach seiner Mutter kommen, als wir uns das alle eingestehen möchten. Anne und James sind verunsichert, das weiß ich, aber sie möchten nichts dazu sagen. Das Thema ist zu schwierig für sie, zumal sie ja schon bei Helens Abstieg in die Geisteskrankheit sehr gelitten haben. Ians Gemütsverfassung ist ja überhaupt der Grund, weshalb ich dich gebeten habe, nach Francesca zu schauen. Leider sieht es so aus, als hätten sich ihre Gefühle für ihn nicht geändert, trotz seiner Unberechenbarkeit. Das mit den beiden wird nicht gut enden«, stellte er erbittert fest.

Er übersah Clarisses besorgte Miene und zog sie hinter sich zum Bett, ohne ihr die Dessous oder die Schuhe auszuziehen.

Sie musste fast rennen, um hinterherzukommen, ihre Brüste hüpften im Push-up-BH.

»Beug dich nach vorne übers Bett«, sagte er knapp. »Du hattest recht. Ich habe keine Lust, noch länger zu warten.«

»Yes, Sir.«

Sie tat, was ihr gesagt worden war, und er lächelte, als er in die Tasche ihrer Uniform fasste, die er noch über dem Arm hatte. Er nahm ihre Schlüsselkarte für Belford an sich. Clarisse hatte ihm kürzlich dummerweise davon erzählt, dass sie häufig Ärger mit ihrer vorgesetzten Hausangestellten wegen verlegter Schlüsselkarten bekam. So hatte er, zu ihrem Leidwesen, erfahren, dass sie sich immer wieder selbst in Schwierigkeiten brachte, was Gerard für sich auszunutzen plante. Er öffnete eine Schublade im Nachttisch, legte die Karte hinein, zog dafür eine Flasche mit Gleitmittel heraus und warf das Kleid zur Seite.

Er hatte nie von ihr verlangt, Sir genannt zu werden. Es rutschte ihr einfach hin und wieder raus, und es störte ihn nicht im Geringsten. Im Gegenteil. Wäre das Schicksal ihm nicht so schlecht gewogen, hätte Clarisse ihm bald genauso gehört wie alles andere in Belford.

Er schob seine Hose und Unterhose nach unten und öffnete die Flasche mit dem Gleitmittel. Er trat auf sie zu und rieb sich dabei die seidig glänzende Flüssigkeit auf die drängende Erektion. Sie war auf diesen schnellen Vorstoß sicher nicht vorbereitet, aber er war es. Und das war es schließlich, was zählte.

Er schob ihren Slip über den Po und ließ ihn auf ihre Knöchel fallen. Er drückte eine ihrer Gesäßbacken und stöhnte lustvoll auf. Sie war fest und straff, vielleicht nicht üppig genug für das, was er mit ihr vorhatte. Dennoch, sie genügte ihm. Er stieß seinen Schwanz in sie, sie jammerte.

Ja, sie würde ihm vollauf genügen.

Er jagte seinen Schwanz in ihre Muschi, packte ihre schlanken Hüften und fing an, sie mit unmissverständlicher Gier zu stoßen. Anfangs war ihr Stöhnen Ausdruck ihrer Schmerzen, doch dann wurde es sehr bald zum Geräusch einer Frau, die es genoss, durchgevögelt zu werden. Ihre Muschi war eng und muskulös. Obwohl sie sich geweigert hatte, ihm diskrete Dinge über Francesca zu verraten, hatte er sie als seine regelmäßige Liebhaberin auserwählt, solange er hier in Belford war. Clarisse würde so ziemlich alles tun, war er im Bett von ihr verlangte.

Was ihn daran erinnerte …

Sie wurde immer heißer und feuchter, sie stöhnte, als er sie kräftig nahm. Er packte ihre Pobacken und schlug mit der Hand auf eine, während er seinem Schwanz beim Raus- und Reingleiten zusah. Sie wimmerte bei dem Schlag, also wiederholte er ihn noch ein paar Mal. Sein Schwanz zuckte in dem engen Gang bei jedem klatschenden Geräusch und dem Anblick der immer röter werdenden, weichen Pobacken zusammen.

Er biss die Zähne zusammen, hielt sich zurück und zog seinen Ständer langsam aus ihr heraus. Sein Schwanz sackte ab und schnellte dann wieder nach oben. Mein Gott, er war so geil. Könnte er nur die vergangene Nacht aus seinem Kopf bekommen. Es quälte ihn, die Erinnerung an das, was er da gesehen hatte … und was er *nicht* gesehen, sondern nur gehört hatte. Er verfluchte Ian, dass er nicht mitspielte und *alle* seine Spielchen mit Francesca außerhalb des Bettes vollführt hatte, auf das eine seiner zwei Überwachungskameras gerichtet war. Es stimmte schon, sein Hauptanliegen war es, Informationen zu sammeln. Und er war nahe dran – sehr nahe dran –, Ians schnelle Fingerbewegungen über dem Computer so zu analysieren, dass er dessen Passwort decodieren konnte. Doch das hieß nicht, dass er nicht auch all die anderen Dinge genoss, die er im Zimmer seines Cousins vorige Nacht gesehen hatte. Wobei, Gerard war sich nicht sicher, ob *genießen* das richtige Wort war. Denn es brachte ihn auch auf, zerfraß ihn, verfolgte ihn, dass er Francescas Lustschreie und ihr Stöhnen hören und Ians Dominanz und Besitz von etwas beobachten musste, das er, Gerard, nicht unterwerfen oder besitzen konnte.

Es wäre besser für Francescas Gesundheit, hätte sie Gerard erhört. Viel besser. Sie beging einen Fehler, Trost und Schutz bei einem Mann zu suchen, der nicht dazu bestimmt war, noch viel länger auf dieser Erde zu wandeln.

Die Überwachungskamera plagte ihn also auch, dachte Gerard und verzog sein Gesicht, während er seine stramme Erektion streichelte. Die unbefriedigte Erregung sorgte für ein Unwohlsein und zugleich auch für ein Vergnügen. Es gefiel ihm, Neues zu entdecken, dass ihn so hart und männlich werden ließ.

Er stieg mit den Füßen aus seinen Hosen und Unterhosen, zog den Gürtel heraus und legte ihn um eine Hand. Clarisse stand immer noch vornübergebeugt, doch sie blickte ängstlich über die Schulter. Sie gab ein aufregendes Bild ab, wie sie so dastand, ihre Wangen gerötet vor Erregung, ihr Po leicht rosa, ihre Schamlippen deutlich zwischen den Schenkeln zu erkennen, die Hautfalten feucht und gerötet. Sie sah den Gürtel. Sein Schwanz zuckte hoch, als ihre Augen sich vor Beklemmung weiteten. Ihre sexuelle Beziehung hatte erst einen Tag vor Francescas Ankunft in Belford begonnen, nachdem er gehört hatte, dass sie Francesca zugeteilt worden war. Etwas in dieser Art hatte er noch nie mit ihr gemacht. Er kicherte und strich mit dem Leder über ihren Arsch.

»Ich schlage vor, dass wir die Dinge zwischen uns jetzt noch ein wenig interessanter gestalten«, sagte er mit seidenweicher

Stimme. »Ich habe erst kürzlich erkannt, wie aufregend so ein Gürtel sein kann.«

Er wartete nicht ab, ob sie einverstanden war, bevor er sie mit dem Lederriemen schlug. Sie fiel nach vorne, schrie laut auf und bedeckte sich mit ihren Händen.

Francesca erkannte den verschlungenen Weg wieder, den sie in der Ballnacht genommen hatte, um Mrs. Hanson zu finden. Es schien, als hätte sie einen Umweg gemacht. Alles, was sie hätte tun müssen, wäre gewesen, die Tür aus dem Esszimmer heraus zu öffnen und dann den Servier-Sammelraum zu durchqueren, von dem aus eine Treppe hinunter in die Küchen führte. Als sie sicher war, dass Ian ihr nicht nachkam, setzte sie sich auf die Treppe, sammelte sich und trocknete ein paar Tränen, während im Hintergrund das Klappern von Töpfen und Gesprächsfetzen zu hören waren.

Mrs. Hanson begrüßte sie warmherzig und war gerne einverstanden, ihr ein Sandwich für unterwegs vorzubereiten, nachdem Francesca ihr erklärt hatte, dass sie in das Gärtnerhäuschen gehen und dort zeichnen wolle. Die Arbeit würde ihr helfen, sich zu konzentrieren … würde sie auf den Boden zurückbringen.

Die Haushälterin übertraf Francescas Erwartungen bei Weitem, als sie ihr ein riesiges, mit Hühnchensalat belegtes Sandwich, Obst, zwei Scones, eine Tüte Milch, selbstgebackene Haferkekse, eine Thermoskanne Kaffee und Kaffeesahne einpackte. In diesem aufgelösten Zustand wollte Francesca Ian nicht begegnen, also bat sie Mrs. Hanson, Anne die Nachricht zu überbringen, dass sie nicht zum Essen kommen werde.

Sie wiederholte das Gespräch mit Anne immer wieder in ihrem Kopf, als sie schließlich vor dem Panoramafenster im Gärtnerhäuschen saß und zeichnete. Ihr wurde klar, dass sie dem, was Ians Großmutter gesagt hatte, absichtlich widersprach. Würde sie Annes Argumentation folgen, dann würde sie nicht nur ihren Ärger über Ians Verschwinden opfern müssen. Dann müsste sie sich auch ihre Hilflosigkeit im Umgang mit seinem Schmerz eingestehen.

Dann müsste sie zugeben, dass es nichts gab, was sie konkret tun konnte, um Ians Leiden zu mindern, außer ihm zu erlauben, seinen Weg weiterzugehen.

Und das war etwas, wie sie merkte, was nicht leicht zu erlauben war.

Womöglich waren es diese angstvollen Gedanken, die sie so unzufrieden sein ließen mit ihren ersten Zeichnungen von Belford. Was sie in groben Umrissen auf das Papier gebracht hatte, hatte wenig gemein mit dem Haus, das sie nun kannte, diese kalte, strenge, tote Schale zeigte nichts von der warmen und stolzen Tradition, die sie zu respektieren und lieben begonnen hatte.

Sie riss die Seite aus ihrem Zeichenblock heraus und zerknüllte sie frustriert. Impulsiv griff sie nach ihrem Mantel, dann nach ihrem Zeichenblock und den Stiften und trat vor die Tür des Häuschens.

Ian stand auf der Türschwelle des Gärtnerhäuschens, in angespannter Vorsicht, als er keine Antwort auf sein Rufen erhielt. Er durchschritt schnell den Raum, sah das ersterbende Feuer und das zusammengeknüllte Papier neben dem Stuhl, den sich Francesca an das Fenster herangeschoben hatte.

»Francesca?«, rief er wieder, nun noch nervöser. Er spürte, dass das Haus leer war, doch womöglich wollte sie ihm wegen der Auseinandersetzung vorhin nur aus dem Weg gehen. Er ging durch die Küche und den Flur entlang und warf einen Blick in das leere Badezimmer. Es wäre ihm lieb gewesen, sie hier, versteckt vor ihm, zu finden. Dann wüsste er sie zumindest in Sicherheit und unverletzt.

Das Schlafzimmer war ebenfalls leer.

»Francesca?«, brüllte er. In seinem Kopf tauchten bereits schreckliche Dinge auf, deren bloße Vorstellung ihm bereits das Blut in den Adern gefrieren ließ. Er zuckte zusammen, als er das Geräusch der zuknallenden Eingangstür hörte.

»Ian?«

Er riss seine Augen auf, und Erleichterung durchflutete ihn, als er ihre atemlose Stimme erkannte. Er wollte zu ihr nach vorne gehen, blieb aber in der Tür zum Schlafzimmer stehen, als er sie durch den Flur auf sich zukommen sah.

»Wo warst du?«, wollte er wissen. Er trat zurück, sodass sie ins Zimmer kommen konnte. Der Flur war düster, das Schlafzimmer dagegen sonnendurchflutet. Er betrachtete ängstlich ihr Gesicht auf der Suche nach Anzeichen für einen Notfall. Sie hatte ihren Zeichenblock unter dem Arm und Stifte in der behandschuhten Hand. Ihre Nase und die Wangen waren von der Kälte gerötet, ansonsten war sie völlig in Ordnung.

»Ich bin in den Wald gegangen, um Belford durch die Bäume hindurch zu zeichnen. Ich war nicht weit weg, ich konnte dich ja schreien hören.«

»Du solltest nicht so herumstreunen. Ich wusste nicht, wo du warst.«

»Das habe ich gemerkt, so wie du gebrüllt hast.« Er war so erleichtert darüber, dass alles in Ordnung mit ihr war – keine Entführung, Verletzung oder Schlimmeres –, dass er eine ganze Weile brauchte, um ihr Lächeln zu bemerken. Er blinzelte, um sicherzugehen, dass er sich nicht täuschte. Diesen ganz besonderen, so vertrauten Ausdruck des zärtlichen Amüsements hatte er lange, lange nicht mehr gesehen.

Er atmete langsam aus.

»Großmutter hat mir erzählt, dass du durch Mrs. Hanson ausrichten ließt, dass du hier bist. Mir wäre es lieber, wenn ich Bescheid wüsste, wenn du rausgehst. Eigentlich wäre es mir sogar noch lieber, wenn du gar nicht alleine durch die Anlagen laufen würdest.« Mit zusammengekniffenen Augen beobachtete er weiterhin ihren Gesichtsausdruck, denn er war noch skeptisch, was ihre Laune anging.

Sie zuckte mit den Schultern, ging hinüber zum Schreibtisch und legte Zeichenblock und Stifte ab. Sie kam zu ihm zurück, zog die fingerlosen Handschuhe aus und knöpfte ihren Mantel auf. Aus dem Augenwinkel heraus blickte er auf ihr dunkelrotes T-Shirt, das ihre schmale Taille und die vollen Brüste betonte.

»Nun, ich bin jetzt ja nicht mehr alleine.« Ihre Augenbrauen hoben sich in einer Miene, die er nur als herausfordernd verstehen konnte.

»Nein … aber für die Zukunft«, erwiderte er schroff. Er blickte sie noch einen Moment an und forschte nach weiteren Hinweisen auf ihre Stimmung, doch sie sah ihn nur ruhig an.

»Ich wollte heute Vormittag mir dir über ein ganz bestimmtes Thema reden«, sagte er beklommen.

»Es tut mir leid, wie ich mich verhalten habe.«

Er blinzelte überrascht über diese einfache Entschuldigung.

»Ich wollte dich nicht damit beunruhigen, mit dem …« Er schwieg unsicher, denn er wollte ihren Ärger über seinen Grund, nach Frankreich zu gehen, nicht in Worte fassen. Er räusperte sich. »Was heute morgen zwischen uns passiert ist«, führte er aus. »Ich habe mit Lucien, meinen Großeltern und Gerard gesprochen. Sie halten es auch für eine gute Idee, dass ich morgen hier in Belford eine kleine Pressekonferenz abhalte, nur um anzukündigen, dass wir versuchen werden, Tyake zu übernehmen, und um zu verdeutlichen, dass ich es bin, der die ganze Sache in Angriff genommen hat. Ich habe Lin kontaktiert, sie bereitet alles vor. Ich denke, es wäre klüger, wenn du nicht bei der Pressekonferenz auftauchen würdest. Ich möchte dich lieber aus der öffentlichen Wahrnehmung heraushalten. Großvater ist einverstanden.«

Sie machte einen Schritt auf ihn zu.

»Du hast vor, wieder zu arbeiten?«

»Ja, zumindest mehr als in letzter Zeit.« Er blickte sie an. »Ich übernehme wieder die Kontrolle, Francesca.«

»Und was ist mit deiner anderen wichtigen Aufgabe … dieser … dieser Suche nach dir selbst?«, fragte sie stockend. Er erkannte, dass sie sich große Mühe gab, nicht höhnisch zu klingen. Das rechnete er ihr hoch an. Und doch war ihm klar, dass er sie noch immer vorsichtig behandeln musste.

»Die gebe ich nicht auf. Es tut mir leid«, fügte er an, als er einen Anflug von Enttäuschung bemerkte und ihre Hoffnungen zunichtemachte. »Ich muss meine Zeit aber gleichmäßiger aufteilen. Alle machen sich Sorgen darüber, was dir in Chicago zugestoßen ist, und sie denken auch, dass es mit der Menge an Macht zusammenhing, die ich dir stellvertretend übertragen hatte.«

»Ich weiß wirklich nicht, wie du das annehmen kannst, Ian.«

»Das kann ich, denn ich bin selbst zuvor bedroht worden.«

»Was?«, rief sie bestürzt.

»Kein Grund, sich Sorgen zu machen.«

»Wie, kein Grund sich Sorgen zu machen? Man muss sich Sorgen machen, wenn es um mich geht, aber nicht wenn es um dich geht?«

»Das gehört einfach dazu. Normalerweise macht sich irgendein Spinner da mit völlig gegenstandslosen Drohungen lächerlich«, erklärte er teilnahmslos.

»Und unnormalerweise?«

»Deswegen habe ich ja eine so gute Sicherheitsabteilung«, sagte er mit scharfem Blick. Es wurde langsam warm im Raum. Er knöpfte seine Jacke auf und blickte schuldbewusst auf Francescas blasses, starres Gesicht, als sie nicht antwortete. »Es ist noch nie so viel passiert, dass du dir hättest Gedanken machen müssen. Jetzt komme ich mir wie ein Idiot vor, dass ich nicht daran gedacht habe, dass dir in der Position, in die ich dich gebracht habe, etwas Ähnliches zustoßen könnte. Dafür«, er blickte ihr in die Augen, »möchte ich mich entschuldigen.«

Für einen Sekunde war sie verblüfft. Dann gewann sie ihre Fassung wieder und schüttelte den Kopf. Er hielt den Atem an, als sie weich lachte.

»Glaub es mir, wenn du magst, oder auch nicht, aber es hat mir Spaß gemacht, bei dem Tyake-Deal mitzuarbeiten. So hatte ich etwas, worauf ich mich stürzen konnte. Es war besser, als ich es vorher erwartet hätte.«

»Ich habe immer gesagt, dass du einen ausgeprägten Geschäftssinn hast.« Sie erwiderte seinen Blick, und nun verstand er. »Okay, alles klar. Das war nicht *die* Entschuldigung, die du wolltest.«

»Oder die ich erwartet habe«, ergänzte sie ruhig. Eine Sekunde lang dehnte sich die Stille zwischen ihnen. Sie wurde dicker, schwerer. »Es hat mir Freude bereitet, dir zu helfen, Ian. Dich zu unterstützen. Damals war mir das nicht so deutlich, aber jetzt weiß ich es. Das war die einzige Möglichkeit, die du mir gelassen hast, etwas für dich zu tun. Du hast es mir ja nicht erlaubt, deine anderen Belastungen mit dir zu teilen.«

Er hörte die Frustrationen in ihrer Stimme und verstand.

»Mir ging es gut, Francesca …«

»Du warst völlig gebrochen«, unterbrach sie ihn schonungslos.

Er kniff den Mund zusammen. Schmerz machte sich in seiner Brust breit, und er versuchte ihn zu unterdrücken. Den freigewordenen Raum nahm dann Ärger ein. Deswegen mochte er solche Gespräche nicht. Sie rissen alte Wunden auf. Ließen ihn Dinge *spüren*, wenn er es gar nicht brauchen konnte.

»Wie hättest du dich gefühlt«, fragte sie mit leiser, zittriger Stimme, »wenn ich so verletzt worden wäre wie du und einfach davongelaufen wäre, ohne dir die Chance zu geben, mich zu trösten? Wie würdest du dich dann fühlen? Ian?«, drängte sie ihn, als er nicht reagierte. Sie trat einen weiteren Schritt auf ihn zu.

Seine Nasenflügel bebten, als er versuchte, tief Luft zu holen und gleichzeitig den Mund geschlossen zu halten, damit er nicht … ja, was nicht sagte? Er wusste es nicht. Er wäre in diesem Moment gerne weggelaufen, aber Francescas Augen verboten es ihm.

Sie hob erwartungsvoll, gespannt die Augenbrauen.

»Wütend«, gestand er schließlich. »Verzweifelt.«

»Ganz genau.« Sie ging nun ganz nahe zu ihm hin und legte ihre Hände an sein Gesicht. Ihre Augen verbrannten ihn wie dunkles Feuer. Der Schmerz in seiner Brust nahm zu, obwohl er sich doch alle Mühe gab, ihn in Schach zu halten. Mit verzerrtem Gesicht packte er ihre Handgelenke und wollte sie wegschieben. Doch genau damit hatte sie gerechnet. Sie befreite ihre Hände aus seinem halbherzigen Griff und warf ihr Gewicht gegen ihn, sodass er sie auffangen musste. Nun hatte er ihre Hüfte unter dem Mantel gepackt, sie fasste nun sein Kinn wieder und zog sein Gesicht zu sich nach unten.

Verdammt. Das hatte er nicht erwartet; er hatte ihre ungewöhnliche Stimmung falsch eingeschätzt. Darauf war er nicht vorbereitet.

Sie presste ihren Oberköper an seinen und stellte sich auf die Zehenspitzen. Dann küsste sie ihn. Süß. Süchtig machend.

Nachdrücklich. Das Verlangen zögerte nicht, sondern eroberte sein Blut und wusch all seine Zweifel… seine Wut… seinen Stolz hinweg. Er hätte fortgehen sollen, solange er es noch konnte, sich in der Einsamkeit verstecken, um diesen Schmerz zum Schweigen zu bringen.

Nachdem er sie geschmeckt hatte, wusste er, dass er bleiben würde.

Es war wie ein Ausharren in züngelnden Flammen, ein Akzeptieren dessen, was sie ihm gab … im Wissen, dass sie seinen Schmerz kannte… ihr die Pflege seiner Wunden zu erlauben. Das war keine bewusste Entscheidung von ihm. Er konnte sich einfach nur nicht mehr rühren. Er war zwischen Schmerz und Schande auf der einen sowie ungezügeltem Verlangen auf der anderen Seite wie paralysiert.

Sie stöhnte leise in seinen Mund, ihr Geschmack durchdrang ihn. Erregung ließ seinen letzten Widerstand dahinschmelzen. Er verstärkte seinen Griff, legte eine Hand auf ihren unteren Rücken, die andere auf ihre Hüfte und den Po. Er beugte sich über sie, zwang sie, sich ein wenig nach hinten zu biegen, und rieb sich an ihr.

Sie unterbrach ihren Kuss, schob ihn weg und streckte sich. Er presste sie an sich, während sie Küsse auf sein Kinn und seinen Nacken prasseln ließ. Als sie sich eben zum ersten Mal geküsst hatten, waren ihre Lippen noch kühl von der winterlichen Luft gewesen. Sehr schnell waren sie heiß, ja fiebrig geworden in ihrer sich anbietenden Entschlossenheit.

Doch er hatte immer Schwierigkeiten, Dinge anzunehmen.

Er spürte, wie ihre Hände seine Hose öffneten.

»Francesca«, begann er mit heiserer Stimme.

»*Schschsch*«, beruhigte sie ihn. Ihre flinken Finger drückten die Knöpfe durch die Löcher in seinem Hemd. Die Anspannung war so stark in ihm, dass er ihr helfen wollte. Da öffnete sie den letzten Knopf und schob beide Seiten des Hemdes beiseite. Sie presste ihr Gesicht auf ihn. Er hielt ihren Kopf und blickte in das sonnendurchflutete Fenster, sodass er gar nichts sehen konnte, während ihr Mund über seine Haut fuhr, ihn küsste, leckte, vorsichtig biss. Seine Haut rötete sich vor Vergnügen. Er wollte sie in die Arme schließen und zum Bett hinübertragen, als sie an einem strammen Nippel sog und knabberte. Sie widerstand ihm, flüsterte ein »Nein« gegen seine feuchte Haut. Er schaute in hilfloser Erregung zu ihr hinunter, wie sie mit ihrer dunkelrosa Zunge seine sensible Haut wusch. Er fuhr mit seinen Fingern durch ihr Haar und zischte ihren Namen.

Als wolle sie ihm antworten, küsste sie nun seine Rippen und streichelte seine Rückenmuskeln, indem sie mit ihren Nägeln sein Rückgrat entlangfuhr, bis er erschauderte. Er seufzte in schmerzender Vorfreude auf, als sie vor ihm auf die Knie ging. O Gott. Es war so lange her für ihn, er glaubte, dass er es kaum lange würde aushalten können. Er verstand in diesem Moment überhaupt nicht, wie er jemals ohne dies hier überlebt hatte.

Sie legte seinen Schwanz frei und drückte die Hose unter ihn. Als ihre kühlen Finger nach seinem geschwollenen Ständer griffen, erwartete er beinahe, dass Dampf aufsteigen würde, so überhitzt war er. Sie hielt ihn nackt in seiner Hand, seine Unterhose klemmte an seinen Hoden. Sie strich fest über seinen Schwanz, ohne Scheu oder Widerwillen, mit sicheren und bestimmten Bewegungen, sogar ein wenig rau … eben genau so, wie ein Mann es mag.

Genau so, wie *er* es mochte. Wie er es ihr beigebracht hatte.

Sie befeuchtete den Kopf zärtlich mit der Zunge, während sie den Schaft energisch aufpumpte. Sie schaute zu ihm hoch und sah ihm in die Augen, als sie ihn zwischen die Lippen nahm. Er sog schnell Luft ein, als sie an ihm lutschte und sein

Schwanz an ihrer warmen Zunge entlangglitt. Er konnte in ihren Augen lesen, was sie dachte. Er wollte schreien. Weinen. Sie dafür bestrafen, dass sie ihn so intensiv fühlen ließ. In ihrem Mund kommen und niemals damit aufhören. Er fuhr mit den Fingern in ihre Haare, pulsierte himmlisch in ihr und entschied sich für die letzte Option.

Er hatte gelernt, dass er über Sex am besten seine Gefühle ausdrücken konnte. Zu guter Letzt war er ja doch nur ein Mann. Und doch heizten Fragen seine Erregung an. Woher kam bei ihr diese Liebesfähigkeit? Diese Großzügigkeit? Er konnte es nicht verstehen. Alles, was er konnte, war, sich hineinfallen zu lassen.

Er blinzelte kein einziges Mal, solange er zu ihr hinunterschaute. Er nahm ihren Anblick in sich auf, während sie ihn in sich aufnahm. Sie spannte die Lippen um seinen Schaft, und ihre Wangen wurden hohl, als sie es ihm mit diesem festen, einzigartigen Saugen besorgte, das ihm in schlaflosen Nächten immer wieder in Erinnerung kam. Sein Schwanz schlüpfte aus ihrem Mund, als sie sich absichtlich stark zurücklehnte. Sie schlug ihn spielerisch, verwöhnte ihn mit einem unglaublichen Handstreich von den Eiern bis zur Spitze und führte ihn dann wieder in ihren Mund ein. Sie schabte sanft mit den Zähnen vor und zurück über den empfindlichen Kopf, schloss dann ihre Lippen um ihn, zog den Kopf ein und sog fest an ihm.

Er stöhnte, presste seine Finger auf ihre Kopfhaut und kniff seine Augenlider fest zusammen. Ihr Anblick war zu verführerisch. Er bewegte seine Hüfte, und seine angespannten Bewegungen passten sich ihren an. Und noch immer gab er Acht, nicht zu fordernd zu sein. Es war lange her, dass sie dies erlebt hatte. Genau wie er, und er wollte diesen köstlichen Moment ausdehnen … festhalten.

Ihm war schon immer klar gewesen, wie freigiebig sie bei ihrem Liebesspiel war, wie selbstlos, doch heute, in diesem Moment, schnitt diese Wahrheit tief in sein Herz. Genauso tief wie die Lust. Welches Recht hatte er, sich immer das zu nehmen, was sie ihm so unschuldig, so offenherzig anbot?

Er stoppte mit der Bewegung der Hüften wieder, um sich zurückzuhalten, doch sie packte eine seiner Pobacken mit ihrer freien Hand. Sie drückte, und er öffnete seine Augen. Sie zog den Kopf ein, schluckte seinen Schwanz und zuckte kurz zusammen, als der Kopf ihre Kehle berührte. Ihre Nasenflügel bebten. Sie nahm den Kopf zurück und zog dabei so stark an ihm, dass er die Zähne zusammenbeißen musste.

Mit ihren Augen bat sie ihn dann.

Sein Stöhnen fühlte sich an, als würde es seinen Hals aufschlitzen. Er hielt ihren Kopf in seinen Händen, seine Daumen klemmten ihren Kiefer ein, und er stieß zu, indem er annahm, was sie ihm süß anbot. Wenn sie ihm etwas gab, hieß das, er hatte das verdient? Er wusste es nicht. Es war ihm gleichgültig, denn er wurde bei lebendigem Leib durch ihren Mund, durch ihre Liebe gefoltert. Die Zeit dehnte sich aus, während er entzückt auf sie hinuntersah, sie, die ihn mit solch stürmischer Präzision liebte.

Es war verflucht noch mal zu gut.

Er stieß zu und kam. Augenblicklich bog er seinen Körper nach hinten, um ihre Kehle freizulassen, und ergoss sich auf ihre Zunge. Er hielt sie fest an sich gepresst, nahm ihren festen, weichen Mund mit seinem pulsierenden Schwanz und schenkte ihr seinen Samen und was sonst noch aus seiner Seele losgerissen worden war.

Sein Körper zuckte in einem großen, letzten Aufbäumen versengender Leidenschaft.

Er sackte ab, taumelte ein wenig, richtete sich aber gleich

wieder auf, damit sein Schwanz sie nicht aufspießte. Er rutschte bei seinem Schwanken aus ihrem Mund, sie griff helfend nach seiner Hüfte. Ein zerfetztes Lachen kam aus seiner rauen Kehle.

»Was?«, fragte sie. Verwirrung und der Beginn eines Lächelns erschienen auf ihrem glitschigen, geschwollenen Mund. Er hatte einen weißen Tropfen seines Samens auf ihrer Unterlippe hinterlassen, als er gestrauchelt war. Ihre Schönheit blendete wie eine helle Taschenlampe sein ohnehin schon orientierungsloses Gehirn und überwältigte ihn.

»Es sieht ja wirklich so aus, als könntest du mir helfen, wieder ins Gleichgewicht zu kommen«, sagte er und bezog sich dabei auf ihre so unterschiedliche Größe und das ungleiche Gewicht.

Sie küsste die Spitze seines glänzenden Schwanzes. Er ächzte rau bei dem erotischen Bild, das sie abgab.

»Ich kann dich ins Gleichgewicht bringen«, sagte sie, ohne die Augen von ihm abzuwenden. Sein Lächeln verschwand. Sie stand auf, nahm seine Hand und führte ihn hinüber zum Bett.

KAPITEL 9

»Wir haben nicht einmal unsere Jacken ausgezogen«, stellte Ian atemlos, aber mit trockenem Humor fest, als er ihr einen Moment später half, sie von ihrem T-Shirt zu befreien. Er hatte keine Ahnung, wie sie das geschafft hatte: ihm das intimste, herzzerreißendste, entsaftendste Erlebnis seines Lebens zu verschaffen, wobei sie fast vollständig bekleidet geblieben waren und sogar Wintermäntel trugen. Jetzt saßen sie auf dem Bettrand, Ian hatte nur seine Hose aufgeknöpft, Francesca war inzwischen fast ganz nackt, neben ihnen bildeten ihre Jacken und ausgezogenen Kleider einen Stapel. Er zog ihr noch das T-Shirt über den Kopf, dabei fiel ihr seine krause Stirn auf.

»Was ist los?«, fragte sie.

»Warum?«

»Wie, warum?«, wollte sie wissen. Sie schob sein Hemd über seine Schultern und drückte ihre Finger für eine kleine Massage in seine Muskeln, bis er vor Wonne die Augen schloss. Dies war eines der vielen Dinge, die er an ihr liebte. Sie war ein geborener Genussmensch, der immer neugierig auf neue Erfahrungen war, auf Berührungen … Geschmäcker. Und ein weiterer Grund, weshalb es solch ein Segen war, dass sie beide Vergnügen daran hatten, wenn sie sich beim Sex so dominieren ließ. Ihre Berührung löschte die für ihn so typische Kontrolle aus.

»Warum bist du nicht mehr böse?«, fragte er unbeholfen. Er nahm ihre Hand in seine und küsste ihre Handfläche.

Sie warf ihm einen flüchtigen Blick zu, während er seine Arme aus dem Hemd zog.

»Ich weiß es nicht.« Sie griff hinter sich aufs Bett, stand auf und schlüpfte nackt in den schwarzen Kaschmirmantel, den er ihr einmal geschenkt hatte. Das mochte er nicht. Ihr nackter Körper war immer eine Augenweide für ihn – schön gerundet, fest, wunderbar feminin, in Form und Gestalt sein wahrer Traum. Er freute sich darauf, sie bald aufs Bett legen und ihr all das Vergnügen mit Zins und Zinseszins zurückgeben zu können, das sie ihm eben verschafft hatte. Finster ergriff er ihre Hand. Besser, sie würde nicht noch einmal versuchen fortzulaufen …

»Das ist keine Antwort, Francesca.«

Sie seufzte. Es schien ihr tatsächlich schwerzufallen, sich zu erklären.

»Es stimmt aber, ich weiß nicht, warum ich nun anders fühle. Alles, was ich weiß, ist, dass ich sehr bald wieder wütend auf dich sein werde, wenn du wieder verschwindest. Aber irgendetwas … ist passiert.«

»Was ist denn passiert?« Er hielt noch immer ihre Hand.

»Ich habe mit deiner Großmutter gesprochen und sie …«

»Ja, was?« Er hob sie auf seinen Schoß, denn der Abstand zwischen ihnen gefiel ihm nicht. Ungeduldig öffnete er ihren Mantel, um seinen Blick über ihre nackten Brüste, den Bauch und ihre Beine streifen lassen zu können. Das war zugegebenermaßen eine primitive Geste, um ihre Verfügbarkeit für ihn zu demonstrieren … eine vermutlich nutzlose, aber schlichte Erinnerung an ihre Intimität. Seine Liebe für sie wurde immer stärker, als er ihr feines Lächeln sah. Sie verstand ihn wirklich erschreckend gut. Er legte seine offene Hand auf ihre Wange und drehte ihr Gesicht zu seinem, eine wortlose Aufforderung weiterzureden.

»Sie versteht dich offenbar besser, als ich es tue«, sagte sie, vielleicht etwas bedauernd. Ihr wohlriechender Atem streifte sanft sein Gesicht.

Seine Augenbrauen runzelten sich.

»Ich glaube, wir wissen beide, dass das nicht dasselbe ist. Sie ist meine Großmutter. Nicht meine Geliebte.«

»Bin ich das denn? Deine Geliebte?« Ihre Stimme war schon fast ein Flüstern.

»Immer«, sagte er und drückte seine Lippen auf ihre. »Egal, ob du in meinen Armen liegst oder nicht.«

Er sah, wie sie schlucken musste, und war nicht sicher, ob sie gerade gegen Tränen ankämpfte. Ihre Stimme war jedenfalls stark genug, als sie fortfuhr.

»Anne hat mich daran erinnert, wie wichtig es für dich ist, dich auf etwas zu konzentrieren … von den Dingen eine klare Vorstellung zu haben … ein präzises Verständnis. Ich bin mit dir nicht einer Meinung darüber, wie wichtig dieser Trevor Gaines ist, Ian. Ich glaube, du misst ihm viel zu viel Bedeutung bei.«

»Ich weiß, dass du das glaubst«, erwiderte er gelassen und strich mit seinem Daumen über ihre Wange.

»Aber ich verstehe, welche Bedeutung es für dich hat, deine Vergangenheit zu verstehen.«

Sie blickten sich an. Ihre dunklen Augen wurden feucht.

»Ich weiß, dass du gelitten hast, und ich hasse die Vorstellung mit allem, was in mir ist, dass du das alleine durchmachst. Ich habe nicht aufgehört, mich darüber zu ärgern, dass du mich angebrüllt hast.«

»Aber?«, erwiderte er schnell und ruhig.

»Aber ich bin es leid, so zu tun, als wären mir deine Taten völlig unverständlich«, brach es aus ihr heraus. »Dass ich dich liebe, gibt mir nicht das Recht, von dir zu verlangen, anders zu sein als so, wie du bist … anders als der, der du bist. Und nur, weil ich nicht deiner Meinung bin und weil ich glaube, dass du mit deiner Trauer in aussichtsloser Art und Weise umgehst, ändert das nichts an der Tatsache, dass ich dich liebe. Und dich immer lieben werde.«

Beide schwiegen eine Weile, Ian war sich nicht einmal sicher, ob er überhaupt noch atmete.

»Wenn ich ehrlich bin«, fuhr sie dann in einem gemäßigteren, gedämpfteren Ton fort, »muss ich sagen, dass mich deine Reaktion auf Trevor Gaines und den Tod deiner Mutter nicht wirklich schockiert hat. Ich bin vielleicht nicht damit einverstanden, wie du mit der Trauer umgehst, aber ich verstehe es. Ich verstehe *dich*. Ich kann nicht einfach so selbstgerecht weitermachen wie bisher. Denn dein Verbrechen besteht doch eigentlich nur darin, nicht so zu trauern, wie ich es von dir erwartet habe, auf eine Art, die *mir* angemessen erschien.«

Er betrachtete ihre erröteten Wangen und leicht abgewandten Augen. Er hätte ihr gerne gedankt, doch aus irgendeinem Grund war das zu schwer für ihn. Sein Kehlkopf hatte seinen Betrieb eingestellt. Er streichelte ihr Gesicht. Vielleicht verstand sie ihn, denn sie drehte den Kopf zu ihm und küsste seine Handfläche.

»Das heißt aber nicht, dass ich denke, du solltest abhauen und dich wie besessen mit Trevor Gaines beschäftigen«, ergänzte sie mit einem scharfen Blick.

»Ich beschäftige mich nicht wie besessen mit ihm.« Er hatte seine Stimme wiedergefunden. »Ich möchte meine Wurzeln verstehen, Francesca.«

»Geschenkt«, antwortete sie. »Aber ich bin, anders als du, nicht der Meinung, dass du da einen positiven Weg gehst, Ian. Ich halte es für eine nutzlose, sinnlose Suche in der Vergangenheit, eine, die deiner Zukunft schaden wird. Ich muss dich nur ansehen, um zu erkennen, dass es dich verletzt und dir nicht hilft.«

»Das glaube ich nicht.« Obwohl sie so viel großzügiger war mit ihm, als er es verdiente, musste er in diesem Moment doch anderer Meinung sein.

Sie blickte in sein Gesicht. Er hielt ihrem Blick stand, doch es kostete ihn mehr Anstrengung als erwartet, ihm nicht auszuweichen.

»Du wirst mir noch immer nicht sagen, was du genau gemacht hast, oder?«, flüsterte sie.

»Das kann ich nicht. Und dir schon gar nicht.« Er konnte es nicht verhindern, dass man seiner Stimme die Qual anmerkte. Lucien hatte recht gehabt. Das musste er jetzt einsehen. Wenn er Francesca von der schmutzigen, ekligen Suche in dieser Bruchbude von einem Herrenhaus erzählte, wenn er ihr berichtete, was er bisher entdeckt hatte, würde sie wütend … angewidert sein. Sie dachte, sie verstünde ihn, aber *das* würde sie nicht verstehen. Er wusste, sie würde ihn anflehen, nicht alleine nach Aurore zurückzugehen. Er wusste, er würde ihr viel eher gehorchen als allen anderen … und er könnte ihren Wünschen womöglich sogar nachgeben.

Sie schloss die Augen, und er spürte ihren Schmerz. Er dämpfte ihre helle, Licht durchflutete Stimmung. O Gott, wie er das hasste. Er drückte sie an sich, ihren Kopf gegen sein Gesicht, und atmete ihren Geruch ein. Auf seiner Zunge lag bereits der Satz, dass er jetzt gehen müsse. Er würde ihr Wohlergehen aus der Ferne überwachen, vielleicht sogar einen Bodyguard anheuern, der sie beschützen sollte. Er wollte sie nicht noch mehr verletzen als bisher schon, aber er konnte ihr einfach nicht das sagen, was sie hören wollte. Jetzt konnte er es noch nicht. Doch bevor er noch etwas sagen konnte, stand sie bereits aus seinem Schoß auf.

»Ich möchte darüber jetzt nicht reden«, sagte sie mit einer atemlosen Leichtigkeit, die er ihr nicht eine Sekunde lang abnahm. Hatte sie geahnt, was er sagen wollte?

»Was möchtest du denn sonst tun?«, sagte er unbeholfen und griff nach ihrer Hand, um ihr zu helfen.

»Mittagessen?«, schlug sie vor. Er blinzelte. Verschmitzt lächelte sie mit ihren geschwollenen Lippen. »Mrs. Hanson hat mir genug zu essen für eine ganze Mannschaft eingepackt. Es ist alles im Kühlschrank. Danach könnten wir uns kurz hinlegen?«

Es war ihm unmöglich, ihrem Lachen zu widerstehen … es war so hoffnungsvoll, so absichtslos und doch überdeutlich verführerisch. Er konnte ihr nicht widerstehen, Punkt. Und genau hierin lag die Krux. Wenn er ihr widerstehen könnte, hätte er vom ersten Moment seines Aufenthalts in Frankreich Kontakt mit ihr gehalten.

»Mittagessen hört sich toll an.« Er stand auf und nahm sie in die Arme. Ein Schauder des Vergnügens durchlief ihn, als er ihre nackten Brüste an seiner Brust spürte. Er beugte sich zu ihr hinunter und hoffte, sie würde all seine Dankbarkeit, aber auch all sein Verlangen in diesem Kuss wiederfinden. »Aber wenn du denkst, dass wir uns nach dem Essen kurz hinlegen«, sagte er einen Moment später ganz trocken dicht an ihren Lippen und hob sie ein Stück hoch, damit sie seine wachsende Erregung spüren konnte, »dann irrst du dich gewaltig.«

Er sah, wie sie ihren Blick zu ihm hob. Ihr Lachen war wie ein warmer, sonniger Tag zwischen heftigen, peitschenden Stürmen. Es gab keinen Zweifel. Er war ein verdammter Egoist. Natürlich würde er sich diese gestohlenen Momente mit ihr nicht entgehen lassen, er war gierig auf jede kostbare, goldene Sekunde davon.

Sehr zu ihrem Verdruss schloss er seine Hose, während er ihr in der Küche half, das Essen vorzubereiten. Als sie zurück ins Bett gingen, bestand er darauf, dass sie den Mantel, den sie wie einen Morgenmantel getragen hatte, ausziehen und nackt essen sollte.

»Dein Anblick hat größeren Nährwert als das Essen«, sagte er barsch und hinderte sie daran, mit der Decke ihre Brüste zu verhüllen. Er gestand ihr zu, ihre Beine unter der Decke wärmen zu können, bestand aber darauf, dass ihr Geschlecht offen daliegen sollte. Sie hatte Teller, Besteck, Tassen und Servietten in der Küche gefunden und das riesige Sandwich und das Obst geteilt. Als sie sich gegen die aufgeschüttelten Kissen lehnte und an ihrem Sandwich knabberte, fiel ihr auf, dass sie keinen Appetit mehr hatte. Ian starrte unverhohlen intensiv auf ihren Venushügel, sogar während er abgelenkt aß. Schließlich gab er es auf, so zu tun, als würde er essen, nahm noch einen Schluck kalte Milch und stellte dann seinen Teller beiseite. Ihr Atem stockte, als er sich zu ihr umdrehte und energisch ihre Schenkel spreizte.

»Ohh.« Sie stöhnte, als er seine Finger nutzte, um auch ihre Schamlippen zu spreizen. Er lehnte sich an sie, schnappte sich ihren Teller und schob ihn in einer einzigen Bewegung auf ihren Nachttisch.

»Habe ich dir eigentlich schon einmal gesagt, dass du die schönste Muschi des Planeten besitzt?«, knurrte er sanft, mit zitternden Nasenflügeln und einem schamlos ihre offen daliegende Klitoris anstaunenden Blick.

»Ein paar tausend Mal«, konnte sie noch herausbekommen, so wie sie immer auf diese und ähnliche Fragen antwortete. Alles, was er mit seinem intensiven Blick bedachte, fing zu prickeln und kitzeln an.

Beide sahen zu, wie er mit der Fingerspitze ihre Klitoris rieb.

Seinen kräftigen, männlichen Finger in ihr zartes Fleisch gedrückt zu sehen, war für sie ein faszinierendes Schauspiel. Sie keuchte vor Vergnügen, das er ihr mit der präzisen Zärtlichkeit auf der feinfühligen Haut verschaffte. Leicht rutschte er in das befeuchtete Tal hinein. Als er seine Hand wieder zurückzog, biss sie sich vor Enttäuschung auf die Lippe. Seine Finger spazierten über ihre Hüfte und den Bauch und hinterließen dabei eine feine Spur der Feuchtigkeit, die sie in ihrer Spalte aufgenommen hatten. Sie sah ihn an. Sein Lächeln machte ihr deutlich, wie er diese Nässe genoss. Er warf einen Blick auf ihren Teller.

»Du hast nicht viel gegessen. Ich habe dich abgelenkt.«

»Das hast du«, gab sie errötend zu. »Aber das heißt nicht, dass ich darüber verärgert bin.«

»Mag sein.« Er nahm den kleinen Zweig mit Weintrauben, der noch auf ihrem Teller lag. »Aber du solltest trotzdem noch etwas essen.«

»Ich möchte aber nicht mehr.« Sie hob die Hand, um seinen sich kräftig wölbenden Bizeps zu streicheln, doch er hielt sie sanft fest und legte ihren Arm zurück aufs Bett.

»Du sollst aber mehr essen. Nicht nur ich habe Gewicht verloren.«

»Dann solltest du also auch essen«, gab sie mit gespieltem Unverständnis zurück.

Er lehnte sich mit ihr in die Kissen zurück und legte den Arm um sie. Sie lächelte, als er eine Traube abpflückte und sie gegen ihre Lippe drückte. Als sie sich weigerte, sie zu öffnen, musste er über ihre spielerische Herausforderung ebenfalls lächeln. Er blieb hartnäckig, streichelte mit der feuchten Traube über ihren Mund, rieb die Frucht an ihr, verführte sie …

Er grunzte zufrieden, denn sie öffnete schließlich die Lippen einen Spalt, durch den er die Traube gerade so hindurchschieben konnte. Einen Augenblick noch ließ er seinen Finger auf ihrer Zunge liegen. Er senkte den Kopf und sah dem Vorgang begeistert zu. Sie umschloss den Eindringling mit ihren Zähnen und kratzte erotisch darüber, als er ihn langsam wieder herauszog. Sie spürte, wie sein Schwanz, der an ihrer Hüfte lag, reagierte.

»Braves Mädchen«, neckte er sie. Während sie das süße Obst kaute und schluckte und plötzlich einen unbändigen Appetit darauf bekam, pflückte er eine neue Traube ab.

Er schob die nächste Frucht in ihren Mund und ließ sie wieder an seinem Finger lutschen. Sie sog fest und spürte, wie sein Schwanz zuckte.

»Wenn du ahnen würdest, was ich mir gerade vorstelle mit deinem süßen Mund zu machen – was ich mir vorstelle, schon mit ihm gemacht zu haben –, dann würdest du mich nicht so necken«, sagte er durch die zusammengebissenen Zähne, als er nach der nächsten Traube griff.

»Ich kann mir ziemlich gut vorstellen, was du gerne machen würdest«, sagte sie ehrlich. Auf ihrer Zunge explodierte der süße Geschmack des Obstes. »Ich möchte, dass du es machst. Du weißt das genau.«

Mitten beim Griff nach der nächsten Traube hielt er in der Bewegung inne, er kniff die Augen zusammen.

»*Was* genau soll ich denn tun?«

Leichtes Rot färbte ihre Wangen.

»Du weißt schon«, murmelte sie. Erwartungsvoll hob er die Augenbrauen. War es sein *Ernst*? »Na, mehr als nur ein bisschen die Kontrolle aufgeben, wenn du in meinem Mund bist. Dich nicht … so lange wie sonst zurückhalten.«

»Die meisten Frauen wären überhaupt nicht der Meinung, dass ich mich auch nur im Geringsten zurückhalte, Francesca. Eher im Gegenteil.«

»Oh, verstehe«, sagte sie, nun schon mit deutlich mehr Farbe im Gesicht. War sie verdorben, nur weil sie es liebte, wenn er sich selbst in dem Augenblick verlor? Wenn er sich ausschließlich darauf konzentrierte, durch ihren Körper Vergnügen zu erlangen?

Aus seiner Brust stieg ein Lachen auf.

»Es ist gut, wenn einer von uns beiden sich zurückhält«, raunte er und schob die Traube in ihren Mund. Trotz seiner gespielten Verwirrung spürte sie, wie sich sein Schwanz an ihrer Hüfte weiter versteifte. Auch sie erregte dieses Gespräch aus irgendeinem Grund.

»Es geht nur darum …« Sie zögerte weiterzusprechen. Während sie kaute, blickte sie ihm in die Augen. »Ich weiß, dass du dich oft bis zum Ende zurückhältst.«

»Mit gutem Grund«, sagte er missbilligend. »Ich würde dich niemals verletzen wollen.«

»Ich weiß, und ich will ja auch nicht verletzt werden«, versicherte sie ihm, bevor sie zögernd fortfuhr, »aber du könntest freier mit mir umgehen. Ab und an. Das würde mir nicht schaden. Ich … es …«

»*Was*, Francesca?«, fragte er angespannt. Die Trauben hatten inzwischen beide vergessen.

»Es erregt mich, wenn du mich für dein Vergnügen benutzt.«

Einen Moment lang hielt er sie nur mit seinem Blick gefangen. Dann schien sein Mund einen Fluch auszusprechen. Im nächsten Moment riss er die Decke von ihren Beinen und legte ihren nackten Körper bloß.

»Ich weiß, du versuchst mich dazu zu verführen, noch einmal in deinem süßen Mund zu kommen, aber das wird nicht funktionieren, meine Liebe. Nicht, bis ich nicht so weit bin«, sagte er grimmig, schob sich an das Bettende und rutschte zu ihr hinüber, bis er bäuchlings zwischen ihren gespreizten Beinen lag.

»Ich wollte dich zu gar nichts verführen«, lachte sie atemlos.

Er schenkte ihr einen halb amüsierten, halb ungeduldigen Blick. Sie hielt den Atem an, als er sich ihrer offen daliegenden Muschi näherte.

»Ziehe deine Knie an, und spreiz deine Schenkel weiter«, befahl er. Sie zog ihre Füße über das Laken in Richtung Schultern und meinte seinen Blick auf ihrer Muschi spüren zu können.

»Ian?«, fragte sie zittrig, als er eine weitere Traube pflückte. Ihre Augen weiteten sich, als er die dunkelblaue Frucht zwischen ihre Schamlippen schob und sie gegen ihren Kitzler presste, hoch und runter, rund herum. Er drückte fest zu. Die Haut der Traube platzte und kühler Saft lief über ihre erhitzte Haut.

»Du hast es selbst gesagt. Ich soll auch essen«, sagte er barsch, senkte seinen Kopf zwischen ihre Schenkel und begann mit einem plötzlich unstillbaren Appetit sein Festmahl.

KAPITEL 10

»O Gott«, brummte sie. Sie verdrehte die Augen, und ihre Finger gruben sich in sein dickes Haar, um ihn fest an ihre intimste Stelle zu drücken, während Ian seinen Zauber wirken ließ. Er drückte von unten gegen ihre Oberschenkel, sodass ihre Füße vom Bett gehoben wurden. Sie überließ sich der Lust und blendete ihr Bewusstsein aus. Sein Mund und seine Zunge waren feucht, fest und köstlich auf ihrem Geschlecht. Die Bartstoppeln auf dem sich bewegenden Kiefer rieben über ihre zarte Haut auf der Innenseite ihrer Schenkel, dieses leichte Brennen verstärkte ihre Erregung. Trotz ihrer Verzückung war Ians Fokus auf das Liebesspiel noch intensiver als ihres. Als das Klopfen gegen die Tür des Häuschens begann, durchdrang es erst ihr Bewusstsein, bevor es bei Ian ankam.

»Ian, hör auf«, keuchte sie. Sie kratzte mit ihren Nägeln über seine Kopfhaut, um seine Aufmerksamkeit zu erregen. Er leckte mit kräftiger Zunge weiter ihre Klitoris, sie stöhnte und zog ihn näher zu sich heran, trotz der Störung. Doch das Klopfen ging weiter. Sie hörte, wie jemand Ians Name rief.

»Ian, hier ist dein Großvater. *Ian.*«

Er öffnete die Augen und hob seinen Kopf. Ihr Kitzler schmerzte, als man ihm die Quelle seines Vergnügens entzog, ihre Sehnsucht nach Ian stieg, als sie sah, wie wunderschön er aussah, die untere Gesichtshälfte feucht von ihrer Nässe, die Augenlider vor Erregung schwer, aus den Schlitzen seiner blauen Augen drang ein kaum zu bezwingendes Feuer. Er blinzelte und schien kurz darauf wieder in der Realität angekommen zu sein. Seine Nasenflügel bebten, und er atmete tief ein, ganz sicher um ihren Duft in sich aufzunehmen. Er warf einen glühend heißen Blick auf ihre Muschi und fluchte, bevor er sich vom Bett rollte.

»Ich gehe nachschauen, was er will«, sagte er, griff nach seinem Hemd und fuhr mit den Händen hinein. Er trocknete sein Gesicht mit der Serviette ab, die neben seinem Teller lag. »Du bleibst hier. Und wage es *nicht*, dich anzuziehen«, knirschte er mit zusammengebissenen Zähnen und verließ das Zimmer, nicht ohne die Tür hinter sich zu schließen.

Trotz seiner scharfen Warnung erhob sie sich und huschte in ihre Kleider. James' Stimme, die durch das benachbarte Wohnzimmer klang, machte sie verlegen. Außerdem hatte sie gehört, was Ian gesagt hatte.

Die Eingangstür wurde zugeschlagen. Einen Augenblick später kam Ian zurück ins Schlafzimmer. Sie saß auf der Bettkante und zog ihre Stiefel an. Er ließ missbilligend seinen Blick über ihren bekleideten Körper gleiten.

»Du hast es gehört?«

Sie nickte.

»Es tut mir leid«, sagte er, nahm seine Socken und Schuhe hoch und setzte sich auf einen Stuhl, um sie anzuziehen. »Ich habe mein Telefon drüben im Haus gelassen, weil ich hier draußen nicht gestört werden wollte. Aber du weißt, wie Lin ist, wenn sie einen Auftrag hat. Es gab ein paar Verzögerungen bei der Vorbereitung der Pressekonferenz morgen, und ich muss zurück ins Haus und mich darum kümmern. Sie konnte mich nicht erreichen, also hat sie drüben angerufen und mit Großvater gesprochen. Und wenn ich mich um diese Dinge gekümmert habe, muss ich noch meine Erklärung für morgen ausarbeiten.«

»Das ist in Ordnung. Ich verstehe schon«, sagte sie aufrichtig und schnürte sich die Stiefel zu. Sie konnte sich kaum vorstellen, welche enorme Aufgabe Lin zu bewältigen hatte, die von der anderen Seite des Ozeans so kurzfristig eine Pressekonferenz auf die Beine stellen musste.

»Kommst du mit mir zurück?«, fragte er schon im Stehen.

Sie warf ihm einen kurzen, wissenden Blick zu. Es war nicht wirklich eine Frage von Ian gewesen.

Er wollte nicht, dass sie alleine im Gästehaus blieb. Sie seufzte, denn sie fühlte sich nach dem intimen, heimlichen Moment, den sie geteilt hatten, nicht in der Stimmung für einen Streit.

»Okay. Ich kann die Skizzen, die ich bisher vom Haus angefertigt habe, auch drüben abschließen.« Sie gab nach, zog ihren Mantel an und stand auf, um ihre Malutensilien einzusammeln. Er zog sich fertig an und wartete neben der Tür auf sie. Als sie sich ihm näherte, rührte er sich nicht. Sie blieb vor ihm stehen und blickte ihn ernst an.

Er berührte ihre Wange.

»Ich hasse es, wenn wir uns trennen müssen.«

Sie blinzelte, denn ihr war klar, dass er von ihrem unterbrochenen Liebesspiel, aber auch noch von weit mehr sprach.

»Wir müssen uns nicht trennen«, sagte sie weich, während sie seinen Blick und die streichelnden Finger sogar unter ihrer Haut spüren konnte. »Jedenfalls nicht im dauerhaften Sinn des Wortes. Nicht, solange du dich nicht dafür entscheidest.«

»Ich habe nichts davon entschieden. Das Schicksal hat es. Ich versuche nur, mit den Nachwirkungen umzugehen.«

»Das stimmt nicht«, erwiderte sie standhaft. »Du kannst dich entscheiden, Ian. Deine Vergangenheit? Oder unsere Zukunft?«

Er ließ ihre Hand los. Sie spürte, dass er über ihre Uneinigkeit frustriert war, und dennoch entschuldigte sie sich nicht. Sie ging an ihm vorbei durch den Flur, dann griff er nach ihrem Arm.

Er zog sie an sich heran und küsste sie besitzergreifend … hungrig. Sie verstand, dass er damit sein Recht betonen wollte, sie so zu berühren. Und sie erwiderte den Kuss, ohne zu zögern. Ihr noch immer erregtes Geschlecht meldete sich. Die Zeit, in der sie vorgegeben hatte, ihn nicht mit jeder Faser ihres Körpers zu begehren – ihn nicht zu lieben –, war vorbei. Ihr wurde klar, dass sie zu dieser Ansicht gekommen war, als sie vorhin im Wald gestanden und gezeichnet hatte, mit ihren sich gegenseitig ausschließenden Gefühlen kämpfend, und ihn, so verzweifelt in seinem Verlangen, dann nach ihr rufen hörte.

Elise besuchte sie später am Nachmittag in ihrer Suite. Sie brachte die traurige Nachricht mit, dass Lucien und sie in zwei Tagen nach Chicago zurückfliegen würden.

»Lucien hat ganz vage Andeutungen gemacht, er würde möglicherweise in naher Zukunft mit Ian verreisen«, sagte Elise und warf über Francescas Schulter einen Blick auf die bereits vollendeten Skizzen. »Hast du eine Idee, wohin es gehen könnte?«

Francesca blickte Elise unbehaglich an.

»Nein. Ich weiß zwar weder genau, was sie vorhaben, noch wohin sie wollen, aber ich weiß, dass ich es für gar keine gute Idee halte.«

Sie waren sich einig, dass die Brüder vermutlich irgendetwas im Zusammenhang mit Trevor Gaines unternehmen wollten, und Elise schien ebenso wenig begeistert von der Vorstellung der bevorstehenden Reise wie Francesca.

Nachdem Elise zum Reiten gegangen war, hatte sich Francesca für eine Stunde ins Zeichnen vertieft. Gegen drei Uhr verließ sie die Konzentration. Sie war ruhelos. Es war die Zeit, zu der Mrs. Hanson häufig ihren Tee trank, und Francesca hatte sich während der Zeit, die sie im Penthouse verbracht hatte, daran gewöhnt, ihr in Ians Küche dabei Gesellschaft zu leisten. Sie vermisste diese liebgewonnene Tradition.

Sie kam gerade die große Treppe hinunter und wollte zur Küche, als sie Ian mit den ihr so vertrauten großen, zielstrebigen Schritten durch die Eingangshalle auf die Eingangstür zustreben sah. Wie immer, wenn sie unerwartet auf ihn traf, machte ihr Herz einen Sprung. Ihr fiel auf, dass er rasiert und umgezogen war, seit sie sich im Gärtnerhäuschen getroffen hatten. Dass es ihm gelang, immer so einzigartig und kultiviert, zugleich aber auch so eindeutig männlich auszusehen, würde nie aufhören sie zu faszinieren.

Er drehte sich um und hielt an, als sie seinen Namen rief.

»Wohin willst du?«, fragte sie und kam näher.

Seine blauen Augen huschten über ihren Körper und blieben an ihren Brüsten hängen. Sie hatte nach ihrer Rückkehr geduscht und sich umgezogen. Sein kleines Lachen war wie eine warme, sexuelle Zärtlichkeit. Zu Beginn der Beziehung mit Ian schämte sich Francesca regelmäßig wegen ihrer unterschiedlichen Herkunft, und die verschiedenen Kleidungsstile waren ihr peinlich gewesen. Im Gegensatz dazu war Ian stets ergreifend nonchalant in Bezug auf ihre Kleidung, er erwartete, dass jeder sie wie eine Königin behandelte, egal was sie trug.

Ich möchte, dass du weißt, dass ich dich niemals wegen deines Aussehens kritisieren werde.

Egal, ob du Perlen trägst oder dein T-Shirt von den Chicago Cubs, ich finde dich ungemein attraktiv. Vielleicht ist dir das noch gar nicht aufgefallen?

Sie lächelte ebenfalls, als ihr diese Worte, die er ihr in seinem so typisch trockenen, süffisanten Ton gesagt hatte, wieder einfielen.

»Ich habe hier in Belford nicht die Art von Kleidung, die ich morgen gerne auf der Pressekonferenz tragen möchte«, sagte er. »Ich habe für meinen Aufenthalt hier nur wenig eingepackt. Ein Herrenausstatter in Belford, den ich kenne, wird mir aushelfen und morgen früh einen Anzug liefern. Apropos Kleidung«, und bei diesem Satz lief sein Blick von dem roten C im Logo auf ihrem T-Shirt hoch zu ihrem Gesicht, »ich sehe gerade, dass du eines meiner Lieblings-Outfits trägst.«

Sie lachte, und sein Lachen wurde breiter. Es tat so gut, mit ihm einen Scherz zu teilen, den nur sie beide verstanden.

»Kann ich mitkommen?«, fragte sie impulsiv.

Er zögerte und schaute kurz zur schweren, getäfelten Tür. Sie hatte das Gefühl, er hätte sie lieber hinter diesem verschlossenen Eingang gewusst.

»Es wird aber nur ein kurzes Ausflug und ein langweiliger noch dazu«, warnte er sie.

»Nein, wird es nicht. Ich bin ja mit dir zusammen.«

Sein Mund zeigte ein Lächeln. Sein Blick für sie war so warm. Und trotzdem überlegte er es sich, ihr diese Bitte abzuschlagen, das konnte sie sehen. Sie stellte sich auf die Zehenspitzen, drückte ihren Oberkörper gegen seine kräftige Statur und ihren Mund auf seinen, im völlig schamlosen Versuch, ihn zu überreden. Mehr brauchte es auch nicht, denn er schlang seine Arme um sie, um die Kontrolle zu behalten, und erwiderte ihren Kuss mit knisternder Hitze.

»Du solltest nicht so stolz darauf sein, mich überzeugt zu haben«, sagte er einen Augenblick später und betrachtete ihr Gesicht. Ihre Zehen hatten sich bei dem Kuss verkrampft, nun zwang sie sie, sich wieder zu entspannen, während sie nervös auf seine Entscheidung wartete.

Ein Triumphgefühl durchfuhr ihren Körper, als er seufzte, ihre Hand ergriff und sie zur Tür führte.

Die Eingangstür fiel ins Schloss. Gerard kam hinter der großen Treppe hervor und ging durch die Halle. Er öffnete eine getäfelte Tür und huschte in James' Privatbüro. Es war leer. Er ging hinüber zu James' großem Schreibtisch – einem antiken Stück, das seit fünf Generationen von einem Earl of Stratham zum Nächsten vererbt wurde. Es hätte eigentlich eine von Gerards zahlreichen Habseligkeiten sein sollen, wenn James eines Tages nicht mehr wäre. Doch so, wie es momentan aussah, hatte James entschieden, dass dieser kostbare Tisch, obwohl Gerard der nächste Earl sein würde, zusammen mit allem anderen Ian gehören würde.

Die Vorfahren der Nobles mussten sich im Grabe drehen.

Bescheuerter James, dachte Gerard, als er die Schublade rechts herauszog und den Deckel einer roten Lederbox öffnete. Er lächelte grimmig über das, was er dort vorfand.

Er zog sein Telefon aus der Tasche und wählte Brodsiks Nummer.

»Es geht jetzt los. Sie fahren in die Stadt. Francesca ist bei ihm«, sagte er bloß, als ein Mann abnahm. Dann hörte er stirnrunzelnd zu. »Sie Idiot. Ich hatte Ihnen doch gesagt, Sie sollten zusammenbleiben, damit Sie reagieren können, wenn sich die Chance bietet. Und es ist nicht mein Fehler, wenn Sie sich mit einem Versager zusammentun. Woher soll ich denn wissen, wohin sich Stern verdrückt hat? Er ist Ihr Freund. Nein, *nein*«, unterbrach Gerard seinen Gesprächspartner scharf. »Ich werde mit Ihnen jetzt nicht über Ihre Erpressungsmethoden reden.« Er war außer sich vor Wut über den Versuch dieses schäbigen, schwachsinnigen Kriminellen, ihn zu manipulieren. Dafür würde Brodsik zahlen müssen. Sterns

Zeit war bereits abgelaufen, und Brodsik würde ihm bald folgen.

Er hörte Brodsik bei dessen Versuch zu, zusätzliches Geld über den vereinbarten Betrag hinaus zu erstreiten.

»Natürlich nenne ich das Erpressung, vor allem wenn Sie mir damit drohen, alles öffentlich zu machen, wenn ich nicht zahle«, gab Gerard schroff zurück. »Ich habe Ihnen gesagt, dass ich Ihr Geld morgen haben werde. Es dauert mehr als nur ein paar Stunden, um eine derartige Summe aufzutreiben. Arbeiten Sie jetzt noch für mich, oder nicht?« Er wartete ab, den Mund vor Ärger verzerrt. »Gut. Sie wissen, was Sie jetzt zu tun haben. Sie haben genug Zeit, um zurück nach Stratham zu kommen, solange sie beim Anprobieren in der Stadt sind. Noble wird nicht länger als eine Stunde dazu brauchen. Es wird noch hell sein, wenn Sie Ihren Hintern schnell genug hierherbewegen. Denken Sie daran, ich will, dass Francesca Sie sieht. Was? Ja, wir treffen uns heute Abend am üblichen Ort in der Stadt. Ich bringe Ihnen eine Schlüsselkarte von Belford mit. Haben Sie sie besorgen können?« Er hörte einen Augenblick lang zu. »Gut, denn Sie werden diese Pistole morgen brauchen, oder nicht?«

Er legte auf und schaute zur Uhr. Ihm blieb eine Stunde, wahrscheinlich sogar fast zwei. Ians Paranoia war so groß, dass er selbst in seinem Elternhaus die Tür zu seiner Suite verschloss. Was immer er da auf seinem Computer gespeichert hatte, musste also wirklich sehr wertvoll sein. Was Gerard bislang durch seine unerlaubten Beobachtungen herausbekommen hatte, so gab es kaum etwas anderes in den Räumen, was solch eine Vorsicht gerechtfertigt hätte. Die meiste Zeit, die Gerard zur Verfügung hatte, würde er zum Knacken des Türschlosses brauchen, er hatte da ja nur wenig Erfahrung. Obwohl, die Türschlösser in Belford waren nicht zu kompliziert, sie waren vor allem dazu gedacht, den Bewohnern das Gefühl von Privatsphäre vor dem Personal zu vermitteln und nicht Bestandteil der Sicherheitsanlage. Er würde das schon packen, dachte er grimmig, als er die Treppe hinauflief.

Sie genoss den kurzen Ausflug zum Herrenschneider und war überhaupt nicht Ians Meinung, dass sie sich langweilen würde. Was könnte daran langweilig sein, einen schönen, sexy Mann beim professionellen Ausmessen für einen Anzug zu beobachten?

Mr. Rappaport, der Herrenausstatter, schien in der Tat sehr bemüht zu sein, dem berühmten Enkel des Earl of Stratham zu Diensten sein zu können. Francesca wurde klar, dass er wohl gelegentlich schon Anzüge für Ian angefertigt hatte, als dieser noch ein Kind und junger Mann gewesen war. Mr. Rappaport stellte für Francesca einen Stuhl in die luxuriöse Schneiderwerkstatt vor die Umkleidekabinen und bot ihr freundlich einen Tee und eine Zeitschrift an. Damit war Francesca so lange beschäftigt, bis Ian aus dem Umkleidebereich kam und sich vor den dreiteiligen Spiegel stellte. Die Zeitschrift war vergessen, als sie dem grauhaarigen Schneider – der so zierlich war, dass Ian neben ihm wie ein Riese wirkte – beim Herumwuseln, Maßnehmen und Abstecken des Anzugs zuschaute. Ian hob sein gestärktes, weißes Hemd, während Mr. Rappaport seinen Taillenumfang maß, und Francesca verdoppelte ihre Aufmerksamkeit. Die Hose hing locker auf seiner Hüfte und betonte dadurch den schmalen, trainierten Bauch und den schmalen Streifen dunkler Haare, der sich von seinem Bauchnabel bis unter den Bund der Hose zog.

Ian war schon mehrfach dabei gewesen, als er Damenschneider hatte kommen lassen und Kleider für sie anfertigen ließ. Sie fühlte sich bei seiner stillen, konzentrierten Beobachtung des Vorgangs immer erregt. Und noch nie hatte sie das Privileg genossen, ihn während des Maßnehmens betrachten zu können.

Sie spürte Ians Augen durch den Spiegel auf sich, während Mr. Rappaport die Schrittlänge maß.

»Sie sind Linksträger, wenn ich mich recht erinnere?«, wollte der Schneider forsch wissen.

»Korrekt«, sagte Ian und hielt Francescas Blick stand. Sie runzelte leicht die Stirn bei dieser Frage. Es dauerte ein wenig, bis ihr dämmerte, dass der Schneider wissen wollte, in welche Richtung Ians Penis in der Hose hing, damit er das entsprechende Volumen bei seinen Maßen berücksichtigen konnte. Ian hatte offenbar bemerkt, wie sich ihre Augen weiteten, als sie dies verstanden hatte, denn sie sah im Spiegel, wie sich sein Mund zu einem Lächeln verzog.

Als er fertig war und ein Assistent ihn gerufen hatte, huschte Mr. Rappaport aus dem Umkleideraum. Francesca wurde von Ians Anblick überrascht, der, nur mit einer Hose und einem halb aufgeknöpften Hemd bekleidet, auf sie zukam.

Ihr Atem stockte. Sie erkannte diesen bestimmten Glanz in seinen blauen Augen.

Er beugte sich zu ihr hinunter und nahm sie gefangen, indem er seine Hände auf ihre Arme auf den Lehnen legte. Dann schoss er herab und nahm sich ihren Mund mit einem glühend heißen Kuss, der sie schnell alles um sich herum vergessen ließ. Nur sein besitzergreifender Mund und der abhängig machende Geschmack existierten noch.

»Du wirst später dafür büßen, dass du mich in einer derart sensiblen Lage dazu gebracht hast, steif zu werden«, raunte er ihr gleich darauf zu.

»Ich habe dir doch nur zugeschaut«, verteidigte sie sich atemlos.

Er stand auf. Ohne ihn fehlte ihr völlig die Orientierung.

»Das war schon genug. Mehr als genug«, fügte er mit einem scharfen Blick hinzu und trat dann in eine Umkleidekabine. Mr. Rappaport eilte ein paar Sekunden später in den Raum, ohne ihre geröteten Wangen und ihren stockenden Atem zu bemerken.

Nachdem Ian mit dem Herrenausstatter fertig war, holten sie sich noch einen Kaffee bei dem reizenden kleinen Teeladen und gingen zurück zum Auto. Sie freute sich an Ians recht entspannter Stimmung. Grundsätzlich war Ian jemand, der nicht viel lächelte, aber es tat ihr gut zu sehen, dass sein kleines, halbes Lächeln jetzt doch immer öfter auftauchte. Tauchte er vielleicht langsam aus seiner alles durchdringenden Depression auf, die seinen Geist seit dem Tod seiner Mutter so belastet hatte? Ihr fiel auf, dass sie, bei all ihren Auseinandersetzungen über das heikle Thema Trevor Gaines, sorgfältig das traurige Kapitel über Helens unerwarteten Tod im vergangenen Sommer vermieden hatten.

Sie betrachtete ihn beim Fahren, wie er sie auf der engen Landstraße aus Stratham hinaus in Richtung Belford fuhr. Die untergehende Sonne tauchte sein Profil in einen rotgoldenen Glanz.

»Ian, wo bewahrst du eigentlich die Asche deiner Mutter auf?«, fragte sie. Sie wusste, dass Helen in einem ihrer wenigen klaren Momente darum gebeten hatte, verbrannt zu werden.

Er schaute kurz zu ihr hinüber, blaue Augen in einem sonnenbestrahlten Gesicht.

»Großmutter hat sie. Sie bewahrt sie für mich auf. Ich wollte sie nicht mit dorthin nehmen, wo ich war.«

Sie ließ die Antwort eine Weile auf sich wirken und blickte dabei auf die gefroren aussehende Straße vor ihnen, ohne wirklich etwas zu sehen.

»Es war nicht dein Fehler. Das weißt du.«

Die Stille wurde größer. Sie blickte widerstrebend zu ihm hinüber. Er starrte unbewegt durch die Frontscheibe. Ihr Hals war wie zugeschnürt. Sie konnte nur ahnen, wie schuldig er sich dafür fühlte, dass er seine Zustimmung zu einer Medikation gegeben hatte, die bei Helen möglicherweise zu dem Leberversagen und damit auch zu ihrem Tod geführt hatte.

»Du hast in den Jahren zuvor dutzende Male deine Erlaubnis für Medikamentenwechsel und neue Behandlungsmethoden erteilt. Deine Mutter war sehr krank. Sie hat nicht mehr gegessen. Die Medikation sollte nicht nur ihre Depression und ihre Psychose lindern, sondern auch ihren Appetit anregen. Das war die Empfehlung der Ärzte, Ian«, führte sie noch an, denn sie konnte sehen, wie sich sein Adamsapfel auf und ab bewegte, als er schlucken musste. »Sie wäre gestorben, hätte sie nicht wieder mit dem Essen begonnen.«

»Sie hätten sie mit einer Magensonde künstlich ernähren können.«

»Ja, das hätten sie vermutlich. Aber die Ärztin hat empfohlen, zuerst diese Maßnahme zu ergreifen, und ich war ihrer Meinung. Ich weiß, dass auch du einverstanden warst. Du wolltest sie nicht durch künstliche Ernährung am Leben erhalten. Du wolltest eine Entscheidung treffen, die ihre Rechte als Mensch so weit wie möglich respektierte. Du konntest nicht wissen, welche Reaktion sie auf das Medikament zeigen würde. Es ist doch sogar so, dass es gar keinen unwiderlegbaren Beweis dafür gibt, dass dieses Medikament zu ihrem Tod geführt hat. Du weißt, wie krank sie war … wie schwach.«

»Es war das Medikament«, sagte er knapp, die Augen immer noch stur geradeaus auf die Straße.

»Du hast dich dein ganzes Leben um sie gekümmert. Du hast tausendmal mehr getan, als die meisten anderen Söhne getan hätten. Wer immer sich auch sonst um ihre Pflege gekümmert hätte, er wäre in die gleiche Situation gekommen und hätte sich ganz genau so entschieden, wie du es getan hast, Ian. Es war Zeit für sie«, fügte sie noch sanft hinzu, »sie hatte schon genug gelitten.«

Seine Nasenflügel bebten, doch sie war sich nicht sicher, ob er verärgert war, dass sie dieses Thema angeschnitten hatte, oder ob er von ihren Worten gerührt war. Seine Hände griffen fester um das Lenkrad. Es dauerte eine Weile, bis sie bemerkte, dass er gar nicht mehr auf ihr Gespräch konzentriert war. Er warf einen Blick in den Rückspiegel und runzelte die Stirn. Sie drehte sich um und sah über ihre Schulter ein anderes Auto, das viel zu dicht an ihrer Stoßstange fuhr. Ian gab Gas, doch das Auto blieb dicht hinter ihnen. Plötzlich schoss es nach vorne und stieß sie so fest an, dass sie in die Sicherheitsgurte gepresst wurden.

»Was *macht* der denn da?«, rief Francesca in ungläubigem Ärger aus, als das andere Auto ruckartig auf die Gegenfahrbahn wechselte. Sie schrie erschrocken auf, denn sie war sicher, dass der andere Fahrer ihre Stoßstange nur um Zentimeter verfehlt hatte.

»Francesca, Kopf runter«, befahl Ian.

Das Auto – eine dunkelgrüne Limousine – schloss zu ihnen auf. Sie bekam schreckliche Angst, als sie in das Innere des Wagens blickte und dort ein ihr vertrautes, markantes Gesicht sah, aus dem sie ein wutentbrannter Blick traf.

»Ian, das ist …«

Ian drückte ihren Hinterkopf mit der Hand nach unten und griff dann schnell wieder ans Lenkrad. Sie tat nun das, was er von ihr verlangt hatte und beugte sich gegen den Zug des Gurtes vor auf die Knie, unter die Fensterscheibe. Sie jammerte alarmiert und packte den Türgriff, als das Auto plötzlich heftig schwankte. Der Fahrer des zweiten Wagens hatte sie seitlich gerammt. Ihr Auto rutschte von der Straße, Kies prasselte zwischen den Rädern. Angst schoss durch ihren Körper, als wäre sie ihr gerade gespritzt worden. Sie würden die Kontrolle verlieren und verunglücken.

Doch auf spektakuläre Weise konnte Ian das Auto beherrschen, als er bremste. Sie kam wieder hoch und lugte vorsichtig über das Armaturenbrett. Das dunkelgrüne Auto war an ihnen vorbeigerast. Ihr Herz schlug wie wild, denn sie war sich nicht sicher, ob der Fahrer nicht umdrehen und zu ihnen zurückkommen würde. Doch die Limousine schoss über einen kleinen Hügel auf der Landstraße und fuhr davon.

Über ihren ganzen Körper liefen Schauer. Sie drehte sich zu Ian um und begegnete seinem harten Blick..

»Geht es dir gut?«, fragte er knapp.

Sie nickte nur.

»Das war der Mann.«

Seine Augen wurden zu gefährlich leuchtenden Schlitzen.

»Welcher Mann?«

»Ich habe ihn erkannt«, sagte sie mit schwerer Zunge. »Das war der Mann, der mich in Chicago angegriffen hat.«

»Bist du sicher?«

Sie nickte.

»Hundert Prozent. Dieses Gesicht werde ich so schnell nicht wieder vergessen.«

Die zwei Polizisten befragten Ian und Francesca im Salon, auch Anne, James, Gerard, Lucien und Elise waren anwesend.

»Ich möchte Sie bitten, morgen früh ins Polizeibüro zu kommen, damit Sie dort mit unserem Spezialisten ein Phantombild des Mannes anfertigen können, der Sie nun bereits zwei Mal angegriffen hat, Miss Arno«, bat Detective Markov und stand auf. Die beiden steckten ihre Notizbücher ein und wollten gehen.

»Nein«, erwiderte Ian abrupt und stand ebenfalls auf. »Der Zeichner kann auch zu uns kommen. Ich möchte nicht, dass Francesca draußen unterwegs ist, solange wir diese Situation noch nicht unter Kontrolle haben. Allerdings ist Francesca selbst Künstlerin. Du könntest doch das Gesicht dieses Mannes zeichnen, oder nicht?«

»Natürlich.«

Detective Markov blickte seinen Kollegen überrascht an, mit dieser Forderung Ians hatten sie nicht gerechnet.

»Ich denke, Sie haben recht. Aber wir zeichnen nicht mehr auf die herkömmliche Art und Weise. Unsere Bilder entstehen inzwischen alle am Computer. Das erleichtert es uns, das Phantombild dann an andere Dienststellen zu schicken. Morgen kommen ein paar Kollegen hier nach Belford Hall, um die Pressekonferenz zu überwachen, wie Sie es gewünscht hatten, Eure Lordschaft«, Markov nickte respektvoll in James' Richtung, »wir könnten bei dieser Gelegenheit unsere Kollegin mitschicken, die auf die computerbasierte Erstellung der Bilder spezialisiert ist. Würde Ihnen das passen?«, wollte er von Ian wissen.

Ian nickte.

»Ja. Francesca wird nicht an der Pressekonferenz teilnehmen. Ich möchte, dass sie hinter den Kulissen bleibt. Sie könnte mit Ihrer Kollegin in der Zwischenzeit zusammenarbeiten. Und Sie werden ganz sicher die Behörden in Chicago über diesen Mann informieren?«

»Ich lasse es Sie umgehend wissen, sollten sie dort irgendwelche Hinweise auf seine Identität haben.«

»Die haben sie zurzeit nicht.« Aus Ians Mund sprach Verärgerung. Wie konnte er das mit solcher Sicherheit behaupten, fragte sich Francesca. Er hat mit den Behörden in Chicago in Verbindung gestanden, davon musste sie wohl ausgehen. »Die haben sich nicht die Mühe gemacht, Francesca ein Phantombild zeichnen oder die Fahndungsfotos durchgehen zu lassen. Sie haben die Sache wie einen zufälligen Raubüberfall und Angriff behandelt. Es wäre am besten, wenn Sie die fertige Zeichnung dann gleich an die Polizei in Chicago schicken könnten, vielleicht gibt es dann neue Erkenntnisse. Ich kenne einen Mann im zuständigen Revier, der uns helfen kann. Ich gebe Ihnen seine Kontaktdaten. Ich hätte es gerne gehabt, wenn er nach dem Angriff des Mannes auf Francesca in Chicago sich mit ihr unterhalten hätte, aber als ich von dem Angriff erfahren habe und ihn erreichen konnte, war Francesca bereits auf dem Weg nach Belford. Ich habe gedacht, sie wäre hier sicher«, sagte er und legte die Stirn in Falten. »Und trotzdem verstehe ich nicht, warum der Mann nicht da geblieben ist und die Dinge zu Ende gebracht hat, solange er die Möglichkeit dazu gehabt hat. Das war in Chicago auch schon einmal so. Das ergibt keinen Sinn.«

Der Polizist zuckte mit den Achseln.

»Meiner Erfahrung nach sollten Sie diesen kriminellen Typen nicht mehr Intelligenz oder Tapferkeit zutrauen, als sie verdient haben. Sobald die Dinge ein wenig brenzlig werden, hauen sie in den allermeisten Fällen ab.«

Ian sah alles andere als überzeugt aus. Francesca fühlte sich schuldig, als sie sein angespanntes, besorgtes Gesicht sah. Sie hatte diesen Ausdruck seit den schwierigen Monaten vor dem Tod seiner Mutter, in denen er von Sorgen fast aufgefressen worden war, nicht mehr bei ihm gesehen. Er hatte gezögert, sie aus Belford mitzunehmen, aber sie hatte darauf bestanden. Seit seiner Ankunft bereitete ihm diese Gefahr Bauchschmerzen, und jetzt hatte sie den Beweis aus erster Hand, dass er nicht einfach nur paranoid gewesen war.

Anne stand auf und begleitete die Polizisten nach draußen. Elise tätschelte Francescas Hand.

»Bist du in Ordnung?«, fragte sie mit gedämpfter Stimme.

»Mir geht es gut. Ich habe mich vor allem erschreckt«, versicherte Francesca den anderen, also auch Ian, die sie beobachteten.

»Glaubst du, es ist wirklich eine gute Idee, die Pressekonferenz morgen stattfinden zu lassen, wenn dieser Kriminelle sich hier herumtreibt?«, fragte Gerard.

»Ich habe dafür gesorgt, dass die Sicherheitsvorkehrungen rund um Belford erhöht werden, bis wir mehr über den Unterschlupf dieses Mannes wissen. Hoffentlich wird er bald verhaftet«, erklärte James.

»Lin hat jeden überprüft, der sich für morgen angekündigt hat. Niemand außer den akkreditierten Teilnehmern wird auf das Grundstück gelassen«, sagte Ian und lehnte sich auf seinem Stuhl zurück. »Wenn wir die Pressekonferenz jetzt absagen, würde das nur die Gerüchte befeuern, Noble Enterprises stecke in finanziellen Schwierigkeiten.«

»Das denke ich auch«, erklärte Lucien. »Die Wirtschaftswelt will Ian wieder am Steuer sehen.«

James nickte und sah auf, denn gerade kam Anne zurück in den Salon.

»Ich habe das Personal gebeten, jetzt das Abendessen zu servieren. Wir gehen da jetzt so hin, wie wir gerade sind«, schlug sie vor, da niemand im Raum dem Dinner entsprechend gekleidet war. Sie waren alle hier zusammengekommen, als sie von Ians und Francescas erschreckenden Neuigkeiten gehört hatten, und hatten den Raum seit dem Gespräch mit den beiden Polizisten nicht mehr verlassen.

Es fühlte sich seltsam, zugleich aber auch irgendwie tröstend an, im eleganten Speisezimmer von Belford Hall zu sitzen, dabei ein T-Shirt ihres Heimat-Baseball-Clubs zu tragen und von lauter besorgten Gesichtern umgeben zu sein. Erst später, als sie Mrs. Hansons köstlichen Himbeerkuchen aß und den Gesprächen der anderen lauschte, wurde sie sich bewusst, dass sie hier von ihrer wahren Familie umgeben war. Der bekannte Schmerz, dass sie vielleicht nie ein offizielles Mitglied dieser Familie sein würde, bohrte sich in ihre Brust, als sie Ian vertraulich mit James und Lucien sprechen sah.

Zumindest so lange nicht, bis Ian seine Dämonen besiegt hatte.

Später am Abend wünschte sie Anne leise eine gute Nacht und küsste sie auf die Wange. Ian rief ihr hinterher, als sie alleine durch die Eingangshalle auf die Treppe zulief. Sie drehte sich zu ihm um.

»Du wolltest gehen, ohne mir gute Nacht zu wünschen?« Ian kam auf sie zu.

»Natürlich nicht. Ich wollte dir später noch in deinem Zimmer gute Nacht wünschen.«

Das fast nicht wahrnehmbare Leuchten in seinem Ausdruck verriet ihr, dass er sich über ihre Antwort freute.

»Ich begleite dich, wenn du dir etwas aus deinem Zimmer holen möchtest, und dann kommst du mit zu mir. Ich bin nicht in der Stimmung, dich in diesem Moment aus den Augen zu lassen.« Er nahm ihre Hand und führte sie zur Treppe.

»Das musst du aber irgendwann«, erwiderte sie, über seinen Eifer zugleich verärgert, aber auch berührt. »Du möchtest beispielsweise nicht, dass ich morgen bei der Pressekonferenz auftauche, und ich habe eine Verabredung mit der Polizistin für das Phantombild.«

»Darum habe ich mich schon gekümmert.«

»Wie sollte es auch anders sein«, sagte Francesca und warf ihm einen schrägen Blick aus den Augenwinkeln zu. Er schien sich an ihrem zärtlichen Sarkasmus nicht zu stören und ging weiter mit ihr die Treppe hinauf.

»Lucien hat sich bereiterklärt, bei dir zu bleiben, solange ich beschäftigt bin. Und über die Zeit danach habe ich mit Lin gesprochen. Sie hat schon angefangen, nach jemandem für dich zu suchen.«

»Jemanden *für* mich?«, wiederholte Francesca misstrauisch. Sie verlangsamte ihre Schritte, als sie ihrem Zimmer näher kamen. »Was meinst du damit?«

»Fulltime-Sicherheitspersonal«, sagte Ian schnell, nahm sie an der Hand und führte sie weiter durch den Flur. Francesca blieb stehen. Er ließ ihre Hand los, sein Gesicht ausdruckslos.

»Ian, ich will nicht, dass mir jemand vierundzwanzig Stunden am Tag hinterherläuft!« Sie musste sich beherrschen, um nicht laut zu werden.

Seine Augen widersprachen ihr.

»Nur bis wir diese Situation wieder beherrschen. Und wenn du dann einverstanden wärst, in meinem Penthouse zu wohnen, würden all meine Sorgen verschwinden. Nun … zumindest erheblich kleiner werden.«

Francesca brach in ungläubiges Lachen aus.

»Ich weigere mich, von dir wie ein Haustier behütet zu werden, Ian. Besonders … in unserer Situation«, fügte sie noch hinzu, wobei sie die Dinge absichtlich im Vagen beließ. Sie war durch damit, seine obsessive Beschäftigung mit der Vergangenheit durchzukauen und was sie für seine Gegenwart und Zukunft bedeutete. Für heute jedenfalls war sie es.

Er blieb unvermittelt stehen. Sie sah ihn an.

»Bei dir klingt es so, als würde ich dich vorsätzlich beleidigen … erniedrigen wollen«, gab er zurück.

»Du *erniedrigst* mich aber durchaus, wenn du all diese Entscheidungen triffst, ohne mir den Respekt zu erweisen, vorher mit mir darüber zu reden. Es ist mein Leben. Hör auf, die Kontrolle darüber erlangen zu wollen. Ich habe ein Recht auf meine Privatsphäre, unter anderem.«

»Ich weiß sehr wohl, dass es dein Leben ist«, gab er drohend zurück, »ich will verdammt noch mal nur sichergehen, dass du es auch in bester Gesundheit führen kannst.«

»Wie wäre es damit«, erwiderte sie hitzig und gab sich Mühe, in dem hallenden Flur ihre Lautstärke zu drosseln, was ihr nur schlecht gelang, »mich beim nächsten Mal doch nach meiner Meinung zu fragen, anstatt mein Leben für mich zu planen. Das ist wirklich nicht zu schwer, Ian!«

In diesem Moment hörte sie Schritte. Sie errötete, als sie durch den Flur sah, wie James, Gerard und Elise die Treppe hochkamen. Die drei waren etwas verlegen, weil sie zufällig Ians und ihren Streit mitbekommen hatten, schauten betreten zur Seite und gingen den Flur in Richtung ihrer Zimmer hinunter.

Francesca öffnete ihre Zimmertür. Sie stürzte in ihre Suite und ließ Ian draußen stehen, schloss aber nicht die Tür. Er würde ihr ohnehin nachkommen. Sie wollte ihn auch nicht wegschicken, ganz egal wie böse sie eben geklungen oder wie arrogant er argumentiert hatte. Francesca wollte an diesem Abend mit ihm zusammen sein. Das erschütternde Erlebnis auf der Straße steckte noch in ihr, genau wie in ihm. Seine Sturheit, seine Beharrlichkeit, ihr Leben zu gestalten verärgerte sie einfach. Obwohl sie das bereits kannte.

Und obwohl sie ebenfalls wusste, wie es war, mit ihm darüber zu streiten.

Als sie nach dem Waschen aus dem Badezimmer kam, bekleidet mit einem elfenbeinfarbigen Nachthemd, einem Morgenrock und Hausschuhen, war ein Großteil ihrer Verärgerung bereits wieder verflogen. Er saß auf der Couch in der Sitzecke und blätterte durch ihren Zeichenblock.

»Mir gefallen die Bilder, die du heute gezeichnet hast«, sagte er ruhig mit Blick auf die Blätter. Sie ahnte, dass er nach einem neutralen Gesprächsthema suchte, und war ihm dankbar dafür.

»Danke.« Sie trat zu ihm und schaute ebenfalls auf ihre Skizzen. »Das sind Obstbäume da am Waldrand, oder?«

Er nickte.

»Apfel- und Kirschbäume.«

»Die müssen bei der Blüte im Frühling fantastisch aussehen.«

»Das tun sie«, sagte er unbeholfen, den Blick noch immer nur auf dem Zeichenblock.

»Ich war mit meinen ersten Entwürfen nicht zufrieden. Ich möchte Belford aus der Perspektive eines Spaziergängers malen, der nach einem Ausflug aus dem Wald tritt und plötzlich nicht nur ein Haus oder ein Wahrzeichen oder eine architektonische Meisterleistung sieht, sondern ein *Zuhause* mit all dem, was das bedeutet«, erklärte sie bedächtig. »Ich muss dazu allerdings noch mit Anne und James reden. Denn es würde verlangen, dass ich den Wald näher an Belford Hall heranbringe als er eigentlich ist, um die Details des Hauses zu erfassen. Das Bild wäre sachlich falsch.«

»Im Grunde nicht. Nur heutzutage«, gab Ian zu ihrer Überraschung zurück. »Die Gärten und der Hof sind erst in den letzten Jahrzehnten so erweitert worden. Als ich als kleiner Junge hier angekommen bin, war der Wald noch viel näher am Haus. Ich glaube, Großmutter hat sich Sorgen gemacht, dass der Wald für das neugierige Kind im Haus so leicht zu erreichen war. Und ich weiß auch, dass meine Großeltern nie wirklich das Abholzen des Waldes bedauert haben. Was du also eben beschrieben hast, war genau das, was Generationen von Nobles bei der Rückkehr auf einem Weg durch den Wald gesehen haben.«

Nüchtern blickte er sie an, und sie wusste, dass er nun nicht mehr über ihr Gemälde nachdachte.

»Wir können über das Sicherheitsthema morgen nach der Pressekonferenz reden. Ich möchte mich jetzt nicht mit dir streiten«, sagte er ruhig.

»Ich möchte mich auch nicht mit dir streiten. Nicht heute Nacht«, gab sie ehrlich zurück. Er hielt ihr seine Hand hin, und sie griff zu, folgte ihm durch das Zimmer und schloss leise die Tür hinter sich. Sie gingen gemeinsam durch den halb im Dunkeln liegenden Flur zu seiner Suite, die Stille schien sich erwartungsvoll aufzublähen.

Sie betraten die Suite, er schloss die Tür ab. Er zog sein Jackett aus und hängte es über einen Herrendiener. Dann lag sie in seinen Armen, und er drückte sie an sich. Sein fiebernder Mund war auf ihrem Nacken und Ohr, sie riss die Augen bei seiner Intensität weit auf. Auch sein Körper fühlte sich heiß an ... und *hart*, wie sie mit einem Wonneschauer bemerkte. Ja, auch sie hatte die sich langsam aufbauende, elektrische Spannung zwischen ihnen bemerkt, aber *das* ...

Er war wie eine gespannte Feder. Sie hatte die offensichtliche Spannung schon seit dem Zwischenfall auf der Straße gespürt, aber nicht erwartet, dass sich seine Beunruhigung so schnell in Erregung verwandeln würde, sobald er sie berührte.

Von Lust überwältigt, wimmerte sie, als er mit der Hand eine Strähne ihrer Haare griff und so daran zog, dass sie ihm ihre Kehle offen darbot. Seine Lippen brannten sich einen Weg über den Hals, bevor sie sich mit einem Kuss ihren Mund griffen. Er erregte sie unendlich, dieser sengende, verzweifelte Kuss, doch auch Tränen brannten auf ihren Lidern.

»Ian, mir geht es gut«, stammelte sie gleich darauf abgerissen gegen seinen Mund.

»Aber das ist nicht mein Verdienst. Ich hätte dich heute nicht mitnehmen dürfen«, sagte er barsch, nachdem er ein wenig Abstand von ihr gewonnen hatte. Doch seine Leiste hielt er weiterhin gegen ihren Bauch gedrückt, sodass der Umfang dort sie still daran erinnerte, was sie noch erwartete. Sie wollte es auch. Brauchte es. Es hatte schließlich nicht viel gefehlt und sie hätten beide heute in einem brennenden Wrack ihr Ende gefunden.

»Ich habe dich doch dazu überredet, mich mitzunehmen. Keiner hätte vermutet, dass dieser Mann aus Chicago hier nach England kommen würde.«

»Doch, *ich* hatte es vermutet«, sagte Ian schroff. Er löste den Knoten ihres Morgenmantels und streifte ihn über ihre Schultern ab. Darunter trug sie ein einfaches, hüftlanges Nachthemd. Sie schnappte nach Luft, als Ian eine Brust ergriff und sie mit seiner Hand umschloss. Er zischte etwas, was sie nicht ganz verstehen konnte, und drückte dann seinen Unterarm auf ihren Rücken. Als er sich über sie beugte, lehnte sie sich instinktiv in seine Armbeuge zurück. Er sog durch die Seide hindurch an der Spitze ihres Busens. Seine warme Zunge rieb den feuchten Stoff erotisch gegen ihren Nippel und weckte damit ihren ganzen Körper auf. Ihr Geschlecht beantwortete seinen Ruf und zog sich zusammen. Francesca spürte, wie tief seine fast fanatische Begierde war. Er hob gleich darauf den Kopf, als das ansteigende Vergnügen sie aufstöhnen ließ. Seine Augen blickten wild.

»Ich liebe dich so sehr.«

»Ich weiß«, antwortete sie. Und sie wusste es tatsächlich.

Wie hätte sie es auch leugnen können, wo sie doch die Wahrheit dessen, was er eben gesagt hatte, wie glühende Worte in seinen Augen erkennen konnte?

»Ich werde dir den Hintern versohlen und dich dann nehmen und nehmen, bis wir uns beide nicht mehr rühren können.« Er legte eine Hand an ihr Kinn. »Ich werde dich sättigen. Ich werde meinen Hunger an dir stillen, Francesca. Doch es wird nicht reichen. Es reicht nie. Ich möchte immer noch mehr«, sagte er grimmig, beugte sich vor und umschloss ihren Mund mit einem neuen Kuss.

KAPITEL 11

Bei seinen aufreizenden, erotischen Worten wurde ihr heiß. Seine Stimme hallte noch immer in ihrem Kopf, als sich ihre Münder schließlich trennten.

»Schlägst du mich, weil ich dich überredet habe, mich mit in die Stadt zu nehmen?«, wollte sie vor Aufregung zitternd wissen.

»Vielleicht auch ein bisschen deswegen. Vor allem aber, weil ich es liebe. Und du wirst es auch lieben.« Sie spürte seinen angeschwollenen Schwanz an ihrem Bauch. Er fühlte sich köstlich und voll und schwer an.

»In Ordnung«, gab sie äußerlich gelassen nach, doch in ihr hatte die Aufregung schon zu brodeln begonnen. Vielleicht lag es an der Vorstellung, dass ihr jetzt Gefahr drohte, vielleicht war es das Wissen – ganz egal wie verborgen es auch war –, dass sie jederzeit getrennt werden konnten. Ian konnte sie verlassen, das stimmte, aber sie waren eben doch nur Menschen. Manchmal spielte das Leben einem übel mit, es gab den Zufall … und den Tod. Doch jetzt waren sie zusammen, beide voller Leben und Lust und Liebe. Sie würde sich diesen Moment mit ihm greifen und alles aus ihm herausholen, was sie erreichen konnte.

»Komm hierher«, sagte Ian und ergriff ihre Hand. Sie blickte ihn verwirrt an, als er sie zu einer leeren Stelle an der Zimmerwand führte, an der zwischen einer antiken Truhe und einem kunstvollen Ölgemälde eines Reiters in Kleidern aus dem sechzehnten Jahrhundert noch etwas Platz war. »Ich bin gleich wieder da.«

Sie blickte ihm nach, wie er in seinem begehbaren Kleiderschrank verschwand, genauso wie in der Nacht zuvor, als er den Gürtel geholt hatte. Die Haut über ihrem Po kribbelte jetzt in Vorfreude, auch ihre Klitoris zuckte schon. Als er wieder hervortrat, hatte er allerdings keinen Gürtel in seiner Hand, sondern ein hölzernes Paddle. Sie riss die Augen auf, als er auf sie zukam.

»Ich dachte, du hättest so etwas nicht hier«, sagte sie, die Augen starr auf das Paddle gerichtet. Auf den ersten Blick sah es wie eines der Paddles aus, mit denen er ihr in der Vergangenheit schon einmal den Hintern versohlt hatte, doch dieses hier war anders. Es war auf der einen Seite flach und auf der anderen leicht konvex, wobei in der Mitte ein leicht erhöhter Grat längs entlanglief. Das Paddle war, ohne den Griff, an dem eine Lederschlaufe befestigt war, etwa dreißig Zentimeter lang und acht oder zehn Zentimeter breit.

»Ich musste improvisieren«, erwiderte Ian mit einem Lächeln. Ihr Atem stockte, als er seinen silbernen Manschettenknopf öffnete, ihn in die Hosentasche steckte und dann seinen Ärmel an der Hand hochzukrempeln begann, die das Paddle hielt. Er drehte das Paddle um, damit sie es besser erkennen konnte. »Das ist ein kleiner Cricket-Schläger. Und zwar der erste, den Großvater mir gekauft hat, als ich als kleiner Junge hier nach Belford kam. Ich habe ihn heute Vormittag in einem Schrank im Billardzimmer entdeckt. Das heißt, eigentlich hatte ich dort nach ihm gesucht.«

»Vermutlich aber nicht in der Absicht, damit Cricket zu spielen«, sagte sie, und in ihrer Stimme mischten sich Amüsement und Erregung.

»Ich habe in der Schule regelmäßig gespielt«, erzählte ihr

Ian mit rauchiger Stimme. Er nahm den Schläger in die andere Hand und löste rasch den zweiten Manschettenknopf. Abgelenkt leckte sie sich bei dem Anblick seines unter dem weißen Hemdärmel auftauchenden, starken, leicht behaarten Unterarms die Lippen. Sie konnte gut erkennen, wie sich in seiner Hose der Schwanz abzeichnete. Er war von seinen Shorts schräg nach oben, Richtung der linken Hosentasche, eingeklemmt, der dicke, sich verjüngende Kopf war sogar durch den Stoff gut zu erkennen. Ihr lief das Wasser im Mund zusammen, als sie urplötzlich unbändige Lust bekam, ihn in den Mund zu nehmen.

»Ich bin ziemlich gut darin, wenn es darum geht, mit dem Schläger umzugehen.« Er trat auf sie zu, das Paddle in seiner rechten Hand.

»Das glaube ich dir.« Sie blickte ihn an, die Lust in ihr stieg, doch auch eine Spur von Wachsamkeit mischte sich in die Lust. Ihr Blick fiel auf das Paddle. Er hielt es hoch.

»Es ist sehr leicht, aus Weidenholz«, sagte er heiser. »Fass es an.«

Sie musste schlucken, als ihre Finger über das Instrument glitten, mit dem er sie gleich bestrafen wollte. Es war federleicht.

»Das wird brennen.« Sie sprach zittrig laut aus, was ihr durch den Kopf ging.

»Ich denke, das wird es, ja. Ich habe es so noch nie benutzt. Versprich mir zu berichten, wie es sich anfühlt.« Sein Lächeln war verführerisch, dann stellte er sich hinter sie. Sie keuchte erregt, als er das Paddle gegen ihren Po drückte und es in Kreisen auf ihrem Nachthemd und dem Slip über ihre Pobacken zog. Erotik lag in diesem Moment in der Luft, in dem sie einfach nur dastand und spürte, wie er das Paddle weich über ihre prickelnde Haut fahren ließ.

»Zieh das Nachthemd aus«, sagte er mit schwerer Stimme kurz darauf, während er lasziv das Paddle über die Kurven ihres Pos rieb.

Sie streifte die Spaghettiträger ihres Nachthemds über die Schultern und die Brüste. Das Kleidungsstück fiel auf ihrer Hüfte zusammen. Ian hörte nicht auf, anzüglich mit dem Paddle ihren Hintern zu streicheln, half ihr aber, indem er die Finger von hinten unter den Stoff schob und das Nachthemd über ihre Hüften gleiten ließ. Er nahm das Paddle zur Seite, und das seidige Hemd fiel über ihre Beine auf ihre Knöchel. Er ging um sie herum und stellte sich vor ihr an die leere Stelle an der Wand.

»Komm hierher«, ordnete er ruhig an.

Sie trat aus dem Nachthemd und den Hausschuhen heraus und ging auf ihn zu, nur mit einem Spitzenhöschen bekleidet. Sein Blick wanderte über ihren Busen, den Bauch, den Venushügel, und sofort versteiften sich ihre Brustwarzen, und ihre Klitoris schwoll schmerzlich an.

»Nimm die Hände hoch über den Kopf, und lehn dich damit an die Wand«, erklärte er ihr, nachdem er zur Seite getreten war. Er hatte den Arm nun angewinkelt, und der Rand des Schlägers ruhte entspannt auf seiner Schulter, was wie eine ihm von früher noch sehr vertraute Pose aussah. Eine ganze Reihe ungehöriger Geschichten über Engländer und Prügel schoss ihr durch den Kopf, sodass sie sich ein Lächeln verkneifen musste. Die Idee allerdings, ihren Po von einem Cricket-Schläger versohlt zu bekommen … die Idee, von dem erotischsten aller Engländer überhaupt versohlt zu werden, erregte sie.

Es erregte sie *sehr*, wie sie sich eingestehen musste, als sie die gewünschte Haltung einnahm und den Kopf drehte, um Ian anzuschauen. Er legte die Hand auf die empfindliche Stelle ihrer Rippen, und sie fragte sich, ob er so wohl spüren konnte, wie schnell ihr Herz schlug.

»Nein, Schatz, beuge dich noch nicht vor. Lehn dich nur gegen die Wand. Stell die Füße hinter den Rest deines Körpers. So. Perfekt«, murmelte er sanft in ihr Ohr. Als sie so stand, wie er es sich vorgestellt hatte, waren ihre Füße etwa sechzig Zentimeter von der Fußleiste entfernt, ihre Hände waren oberhalb ihres Kopfes, und ihre Unterarme stützten ihr Gewicht an der Wand ab, ihr Busen hatte zwanzig Zentimeter Abstand von der Mauer. Ihre Taille war nicht geknickt, sie stand fast senkrecht vor der Wand.

Ian trat hinter sie. Wenn sie sich nicht anstrengte war er nun außerhalb ihres Blickfeldes. Aus Erfahrung wusste sie, dass er es nicht mochte, wenn sie ihrer Neugier nachgab. Er betonte immer, dass ihre Augen ihn zugrunde richteten. Also blickte sie starr die weiße Wand an und zwang sich zu atmen.

Er schob seine Finger in den Bund ihres Slips und zog das Höschen zur Hälfte über ihr Gesäß. Sie rüttelte sich, um ihm beim Ausziehen zu helfen, aber er stoppte sie.

»Nein. Spreiz deine Beine weiter.«

Sie tat, was er verlangte, bis er »so ist's gut« rief. Durch das Öffnen ihrer Schenkel war das Spitzenhöschen zwischen den Beinen nun straff gespannt. Sie hörte, wie Ian in männlicher Zufriedenheit leise ächzte und stellte sich vor, wie er den Anblick ihres an den Hüften hängenden Slips genoss. *Du Wüstling*, dachte sie bei sich selbst und musste lächeln. Dabei gefiel ihr der Gedanke außerordentlich, dass sie ihn schon mit einer solchen Kleinigkeit derart erregen konnte.

Sie konnte fühlen, dass er seitlich hinter ihr stand. Sie hielt den Atem an, als er den Cricket-Schläger auf ihren nackten Po drückte. Im gleichen Augenblick streichelte seine Hand eine Seite ihres Körpers, er streichelte ihre Hüfte, Taille, Rippen und ihren Busen. Sie erschauderte, denn die Kraft seiner streichelnden Hand verstärkte die Drohung des Paddles auf ihrem

Arsch. Auf den ersten Schlag zu warten war für sie jedes Mal fast unerträglich aufreizend.

»Wir können in den nächsten Tagen noch ausreichend über deine Sicherheit sprechen, doch bis dahin«, erklärte er beim Streicheln, »versprich mir, dass du extrem vorsichtig sein wirst.«

»Du warst auch im Auto. Du musst *mir* versprechen aufzupassen.«

Er drückte das Paddle fester an ihre Pobacken.

»Ja, ich verspreche es«, sagte sie zittrig.

»Dann verspreche ich es auch.« Er hob das Paddle. *Klatsch.* Sie stöhnte auf, als sie der Schmerz durchfuhr und das ihr so vertraute Brennen und erregte Prickeln in ihr aufstieg.

»Zu viel?«, wollte er wissen und rieb ihren Arsch mit seiner linken Hand.

»Nein.«

»Das ist hier ein kleines, biegsames Ding«, sagte Ian. Francesca biss sich auf die Lippen, um ein Wimmern zu unterdrücken, während er ihren Po beruhigte. Sie wusste, was er meinte. Der Weidenholzschläger war *in der Tat* leicht biegsam und damit ideal geeignet, um auf der Haut ein Brennen zu erzeugen, ohne aber wirklich Schaden anzurichten.

Er schlug sie wieder. Sie jammerte bei dem stechenden Schmerz. *Klatsch. Klatsch.* Er hielt inne, um sie zu besänftigen.

»Ja, das macht dich schön warm.« Ian packte eine Pobacke und fuhr mit seiner Fingerspitze an der Ritze entlang.

Eine warme Flüssigkeit tröpfelte aus ihrem Spalt. Ein gedämpfter Laut der Erregung entstand in ihrem Hals, als er plötzlich das Paddle zwischen ihre Beine schob und gegen ihr Geschlecht drückte. Sie riss die Augen auf.

»Ohh«, stöhnte sie überrascht.

»Gut so?«, raunte er und bewegte das Paddle vorsichtig, um ihren Kitzler zu stimulieren.

»*Ja*«, hauchte sie und ballte ihre Hände an der Wand zu Fäusten. Sie biss die Zähne zusammen, bewegte ihre Hüften und drückte ihr Geschlecht nach unten, um den Schläger zu reiten.

»Hmmm«, brummte Ian neben ihr. Sie spürte seine Konzentration … seine steigende Erregung. »Ich glaube, ich muss das mitnehmen, wenn ich gehe. Dieser Grat auf der Rückseite des Schlägers passt wunderbar zwischen deine Lippen, oder etwa nicht?« Seine Frage zielte auf die leicht konvexe Rückseite des Schlägers ab, der sich ideal zwischen ihren Schamlippen vergrub.

Ihre Antwort bestand aus einem erregten Stöhnen. Doch dann verschwand das Paddle wieder und traf beißend die Rundungen ihrer Arschbacken. Das Geräusch der getroffenen Haut klang laut in ihren Ohren. Er machte eine Pause, ließ sie sich von dem Schlag erholen. Doch dieses Mal streichelte er nicht ihren Po, sondern fuhr über ihre Hüfte und den Bauch, was dort die Nervenenden zum Leben erweckte. Sie schloss die Augen, und ihre Vagina zog sich mit einem schmerzlichen Lustgefühl zusammen, als er einen Busen in seine Hand nahm. Er trat dichter an sie heran und umklammerte ihre Hüften mit seinen Oberschenkeln, seinen Schwanz an sie gedrückt. Er legte die flache Seite des Paddles auf ihre andere Hüfte und drückte, sodass ihr Arsch zwischen dem Schläger und seiner Erektion eingeklemmt war. Hitze stieg in ihr auf, und sie stöhnte, als er einen ihrer Nippel leicht kniff. Er richtete sich auf, wurde hart und sensibel.

Er hob das Paddle und schlug sie mehrere Male. Sie spürte jedes Mal, wenn der Schläger landete, wie sein Schwanz gegen ihre Hüfte stieß.

»Erinnerst du dich an das erste Mal, als ich dich versohlt habe?«, fragte er rau und drückte das Paddle auf ihren Po. Ihr

Hintern begann jetzt ernstlich zu brennen. Ihre Klitoris kochte und bedrängte sie. Sie sehnte sich danach, den Schmerz mit der Hand zu betäuben.

»Ja«, antwortete sie schwer. Wie könnte sie das vergessen? Sie war fassungslos gewesen über das, was er mit ihr tun wollte … schockiert darüber, dass sie es ihm erlaubt hatte …

Unglaublich erregt bei der Vorstellung, sich ihm sexuell zu unterwerfen.

Er drehte ihre Brustwarze mit seinen Fingern, und Erregung durchfuhr sie so scharf, dass sie die Zähne zusammenbeißen musste.

»Ich wollte dich so unbedingt und ungezügelt ficken. Ich hätte es auch beinahe getan, denn du warst mehr als nur bildschön. Ich hatte noch nie zuvor ungeschützten Sex und wäre fast schwach geworden. Deine Unterwerfung war so süß. Ich habe nicht verstanden, wie du mir so vertrauen konntest. Ich verstehe es auch heute noch nicht.«

Sie presste die Augen noch fester zusammen. Sein raues Geständnis ging ihr nahe.

»Ein Teil von mir hat dich verstanden, schon damals, ganz am Anfang«, sagte sie mit vor Gefühlen schwankender Stimme. »Du hattest mich so nervös gemacht und zugleich … auch *wieder nicht*. Ich wusste, ich gehörte zu dir. Ich habe gewusst, wir gehören zusammen. Bei dir zu sein war wie … nach Hause kommen«, fuhr sie abgehackt fort.

»Ja«, hörte sie ihn nach einer Weile sagen. »Aber womit ich das verdient habe, habe ich nie verstanden.«

»Du musst es auch nicht verstehen, Ian. Nur glauben.«

Er seufzte weich, trat von ihr zurück und nahm das Paddle von ihrer Haut. Sie wimmerte, als sie den Verlust seiner festen Wärme bemerkte, blieb aber in ihrer Position. Sie kämpfte gegen den Aufruhr der Gefühle in sich, ganz zu schweigen von der Neugier darauf, was er nun tun würde. Als sie das Geräusch seines Reißverschlusses hörte, biss sie sich auf die Lippe und unterdrückte ein bebendes Stöhnen der Vorfreude. Einen Moment später spürte sie, wie seine Beine die Rückseite ihrer Waden streichelten.

»Stütz dich an der Wand ab, und beug dich nach vorne. Damals habe ich dich nicht gefickt, aber jetzt werde ich es ganz sicher tun. Weil ich es kann … und weil du *mir* gehörst, egal was geschieht.«

Sie musste schlucken, um das zu verdauen, was sie da eben gehört hatte, eine Mischung aus großer Dominanz und dem hohlen Klang eines Mannes, der sein Schicksal akzeptiert hatte. Es wäre absurd gewesen zu leugnen, was er gesagt hatte. Auch wenn er sie verlassen würde, ein Teil von ihr würde immer bei ihm bleiben, und er würde für immer in ihrem Herzen sein. In ihrem Blut. Ihrer Seele.

Sie nahm die neue Haltung ein, drückte die Hände gegen die Wand und beugte die Hüfte. Ihr Slip war noch immer fest zwischen ihren Schenkel gespannt. Sie spürte, wie der harte, sich verjüngende Kopf seines Ständers zwischen ihren Schenkeln nach seinem Weg suchte und schließlich ihre Spalte fand. Er verstärkte seinen Griff um ihre Hüften.

Sie schrie auf, als er sie vollständig aufspießte und sein Becken gegen ihren Arsch schlug. Er hatte noch alle Kleider an, nur seine Hose war geöffnet, um den Schwanz freizulassen. Sie konnte spüren, wie Teile seiner nackten, runden Hoden zusammen mit dem Stoff seiner Shorts gegen ihre Schamlippen gepresst wurden. Bei ihrem Schrei hielt er kurz inne, völlig von ihr umgeben, tief in ihr pochend.

»Alles in Ordnung?«, fragte er.

Ihre Bestätigung klang dumpf. Er legte eine Hand auf ihre Klitoris und rieb sie nachdrücklich mit seiner Zeigefingerspitze. Sie schaute an sich hinunter und sah den Cricket-Schläger in der Luft baumeln. Ian hatte sich die Lederschlaufe um sein Handgelenk gehängt. Aus irgendeinem Grund fand sie den Anblick des zwischen ihr pendelnden Schlägers und von Ians Hand auf ihrem Kitzler erregend. Sie quietschte vor Vergnügen und kreiste mit ihrer Hüfte.

»Du bist noch wund von letzter Nacht, stimmt's?«, fragte er wissend.

»Ein bisschen«, gab sie zu. Dabei tat es ihr gut, was er mit ihr machte, schnell hatte sie das leichte Unbehagen vergessen, das sie bei der so plötzlichen und tiefen Aufnahme seines langen, erigierten Schwanzes verspürt hatte. Einen Moment lang bewegte er sich überhaupt nicht. Sie war es dann, die ihren Arsch an ihm zu reiben begann, sie presste sich auf seinen kreisenden, drückenden Finger, fickte seinen Schwanz rauf und runter und holte sich so den köstlichen Druck, nach dem sie sich sehnte. Er sagte auch nichts, doch sie konnte hinter sich spüren, wie seine Anspannung immer größer wurde, während er ihren Po mit der einen Hand streichelte und sie mit der zweiten kitzelte. Sie pumpte auf seinem Schwanz, und nur ihr Stöhnen und Wimmern sowie das gelegentlich Klatschen seines Beckens gegen ihren Arsch, den sie kräftig nach hinten gedrückt hatte, unterbrachen die Stille. Als es mehr als deutlich war, dass sie sich nicht länger unbehaglich, sondern sehr erregt fühlte, packte er ihre Hüften, sodass sie sich nicht mehr rühren konnte. Das Paddle klopfte weich gegen ihre Schenkel. Seine Hand bewegte sich dazwischen, er richtete seine Shorts neu.

Sie biss sich auf die Lippe und jammerte leise, als er sie dann auf seine Art, mit langen, tiefen Stößen, zu nehmen begann. Jedes Mal, wenn er ganz in ihr war, hob er seine Hüfte ein wenig und stieß damit ganz wunderbar gegen ihre Klitoris. *Himmel, dieser Mann weiß, wie man fickt*, dachte sie abgelenkt und drückte sich noch stärker von der Wand ab, um nicht von seinen kräftigen Stößen umgeworfen zu werden. Er schlug mit dem Paddle auf ihren Arsch, während er sie nahm, was ihr den Atem raubte. Sie war so heiß … alles brannte – ihr Arsch, ihr Kitzler, ihre Muschi, ihre Knospen, ihre Fußsohlen …

Sie stieß eine Reihe kurzer Schreie aus, als er seinen Ständer zurückzog.

»*Schschsch*«, beruhigte er sie und tätschelte ihre Hüfte, während er sich neben sie stellte. Sie spürte, wie sein Schwanz sich an ihrer Hüfte rieb und dort eine feuchte Spur hinterließ. Sie stöhnte auf. »Ich möchte nicht grausam sein. Ich möchte die Dinge nur ein wenig ausdehnen, das ist alles. Richte dich auf, Schatz. Tritt näher an die Wand.«

Keuchend versuchte sie dem zu folgen, was er ihr sagte, doch fast ihre gesamte Aufmerksamkeit war noch in dem furchtbaren Verlust seines Schwanzes gefangen. Er hatte sie so vollständig ausgefüllt, an so tiefen, geheimen Stellen in ihr ein Feuer entzündet, dass es erschütternd war, als er verschwand. Sie stellte sich wieder so hin, wie sie eben schon gestanden hatte, dann legte er das Paddle wieder auf ihren Po.

»Nein, noch enger. Stell deine Füße ganz nah an die Fußleiste, und stütz dich mit den Armen ab. Drück deine Wange an die Wand«, wies er sie an, und in seiner Stimme war die Lust nicht zu überhören. »Jetzt drück auch deine schönen Brustwarzen an die Wand.«

Die Wirkung seiner erregenden Worte was so groß, dass sie schon stöhnte, noch bevor sie überhaupt getan hatte, was er von ihr wollte. Ihr Körper zuckte zusammen, als die kalte, harte Oberfläche der Mauer auf ihr erhitztes Fleisch traf. Sie hatte ihre rechte Wange an die Wand gelegt und konnte Ian sehen, wie er die unteren Knöpfe seines Hemdes öffnete. Er war noch immer angezogen, nur sein Schwanz ragte zwischen der Knopfleiste des Hemdes hindurch aus der Öffnung seiner Hose heraus. Sie kniff die Augenlider zusammen, als sie ein lustvoller Schmerz durchzuckte, der stechend ihre Klitoris erreichte. Er sah wundervoll erregt aus, sein Schwanz köstlich voll, schwer und mit ihren Säften befeuchtet.

»Nein, das nicht mehr«, raunte er, ihre Hüfte und den Po streichelnd. »Mach deine Augen auf.«

Sie gehorchte und begegnete seinem glühend heißen Blick. Er schlug sie wieder mit dem Paddle. Das klatschende Geräusch drang in ihre Ohren, das scharfe Aufplatzen des angenehmen Schmerzes und das Prickeln ihrer Nervenbahnen vertrieben jeden Gedanken aus ihrem Kopf, ihr Bewusstsein ertrank in Ians Anblick. Er schlug sie mit dem biegsamen Paddle nicht fest, doch Francesca wurde durch die knackigen Schläge nur noch weiter erregt. Die Erfahrung wurde dadurch noch umso aufregender, dass er sie direkt anblickte. Bisher war es ihm immer lieber gewesen, dass sie ihren Kopf abwandte, wenn er sie verdrosch.

Nun verstand sie, warum. Während sie in seine Augen blickte, sah, wie angespannt seine Gesichtsmuskeln waren, wie starr sein kochend heißer Blick war, erkannte sie, wie zerbrechlich seine Kontrolle war ... wie verzweifelt er sich abmühte, sich zurückzuhalten.

Er ächzte laut, und sie blinzelte, dann schaute sie ihm wieder ins Gesicht. Sie merkte, dass ihr Blick auf seine ungeheuerliche Erektion abgeschweift war und sie sich über die Lippen geleckt hatte. Er verabreichte ihrem Po einen kräftigen Knall, und sie sprang hoch.

»Es tut mir leid«, sagte sie, konnte aber ihr Vergnügen nicht verbergen.

»Nein, dass tut es dir nicht«, erwiderte er mit schwerer Stimme. Sie erkannte ein winziges Lächeln bei ihm. »Dafür musst du dich jetzt auf die Zehenspitzen stellen und deine Stirn an die Wand lehnen. Du kannst deine Hände herunternehmen und deinen Kopf auf ihnen ablegen.«

»Wie?«, fragte sie verwirrt, obwohl sie schon dabei war, ihren Kopf auf ihre Hände zu betten.

»Du hast mich verstanden«, raunte er. »Stell dich auf die Zehenspitzen. So wirst du alle Muskeln im Körper anspannen. Und dann spürst du das Paddle umso mehr.«

Sie spannte die Waden an und stellte sich auf die Zehenspitzen. Mehrere Male klatsche das Paddle auf sie nieder. Nässe sammelte sich in ihrer Höhle. Sie verstand jetzt, was er meinte. In dieser Haltung waren ihre Beinmuskeln angespannt, außerdem war dies eine schwierige, verletzliche Stellung. Er schlug ihren Po noch ein paar Mal, dann hielt er inne, um ihre brennende Haut zu reiben.

»Du wirst schön rosa«, hörte sie ihn sagen.

»Ian«, flehte sie ihn an, als er ihre Pobacken auseinanderdrückte und sie seinen Blick auf ihrer Rosette spürte. Sie hielt den Atem in ihrer angespannten Lunge, als er sie berührte – er drang nicht in sie ein, er rieb nur über den empfindlichen Bereich. Urplötzlich sah sie wieder alles vor sich: Sie lag auf dem Bett im Penthouse, Arme und Beine gefesselt, extrem verletzlich … ihm völlig geöffnet. Sie hatte sich kurz gefragt, ob es falsch war, sich einem anderen Menschen derart zu öffnen, aber die Liebe hatte ihre Zweifel zum Schweigen gebracht.

Später in dieser Nacht hatte er sie verlassen.

Sie stöhnte in einer Mischung aus Qual und Leidenschaft auf.

»Was ist los?«, fragte er knapp. Ihr wurde klar, dass er ihre plötzliche Unsicherheit spürte.

Sie schluckte und wollte sprechen, doch ihr fielen die passenden Worte nicht ein. In ihren Waden zerrte es, dieser Schmerz machte es noch schwieriger, sich zu konzentrieren.

»Stell deine Füße ab«, sagte er und streichelte ihren Po und ihre Hüften sanft. »Francesca?«, wiederholte er, als sie ihren Kopf weiter auf den Händen an der Wand ruhen ließ und ihr Atem nur stoßweise ging. »Möchtest du mich heute Abend dort nicht spüren?«

Sie schloss die Augen, denn sie wusste, er hatte es auf Analverkehr abgesehen. Sie könnte es ablehnen, und er würde es nicht infrage stellen. Dabei ging es nicht um körperliches Unwohlsein. Im Gegenteil, seine Berührung hatte sie vor Aufregung elektrifiziert. Und doch erlebte sie zugleich einen mächtigen Flashback auf ihr Trauma, sich ihm hinzugeben …

… und dann verlassen zu werden.

Aber hatte sie am Nachmittag nicht entschieden, dass es kindisch sei, sich ihm zu entziehen, um ihn damit für ihre Schmerzen zu bestrafen? … Sich ihm zu entziehen, als sei es ein Verbrechen, er selbst zu sein.

»Nein.« Ihre Stimme wurde durch die Hände vor ihrem Mund gedämpft. »Ich *möchte* dich dort spüren.«

Sie spürte, wie er über ihr Haar strich. Er hob es über die Schulter und schob es ihr aus der Stirn und von der Wange.

»Schau mich an«, bat er.

Zögernd wandte sie den Kopf.

»Du hast Angst, dich mir zu weit zu öffnen, ist es das?«, sagte er ganz direkt. Sein Blick aus den blauen Augen lief über ihr Gesicht und schien ihre Miene dabei so zu lesen, wie die Finger eines Blinden.

»Ich möchte nicht wieder alleine zurückgelassen werden«, sagte sie nur.

»Ich möchte auch nicht, dass du alleine bist, so wie *ich* auch nicht alleine sein möchte.« In seiner Stimme klang ein Hauch

Verzweiflung mit. »Ich versuche es, Francesca. Das musst du mir glauben. Ich versuche es wirklich.«

Sie schloss die Augen.

»Ich weiß.«

»Ich würde nie etwas mit dir tun, was du nicht möchtest, das weißt du. Aber ich möchte auch nicht auf unsere Intimität verzichten, nur weil ich Angst habe. Ich versuche, daran zu glauben, mein Schatz«, fügte er in gedämpfterem Ton hinzu, mit vor Gefühlen schwerer Stimme.

Sie öffnete langsam ihre Augen.

»Ich habe genug Glauben für uns beide«, flüsterte sie. Und als sie dies aussprach, fühlte sie die Wahrheit dieser Worte. Sie glaubte daran, dass er seinen Weg zurück zu ihr würde finden können. Sie wusste, dass er das, was er brauchte, um aus der Dunkelheit wieder herauszufinden, in sich trug.

Er nickte, ohne ihrem Blick auszuweichen.

»Warte kurz«, sagte er. Sie spürte, wie er fortging. Einen Augenblick später war er zurück, hatte das Paddle weggelegt und eine Tube Gleitcreme in der Hand. Ihre Vagina zog sich zusammen. Sie legte ihr Gesicht auf ihren Handrücken. Musste sie sich schämen, dass sie ihm die Erlaubnis gegeben hatte … dass sie es begehrte?

Sie war sich nicht sicher. Dann streichelte Ian plötzlich ihren wunden Po und schob die Backen auseinander. Er drang mit dem Finger in sie ein, und sie seufzte, während ihre Zweifel leichter wurden und sich wie winzige Wölkchen auflösten. Für einen gespannten Augenblick schwiegen sie beide, während er seinen Finger in ihren Arsch hinein- und herausgleiten ließ. Diese Liebkosung war unglaublich angenehm und feierlich, weil sie verboten war … und weil sie von Ian kam. Die Stille hielt an, während er sie auf seinen Schwanz vorbereitete – nicht nur indem er mit den Fingern in ihren Po eindrang, sondern auch indem er die andere Hand nutzte, um ihren Kitzler und ihre Muschi weiter zu erregen.

»Ian, ich komme«, rief sie atemlos wenig später, während er ihre feuchten Schamlippen rieb und zwei Finger in ihren Po geschoben hatte.

»Dann komm«, sagte er heiser. »Lass mich deine Hitze spüren.«

Sie spannte ihr Gesicht fest an, als sie den Höhepunkt erlebte, und wimmerte, als sie an seiner Hand kam.

»So ist es gut«, hörte sie ihn sagen, während sie sich noch schüttelte. Er schob einen langen Finger in ihre Muschi, ohne den Druck auf ihren Kitzler und das Eintauchen in ihre Rosette zu verändern. »O ja, ich kann wunderbar fühlen, wie du kommst.« Seine Stimme klang ganz heiser. Er drückte noch einen Finger in ihren Po. Sie schrie auf, ein schmerzender Stich verstärkte ihren Orgasmus. »*Schschsch*«, beruhigte er sie. »Gut so. Dein Arsch ist heiß. Du bist so süß«, sagte er und molk ihre Muschi völlig leer.

Als sie schließlich satt gegen die Wand sackte, zog er die Finger aus der Muschi und dem Po. Sie ließ sich von ihm in Stellung bringen, vornübergebeugt, den Po gestreckt. Sie blinzelte, um die Haare aus den Augen zu bekommen und hörte, wie er sich auszog. Er stieg aus den Hosen. Wieder presste sich ihr Arsch erwartungsvoll zusammen, was in ihrer Klitoris für ein Stechen sorgte. Mit dem Kopf nach unten konnte sie sehen, wie er hinter sie trat. Sie atmete etwas von der angestauten Spannung aus, als sie seinen beruhigenden und warmen Griff auf der Hüfte spürte.

»Ich werde langsam machen, denn ich habe nichts hier, womit ich dich vorbereiten könnte.« Ian spielte auf einen Plug an, mit dem er sie sonst auf den Analverkehr vorbereitet hätte.

Sie nickte. Ihr langes Haar knisterte um sie herum wie ein

bewegter Vorhang. Ohne sie wahrzunehmen, starrte Francesca auf die Fußleiste, jeder Funke Aufmerksamkeit in ihr richtete sich ausschließlich auf das Gefühl von Ians Schwanz an ihrem Arsch.

»Du weißt, was du tun musst«, sagt er, wobei seine Stimme angestrengt klang. »Drück dagegen.«

Das tat sie, und dann war da dieser vertraute stechende Schmerz, als der Kopf seines Ständers in ihre Rosette eindrang. Und wie immer war der Schmerz schnell wieder verschwunden. Trotzdem hielt er noch still und wartete ab, bis sie sich erholt hatte. Dann presste sie keuchend wieder nach hinten, und er schob sich weiter hinein, sein Schaft war jetzt schon tief in ihr. Noch einmal hielt er inne, doch als ihr Schmerz dieses Mal verklungen war, begann er sachte zu pumpen. Das Gleitmittel erleichterte es. An seinem erregten und zugleich besorgten Grunzen erkannte sie, dass ihre Pomuskeln ihn fest gepackt und umklammert hielten und Widerstand leisteten.

Oder leistete *sie selbst* Widerstand?

Obwohl sie sich entschieden hatte, sich ihm auf jeden Fall hinzugeben, blieb ein Teil von ihr wachsam. Vielleicht hielt sich ein wenig Zweifel noch heimlich in ihrem Geist und Körper versteckt. Analverkehr mit Ian war für sie immer ganz besonders erregend gewesen, denn die Verletzlichkeit, die diesem Akt immer innewohnte, hatte die Erotik und die Freude daran, es mit jemandem zu teilen, dem sie vertraute, noch gesteigert. Sie wollte nicht, dass Zweifel oder Angst ihr diesen Moment zerstörten.

Sie atmete aus und ließ ihre Muskeln locker.

Ian hob seine Hüfte und drang mit einem rauen Stöhnen noch tiefer in sie ein.

»So ist es gut, Francesca.« Er war bis jetzt noch nicht ganz in ihr, und doch begann er sie jetzt zu stoßen, ihr Arschloch vorsichtig zu ficken. Die Erregung erschütterte sie. Sie bewegte nun ihren Po auch gegen seinen Schwanz auf und ab, doch er packte sie noch fester an den Hüften und presste seine Daumen in ihre Gesäßbacken.

»Bleib stehen. Ich hab's«, raunte er.

Sie blickte zu Boden, gab sich Mühe, still zu stehen und Luft zu holen, während er seinen Schwanz in sie rein und raus, rein und raus fuhr und ein Feuer in ihr entfachte. Er musste ein wenig in die Knie gehen, schließlich war er deutlich größer als sie, und sie fragte sich, ob das nicht unbequem für ihn sei. Als er seinen Schwanz ganz in sie hineingesteckt und ihren Arsch zu sich herangezogen hatte, als er seine dicken Hoden gegen ihre Pobacken drückte, war sie kurz davor, in Flammen aufzugehen. Einen Moment lang hielt er sie nur fest.

»Ich kann dich so perfekt spüren. Du bist so heiß«, sagte er. Francesca hielt beim Klang dieser kaum noch zu bändigenden Leidenschaft die Augen geschlossen.

»Ich kann dich auch spüren. Du bist so ... tief.« Ihre Stimme klang erstickt, denn ihre ganze Aufmerksamkeit lag auf seinem Schwanz, der an einem solch verwundbaren Punkt pochte.

»Ich muss mich bewegen.«

»In Ordnung.«

Er hielt weiterhin ihre Hüften und den Po fest gepackt, trat aber einen Schritt mit seinem rechten Fuß nach vorne. Nun drückte sein harter Schenkel gegen ihre Hüfte, das andere Bein stand weiter zwischen ihren Schenkeln. Er war nun etwas tiefer und konnte sie mit langen, festen Stößen nehmen. Ein hilfloses, erregtes Stöhnen kaum aus ihrer Kehle.

»Alles in Ordnung?«, fragte er und fuhr trotzdem damit fort, seine Hüfte zu bewegen und immer wieder in sie hineinzugleiten.

»*Ja*«, ächzte sie nachdrücklich. Es fühlte sie so gut wie immer an, sich ihm in dieser Art hinzugeben. Es war zugleich erhaben und dreckig, so auf dem Rand scharfer Erotik zu balancieren. Er fing an, sie härter zu ficken, verlagerte mit jedem Stoß sein Gewicht ein wenig weiter auf sein vorderes Bein und schlug mit seinem Becken auf ihren Po ein. Das Geräusch, das bei diesen Hieben entstand, steigerte ihre Lust noch. Seine Hüfte und ihr Arsch hatten inzwischen den richtigen Rhythmus gefunden, die stechende und rollende Bewegung lief so gut, dass sie anfing zu schielen. Lustvoll begann sie zu stöhnen, und ihre Ekstase stieg weiter, als er sie noch härter nahm. Die Geräusche seines zufriedenen Grunzens und Ächzens klangen in ihren Ohren und vermischten sich mit ihren Schreien.

»Das ist es«, knurrte er. »Jetzt gibst du dich mir ganz hin. Ich kann es spüren.«

Und er hatte recht. Sie hielt nichts mehr zurück, sie öffnete sich ihm, gab sich Mühe, ihm Vergnügen zu verschaffen und auch sich selbst.

Gott stehe ihr bei.

»Stell dich wieder auf deine Zehen«, befahl er grob und tauchte seinen Schwanz immer schneller und schneller in sie. »Ich halte dich. *Mach jetzt*, Francesca«, rief er, als sie nicht gleich reagierte, sie war so in den Wellen der Lust gefangen. Dann kam sie seiner Aufforderung nach, spannte ihre Waden an und hob ihre Fersen. Sie rang nach Atem, als er wieder zustieß. Wie konnte er die Mechanik des Sex immer so gut vorhersagen? Diese Stellung hob ihren Po, sodass er einen neuen Eintrittswinkel hatte. Die Muskeln um ihn herum wurden fest zusammengezogen, er fühlte sich noch durchdringender in ihr an. Sein tiefes Grunzen verriet ihr, dass er den frischen Druck ebenfalls spürte und ihn genoss. Sehr genoss. Er stellte sein Bein wieder zurück, nun waren wieder beide hinter ihr. Mit verstärkter Kraft nahm er sie nun, sie schrie kurz auf. Es tat ein bisschen weh, dass er sie so fest nahm, aber es erregte sie auch viel, viel mehr.

»Noch ein paar Sekunden«, zischte er. »Bleib auf den Zehenspitzen. Das fühlt sich verfickt noch mal *so* gut an. Ich komme in dir.«

Sie riss die Augen auf, als er noch einmal tief in sie eintauchte und sie spürte, wie er dick anschwoll. Sein Schwanz sprang in sie hinein, sodass sie wieder kurz aufschrie. Dann spürte sie die Wärme seines Samens, als er sich ergoss, hörte, wie er ein verzweifeltes Gebrüll in seinem Hals verschloss und nur ein wildes, gedämpftes, brummendes Geräusch hören ließ, als er kam. Warum sie es so sehr mochte, ihm sein Vergnügen zu ermöglichen, wenn es ihr dabei doch etwas unangenehm war, war schwer zu sagen. Er verschaffte ihr so oft und so genau Glückseligkeit. Sie genoss die Möglichkeit, es ihm auf gleiche Weise zurückzugeben.

Nachdem der letzte Schauder des Orgasmus' vorüber war, hielt er sie, schnell atmend, noch immer fest an sich gedrückt.

»Stell deine Füße wieder ab«, sagte er schließlich, und seine Stimme klang zugleich barsch und liebevoll. Sie hatte gar nicht bemerkt, dass sie noch immer unter seinem Kommando stand, sogar nachdem dieser Moment vorbei war.

Sie tat, wie ihr befohlen, und atmete erleichtert auf, als die Spannung nachließ. Sie wunderte sich über sich selber, dass es sie so erregte, sich ihm für sein Vergnügen zu opfern, doch als er seine Hand zwischen ihre Schenkel legte, war es ihr gleichgültig geworden. Es genügte, dass es wahr war. Ihr Körper wusste genau, was er wollte, was er liebte. Sie lief fast aus und stand kurz vor dem Höhepunkt. Sie hörte, wie seine Finger in ihrem gut durchnässten Fleisch spielten und er bei den offensichtlichen Anzeichen ihrer Erregung zufrieden grunzte. Unter seinem wissenden Griff erbebte ihre Klitoris. Wenige Sekunden später kam sie in seine Hand, während sein Schwanz in ihr aufzuckte.

Das alles war nicht nur eine erotische und intime Erfahrung für Francesca, es war auch eine enorm emotionale. Sie hatte die Tränen gar nicht wahrgenommen, aber irgendwann mussten sie geflossen sein. Als sie wenige Minuten später zusammen duschten, wusch Ian sie ihr von den Wangen. Er blickte ihr in die Augen, während das heiße Wasser über ihre nackten Körper brauste.

»Ich weiß«, sagte er leise, »ich *weiß*, wie hart es für dich ist. Alles. Es tut mir leid.«

Sie musste schlucken. Da war es. Er hatte sich entschuldigt. War sie so belanglos, dass man ihr einen Gefallen tun musste? Das glaubte sie nicht. War es nicht besser, dass er endlich spürte, dass er die *Kraft* hatte, sich für seine Taten zu entschuldigen? Vorher hatte es so ausgesehen, als hätte er sich nicht entschuldigt, weil man sich auch nicht für einen Tornado, einen Hurrikan, das Schicksal oder ein anderes, unvorhersehbares Ereignis entschuldigt.

Wenn er jetzt sagte, dass es ihm leidtat, hieß das nicht auch – zumindest ein kleines bisschen –, dass er erkannt hatte, dass er eine Wahl gehabt hatte, auf welche Art und Weise er auf all das reagierte?

Sein Daumen strich über ihre Wange, als sie zu ihm aufsah.

»Ich möchte nur ganz sicher wissen, dass ich es verdient habe, an deiner Seite zu sein.« Seine tiefe Stimme klang hohl.

Sie schloss die Augen vor dem Anblick des Schmerzes, den er sonst so gut verborgen hielt. Das gefürchtete Gefühl der Hilflosigkeit traf sie wie eine Welle. Es gab nichts, was sie hätte sagen können. Er wusste, wie sie sich fühlte.

Sie stellte sich wieder auf die Zehenspitzen, ignorierte die

Schmerzen in ihren Waden und nahm ihn in ihre Arme. Sie drückte ihre warmen, nassen Körper fest zusammen, denn das war ihre einzige Waffe, um ihn vor seinem Leiden zu beschützen.

KAPITEL 12

Er hatte gesagt, er wolle in dieser Nacht seinen Hunger an ihr stillen. Und genau das tat er auch, nachdem sie ins Bett gekrochen waren. Sie liebten sich mit fast wilder Verzweiflung, bis sie beide zusammenbrachen und in einen tiefen Schlaf der Erschöpfung fielen. Francesca kam der Gedanke, dass Ian sie an einen Mann erinnerte, der am Abend vor seinem Gang in den Kerker ein riesiges Festmahl zu sich nahm, doch da sie diese Vorstellung nicht lange ertragen konnte, schob sie sie schnell beiseite.

Als sie am nächsten Morgen zum Frühstück nach unten gingen, ergriff Francesca seine Hand, als sie die Eingangshalle erreicht hatten. Verwundert über diese Geste wandte er sich ihr zu, seine Augen verrieten die Überraschung. Sie schenkte ihm nur ein kleines Lächeln, ließ aber nicht los, auch dann nicht, als sie am Personal vorbei und in den Speisesaal hineingingen, in dem bereits James und Gerard beim Frühstück und der Morgenzeitung saßen.

Ein Haustechniker, den Lin gebucht hatte, und Anne waren rege mit den Vorbereitungen für die Pressekonferenz beschäftigt. Sie sollte im Empfangssaal stattfinden, denn der war nicht zu klein, um den etwa dreißig akkreditierten Journalisten Platz zu bieten, aber auch nicht zu groß, um noch eine gute Akustik zu garantieren.

Lucien und Elise waren noch nicht erschienen, also tranken Gerard, James, Francesca und Ian gemeinsam Kaffee und aßen Frühstück, das sie sich vom Buffet holten. In diesem Moment kam Mrs. Hanson herein, zusammen mit einer grauhaarigen, streng dreinschauenden, dünnen Frau. Francesca legte ihre Gabel nieder, als sie Clarisse, die sich ganz offensichtlich unwohl fühlte, hinter den beiden älteren Frauen stehen sah.

»Entschuldigen Sie bitte, dass ich Sie bei Ihrem Frühstück stören muss, Ihre Lordschaft«, bat Mrs. Hanson um Verzeihung.

»Aber ich bitte Sie! Was ist denn los, Eleanor?«, wollte James wissen, der freundlich verwirrt dreinschaute.

»Wie Sie wissen, leitet Miss Everherd den Haushalt. Sie hat mich heute Morgen wegen eines Problems angesprochen, und ich habe es für das Beste gehalten … nun … angesichts all der Dinge, die in letzter Zeit geschehen sind«, formulierte Mrs. Hanson vorsichtig, »dass sie es Ihnen gleich direkt mitteilt.«

»Um was geht es denn, Miss Everherd?«

»Wir haben das Personal, wie Sie es gewünscht haben, Ihre Lordschaft, aufgefordert, die Sicherheitsmaßnahmen genauestens zu beachten und uns alle Mühe gegeben, sehr sorgfältig zu sein. Jedenfalls *fast* alle haben sich Mühe gegeben«, sagte Miss Everherd mit verkniffenem Mund und blickte bei diesen Worten Clarisse an. Das Hausmädchen sah jetzt viel blasser und jünger aus als sonst.

»Ihre Lordschaft, ich muss mich bei Ihnen entschuldigen«, sagte Clarisse leise. In ihren blauen Augen war deutlich Besorgnis zu erkennen. »Ich habe es Miss Everherd gleich mitgeteilt, als mir aufgefallen ist, dass ich sie nicht mehr finde. Es sieht so aus, als hätte ich meine Schlüsselkarte verlegt.«

»Wieder einmal«, ergänzte Miss Everherd streng.

Clarisse errötete und hielt den Blick auf den Teppich gesenkt. Francesca empfand für die freundliche junge Frau Mitleid. Sie wünschte, sie könnte sich entschuldigen und zurückziehen, schließlich war es für Clarisse unangenehm, vor all den Zuhörern wie ein kleines Kind ausgeschimpft zu werden.

Gerard warf seine Serviette auf den Tisch.

»Wirklich, Clarisse? Dabei haben wir es doch noch einmal extra betont, wie wichtig die Sicherheit ist, ganz besonders angesichts der Pressekonferenz heute.«

»Weißt du, wann du die Schlüsselkarte verloren hast, Clarisse?«, mischte sich nun auch Ian ein.

»Nein, Sir«, sagte Clarisse unglücklich. »Irgendwann zwischen gestern Nachmittag und heute Morgen.« Sie war inzwischen ganz rot im Gesicht. »Ich habe gedacht, ich hätte sie heute Morgen noch benutzt, um hereinzukommen, aber Catherine, die Küchenhilfe, hat mich daran erinnert, dass ich mit ihr zusammen durch den Hintereingang gekommen bin.«

»Sie ist so leichtsinnig«, erklärte Miss Everherd mit harter Stimme. »Es ist nicht das erste Mal, dass Clarisse ihre Schlüsselkarte verloren hat.«

»Wir kriegen das wieder hin«, sagte Ian ruhig. »Ich kann ihr eine neue Schlüsselkarte machen, wenn ich hier fertig bin und den alten Code gelöscht habe.«

»Clarisse, du solltest wirklich sorgfältiger sein«, ermahnte Gerard sie, während er sich Kaffeesahne einrührte. »Als hätte Ian mit dieser Pressekonferenz nicht schon genug zu tun. Jetzt ist unsere Sicherheit löchrig geworden.«

»So schlimm ist es nicht. Einen verlorenen Schlüssel kann man nicht als Katastrophe bezeichnen. Wir können alles ohne große Schwierigkeiten wieder ausbügeln«, erklärte Ian gelassen. Francesca war ihm dankbar, dass er Clarisse weitere Peinlichkeiten erspart hatte. Das Mädchen sah schon jetzt erbärmlich aus.

»Wir werden uns also darum kümmern, dass nichts Schlimmes passiert. Ich danke Ihnen«, und dabei schloss James auch Clarisse in seinen Blick mit ein, »dass Sie uns auf dieses Problem aufmerksam gemacht haben. Wir können es nun angehen.«

Francesca fühlte sich sehr unwohl, als die drei Frauen das

Zimmer verließen. Clarisse war doch eher wie eine Freundin, und es gefiel ihr gar nicht, hier mit den anderen am Tisch zu sitzen, als würde sie über sie richten.

Alle setzten schweigend ihr Frühstück fort. Das heißt, Ian nicht, wie Francesca bemerkte. Sie kaute ihren Toast langsamer, als sie Ians starren Blick über seine Kaffeetasse hinweg bemerkte, mit dem er Gerard beobachtete.

Später am Nachmittag wartete Gerard geduldig in James' privatem Büro. Er wusste, dass James jede Sekunde der Pressekonferenz an Ians Seite bleiben würde, um seinem Augapfel, seinem tragischen, perfekten Enkel jegliche Unterstützung anzubieten. Gerard rollte bei dem Gedanken die Augen. Schon früher hatte Gerard James' Büro benutzt und war daher mit dem ehrwürdigen Raum gut vertraut. Als er erwähnt hatte, dass er wichtige Geschäfte zu erledigen habe und leider nicht an der Pressekonferenz teilnehmen könne, hatte James ihm sein Büro angeboten. Ganz genauso, wie Gerard das erwartet hatte.

Und tatsächlich hatte Gerard heute ungemein wichtige Geschäfte zu erledigen.

Brodsik hatte sich verspätet. Der Mann war fast ebenso zerstreut wie Clarisse, dafür aber doppelt so dick. Dazu noch eine gehörige Portion Geldgier und fertig war ein Paradebeispiel für Unzuverlässigkeit. Gerard hasste es, dass er Vertrauen, und sei es auch nur ein ganz klein wenig, in Menschen wie Brodsik und Stern stecken musste. Stern hatte er schon bald nach der Ankunft der beiden Kriminellen in England entsorgt. Brodsik brauchte er noch. Denn es war Brodsik gewesen, den Francesca in Chicago gesehen hatte. Und es war auch sein Gesicht gewesen, das Ian und sie am Tag zuvor erschreckt hatte. Stern dagegen war ein dahergelaufener Nichtsnutz, der Gerard in keiner

Beziehung irgendwie weitergeholfen hätte. Er hatte also schon frühzeitig gehen müssen.

Wider besseres Wissen war Gerard gezwungen gewesen, diese beiden Männer zu engagieren, nachdem Francesca seinen Plan, Noble Enterprises mit einer feindlichen Übernahme unter seine finanzielle Kontrolle zu bringen, blockiert hatte. Als sich das herausgestellt hatte, musste er einen Plan entwickeln, um Ian aus seinem Versteck zu locken. Und was wäre besser geeignet, seinen *noblen* Cousin wachzurütteln, als eine potenzielle Gefahr für seine verlassene Geliebte? Ja, es stimmt, es war riskant gewesen. Schließlich hatte Ian seine Verlobte verlassen. Möglicherweise hätte es ihn gar nicht interessiert, wenn Francesca bedroht worden wäre? Aber doch, Gerard hatte recht behalten. In dem Augenblick, in dem sich Francesca in Gefahr befand, kam er auf die Bühne gestürzt, bereit die Rolle des tragischen Ritters in glänzender Rüstung zu spielen.

Er konnte in Ian so leicht lesen wie in einem Groschenroman.

Es hatte wunderbar funktioniert. Der Zeitpunkt, um zuzuschlagen, war gekommen. Er konnte kaum in Ians Blickfeld geraten, wenn er der geheimnisvolle Unbekannte blieb. Ian war verletzlich. Niemand wäre völlig schockiert, wenn er durchdrehen und Francesca mit sich nehmen würde.

Er warf einen Blick auf die Uhr und machte ein finsteres Gesicht. Entfernt hörte er Ians gedämpfte Stimme, wie er durch ein Mikrofon sprach. Die Pressekonferenz lief. Sein Cousin war eifrig dabei, um Unterstützung für sich zu werben und der Welt das Gesicht eines zuversichtlichen, genialen Strategen zu zeigen.

Doch Gerard kannte die Wahrheit. Das Passwort, das er mithilfe des Überwachungsvideos entziffert hatte, war das richtige gewesen. Gestern hatte er Ians Dokumente kopiert. Alle Dokumente. Er hatte sie in der Nacht schon einmal überflogen – nachdem er Ians und Francescas stürmisches Liebesspiel belauscht hatte. Er verfluchte Ian dafür, es mit Francesca an Orten zu treiben, die Gerard vorher nicht bedacht hatte. Er hatte eine der beiden Kameras neu eingestellt, schließlich brauchte er die Überwachung von Ians Schreibtisch nicht mehr. Dafür hatte er sie in eine Ecke ausgerichtet, von der er vermutete, dass Ian Francesca in der vergangenen Nacht dort vögeln würde. Doch wie in allen Dingen machte Ian ihm auch hier einen Strich durch die Rechnung. Und so blieb ihm nichts anderes übrig, als zuzuhören, wie Francesca versohlt wurde. Er masturbierte dann später, als er begierig belauscht hatte, wie sie von ihm anal genommen wurde. Sein Höhepunkt war so explosionsartig gewesen, dass er danach gar nicht mehr interessiert war, das Liebesspiel des Pärchens im Bett zu beobachten. Stattdessen hatte er sich Ians Computerdateien angesehen.

Auf diese Art und Weise hatte er in Erfahrung gebracht, dass Ian Noble keineswegs der kühle, zurückhaltende, alles kontrollierende, geniale Milliardär war, der zu sein er jetzt gerade vor den versammelten Journalisten vorgab. Er war eigentlich ein Mann am Rande des Wahnsinns, vom Tod seiner Mutter und der Erkenntnis über die Identität seines leiblichen Vaters ins Schwanken gebracht.

Ian Noble, der Sohn eines verurteilten Vergewaltigers.

Nachdem Gerard den explosiven Inhalt von Ians Computer gesichtet hatte, änderte er seine Pläne.

Das Kennzeichen *wirklicher* Brillanz war doch vor allem die Fähigkeit, die Schwäche eines Menschen in Erfahrung zu bringen und dann genau die richtige Menge Druck auf diesen Punkt auszuüben, sodass im Nachhinein der entstandene Zusammenbruch wie unausweichlich aussah.

Diese Fähigkeit hatte er zum ersten Mal bei seinen Eltern unter Beweis gestellt. Zufällig hatte er erfahren, dass die Automarke, die seine Eltern fuhren, ein Problem mit der Bremsanlage hatte. Ein Schulfreund aus Oxford, der aus einer einflussreichen Familie stammte, hatte einem anderen Klassenkameraden diese von den Herstellern geheim gehaltene Tatsache erzählt, und Gerard hatte das Gespräch zufällig mitangehört. Bis heute wusste niemand davon. Aber als Gerard erst einmal davon erfahren hatte, war es für ihn ein Kinderspiel, schließlich schraubte er seit seiner frühesten Kindheit an Autos und Motorrädern herum – und voilà. Seine Eltern waren tot. Damit standen ihm nicht nur deren Vermögen und Eigentum zur freien Verfügung, er hatte auch noch einen sehr lukrativen Schadenersatzprozess gegen den Autohersteller geführt. Es war fast lächerlich einfach gewesen, doch Gerard wusste, dass man Geduld beweisen musste, wenn man auf die perfekte Gelegenheit warten wollte.

Und Geduld war seine Stärke.

Genau die richtige Menge Druck genau an der richtigen Stelle einzusetzen: Das war sein Motto. Es niemals übertreiben. Natürlich waren Francesca und Ian in diesem Szenario die Schwachpunkte, allerdings hatte sich Francesca als zu unabhängig und lästig herausgestellt. Sie hatte sowohl seinen Plan für die Verführung als auch den für die Tyake-Übernahme vereitelt. Zusammen mit diesem ärgerlich selbstzufriedenen Lucien, eine der vielen unberechenbaren Größen, die Gerard nie ganz sicher beherrschen konnte, hatte sie seine dezenten Bemühungen, endlich Kontrolle über Noble Enterprises zu erlangen, zunichtegemacht.

Aber wenn Gerard etwas war, dann flexibel. Man musste sich von den Gezeiten treiben lassen, nicht gegen sie ankämpfen. Es fühlte sich an, als sei er mit dem Wissen um Ians Verletzlichkeit nun noch zusätzlich gesegnet. Natürlich hatte er schon gewusst, dass Ian nach dem Tod seiner Mutter und seinem Untertauchen geschwächt war. Und Gerard hatte schnell reagiert und versucht, aus Ians verletztem Zustand und seiner Abwesenheit einen Vorteil zu ziehen. Als sich die Gelegenheit mit Tyake bot, war Gerard bereit gewesen, einen der seltenen Schwachpunkte auszunutzen, der ihm Zugriff auf Ians Firma ermöglicht hätte. Er war dazu auf Francescas Mitarbeit angewiesen gewesen, doch er musste bald einsehen, dass sie mit Lucien an ihrer Seite und dessen Ratschlägen nicht so gefügig war wie erhofft.

Nun hatte er die Munition zusammen, die er brauchte, um eine Explosion zu zünden. Und mit ein wenig Glück würde auch dieser nervige Lucien in dem Großbrand untergehen. Manoir Aurore, der Ort, an dem sich Ian eingegraben und an dem er sicher auch verrückt geworden war, war der ideale Ort für seinen Tod. Wenn bekannt würde, was Ian dort trieb, würden nur wenige daran zweifeln, dass Ian eine lebende Zeitbombe war. Sie würden von seiner Selbstzerstörung nicht überrascht sein.

Mit diesem neuen Plan in der Tasche konnte Gerard Ian nicht länger hier in Belford brauchen. Also musste er für das Ende der offensichtlichen Bedrohung durch Brodsik sorgen und ein paar offene Enden in der Geschichte miteinander verknüpfen.

Als sich die Tür am anderen Ende des Raumes öffnete, blickte Gerard ruhig auf. Er hatte Brodsik erklärt, wie er hereinkommen könnte und ihm eingeschärft, früh zu kommen und im Billardzimmer zu bleiben, bis Gerard ihn günstigerweise zur verabredeten Zeit treffen konnte.

»Sie sind zu spät«, sagte er, blieb aber in dem Stuhl hinter James' großem Schreibtisch sitzen.

»Ich musste vorsichtig sein. Hier quillt alles über vor Sicherheitsleuten«, gab Brodsik zurück und kam auf ihn zu.

Gerard zuckte mit den Schultern.

»Nur wegen dieser Pressekonferenz. Schließlich ist Ian der

Gott unserer westlichen Wirtschaftswelt«, sagte er höhnisch. »Also. Sind Sie bereit, die Sache anzugehen? Ich habe Ihnen schon erklärt, wie Sie von hier aus in Nobles Suite kommen. Sie verstecken sich dort, bis er kommt, und überraschen ihn dann. Wie Sie hinterher wieder sicher herauskommen, wissen Sie auch.«

»Wo ist mein Geld?«, wollte Brodsik grob wissen. Gerard warf einen verächtlichen Blick auf dessen massige Gestalt. Er wies auf einen Rucksack, der auf dem Tisch vor ihm lag.

»Es ist alles da. Der Lohn für Ihre Arbeit, mehr als genug, um zu verschwinden und …«

»Der Anreiz für mich, meinen Mund zu halten über meine ›Arbeit‹.« Brodsik grinste und beäugte gierig den Rücksack. Noch nie zuvor hatte Gerard ihn grinsen sehen. Es war auch kein schöner Anblick. Dann schien etwas in ihm vorzugehen, denn sein Lächeln wandelte sich in einen bedrohlichen, mürrischen Gesichtsausdruck. »Und sollte ich herausfinden, was mit Shell Stern passiert ist, dann werde ich Sie verantwortlich dafür machen. Das heißt dann auch: mehr Geld.«

Gerard knurrte, Hass und Ärger kochten schnell und heiß in ihm hoch.

»Wie können Sie es wagen, mir mit einer Erpressung zu drohen?«

Brodsik wirkte von diesem plötzlichen, intensiven Ausbruch etwas eingeschüchtert.

»*Irgendwas* ist aber mit meinem Partner passiert. Shell ist nicht der Typ, der auch nur für zwei Minuten die Klappe halten würde, geschweige denn für zwei ganze Tage verschwinden. Ich sage ja nicht, dass Sie es waren, der ihm etwas angetan hat, aber …«

»Ganz genauso klingt es aber in meinen Ohren«, herrschte Gerard ihn an.

Brodsik schien es plötzlich zu bedauern, dieses Thema angesprochen zu haben, vor allem beim Anblick des Rucksacks.

»Lassen Sie uns die Sache jetzt hinter uns bringen«, murmelte Brodsik, trat vor den Schreibtisch und wollte nach dem Rucksack greifen.

Gerard ging dazwischen.

»Ich mache den Rucksack gleich auf. Aber zeigen Sie mir zuerst die Waffe. Ich habe das Recht, mich zu vergewissern, dass Sie vorbereitet sind.«

Brodsik sah so aus, als wollte er widersprechen, er blickte begehrlich auf den Rucksack. Schließlich zuckte er mit seinen enorm breiten Schultern und griff in eine tiefe Tasche seines Parkas und zog eine automatische Pistole hervor.

»Es lief genau so, wie Sie es gesagt haben. Der Typ in London hat keine Fragen gestellt.«

»Also mussten Sie ihm auch keine Lügen auftischen«, erwiderte Gerard, dessen Blick auf die ihm gut bekannte Waffe gefallen war. Genau diese Pistole hatte er vor nicht einmal einer Woche verwendet, um Shell Stern zu erschießen. »Jago Teague ist absolut diskret. Sollte er auch, bei dem Arbeitsgebiet … oder besser, den Arbeitsgebieten. Okay, dann kann es jetzt losgehen, oder? Je schneller Noble aus meinem Leben verschwunden ist, umso besser. Er spielt darin schon zwanzig Jahre zu lang mit.«

Er öffnete den Reißverschluss des Rucksacks. Der enthielt natürlich kein Geld – er würde sich niemals erpressen lassen und schon gar nicht von so einem Idioten wie dem hier –, sondern nur ein paar Aktenordner. Und noch etwas.

Er nahm James' Pistole heraus und zielte auf Brodsik. Der hatte nicht einmal die Gelegenheit, um überrascht zu gucken. Gerard schoss ihm ohne zu zögern direkt in den Kopf.

Brodsiks massiger Körper fiel mit einem unangenehm dumpfen Schlag auf den Boden. Ruhig zog Gerard die rechte

Schublade von James' Schreibtisch auf. Die rote Lederbox, in der James seine private Waffe aufbewahrte, stand schon offen.

Er nahm die Pistole fest in die Hand und setzte einen Ausdruck blanken Entsetzens auf.

Anne hatte sie in die Bibliothek gesetzt, hier konnten sie das Phantombild ungestört erstellen. Francesca saß am Tisch neben Violet, der Frau, die am Computer zeichnete, und beide blickten auf den Monitor von Violets Laptop, während nach und nach das Gesicht des Mannes Formen annahm, den Francesca beschrieb. Francesca hörte ein entferntes Geräusch, das sich wie ein explodierender Knallkörper anhörte. Das Geräusch selbst alarmierte sie nicht, aber die Reaktion, mit der Lucien aufsprang, tat es. Er hatte in einem Sessel gesessen und war den Wirtschaftsteil einer französischen Zeitung durchgegangen, während Francesca mit Violet arbeitete. Nun lag die Zeitung unbeachtet auf dem Orientteppich.

»Lucien?«, fragte sie verwundert, als sie seine ernste Miene sah. Seine vorsichtige Wachsamkeit verursachte ihr ein Kribbeln, das ihren Hals hinunter und über ihre Arme lief, als er zielstrebig auf die schwere Tür zuging und das Ohr dagegenpresste, um zu hören, was dort vor sich ging.

»Kommt mit mir«, sagte er, als er sich wieder umgedreht hatte. »Sie auch.« Er sah Violet direkt an. Als Francesca aufstand, aber Violet ihn nur erstaunt anblickte, fügte Lucien hinzu: »*Jetzt*.«

Lucien wies auf einen Hinterausgang und nickte Francesca in der Erwartung zu, sie möge vorausgehen.

»Lucien, du denkst doch jetzt nicht, dass das eben ein Schuss aus einer Pistole war, oder?«

»Es war ziemlich sicher einer.«

Ihr Herz zog sich zusammen.

»Aber … *Ian.*«

»Würde es auch nicht gutheißen, wenn einer von uns jetzt rausrennen würde, während ein Mann mit einer Pistole hier frei herumläuft. Bitte Francesca«, sagte er nun weniger streng. »Tu bitte, was ich sage. Vor der Hintertür der Küche stehen Polizisten bereit. Mit ihren Funkgeräten dürften sie von ihren Kollegen aus der Pressekonferenz schneller erfahren, was oben passiert ist, als wir es herausfinden können. Die Sicherheitsleute und die Polizei werden die Räume hier ohnehin absperren. Sie haben jetzt genug um die Ohren.«

Es fühlte sich an wie das genaue Gegenteil dessen, was natürlich wäre, nach dem Schuss in die von Ian entgegengesetzte Richtung zu laufen, doch Francesca zwang sich dazu. Die Hintertür führte zu einem nur schwach beleuchteten Flur. Sie musste feststellen, dass viele der großen Zimmer offenbar neben dem Eingang für die Familie noch Türen für das Personal hatten, die mit dem Keller, den Küchen und dem Speisesaal des Personals verbunden waren. Lucien hatte recht gehabt. Ein Polizist rannte schnell die Treppen hinauf, von denen Francesca bislang noch gar nichts geahnt hatte. Es waren nicht die, die vom Speisesaal aus nach unten führten.

»Gehen Sie nach unten. Officer Inez ist unten bei dem Küchenpersonal«, sagte der Polizist.

»Was ist denn passiert?«, wollte Lucien wissen.

»Jemand wurde erschossen. Ein Eindringling, vermuten wir. Es scheint wieder alles sicher zu sein, aber noch sind wir nicht ganz sicher. Gehen Sie bitte hinunter zu Inez.«

Er rannte an ihnen vorbei. Die kurze und bündige, aber vage Antwort des Polizisten schien mehr Fragen aufzuwerfen als zu beantworten, sodass Francescas Anspannung wuchs. Dennoch folgte sie Violet automatisch die Treppen hinunter, während Lucien wiederum ihnen beiden folgte. Francescas ruhiges Verhalten täuschte über ihren mit Sorgen erfüllten Geist hinweg.

Officer Inez hatte Francesca, Violet, Lucien und den Rest des Personals im Speisesaal versammelt. Hier warteten sie die Nachricht ab, dass das Haus wieder sicher sei. Es gab nur einen Eingang zu dem Raum, was es dem Polizisten erleichterte, sie zu beschützen, vermutete Francesca. Sie war gleichzeitig nervös und dankbar, dass Officer Inez mit gezogener Waffe im vorderen Flur stand und sie bewachte.

Sie hatte ihr Handy nicht mit in die Bibliothek genommen, und kaum eine Entscheidung bedauerte sie mehr. Sie saß neben Mrs. Hanson an dem großen Eichentisch und hielt ihre Hand. Solch einen schlimmen Augenblick hatte sie noch nie erlebt. Sie wusste nicht, was über ihnen geschehen war. Wo war Ian? Was machte er? Was war mit Elise, Anne, James und Gerard? Es war fast unerträglich, sich diese Fragen stellen zu müssen. Sie fing Luciens Blick auf, der ebenfalls nervös und angespannt wirkte. Er starrte vor sich hin, holte dann aber sein Telefon aus der Tasche und betrachtete den Bildschirm. Erleichtert atmete er auf.

»Elise?«, rief Francesca ihm zu. So hatte sie seinen Gesichtsausdruck gedeutet.

»Ja«, antwortete Lucien und schickte ebenfalls schnell eine Nachricht ab. »Ihr geht es gut.«

Sie freute sich für ihn, denn auch er hatte wie auf Kohlen gesessen und auf Neuigkeiten von Elise gewartet. Ihr wurde jetzt zum ersten Mal wirklich klar, dass er gar nicht hier sein würde, hätte er Ian nicht versprochen, während der Pressekonferenz bei ihr zu bleiben. Hätte er seinem Bruder dieses Versprechen nicht gegeben, so wäre Lucien, da war sich Francesca ziemlich sicher, trotz aller Polizeibefehle nun schon längst oben, um nach seiner Frau zu suchen.

Fragen über Fragen bestürmten sie, jede so scharf wie ein Messer. Am Ende waren es vermutlich nur ein, zwei Minuten gewesen, bis sie die Nachricht erhalten hatten, aber für Francesca hatte es sich wie eine Ewigkeit angefühlt. Sie drückte Mrs. Hansons Hand besonders hart, und diese drückte zurück, als das Telefon von Officer Inez draußen vor der Tür klingelte.

»Ja?« Die tiefe Stimme des Polizisten, der im Korridor nur ein paar Meter vor der Tür zum Speisesaal stand, hallte bis zu ihnen. In der dann folgenden Pause hielt Francesca den Atem an. »Ja, Miss Arno ist hier unten bei uns, zusammen mit Mr. Lenault. Ihnen geht es gut. Alle warten hier im Speisesaal des Personals. Hier unten ist es ruhig.« Eine weitere Pause. »Ja, ich sage es ihnen.«

Der Polizist mit dem schütteren Haar steckte seinen Kopf durch die Tür.

»Das war Markov. Mr. Noble hatte ihn gebeten herauszufinden, wo Sie beide sich aufhalten«, sagte Inez und blickte Francesca und Lucien an. »Und er möchte, dass Sie wissen, dass es der Familie gut geht. Niemand wurde verletzt. Es war der Eindringling, der getroffen wurde. Offenbar ist er tot.«

»Wer hat denn auf ihn geschossen?«, wollte Lucien wissen. Er stand gegen die Anrichte gelehnt, und seine entspannte Pose konnte nur schlecht die in seinem mächtigen Körper überall spürbare Anspannung verbergen.

»Es scheint, als wäre er von jemandem aus der Familie beim Einbruch überrascht worden. Sie wollten mir keine weiteren Details verraten, aber Markov sagte, dass Sie in ein paar Minuten oben gewünscht werden.« Dabei blickte Inez Francesca an. »Noch sind sie dabei, all die Journalisten und Kamerateams vom Grundstück zu bekommen.«

»Ich soll hochkommen?«, fragte Francesca benommen.

»Ja. Sie wollen, dass Sie das Opfer identifizieren, um zu sehen, ob es der gleiche Mann war, der gestern versucht hat, Sie von der Straße zu drängen.«

Ein Schauer jagte wie eine kalte Welle über sie. Mrs. Hanson legte einen Arm um sie und hielt sie fest.

Francesca sprang wenig später von ihrem Stuhl auf, als sie Ians raue Stimme im Korridor hörte, wie er sich Officer Inez gegenüber auswies. Eine Sekunde später trat er über die Schwelle zum Speisesaal des Personals, sein Gesicht war angespannt, aber seine Augen blitzten auf, als er Francesca auf sich zustürmen sah. Ihre Beine wurden vor Erleichterung ganz weich, als sie ihn gesund und munter vor sich sah, in seinem dunklen Anzug und mit der eisblauen Krawatte so groß und stark und wundervoll aussehend. Sie schlang die Arme um seinen Hals. Er drückte sie fest an sich und fuhr rasch mit den Händen über ihren Rücken, rieb sie wie wild, so als müsse er sich vergewissern, dass sie wirklich echt war. Auch sie brauchte diese Bestätigung, griff nach seinen Schultern und atmete seinen klaren, würzigen Duft tief ein, so tief, als wolle sie ihn ganz in sich aufnehmen und für ein Leben lang aufbewahren.

»Gott sei Dank, dass es dir gut geht«, sagte er. Sein Atem traf ihren Hals in warmen, schwungvollen Stößen.

»Gott sei Dank geht es *dir* gut«, flüsterte sie bewegt. Sie lehnte sich weit genug zurück, um ihn ansehen zu können. Das brauchte sie jetzt. Er runzelte seine dunklen Brauen, als er seinen Blick über ihr Gesicht gleiten ließ. Er schien gierig darauf, jede Einzelheit von ihr wahrzunehmen. »Als ich den Schuss gehört habe, konnte ich nur an dich denken, wie du da vor all den Leuten gestanden hast. Ich musste mir die ganze Zeit vorstellen ...«

»*Schschsch*, ist schon gut. Alles wird gut«, sagte Ian leise. Er strich ihr Haar nach hinten und fuhr dabei mit seiner Hand über ihren Kopf.

»Ian«, sagte Mrs. Hanson schwach hinter Francesca.

»Mrs. Hanson.« Ian machte sich so weit frei, dass er Mrs. Hanson umarmen konnte. »Wir sind alle okay«, versicherte er der älteren Frau. Er schaute in die besorgten Gesichter des versammelten Personals. »Niemand aus der Familie oder vom Personal wurde verletzt. Die Polizei evakuiert gerade die Presse und sichert das Gelände.«

»*Lucien.*«

Ian, Francesca und Mrs. Hanson schauten sich bei Elises ängstlichem Ruf um. Officer Inez war Elises Anblick offensichtlich nicht so vertraut wie der von Ian. Er hielt sie im Korridor zurück, was ihm aber, trotz seiner geschätzten fünfzig Kilogramm Vorsprung, ziemlich schwerfiel.

»Es ist in Ordnung«, sagte Lucien scharf und lief auf sie zu. »Sie ist meine Frau!«

Eine weitere Welle der Erleichterung durchflutete Francesca, als sie sah, wie Lucien Elise in die Arme schloss. Über Luciens Schulter hinweg konnte sie einen Blick auf ihre Freundin erhaschen, die die Augen fest geschlossen und einen intensiven, dankbaren Gesichtsausdruck hatte. Francesca wusste genau, was Elise in diesem Moment spürte.

»Geht es wirklich allen gut?« Francesca flüsterte die Frage zitternd. Ian musste ihr Officer Inez' Bericht noch bestätigen. »Anne? James? Gerard?«

»Ja, wir sind alle gesund«, versicherte ihr Ian. »Auch niemand von der Presse wurde verletzt. Nur der Eindringling wurde erschossen. Detective Markov hat die Familie im Salon versammelt.« Ians Mund war nun nur noch eine harte Linie. »Er möchte, dass du nach oben kommst. Du sollst den Körper des Mannes identifizieren.«

»Okay«, sagte Francesca und nickte. »Wo ... wo ist denn ... *Er*, meine ich?« Sie stotterte aufgeregt. Es schien ihr surreal, dass sie hier von einem toten Mann sprach … einer Leiche. Sie hatte noch nie zuvor einen Toten gesehen.

»In Großvaters Büro.«

Sie nickte. Ian schaute sie aufmerksam an.

»Francesca, ich habe gesagt, dass die Polizei möchte, dass du es tust, aber … es ist kein schöner Anblick. Du musst nicht. Ich habe ihn schon als den Mann identifiziert, der gestern versucht hat, uns abzudrängen.«

»Aber wollten sie nicht, dass ich bestätige, dass es auch der Mann aus Chicago war?«

»Doch«, sagte Ian mit geschürzten Lippen. »Aber du hast mir gestern schon gesagt, dass das der gleiche wie in Chicago gewesen ist. Vielleicht reichen ja die Fotos vom Tatort aus, um ihn zu identifizieren. Ich könnte mit Detective Markov darüber reden.«

Sie verstand, dass er sie beschützen wollte und streichelte seinen Unterkiefer.

»Es ist schon in Ordnung«, sagte sie sanft. »Aber … du kommst mit?«

»Natürlich«, entgegnete er, als wären Zweifel daran völlig absurd.

Einen Moment später öffnete Ian ihr die Tür zur Eingangshalle. Sonnenlicht fiel in ihre Augen und blendete sie einen Augenblick, was ihr surreales Gefühl zusätzlich verstärkte. Sie bemerkte, dass Sonnenlicht durch die offen stehende Eingangstür fiel. Polizisten standen in der Halle, einige von ihnen sprachen aufgeregt in ihre Handys. Durch die Tür konnte sie mehrere geparkte Autos in der Auffahrt sehen, außerdem hörte sie das entfernte Kreischen und die mechanischen Stimmen des Polizeifunks.

Sie ging auf die Tür zu, von der sie dachte, sie führe zu James' Büro, doch Ian hielt sie fest und zog sie in eine dunklere Ecke der Halle.

»Francesca, es gibt etwas, das du wissen solltest, bevor du da hineingehst.«

»Ja?«

»Gerard hat ihn erschossen. Der Eindringling ist unerwartet auf ihn zugekommen, als Gerard in Großvaters Büro gearbeitet hat. Großvater bewahrt eine Pistole in dem Schreibtisch auf, an dem Gerard gesessen hat. Normalerweise ist sie nicht geladen. Gerard hat erzählt, er hätte sie geladen, als die Pressekonferenz begonnen hatte. Es scheint, als wäre er durch das, was gestern geschehen ist, aufgeschreckt worden und hat intuitiv gehandelt. Mit Recht, wie sich herausgestellt hat. Hätte er die Waffe nicht geladen, würde er nun da liegen, wo jetzt der Tote liegt. Und wer weiß, was geschehen wäre, wenn der Eindringling auf dich gestoßen wäre.«

»O mein Gott«, murmelte Francesca. Ein eiskalter Schauer lief ihr über Rücken und Schultern. »Bist du sicher, dass mit Gerard alles in Ordnung ist?«

»Körperlich ja. Aber er hat einen Schock. Die Polizei befragt ihn noch.« Sie sah Zweifel in seinen blauen Augen, als er ihr Gesicht studierte. »Bist du sicher, dass du da hineingehen möchtest?«

Sie nickte und atmete tief ein, um sich selbst zu stärken.

»Ja. Ich möchte diese hässliche Geschichte endlich hinter mich bringen.«

Er schien von ihrer Entscheidung nicht begeistert zu sein. Aber er führte sie, dicht neben sich, dennoch zum Büro seines Großvaters.

KAPITEL 13

An diesem Abend blieben alle noch lange wach. Das sich nur langsam verflüchtigende Adrenalin in ihrem Blut machte es ihnen schwer, zur Ruhe zu kommen. Anne schien sich besonders um Gerard zu sorgen, der still und überwältigt einfach nur dasaß, nachdem die Polizei für diesen Abend endlich ihre Untersuchungen abgeschlossen hatte. Zwei Polizisten blieben zum Schutz in Belford. Schon den zweiten Abend hintereinander kamen alle zum Dinner, ohne sich vorher umgezogen zu haben, sie besprachen beim Essen noch einmal die Ereignisse des Tages. Ian erwartete einen Anruf von Markov, der möglicherweise Licht in die Angelegenheiten um die Identität und Motive des Eindringlings bringen konnte.

Später, als alle nach dem Essen im Salon zusammengekommen waren, war Anne wohl zu der Meinung gelangt, dass das erschreckende Erlebnis ausreichend besprochen worden sei. Denn wie Francesca aus Annes besorgtem Blick auf Gerard und ihren Versuchen, elegant zu anderen Gesprächsthemen überzuleiten, schloss, hatte ihr Neffe in Annes Augen für diesen Tag genug durchgemacht. Dem konnte Francesca nur zustimmen. Das leblose Gesicht des Toten, aus dem erstaunlich viel Blut geflossen war, kam ihr immer wieder ins Gedächtnis. Das war ein *echtes* Loch in seinem Kopf gewesen und *echtes* Blut. Irgendwie war das alles dennoch nicht ganz bei ihr angekommen. Auch was Gerard durchgemacht haben musste, konnte sie sich kaum ausmalen.

Die Ereignisse des Tages schienen auf unerklärliche Weise ihre Zurückhaltung der Familie gegenüber zum Schmelzen gebracht zu haben, denn sie wusste, dass sie und Ian einmal mehr davon betroffen waren. Den ganzen Nachmittag und Abend blieb er an ihrer Seite, ihre Hand in seiner oder seinen Arm um sie. Das erschien Francesca selbstverständlich, so sehr, dass sie gar nicht darüber nachdachte, bis gegen elf Uhr Ians Handy klingelte. Sie saß, eng von ihm umschlungen, auf einem der Sofas im Salon, ihre Wange ruhte auf seiner Brust. Dieses gemütliche Nest, sein gleichmäßiger Herzschlag und die Wärme des Feuers lullten sie ein. Er grub in seiner Tasche und blickte auf sein Telefon.

»Ich gehe ran«, sagte er knapp und küsste sie auf die Schläfe, bevor er aufstand. Alle im Raum blickten ihm nach, als er in die Eingangshalle hinaustrat, um das Gespräch anzunehmen. Eine angespannte Stille lag über allen, während sie auf seine Rückkehr warteten. Nur Anne durchbrach das Schweigen, sie wollte wissen, ob noch jemand etwas trinken wolle.

»Es war Markov«, bestätigte Ian die Vermutung aller. »Sie haben die Identität des Mannes geklärt«, sagte er und blickte Gerard an. »Sein Name ist Anton Brodsik. Die Chicagoer Polizei kennt ihn sein fast dreißig Jahren – er hat Vorstrafen wegen Überfall, kleinerer Drogendelikte, Raub. Man verdächtigt ihn, Verbindungen zur organisierten Kriminalität zu haben. Er hatte einen Ausweis mit falschem Namen bei sich.«

»Gibt es einen Hinweis auf sein Motiv?«, wollte Gerard wissen, der sich nun aufrecht hingesetzt hatte.

»Nichts Konkretes. Aber in den letzten zehn Jahren ungefähr hatte er bei seinen Taten immer wieder mit einem Mann namens Shell Stern zu tun. Die beiden sind vor drei Jahren bei einem prominenten Fall verhaftet worden – bei dem versuchten Kidnapping eines sechzehn Jahre alten Jungen in Winnetka,

Illinois.« Ian sah Francesca an. »Die Polizei hatte damals allerdings nicht genug Beweise für eine Verurteilung. Überhaupt ist niemand dafür ins Gefängnis gekommen. Das Kind war der Sohn von Sheridan Henes.«

»Henes? Der Erbe der Erdölfirma?«, fragte James.

Ian nickte.

»Das FBI konnte die zwei nicht zweifelsfrei mit dem Fall in Verbindung bringen, aber Stern und Brodsik waren damals die Hauptverdächtigen. Das heißt, sie sind schon einmal mit dem Thema Entführung in Kontakt gewesen. Und sie haben versucht, Francesca zu kidnappen«, fuhr Ian fort. Seine Augen, die auf Francesca ruhten, glühten im Schein des Kaminfeuers.

Unwillkürlich erschauderte sie. Anne schnaufte unregelmäßig.

»Was ist mit dem anderen Mann, Stern?«, fragte James besorgt.

»Die Polizei hat ihn bereits gefunden. Er ist ebenfalls tot.«

»Was?«, riefen Elise und Anne gleichzeitig.

Wieder nickte Ian.

»Sie haben Sterns Leiche schon vor ein paar Tagen in einem kleinen Bach gefunden, erschossen. Niemand hatte ihn vermisst gemeldet, und sie konnten ihn bis heute nicht identifizieren. Aber nachdem Markov Brodsiks Ausweis hatte, konnte er dessen Weg nach England zurückverfolgen. Stern und er sind mit der gleichen Maschine angekommen, natürlich unter falschen Namen. Als das klar war, konnten sie Brodsiks echten Namen anhand von Fingerabdrücken in einer internationalen Kartei herausfinden. So ist die Polizei dahintergekommen, dass der andere Mann Stern sein musste, bedenkt man ihre gemeinsame Geschichte.«

»Und wer hat Stern umgebracht?«, fragte Gerard.

»Markov vermutet, dass Brodsik ihn aus dem Weg geräumt

hat. Er meinte, es wäre nicht das erste Mal, dass sich Partner über solche Pläne in die Haare kriegen … oder nicht mehr teilen wollten, wenn es ums große Geld geht. Das müssen die Ermittlungen erst noch bestätigen. Aber warum Brodsik seinen Kompagnon getötet haben könnte ist mir noch nicht klar. Ich vermute, dass wir mehr darüber erfahren, sobald die Polizei herausgefunden hat, wo die beiden Männer untergekommen waren und man ihre Spur bis zu ihrer Ankunft an Heiligabend zurückverfolgen kann.«

»Sie sind Heiligabend nach England gekommen?«, fragte Lucien.

»Ja«, sagte Ian grimmig. »Am selben Tag wie Francesca.«

»Und sonst hat niemand sie begleitet?«, wollte Gerard jetzt wissen.

»Nein. Nur Stern und Brodsik.«

»Also war es das jetzt, oder?«, hakte Francesca nach. Sie musste schlucken. Dabei war ihr Mund ganz trocken. »Beide sind tot. Die Gefahr ist vorüber.«

»Es sieht so aus«, sagte James langsam.

Ian runzelte die Stirn.

»Ich wünschte, ich wäre da so sicher wie ihr«, meinte er und setzte sich dann, um Francesca wieder in die Arme zu nehmen.

Keiner von ihnen dachte auch nur daran zu verheimlichen, dass sie in dieser Nacht zusammen ins Bett gingen. Sie wünschten allen eine gute Nacht und verließen den Salon Hand in Hand. Francesca fühlte sich noch immer sehr zitterig, und Ian schien dies zu spüren, denn er hielt sie fest an sich gedrückt, als sie im Bett lagen, ohne dass sie miteinander sprachen. Sie atmeten einfach den Geruch des anderen ein und erfreuten sich an der Gegenwart des Geliebten. Bei Sonnenaufgang erwachte sie durch das Gefühl seiner festen und warmen Lippen auf ihrem

Hals und ihrem Dekolleté. Sein Hunger war unverstellt … roh. Ihr Liebesspiel war heftig und süß, sie waren beide nur allzu gerne bereit, der verlockenden Leidenschaft und dem Ruf des Lebens zu folgen, versessen darauf, der noch nachklingenden Todesahnung und den Schatten, die wie immer ihr Glück zu bedrohen schienen, zu entkommen.

Nachdem sie sich geliebt hatten, lag Francesca in Ians Armen, doch plötzlich riss sie unvermittelt die Augen auf, als ihr ein beunruhigender Gedanke kam. Warum waren ihre Gedanken immer so morbide und düster? Sie brauchte eine Weile, um ihre depressive Stimmung zu verstehen.

»Also ist das der Grund, weshalb du zurückgekommen bist. Der wahre Grund. Du hast gedacht, ich sei in Gefahr.«

»Ich bin zurückgekommen, weil ich mir Sorgen um dich gemacht habe, ja.«

Angst ergriff ihr Herz. War Ian erst einmal überzeugt davon, dass die Bedrohung gegen sie vorüber war, würde er sie dann wieder verlassen? Sie wollte ihn dringend bitten, ihr zu versichern, dass er nicht wieder fuhr, doch ihr Stolz hinderte sie daran. Und ihr fiel auch ihre Hilflosigkeit ein, schließlich war es ihr nicht gelungen, ihm bei der Suche nach seiner Vergangenheit Frieden zu bringen. Wenn er darauf bestand, sich wieder auf die Reise dorthin zu begeben, so musste er alleine ziehen.

Später am Vormittag kamen alle in der Eingangshalle zusammen, um Lucien und Elise zu verabschieden. Peter war mit dem Auto noch nicht da. Ians düstere Stimmung wurde durch Elises und Luciens Abreise eher noch verschlimmert, so schien es, denn sie stand für einen Abschluss von etwas, das er gar nicht beenden wollte.

Nachdem ihm dies selbst klar geworden war, bat er Lucien

noch um eine kurze Unterredung. Er nahm ihn mit in die Nische hinter der Treppe.

»Hast du immer noch vor, mich in Aurore zu treffen?«, wollte Ian mit gedämpfter Stimme wissen.

Luciens stoischer Gesichtsausdruck veränderte sich kaum.

»Du willst immer noch dahin? Nach alldem mit Francesca?«

Ian verstand, dass Lucien sensibel war. Er sprach nicht nur über Brodsik und Sterns Angriff auf Francesca oder den Entführungsversuch. Er hatte auch bedacht, dass Francesca und Ian nun wieder deutlich ein Liebespaar waren.

»Ja. Ich muss dorthin zurück. Ich muss so viel wie möglich über Trevor Gaines herausfinden.«

Lucien antwortete nicht gleich. Dann atmete er aus.

»Gut, in Ordnung. Ich bin zwar gar nicht sicher, dass es für dich wirklich das Beste ist, aber ich werde dich bei dieser Sache nicht alleinelassen. Und ich bin zugegebenermaßen ja auch neugierig. Melde dich bei mir, wenn du so weit bist, dann komme ich.«

Lucien wollte losgehen.

»Warte noch. Da ist noch etwas. Wegen deiner Mutter«, sagte Ian, als Lucien sich ihm wieder zugewandt hatte. Lucien schloss kurz die Augen.

»Was ist los?«, wollte Ian wissen, als er diese Reaktion sah.

Lucien öffnete die Augen mit einem resignierten Blick.

»Nichts. Ich habe diese Frage schon erwartet, seit du hier in Belford aufgetaucht bist. Ich habe mich schon gewundert, dass du mich nicht gleich gefragt hast.«

Ians Puls beschleunigte sich, er spürte ihn deutlich, blieb äußerlich aber kühl.

»Ich habe mich schuldig gefühlt wegen dieser Frage. Ich weiß, dass du Fatima«, Ian sprach von Luciens Mutter, »gerade erst kennengelernt hast. Mir war klar, dass die Entdeckung, dass sie lebt und der Aufbau einer Beziehung zwischen euch für dich etwas ganz Besonderes ist.«

Lucien blickte ihn unverwandt an.

»Du möchtest dich mit ihr treffen, habe ich recht? Du willst mit ihr über deine Mutter sprechen. Über Trevor Gaines.«

»Ja«, gestand Ian. »Genau das möchte ich. Ich würde es aber ohne deine Einwilligung niemals wagen. Du hättest mit meiner Mutter über ihre Vergangenheit – über den sensiblen Teil ihres Lebens – nicht ohne meine Erlaubnis gesprochen. Und ich möchte nicht mit deiner Mutter reden, wenn du es mir nicht gestattest.«

Luciens Blick schweifte ab.

»Du musst wissen«, sagte er ruhig, »dass die Religion meiner Mutter es streng verbietet, dass eine Frau neben der Ehe noch einen Geliebten hat. Ganz zu schweigen von einem außerehelichen Kind. Es ist nicht die Regel, dass ihre Familie sie noch immer akzeptiert, obwohl sie ihnen von mir erzählt hat. Es ist ihr nicht leichtgefallen, sich zu öffnen und über die Vergangenheit zu berichten. Ihre Scham war ganz offensichtlich. Und es ist schwer für sie, zu ihrer Schuld zu stehen.«

Ians Herz setzte für einen Schlag aus.

»Sagst du mir gerade, dass du schon mit ihr gesprochen hast? Über Trevor Gaines? Über meine Mutter?«

Lucien blickte ihn mit seinen grauen Augen an. Die Augen hatte er von Trevor Gaines geerbt, doch das Ausmaß an Mitleid, das jetzt in ihnen zu sehen war, war nichts, was Gaines je seinem Kind hätte mitgeben können.

»Ja«, sagte Lucien.

»Und was hat sie erzählt? Hat Gaines sie gezwungen, mit ihm zusammen zu sein?«

»Nein«, erklärte Lucien klipp und klar. »Meine Mutter ist davon überzeugt, dass alles, was Gaines tat, um Helen und sie nach Frankreich zu locken, er nur ihretwegen tat – nur Fatimas wegen. Er hat ihr seine Liebe vorgetäuscht, solange sie noch in England waren. Er ist ihr aufgefallen, als er einmal Helen besucht hat, und dann hat er sie *zufällig* wiedergetroffen, als sie in der Stadt einkaufen war. Er hat ihr den Hof gemacht, und meine Mutter ist seinem Charme erlegen – einem gut aussehenden, erfolgreichen, wohlhabenden Mann. Sie hatten eine heimliche Liebesaffäre, die mehrere Monate angehalten hat, bis er aus ihrem Leben verschwunden ist.«

Ian nahm all dies tief in sich auf und formte es in seinem Kopf zu einem Bild dieser Verführung in der kleinen Stadt in Essex. Gaines, wie er beide Frauen, die vornehme Dame und ihr Dienstmädchen, umwarb. Und nicht nur umwarb. Er sammelte intime Informationen über sie, ihre Vorlieben und Abneigungen, schätzte ihre Schwachstellen ein, fand den Rhythmus ihrer Perioden heraus. Erst jetzt verstand Ian, dass Gaines' Begeisterung für mechanische Dinge, vor allem für Uhrwerke, sich bizarr auch in seiner Obsession für den Menstruationszyklus von Frauen widerspiegelte. Er musste schnell bemerkt haben, dass die Perioden von Frauen, die zusammenleben, sich oft synchronisieren. Ian überkam der kranke Eindruck, dass es Gaines erregt haben könnte, solch intimes Wissen über Frauen zu besitzen und es dann für seine perversen Ziele einzusetzen.

»Hat Fatima mitbekommen, dass Gaines sich in der gleichen Zeit auch mit meiner Mutter getroffen hat?«

»Nein. Es ist sogar so, dass Fatima fest davon überzeugt war, dass Helen sich nicht sonderlich für Gaines interessiert hat. Sie hat vermutet, dass es mit Helens immer stärker werdender Krankheit zu tun hatte. Helen war manchmal sehr introvertiert.« Luciens Blick wurde intensiver. »Und ich *möchte auch nicht*, dass meine Mutter dies erfährt, bis ich selbst es ihr gesagt habe. Bis heute lebt meine Mutter in dem Glauben, dass sie von einem Frauenheld ausgenutzt wurde. Falls ihr irgendjemand einmal mitteilen sollte, dass Gaines sehr, sehr viel schlimmer war, dann werde ich das sein.«

»Gut«, sagte Ian abgelenkt, denn er war in Gedanken noch bei den Dingen, die Lucien zuvor berichtet hatte. »Aber was hat deine Mutter von meiner Mutter erzählt? Lucien?«, drängte er ihn. Lucien zögerte, schien aber beim Anblick von Ians Miene zu einer Entscheidung gekommen zu sein.

»Meine Mutter hat mir erzählt, dass deine Mutter deutliche Kreislaufstörungen bekommen hat, als sie nach Frankreich gezogen sind«, sagte er leise. »Helen war zuvor noch so gut beieinander gewesen, dass meine Mutter sie gelegentlich für ein oder zwei Stunden alleine lassen konnte. Deine Mutter konnte ihre körperlichen Grundbedürfnisse noch ganz alleine befriedigen, sie war auch für sich selbst keine Gefahr. Eines Morgens, als meine Mutter von einem Einkaufsgang in der Stadt, in der du aufgewachsen bist, zurückgekommen ist, konnte sie Helen nicht finden. Sie hat nach ihr gesucht und wurde immer beunruhigter. Sie hat deine Mutter dann schließlich hinter dem Haus in einem fast katatonischen Zustand gefunden, sie hat zusammenkauert wie ein Embryo auf dem Boden gelegen und nicht reagiert. Helen konnte nicht sprechen oder laufen, sie hat auch vertraute Gesichter nicht mehr erkannt. Meine Mutter hat den Arzt und die Polizei gerufen. Sie wurde untersucht, und dabei wurde festgestellt, dass sie kurz zuvor Geschlechtsverkehr gehabt hatte, außerdem hat man einige Blutergüsse an ihrem Körper entdeckt. Doch eine Vergewaltigung wollten sie es nicht gleich nennen. Helen konnte keine Aussage darüber machen, was vorgefallen war, außerdem war den Leuten in der Stadt schon einige Male seit ihrer Ankunft aufgefallen, dass sie sich sehr … unberechenbar verhalten hatte. Sie hätte sich die Blutergüsse auch bei einem Sturz oder bei einvernehmlichem, etwas rauerem Sex …«

»Wie kann eine psychotische Frau ihr Einverständnis zu etwas geben, dessen sie sich gar nicht bewusst ist?«, unterbrach Ian ihn verärgert.

»Ich berichte doch nur das, was die Polizei angenommen hat.« Luciens graue Augen blickten Ian so an, dass dieser seinen Mund wieder schloss. »Jedenfalls ist es nie zu einer Anklage gekommen.«

»Sie wurde vergewaltigt«, stieß Ian mühsam aus.

»Das denkt meine Mutter auch«, erklärte Lucien bedauernd. »Anders als die Polizei kannte sie die zyklischen Abläufe von Helens Schizophrenie. Sie hatte deine Mutter niemals zuvor dermaßen aufgelöst gesehen wie in dieser Zeit. Für meine Mutter hat festgestanden, dass Helen ein schweres Trauma erlitten haben musste. Nach dem Vorfall hat sie fast einen Monat lang nicht gesprochen. Und als meine Mutter dann bemerkt hat, dass Helen schwanger war, war sie überzeugt, sie könne das Kind nicht austragen, so geschwächt war sie. Alles weist darauf hin, dass Gaines, als Helen ihn zurückgewiesen hat, sie vergewaltigt hat. Es ist ja nicht so, dass es nicht glasklare Beweise dafür gibt, dass er das schon öfter getan hatte«, sagte Lucien frustriert.

Ians Großmutter, die bei den anderen stand, lachte laut auf, und das Geräusch hallte in dem großen Raum wider. Es dauerte einige Sekunden, bis Ian das ihm vertraute Geräusch einordnen konnte.

»Und neun Monate später hat deine Mutter ein Kind zur Welt gebracht«, schloss Lucien.

»Jetzt verstehe ich, weshalb du nicht möchtest, dass deine Mutter mich sieht«, erklärte Ian einen Moment später. Er und Trevor Gaines sahen sich ja doch erstaunlich ähnlich. Man hätte sie für Zwillinge halten können, wären da nicht die unterschiedlichen Augen gewesen. Luciens Mutter wusste offenbar nicht, dass ihr Verführer und der Vergewaltiger von Helen ein und derselbe Mann waren. Wenn sie aber auf Helens Sohn treffen würde, käme diese Wahrheit ganz einfach und unübersehbar allein schon durch Ians Gesicht ans Tageslicht.

»Doch, ich möchte *schon*, dass du meine Mutter eines Tages kennenlernst«, entgegnete Lucien entschieden. »Natürlich will ich das. Ich versuche dir nur die ganze Komplexität der Geschichte zu erklären.«

»Wäre ich du, ich würde sie nie auch nur in meine Nähe lassen«, sagte Ian und ging an Lucien vorbei, zurück Richtung Eingangshalle.

Er verspürte das dringende Bedürfnis, dieses Gespräch jetzt zu beenden. Lucien aber hielt ihn mit einer Hand auf seinem Arm zurück. Ian sah seinen Bruder an, und Wut – dieser altbekannte Begleiter – begann hinter seiner unbewegten Fassade zu kochen. Nicht Wut auf Lucien, sondern auf eine unbestimmte, vage Trübseligkeit, die in diesem Moment zurückzukehren schien und sich wie ein erstickender Sargdeckel über ihm schloss.

Ich kann dem nicht entkommen, ganz egal wie sehr ich es auch in der letzten Woche versucht habe, seit der Sekunde, in der ich in Francescas überraschte, glänzende Augen geblickt habe, wie sie in der Reihe der Gratulanten stand.

»Du bist mein Bruder, sie ist meine Mutter«, fauchte Lucien. »Ganz sicher möchte ich, dass sich meine Familie eines Tages kennenlernt. *Du bist nicht* Trevor Gaines, Ian.«

Ohnmächtiger Zorn machte sich in ihm breit, drohte ihn zu ersticken. Mit einem Knurren auf den Lippen schüttelte er Luciens Hand von sich ab. Dieses enge, heiße Gefühl in der Brust machte ihm erneut das Atmen schwer. Als er sich umdrehte, sah er Francesca im Flur stehen, mit erschreckter Miene. Er schauderte. Die Hälfte ihres Gesichts war hell vom

Sonnenlicht beschienen, die andere Hälfte lag im Dunkel des Schattens der großen Treppe.

»Lucien? Das Auto ist da.« Sie blickte nur auf Ian. Sie trat einen Schritt auf ihn zu. »*Ian*? Geht es dir gut? Was ist los?«

Er antwortete nicht. Zu schnell hatten sich zu viele Emotionen in ihm aufgestaut. Er ging vor den beiden in die Eingangshalle zurück und lief die Treppe hinauf, zwei Stufen auf einmal nehmend. Er hatte sich bereits von Elise verabschiedet und konnte sich nicht dazu durchringen, jetzt noch Smalltalk zu machen. Er gab sich alle Mühe, Francescas fragenden, besorgten Blick in seinem Rücken zu ignorieren.

Eigentlich war es zu kalt, um Motorrad zu fahren, trotzdem zog Ian sich um. Der Wintertag war sonnig und für die Jahreszeit mild, das Thermometer zeigte zwei Grad Celsius an. Als er mehr als ein halbes Dutzend Journalisten vor dem gesicherten Haupteingang warten sah, fluchte er still vor sich hin und überlegte umzukehren. Sein Großvater hatte ihm erzählt, dass mehrere Redaktionen seine Sekretärin an diesem Morgen wegen des Schusses in Belford Hall am Tag zuvor angerufen und um ein Interview oder Stellungnahmen gebeten hatten. James hatte alle Interviewanfragen abgelehnt, dafür hatten er und Ian eine kurze Erklärung veröffentlicht, in der festgehalten wurde, dass alle Besucher der Pressekonferenz unverletzt und die gesamte Familie wohlauf seien und darauf verwiesen wurde, dass die Polizei von Stratham zu allen weiteren Details des Verbrechens Stellung nehmen werde. Der Einbruch und der Schuss wurden sensationslüstern von der Presse aufgegriffen, vor allem weil ein Earl, dessen Titel-Erbe und Ian selbst, der gerade seinen Wiedereinstieg ins Wirtschaftsleben verkündet hatte, davon berührt waren. Zudem hatte das Verbrechen zeitgleich mit einer stark beachteten und gut besuchten Pressekonferenz stattgefunden, sogar das Geräusch des Schusses war von mehreren Pressemikrophonen aufgezeichnet worden. Laut Anne wurden die Pressekonferenz und deren erschreckende Unterbrechung durch den Schuss in verschiedenen lokalen und nationalen Fernsehsendern immer wieder gezeigt.

Was soll's, dachte Ian, winkte Cromwell am gesicherten Tor zu und fuhr nur Augenblicke später auf die Straße. Die Pressevertreter wussten nicht, wer sich unter dem schwarzen Motorradhelm mit Visier befand. Zwar wussten einige der Leute, die hier in der Umgebung wohnten, dass der Enkel des Earls ein großer Motorradfan war, doch wie Ian schnell feststellte, kamen die meisten Autos der Journalisten aus London. Sollten sie probieren, ihm zu folgen, dann wäre er bereit. Er war gereizt und rastlos genug, um sich nach einer solchen Herausforderung zu sehnen. Abgesehen davon, würde er ihnen auf seiner eleganten MV Agusta davonziehen.

Er schoss an den am Straßenrand geparkten Vans vorbei und hoffte dabei fast, einer oder mehrere würden die Verfolgung aufnehmen. Er sah aber nur ein paar überraschte, blasse Gesichter, die ihn durch Windschutzscheiben anblickten, und keines davon zeigte auch nur den Hauch eines Jagdinstinkts.

Die frische Luft zog an ihm vorbei, während er über die Landstraßen sauste, und sorgte für einen klaren Kopf, indem sie seine Wut aus ihm herauspustete und seine Gedanken klarer werden ließ.

Er sehnte sich nach ein wenig Betäubung.

Als er nach Belford Hall zurückkam, war er bis auf die Knochen durchgefroren, aber auch ruhiger und entschlossen. Er nahm eine Hintereinfahrt auf das Grundstück. Und obwohl nur relativ wenig Leute die Schotterstraße kannten, war Ian erfreut zu sehen, dass auch hier einer der von seinem Großvater engagierten Sicherheitsmänner stand. Er brachte das Motorrad, das er und Gerard einst umgebaut hatten, zu dem Chauffeur und Mechaniker Peter zurück. Noch bei seinem Gespräch mit Peter über die Fahreigenschaften der Agusta klingelte sein Telefon. Er sah, dass Detective Markov ihn anrief, also trat er zur Seite und nahm ab.

Zwanzig Minuten später traf er James, der alleine im Salon saß und einige Geschäftsunterlagen durchsah.

»Ich arbeite in nächster Zeit jetzt hier und nicht in meinem Büro«, erklärte er, nachdem sie sich begrüßt hatten. »Anne möchte den Teppich in meinem Büro herausnehmen und reinigen lassen …« Widerwillig ließ er das Ende des Satzes offen, doch Ian wusste, dass der Teppich von Brodsiks Blut gereinigt werden sollte. »Ich habe aber mit Detective Markov darüber gesprochen, und er hat uns gebeten, auf jede größere Änderung im Raum oder die Benutzung so lange zu verzichten, bis die Ermittlungen abgeschlossen sind.«

»Ich habe gerade eben mit Markov telefoniert.«

»Und?« James war sofort interessiert. »Gibt es etwas Neues?«

»Ja, einiges«, sagte Ian und setzte sich in einen gepolsterten Stuhl in der Nähe des Tisches, an dem James arbeitete. »Sie haben die Ergebnisse der ballistischen Untersuchung, und die zeigen, dass die Waffe, die Brodsik gestern auf Gerard gerichtet hat, ganz sicher die war, die Shell Stern getötet hat.«

»Ah …«, sagte James langsam. »Brodsik hatte also entschieden, dass er den Kuchen nicht mit seinem Partner teilen wollte.«

»Entweder das, oder sie sind sich über etwas anderes in die Haare geraten.«

»Hat Markov irgendeinen Hinweis darauf gefunden, dass eine weitere Person beteiligt war?«

»Nein, keinen.«

James' scharfsinniger Blick war auf seinen Enkel gerichtet.

»Aber du glaubst das nicht?«

Ian antwortete nicht gleich, sondern dachte erst nach.

»Angesichts der belanglosen kriminellen Vorgeschichte der beiden fällt es mir schwer zu glauben, dass sie die ganze Sache alleine aufgezogen haben können. Es könnte aber natürlich doch so sein.«

»Ich würde die versuchte Entführung des Henes Enkels nicht als belangloses Verbrechen bezeichnen.«

»Ganz genau meine Meinung«, brummte Ian. »Ich glaube auch nicht, dass sie dabei alles alleine ausgeheckt haben. Wobei, wenn man sich die stümperhafte Ausführung anschaut, könnte es doch so sein.«

»Jedenfalls, jetzt sind sie tot, und wir werden vermutlich nie die ganze Wahrheit erfahren. Ian?«

Ian blinzelte. Er hatte wohl ein mürrisches Gesicht gemacht und war bei den Worten seines Großvaters ins Grübeln gekommen.

»Machst du dir immer noch Sorgen um Francescas Sicherheit?«, wollte James wissen, der seine Stirn in Falten gelegt hatte.

»Immer«, gestand Ian und atmete aus. »Doch zumindest habe ich die Kontrolle über die Firma wiedererlangt, was sie hoffentlich ein wenig aus dem Scheinwerferlicht nimmt.«

James nickte.

»Sie ist eine wunderschöne Frau. Nimm ihr aufsehenerregendes Äußeres und verbinde das mit dem Gedanken an ein paar Millionen Dollar Lösegeld, und schon wirst du ein paar kranke Hirne da draußen finden, die ein Chaos wie dieses hier anrichten. Brodsik und Stern haben vermutlich ihr Foto in den Zeitungen gesehen und dann diesen Plan entwickelt.«

»So erklären sich auch Markov und die Polizei von Chicago die Geschichte«, sagte Ian abgelenkt.

»Also, ich bin einfach froh, dass wir das hinter uns haben. Das sind doch gute Nachrichten, die Markov dir übermittelt hat. Wir sollten es die anderen so schnell wie möglich wissen lassen. Vielleicht lade ich euch alle heute Abend in ein Restaurant in der Stadt ein.«

»Ich glaube nicht, dass sich dafür die Aufregung schon genug gelegt hat«, wandte Ian trocken ein. »Vor der Tür stehen immer noch die Autos der Journalisten.«

»Ich weiß, Cromwell hat mir davon erzählt.« Mit einer vagen Handbewegung verwies James auf die Nachricht, die ihm der Mitarbeiter des Sicherheitsdienstes vom Haupteingang überbracht hatte. »Die werden abhauen und nach Hause fahren, sobald sie sich genug gelangweilt haben.«

»Ich möchte mich noch einmal an die Presse wenden. Aber nicht über die Nachforschungen an sich«, ergänzte Ian, als er James' zweifelnden Gesichtsausdruck bemerkt hatte, »denn das ist Aufgabe der Polizei. Ich muss noch einmal versichern, dass mit Noble Enterprises alles in Ordnung ist und von einer Bedrohung keine Rede mehr sein kann. Das werde ich von London aus tun. Ich wollte noch die Ergebnisse von Markovs Untersuchungen abwarten, aber jetzt, wo ich sie kenne, kann ich das nicht länger aufschieben.« Bei diesen Worten spürte er eine bizarre Mischung aus Entschlossenheit und Zwiespältigkeit. Als würde ihm seine Vernunft deutlich machen, dass er mit seinen Verpflichtungen der Firma gegenüber und seinen Vorhaben in Bezug auf Trevor Gaines weitermachen müsse, aber sein Körper sich dagegen sträubte, denn er wollte hierbleiben und sehnte sich danach, nicht von Francescas Seite zu weichen. Er atmete tief ein, als er James' hochgezogene Augenbrauen sah, streckte den Rücken durch … und formulierte sein Vorhaben noch entschlossener. »Lin besteht darauf, dass ich mich erneut an die Presse wende, aber ich hatte das bereits selbst gemerkt. Hier hatte ich gehofft, der Öffentlichkeit mein Gesicht wieder zu präsentieren, um zu zeigen, dass der Kapitän an Bord ist. Und während ich das mache, bricht die Hölle um uns herum los.«

»Wann willst du nach London fahren?« James saß jetzt sehr aufrecht in seinem Stuhl.

»Sobald ich gepackt habe.«

»Nun«, sagte James rasch, »wenn du so schnell wie möglich aufbrichst und dich um deine Geschäfte kümmerst, kannst du vielleicht schon zu Silvester wieder zurück sein.«

»Nein«, sagte Ian gelassen.

Das kleine Wort hallte wie ein Paukenschlag durch den stillen Raum. Das alarmierte Gesicht seines Großvaters gefiel ihm gar nicht.

»Was meinst du damit?« James lachte verunsichert. »Brauchst du ein paar Tage? Eine Woche?«

»Ich werde die Pressekonferenz gleich heute Abend halten. Sie wird nicht lange dauern. Aber ich werde auf absehbare Zeit nicht nach Belford Hall zurückkehren. Ich muss mich wieder um das kümmern, was ich vorher getan habe, Großvater. Ich muss. Das alles hier – alles was geschehen ist – ändert nichts daran.«

Angespannt wartete er ab. Er hatte seinem Großvater nicht genauer erläutert, was er während seiner Abwesenheit wirklich getan hatte. Er hatte nur vage angedeutet, dass er Zeit brauche, um sich selbst zu sammeln und sein Leben nach dem Tod seiner Mutter zu überdenken. Er war sich sicher, dass Anne und James genau wussten, dass mehr dahintersteckte, wobei sie vermutlich nicht genau über seine Motive im Bilde waren. So wie Francesca auch würden es seine Großeltern nicht gutheißen, wenn sie es wüssten, also ersparte er ihnen die Sorge darüber.

»Aber … Francesca«, erwiderte James schwach. »Nimmst du sie mit?«

Francesca in das dunkle, dreckige, schandbare Haus eines Perversen mitnehmen?

»Nein. Ich möchte sie niemals dort sehen, wohin ich gehe. Niemals.«

»Ian …«

»Ihr könnt sie doch bei euch behalten, oder? Und ihr stellt sicher, dass ihr nichts passiert?«

»Ich kann sie nicht bei uns *behalten*, Ian! Sie kann selber entscheiden, wo sie sein möchte«, entgegnete James fassungslos.

»Ich rede zuerst mit ihr. Ich werde sie bitten zu bleiben, um mir einen Gefallen zu tun. Sie muss doch ohnehin an dem Bild arbeiten. Ist die Leinwand denn eigentlich schon angekommen?«, fragte Ian sanft.

James seufzte. Er kannte Ians Taktik, unangenehme Themen zu umgehen, nur zu gut.

»Ja, sie wird in diesem Moment geliefert«, gab er trotz seines mürrischen Gesichtsausdrucks zu. »Anne lässt sie in den Empfangssaal bringen, denn dort ist für Francesca genug Platz zum arbeiten. Und wir nutzen das Zimmer ja kaum. Francesca hat darauf bestanden, die Leinwand ins Gärtnerhäuschen bringen zu lassen – sie kann sich den Gegenstand ihres Bildes ja nicht anschauen, wenn sie sich selbst darin befindet. Mir war aber klar, dass du es nicht gutheißen würdest, wenn sie da draußen alleine arbeitet, solange noch nicht alles geklärt ist, also habe ich sie überzeugt.«

»Ich danke dir«, sagte Ian aufrichtig. »Du und Großmutter, ihr kümmert euch so gut um sie, dass ich sie guten Gewissens hierlassen kann.«

»Ich glaube kaum …«

»Ich werde mit ihr reden. Sie wird einverstanden sein«, unterbrach ihn Ian. »Das Einzige, worum ich euch bitten möchte ist, dass ihr sie ermutigt noch hierzubleiben und ihr das Gefühl vermittelt, als wäre sie hier zu Hause.«

James sah ernst aus.

»Ich denke, darum musst du uns nicht erst bitten. Was mich angeht, so *ist* Belford Hall das Zuhause des Mädchens.«

»Sagst du mir Bescheid? Lässt du es mich wissen, falls irgendetwas nicht in Ordnung ist?«

James blickte ihn verschmitzt, aber auch fest an.

»Du wirst mich erreichen können«, versicherte Ian. Er wusste, dass sein Großvater über die Monate nachdachte, in denen Ian sich vom Rest der Welt verabschiedet hatte. »Es wird anders laufen dieses Mal. Ich bleibe mit euch in Kontakt.«

Das Gesicht von James war vor Sorgen angespannt, doch bei diesem Versprechen atmete er erleichtert auf.

»Das ist ja wenigstens etwas. Und Francesca? Bleibst du auch mit ihr in Verbindung?«

Ian wandte den Blick von James' besorgter Miene ab.

»Nein. Dort, wohin ich gehen muss, bei dem, was ich tun muss … ich kann Francesca nicht erlauben, in diese Welt einzutauchen.«

In diesen Teil von mir einzutauchen.

»Und ich möchte noch etwas mit dir besprechen. Ich habe einen Mann engagiert, einen ehemaligen Offizier der US-Armee, der als Sicherheitsmann für hochrangige Personen in Afghanistan gearbeitet hat. Er soll auf Francesca und die Dinge hier in Belford Hall achten. Sein Name ist Arthur Short. Lin hat ihn für mich ausfindig gemacht. Er kommt heute Nachmittag an. Bekomme ich dein Einverständnis, ihn hier in Belford unterzubringen?«

»Natürlich«, erwiderte James. »Aber nach dem zu schließen, was wir gestern Nacht im Flur am Rande mitbekommen haben, möchte Francesca nicht, dass du einen Bewacher für sie einstellst.«

Ian zwang sein Gesicht zur Reglosigkeit.

»Sie ist nicht versessen darauf, das stimmt. Deshalb dachte ich auch, es wäre das Beste, du würdest Short als Gast hierher einladen. Vielleicht kannst du so tun, als wäre er aus deinem New Yorker Team angereist, um Geschäftliches mit dir zu besprechen? Das würde die Sache einfacher machen.«

Verärgert prustete James los.

»Francesca wird fuchsteufelswild, wenn sie das herausbekommt.«

»Ich weiß«, sagte Ian und stand auf. »Aber lieber ist sie ärgerlich und sicher als ahnungslos und in Gefahr. Bitte, tu mir den Gefallen, und erzähle nur Großmutter, wer Short wirklich ist. Es würde für Short die ganze Angelegenheit viel leichter machen. Darf ich ihm sagen, dass du ihn erwartest?«

James war einverstanden, obgleich nur widerwillig.

»Ich danke dir«, sagte Ian ernsthaft, als er sich wenige Augenblicke später von seinem Großvater verabschiedete. Er umarmte den älteren, aber noch immer dynamischen Mann und wünschte sich, er hätte den Ausdruck großer Besorgnis auf James' Gesicht nicht mehr gesehen, bevor er der Raum verließ.

Ian packte seine Koffer und schickte dann ein Dienstmädchen, Francesca in seine Suite zu bitten. Dass er schon gepackt hatte, bedauerte er dann, denn nun hatte er nichts mehr zu tun, als nur auf ihr Klopfen zu warten. Mit tiefer Reue wurde ihm klar, dass er die anderen Male, bei denen er auf ihr Erscheinen gewartet hatte, ein starkes Gefühl der Vorfreude auf das gespürt hatte, was kommen würde. Jetzt spürte er vor allem Angst, die jeden Augenblick größer zu werden schien.

Er hatte ihren lebhaften, strahlenden Geist genutzt, um seine Wunden zu heilen und ihre Süße eingeatmet, um die dunklen Schatten zu vertreiben. Es war genauso, wie er es immer gefürchtet hatte. Er würde sie leer trinken, sie beschmutzen … und all das nur, weil er zu schwach dafür war, ihr aus dem Weg zu gehen. Immer und immer wieder hatte er in Frankreich, in Gaines' dunklem, verrottendem Gemäuer, sich selbst zugesprochen, dass er all das nur für Francesca tat. Nur für sie kämpfte er darum, seine Wurzeln zu verstehen und sich ein für alle Mal von dem verqueren Charakter seines leiblichen Vaters zu befreien.

Jetzt, da er wusste, dass er, ohne jeden Zweifel, die Frucht einer Vergewaltigung war, musste er die Motive seines leiblichen Vaters begreifen und sich von den Ursprüngen abspalten, die nun noch deutlicher vor ihm lagen. Er hatte das Bedürfnis, alle ihm zugänglichen Informationen zu sammeln und so Gaines mit ein wenig logischem Verstand zu betrachten, bevor diese Trennung möglich war. Es war ein Traum gewesen, dass er hier in Belford bleiben und sich in Francescas Gegenwart aalen konnte. Aber es war eben nur ein Traum, und er musste jetzt daraus erwachen, wenn er jemals seinen ihm zustehenden Platz in ihrem Leben finden wollte.

Ihr leichtes Pochen traf ihn wie ein Todesstoß.

Er öffnete die Tür. Ein unangenehmes, kribbelndes Gefühl beschlich ihn, als er sie im Flur stehen sah. Sie trug eine Jeans und eine hellblaue Button-down-Bluse, die ihre schmale Taille und den vollen Busen hervorhob. Ihr rotgoldenes Haar fiel ihr über Schultern und Arme, doch sie hatte es sich aus dem Gesicht gestrichen, sodass er die erschütternde Miene voller Angst und Entschlossenheit auf ihrem hübschen Gesicht gut erkennen konnte.

Sie wusste es.

Als sie ins Zimmer trat und er die Tür schloss, bestätigte sich seine Vermutung. Sie schwieg, als sie den Koffer und die Aktenmappe am Fußende des Bettes stehen sah. Einen Moment lang sagte keiner der beiden etwas, sie starrte auf das Gepäck. Schließlich blickte sie ihn an. Was er in ihren dunkelbraunen Augen erkannte, stülpte sein Innerstes nach außen.

»Bevor er heute Morgen abgefahren ist, hat Lucien mir noch erzählt, was er mit dir besprochen hat«, sagte sie.

»Also bist du deshalb nicht verwundert zu sehen, dass ich abreise.«

»Vermutlich. Dazu kommt noch, dass James vor einer Weile in den Empfangssaal gekommen ist.«

»Großvater hat dir gesagt, dass ich Belford verlasse?«, wunderte sich Ian. Er hatte gedacht, dass sein Großvater es ihm überlassen würde, zuerst mit Francesca zu sprechen und ihr die Nachricht selbst zu überbringen.

»Nein. Das musste er gar nicht«, sagte sie leise. »Er hat mich nur wissen lassen, dass Markov angerufen hat und alles darauf hinweist, dass Stern und Brodsik alleine gearbeitet haben. Die beiden sind weg, also ist auch die Bedrohung weg. Du hast jetzt keinen Grund mehr hierzubleiben.« Sie hob das Kinn. Er freute sich, in ihren Augen Trotz und Wut zu sehen. Das war ihm wesentlich lieber, als wenn er sie traurig gesehen hätte. »Du hast mir ja gesagt, dass das der einzige Grund war, weshalb du nach Belford zurückgekommen bist. Weil du dir Sorgen um meine Sicherheit gemacht hast.«

»Ich bin her gekommen, weil ich dich liebe«, sagte er knapp. »Ich kann aber verstehen, wenn es dir unter diesen Umständen schwerfällt, das zu glauben …«

»Ich glaube dir aber«, fiel sie ihm fest ins Wort. Dass sie schwer schlucken musste, konnte er an ihrem Hals sehen. Sie betrachtete einen Moment lang den Teppich und atmete durch die Nase. Sie beruhigte sich selbst, war Ian klar. Den Wunsch, sie in die Arme zu schließen und zu besänftigen, spürte er wie ein Messer im Bauch, doch er zwang sich dazu, diesen Instinkt zu ignorieren. Diesen Schmerz. Er würde die Sache für sie nur schlimmer machen, wenn er auf sie zuginge. Würde es für beide schlimmer machen.

Und er *musste* fortgehen. Er musste.

»Nachdem ich mit Lucien gesprochen hatte«, sagte sie mit belegter Stimme, »habe ich ein bisschen im Internet recherchiert.«

»Worüber denn?«, fragte Ian wachsam. *Sie* hatte doch jetzt nicht angefangen, im Netz nach Trevor Gaines zu suchen? Oder doch?

»Über Kinder von Vergewaltigungen.«

Diese einfache Antwort verblüffte ihn.

»Und worüber genau?«, wollte er wissen. Ihm war unbehaglich zumute.

Sie schlug die Arme vor der Brust übereinander und schaute weg.

»Ich weiß, dass du jetzt ernstzunehmende Beweise dafür hast, dass Helen wirklich vergewaltigt wurde. Das muss dich erschüttert haben.«

»Du und ich, wir beide wissen, dass ich das schon immer vermutet habe, besonders nachdem ich von Gaines erfahren habe.«

»Ja. Aber vermuten und wissen sind zwei ganz unterschiedliche Dinge, oder?«, fragte sie leise. Er gab keine Antwort. Er war zu sehr damit beschäftigt, der Wahrheit ihrer Worte nachzuspüren. Die Bestätigung, dass seine Mutter vergewaltigt worden war, hatte ihn in seinem Innersten getroffen – die Beschreibung von Fatima, wie sie Helen vorgefunden hatte, so verletzlich und getroffen. »Ich weiß nicht, warum ich bislang nicht versucht habe, es besser zu begreifen«, fuhr Francesca fort. »Beziehungsweise verstehe ich es durchaus, aber ich gebe es nicht gerne zu.«

»Worüber sprichst du gerade?«, fragte Ian verdutzt.

»Ich habe ein paar Texte von Leuten gelesen, die selber Kinder von Vergewaltigern sind, die darüber berichtet haben, was sie als Kinder und Erwachsene durchgemacht haben und wie sie das betroffen hat. Dabei habe ich verstanden, dass *ich* es gewesen bin, die bislang alles geleugnet hat.« Sie blickte ihn an. In ihren Augen sammelten sich Tränen, doch ihre Miene blieb herausfordernd und schien von irgendetwas zum Glühen gebracht worden zu sein, das er nicht verstand. »Ich wollte, dass du wieder der Mann wirst, den ich kannte, der Liebhaber, den ich einmal kennengelernt habe. Ich wollte mir nicht eingestehen, dass das Wissen über Trevor Gaines dich verändert hat. Ich wollte das nicht zugeben, denn hätte ich es getan, hätte das bedeutet einzusehen, dass ich vollkommen hilflos war. Es einzugestehen hätte bedeutet, dass ich dich daraufhin hätte loslassen und für immer hätte gehen lassen müssen.«

»Ich möchte nicht, dass das für immer sein muss«, rief er aus. »Ich möchte meinen Weg zu dir zurückfinden.«

»Ich weiß. Ich habe gesagt, dass ich es schon wusste – als wir im Gärtnerhäuschen waren –, aber das stimmt nicht.« Sie lachte schrill. Sie schlang die Arme noch fester um ihre Rippen, so als wolle sie sich selbst stützen. »Ich glaube, eines meiner Probleme ist, dass du immer so stark wirkst. So undurchdringlich. All die Menschen, von denen ich im Internet gelesen habe – die, die ebenfalls nach einer Vergewaltigung auf die Welt gekommen sind –, haben davon berichtet, wie diese Tatsache ihr Selbstwertgefühl berührt hat. Sie fühlten sich beschämt, wertlos, obwohl ihnen die Vernunft natürlich sagte, dass sie gar nichts dafürkonnten. Ganz viele haben darüber geschrieben, wie es für sie war, als ihnen klar wurde – als sie es wirklich *begriffen* hatten –, was es für ihre Mütter bedeutet hatte, sie auf die Welt zu bringen … sie großzuziehen … das Kind des Mannes, der sie vergewaltigt hatte.«

Ihre glänzenden Augen waren wie dunkle Spiegel.

»Es ist schwer zu erklären«, murmelte er einen Augenblick später. »Manchmal habe ich gedacht, Lucien würde es verstehen, aber jetzt weiß ich, dass er …«

Er sprach nicht weiter. Zumindest Lucien war jetzt aufgehoben in dem Wissen, dass er nicht das Ergebnis verdorbener, rücksichtsloser Gewalt war. Ja, das, was Gaines Luciens Mutter angetan hatte, war krank und unverzeihlich, aber das hier war … anders. Ian wusste, dass die meisten Menschen das Kind einer Vergewaltigung für ein Monster hielten, eine boshafte Erinnerung für die Mutter an das, was sie durchgemacht hatte.

Francesca nickte, als hätte sie verstanden, dabei hatte er seinen Gedanken nicht einmal beendet.

»Und deine Mutter konnte die Sache nicht so verarbeiten, wie es andere Frauen möglicherweise können.« Ian schloss die Augen und zwang sich, tief Luft zu holen, denn Francesca hatte gerade eine fürchterliche Wahrheit für ihn in Worte gefasst. Seine Mutter hatte sogar eine noch geringere Chance gehabt, psychologisch mit der Vergewaltigung umzugehen und wieder gesund zu werden. In den schlimmsten Momenten ihrer Psychose konnte sie den aktuellen Tag nicht von ihrer grausamen Erinnerung unterscheiden. Sie konnte nicht anders.

Manchmal waren Ian und Gaines für sie ein und dieselbe Person.

Er spürte Francescas Hand auf seinem Arm, und er widerstand dem Drang zurückzuweichen. Ihre Berührung war kaum auszuhalten, so süß war sie.

»In den Momenten, Ian, in denen deine Mutter sie selbst

war«, fuhr Francesca in einer leisen, aber von Emotionen erfüllten Stimme fort, »wenn sie nicht von ihrer Krankheit beherrscht wurde, *hat* sie dich *geliebt*. Sehr sogar. Du hast mir so oft davon erzählt, wie sie dich geliebt und gelobt hat. ›Sie war die liebste, netteste, am meisten liebende Mutter der Welt.‹ Das hast du mir gesagt. *So* war sie. So bist *du*, der Mensch, der ihre Liebe verdient hat.« Ihr Griff auf seinem Arm verstärkte sich. »Der Mann, der mich verdient hat.«

Er sog Luft ein und zwang die unsichtbaren Klammern um seine Lunge, sich zu öffnen.

»Ich muss gehen«, sagte er.

»Dann lass mich mitkommen.«

»Ich kann nicht. Ich kann den Gedanken nicht ertragen, dich mitzunehmen, dich dorthin mitzunehmen. Bitte versteh das, Francesca«, sagte er angespannt.

Sie ließ die Hand sinken und trat einen Schritt zurück. Ihre plötzlich fehlende Berührung ließ ihn die Zähne aufeinanderbeißen. Auf ihrem Gesicht zeichnete sich der Ausdruck einer Niederlage ab.

»Es wird dir nicht helfen, Ian. Davon bin ich überzeugt. Doch auch wenn ich nicht mit dem einverstanden bin, was du tust, kann ich dich verstehen. Anne und James verstehen dich auch. Wirst du dich dieses Mal aber wenigstens bei uns melden?«

»Ja. Das habe ich auch Großvater schon versprochen. Ich habe ihm auch gesagt, dass ich möchte, dass du hier in Belford Hall bleibst«, sagte er und erwiderte endlich ihren Blick.

Ihre Augenbrauen hoben sich.

»Ich kann aber nicht versprechen, wie lange ich bleiben werde.«

»Ich weiß«, gab er zu. »Ich kann dich auch nicht bitten, dein Leben für unbestimmte Zeit meinetwegen anzuhalten. Aber es würde mich jetzt beruhigen zu wissen, dass du noch mindestens die nächste Woche bei meinen Großeltern bleibst.«

Sie zögerte, ihre rosigen Lippen zitterten.

»In Ordnung«, sagte sie schließlich.

Er nickte kurz in der Hoffnung, sie würde seine Dankbarkeit erkennen. Dann war ihm plötzlich klar, dass es nichts mehr zu sagen gab, er drehte sich um, um seine Koffer zu holen. An ihr vorbei ging er zur Tür.

»Ian.«

Er konnte nicht anders, er musste sich zu ihr umdrehen und seine bröckelnde Stärke noch einmal testen.

»Finde deinen Weg zurück zu mir«, flüsterte sie leidenschaftlich.

Er wandte sich ab und tastete blind nach dem Türknauf, für einen Moment unfähig zu atmen.

KAPITEL 14

Sie stand vor der Leinwand, so stark konzentriert, dass sie erst nach und nach bemerkte, dass Leute in den Raum gekommen waren und sich leise unterhielten. Sie blinzelte und schob sich mit der Hand, in der sie den Pinsel hielt, eine Haarsträhne aus der Stirn.

»Hallo?«, rief sie. Ihre Stimme klang sogar in ihren eigenen Ohren wie betäubt. Dass man sie beim Arbeiten unterbrach, ärgerte sie nicht weiter, sie war eher enttäuscht. Seit Ian am Tag zuvor abgereist war, hatte sie nur dann wirklichen Frieden gefunden, wenn sie den geliebten Schutzraum der kreativen Konzentration betreten hatte.

»Mr. Sinoit hat gerade festgestellt, dass Sie aussehen, als wären Sie in Trance, und ich habe ihm erklärt, dass Sie immer so aussehen, wenn Sie arbeiten.« Mrs. Hanson lächelte sie an und stellte ein Teetablett auf einem Tisch ab, an dem zwei Stühle standen. Der Gesichtsausdruck der Haushälterin nahm entschuldigende Züge an. »Zumindest wenn Sie gute Fortschritte machen.«

»Ich mache Fortschritte.«

»Es tut mir leid, dass wir dich unterbrochen haben, aber du bist vor lauter Arbeit nicht zum Frühstück gekommen. Nur James, Short und ich saßen da, und die beiden haben sich die ganze Zeit nur über Brooklyn unterhalten«, erklärte Gerard. Francesca lächelte. Sie hatte Arthur Short, den kurzhaarigen US-Amerikaner mit dem kantigen Kinn, der für James arbeitete, am Tag zuvor beim Abendessen kennengelernt und fand ihn sehr nett.

»Du und Anne, ihr habt mir gefehlt«, sagte Gerard mit trockenem Lächeln. »Und ich habe gedacht, eine kleine Erfrischung würde dir jetzt guttun. Anne macht sich Sorgen, dass dein Appetit verschwunden ist, seit ...«

Francesca zwang sich zu lächeln, als Gerard Ian und seine Abreise zu erwähnen vermied. So ... da waren sie also wieder so weit und versuchten, das Thema Ian zu umgehen. Doch nicht mit ihr.

»Seit Ian abgefahren ist? Ja, ich denke, ich hatte seitdem keinen großen Hunger mehr. Aber überlassen wir es doch Mrs. Hansons Tee-Angebot, meinen Appetit wieder zu wecken.« Sie warf einen Blick auf die Scones, das Blätterteiggebäck, die Sahne und die frische Marmelade, die auf der Etagere lockten.

»Darf ich Ihnen einschenken?«, fragte Mrs. Hanson.

»Nein, das mach ich«, sagte Francesca und nahm gegenüber von Gerard Platz. Sie hatte schon ihren Mund geöffnet, um Mrs. Hanson zu bitten, sich zu ihnen zu setzen, doch sie schloss ihn wieder, als sie Gerard ansah. Sosehr sie es inzwischen gewohnt war, mit der Haushälterin zusammen Tee zu trinken, sosehr zweifelte sie daran, dass es zu seinen Vorstellungen passte.

»Dann lasse ich Sie jetzt allein«, sagte Mrs. Hanson freundlich und ging.

»Es freut mich zu hören, dass du mit dem Bild gut vorankommst«, sagte Gerard. »Darf ich es mir nachher einmal anschauen?«

»Gerne«, antwortete Francesca. Sie schenkte aus der Porzellankanne ein.

»Mir kommt es so vor, als hätten wir uns in den letzten Tagen nicht oft gesehen«, bemerkte Gerard.

Sie goss sich Sahne in ihren Tee und sah ihn dann genauer an.

»Es war ja auch eine Menge los, in letzter Zeit. Und ich befürchte, dass ich sehr introvertiert werde, wenn ich an einem Bild arbeite. Wie geht es dir denn?« In ihrer Frage schwang die Sorge um sein Wohlbefinden nach der Schießerei mit. »Ich hatte noch gar keine Gelegenheit, mich ruhig mit dir zu unterhalten, nachdem das mit Brodsik passiert ist«, sagte sie. »Es muss schrecklich für dich gewesen sein … und es ist es jetzt sicher immer noch.«

»Es war ganz sicher ein Schock.« Gerard nippte mit finsterer Miene an seinem Tee.

»Ich habe mich auch noch nicht bedankt.« Sie legte den Scone, den sie in der Hand hielt, auf den Teller zurück, urplötzlich hatte sie der Appetit wieder verlassen. »Wenn du nicht gewesen wärst«, sie zögerte, schließlich wollte sie nicht so melodramatisch klingen wie *dann wäre ich jetzt tot.* »Wer weiß, welches Chaos Brodsik dann vielleicht angerichtet hätte?«, hörte sie sich stattdessen sagen.

»Auch wenn ich es lieber gehabt hätte, dass die Umstände anders wären, bin ich doch froh, dass ich etwas tun konnte, um ihn aufzuhalten«, erwiderte Gerard ruhig.

»Ich wünsche niemandem, dass er in solch eine Situation kommt, aber du hast dich sehr mutig verhalten.«

Er lächelte vorsichtig und stellte seine Teetasse ab.

»Und du? Leidest du wieder sehr unter Ians Abreise?«

Sie war von seiner Frage überrascht, schließlich hatte er es gerade noch vermieden, Ians Namen auszusprechen.

»Mir geht es gut.« Sie versuchte entspannt zu klingen. »Er hat dieses Mal versprochen, zumindest den Kontakt zu uns zu halten. Wenigstens mit James und Anne. So müssen wir uns keine Sorgen machen, wie es ihm geht oder ob er überhaupt noch lebt.«

»Ja, das ist natürlich schon ein Fortschritt.« Er verstummte kurz. Sie spürte, dass er kurz davor stand, ein schwieriges Thema anzusprechen.

»Was ist los, Gerard?«

»Mir ist schon klar, dass du, Anne und James eine ganze Menge über das Geheimnis wisst, das Ian im letzten Sommer emotional so durcheinandergebracht hat, dass er deshalb dann verschwunden ist. Und ich verstehe das auch vollkommen«, er hob seine Hand in einer beschwichtigenden Geste, denn Francesca hatte gerade den Mund zu einer Erwiderung und Rechtfertigung geöffnet. »Ich schätze deine Diskretion. Und ich will nicht aufdringlich sein. Aber… Ein paar Tage, bevor Lucien Belford Hall verlassen hat, bin ich im Salon auf Lucien und Ian gestoßen, die sich dort unterhalten haben. Sie haben über einen Mann namens Trevor Gaines gesprochen. Offenbar hat Ian dessen Haus gekauft und forscht dort nach irgendetwas. Ich spreche das jetzt nur an, da ich mir über den Klang in Ians Stimme Sorgen mache. Er klang so… intensiv. Ich möchte nicht so weit gehen und es ›verrückt‹ nennen, aber es klang ziemlich eindeutig so, als wäre er besessen von diesem Thema.«

Francesca musste schwer schlucken, so schockiert war sie, als sie die verstörende Neuigkeit verarbeiten musste. Gerard schaute sie interessiert an. *Ian hat Trevor Gaines' Haus gekauft?*

»Es tut mir leid, wenn ich dich jetzt aus der Fassung gebracht habe. Es ist nur so… ich habe angenommen, dass Ians Geheimnis, das ihr alle hütet, irgendwie mit diesem Gaines zu tun hat. Und ich wollte sichergehen, dass du, Anne und James, da ihr ja alle darüber Bescheid wisst, womit sich Ian da beschäftigt, ihr auch alle darüber Bescheid wisst wie… labil er bei dem Gespräch über dieses Thema klang.«

»Labil?«, fragte Francesca vorsichtig. »Ich verstehe nicht ganz, was du meinst.«

»Sogar Lucien war es sichtlich unangenehm, dieses Gespräch. Das war eindeutig. Wem würde es anders gehen, wenn Ian so schimpft? Er klang wirklich sehr verärgert, aber ich konnte um alles in der Welt nicht erkennen, auf was sich seine Wut richtete.« Sein Lachen klang gezwungen. »Einen Moment lang hatte ich den Eindruck, er klang ein wenig wie …«

»Was?« Francescas Alarmglocken klingelten heftig. Die Vorstellung, Ian hätte Trevor Gaines' Haus gekauft und würde darin herumstöbern … Hatte er die ganze Zeit in der Wohnung dieses Monsters gelebt? Es schien, als würde bei dem Gedanken plötzlich Eiswasser durch ihre Adern fließen. Sie erschauderte und legte die Hand auf ihre Brust, um den unangenehmen Krampf, der sich dort ausbreitete, zu beruhigen.

»Gerard, was dachtest du, wie klang Ian?« Francescas Stimme war schrill.

Gerard zuckte zusammen.

»Ich dachte, er klang ein wenig wie meine Cousine Helen.« Das zuzugeben war ihm unangenehm.

Francesca starrte ihn an, der Schreck ließ sie erbeben.

»Gerard, das ist eine furchtbare Behauptung. Ian ist genauso gesund wie alle anderen, die ich kenne. Er hat in kurzer Zeit eine ganze Menge Dinge durchmachen müssen. Das, was er erlebt hat, hätten die meisten anderen nicht ausgehalten. Er hat mehr durchgemacht, als du dir vorstellen kannst.«

»Francesca, bitte lauf nicht weg«, rief Gerard, denn sie hatte abrupt ihre Serviette auf den Tisch geworfen und war aufgestanden. »Ich weiß, dass Ian nur selten so ist, wie ich ihn erlebt habe. Genau deshalb wollte ich dieses Thema ja auch mit jemandem besprechen, der eine Vorstellung davon hat, was er im letzten halben Jahr durchstehen musste. So, wie die beiden sich miteinander unterhalten haben, war mir klar, dass Lucien und

Ian etwas Geheimes zu besprechen hatten, trotzdem habe ich Ian nie zuvor sich so … irrational verhalten sehen. Obwohl«, fügte er leise hinzu, »du sicher auch schon bemerkt hast, dass er während seines Aufenthalts hier manches Mal sehr … gereizt war. Zumindest Anne und James ist das nicht entgangen. Das heißt *doch*, ich habe früher schon einmal gesehen, dass er sich so sonderbar benommen hat.« Er hielt bei seinen Überlegungen kurz inne. »Als er als Kind nach Belford kam, war er launisch, und seine Stimmungen schwankten des Öfteren. Um ehrlich zu sein, manchmal hat er mich an eines dieser Wolfskinder erinnert. Natürlich nicht in dem Ausmaße, aber doch immerhin … Es war schrecklich, die Vorstellung, dass er mit einer Wahnsinnigen als einziger Bezugsperson in seinen ersten zehn Lebensjahren aufgewachsen war. Einen Augenblick lang habe ich an dieses Kind gedacht, als ich ihn da so im Salon sitzen sah. Ich hatte Angst, er würde wie ein in die Enge getriebenes Tier nach Lucien schnappen.«

»Das würde er niemals tun«, rief Francesca aus. In ihren chaotischen Gedankenfetzen tauchte plötzlich das Bild von Ian auf, wie wild er neulich hinter der Treppe ausgesehen und wie er Luciens Hand von sich weggeschleudert hatte. Nicht für den Bruchteil einer Sekunde glaubte sie, Ian sei verrückt geworden, aber was, wenn er emotional doch zu viel mitgemacht hatte? Sie hatte Angst gehabt, dass das, was er während seiner Suche erlebte, ungesund für ihn sei, doch ihr war es nie in den Sinn gekommen, dass er so weit gegangen war und Trevor Gaines' Haus gekauft hatte, um dort seine fast besessene Suche durchführen zu können. Und wofür? Was konnte er hoffen, dort *überhaupt* zu finden?

Bei diesem Gedanken überflutete sie eine Welle der Übelkeit.

Was, wenn Gerard recht hatte? Sie hatte befürchtet, dass Ian von den Neuigkeiten über Trevor Gaines und durch den Tod seiner Mutter emotional aufgerieben worden war, aber was, wenn er wirklich am Rand seiner Belastbarkeit war? Was, wenn er manchmal *über* diesen Rand hinausgelangte? Er hatte immer erklärt, keine andere Wahl zu haben, als diese Suche durchzuführen, und sie hatte diese Vorstellung mit Händen und Füßen bekämpft.

Aber war es nicht so, dass Menschen, je näher sie dem Wahnsinn rückten, immer weniger Möglichkeiten hatten? Sie verspürten dann einen Zwang, hatten das Gefühl, von anderen Kräften bestimmt zu werden.

Ich habe nichts davon entschieden. Das Schicksal hat es.

Sie stöhnte leise auf. Bei dem Gedanken an seine Worte stieg Übelkeit in ihrem Hals auf.

»Francesca, setz dich doch«, flehte Gerard sie mit erschrockenem Blick an. »Du bist ganz blass.«

»Nein. Nein, ich möchte jetzt einfach nur alleine sein«, konnte sie gerade noch über die Lippen bringen, sich kaum dessen bewusst, was sie sagte, während Gerard sie stützte. Sie schob seine Hand weg. Irgendwie gelang es ihr, den Raum zu verlassen.

Francesca eilte in ihre Suite. Die immer größer werdende Panik in ihr wurde von einer sich deutlich abzeichnenden, neuen Aufgabe überlagert, was sich merkwürdig anfühlte. Sie musste Ian finden. Sie musste sich selbst vergewissern, dass alles mit ihm in Ordnung war und er nicht an einen Ort abtrieb, an dem sie ihn nicht erreichen konnte. Niemals hätte sie ihm erlaubt, seine Vergangenheitsbewältigung fortzusetzen, hätte sie gewusst, dass er sich dazu alleine in Trevor Gaines' Haus begeben und die Reste eines kranken Lebens durchstöbern würde.

Aber war er wirklich allein, fragte sie sich. Sie hatte schon ihre Schubladen aufgezogen und zögerte nun kurz. Hatte Elise nicht erwähnt, dass Lucien ihn möglicherweise begleiten wollte? Als Elise ihr das erzählt hatte, war Francesca noch davon ausgegangen, dass die beiden womöglich nach Marokko fliegen wollten, damit Ian Fatima über seine Mutter befragen konnte. Sie war nicht gerade glücklich über die Vorstellung gewesen, aber im Vergleich zu dem, was Ian *tatsächlich* getan hatte und noch tun wollte, war das geradezu ausgesprochen gesund. Gott, wenn Ian wirklich in Trevor Gaines' Haus war, dann lass bitte Lucien bei ihm sein. Denn Lucien könnte ihn bei dieser bizarren Suche ein wenig stützen. Sie griff nach ihrer Handtasche und zog ihr Handy heraus.

»Elise?«, fragte sie einen Moment später erleichtert, als sie die Stimme ihrer Freundin hörte. »Ich bin so froh, dass ich dich erwische.«

»Francesca? Was gibt's? Was ist denn los?« Elises Fragen machten Francesca deutlich, wie panisch sie klang.

»Nichts. Hoffe ich. Ich wollte nur … ist Lucien bei Ian?«

Es entstand eine kurze Pause.

»Ja. Sie sind beide in Frankreich«, erklärte Elise schließlich.

»Elise, sind sie in Trevor Gaines' *Haus*?«

»Ja«, gab Elise leise zurück. »Ich bin ganz und gar nicht glücklich darüber, aber Lucien hat darauf bestanden, dorthin zu fahren, vor allem weil er es für – Francesca, wer hat dir denn eigentlich gesagt, wo die beiden sind? Ian?«

»Nein, er hat mir immer gesagt, dass vor allem ich es nicht wissen dürfe.« Francesca erschauderte bei der Erinnerung. Er hatte gewusst, wenn sie versuchen würde, es ihm auszureden, hätte er vielleicht auf sie gehört. Also zog er es vor, sie über sein genaues Vorhaben gleich ganz im Dunklen zu lassen. *Verdammt noch mal.* »Gerard hat es mir erzählt. Er hat Lucien und Ian darüber reden gehört. Warum hast *du* mir nicht erzählt, was die beiden vorhaben?«, warf sie Elise vor.

»Ich habe es erst gestern erfahren, kurz vor Luciens Abreise. Ian wollte nicht, dass du es weißt, hat er gesagt. Dass ich dich nicht belügen werde, habe ich Lucien aber wissen lassen. Und eigentlich hatte ich mich schon entschieden, dir auf die eine oder andere Weise davon zu erzählen. Du bist mir mit deinem Anruf einfach zuvorgekommen.«

»Das ist *verrückt*«, fauchte Francesca. Sie wurde bleich und verzog das Gesicht, als sie bemerkte, was sie gesagt hatte. »Ian balanciert da am Abgrund. Wie kann er glauben, dass es seiner Seele guttun kann, wenn er durch das Haus dieses furchtbaren Mannes spaziert?«

»Du hast recht.« Elise klang elend. Francesca hielt ihr Telefon mit der Schulter am Ohr und zog ihren Koffer aus dem Kleiderschrank. Sie würde nur wenig einpacken und all die schicken Kleider und den Schmuck in Belford lassen. Es war wenig wahrscheinlich, dass sie bei dieser Reise eine Abendgarderobe brauchte. »Aber sie wollen versuchen, noch andere Kinder von Gaines ausfindig zu machen. Oder zumindest Lucien möchte das sehr gerne. Wenn ich es richtig verstanden habe, lebt sogar heute noch ein Mann auf dem Grundstück der … du weißt schon … einer von Gaines' Nachkommen ist.« Elise fiel es schwer, ihren Satz zu beenden.

Ein bitterer Geschmack füllte Francescas Mund. Das war eine hässliche Vorstellung. Sie hasste, *verachtete* die Idee, dass Ian sich in dieses Vorhaben hineingestürzt hatte. Sie warf ihren Koffer auf das Bett und öffnete ihn.

»Das kann ich nicht zulassen«, sagte sie. Sie griff eine Handvoll Unterwäsche und BHs aus der geöffneten Schublade und ließ sie in den Koffer fallen. »Das ist ganz sicher das Ungesündeste, was er tun kann.«

»Wenigstens ist Lucien dieses Mal dabei«, gab Elise hoffnungsvoll zu bedenken. »Ich glaube auch nicht, dass das eine gute Idee ist, Francesca, aber ich kann nachvollziehen, dass Lucien geheilt werden möchte. Er das verarbeiten möchte. Und Ian …«

»Ja?« Mit einigen Pullovern in der Hand wartete Francesca das Ende des Satzes ab.

»Ich glaube, er möchte so viel wie möglich verstehen. Er versucht, in Gaines' Motiven einen Sinn zu finden, zu begreifen, wie er zu dem geworden ist, was er war. Lucien hat etwas von einem psychologischen Gutachten erzählt, das ein Gefängnispsychiater über Gaines verfasst hat und mit dem Ian überhaupt nicht zufrieden war.«

»Und Ian denkt, er könne es besser?«, fragte Francesca ungläubig. Sie schloss die Augen, denn das Unwohlsein stieg wieder in ihr auf. Sie erinnerte sich daran, was Anne ihr über die Suche ihres Enkels nach sich selbst gesagt hatte. *Weil es für ihn ungemein wichtig ist, Dinge zu durchschauen, wie du weißt. Dinge zu verstehen, schätzt er sehr hoch.*

»Ich glaube natürlich nicht, dass er ein psychologisches Gutachten schreiben will«, sagte Elise unbehaglich. »Wenn ich Lucien richtig interpretiere, dann möchte Ian in seinem Kopf klarbekommen, wer sein leiblicher Vater war. Und die Informationen, die er aus Zeitungsartikeln und so bekommen konnte, haben ihm nicht gereicht. Er möchte alles selbst in einer Art systematischer Ordnung erfassen, um dann einen Sinn in alldem zu suchen.«

»Ja«, bestätigte Francesca knapp. »Und sich dabei selbst beweisen, dass er nicht Trevor Gaines ist.« Sie warf die Pullover in den Koffer und begann nach ihren Jeans zu suchen.

»Du glaubst doch nicht wirklich, dass Ian denkt, er sei auch nur ein *wenig* wie dieser Mann?«, wollte Elise wissen und klang dabei erstaunt.

»Ich denke, er ist verletzt und verwirrt. Und ich denke, dass er an einem Ort nach Beweisen danach sucht, wer er ist, der ihm nur Lügen als Antworten bieten kann. Diese Suche hat ihn auf einen gefährlichen Weg geführt, einen der ihn durchaus töten kann«, erwiderte Francesca grimmig.

Am anderen Ende der Leitung war es für einige Sekunden still.

»Francesca, glaubst du wirklich, dass es so schlimm um ihn steht?«

»Ich weiß es nicht«, antwortete sie ehrlich. »Vielleicht.«

Sie sprachen noch ein paar Minuten weiter, und Francesca packte dabei ihren Koffer zu Ende. Elise war, je länger sie Francescas Sorgen zuhörte, zunehmend beunruhigter, doch Francesca versuchte ihre Sorgen zu zerstreuen. Sie war erleichtert, dass Lucien bei Ian war.

»Aber du willst dennoch zu Gaines' Haus fahren?«

»Ja. Sobald ich hier alles eingepackt und ein Taxi für die Fahrt zum Flughafen organisiert habe.«

»Vielleicht sollte ich mich dort mit dir treffen?« Elise klang immer noch besorgt.

»Nein, es ist schon in Ordnung, Elise. Ich melde mich bei dir, wenn ich glaube, dass du dich für Lucien einsetzen solltest.«

»Ruf mich trotzdem an, sobald du angekommen bist«, bat Elise.

»Das mache ich«, versicherte ihr Francesca verbissen.

Gerard erwartete sie schon, als sie früh am Abend ihre Ein-Zimmer-Wohnung betrat. Clarisse fuhr hoch und schrie kurz auf, als sie die Nachttischlampe anknipste und ihn dann ganz ruhig auf einem Wohnzimmerstuhl sitzen sah.

»O Gott, Sie haben mich aber erschreckt«, jammerte sie.

»Warum bist du so schreckhaft? Hat das vielleicht mit dem hier zu tun?« Gerard öffnete die Hand, und die im Licht glänzenden Diamanten zogen Clarisses Aufmerksamkeit auf sich.

»Warum haben Sie Francescas Kette?«, fragte Clarisse verwirrt und mit dem Blick auf das kostbare Schmuckstück. Sie legte ihre Handtasche und den Mantel auf dem Sofa ab und trat auf ihn zu.

»Sollte ich nicht dir diese Frage stellen?«

Sie blieb stehen.

»Was meinen Sie damit?«

»Heute am frühen Nachmittag ist Francesca zu mir gekommen, völlig aufgelöst, weil ihre Halskette verschwunden war«, log Gerard, ohne mit der Wimper zu zucken. Francesca hatte so etwas nie zu ihm gesagt. Sie hatte ihn zwar wirklich aufgesucht, zerfahren und verwirrt, aber dann unter der Entschuldigung, sie könne sein Geschenk nicht annehmen, ihm das Halsband zurückgegeben. Später war er ihr gefolgt und hatte beobachtet, wie sie Belford Hall heimlich und leise mit einem Koffer in der Hand verlassen und ein Taxi bestiegen hatte. »Sie war völlig außer sich«, spann er seine Geschichte fort. »Ich habe sie beruhigt – die Kette ist ja schließlich versichert – und ihr versprochen, dass ich sie wiederfinden werde. Und das habe ich jetzt ja auch.«

Clarisse blieb der Mund offen stehen, ihre blauen Augen weiteten sich vor Schreck.

»Moment mal … Sie können doch nicht behaupten, dass *ich* sie genommen hätte?«

»Ich habe die Kette in deinem Nachtkästchen gefunden. Du bist ein sehr böses, kleines Dienstmädchen, Clarisse«, säuselte er.

Ein paar Sekunden blickte sie ihn nur an. Sie bewegte sich ruckartig und warf sich dann aufs Sofa, kam aber ins Stolpern.

Sie konnte sich an der Lehne auffangen und ließ sich dann in die Couch fallen.

»Ich habe diese Kette nicht gestohlen!«

»Ich habe sie hier gefunden«, entgegnete Gerard schlicht, erhob sich und ging auf sie zu. Lächelnd blickte er auf sie hinab.

»Wenn Sie sie hier gefunden haben, dann nur deshalb, weil Sie sie auch *dahin gelegt* haben«, stammelte sie und konnte es immer noch nicht glauben.

»Mach dich nicht lächerlich. Warum sollte ich eine Kette, die ohnehin mir gehört, in deinem Apartment verstecken?« Ihre rosafarbenen Lippen öffneten und schlossen sich ein paar Mal, während sie ihn fassungslos anstarrte. Sie so hilflos zu sehen gefiel ihm. Die Falle war zugeschnappt, und sie saß fest. Jetzt würde sie alles tun, was er von ihr verlangte. »Francesca hat dir doch erzählt, dass ich ihr vor Weihnachten diese Kette geschenkt habe?«, fuhr er fort. »Mir hat sie gesagt, dass sie vorhatte, sie mir zurückzugeben. Wir wissen ja beide, wie besessen sie von Ian ist. Wahrscheinlich hat sie sich schuldig gefühlt, ein so teures Schmuckstück von einem anderen Mann angenommen zu haben. So eine unangebrachte Loyalität. Sogar jetzt noch, wo sie in einem Flugzeug sitzt und zu der Liebe ihres Lebens fliegt, um ihn mit dem Vorwurf zu konfrontieren, sie wieder einmal sitzen gelassen zu haben.« Traurig schüttelte er den Kopf. »Wenn du mich fragst, sind die beiden ein Pulverfass, das kurz vor der Explosion steht.«

Clarisses Augen weiteten sich noch mehr.

»Bitte, tuen Sie mir das nicht an. Erzählen Sie Francesca nicht, ich hätte die Kette gestohlen. Ich brauche diesen Job.«

»Ich weiß«, sagte Gerard ernst. Er wies mit dem Kinn auf die gerahmten Familienfotos auf dem Kaminsims. »Du hast einen jüngeren Bruder, der ziemlich krank ist, stimmt das? Mukoviszidose. Wirklich schade.«

»Woher wissen Sie das mit Scott?«, fragte sie ungläubig.

»Ich weiß alles über dich«, versicherte ihr Gerard. In seiner Stimme lag Mitleid. »Auch, dass du schon einmal wegen Diebstahls verhaftet worden bist.«

Nun verlor ihr Gesicht den Rest jeglicher Farbe.

»Ich war erst sechzehn damals. Meine Freundinnen hatten mich dazu gedrängt, ein paar Klamotten aus einem Laden mitgehen zu lassen, und ich war dumm genug, das auch noch zu tun.«

Er nickte.

»Aber es war ein ziemlich teurer Laden. Offenbar hast du eine Vorliebe für luxuriöse Dinge, die du dir nicht leisten kannst.« Dabei ließ er die glänzende Halskette nachdenklich durch seine Finger laufen. »Und du hast vergessen, diesen Vorfall bei deiner Bewerbung als Dienstmädchen in Belford zu erwähnen, oder? Beziehungsweise hast du gelogen, als dir diese Frage gestellt wurde.«

»Ich war damals sechzehn Jahre alt!«, wiederholte sie mit zittriger Stimme. Tränen traten ihr in die Augen. »Bitte erzählen Sie Francesca nicht, ich hätte ihr etwas gestohlen. Ich habe nie etwas von ihr mitgehen lassen. Das würde ich *nie* tun.«

»*Schschsch*«, beruhigte sie Gerard. Er griff ihre Hände und zog sie vom Sofa hoch. Er legte seine Hand an ihr Kinn, strich mit seinem Daumen über ihre Wange und trocknete dabei ein paar Tränen. »Ich sage ihr nichts. Kein Grund zur Aufregung. Es ist ja gar nichts passiert.«

»Das heißt … Sie werden Lady Anne oder die Polizei nicht benachrichtigen?«

»Nein, natürlich nicht«, sagte er sanft und streichelte sie. Er fühlte sich langsam erregt, wie er so ihren jungen, geschmeidigen Körper an seinem spürte … und sah, wie verletzlich sie war. »Solange du machst, was ich dir sage.«

Sie zuckte zusammen, und plötzlich stand ihr Vorsicht ins Gesicht geschrieben. Sie wollte sich von ihm losmachen, doch er zog sie noch dichter an sich heran und umschlang sie mit seinen Armen.

»Was meinen Sie damit? Was muss ich machen?«

»Wenn du nicht wegen Diebstahls eines wertvollen Schmuckstücks eines Gastes in Belford Hall verhaftet werden möchtest, dann alles das, was ich sage.«

»Zum Beispiel was?« Entsetzen schlich sich auf ihr feines Gesicht.

»Guck nicht so alarmiert«, lachte er. »Nichts Schlimmes.« Er stöhnte gespielt ungeduldig auf, als sie ihn zunehmend ängstlicher weiter fest anstarrte.

»Na gut, wenn du unbedingt ein Beispiel haben möchtest. Ich verlasse Belford Hall heute Nacht und würde mich sehr freuen, wenn du, sollte es je nötig werden«, sagte er freundlich und hielt sie nur noch locker fest, da sie offensichtlich nicht mehr fliehen wollte, »bestätigen würdest, dass ich die ganze Nacht hier bei dir war, beziehungsweise dass ich dich gefickt habe, so wie schon die ganze Woche zuvor. Das kann doch nicht zu schwer sein, oder? Und das sollte es dir wohl wert sein, bei dem, was du angestellt hast.«

»Ich habe aber gar nichts getan!« In Clarisses Stimme schwangen Ärger und Hilflosigkeit mit.

»O doch, das hast du. Denn ich sage, dass du es warst. Was meinst du, wer ist glaubwürdiger, ein Dienstmädchen mit zweifelhafter Vergangenheit oder der zukünftige Earl of Stratham?«

Mit seinem Daumen hielt er ihre zitternde Unterlippe fest und rieb darüber. Ihre Nasenflügel bebten, doch dieses Mal versuchte sie nicht, sich zu befreien. Sie wusste, dass sie gefangen war, dachte er. Er schob seine wachsende Erektion gegen ihren Bauch.

»Und was die anderen Dinge betrifft, die du für mich machen sollst, um mein Schweigen zu garantieren, so umfasst das nichts, was du nicht schon getan hättest. Wenn du dich bislang um meine Bedürfnisse gekümmert hast, hat es doch auch nicht so ausgesehen, als wäre das ein Problem für dich. Warum sollte es also in Zukunft anders sein, wenn ich danach verlange? Wie jetzt, zum Beispiel. Ich habe noch ein bisschen Zeit, bevor ich fahren muss – etwa fünfzehn Minuten –, und die würde ich gerne so angenehm wie möglich verbringen. Du nicht auch?« Er umfasste nun beide Seiten ihres hübschen Gesichts. Ihr Zittern schien immer stärker zu werden. Als er begann, sie schmeichelnd zu küssen, reagierte sie nicht, doch er fuhr unbeirrt fort.

Er lächelte an ihren Lippen, als er spürte, wie ein leichtes Schaudern sie durchfuhr und sie ihn dann ebenfalls küsste.

Irgendwie waren ihre Küsse nun doch süßer, jetzt, wo sie aus einem willigen Mund kamen.

Francesca hatte überlegt, wie sie James und Anne mitteilen könnte, dass sie fortfuhr. Schließlich hinterließ sie ihnen einen Brief, in dem sie sich überschwänglich für ihre Abreise entschuldigte und ihnen erklärte, dass es mit Ian zu tun habe, sie sich aber deswegen keine Sorgen zu machen brauchten. Sie schrieb, dass sie zurückkehren und ihre Zeichnungen beenden wolle, so schnell sie konnte. Sie fühlte sich schuldig, heimlich ein Taxi bestellt und leise das Haus verlassen zu haben, doch sie hatte Angst, dass Anne und James ihr das Vorhaben ausreden würden, wenn sie ihnen davon erzählte. Seinem Großvater hatte Ian mitgeteilt, dass er wünschte, sie möge noch bleiben. Und sie wusste, dass sie ihre Sorge um Ian in einem Gespräch mit James von Angesicht zu Angesicht nicht würde verbergen können. Also versprach sie in dem Brief, sich bald bei ihnen zu melden, und bat noch einmal darum, sich keine Sorgen zu machen.

Am Flughafen recherchierte sie die Adresse von Trevor Gaines' Haus. Sie fand im Internet einen Artikel über Gaines' Gefängnisjahre, in dem auch seine Adresse genannt war. Mit diesen Angaben in der Hand flog sie zu einem kleinen Flughafen in Nordfrankreich und mietete sich dort ein Auto.

Manoir Aurore lag anderthalb Autostunden vom Flughafen entfernt. Sie erreichte den einsam gelegenen Landsitz erst kurz vor Sonnenuntergang. Obwohl Aurore und Belford Hall beides elegante, aristokratische Gutshäuser waren, hätte die Lage nicht unterschiedlicher sein können, wurde Francesca deutlich, als sie über eine vernachlässigte, bröckelige Straße durch einen ungepflegten, wild aussehenden Wald fuhr. Ihr Blick wurde von einer merkwürdigen Erscheinung unter den dunklen Bäumen angezogen, dort, wohin das letzte Sonnenlicht fiel. Das, was da halb so groß wie ein Mensch war – nur die obere Hälfte, die Hüfte der Gestalt war auf Bodenhöhe –, bewegte sich. Dann senkte sich dieser Schatten und verschwand vollständig. Vor Schreck kniff Francesca kurz die Augen zusammen, dann griff sie fest ums Lenkrad und konnte so verhindern, dass sie mit dem Mietwagen von der Straße abkam. Sie erschauderte, von dem unerklärlichen Anblick irritiert, und sofort tauchten Assoziationen von Geistern, Feen und legendären Waldmenschen in ihrem Kopf auf.

Ein halber Mensch, der im Waldboden versinkt? Was um alles in der Welt hatte sie da eben erblickt?

Diese unerklärliche Vision verstärkte noch die beklemmende Atmosphäre, die sie umgab – ganz zu schweigen von dem Wissen über den Mann, dem all dies hier einmal gehört hatte –, sodass sie sich ausgesprochen unwohl fühlte.

Das Gebäude selbst erinnerte sie an eine Art dunklen, riesigen Greifvogel, einen im leuchtenden Sonnenuntergang geduldig wartenden Geier. Schwach, aber auch erleichtert fühlte sie sich, als sie zwei ganz normal wirkende, luxuriöse Limousinen auf der mit Unkraut überwucherten Einfahrt stehen sah. Sie hatte schon begonnen, sich wie das einzige Lebewesen in einer von Toten und Geistern bewohnten Landschaft zu fühlen. Ihre Augen öffneten sich weit, als sie einen Mann mit einem dunklen Mantel im steinernen Portikus vor dem Eingangstor stehen sah, der auf unheimliche Weise völlig unbeweglich dastand. Erst als sie ihren Mietwagen hinter dem silbern glänzenden Auto geparkt hatte, trat er in das Abendlicht.

Ian.

Sie blickte ihn mit zunehmender Verblüffung an, als sie den Motor abstellte. Er kam auf sie zu, sein dunkler, geöffneter Mantel blähte sich hinter dem großen, durchtrainierten Körper auf. Er trug Jeans, die zu seinen langen Beinen und den schmalen Hüften perfekt passten, dazu braune Arbeitsstiefel, ein einfaches weißes T-Shirt und ein aufgeknöpftes Hemd. Sein Unterkiefer war mit dunklen Bartstoppeln übersät. Schmerzlich kam ihr sofort der einsame, edle Wilde ins Gedächtnis, den sie vor Jahren auf einer verlassenen Straße Chicagos gemalt hatte, das Bild, das sie und Ian letztlich zusammengebracht hatte. Seine blauen Augen flammten auf, als er sie durch die Windschutzscheibe hindurch mit seinem Blick fixierte. Er schien alles andere als erfreut zu sein, sie dort zu sehen.

Aber er machte auch den Eindruck, als wäre er nicht überrascht, sie dort zu sehen. Woher wusste er, dass sie kommen würde?

Er öffnete die Fahrertür.

»Was machst du hier?«, wollte er ohne Einleitung wissen.

Seine grobe Frage stieß sie ein wenig vor den Kopf, doch dann hob sie trotzig ihr Kinn.

»Ich habe dich natürlich gesucht. Woher weißt du, dass ich herkommen würde?«

»Short«, zischte er nur mit schmalem Mund. Ein kühler Windhauch fegte durch die offene Tür. Sie zitterte, doch Ian schien davon unbeeindruckt.

»Arthur Short? James' Mitarbeiter? Aber wie ...«

Er griff nach ihrem Ellenbogen.

»Komm rein.«

»Ich hole noch meinen Koffer«, sagte sie. Er zog sie aus dem Auto und schlug die Tür zu.

»Lass es. Den brauchst du nicht«, bedeutete er ihr knapp.

»Ian, ich werde *nicht* wieder fahren«, sagte sie voller Überzeugung, während er sie eilig zum Eingang führte. Er antwortete nicht, aber sein Donnerwettergesicht sprach Bände, was er von ihren Absichten hielt.

Er öffnete die Tür und schob sie hindurch. Francesca stolperte über die Schwelle und hielt kurz an, als sie sah, dass auch Lucien in dem großen, höhlenartigen Foyer stand. Im Gegensatz zu Ian schien er so gepflegt und ruhig wie immer zu sein. Hinter ihr wurde die Tür so fest zugeworfen, dass sie sich erschrak. Sie blickte zurück zu Ian, dann zu Lucien.

»Wie kann James' Geschäftspartner dir verraten haben, dass ich nach Frankreich wollte?«, fragte Francesca.

Lucien hob nur seine Augenbrauen, verzog sein Gesicht und blickte Ian an.

»Weil er nicht Großvaters Geschäftspartner ist. Er ist ein Sicherheitsmann, den ich engagiert habe, damit er auf dich aufpasst.« Ians Stimme klang unverhohlen hitzig.

»Sicherheitsmann? Aber ich hatte dir doch gesagt ...«

»Wir hatten verabredet, dass wir später noch darüber sprechen wollten«, unterbrach Ian sie. »Aber dazu hatten wir keine Gelegenheit mehr, bevor ich abreisen musste, also …«

»Hast du die Sache selber in die Hand genommen und entschieden, ohne mich weiter zu fragen.«

Ian schaute missmutig drein.

»Das ist jetzt egal. Du bist so plötzlich abgereist, dass Short kaum Zeit hatte, dir zu folgen. Du hast ihn überrascht. Er ist dir bis zum Flughafen nach London gefolgt …«

»Er ist mir gefolgt?« Francesca wirbelte herum, um Ian direkt anzublicken. Die Vorstellung, ihr wurde hinterherspioniert, entsetzte sie.

»Solange er konnte«, sagte Ian bitter.

»Er ist dir auf den Fersen geblieben, bis du in den Flughafen hinein bist und er mitbekommen hatte, wohin du wolltest, als du dein Ticket gekauft hast«, sagte Lucien hinter ihr. »Er hatte keinen Ausweis dabei, also konnte er dir nicht weiter folgen. Er hatte nicht damit gerechnet, dass du so schnell das Land verlassen würdest, nach dem, was Ian ihm erzählt hatte«, erklärte Lucien, als Francesca ihm einen überraschten Blick über die Schulter zugeworfen hatte.

»Idiot«, sagte Ian nur und sah extrem verärgert aus. Er konzentrierte seinen Blick nur auf sie und blickte sie unter erhobenen Augenbrauen an. »Wer hat dir gesagt, dass ich hier bin?«

»Gerard.«

Ians Kinnpartie verspannte sich.

»Gerard? Woher weiß …«

»Er hat gesagt, er hätte euch beide belauscht.«

Er schürzte fast unmerklich die Lippen in einem Ausdruck von … ja, wovon genau konnte sie gar nicht sagen.

»Ian? Was ist los?«

»Nichts«, antwortete er durch einen verkniffenen Mund. »Francesca, ich möchte dich nicht hier haben.«

Sie ließ die Arme hängen und drückte den Rücken durch. »Ich fahre aber nicht. Nur, wenn du mitkommst.«

Er sah sie so angriffslustig an, als könne er sich durch einen Maschendrahtzaun beißen. Sie wich nicht von der Stelle, aber in seinen blauen Augen lag etwas, das es ihr schwer machte, standhaft zu bleiben.

»Wenn du jetzt schon einmal da bist, dann komm auch rein. Hier im Foyer ist es bitterkalt«, schlug Lucien hinter ihr vor. Francesca verstand, dass er Ian damit auch Zeit geben wollte, wieder runterzukommen und die Sache einmal zu überdenken. Ian ließ ein wildes, wütendes Geräusch hören, das tief aus seiner Kehle aufgestiegen zu sein schien, dann lief er ohne ein weiteres Wort vor ihnen aus dem Foyer hinaus.

»Ich musste einfach herkommen«, flüsterte Francesca verzweifelt Lucien zu. »Es ist verrückt, dass er sich ausgerechnet hier herumtreibt. Stimmt es, dass Ian dieses Haus *gekauft* hat?«

»Es gehört ihm, ja«, antwortete Lucien knapp, wobei sein angespannter Mund verriet, dass er ihre Unruhe teilte. »Kommst du mit rein? Wir hatten uns gerade in das Empfangszimmer gesetzt, um zu essen. Das ist einer der wenigen bewohnbaren Räume hier im Haus… und einer der wenigen beheizbaren noch dazu«, ergänzte er nicht unkomisch.

»Wann bist du denn angekommen?«, wollte sie von Lucien wissen, während sie nebeneinander herliefen.

»Gestern Abend, ungefähr zur gleichen Zeit wie Ian.«

Sie folgte ihm in einen Raum mit schweren, mit Schnitzereien verzierten Möbeln, die von schäbigen, ehemals kostbaren Stoffen bedeckt waren, und in dem ein Feuer brannte, das dunkle Schatten entstehen ließ. Ein unangenehmer Geruch nach Luftfeuchtigkeit und Schimmel schien das gesamte Gemäuer zu durchziehen. Ian saß auf einem tiefen Sofa, das

Gesicht zum Feuer, und aß mechanisch von seinem Teller, ohne auf ihr Eintreten in den Raum zu reagieren.

»Bist du hungrig, Francesca?«, wollte Lucien höflich wissen. »Es gibt aber nur Hühnchen, Kartoffeln und Obst. Aber davon haben wir eine ganze Menge.«

»Ja, bitte.« Erst jetzt bemerkte sie, wie leer sich ihr Magen anfühlte. Sie hatte den ganzen Tag über nichts zu sich genommen. Da Ian sich noch immer weigerte, mit ihr zu reden oder sie anzuschauen, seufzte sie auf und ließ sich neben ihn aufs Sofa fallen, als Lucien das Zimmer verlassen hatte. Die Wärme des Feuers tat gut. Sie war ziemlich erschöpft.

»Wirst du mich jetzt die ganze Zeit ignorieren?«, fragte sie müde nach einem Moment.

Sein stoppeliges Kinn verspannte sich erneut. Er schluckte hinunter und stellte seinen Teller auf dem Couchtisch vor sich ab.

»Wie könnte ich dich ignorieren, wo du hier doch uneingeladen aufgetaucht bist?« In seiner tiefen Stimme war noch immer eine Spur Wut zu hören. »Ich möchte nicht, dass du hierbleibst, Francesca. Dieser Ort ist … befleckt. Vergiftet. Ich glaube nicht an Geister, aber wenn ich jemals einen Ort nennen sollte, an dem es spukt, so wäre es Aurore. Ich will nicht, dass du dich in einem solchen Haus aufhältst.«

»Ich will auch nicht, dass *du* dich in einem solchen Haus aufhältst. Komm mit mir, und wir sind beide zufrieden.« Ihre Entrüstung verschwand genauso schnell, wie sie gekommen war. Sie blickte sich in dem dämmrigen Raum um. In dem Halbdunkel erkannte sie bedrückende Gemälde blasshäutiger, hohlwangiger Menschen und massive, bullige Möbelstücke, von denen einige mit fleckigen Tüchern zugedeckt waren. Der staubige und modrige Geruch legte sich beim Atmen auf ihre Lunge. »Was für ein schauriger Ort.«

Ians irritierter Grunzlaut schien auszudrücken *Habe ich es dir nicht gesagt?* Er lehnte sich im Sofa zurück, sein Profil wirkte unnachgiebig. Francesca wollte ihn fragen, wonach genau er in Trevor Gaines' Gemäuer denn suche, aber sie hatte Angst, er könnte aufstehen und sich weigern, weiter mit ihr zu sprechen. Sie kannte ihn schließlich gut genug und wusste daher, dass ein Großteil seiner Wut über ihre Anwesenheit von seiner Hilflosigkeit herrührte. Und vielleicht auch von der Scham, dass sie diese dunkle Seite seiner Vergangenheit kennenlernte.

Wie sie schnell begriffen hatte, war seine Scham nicht logisch. Aber das hieß nicht, dass er die Scham einfach so abschütteln konnte, nur weil *sie* es so wollte.

Begierig darauf, ein Thema zu finden, bei dem er sich nicht unwohl fühlte oder das ihn verärgerte, kam sie auf die Erscheinung zu sprechen, die sie kurz vor der Ankunft auf dem Grundstück gesehen hatte.

»Ich glaube dir durchaus, dass es hier spukt. Ihr ahnt ja nicht, was ich eben im Wald gesehen habe«, sagte sie, als Lucien gerade wieder ins Zimmer trat. Er hatte einen Teller und ein Glas in den Händen. »Danke«, sagte sie, als Lucien das Essen vor ihr auf dem Tisch abstellte.

»Was denn?«, fragte Ian und wandte sich ihr ein wenig zu, die Stirn gerunzelt.

»Einen halben Mann, der im Boden verschwunden ist.« Francesca antwortete auf die Frage ganz gelassen, griff nach dem Teller und stellte ihn in ihren Schoß. Sie nahm eine Gabel voll. Das Hühnchen war weich und lecker. »Das schmeckt gut. Habt ihr das in der Stadt gekauft?«

»Vergiss doch jetzt einmal das Essen«, blaffte Ian ungeduldig und sah sie an. »Was meinst du damit, *ein halber Mann*?« Auch Lucien, der neben ihr in einem Ohrensessel saß, hörte aufmerksam zu.

Sie ließ das Essen kurz warten, um zu erklären, was sie gesehen hatte. Als sie fertig war, wechselten Ian und Lucien wissende Blicke.

»Das ist er. Kam Reardon«, sagte Ian zu Lucien. »Er hat vermutlich eine Art unterirdisches Versteck. So etwas hatte ich vermutet. Ich bin sicher, dass es einen Tunnel gibt, der in dieses Haus führt. So kommt er herein, ich weiß nur noch nicht genau wie. Wenn er sich unterirdisch versteckt hält, erklärt das, weshalb ich ihn bei meiner Suche auf dem Gelände nicht gefunden habe.«

»Wer ist Kam Reardon?«, mischte sich Francesca ein. Sie hob ihre Augenbrauen in einer erwartungsvollen Miene, doch keiner der beiden Männer antwortete. »Ich höre?«

»Das ist ein Mann, der hier auf dem Grundstück lebt«, meinte Ian nur.

»Er ist unser Halbbruder«, fügte Lucien hinzu.

Mitten beim Kauen einer Kartoffel erstarrte Francesca. Ian stand abrupt auf, was sie überraschte. Er war ein so großer Mann, doch er bewegte sich manchmal erstaunlich schnell und mit unglaublicher Präzision.

»Ich werde nach dem unterirdischen Eingang suchen. Ich muss unbedingt mit Reardon sprechen. Er weiß sicher eine ganze Menge über Gaines, wenn er sein ganzes Leben lang hier gelebt hat. Es ist immer noch hell genug, um mit der Suche anzufangen«, sagte er zu Lucien.

Auch Lucien erhob sich.

»Ich komme mit. Reardon scheint nicht der Typ zu sein, der sich wahnsinnig freut, wenn jemand an die Tür seines Baus klopft.«

Francesca stellte ihren Teller ab und stand ebenfalls auf.

»Dann gehe ich auch mit.« Sie übersah Ians glühenden, erbosten Blick absichtlich. »Ich bin die Einzige, die gesehen hat, wo der Eingang war. Wenn ihr jeden Quadratzentimeter Land neben der Straße rauf und runter danach absuchen wollt, seid ihr morgen früh noch nicht fertig.«

Sie lief Richtung Eingangstür und hoffte innig, dass Ian dieses eine Mal einverstanden sein würde und ihr folgte.

KAPITEL 15

Es dauerte ein wenig, bis sie den Ort gefunden hatten. Die Nacht brach herein, und es wurde unter den Bäumen immer dunkler, auch wenn die Stämme im Winter ganz kahl waren. Glücklicherweise hatte Ian eine starke Taschenlampe mitgenommen. Francesca führte sie in die Gegend, in der sie glaubte den »halben Mann« gesehen zu haben. Sie erkannte den Bereich an einem markanten Baumstumpf wieder, in den sie vor Schreck beim Anblick dieser unerwarteten Erscheinung beinahe hineingefahren wäre.

Es war schon fast dunkel, als Ian innehielt und mit seinem Fuß mehrmals fest auf den Boden stampfte. Francesca vernahm ein hohles, pochendes Geräusch.

»Hier ist es«, erklärte Ian. Seine ruppige Stimme in der kalten, unbewegten Luft sorgte für einen Schauder auf ihrem Rücken. Sie und Lucien traten auf das Licht der Taschenlampe und Ians schattenhafte Gestalt zu. Er kniete sich hin und fuhr mit der Hand durch die abgefallenen Blätter. Seine behandschuhten Finger blieben an etwas hängen.

»Geht mal zur Seite«, wies er sie an. Lucien und Francesca machten Platz, und er zog. Im Waldboden öffnete sich ein etwa sechzig mal einhundert Zentimeter großer Deckel. Ian leuchtete mit der Taschenlampe in die Öffnung hinein, in dem dunklen Loch konnte man eine Holzleiter erkennen. Francesca sah Ians Gesicht kaum, als er in das Dunkel hinabspähte, aber sie war sicher, dass er finster hineinstarrte. Er warf ihr einen

Blick zu, in dem sie sehen konnte, dass er darüber nachdachte, wie es jetzt weitergehen sollte ... und dass er sich jetzt ganz sicher wünschte, sie wäre nicht dabei. Denn dann hätte er sich keine Sorgen um sie machen müssen.

»Ich gehe zuerst und rufe euch, wenn die Luft rein ist«, sagte er zu Lucien.

»Wir kommen mit dir mit, Ian. Auf keinen Fall bleiben wir hier oben in der Kälte und ohne Licht stehen«, stellte Francesca fest.

Ian warf ihr einen drohenden Blick zu. Ohne eine weitere Bemerkung schob er die Taschenlampe in Luciens Richtung und kletterte in das Loch.

»Unglaublich«, murmelte Lucien beeindruckt ein paar Minuten später. Die drei standen im Eingang einer großen, unterirdischen Kammer, die von elektrischen Lampen erhellt wurde. Der Raum befand sich am Ende eines langen Tunnels, dessen Boden aus festgetretener Erde bestand und dessen Wände mit Holzplanken verstärkt waren. Schon als sie sich erst ein paar Sekunden unter der Erde befunden hatten, hatten sie in der Ferne das Licht erkennen können und waren ihm zielstrebig gefolgt.

»Was *ist* das alles?«, fragte Francesca staunend und starrte auf die zahlreichen Tische, auf denen sich seltsame, komplexe mechanische Apparaturen, Computer und Werkzeuge stapelten. Viele der Geräte waren in Bewegung, winzige Metallzahnräder drehten sich, und Pendel schwangen hin und her. In der Stille hallte das Geräusch dutzender gedämpfter Tickgeräusche wider. Einige der Apparate waren recht groß, doch auf einem Tisch in ihrer Nähe befanden sich auch winzige metallische Objekte und feinste Werkzeuge zusammen mit einer Art elektrischem Vergrößerungsglas, das Francesca an ein Gerät erinnerte, wie sie es schon einmal bei einem Augenarzt gesehen hatte.

»Das sind alles Uhrwerke, oder nicht?«, wollte Lucien wissen und trat auf einen der Tische zu. Er betrachtete fasziniert die vielen Gegenstände darauf.

»Verschiedene Typen von Hemmungen«, erklärte Ian. Francesca schaute ihn verblüfft an. »Das ist ein grundlegender Bestandteil einer Uhr. Hier sind ganz unterschiedliche Arten davon«, sagte er, als er sich umblickte. »Gaines wird nachgesagt, ein mechanisches Genie gewesen zu sein. Er hat verschiedene elektronische und mechanische Bauteile patentieren lassen, von denen viele mit Uhrwerken zu tun haben. Reardon hat die meisten hier wohl aus Gaines' Werkstatt gestohlen, vermute ich. Aber viele der Dinge kann ich mir gar nicht erklären, so etwas habe ich noch nie zuvor gesehen …«

»Ich habe gar nichts gestohlen!« Francesca zuckte erschrocken zusammen, als sie die gellende männliche Stimme vernahm. »Er hat sie mir überlassen. Hat mir auch das Haus überlassen, von dem du jetzt sagst, es würde dir gehören, nur weil ich die Steuern dafür nicht auftreiben konnte und sie es mir weggenommen haben.« Die tiefe, raue Stimme kam aus dem Schatten am anderen Ende des Raumes. Francesca erschrak beim Anblick des großen, breitschultrigen Mannes, der mit erstaunlichem Tempo auf sie zukam. In seinen Händen hielt er eine Schrotflinte. Ian stellte sich vor Francesca, sodass sie um seinen Arm herumschauen musste, um etwas sehen zu können. Sie vernahm das harmlose, freundliche Geräusch eilender Pfoten und klingenden Metalls. Verwundert schaute sie nach unten, wo ein sehr schöner, gut gepflegter Golden Retriever neugierig an ihren und Ians Beinen schnupperte. Am rechten Bein des Hundes hing ein kleines, kompliziert aussehendes, elektronisches Gerät. Es sah merkwürdigerweise wie eine sehr teure Uhr aus.

»Bei Fuß, Angus«, rief der Mann zu Francescas Überraschung. Kam Reardons Gesicht war wutverzerrt. Er hielt kurz inne, als er sie hinter Ian hervorblicken sah und legte seine Stirn in Falten. Seine hellgrauen Augen inspizierten ihr Gesicht. Ian wiederum schien Kam genau zu beobachten, denn er legte seine Hand hinter sich auf ihre Hüfte und schob, drängte sie weiter hinter sich.

Kam Reardon hat Luciens Augen. Sie beugte sich wieder nach vorne, als die Neugier ihre Angst überwunden hatte.

Wieder runzelte der Mann seine Stirn.

»Verschwindet von hier«, grummelte er.

»Es tut mir leid, dass wir hier eingedrungen sind«, sagte Ian ruhig. »Wir haben nichts Böses im Sinn, Kam. Ich will mit dir reden. Und Lucien hier auch.« Dabei wies er mit einem Nicken auf Lucien, der wachsam Kams angelegte Schrotflinte im Auge behielt. »Lucien ist auch unser … Bruder«, fügte Ian an, auch wenn ihm das letzte Wort hörbar schwerfiel.

»Und sie?«, wollte Kam mit einem Kopfnicken in Richtung Ian wissen. »Ist sie eine von uns?«

»Nein«, antwortete Ian schroff. Kams Blick fiel auf Ians Hand, die auf ihrer Hüfte lag.

»Ich habe gesagt, ihr sollt verschwinden«, brüllte Kam plötzlich. Seine weißen Zähne blitzten im dunklen Bart auf. Er spannte den Hahn seiner Waffe.

»Raus hier«, sagte Ian kurz und bündig, drehte sich um und schob Francesca vor sich her. Lucien kam ihnen nach. Ian übergab ihr die Taschenlampe. »Geh du voraus. Schnell«, befahl er.

Francesca eilte den dunklen Tunnel entlang, ihr pochte das Herz bis zum Hals. Ihr war deutlich bewusst, dass nicht nur Lucien und Ian hinter ihr waren. Kam Reardon bildete die Nachhut. Sie konnte seine Fußtritte auf dem steinigen, dreckigen Weg wirklich hören, aber sie stellte sich auch vor, wie sie seine köchelnde Wut spürte, während er ihnen nachging und sich selbst vergewisserte, dass sie sein unterirdisches Reich auch wirklich verließen. Der Hund Angus tollte neben ihnen herum, eine unwirkliche Eskorte für diese angespannte Zwangsräumung.

Nachdem sie zurück im Herrenhaus waren, bestand Ian darauf, dass sie nach dem vermuteten unterirdischen Eingang suchten, über den Reardon Aurore betreten konnte. Francesca begleitete sie in den trostlosen, modrigen Keller, der sich ewig in alle Richtungen auszudehnen schien. Ian und Lucien stießen tatsächlich nach längerer Suche auf eine verborgene Tür, die sich zu einem Tunnel öffnete.

»Es sieht aus, als wäre das hier noch nicht so sehr alt, verglichen mit dem Rest des Gemäuers«, meinte Lucien und ließ seine Hand über die hölzernen Stützbalken gleiten, die einen weiteren Arm des Tunnelsystems, in dem sie sich zuvor befunden hatten, befestigten.

»Ich denke, das ist möglicherweise während der deutschen Besatzung im Zweiten Weltkrieg gebaut worden. Hier in der Nähe gab es schwere Kämpfe. Vielleicht wollten sich die damaligen Besitzer damit eine Fluchtmöglichkeit oder ein Versteck anlegen, sollte die Armee das Haus besetzen wollen. Und schaut euch das einmal an«, sagte Ian und leuchtete mit der Taschenlampe über ein Plastikrohr, in dem eine ganze Reihe elektrischer Kabel verlegt war. »Der Kerl lässt mich für seinen Strom zahlen«, stellte Ian in einer seltsamen Mischung aus Verärgerung, Amüsement und Respekt fest.

Anschließend begaben sie sich wieder nach oben ins Empfangszimmer. Das Feuer war schon fast erloschen, strahlte aber noch genug Hitze aus, um Francesca zu wärmen.

»Was denkst du, wie alt ist er?«, fragte Lucien, nachdem sie sich eine Weile über den eigenartigen Reardon unterhalten hatten.

»Schwer zu sagen bei dem bescheuerten Bart und all dem Dreck. Vielleicht so alt wie wir, vielleicht ein bisschen jünger«, vermutete Ian. »Er hat sicher eine Menge zu erzählen.«

»Auf jeden Fall steckt mehr in ihm als nur dieser wilde Obdachlose«, erklärte Lucien, stand auf und streckte sich. »Er ist organisiert und geht methodisch vor … er ist ziemlich genial, wenn mich mein Eindruck nicht täuscht.«

»Er ist ganz der Vater«, murmelte Ian.

»Und die Leute im Dorf haben dir nichts über seine Vergangenheit verraten?«, wollte Lucien wissen.

»Ich habe ein paar der neu Hinzugezogenen dazu bringen können, mit mir zu reden.« In Ians Augen spiegelten sich die letzten Flammen des Feuers. »Offenbar sind alle davon überzeugt, dass er ein obdachloser, wilder Penner ist.«

»Warum sollten die Leute, die schon länger hier leben, nicht mit dir reden wollen?«, fragte Francesca.

Sie zuckte innerlich zusammen, als seine glühenden Augen die ihren trafen. Er hatte sie seit ihrer Ankunft bislang kaum angesehen.

»Weil ich sie erschrecke.« Ians Mund verzog sich zu einem freudlosen Lächeln. »Sie halten mich für Gaines' Geist.« Ihr Herz schien gegen ihr Brustbein zu hämmern. Sie blinzelte, als er plötzlich vom Sofa aufstand.

»Ich gehe schlafen«, verkündete Ian.

Lucien blickte sie halb entschuldigend, halb mitleidend an, als Ian ohne weitere Erklärung den Raum verließ.

Lucien führte sie noch zu dem Zimmer, in dem Ian schlief, dann wünschte er ihr eine gute Nacht und verschwand in einem Raum am anderen Ende des langen Flurs.

Vorsichtig klopfte Francesca an die Tür, bevor sie eintrat, doch Ian antwortete nicht. Unbewegt stand er neben einem alten Himmelbett mit einem herunterhängenden Baldachin aus staubigem, ausgeblichenem, karmesinrotem Samt. Sie sah ihn fragend an, doch er starrte aufs Bett, ohne sie zu beachten.

»Ich weiß nicht, wo ich dich für die Nacht unterbringen kann.« Seine formelle Ausdrucksweise überraschte sie.

»Ich verstehe nicht genau, was du meinst«, sagte sie verwundert. Würde er darauf bestehen, dass sie in getrennten Betten schliefen? War er über ihr Erscheinen immer noch *derart* verärgert?

»Ich meine, ich weiß nicht, wo ich dich für die Nacht unterbringen kann. Es gibt keinen angemessenen Ort hier«, dabei wies er mit der Hand auf die durchgelegene Matratze auf dem alten Möbelstück. »Alle Betten hier sehen aus wie das da.«

Sie ließ ein kleines, bellendes Lachen hören, als sie verstand, worüber er sich Sorgen machte.

»Mach dich nicht lächerlich. Für mich ist das in Ordnung. Ich habe schon öfter gecampt. Das wird auch nicht schlimmer werden …«

Sie beendete den Satz nicht, als er sich zu ihr umdrehte und sie die völlige Gefühllosigkeit in seinem Gesicht erkannte.

»Ian«, flüsterte sie. Ihr Hals schnürte sich zu. Sie eilte zu ihm, schloss ihn in die Arme und legte ihre Wange auf seine Brust. »Es ist mir ganz egal, wo ich schlafe. Ich möchte einfach nur dort sein, wo du auch bist. Ich möchte mit dir zusammen sein und sicher sein, dass es dir gut geht.«

Für ein paar elend lange Sekunden erwiderte er ihre Umarmung nicht. Dann schlossen sich seine Arme langsam um ihre Taille. Er zog sie fest an sich, sein Gesicht lag auf ihrem Kopf.

»Du riechst so gut«, murmelte er in ihre Haare. »Wenn ich meine Nase hier für immer vergraben könnte, wenn ich mich in dir vergraben könnte, würde ich auch dieses eklige, alte Haus hier vergessen … alles vergessen. Du kannst dir nicht ausmalen, wie verlockend diese Vorstellung ist.«

Sie stöhnte leise und drückte ihr Gesicht noch fester gegen die feste Wärme, die er ausstrahlte.

»Ich musste einfach kommen. Sei mir nicht böse, bitte. Ich weiß ja, ich hatte gesagt, dass ich verstehe, dass du diese Dinge alleine für dich regeln möchtest, aber ich wusste ja nicht …«

»Dass ich das hier damit gemeint habe?« Er hielt ihren Hinterkopf in seiner Hand und zwang sie jetzt, ihm in die Augen zu schauen.

»Ich war panisch, als ich mir vorgestellt habe, du wärst hier«, gestand sie eilig. »Das war so … schrecklich.«

»Es *ist* schrecklich«, entgegnete er trocken. »Und ich habe dir gesagt, dass es das ist. Ich habe dir gesagt, dass ich dich nicht dabeihaben möchte. Es tut mir weh, das mitansehen zu müssen, Francesca.«

Sie blickte ihn durch einen Schleier von Tränen an.

»Es tut *mir* weh. Wenn du wirklich glaubst, dass das hier dir irgendwie helfen wird, dann sag mir das. Sag mir auch, *wie* es dir helfen soll, Ian«, flehte sie ihn an. Über ihre Wange lief eine Träne. »Hilf mir, es zu verstehen, denn ich möchte nichts lieber, als an deiner Seite zu stehen.«

»Genau das ist es«, sagte er, und auf seinen kühnen Gesichtszügen zeichnete sich eine tiefe Frustration ab. Er legte seine Hand an ihre Wange und streichelte sie mit dem Daumen. »Du kannst diesen Ort nicht verstehen. Für dich ist das hier nur ein dreckiges, verschimmeltes Gemäuer. Aber für mich sind hier Antworten verborgen. Nimm den heutigen Abend zum Beispiel«, fügte er scharf hinzu, als sie ihn verständnislos anblickte. »Kam Reardon. Er wird mir Fragen beantworten können.«

»Falls du ihn davon abhalten kannst, dich vorher zu erschießen … dann vielleicht«, wandte Francesca zweifelnd ein.

»Er wird nicht auf mich schießen. Zumindest glaube ich das nicht. Dazu hatte er sicherlich schon mehrfach die Gelegenheit, und er hat es noch nie getan.« Noch immer streichelte er mit nachdenklichem Blick ihre Wange.

»Das beruhigt mich jetzt nicht besonders«, erwiderte sie verzweifelt.

»Dann tut es mir leid. Wenn ich es dir nicht verständlich machen kann, dann weiß ich auch nicht weiter«, sagte er angestrengt. »Ich sage dir, dass ich hier Antworten finden kann. Über Trevor Gaines. Darüber, wer er war. Darüber, wie ich entstanden bin.«

»Aber wie kann das Wissen um all diese Dinge für dich so wichtig sein?«, brach es aus ihr heraus.

Ian kniff die Augen zusammen. Der frustrierte Ausdruck auf seinem Gesicht ließ sie beinahe aufschluchzen.

»Ich sage dir, dass es für mich wichtig ist, weil es für mich wichtig *ist*. Wenn ich dir doch *erkläre*, dass es so ist, was kann ich dir sonst noch sagen, um dich davon zu überzeugen? Wenn ich die Dinge verstehe, sie mit meinem eigenen Verstand überdenke …«

»Aber das ist *verrückt*«, unterbrach sie ihn, zunehmend verzweifelt.

Langsam öffnete er seine Augen und schien sie mit einem Blick aufzuspießen. Er runzelte seine Stirn ein wenig. Francesca erschauderte, als sie erkannte, wie er langsam verstand.

»Das denkst du also? Dass ich verrückt bin?«

»Ich …« Sie schüttelte den Kopf, ihre Gedanken rasten. Glaubte sie *wirklich*, dass er seine psychische Gesundheit eingebüßt hatte? »Nein. Nein«, wiederholte sie und wusste, dass sie damit recht hatte. Er war emotional überreizt, aber er war nicht verrückt. Sie hielt seinem Blick stand und hoffte, er würde es verstehen. »Ich habe … einfach nur Angst. Es ist eine furchtbare Vorstellung, dass du in den Sachen dieses Mannes herumwühlst, weil du ihn verstehen möchtest.«

Ihr zittriges Geständnis schien in der Luft zwischen ihnen zu schweben.

»Ich habe auch ein bisschen Angst«, gab er nach einem Moment zu. »Aber nicht aus dem selben Grund wie du. Nicht, weil ich verrückt werden könnte. Nicht mehr, jedenfalls.«

»Wovor dann?«, flüsterte sie und drückte sich näher an seinen warmen Körper.

»Davor, es nicht zu verstehen. Wenn ich nicht ganz erfassen kann, wer mein leiblicher Vater war, dann kann ich nicht …« Er biss sich auf die Zähne und zuckte zusammen. »Dann kann ich sein Gift nicht aus meinem Körper vertreiben. Anders kann ich es nicht ausdrücken. Wenn du mich nur lässt, Francesca, dann *schaffe* ich es. Daran glaube ich jetzt stärker als je zuvor. Zusammen mit Lucien, nach all den Nachforschungen, die ich bis jetzt schon angestellt habe, und nach dem schnellen Blick auf Kam Reardons Leben heute Abend, bekomme ich langsam eine Ahnung davon, wer Trevor Gaines war.« Er fasste noch fester an ihren Kopf, seine Augen funkelten fast ein bisschen wild. »Wenn ich es nicht schaffe, wird es sich für mich niemals richtig anfühlen, an deiner Seite zu leben. Ich möchte dich nicht beschmutzen …«

»Das würdest du doch nie tun!«

»Verdammt noch mal, Francesca«, rief er streng. »Ich *habe* aber Angst davor. Das ist meine Bürde, die ich trage und die ich loswerden möchte. Ich mache das hier nicht, weil ich stur oder verrückt geworden bin. Ich mache das nicht, weil ich mich von dir entfremden will! Ich mache das hier, weil ich es machen muss, wenn ich weiter mit dir zusammen sein will. Und das … ist das Einzige auf der Welt … was ich will«, presste er stoßweise zwischen seinen zusammengepressten Zähnen hervor.

Sie starrte ihn an, ihr Herz hämmerte, ihr Atem hatte ausgesetzt.

»Ian«, stieß sie aus, und eine Welle von Gefühlen schlug über ihr zusammen. »Ian, es tut mir so unendlich leid.«

»Das muss es nicht. Das Letzte, was du tun solltest, wäre, dich zu entschuldigen«, flüsterte er streng. Er verzog das Gesicht und umarmte sie fest, als sie erschauerte. »Es tut mir weh, dich hier zu sehen, aber …« Er schüttelte den Kopf und schluckte, dann löste er seinen Griff um sie und beendete sein Streicheln. »Merkwürdigerweise hilft es mir auch, denke ich. Ich weiß nicht. Es ist seltsam. Heute Abend fühlt es sich wirklich so an, als würde ich langsam einen Zugriff auf diesen ganzen Albtraum bekommen. Und ich bin sicher, dass es nicht nur daran liegt, dass Lucien hier ist oder weil ich entdeckt habe, was für eine … *interessante* Person Kam Reardon doch eigentlich ist.«

»Ich möchte nicht, dass du dich einsam fühlst. Aber wenn ich dafür gesorgt habe, dass du dich einsam gefühlt hast, weil du wusstest, dass ich all das hier nicht akzeptieren würde, dann tut es mir leid. Das war egoistisch von mir. Ich habe gedacht, du wärst derjenige, der bei alldem nur an sich denkt, aber das stimmt nicht.«

Er bückte sich vor und beugte ihren Kopf nach hinten. Er küsste sie hart. Weich. Sie wusste nicht, was von beidem, das wusste sie nie, wenn es um Ian ging. Sie spürte, wie sein Körper in Aufruhr geriet und drückte ihn näher an sich. Sie brauchte seine Hitze und Stärke.

»Du bist die großzügigste Frau, die ich kenne«, sagte er einen Augenblick später an ihren Lippen. »Du und egoistisch, das passt nicht zusammen.«

»Du bist davon überzeugt, dieses Gift, von dem du immer redest, könnte mich beflecken, Ian«, hauchte sie. »Aber Liebe ist das stärkste Gegengift für deine Ängste … und ja … sogar gegen diesen möglichen Makel.« Mit ihren Fingern fuhr sie durch sein dichtes, kurzes Haar und kratzte über seine Kopfhaut. Er schloss die Augen und schnurrte. »Lass mich dich hier lieben. Genau hier. Im Zentrum all deiner Dunkelheit«, sagte sie nachdrücklich und küsste sein Kinn. Sanft streiften ihre Lippen über seine Bartstoppeln. Sie küsste ihn auf seinen pulsierenden Hals, und er fuhr hoch.

»Nein«, sagte er streng. Seine Hände glitten über ihre Arme und ergriffen schließlich ihre Handgelenke. Er packte sie und trat einen Schritt zurück. Aus seinen Augen leuchteten Gefühle, die er nur mühsam beherrschen konnte. »Aber du bist hierhergekommen, und daran kann ich jetzt nichts mehr ändern. Und nun, da du hier bist, muss ich dich besitzen. Ich habe in diesem Raum zu stark gelitten. Wie ein klaffendes Loch hat sich der Schmerz in mir aufgetan, dass du nicht bei mir gewesen bist. Ich kann dich jetzt nicht zurückweisen. Also werde *ich* jetzt *dich* lieben. Und dann wissen wir beide, ob du recht hast oder ob ich dich nur benutze, um die Schatten zu verjagen.«

Er brachte ihre Handgelenke auf ihrem Rücken zusammen und hielt sie dort mit einer Hand fest. Er beugte sich über sie, zwang sie, sich nach hinten zu biegen und begann, sie zu verschlingen.

In dieser Nacht fühlte sich sein Rausch noch stärker an als sonst, so gierig war er auf sie. So sehr wollte er glauben, dass das, was sie gesagt hatte, stimmte, dass ihre Süße nicht nur eine zeitweilige Flucht aus all seiner Dunkelheit war, sondern ein echtes Zuhause.

Sein rechtmäßiger Platz.

Er nutzte seine freie Hand, um sie zu berühren, und genoss es, ihren geschmeidigen Körper in einen gespannten Bogen zu zwingen, schließlich wusste er, dass er nach Belieben über sie verfügen konnte, denn auch sie fand hierin ihre Lust. Sie war eine Dekadenz, die verdient zu haben er kaum glauben konnte, aber es musste so sein, denn ihre Begierde war unübersehbar. Sein Schwanz schwoll an bei der Berührung ihrer angespannten Formen am Rücken und an den Rippen, den köstlichen Rundungen, der Festigkeit ihrer Brüste unter der eng anliegenden Button-down-Bluse. Er nahm sie in die Hand, füllte seinen Mund mit ihrem weichen Stöhnen und spürte, wie die Hitze aus ihrem Geschlecht an seinem Bauch ankam. Sein Schwanz bäumte sich fast wütend auf.

Er zischte und unterbrach ihren Kuss und ließ auch ihre Hände wieder frei. Er trat einen Schritt zurück, schließlich hatte er ein klares Ziel im Kopf, doch bei ihrem Anblick blieb er wie angewurzelt stehen. Ihre dunkelroten Lippen waren feucht und leicht geöffnet, ihre Wangen gerötet. Das dunkelgoldene, rötliche Haar fiel ihr in lockeren Wellen auf die Schultern und Arme. In den dunklen Augen leuchteten Lust und Liebe auf, ihr Blick war ein erotisches Versprechen.

Schnell ging er zum anderen Ende des Raumes, wo eine hölzerne Bank stand. Ian glaubte, dass man sie einst als Schuhbank genutzt haben mochte. Jetzt kam ihm der tiefe Sitz der Bank gerade recht. Er hob sie hoch und brachte sie zu Francesca, die ihm schweigend zusah. Er stellte die Bank ab und blickte dann wieder auf ihr leuchtendes Gesicht und die pinkfarbenen, üppigen Lippen.

Sie war wirklich hier.

»Setz dich«, raunte er. Die Bank war wesentlich niedriger als ein gewöhnlicher Stuhl. Als sie darauf saß, wirkte es, als würde sie knien.

»Ich mag mir nicht vorstellen, dass du dich auf diesen abstoßenden Teppich kniest«, brummte Ian. Sein Blick begegnete ihrem, während er seine Hose aufknöpfte. Ihre Nasenflügel bebten leicht, als sie ihren Blick über seinen Bauch auf seinen Schritt schweifen ließ. Dann befreite er seine schwere Erektion aus seinen Kleidern und verzog dabei das Gesicht.

»Nein«, sagte er, denn sie wollte sogleich nach ihm greifen. Ihre kleine Hand führte ihn in Versuchung und ließ seine Stimme strenger klingen, als er es vorgehabt hatte. »Ich werde dich ein wenig einschränken.«

Er hatte seine Sachen nicht ausgepackt. Aus irgendeinem Grund war es ihm lieber, während seines Aufenthalts in Aurore aus seinem Koffer zu leben, anstatt seine Kleidung in den Schrank und die Schubladen zu räumen, wie es ein gewöhnlicher Bewohner getan hätte. Er fand die Krawatte, die er bei der Pressekonferenz getragen hatte, und trat hinter Francesca. Sein Schwanz zuckte in der Luft, denn sie legte sofort ihre Hände auf den Rücken. Er kniete sich hinter sie, legte den Schlips auf seine Knie und schob ihre rotgoldenen Haare beiseite, um ihren duftenden Nacken zu küssen.

»Du bist so süß«, murmelte er mit schwerer Stimme und fing an, ihre Bluse aufzuknöpfen. Denn er liebte ihre Bereitschaft, sich fesseln zu lassen, ihr Beharren darauf, mit ihm hier zu sein … alles. »Ich habe zuerst gedacht, ich würde dich ausnutzen, als du dich mir so offenherzig hingegeben hast, dabei willst du es wirklich selbst, oder nicht?« Seine Lippen wanderten über ihre zarte Haut. Er öffnete ihre Bluse, und sofort begaben sich seine Hände auf die Suche nach ihrer warmen, seidig weichen Haut. Die Berührung ließ ihn aufstöhnen.

»Ja«, stöhnte sie kurz auf. Seine Finger huschten über die Vorderseite ihres BHs, und er grunzte, als seine Finger den vorderen Verschluss ertastet hatten. Er öffnete den Büstenhalter und klappte ihn nach hinten auf.

»*Ja*«, fügte sie dann begeistert an, als er die Fülle ihres nackten Busens in die Hand nahm, ihn in seinen Händen formte, ihn massierte, in die rundlichen Nippel kniff und ihr Fleisch genoss. Er sah ihr über die Schulter, ganz gebannt von dem Anblick seiner großen Hände auf ihren vollen, weichen Brüsten.

»Bieg dich wieder nach hinten«, befahl er ihr direkt ins Ohr. Er konnte kaum an sich halten, als sie tat wie befohlen. Ihr Rückgrat bog sich, und die Hügel ihres Busens hoben sich. Er zog ihre Bluse und den BH über ihre Oberarme und ließ sie dort. Sie war von ihren Kleidern gebunden, doch es gefiel ihm, auch ihre Handgelenke schnell mit der Seidenkrawatte zu fesseln.

Er ging um sie herum und sah, wie ihre Haare zerzaust über ihren Schultern lagen und sich die nackten Brüste hoben. Noch immer hielt sie den Rücken nach hinten gebogen und präsentierte sich ihm ohne jede Scheu. Noch vor einem Jahr wäre ihr das schwergefallen. Beim Anblick seines aus dem Hosenstall vorstehenden Schwanzes leuchteten ihre Augen.

Seine Hände brannten darauf, diese schamlose Entfaltung einer erotischen Schönheit zu berühren, also beugte er sich vor und strich über die Seiten ihres Brustkorbs, was sie erschauern ließ. Er drückte ihre Brüste mit seinen Händen so, wie sie es mochte – ein bisschen rau, ein bisschen sanft, gierig und ebenso lüstern. Er tätschelte die Seite einer Brust und sah zu, wie sie sich auf die üppigen Lippen biss, um nicht laut aufzustöhnen.

»Du gehörst mir«, sagte er.

»Ja.«

Er lehnte sich nach vorne und überfiel ihren Mund mit seinem, ohne mit der Stimulation ihres Busens aufzuhören, den er zusammendrückte und dessen Knospen er umspielte, bis sie fiebrig an seiner fordernden Zunge stöhnte.

»Dein Mund ist so heiß.« Mit diesen Worten richtete er sich wieder auf. »Das wird sich so unglaublich gut anfühlen.« Ohne ein weiteres Wort schob er den dicken Kopf seines Schwanzes zwischen ihre Lippen. Augenblicklich klemmte sie ihn ein und sog ihn noch tiefer. Lustvoll verzerrte er sein Gesicht, drängte mit seinen Hüften, genoss den Anblick seines Ständers, wie er zwischen ihren roten Lippen verschwand, und den Blick ihrer dunklen Augen auf ihm, wie sie ihn so strahlend… so hingebungsvoll… so hilflos ansah.

Sie hatte schon immer so bereitwillig ihre Hilflosigkeit akzeptiert, wenn es zu diesen Dingen zwischen ihnen kam. Warum konnte er es nicht?

Er knurrte vor Lust, denn er spürte, wie sie an ihm zog, um ihn noch tiefer aufzunehmen. Wie sie ihn oral befriedigen sollte hatte er ihr beigebracht, als sie gefesselt gewesen war, und noch immer bevorzugte er das, so wie in diesem Moment. Sie wusste, dass sie den Akt also nur mit Bewegungen ihres Kopfes und starkem Saugen kontrollieren konnte. Und auch erstere Möglichkeit nahm er ihr jetzt, denn er packte ihre Haare am Hinterkopf so, dass sie ihn mit dem Auf und Ab ihres Kopfes nicht mehr in den Wahnsinn treiben konnte. Ihr blieb nur noch das Saugen, und genau das setzte sie so gekonnt ein, dass er knurrend die Augen verdrehte.

»Da. Ist es das, was du willst?«, warf er ihr hin, als er seine Hüften zu bewegen begann und ihren Mund leicht fickte, ohne an ihren Rachen zu stoßen. Ihr Nicken war kaum wahrnehmbar, ihr Blick ließ nicht einen Augenblick von ihm ab. Er hielt sie weiter an den Haaren fest, benutzte sie für sein Vergnügen, indem er seinen Schwanz zwischen ihren festen Lippen rieb. Entschlossen sog sie an ihm, ihre Nasenflügel bebten. Als er spürte, wie sein bohrender Ständer über die weichen Seiten ihrer Wangen glitt, musste er nach Luft schnappen.

Auch als er langsam bis an ihren Rachen vorstieß, hielten sie Blickkontakt. Sie erschauderte, beruhigte sich aber schnell wieder. Es fühlte sich göttlich an.

Aus seiner Kehle stieg ein Grunzen auf, dann zog er sich aus ihr zurück. Sie sagte nichts, sondern sah nur zu, wie er zum Badezimmer ging und mit zwei Handtüchern und einer Flasche Gleitmittel zurückkam. Er hatte die Handtücher bei seiner Ankunft gewaschen, er wusste also, dass sie sauber waren. Zwar hatte er auch die Bettlaken gewaschen, doch das Bettzeug selbst war so staubig und mottenzerfressen, dass es nur eine Frage der Zeit war, bis die Laken wieder besudelt waren. Francesca sollte auf keinen Fall mit diesem Bettzeug in Berührung kommen.

Er schlug die schwere, samtene Tagesdecke beiseite. Beim Aufschlag auf dem Boden wirbelte die Decke eine Staubwolke auf. Ian legte schnell die zwei sauberen Handtücher aufs Bett und kam dann zu Francesca zurück, um ihr beim Aufstehen behilflich zu sein. Sie sah ihm nur in die Augen, während er um sie herumfasste, sie losband und entkleidete.

»Erinnerst du dich noch an den Abend … bevor ich abgereist bin?«, fragte er heiser, ließ ihre Bluse und den BH fallen und öffnete ihre Jeans. Sie half ihm nicht, sondern ließ sich nur gefügig von ihm ausziehen.

»Ich werde ihn nie vergessen.«

Er wollte gerade die Jeans und den Slip über ihre Hüfte und den Po schieben, als ihre rauchige Stimme seine Aufmerksamkeit auf sich zog. Er blickte sie an.

»Ich habe mir das Video mit dem Blick auf dein Gesicht sicher schon tausendmal angesehen«, sagte er hart. Er blinzelte, wandte seinen Blick von ihren Augen ab und bückte sich, um ihre Schuhe und Strümpfe auszuziehen. »Hier habe ich mir den Film angesehen. In diesem schmutzigen Zimmer. Du denkst, dass ich von Trevor Gaines besessen bin, aber ich war besessen von dem Bild, wie du dich mir hingegeben hast.«

Nachdem er alle ihre Kleider ausgezogen hatte, stand er wieder auf. Er nahm ihr Kinn in die Hand.

»Ich werde dich jetzt so lieben, wie ich es in jener Nacht getan habe, so, wie ich es mir in diesem Raum schon unzählige Male vorgestellt habe. Es war genau dieses Bild von dir, das mich angetrieben hat, wenn ich einsam in diesem verdammten Haus saß. Und jetzt bist du hier.«

»Ja. Jetzt bin ich hier bei dir«, sagte sie mit einer tiefen, zitternden Stimme.

Er führte sie zu dem Bett und den Handtüchern. Er ließ sie sich ans Fußende setzen und fesselte erneut ihre Hände, dieses Mal vor ihrem Bauch.

»Nun leg dich zurück, und leg deine Hände hinter den Kopf. Genau so«, murmelte er mit schwerer Stimme. Nur ein wenig half er nach, dann lag sie so auf dem Rücken, dass ihr Po genau an der Bettkante war. »Jetzt zieh deine Knie zur Brust.«

Er stierte auf ihren positionierten Körper und zog sich dabei aus.

Voll Erregung und Liebe sah sie zu, wie er sich seiner Kleider entledigte und hob ihren Kopf von der Matratze, um zwischen ihren angewinkelten Knien hindurch so viel wie möglich von seinen muskulösen Beinen, dem großen, steifen Schwanz, den schmalen Hüften, dem flachen, festen Bauch und der kräftigen Brust sehen zu können. Sie leckte sich über die Unterlippe und konnte ihre Vorfreude dabei fast schmecken. Er goss sich ein wenig des Gleitmittels auf die Finger und legte die Flasche neben sie aufs Bett. Er trat mit seiner großen, mächtigen Gestalt zwischen ihre Schenkel. Der Kitzel der Unterwerfung, der sie in diesem Moment durchfuhr, war der vielleicht mächtigste, den sie bis dahin erfahren hatte – so rein, so konzentriert, wahr und vollständig. Er packte ihre Knie, schob sie beiseite und legte damit ihr Geschlecht und ihren Po offen. Er schob seinen Mittelfinger in ihre Rosette, und sie stöhnte.

Keiner wandte den Blick vom Gesicht des anderen ab, während er sie mit dem Finger fickte. Mit der Zeit wurde sein Arm immer schneller und energischer, ihr Atem ging immer unregelmäßiger. Nachdem er sie ausreichend vorbereitet hatte, feuchtete er sich selbst an und drückte den schweren Kopf seines Ständers an ihr widerspenstiges Loch.

»Drücke dagegen, Liebling«, sagte er mit kratzender Stimme.

Mit ihrer Hüfte drückte sie sich gegen ihn und stöhnte vor Schmerz auf, als er in ihren Arsch eindrang. Er legte beide Hände auf ihre Hüften, hielt sie damit fest und fing an, in sie hineinzufahren.

»Der süßeste Arsch der Welt«, sagte er, seine blauen Augen fest auf sie gerichtet. »Der Allersüßeste.« Er schien völlig in sich selbst versunken, während er seine Stöße verstärkte und in das enge Fleisch stieß. Sein Verhalten war nicht streng, sondern sicher. Verlangend.

Sein Becken prallte wieder gegen ihre Gesäßbacken.

»Schau dich an.« Er hielt inne, seine Brust hob und senkte sich, Schweiß vergoldete seinen muskulösen Torso. »O Gott, es kann eigentlich gar nicht sein, aber du gibst mir heute Nacht noch mehr von dir.« Diese Einsicht schien ihn zu entflammen. Sie erkannte das Verlangen in seinen Augen. Er stieß zu, und ihre Haut schlug aufeinander. »Oder nicht?«, wollte er barsch wissen und begann zu pumpen, sie energischer zu ficken.

»Ja«, stöhnte sie, von dem Gefühl übermannt, von ihm so ausgefüllt zu werden, erstickt von dem verbotenen, köstlichen

Druck. Sie warf ihren Kopf auf der Matratze hin und her. »Nimm mich«, bat sie. »Ich bin hier, Ian. Benutze mich für alles, was du brauchst.«

Er brummte lasterhaft und nahm ihre Einladung an. Sie sah zu, wie er sich seiner eigenen, dunklen, primitiven Natur hingab, ihre Waden nach unten drückte, bis ihre Knie fest auf den Brüsten lagen und er sie mit langen, kräftigen, genauen Stößen nahm. Ihre Klitoris klopfte und brannte bei dem Anblick, doch merkwürdigerweise wollte sie nicht, dass er sich um ihre Lust kümmerte. Es war aufregend genug zu sehen, wie er sich in sich selbst verlor. Er hatte immer davon gesprochen, wie erstaunlich es war, dass sie sich so vertrauensvoll ihm hingeben konnte, doch in diesem Moment hatte er genug Vertrauen in sich selbst, um sich ihr völlig hinzugeben.

»Ja. Genau so«, säuselten ihre geschwollenen Lippen. »Fick mich richtig hart.«

Das alte Bett klapperte unter seinen kräftigen Stößen auf dem Holzboden. Völlig aufgebraucht starrte sie betäubt auf den zitternden Betthimmel.

»Schau mich an«, befahl er grob.

Sie blickte zu ihm und rang nach Luft, als seine Hüfte zum Stoß ausholte. Er drang wieder in sie ein, sie wimmerte. Er riss und zuckte in ihr. Er ließ eine Wade los und griff zwischen ihre Beine, auf der Suche nach ihrem Kitzler.

»O«, quietschte sie, und ihre Augen sprangen auf. Er rieb ihr brennendes Fleisch. Ihr Po zog sich fester um ihn, und er knurrte.

»Sag es mir.«

»Ich liebe dich«, keuchte sie und kam. Er ächzte, und sein Schwanz bäumte sich auf, als er seinen Höhepunkt erlebte.

»Für immer«, rief er aus, und bewegte seine Hüften. Er fickte sie noch, während er kam.

KAPITEL 16

Als sie danach duschten, musste Francesca ungläubig und gerührt etwas darüber lachen, dass Ian sich wirklich darüber Sorgen machte, sie in dem Bett schlafen zu lassen.

»Ian, das geht schon«, beharrte sie und hielt seine Hand fest, weil er noch mehr Handtücher und sogar einige seiner sauberen Hemden auf der Matratze verteilen wollte.

Er blickte sie mürrisch an.

»Dieser Ort hier ist ekelhaft. Ich möchte nicht einmal darüber nachdenken, was alles in dieser Matratze leben könnte.«

»Du hast doch die ganze Zeit hier gewohnt, während du weg warst, richtig?« Sie kroch auf das große Bett, legte sich hin, und ihre Wange landete auf einem von Ians legeren Hemden auf dem Kissen. Sie sog den ihr so vertrauten Duft der frisch gewaschenen Baumwolle ein. Das war schön, doch es wurde noch schöner, als Ian zu ihr gekrochen kam und das Laken über sie warf.

»Ja«, antwortete er und drehte sich zu ihr.

»Und du bist nie von irgendwas gebissen worden, oder?«, fragte sie nach und ließ lächelnd ihren Blick über sein Gesicht wandern. Ihr Herz schien in der Brust anzuschwellen. Er war so schön.

»Doch, bin ich vielleicht. Ehrlich gesagt, ich war so benommen, ich hätte es wahrscheinlich gar nicht gemerkt.«

»Lässt du dir einen Bart stehen?«, wollte sie wissen und fuhr mit den Fingern über sein Kinn.

»Ich weiß nicht.« Ihm fiel Francescas gerunzelte Stirn auf. »Ich habe mir bei meinem Aufenthalt hier nicht allzu viele Gedanken gemacht über die Fellpflege oder Bettwanzen.«

»Du hast nur darüber nachgedacht, wie du Trevor Gaines besser verstehen kannst.«

Sie schluckte, als sein Blick sie plötzlich traf. Sie spürte seine Wachsamkeit.

»Was machst du mit all dem Wissen, das du über ihn angesammelt hast?«

»Ich weiß nicht«, murmelte er. Er griff ihre liebkosende Hand und drückte einen Kuss in die Mitte ihrer Handfläche. Sie ließ sich davon nicht irritieren. Wieder legte sie eine Hand auf sein Kinn, und als er zu ihr aufsah, erkannte er, dass die Frage noch in ihren Augen leuchtete.

»Ich hatte überlegt, all das in irgendeiner geordneten Fassung aufzuschreiben. Um dem Ganzen einen Sinn zu entlocken.«

»Du meinst, du willst ein Buch schreiben?«

»Nein, kein Buch. Nur eine Sammlung von Fakten.« Er drehte sich auf den Rücken und starrte den Betthimmel an. Sie hatte Angst, ihn in Verlegenheit gebracht zu haben, doch dann spürte sie, dass er sich nicht von ihr abgewandt hatte. Geduldig wartete sie. »Nichts, das veröffentlicht werden soll. Nur für mich. Und für …« Er zuckte mit den Achseln.

»Wen?«

»Für jeden, der es lesen möchte«, beendete er seinen Satz einen Moment später.

Ihr Nacken prickelte, und plötzlich begriff sie. Sie stützte sich auf den Ellenbogen und sah auf sein Gesicht hinunter.

»Du meinst die anderen Kinder von Trevor Gaines?«, fragte sie leise.

Er sah sie an.

»Ja. Zum Beispiel Kam und Lucien oder wer sonst noch immer auftauchen wird. So ein Text könnte uns helfen. Es zu verstehen … selbst wenn der Anblick unschön ist. Aber er würde dann vollständig sein. Zumindest so vollständig wie möglich.«

Für einen Moment schwiegen beide. In ihrer Brust wuchs ein warmes Gefühl.

»Ich glaube, das ist eine gute Idee«, entschied sie wenig später.

»Ja, glaubst du?« Ian wirkte überrascht.

Sie nickte und begegnete seinem Blick.

»Willst du mir eine Sache versprechen?«

»Ich werde es versuchen.«

»Dass du neben dieser Aufgabe anderes nicht vergisst? Arbeiten und mit deiner Familie Zeit verbringen und vor allem *leben*.«

Seine Nasenflügel bebten leicht.

»Ja. Versprochen.«

Sie atmete erleichtert auf und legte ihre Wange auf seinen Brustkorb. Sein Arm schlang sich um sie, seine Finger fuhren durch ihr Haar.

»Und ich werde dir helfen.« Sie wurde langsam müde.

»Wer sagt das?«

»Ich«, flüsterte sie. Sie drehte ihren Kopf und küsste seine Brust. »Es geht nicht nur darum, dass du Trevor Gaines besser verstehen lernst und ihn dann aus deinem Leben verbannen kannst. Es geht darum, ein wenig Licht in diese Dunkelheit zu bringen, diesem furchtbaren Ding, das sich hier draußen versteckt hat, etwas von seiner Macht zu nehmen. Alles herauszufinden, was du kannst und es dann aufzuschreiben, wird dir dabei helfen. Das habe ich jetzt begriffen. Und ich werde dir dabei helfen.«

Er stöhnte, widersprach aber nicht. Er strich ihr einfach weiter durch das Haar, bis sie in einen tiefen, zufriedenen Schlaf fiel.

Sie erwachte später durch das Geräusch der sich öffnenden Schlafzimmertür. Die Tür wurde heimlich geöffnet, es klang schauerlich. Im Zimmer war es stockdunkel. Ian hatte die Nachttischlampe gelöscht, nachdem sie eingeschlafen war. Ihr kam es vor, als hätte sie schon seit Stunden geschlafen.

»Ian«, flüsterte sie und ließ ihre Hand über seine Brust wandern. Angst kroch ihren Rücken hoch. Er bewegte sich direkt neben ihr, wodurch ihr schläfriger Argwohn zu Panik wurde. Ian lag definitiv neben ihr im Bett. Wer also war eben ins Zimmer gekommen?

Plötzlich war der Raum vom Deckenlicht erhellt. Erschrocken blinzelte Francesca, überrascht blickte sie auf. Gerard stand in der Tür, bekleidet mit einem dunklen Mantel und Handschuhen. Über seiner Schulter trug er eine Ledertasche.

In seiner Hand hielt er eine Waffe.

»Es tut mir unendlich leid, euren Schlaf gestört zu haben«, sagte er lächelnd. Er trat auf das Bett zu, die Pistole auf Ian gerichtet.

KAPITEL 17

Langsam erhob sich Ian im Bett, den Oberkörper auf seine Arme gestützt.

»Na, na, na«, sagte Gerard und wedelte mit der Pistole in ihre Richtung. »Bleib bitte ganz ruhig liegen. Ich muss euch leider mitteilen, dass sich Mr. Lenault eine schwere Kopfverletzung zugezogen hat und damit ausgeschaltet ist. Es kann euch also niemand helfen, da muss ich euch leider enttäuschen. Und ich habe keine Angst, die hier auf dich abzufeuern, Ian. Im Gegenteil«, er machte eine Kunstpause, in der sein Lächeln noch breiter wurde, »es wäre mir ein Vergnügen.«

»Gerard, was soll das?«, fragte Francesca, noch immer völlig von seinem Anblick im Schlafzimmer von Aurore verwirrt und unfähig, die Tatsache zu verarbeiten, dass er eine Pistole in der Hand hielt, mit der er auf Ians Kopf zielte.

Gerard sah sie mit einem freundlichen Blick an. Als sein Blick dann abwärts über ihre nackten Schultern und in Richtung ihres Busens glitt, wich sie zurück, griff nach der Bettdecke, zog sie bis zum Hals nach oben und drehte sich zu Ian um.

»Eigentlich bin ich deinetwegen hier, Francesca. Ich habe kürzlich, völlig zufällig, etwas entdeckt. Das hat mich aufgeschreckt, vor allem nachdem ich dir von meinen Sorgen bezüglich Ians Verstand erzählt habe.« Er stellte seine Tasche auf einem Beistelltisch ab. Die Pistole hielt er weiterhin auf Ian gerichtet, als er einen schmalen Laptop aus der Hülle zog und ihn aufklappte.

»Wovon redest du?«, knurrte Ian. Langsam bemerkte Francesca, dass er aufs Äußerste angespannt neben ihr lag. Sie sah ihn an, wie er Gerards Bewegungen mit starrem Blick folgte. Der heftigste Schauder, den sie je in ihrem Leben gespürt hatte, lief über ihren gesamten Körper und ließ sie erzittern. Ian sah Gerard mit der Art Abscheu an, die nur für Todfeinde reserviert war.

»Davon«, antwortete Gerard. Er tippte etwas in die Tasten, während seine Augen zwischen seiner Aufgabe am Computer und der Beobachtung von Ian hin- und herhuschten. »Es gibt da etwas, das Francesca sehen sollte. Etwas, das zu sehen du verdient hast«, sagte er dann direkt zu ihr.

»Gerard, bist du verrückt?«, fragte sie. »Wozu brauchst du diese Pistole?«

»Er will uns töten«, sagte Ian unbewegt.

Ein neuer Schauder lief über sie hinweg.

»Du weißt überhaupt nicht, was ich will«, entgegnete Gerard mit schriller werdender Stimme und verkniffenem Mund. »Ich vermute, du hast einfach gedacht, so wie auch James denkt, ich bin wie mein Vater – nur der gut gelaunte Clown.«

»Ich habe deinen Vater nie kennengelernt«, erwiderte Ian. »Aber ich kann dir aus erster Hand versichern, dass James weder deinen Vater noch dich je für einen Clown gehalten hat.«

Gerard stieß ein kurzes, sarkastisches Lachen aus.

»Er hält bestimmt nicht viel von mir, das heißt, nicht mehr, seitdem du bei uns aufgetaucht bist. Aber James hat mich nie richtig gekannt. Und auch du hast nie gewusst, was ich wollte. Niemand weiß es. Das ist meine Art zu arbeiten.«

»Ich habe aber einiges vermutet«, gab Ian zurück. Seine ganze Aufmerksamkeit galt Gerard, der sich jetzt dem Fußende des Bettes näherte. »Vielleicht nicht immer, aber ganz sicher in letzter Zeit.«

»Du lügst«, sagte Gerard verächtlich. »Niemand spielt seine Rolle besser als ich.«

»Ich hatte vielleicht die Hoffnung, dass ich mich in dir getäuscht hätte, und ich gebe zu, *das hier* habe ich nicht kommen sehen. Aber ich wusste, dass irgendetwas nicht gestimmt hat. Ich habe mir vielleicht Sorgen gemacht, dass die Eifersucht meine Urteilsfähigkeit getrübt hat, aber ich habe den Gestank von etwas Faulem in deiner Nähe ganz sicher wahrgenommen.«

Für einen Augenblick erblasste Gerard angesichts Ians ruhiger Gewissheit, doch dann war vor allem wieder Wut in seinem verzerrten Gesicht zu erkennen. Sein Zorn schien ihn zu stärken.

»Immer so selbstgefällig. Immer so selbstsicher, sogar schon, als du noch ein irres Kind warst. Wenn du so unglaublich klug bist, wie kommt es dann, dass du mich nicht schon vor Jahren durchschaut hast? Du warst genauso blind wie Anne und James«, spie Gerard aus. »James hat nie auch nur geahnt, wie seine geliebte Schwester wirklich zu Tode kam.«

»Willst du damit sagen, dass du eine Rolle beim Tod deiner Eltern gespielt hast?«, wollte Ian wissen.

Gerard sah ihn einfach nur milde an.

»Wenn wir blind waren, dann nur, weil wir dich geliebt haben. Ich bedauere es«, sagte Ian. Francescas Herz zog sich bei dieser einfache Aussage vor Qual zusammen.

»O bitte. Versuch es jetzt nicht über die sentimentale Schiene«, sagte Gerard vernichtend. »Du wurdest betrogen, schon die ganze Zeit. Gib es doch einfach zu. Dabei bin ich gar nicht der Einzige, der andere hintergeht, Ian. Ich wusste, dass ich nicht ruhen kann bei dem Gedanken daran, dass Francesca von *dir* hereingelegt wurde. Sie hat sich Sorgen um deine geistige Gesundheit gemacht, aber ich war nicht überrascht, dass ihre fehlgeleiteten Gefühle für dich über ihre Urteilskraft gesiegt haben und sie völlig überhastet abgereist ist, um dich hier zu treffen. Aber als ich entdeckt habe, was du ihr angetan hast, da war mir klar, dass ich hierherkommen musste, um ihr zu zeigen, wer du wirklich bist.«

»Was ich ihr *angetan* habe?«, fragte Ian finster.

»Ihre Überwachung. Ich habe selbst gehört, wie wichtig ihr ihre Privatsphäre ist. Mir war klar, dass du es nicht gutheißen würdest«, sagte er und wandte seine Aufmerksamkeit kurzzeitig Francesca zu. Er drückte eine Taste und drehte den Laptop so, dass Francesca auf den Bildschirm sehen konnte. »Wenn du entdeckst, dass Ian dich die ganze Zeit gefilmt hat.«

Ihre Brust lag fest an Ians Arm, so konnte sie spüren, wie sich seine Muskeln anspannten, als ein Bild auf dem Monitor auftauchte. *Das war sie.* Wie betäubt sah sie hin und konnte kaum glauben, was dort zu erkennen war. Sie lag nackt auf Ians Bett im Penthouse, die Hand zwischen den Schenkeln und jeder Muskel angespannt auf der Suche nach Erlösung. Sogar in dem lustvollen Moment sah sie gequält aus. Kurz darauf schüttelte sie sich befreit.

»Nein«, raunte Francesca. Doch dann traf sie die Wirklichkeit dessen, was sie da sah. Ihr Schrecken wuchs noch, als der Film zeigte, wie sie sich im Bett zur Seite drehte, zusammenkauerte und ihr Körper von ihrem Schluchzen erbebte. Blitzartig kamen ihr die Erinnerungen zurück … wie verletzlich sie sich gefühlt hatte, wie elend und leer und hoffnungslos sie während Ians Abwesenheit gewesen war … vor sich die Leere einer Zukunft ohne ihn. Die Vorstellung, dass jemand sie in diesem Moment beobachtet haben könnte, war zu viel für sie. »*Schalte das aus*«, bat sie Gerard verzweifelt. Sie saß ein wenig aufgerichtet im Bett, ihr Blick streifte Ians Profil.

Er schaute überhaupt nicht auf das quälende Bild auf dem Computer. Seine Augen glühten beim Blick auf Gerard.

»Dafür bringe ich dich um«, sagte Ian.

Gerard knurrte und tippte wieder auf den Laptop. Ein neuer Film war zu sehen, dieses Mal liefen Francesca beim Masturbieren Tränen über die Wangen. Mit einer Hand hatte sie ihre Brust umfasst, die andere wühlte zwischen ihren Beinen, auf ihrem angespannten Gesicht konnte man ihr Leid erkennen. Der nächste Film stammte nicht aus Ians Penthouse, sondern aus seinem Zimmer in Belford Hall.

Der nächste … *nein*, das war unmöglich.

Sie sah ihr eigenes Gesicht auf dem Bildschirm, von Hingabe und Entzücken gezeichnet, wie sie Ian sagte, dass sie ihn liebe. *Für immer*. Das war das Video, das Ian von ihr aufgenommen hatte, am Abend bevor er erfuhr, dass er der Sohn von Trevor Gaines ist … am Abend bevor er sie verließ.

»*Nein*«, knirschte sie zwischen zusammengekniffenen Zähnen und sprang auf, um nach dem Laptop zu greifen. Sie wollte das Bild, das sie in einem solch verletzlichen Moment zeigte, auslöschen. Ian setzte ihr nach und hielt sie an der Schulter fest, denn auch Gerard war bei ihrer plötzlichen Bewegung gestartet. Er schob den Laptop ein wenig zur Seite und schloss den Deckel, doch die Aufnahme lief weiter, das verbotene Geräusch ihres Liebesspiels war weiterhin zu hören. Gerard trat näher an die Stelle, an der sie jetzt auf dem Bett saßen, und spielte bedrohlich mit der Waffe.

»Ich wollte dir das nicht zeigen, Francesca. Aber du musstest es mit eigenen Augen sehen. Ich war sicher, dass du es wissen wolltest, dass er gar nicht so anders ist als sein Vater – dieser Kriminelle, Trevor Gaines.«

»Woher weißt du von Gaines' Vergangenheit?«, fragte Francesca ungläubig.

»Er denkt, er weiß alles«, sagte Ian ruhig. »Doch da irrt er sich.«

»Ich irre mich nicht«, gab Gerard bissig zurück, in seinen glasigen Augen blitzte Wut auf.

»Ich habe diese Filme von dir nicht gemacht, Francesca. Die meisten von ihnen nicht«, sagte Ian. Dabei sah er nicht sie, sondern Gerard an. »Den einen habe ich aufgenommen, aber das weißt du. Ich würde dir so etwas nie antun«, erklärte er unerschütterlich. Sein Kiefer trat vor Anspannung kantig hervor.

»Das weiß ich.«

Die Pistole zuckte leicht nach oben bei Francescas Worten.

»Was?«, rief Gerard verblüfft aus. »Jetzt erzähl mir nicht, du glaubst ihm? Einfach so?«

»Natürlich glaube ich ihm«, flüsterte Francesca, die Gerard mit wachsender Furcht beobachtete. »Ian würde mir das nie antun. Ohne meine Erlaubnis würde er mich nicht filmen. Und Ian würde mich auch niemals so unglücklich sehen wollen.«

Ian warf ihr einen raschen Blick zu. Sie sah Dankbarkeit und Erleichterung in seinen blauen Augen. Trauer und Mitleid durchflossen sie. Er hatte Angst gehabt, sie würde Gerard Glauben schenken.

»Er hat dir beim Masturbieren zugesehen, Dummkopf. Und sich dabei einen runtergeholt, während er dich ausspioniert hat«, brüllte Gerard.

»Nein, das hast du getan«, spuckte Francesca aus. Sie konnte nichts dagegen machen, bei dieser Vorstellung lief wieder ein Schauder des Abscheus und Entsetzens über ihren Körper.

Gerards Gesicht wurde rot und fleckig. Ihre unverblümte Weigerung, seiner Darstellung von Ian als Perversem zu glauben, der sie ohne ihre Einwilligung ausspioniert und die Aufnahmen hinterher für seine sexuelle Stimulation verwendet hatte, schien seine Wut nur noch mehr zu steigern.

»Mein Gott, was bist du für eine Idiotin. Du hast ihn wirklich verdient«, sagte er verbittert. Dann zuckte er plötzlich mit den Schultern. »Ich hätte dich ohnehin getötet, also ist es eigentlich auch ganz egal.«

»Aber warum hast du es mir denn dann gezeigt?«, wollte Francesca verbittert wissen.

»Es wäre für ihn um ein Vielfaches schöner gewesen, wenn er noch hätte sehen können, wie du mich verraten hättest, bevor er uns umbringt. Er hätte dich nicht am Leben lassen können. Er weiß, dass ich dir im Falle meines Todes alles vermacht habe.«

»Hast du?«, fragte Francesca benommen. Das alles erschien ihr unwirklich. *So fühlt es sich also an, wenn einem klar wird, dass man sterben wird?* Sie hätte gedacht, dass sie in diesem Moment viel panischer sein würde.

Ian nickte.

»Und mit Großvater an zweiter Stelle. Aber das spielt Gerard ja in die Hände, schließlich ist er nach meiner Großmutter dessen Erbe, falls ich sterbe. Alles, was er tun muss, ist abzuwarten. Und dass er geduldig sein kann, hat er bewiesen. Was hast du mit Lucien gemacht?«, fragte er übergangslos. »Ist er tot?«

»Nein, noch nicht. Ich habe ihm so hart auf den Hinterkopf geschlagen, damit hätte ich auch einen Baum fällen können. Wenn das Feuer nachher ausgebrochen ist, wird er sicher nicht rechtzeitig aufwachen, um noch entkommen zu können.«

Francesca ließ ein ersticktes Geräusch hören. Warum blieb Ian so ruhig? Unter diesen Umständen war das unheimlich mitanzusehen.

»Du willst … warte, es aussehen lassen, als wäre ich schließlich doch verrückt geworden, hätte Francesca erschossen, dann alles angesteckt und mich zuletzt selbst gerichtet?« Ruhig blickte Ian zum staubigen, alten Betthimmel. Sein entspanntes Verhalten verwirrte Francesca zusehends und trug noch weiter dazu bei, dass sie sich in dieser Situation völlig unwirklich vorkam. »Keine schlechte Idee. Ich habe mir selbst schon ein halbes Dutzend Mal vorgestellt, das Gemäuer hier niederzubrennen. Das brennt wie Zunder.«

»Ganz genau meine Gedanken«, gestand Gerard unbewegt. »Ich habe auch ein bisschen Benzin mitgebracht. Das ist genau die Art von Plan, den ein Verrückter fassen würde.«

»Da hast du recht. Und ich vermute, du hast dir auch bereits eine Art von Alibi zurechtgelegt, für den Fall, dass der Verdacht auf dich fallen könnte?«

»Natürlich«, erwiderte Gerard. »Aber das wird er nicht. Jeder in Belford hat sich besorgt gezeigt über deine psychische Gesundheit. Sogar sie«, er wies mit der Pistole auf Francesca, »hatte ihre Zweifel.«

»Da wäre nur ein Problem«, sagte Ian.

Gerard sah ihn zugleich belustigt und beleidigt an.

»Es gibt kein Problem«, versicherte er.

»Doch, leider gibt es da eines. Sein Name ist Edward Shallon. Er ist der Mann, den ich engagiert habe, um dir zu folgen. Er hat mich vorhin angerufen, als du in Paris gelandet bist, wohin er dir gefolgt ist.«

Gerards Gesichtsausdruck fiel in sich zusammen.

»Du lügst«, sagte er benommen.

»Ich lüge nicht. Leider hat er dich im Verkehr verloren. Mir war nicht klar, dass du von Aurore oder Trevor Gaines gewusst hast, ich hatte dich auch nicht hier erwartet. So, wie die Dinge lagen, bin ich davon ausgegangen, dass du geschäftlich nach Paris geflogen bist.« Er warf einen kurzen Blick auf den Computer am Bettende. »Offensichtlich hattest du deine Überwachungssysteme auch in Belford installiert. So bist du an mein Passwort gekommen und hast dir die Informationen über Trevor Gaines besorgt. Denn auf meinem Computer sind ja all die

Informationen gespeichert, die ich bislang zusammengetragen habe. Und da hat auch das Video von Francesca gelegen, das du zu deinen Überwachungsfilmchen dazugepackt hast, um sie davon zu überzeugen, ich wäre so krank wie Gaines. Oder so krank wie du, wie man wohl auch sagen könnte.«

Francesca schaute nervös zu Ian, als sie ihn den letzten Satz mit kalter Wut in der Stimme sagen hörte.

»Aber Shallon ist definitiv nach Paris geflogen und wird das auch belegen können. Hast du auch ein Alibi für Paris?« Ian hakte nach. »Soweit ich weiß, hast du Clarisse in Stratham gelassen.«

»Clarisse?«, fragte Francesca, von dieser Anspielung verwirrt.

Aus Gerards Gesicht war die Farbe vollständig verschwunden. Er schluckte mühsam, und sein Ausdruck war bei Weitem nicht mehr so selbstsicher, wie er es gerade noch gewesen war. Hoffnung keimte in Francesca, doch dann verfärbte sich Gerards Gesicht wieder vor Wut. Sie hatte ihn immer für gut aussehend gehalten, doch in diesem Augenblick sah er wirklich widerwärtig aus. Der Gedanke traf sie wie ein Schlag, dass er Ian schon seit sehr, sehr langer Zeit hassen musste. Wie war es möglich gewesen, dass er das so lange verstecken konnte?

»Es ist egal«, sagte Gerard. »Mir wird schon etwas einfallen. Es ist zu spät, um jetzt noch umzukehren. Ich mache weiter, einfach nur um des Vergnügens willen, dich loszuwerden. Du beschissene Plage.« Er hob die Pistole. Francesca zuckte beim Anblick dessen, was hinter Gerard auftauchte, zusammen, doch Ian verstärkte den Griff auf ihre Schulter und sandte ihr einen verzweifelten, stummen Befehl zum Schweigen. Es fühlte sich an, als würde ihr eigenes Herz sie ersticken, denn es schien so groß angeschwollen zu sein, dass es ihren ganzen Brustkorb ausfüllte.

»Eine Sache noch«, sagte Ian, als Gerard auf seinen Kopf zielte und Francescas Lunge sich mit Todesangst füllte.

»Was?«, fragte Gerard spöttisch. Ganz offensichtlich war er nicht zu weiteren Gesprächen aufgelegt.

»Du hast vielleicht Lucien ausgeschaltet, aber ich habe mehr als nur einen Bruder.«

Gerards zunächst nur verwunderter Blick wurde zu einem Schock, als Kam Reardon seinen Kopf in einen Würgegriff nahm und im gleichen Augenblick den Arm mit der Waffe packte und ihn von Ian und Francesca wegzog. Ian sprang so schnell aus dem Bett, als wäre er von einer gespannten Feder geschnellt. Instinktiv folgte Francesca ihm, sie wollte nicht einfach untätig und verwirrt auf dem Bett sitzen bleiben. Ian lief auf das kämpfende Paar zu, denn Gerard war noch nicht besiegt. Er rammte seinen Ellenbogen fest in Kams Solarplexus und hieb brutal mit seinem Kopf nach hinten. Die beiden Männer waren etwa gleich groß, Kam vielleicht ein paar Zentimeter größer. Gerards Hinterkopf traf ihn schmerzlich mitten ins Gesicht. Kam grunzte und taumelte benommen zurück. Purpurnes Blut schoss aus seiner Nase, er ließ Gerard los. Ian warf sich in diesem Moment auf Gerard und griff nach seinem Arm, um ihn am Schießen zu hindern. Doch Gerard hatte die Waffe bereits hochgerissen. Sie ächzten beim Kampf um die Pistole.

Dann fiel ein Schuss. Ian und Gerard standen wie festgefroren in einer Art bizarrem Tanz einander gegenüber. Francesca stand entsetzt hinter ihnen und ließ einen leisen Schrei hören, als die Waffe aus Gerards Hand fiel und er auf die Knie sank. Ian beugte sich ein wenig zurück, und sie konnte den kleinen Kreis mit Blut sehen, der sich auf Gerards weißem Hemd in Höhe des Bauchs abzeichnete. Sein Gesicht war ausdruckslos, seine braunen Augen weit aufgerissen. Ian bückte sich, um die Waffe aufzuheben, aber Gerard war näher an ihr dran.

Sie sah es, als sei es in Zeitlupe geschehen. Gestärkt durch die langen Jahres des Hasses und des Wunsches nach Rache, musste durch Gerard ein letzter Adrenalinschub gefahren sein. Gerard packte, begleitet von einem schmerzvollen Stöhnen, die Pistole, bevor Ian sie erreichen konnte. Er hob die Waffe und richtete sie auf Ian, doch dann hielt er für den Bruchteil einer Sekunde inne. Ein niederträchtiges Glitzern flog über Gerards Gesicht, als er Ians Blick begegnete.

Gerard schwenkte die Pistole in Francescas Richtung.

Der Knall der abgefeuerten Pistole schien den ganzen Raum zu erfüllen. Sie schlug hart auf dem Boden auf, ihr Atem wurde aus ihr herausgepresst. Sie wusste nicht, was geschehen war. Sie lag auf dem Boden, der Schuss hallte noch immer in ihren Ohren. Ihre Lunge konnte keine Luft aufnehmen. Ihr Kopf dröhnte von dem Aufprall. War sie getroffen? Warum fühlte sie sich so niedergedrückt, warum konnte sie sich nicht bewegen?

Völlig ohne Orientierung hob sie den Kopf. Ian lag auf ihr. Sie keuchte unregelmäßig, ihr Körper verlangte nach Sauerstoff. Er hatte sich vor sie geworfen. Er war es gewesen, der sie zu Boden gerissen hatte. Sie war von seinem Körper bedeckt. Er lag bäuchlings auf ihr, sein Kopf neben ihrem, sein Gesicht in der Beuge zwischen ihrem Hals und den Schultern.

»Ian?«, rief sie. Wie wild rasten ihre Hände über ihn. Er hob seinen Kopf. Sie hörte Handgreiflichkeiten aus der Richtung, in der Gerard war, und hob, panisch angespannt, ebenfalls den Kopf. Sie sah Kam, wie er sich über Gerards leblosen Körper beugte. Erleichterung überkam sie.

»Ian? Geht es dir gut?«, fragte sie mit zittriger Stimme.

Er blickte sie an, und nur sein Kopf bewegte sich. Er nickte.

»Ist er tot?«, wollte Ian von Kam wissen.

»Nein. Jedenfalls noch nicht«, fügte Kam ungerührt hinzu.

Kam stellte sich über Gerard. Er nutzte das Ende seines langen Mantels, um die Sicherung der Pistole umzulegen und die Waffe aus Gerards sich lockerndem Griff herauszuwinden. Über Ians Schulter sah Francesca, wie er die Waffe auf die Kommode legte, weit weg aus Gerards Reichweite. Sie japste nach Luft, noch immer hatte ihre Lunge Schwierigkeiten, sich auszudehnen.

»Ian … ich kriege keine Luft. Kannst du … kannst du bitte …«

Er rollte sich von ihr. Ohne sein Gewicht konnte sie weniger mühsam atmen. Ihre Erleichterung und die Freude darüber, dass sie wieder Luft bekam, währten nur so lange, bis sie das Blut auf ihrer rechten Hand bemerkte.

Sie setzte sich auf und blickte in wachsender Panik auf Ian, der auf dem Rücken lag und blinzelnd an die Decke starrte.

»Er wurde angeschossen«, rief Francesca schrill, hockte sich auf Hände und Knie und kniete sich neben Ian. »Rufen Sie Hilfe«, sagte sie zu Kam und wies auf Ians Handy, das nicht weit von der Pistole auf der Kommode lag. »Rufen Sie einen Krankenwagen.«

Kam stürzte auf die Kommode zu und schnappte sich das Telefon. Dann kam er zu ihr hinüber und überreichte es ihr.

»Sie rufen an. Wählen Sie 1-1-2«, sagte er barsch. Er kniete sich neben Ians andere Seite. »Ich muss dich jetzt auf die Seite drehen, um es mir anschauen zu können«, warnte er Ian.

»Bist du denn Arzt?«, fragte Ian ironisch. Er jammerte leicht, als Kam ihn auf die linke Seite rollte. Mitfühlend verzog Francesca ihr Gesicht und wählte die Nummer.

»Nein«, brummte Kam. »Aber ich habe Medizin studiert. Pech für dich, dass ich mein praktisches Jahr nicht vollendet habe.«

Ian ließ ein bellendes Lachen hören. Francesca hatte das merkwürdige Gefühl, dass Kam es ernst meinte, war aber viel zu benommen, um überrascht zu sein. Am anderen Ende der Leitung klingelte es.

»Was machen Sie denn?«, fragte sie nervös, als Kam aufstand und zum Badezimmer ging. Ein paar Sekunden später kam er mit einigen gefalteten Handtüchern wieder. »Ich übe Druck auf die Wunde aus.« Er kniete sich wieder hinter Ian, der das Bewusstsein noch nicht verloren hatte. Ihre Augen weiteten sich erschreckt, als eine Frau ihren Anruf entgegennahm und sie französisch ansprach. Diese Sprache hatte sie noch nie beherrscht. Kams scharfer Blick fuhr über Francescas Gesicht. Er griff nach dem Telefon und sprach in flüssigem Französisch hinein, ohne dabei auch nur für einen Moment den Druck auf das Handtuch über Ians Wunde zu verringern.

Einen Moment später riss sie ihren Blick von Ian los, als Kam mit einem Handtuch über ihren Arm fuhr. Sie sah auf. Sie bemerkte, dass er nicht mehr telefonierte.

»Sie kommen«, sagte Kam. Verwirrt blickte sie auf das Handtuch, das er ihr hinhielt. Erst nach einigen Augenblicken wurde ihr klar, dass sie ja nackt war. Ihre Wangen erröteten, als sie das Handtuch aus Kams Hand entgegennahm und sich selbst bedeckte. Ihr fielen Ians leicht erhobene Augenbrauen und der amüsierte Gesichtsausdruck auf, als sie wieder aufsah. Kam Reardon war offenbar mehr, wesentlich mehr als nur der örtliche Obdachlose.

»Kam?«, murmelte Ian. »Könntest du vielleicht einmal nach Lucien sehen? Er liegt am Ende des Flurs, dritte Tür links.«

Kam nickte. Er schaute Francesca an.

»Sie müssen den Druck aufrechterhalten.« Dabei blickte er auf das Handtuch an Ians Schulter.

Sie nickte bereitwillig und legte ihre Hand auf die Stelle, an der sich bislang Kams Hand befunden hatte. Er stand auf und verließ das Zimmer.

»Francesca«, sagte Ian eifrig. »Hör mir zu. Lösche die Videos auf dem Computer, und packe den Laptop zurück in Gerards Tasche. *Jetzt.*«

»Was?«, fragte sie verwirrt.

»Nimm irgendwas, um Fingerabdrücke zu vermeiden, und lösche die Dateien mit Gerards Überwachungsfilmen auf dem Laptop.«

»Aber … Die Polizei wird mich doch beschuldigen, dass ich an einem Tatort Beweise unterschlagen habe? Was ist, wenn Gerard überlebt? Was, wenn er wegen versuchten Mordes vor Gericht kommt?«

Seine Nasenflügel bebten, und seine Augen blitzten auf.

»Mir ist es verdammt noch mal egal, was die Polizei denkt. Möchtest du, dass andere Menschen dieses Video sehen? Im Gerichtssaal? Es würde dich umbringen und dann folglich auch mich. Wenn die Wahrheit herauskommt, dass die Aufnahmen gelöscht wurden, werde ich die Sache auf *mich* nehmen.«

Sie erschauderte, als ihr völlig klar geworden war, was er ihr gerade erklärt hatte. Benommen nickte sie.

»Aber ich muss doch hier auf die Wunde drücken.«

»Das mache ich in der Zwischenzeit«, murmelte er und legte seine linke Hand auf ihre. Bei der Bewegung zuckte er vor Schmerzen zusammen. »Los jetzt.«

Eine Minute später kam sie zurück. Sie hatte seinen Anweisungen so gut sie konnte Folge geleistet. Jetzt müssten sie nur damit umgehen, falls Gerard andere Kopien der Videos irgendwo versteckt hielt und das im Zuge der Ermittlungen ans Tageslicht käme.

»Jetzt zieh dich an.« Sein verspannter Kiefer ließ in ihr den Verdacht aufkommen, dass die Schmerzen zunahmen.

Sie setzte sich zu ihm, nachdem sie sich eilig etwas übergezogen hatte. Sie übernahm wieder den Druck auf die Wunde und nutzte dazu das Handtuch, mit dem sie sich eben noch bedeckt hatte. Sie freute sich zu sehen, dass die Menge an Blut auf dem Handtuch während ihrer Abwesenheit nicht sehr zugenommen hatte.

»Es wird alles wieder gut. Mit dir ist bald alles wieder in Ordnung.«

»Ich weiß.«

Sie unterdrückte einen hysterischen Lachanfall. Sogar jetzt noch arrogant.

»*Woher* weißt du das?«

»Ich habe doch nicht all das durchgemacht, nur um jetzt zu sterben«, erklärte er trocken. »Es ist doch nur die Schulter.« Bei jeder Bewegung zuckte er leicht zusammen. »Aber es brennt teuflisch.«

»Bleib still liegen«, schimpfte sie mit ihm. Sie beugte ihren Kopf nach vorne und küsste ihn sanft auf die Lippen. Inbrünstig. Sie hob ihren Kopf, sodass sie nur Zentimeter voneinander entfernt waren.

»Möchtest du noch wissen, wer du bist, Ian?« In ihrer Stimme erbebten ihre Gefühle. »Das bist du. *Das.*«

Seine Augen funkelten, als sie sich ansahen. Er sprach nicht, doch sie wusste, dass er verstanden hatte. Es hätte seine letzte Tat hier auf Erden sein können, soweit er wusste, ihren Körper mit seinem zu schützen. Eine Tat der Selbstlosigkeit.

Der Liebe.

Francesca trieb durch eine nebulöse Traumwelt, sie hörte mehrere Menschen miteinander reden. Sie war derart erschöpft, dass sie aus Leibeskräften, mit all dem ihr zur Verfügung stehenden Willen paddeln musste, um an die Oberfläche, zu Bewusstsein zu kommen.

Es ist wichtig. Wach auf.

Sie schlug die Augen auf, als sie ihre eigene Stimme in ihrem Kopf gehört hatte. Sie brauchte einen Moment, um sich daran zu erinnern, wo sie war – im Krankenhaus von Cabourg, wohin die Krankenwagen Ian, Lucien und Gerard gebracht hatten, nachdem sie vor Ort eingetroffen waren. Die Bilder und Eindrücke dessen, was geschehen war, waren so verwirrend – das aus Ians Wunde austretende Blut, die Ankunft der Sanitäter, die Befragung durch die Polizei im Krankenhaus, wo sie doch vor Sorge um Ian und Lucien noch so abgelenkt gewesen war. Auf dem Weg ins Krankenhaus hatte Ian das Bewusstsein verloren, was ihre Nervosität und Angst nur noch gesteigert hatte. Sie befürchtete, dass die Wunde doch schlimmer war, als er sie mit seinem Verhalten gleich nach der Schießerei Glauben machen wollte. Im Krankenhaus angekommen stabilisierte er sich allerdings recht schnell wieder und war schon bald für die Operation bereit, die die Kugel aus seiner Schulter entfernen sollte.

Es war jetzt der zweite Morgen nach diesem ganzen bizarren Albtraum.

Ian erholte sich recht schnell von dem Eingriff. Auch Lucien ging es wieder gut, er war bereits am Abend zuvor wieder entlassen worden, kurz nachdem Elise eingetroffen war. Dagegen war Gerard noch nicht wieder zu Bewusstsein gekommen. Die Ärzte hatten Schwierigkeiten gehabt, ihn zu stabilisieren, um ihn operieren zu können, und sein Zustand war weiterhin sehr kritisch. Die Kugel hatte ihn im Bauch getroffen, eine ganze Reihe innerer Organe verletzt und innere Blutungen ausgelöst. Zudem war die Kugel nach oben gestiegen und hatte einen seiner Lungenflügel verletzt.

Die Krankenschwester, die in der vergangenen Nacht Dienst gehabt hatte, zeigte Mitleid mit Francesca, die in einem Stuhl neben Ians Bett zusammengesunken war. Francesca hatte sich geweigert, von seiner Seite zu weichen, selbst dann noch, als

Anne und James eingetroffen waren und darauf bestanden hatten, sie solle in ein Hotel ziehen und für ein paar Stunden schlafen. Die Schwester hatte Francesca dann ermutigt, sich gegen halb vier am Morgen in das Zusatzbett in Ians Zimmer schlafen zu legen. Als Ian aus seiner Narkose erwacht war und ein bisschen mit ihr gesprochen hatte, konnte sie sich beruhigter hinlegen. Sie war hinüber zu dem leeren Bett getorkelt und in einen erschöpften, traumlosen Schlaf gefallen.

»Nein, natürlich verstehe ich das«, hörte sie Ian sagen, als sie sich selbst mühsam von der Matratze erhob. Es ermutigte sie zu hören, dass seine Stimme wieder stark und erholt klang, auch wenn ein wenig Besorgnis in ihr mitschwang. »Ihr hättet mich nicht um Erlaubnis fragen müssen. Selbstverständlich solltet ihr gehen.«

»Bist du sicher?«, hakte Anne leise nach.

»Denn wir würden nicht hingehen, wenn du es nicht willst. Nach dem, was Gerard dir angetan hat, würde ich das absolut verstehen«, sagte James. Trauer überkam Francesca, als sie hörte, wie gedrückt James' Stimme war. Er war am meisten von Gerards eklatantem Betrug erschüttert.

»Ich bin nicht der Richter, der darüber zu entscheiden hat, ob Gerard alleine sterben soll oder nicht«, beharrte Ian. »Geht zu ihm. Setzt euch zu ihm. Er gehört zur Familie.«

»Der Sohn meiner Schwester …« James brach den Satz ab. Jemand ließ ein ersticktes Geräusch hören. Francesca ging um den Vorhang herum und sah, dass James das Gesicht in den Händen vergraben hatte. Er war offensichtlich aufgelöst. Bei diesem Anblick wurde ihr Herz von Leid ergriffen. Anne warf ihr einen hilflosen Blick zu. Francesca fiel nichts ein, was sie hätte sagen können. Anne nahm ihren Mann an die Hand und führte ihn aus dem Zimmer.

Francesca trat an Ians Bett. Düster blickte er sie aus dem

Krankenhausbett an, wo er so gestützt wurde, dass möglichst wenig Druck auf der Operationswunde lastete. Sie strich ihm über den Haaransatz, küsste ihn auf die Schläfe und atmete gierig seinen Duft ein, um sich seiner zu vergewissern. Erfreut stellte sie fest, dass er schon ein bisschen mehr Farbe im Gesicht hatte als am Tag zuvor, obwohl er noch deutlich von der Narkose gezeichnet war.

»Die Ärzte glauben, dass Gerard nicht mehr lange leben wird«, erklärte er. »Meine Großeltern wollten mich um Erlaubnis fragen, bis zum Ende bei ihm bleiben zu dürfen.«

Sie schloss die Augen. Es war genau das, was zu hören sie erwartet hatte, doch sie hasste den Gedanken an James' und Annes Leiden. Sie mussten in ihrem Leben schon so vieles verarbeiten. Der Verrat von Gerard, den sie fast wie einen Sohn behandelt hatten, schien zu grausam, um sich länger mit ihm zu befassen.

»Geht es dir gut?«, wollte Ian von ihr wissen, als sein Blick über ihr Gesicht wanderte.

Sie strich sich ihr Haar glatt und nickte.

»Ja. Ich war für ein paar Stunden völlig ausgeschaltet. Und du? Was macht die Schulter?«

»Sie ist okay. Ich bekomme etwas gegen die Schmerzen«, beruhigte er sie und griff nach ihrer Hand. »Setz dich«, bat er. Sie setzte sich auf die Bettkante, ihre Hüften berührten einander. Sie sah prüfend in sein Gesicht, verschlang hungrig … besorgt jedes Detail seiner Miene. Seine Lippen verzogen sich zu einem Lächeln.

»Du musst mich nicht anschauen, als wäre ich ein Kind auf einem Werbeplakat für Spendenaufrufe, Francesca. Mir geht es bald wieder gut«, erklärte er ihr.

»Ich weiß. Ich weiß, dass körperlich bald alles wieder in Ordnung ist«, versicherte sie ihm und sich selbst. »Ich mache mir nur Sorgen darüber, welchen Effekt es haben wird, was Gerard getan hat.«

»Auf meine labile Psyche, meinst du?« Sein leichtes Lächeln wurde breiter.

Sie blickte ihn nachdrücklich an.

»Du musst zugeben, dass du in letzter Zeit eine ganze Menge durchmachen musstest. Überrascht es dich da, dass ich beunruhigt bin, wenn du herausfindest, dass jemand, den du geliebt hast – jemand aus deiner Familie –, dich hintergangen hat?«

Sie fuhr mit den Fingerspitzen über seinen Mund, als sich dieser zusammenzog. Dann setzte sie ihre Zärtlichkeiten auf seinem stoppeligen Kinn fort.

»Eigentlich nicht«, murmelte er. »Aber du solltest dir nicht zu viele Gedanken machen. Es gibt einen Unterschied zwischen dem hier einerseits und der Geschichte meiner Mutter und der Entdeckung von Trevor Gaines andererseits.«

»Inwiefern?«

Er schüttelte den Kopf.

»Das ist schwer zu erklären. Es fühlt sich nicht so … persönlich an. Es war ein Schock, und ich bin völlig perplex, dass er mich so sehr hassen konnte, ohne dass ich es je bemerkt habe. Gerards Wunsch nach Rache ist trauriger als alles andere«, sagte er. »Ich hätte Mitleid mit ihm gehabt, hätte er mich nicht mit dem, was er dir angetan hat, mit diesen Filmen von dir, unendlich verärgert.«

»Sein größeres Verbrechen war es aber doch wohl, uns umbringen zu wollen«, verbesserte ihn Francesca.

»Ich habe das Gefühl, als könnten wir erst die Spitze des Eisberges erkennen«, erklärte Ian missbilligend. »Es war mir immer vage bewusst, dass er verbittert darüber gewesen sein muss, dass ich aufgetaucht bin und ihm die alleinige Aufmerksamkeit von Großmutter und Großvater gestohlen habe – sowohl was die emotionale, als auch was die finanzielle Zuwendung angeht. Mir war genauso klar, dass er seinen Neid im Zaum hielt. Ich hatte angenommen, dass es so war, weil er verstandesmäßig eingesehen hatte, dass Neid unangemessen war. Er hat Zeit mit mir verbracht, mir seine Zuneigung gezeigt, mir geholfen, mich aus meinem Schneckenhaus zu befreien. Ich war der Meinung, dass er auf diese Art und Weise die geänderten Umstände verarbeitet hat, die meine Ankunft mit sich gebracht haben. Dafür habe ich ihn umso mehr geschätzt. Ich habe ihm gegenüber nie diese Art von Eifersucht gespürt, also habe ich auch nie die Tiefe seines Hasses geahnt – oder *warum* er seine Wut so zu verbergen versuchte.«

Francesca nickte und streichelte seinen Unterarm.

»Dir war es auch völlig gleichgültig, dass Gerard den Titel erben würde. Er dagegen hatte offenbar nicht dieselbe Gelassenheit, dass du James' Erbe antreten solltest.«

»Offenbar nicht«, bestätigte Ian trocken. »Ich war ein kleiner, schäbiger Waisenjunge. Warum sollte ich Groll gegen jemanden hegen, dass ich keinen Adelstitel erben würde? Ich habe ja nicht einmal verstanden, was ein Titel *war*.« Sein Blick verdüsterte sich. »Er wird nun mit Großvater aussterben.«

Sie zuckte zusammen.

»Wer stirbt?«

»Der Titel des Earl of Stratham.«

»Armer James«, flüsterte Francesca.

Er drückte ihre Hand. Ihr Blick huschte auf sein Gesicht und wurde dort von seinen strahlend blauen Augen gefangen genommen.

»Willst du mich heiraten, Francesca?«

Ein paar Sekunden sah sie ihn nur an. Seine tiefe, raue Stimme, die diese unerwartete Frage geäußert hatte, klang in ihrem Kopf noch nach.

»Bevor du mir eine Antwort gibst, sollte ich dir sagen, dass ich meine: Willst du mich jetzt und hier heiraten? Hier, im Krankenhaus«, fuhr er fort. »Wir können den Bluttest gleich hier machen lassen, und ich habe auch schon mit dem Priester gesprochen, während du geschlafen hast.«

»Warum *jetzt*?«, wollte sie wissen. In ihrer Stimme klang die Überraschung mit, und sie hoffte, dass er verstand, dass sie nicht nur danach fragte, warum er ihr ausgerechnet dann einen Antrag machte, wenn er verletzt im Krankenhaus lag, sondern was ihn dazu gebracht hatte, seine Meinung über ihr Zusammensein zu ändern … darüber, dass er es wert war, sie zu heiraten.

Er zuckte mit den Schultern, stöhnte dann ein bisschen auf, denn er hatte seine Verletzung vergessen.

»Ich vermute, ich habe keine bessere Antwort als die, dass ich nach dieser Nacht in Aurore mich anders fühle. Ich hätte dich dort verlieren können.«

Ihre Kehle schnürte sich zusammen.

»Und ich hätte dich verlieren können.«

»Das Leben ist zerbrechlich. Aber es ist noch mehr als das«, sagte er, und seine Augen leuchteten bei dem Anblick ihres Gesichts. »Zum ersten Mal habe ich das Gefühl, dass ich das besiegen kann. Ich möchte noch immer meine Wurzeln besser verstehen. Ich möchte noch immer so viel wie möglich verstehen, Punkt. Aber es ist ein Licht in all dem Dunkel aufgetaucht, das Trevor Gaines erschaffen hat. Es gibt Lucien und Kam und wer weiß wie viele andere noch, die alle versuchen, ein eigenes Leben zu führen, ein gutes Leben.«

Sie nickte. Ein warmes Gefühl füllte ihre Brust.

»Und es gibt dich.«

Langsam küsste er ihre Hand. Ganz bewusst.

»Dass du nach Aurore gekommen bist, war wirklich das Letzte, was ich mir gewünscht hätte. Aber als du einmal da warst, wurde mir klar, dass es genau das war, was ich gebraucht habe. Ich hatte befürchtet, die Dunkelheit könnte dich genauso wie mich fortreißen.« Vor lauter Emotionen war seine Stimme ganz schroff geworden. »Ich hätte wissen müssen, dass nichts dein Strahlen würde verdunkeln können.«

»Ian«, flüsterte sie. Vor Emotionen konnte sie kaum schlucken. Auch ihr Herz zog sich fest zusammen, als sie in seinen Augen eine Spur von Angst aufflackern sah und ihr bewusst wurde, dass er noch immer wartete. »Die Antwort ist dieselbe, die ich dir schon einmal gegeben habe, und sie lautet so, wie sie immer lauten wird. *Ja*.«

EPILOG

Sechs Monate später

Ian, Francesca, Anne und James standen im Halbkreis und sahen gespannt zu, wie zwei Angehörige des Belford-Personals das Bild über dem Kamin befestigten.

»Hängt es gerade?«, wollte einer der beiden jungen Männer wissen.

»Perfekt«, bestätigte Anne mit strahlendem Lachen. Die beiden Männer stiegen von ihren Leitern und sammelten ihr Material zusammen.

»Danke«, verabschiedete James die beiden, als sie fertig waren und den Salon verließen.

Einen Moment lang versanken die vier schweigend in der Betrachtung des Gemäldes von Belford. Francesca warf von der Seite einen Blick auf James' und Annes freudestrahlende Gesichter, und eine Welle des Glücks durchflutete sie. Sie war ausgesprochen stolz auf ihr Werk, aber vor allem war sie dankbar, dass es James und Anne so gefiel. Ian bemerkte ihren Blick auf seine Großeltern und ergriff ihre Hand. Sie zog seine Hand vor sich und fuhr mit ihrer freien Hand über seine Fingerknöchel. Als sie den Platin-Ehering berührte, zuckte ein winziges Lächeln über seinen Mund, denn er hatte ihre stumme Geste bemerkt.

Ihre Augen füllten sich mit Tränen. In der letzten Zeit hatte sie sehr nah am Wasser gebaut.

»Es ist perfekt.« Ians Augen leuchteten warm, als hätte er

das starke Gefühl der Liebe und Freude gespürt, das sie in diesem Moment überkommen hatte.

»Absolut«, stimmte James mit ein.

»Es ist noch viel schöner, als ich es zu hoffen gewagt habe«, seufzte Anne. »Du hattest recht, es so zu malen, als würde man im Frühling aus dem Wald treten. Belford sieht so aus wie …«

»Das warme, wunderschöne Zuhause, das es auch in Wirklichkeit ist«, murmelte Francesca.

»*Euer* Zuhause«, gab Anne zurück und blickte zwischen Ian und ihr hin und her. Jetzt, da sie verheiratet waren, hatten sie zugesagt, in Zukunft ihre Sommer hier in Belford Hall zu verbringen. In diesem Jahr allerdings hatte Francesca auch schon den gesamten Frühling in Belford verbracht und dabei das schöne, alte Haus jeden Tag gemalt. Sie war diesem ehrwürdigen Gebäude inzwischen völlig verfallen, nachdem sie es mit all der Frühjahrspracht geschmückt bewundern konnte. Sie hasste es, von Ian getrennt zu sein, auch wenn sie lange Wochenenden miteinander verbrachten und an den anderen Tagen mehrmals per Telefon oder per Video-Telefonie miteinander sprachen. Sie hatten sich dennoch für dieses Arrangement entschieden. Francesca wollte das Gemälde vollenden und dann für immer mit Ian nach Chicago ziehen. Ian war nicht einverstanden gewesen, dass sie während dieser Zeit getrennt lebten, aber angesichts ihrer Argumente, dass ihre zeitweilige Trennung ja damit zu tun hatte, dass sie etwas für seine Großeltern tat und sie nur für sechs Wochen getrennt sein würden, hatte er widerstrebend zugestimmt. Er war jeden Donnerstag angereist und bis Sonntagabend geblieben. Sie war froh, dass sie es so geregelt hatten. James schien von allen am meisten getroffen zu sein von Gerards Betrug und seinem Tod vor sechs Monaten. Er wirkte gebrechlicher als früher. Francesca wusste, dass die Zeit mit Anne und James in

Belford dieses Frühjahr eine kostbare Zeit war, die man sich bewahren sollte.

Ian war erst diesen Abend eingetroffen, extra um dabei zu sein, wenn das fertig gestellte Bild aufgehängt würde. Er hatte sich einen zusätzlichen Tag freigenommen und war zusammen mit Lucien nach Aurore gefahren, um Kam zu besuchen, bevor er nach Belford weitergereist war. Sie hatte ihn wahnsinnig vermisst. Ihr Abschied vergangene Woche war unter den gegebenen Umständen besonders schmerzhaft gewesen. Sie konnte von seinem Anblick nicht genug bekommen, und ihm war es nicht gelungen, seit seiner Ankunft auch nur für einen Augenblick seine Hände von ihr zu lassen.

»Lasst uns darauf anstoßen, dass nun das Gemälde an der Wand hängt, das dort schon immer hingehört hat!« Dass James so heiter klang, ließ Francescas gute Laune noch weiter steigen. James schien an diesem Abend fast wieder der alte zu sein.

Die Fenstertüren des Salons waren geöffnet, um die milde Luft der Frühsommernacht hereinzulassen. Es war sehr angenehm, mit Anne und James hier zu sitzen und zu plaudern, Ian fest an ihrer Seite, sein Arm um sie gelegt. Sie nippte an ihrer Limonade und roch den süßen Duft der Heckenkirschen, der durch eine leichte Brise aus dem Garten hereingetragen wurde.

»Es ist kaum zu glauben, wie gescheit dieser junge Mann ist«, sagte James zu Ian, nachdem dieser von seinem Besuch bei Kam in Aurore berichtet hatte.

»Das stimmt«, pflichtete ihm Anne bei. »So klug wie Lucien und du, auf seine ganz eigene Art und Weise. Lebt Kam noch immer in dieser unterirdischen ... *Behausung*?«, wollte Anne vorsichtig wissen. Offensichtlich war sie sich nicht sicher, wie sie Kams unterirdische Werkstätten und Lebensräume nennen sollte. Anne und James hatten Kam in dem Krankenhaus in Frankreich kennengelernt, in dem Ian nach Gerards Schuss gelegen hatte. Man hatte es Kam deutlich ansehen können, dass es ihm unangenehm gewesen war, als Anne und James ihn mit Dank überhäuft hatten, schließlich hatte er Ians und Francescas Leben gerettet. Als Ian und Francesca kurz darauf geheiratet hatten und Anne, James, Lucien und Elise dabei um das Paar herumstanden, hatte Kam behauptet, es sei nicht mehr genug Platz für ihn, und der kleinen Zeremonie dann vom Flur aus zugesehen. Francesca war der immer kurz angebundene, brillante Mann ans Herz gewachsen, und sie wusste, dass es Ian ebenso ging.

»Nein. Er ist nach oben, nach Aurore gezogen. Francesca und ich haben ihm das Haus übergeben.«

James blinzelte.

»Das ist aber großzügig.«

»Eigentlich nicht«, erwiderte Ian sanft. »Trevor Gaines hatte es ihm ursprünglich ohnehin vermacht.«

»Es ist schon sehr eigenartig, dass Gaines überhaupt einem der Kinder, die er in die Welt gesetzt hat, ein Geschenk gemacht hat, oder? Wenn er doch überhaupt kein Interesse an den anderen hatte?« Anne zog bei ihrer Überlegung zu Gaines missbilligend die Stirn in Falten.

Ian zuckte mit den Schultern. »Sein Interesse an Kam scheint vor allem praktischer Natur gewesen zu sein, obwohl sich daraus vielleicht auch eine Art Vorliebe entwickelt haben mag. Kam ist da zwar nicht meiner Meinung, aber wenn man mich fragt, sind seine Handlungen Kam gegenüber einige der wenigen Hinweise darauf, dass es sich bei Gaines doch um einen Menschen und nicht nur um ein Monster gehandelt hat. Seit dem Tag seiner Geburt hat Kam auf dem Grundstück gelebt – seine Mutter war Wäscherin und Dienstmädchen. Als es Gaines aufgefallen war, wie klug Kam war, hat er ihn als eine Art Helfer für seine Werkstatt engagiert. Schließlich hat sich wohl sogar so etwas wie eine Zuneigung zu ihm entwickelt, obwohl Kam sehr pragmatisch ist und die Vorstellung, da hätte es etwas gegeben, das wie väterliche Liebe aussah, verächtlich von sich weist. Kam war ein schlaues Kind, in mehr als nur einer Beziehung. Er hat gewusst, wie er das aus Gaines herauskitzeln konnte, was er sich gewünscht hat. So hat er mit Gaines verabredet, dass ihn dieser als Gegenleistung für seine Hilfe in der Werkstatt auf die Schule geschickt hat. Und Gaines hat ihn dann, erstaunlich genug, sogar noch das Abitur machen lassen und zum Medizinstudium geschickt. Sein praktisches Jahr als Kardiologe hat Kam dann allerdings nicht beendet, er ist nach Aurore zurückgegangen, weil seine Mutter krank geworden ist.«

»Was für eine beeindruckende Lebensgeschichte Kam hat.« Anne schüttelte erstaunt den Kopf. »So jemanden wie ihn habe ich noch nie getroffen, und ich habe wahrlich eine ganze Menge eigenartiger Männer kennengelernt«, fügte sie hinzu und blickte dabei Ian und James komisch an.

»Wenn man seinen medizinischen Background bedenkt und seine Erfahrungen mit Gaines dazunimmt, wundert es einen nicht mehr, dass er eine solch geniale Technologie entwickelt hat«, sagte Francesca. »Hat Ian euch erzählt, dass er seine Biotechnologie-Patente für einige Millionen Dollar an einen pharmazeutischen Konzern verkauft hat? Mit seiner Erfindung werden sie neue, revolutionäre medizinische Uhren entwickeln können. Diese Uhren können alles, sie warnen vor einem bevorstehenden Herzinfarkt, weisen Frauen auf den idealen Zeitpunkt hin, um schwanger zu werden, und noch viele Dutzend anderer Dinge. Das läuft über einen Biofeedback-Mechanismus, das heißt die Nutzer werden ständig entsprechend ihres Verhaltens und ihres Umgangs mit der Umwelt unterrichtet.«

»Kam hat das weitergeführt, was Trevor Gaines mit seinen perversen Obsessionen und seiner verqueren Gier begonnen hat, es aber zu etwas gewendet, das unsere Welt positiv voranbringt.« Ian dachte dabei nicht nur an Gaines' mechanisches Genie, sondern auch an die Tatsache, dass er von dem »Uhrwerk«-ähnlichen Zyklus der Frauen besessen war, damit er seine Opfer schwängern konnte. Kam hatte Ian und Francesca davon berichtet, dass Gaines Interesse daran gezeigt hatte, die menschliche Biologie zu vermessen und vorherzusagen, sogar erste Versuche dazu hatte er durchgeführt. Doch erst Kam hat das weitreichende Potenzial dieser Idee erkannt und die Arbeiten in einer bedeutsamen, grundsätzlicheren Art und Weise weitergeführt.

Ian warf einen Blick zur Seite, auf Francesca, als sie eine Hand auf seinen Oberschenkel legte. Eine tiefe, ernste Dankbarkeit erfüllte sie, wenn sie schon an Ians Stimme erkennen konnte, dass er in zunehmendem Frieden von seinem leiblichen Vater sprach. Es schockierte ihn noch immer, wer Gaines als Mann gewesen war, aber er verstand ihn nun objektiv besser. Ian hatte die ganze Zeit recht gehabt, das konnte Francesca nun freimütig zugeben. Irgendetwas beim Sammeln von Informationen über Gaines, beim Versuch, seine Vergangenheit, seine Umgebung, seine Arbeitsweisen und Obsessionen zu verstehen – all das hatte Ian geholfen, den Abstand zu seinem leiblichen Vater einzunehmen, den er so dringend brauchte. Er hatte mit Kam über viele Einzelheiten seiner gemeinsam mit Gaines verbrachten Jahre gesprochen, er hatte außerdem Tagebücher von Gaines' Mutter und von Trevor selbst entdeckt und war bei alldem zu dem Schluss gekommen, dass Gaines als junger Mann von seinem neuen Stiefvater, Alfred Aurore, missbraucht worden war. Gaines hatte Alfred Aurore verachtet, doch das wahre Ziel seines Hasses war seine Mutter geworden. Schließlich hatte sie ihn dieser Gefahr ausgesetzt und nichts unternommen, um ihn davor zu beschützen.

Und das, obwohl sie, wie Gaines in seinem Tagebuch berichtete, sehr wohl genau wusste, was ihr Mann ihrem Sohn antat. Vielleicht war es im Grunde das gewesen, was Gaines schließlich zu seinem Hass auf Frauen und dem Verlangen geführt hatte, sich in ihren Körper und mit einem Kind dann auch in ihr Leben zu drängen. Das Leben jeder Frau musste sich durch ein Kind ändern, auch wenn Trevors Mutter bei ihrem eigenen Sohn sich alle Mühe gegeben hatte, diese Wahrheit zu verleugnen.

Ian konnte freimütig zugeben, dass er wohl niemals ein vollständiges, umfassendes Bild von Gaines würde erlangen können, doch schon die grundlegenden Umrisse der Motive des Mannes und seines Lebens halfen ihm, ruhiger zu werden.

Francesca dachte daran, dass auf wundersame Weise der Großteil des vergifteten Erbes verschwunden war, als sie in jener Nacht in Aurore aufgetaucht war und er sein Leben für sie riskiert hatte. Manche Dinge waren eben größer als ein soziopathisches Elternteil, und diese Nacht hatte Ian gelehrt, was wirklich tief in ihm steckte. Um die Verarbeitung all dessen zu vertiefen, hatte Ian sich einverstanden erklärt, sich gelegentlich mit einer Gruppe anderer Kinder von Vergewaltigern zu treffen, um seine Scham zu verstehen und sie beherrschen zu lernen.

Ein kleines Lächeln umspielte Ians Mund beim Blick auf Francesca, als hätte er ihre Dankbarkeit gespürt, die sie bei seinem Anblick empfand.

»Ich hätte niemals gedacht, dass überhaupt etwas Gutes aus dem Erbe eines Mannes wie Trevor Gaines entstehen könnte, aber offenbar lerne ich jeden Tag noch etwas Neues hinzu. Das verdanke ich dir«, sagte er etwas leiser zu Francesca. »Das erkenne und schätze ich jetzt.«

»Wenn du dich nicht auf deine Suche begeben hättest, wärst

du niemals in der Lage gewesen, die Schätze zu entdecken, die du gefunden hast«, erwiderte sie sanft.

Sie verlor sich derart in Ians Augen, dass es eine Weile dauerte, bis sie Annes energische Stimme vernahm.

»Nun, für mich ist es höchste Zeit zum Schlafengehen«, sagte sie heiter und warf James einen vielsagenden Blick zu. James stellte sofort sein Brandy-Glas ab.

»O nein. Ich … wir wollten euch nicht vertreiben«, warf Francesca zerknirscht ein. Ihr wurde klar, dass ihr verzückter Blickwechsel mit Ian dem älteren Ehepaar peinlich gewesen sein musste. In solchen Momenten empfand sie eine fast magische Verbindung mit ihrem Mann, eine Bindung, die durch die Schwierigkeiten, die sie auf ihrem Weg gemeinsam überwinden mussten, um ein Paar zu werden, und das große Versprechen für die Zukunft geschmiedet worden war. Sie konnte es kaum erwarten, wieder Zeit mit ihm alleine zu verbringen, doch zuvor gab es noch ein paar wichtige Dinge, die sie jetzt mit Anne und James besprechen mussten.

»Ian wollte doch mit euch beiden noch darüber reden, was die Polizei in London und Detective Markov ihm über Gerard berichtet haben«, erinnerte Francesca sie.

Augenblicklich tat es ihr leid, solch ein heikles Thema angeschnitten zu haben, als sie in Annes und James' düster gewordene Mienen blickte, doch es waren wichtige Neuigkeiten. Ian hatte ihr per Telefon schon vor seiner Ankunft alles mitgeteilt, und sie hatten es schon gemeinsam besprochen. Sie war froh, dass Ian es war, der Anne und James zuerst davon berichtete, und nicht die Polizei. Schließlich waren die Ereignisse um die Aufdeckung von Gerards wahrer Natur und seinen späteren Tod einen Tag nach der Schießerei vor allem für das ältere Ehepaar so verheerend.

Im Krankenhaus hatten Ian und sie beschlossen, Anne und

James noch nichts davon zu erzählen, dass Gerard angedeutet hatte, beim Tod seiner Eltern die Finger im Spiel gehabt zu haben. Sie hatten dafür keinen ausreichenden Beweis, und nur der Verdacht alleine hätte James noch viel mehr verletzt als das klare, unmissverständliche Wissen um das wahre Wesen seines Neffen. James hatte seine Schwester sehr geliebt, und Gerards Vater war ihm lebenslang ein treuer Freund gewesen.

»Was hast du herausgefunden?«, wollte James von Ian wissen.

»Bei der Metropolitan Police hat es kürzlich eine große Razzia in den eigenen Reihen gegeben. Dutzende von Detectives und einfachen Polizisten bei der Londoner Polizei wurden wegen Beteiligung an Drogen- und Waffengeschäften angeklagt.«

»Davon habe ich in der Zeitung gelesen«, bestätigte James.

»Einer der verhafteten Detectives war ein Mann namens Jago Teague«, erklärte Ian weiter. Er blickte etwas mürrischer drein. »Teague muss wohl ziemlich unmöglich gewesen sein. Er hat im Untergrund beim Drogenhandel mitgemischt und jahrelang illegal Waffen verkauft. In seinem anderen Leben war er ein dekorierter Polizist und Kämpfer für Recht und Ordnung.«

»Aber was hat Teague mit Gerard zu tun?«, wollte Anne wissen.

»Teague hat sich auf einen Deal eingelassen. Er hat Namen von Leuten genannt, mit denen er über Jahre hinweg illegale Geschäfte betrieben hat, im Gegenzug wurde ihm dies bei seiner Verurteilung angerechnet. Ein Name, den er als einen seiner bekanntesten Kunden bezeichnete, war der von Gerard. Nachdem man sein Geständnis aufgenommen hatte, hat die Metropolitan Police Detective Markov hier in Stratham verständigt.«

In der Stille, die nun folgte, betrachtete Francesca nervös Annes und James' Gesichter.

»Teague hat zugegeben, Gerard vor einem halben Jahr eine nicht registrierte Pistole verkauft und zwei Nächte später die Waffe zurückgekauft zu haben. Nach Gerards genauen Hinweisen hat er die Pistole anschließend an einen Mann verschachert, auf den die Beschreibung von Anton Brodsik passt. Gerard hat Brodsik zu Teague geschickt«, erläuterte Ian grimmig. »Es war ein abgekartetes Spiel. Gerard hat dafür gesorgt, dass die Waffe, die Shell Stern getötet hatte, in Brodsiks Hände gekommen ist. Er hat Brodsik wie Sterns Mörder aussehen lassen und Brodsik später mit Großvaters Waffe getötet.«

»Das verstehe ich nicht«, gab Anne kopfschüttelnd zu. »Warum sollte Gerard all diese Dinge mit Brodsik und Stern inszenieren, wenn er doch vorgehabt hat, dich und Francesca umzubringen und es wie einen Mord und Selbstmord aussehen zu lassen?«

»Ich vermute, er hatte keine andere Wahl, als Brodsik und Stern in Chicago anzuheuern. Und später musste er sie wieder loswerden. Sie wussten zu viel und hätten ihn erpressen oder auch belasten können, sollte einmal der Verdacht auf Gerard fallen.«

»Warum hat er sie dann überhaupt engagiert?«, fragte James.

»Um Ian aus seinem Versteck zu locken«, erklärte Francesca ruhig. »Ian geht davon aus, dass Gerard ursprünglich Ians Firma durch eine feindliche Übernahme bei dem Tyake-Deal in seinen Besitz bringen wollte. Ian hat herausgefunden, dass Gerard der anonyme Hauptanteilseigner der Investmentgesellschaft ist, die Gerard selbst uns zur Abwicklung der Übernahme von Tyake vorgeschlagen hat. Wenn Noble Enterprises sich die kleinste Kleinigkeit bei der Rückzahlung der Kredite hätte zuschulden kommen lassen, wäre *er* der neue Eigentümer von Noble Enterprises geworden – und solch einen kleinen Fehler hätte Gerard sicher provozieren können, hätte er weiterhin eine so einflussreiche Position im Direktorium innegehabt.«

James' Gesichtsausdruck fiel in sich zusammen.

»Aber… Anne und ich hatten zuvor schon mit dieser Investmentgesellschaft gearbeitet.«

»Ich weiß«, bedeutete ihm Ian. »Glücklicherweise hat er seinen Einfluss in diesen Fällen nie missbraucht. Ich habe den Eindruck, dass er sehr methodisch und geduldig vorgegangen ist und wie bei einem Schachspiel abgewartet hat, bis alle Umstände und Figuren so waren, wie und wo er sie haben wollte. Außerdem hat seine Rache nie auf dich abgezielt, Großvater. Er wollte mich erwischen.«

»All das nur wegen James' Besitztümern und Geld?« Anne schien zugleich fassungslos und empört. »Das kann ich nicht glauben. Und dann daran zu denken, dass wir nichts davon gemerkt haben, dass er von deiner Ankunft, Ian, als kleines Kind so betroffen war.«

»Das hat sein Lebenskonzept völlig durcheinandergeworfen, als ich hier eines Tages aus dem Nichts aufgetaucht bin. Es ist enttäuschend und erschütternd, was Gerard getan hat«, sagte Ian ruhig, »aber es ist keineswegs völlig unglaubwürdig.«

James seufzte, und wieder schmerzte Francescas Herz vor Mitleid.

»Wir haben es dir nie erzählt, aber Gerard hat sich in unserer Gegenwart immer wieder besorgt gezeigt über deine psychische Gesundheit. Vermutlich hat das zu seinem Plan gehört, uns so zu manipulieren, dass wir annehmen könnten, du hättest tatsächlich Francescas und dein Leben beendet. Wir haben uns Sorgen um dich gemacht, Ian, aber nie an deinem Verstand gezweifelt. Uns war klar, dass deine Qualen mit der emotionalen Beanspruchung zusammenhingen.«

Ian strich über Francescas Handrücken. Sie drehte ihre Hand um, öffnete sie und drückte seine tröstend.

»Es war eine harte Zeit für mich. Und vermutlich haben wirklich Menschen schon aus geringeren Gründen die Grenze zum Wahnsinn überschritten. Und tatsächlich gab es Augenblicke während der Monate in Aurore, bevor ich wieder nach Belford zurückgekommen bin, da hätte ich Gerards Unterstellungen nicht abstreiten können. Dass ihr euch Sorgen gemacht habt, wundert mich also keineswegs«, erwiderte er seinem Großvater und atmete dann tief aus. »Auf jeden Fall muss Gerard, nachdem er herausgefunden hatte, was ich während meiner Abwesenheit getan habe und wer Trevor Gaines war, begeistert gewesen sein, dass sich ihm eine solch ideale Ausgangslage für meinen Untergang geboten hat. Ich habe mich in dem heruntergekommenen Landhaus eines verurteilten Verbrechers und besessenen Verrückten versteckt. Der ideale Ort, damit der Sohn aus Trevor Gaines' Vergewaltigung mit einem letzten Schritt die Grenze zum Wahnsinn hin überschreitet.«

»Unfassbar, dass diese Gedanken durch seinen Kopf gehen konnten«, sagte Anne wie betäubt. »Ich kann *das* schon nicht glauben, ganz zu schweigen davon, dass er dann tatsächlich danach *gehandelt* hat. Er hat also Brodsik kaltblütig erschossen, hier in unserem Haus?«

Ian nickte.

»Ich gehe davon aus, dass er ihn hierherbestellt hat, obwohl wir die genauen Umstände wohl niemals herausfinden werden.«

»Es ist absolut teuflisch«, stellte James fest. Sein Gesicht war aschgrau. Francesca blickte nervös zu Ian.

»Aber es ist vorbei«, sagte Ian bestimmt. »Es ist vorbei, und wir sind alle wieder sicher. Ich wollte euch das alles nur erzählen, weil Markov euch ebenfalls diese Neuigkeiten mitteilen wird. Schließlich hat der Mord hier in eurem Haus stattgefunden, und Markov schuldet euch noch eine Erklärung der Ergebnisse der Untersuchung. Ich habe ihm gesagt, ich würde es euch gerne zuerst erzählen.«

James holte langsam Luft.

»Dafür bin ich dir dankbar, Ian.«

»Geht es dir gut?«, fragte Francesca James vorsichtig einen Moment später.

James bemühte sich, sich zu sammeln, aber Francesca konnte sehen, welche Mühe es ihm machte. Er griff nach Annes Hand.

»Ehrlich gesagt, wird es mir morgen, nach einem langen Nachtschlaf, bestimmt besser gehen«, antwortete er mit falscher Heiterkeit. »Mir wäre nichts lieber, als all das hinter uns zu lassen.«

»Das geht mir auch so«, erklärte Anne. »Vor allem nach solch einem schönen Abend, an dem wir gerade Francescas Gemälde aufgehängt haben und für so vieles dankbar sein sollten.«

»Es gibt *tatsächlich* etwas, wofür wir dankbar sein sollten.«

Anne blinzelte, und ihr Blick fiel auf Francesca, die so inbrünstig gesprochen hatte. Francesca lächelte und wusste, dass ihr Geheimnis in ihren Augen klar zu erkennen war und dass Anne, die ja nicht auf den Kopf gefallen war, es dort lesen konnte. An Annes Gesichtsausdruck war abzulesen, dass sie allmählich verstand. Francesca tauschte einen bedeutungsschweren Blick mit Ian. Es war wie ein Wunder, mit ihm ein solch kostbares Geschenk teilen zu dürfen, doch es mit Anne und James zu teilen, fühlte sich ebenfalls wunderbar an.

»Wir haben noch mehr Neuigkeiten für euch«, sagte Ian. »Viel, viel erfreulichere Neuigkeiten.«

»Nein…«, flüsterte Anne. »*Ist es wahr*?«, fragte sie hoffnungsvoll, als Francesca sie einfach weiter anstrahlte.

»Wie? Wovon redet ihr denn?«, wollte James wissen.

»Ian und Francesca bekommen ein Baby?«, fragte Anne zitternd, und Hoffnung und Staunen vermischten sich in ihrer Stimme.

Ian zog Francesca näher zu sich heran. Sie umarmte ihn und drückte ihre Wange auf seine Brust, ohne Anne und James dabei aus den Augen zu verlieren.

»Ja, wir bekommen ein Baby«, erklärte Ian schroff mit tiefer Stimme.

»Francesca hat mich immer ermahnt, ich solle auch an die Zukunft denken, nicht nur an die Vergangenheit. Jetzt kann ich an nichts anderes mehr denken.«

James brach in ein jubelndes Lachen aus, all die Erschöpfung nach den Gesprächen über Gerard verschwand, in einem Augenblick wurde sein Gesicht um zwanzig Jahre jünger. Anne ließ einen himmlischen kleinen Freudenschrei hören und nahm einen ganz undamenhaften Schluck von ihrem Brandy, aus ihren Augen leuchtete die Freude, als sie ihren Ehemann umarmte.

Francesca legte die Hand auf Ians Brust, nahm schweigend seine Wärme und den gleichmäßigen, starken Herzschlag in sich auf und ließ sich ganz in diesen Augenblick fallen.

Anne und James feierten noch eine Weile mit ihnen und stellten dabei all die üblichen Fragen: Wie weit waren sie? In der achten Woche. Seit wann wusste sie, dass sie schwanger war? Seit Ende der vergangenen Woche; Ian und sie waren gemeinsam bei einem Arzt in Belford gewesen. Wo sollte das Baby zur Welt kommen? In Belford, falls Anne und James das recht war. (Es war natürlich viel mehr als nur recht. Die beiden waren von der Idee begeistert.) Ian und Francesca fanden den Arzt in Belford sehr sympathisch, aber sie hatten Annes und James' Reaktion auf den Vorschlag auch bereits geahnt. Sie wollten, das hatten sie gemeinsam beschlossen, den Großeltern dieses Geschenk machen.

Nach ihrer spontanen, fröhlichen Feier wünschten Anne und James ihnen gute Nacht und umarmten und beglückwünschten sie ein letztes Mal, bevor sie die beiden alleine im Salon zurückließen.

»Glücklich?«, fragte Ian sie leise und ließ seinen Blick über ihr Gesicht wandern.

»Was glaubst du?«, antwortete sie grinsend.

»Ich glaube, in meinen Augen siehst du wie tausend Sonnen aus. Ich habe dich noch nie so strahlend gesehen.«

Ihr Lachen verschwand. Ganz egal, wie oft sie schon seine plötzlich auftauchende, nüchterne Intensität erlebt hatte, sie ließ sie immer noch atemlos werden.

»Als ich mir dein Gemälde angesehen habe«, fuhr er nachdenklich fort, »ist mir in den Sinn gekommen, wie schön es doch gewesen wäre, hier zu heiraten, im Frühling. Denkst du, es war selbstsüchtig von mir, darauf zu bestehen, dass wir heiraten, solange ich noch im Krankenhaus war? Das war vermutlich nicht die allerromantischste Umgebung. Ich weiß nur, dass ich auf einmal nicht mehr damit warten konnte.«

»Ich weiß«, sagte sie, berührte seine Brust und erwiderte seinen ernsten Blick. »Aber das hat es so besonders gemacht … dein Glaube daran, jetzt einen Sprung in die Zukunft machen zu können. Ich hätte es mir nicht anders gewünscht. Aber wenn es dich glücklich macht, können wir unseren Schwur hier jederzeit erneuern. Jeden Frühling wieder, wenn du möchtest«, schlug sie lächelnd vor.

Er stand auf, noch immer ihre Hand in seiner.

»Komm mit mir.«

Sie gingen gemeinsam durch die Fenstertüren auf die kleine Steinterrasse hinaus. Es war eine prachtvolle Juninacht. Der Wald im Hintergrund lärmte von fruchtbarem Leben – die Laubfrösche quakten, die Grashüpfer zirpten, und eine leichter Wind raschelte in den üppig bewachsenen Baumkronen, was wie ein Seufzen klang. Sie atmete den Duft des frisch gemähten Rasens, von taunassem Gras und den Heckenkirschen ein, als sie Ian über die Terrasse in den Garten folgte. Sie liefen schweigend nebeneinander. Dann hielt Ian inne. Der Mond und die Sterne schienen hell genug, um Licht auf ein hinter Rosenbüschen verstecktes Plätzchen mit Bänken und Stühlen zu werfen, das sie bislang noch gar nicht kannte. Als Ian sich auf einen der hölzernen Lehnstühle setzte, wollte sie sich auf einen anderen setzen, doch er zog sie zu sich heran.

»Komm her«, sagte er. »Du denkst doch wohl nicht, dass ich dich da drüber sitzen lasse, wo ich dich doch ein paar Tage lang nicht gesehen habe?«

»Natürlich nicht«, gab sie fröhlich lachend zurück. Sie setzte sich mit dem Rücken zu ihm auf seinen Schoß, doch er griff nach ihr.

»Nein, schau mich an«, murmelte er. »Und heb dein Kleid hoch.«

Ihr Lachen verstummte, dafür zog sich bei seinem klaren Befehl ihr Geschlecht zusammen. Sie konnte das Verlangen in seiner Stimme hören, und es entzündete ihr eigenes. Sie hob den Saum ihres Sommerkleides bis zur Taille und genoss es schweigend, als er eine Hand auf ihre Hüfte, die andere auf ihren Bauch legte. Beide sahen im Mondlicht zu, wie er sie berührte. Seine männliche Hand wirkte dunkel auf ihrer blassen Haut. Er bewegte sie, liebkoste und streichelte den

Bauch, und seine Hand schien einen sinnlichen Zauber über sie zu spinnen. Sie spürte, wie sie zwischen den Beinen feucht wurde und das ihr so vertraute, leicht schmerzende Ziehen in ihr anfing.

»Ich kann es immer noch nicht glauben«, sagte er leise und streichelte ihren Bauch.

»Ich denke, wir beide werden eine Zeitlang brauchen, um uns an die Vorstellung zu gewöhnen, dass da drinnen jetzt ein Baby heranwächst.«

»Ich habe gar nicht das Baby gemeint. Das heißt … doch. Ich habe nicht *nur* das Baby gemeint. Ich habe gemeint, ich kann es immer noch nicht glauben, dass du jetzt zu mir gehörst. Einen Großteil der Zeit kann ich es fassen, aber in Momenten wie diesem ist es einfach so … unglaublich.« Sie sah den Schimmer in seinen Augen, als er zu ihr aufblickte. Sie legte ihre Hand sanft an sein Kinn. Sie blickten sich an, während er ihren Slip zur Seite schob. Geschickt bahnten sich seine Finger ihren Weg zu ihren Schamlippen. Er stöhnte leise auf, als er merkte, wie feucht sie war. »Danke, dass du dich nicht von mir entfernt hast. Nicht am Anfang, als ich nicht verstanden habe, was zwischen uns geschehen war, denn ich hatte nichts, womit ich es hätte vergleichen können. Nicht, als ich dich verlassen habe. Noch nicht einmal, als ich zurückgekommen bin und immer noch das Gefühl hatte, dir nicht das geben zu können, was du verdient hattest.«

Sie seufzte, als er ihren Kitzler streichelte und einen Finger in ihren Spalt schob. Es fühlte sich perfekt an.

»Du hast mich auch nicht aufgegeben. Ich hatte geglaubt, du hättest dich von mir entfernt, aber das hattest du nicht. Du hast besser gewusst als ich, was nötig war, damit du dich wieder vollständig fühlen konntest.«

»Das, was ich brauche, bist du«, sagte er. In seine Stimme

mischte sich ein stählerner, drängender Unterton. Er nahm seine Hand weg, und sie sah seine Gürtelschnalle glänzen, als er seine Hose öffnete. Es war nur eine Frage von Sekunden, dann saß sie auf seinem Schoß, blickte ihn an, und sein Schwanz war in ihr. Einige Augenblicke lang saßen sie regungslos im Mondlicht, verschmolzen miteinander und streichelten das Gesicht, den Hals, die Arme des anderen.

»Es scheint mir unmöglich zu sein«, hob Ian mit erstickter Stimme wieder an, »dass ich all diese Monate ohne dich gelebt habe. Sogar wenn ich jetzt nur ein paar Tage von dir getrennt bin, habe ich das Gefühl, als müsste ich ersticken. Ich weiß wirklich nicht, wie ich das ausgehalten habe.«

»Etwas in dir wusste, dass das nötig war, um wieder geheilt zu werden«, sagte sie. »Du hast es getan, weil es sein musste, und viel weiter konntest du nicht denken.« Seine Hände wanderten auf ihren Po und packten ihre Gesäßbacken. Sie erwachte neu und spannte ihre Vaginamuskeln um ihn herum an.

»Es war wie ein Leben in der Hölle.«

Sie schloss bei seinem schlichten, rauen Geständnis kurz die Augen. Nie zuvor hatte er es so deutlich beschrieben. Er stöhnte in quälender Leidenschaft und bewegte sie auf seinem Schwanz. In seiner gespannten Wange zuckte ein Muskel.

»Sag mir, dass ich nie wieder dorthin zurückmuss, und ich werde es dir glauben«, presste er zwischen zusammengebissenen Zähnen hervor.

»Nie wieder«, flüsterte sie wild. »Du bist für uns durch die Hölle gegangen, doch jetzt ist es vorbei. Wir sind zusammen. Für immer.« Sie hob sich selbst und sank dann tief auf ihn, schob ihn tief in sich hinein. »Glaub mir, Ian. Wir sind *genau* da, wo wir hingehören.«

DANKSAGUNG

Mein tiefempfundener Dank geht an Leis Pederson für ihre Geduld, Führung und Unterstützung bei unserer gemeinsamen Reise durch dieses unbekannte Land.

Mahlet, ich schätze, wie immer, dein ehrliches, konstruktives Feedback.

Und, wie stets, der größte Dank an meinen Mann. Du bist mein Fels.